小说选刊 评选

2018中国小说排行榜

2018 ZHONGGUO XIAOSHUO PAIHANGBANG

北京工业大学出版社

图书在版编目（CIP）数据

2018中国小说排行榜 /《小说选刊》评选.—北京:北京工业大学出版社,2019.9
ISBN 978-7-5639-6808-4

Ⅰ.①2… Ⅱ.①小… Ⅲ.①中篇小说—小说集—中国—当代 ②短篇小说—小说集—中国—当代 Ⅳ.①I247.7

中国版本图书馆CIP数据核字(2019)第104461号

2018中国小说排行榜　　　　／《小说选刊》评选

策　　　划：	文　欢
责任编辑：	贺　帆
封面设计：	齐物秋水
出版发行：	北京工业大学出版社
	（北京市朝阳区平乐园100号　邮编：100124）
	010-67391722（传真）bgdcbs@sina.com
经　　　销：	全国各地新华书店
印　　　刷：	河北鸿祥信彩印刷有限公司
开　　　本：	720毫米×1030毫米　1/16
印　　　张：	30.25
字　　　数：	450千字
版　　　次：	2019年9月第1版
印　　　次：	2019年9月第1次印刷
书　　　号：	ISBN 978-7-5639-6808-4
定　　　价：	68.00元

版权所有　翻印必究
（如发现印装质量问题，请寄本社发行部调换　010-67391106）

目 录

短篇小说

黑豆，或者反贼薛嵩	陈再见	002
表弟宁赛叶	莫言	011
道长	阎连科	017
看哪，一艘船	胡迁	023
赵日天终于逮到鸡了	陈应松	032
爱情手枪	肖克凡	046
猫的故事	文珍	069
流沙	冯俊科	085

中篇小说

借命而生	石一枫	099
种瓜的人	尹学芸	211
祝你好运	宋小词	240
对镜成三人	文清丽	277
多普勒效应	王威廉	300
司令还乡	徐贵祥	334
黑木头	赵丽宏	361
一粒微尘	王祥夫	410

「短篇小说」

选自《创作与评论》2017年第12期

黑豆，或者反贼薛嵩

陈再见

老弭当时还是书记。书记在那时候得有一辆单车，不管新旧，有那么两个轮子，就已经很"行头"了。老弭的单车很高，双筒的那种——这是我后来根据他的身高猜测的。老弭后来是个老头了，他一天至少有一半的时间在我家门楼喝茶，是个老头的他看起来还是很高大，两条长腿搁在地上膝盖比长椅板还要高出一拃。老弭喜欢讲以前的事，他的开场白通常是这样的："那时，我还是书记……"

338省道还尘土飞扬，铺沥青是后来的事——我也就五六岁的光景，曾去扒了沥青回家烤呱鸡。老弭的单车就走在338省道上，他的布鞋已经被红色的尘土覆盖，使之看起来不像穿着鞋子，倒像是赤着脚的。老弭说他那时一天要往返两趟，去袁厝寮，早上去汇报工作，晚上去喝茶。来回也就半个小时。那时省道上几乎不见一辆汽车，连单车都是少见的，毕竟一个村也就一个书记。走路的人多，从早到晚，络绎不绝，都挑着担，下南塘上甲子，半道有粥铺，舍得的人会吃一瓯粥，歇一会儿，抽根烟，再赶路；不舍得的，埋头继续走。老弭说过一事，一人，我忘了名字了，正帮东家挑货，一头是豆油一头是面粉，挑到半路，肚子饿，他便一手抓了面粉，舀进去一勺豆油揉了吃，那个香，吃了一块忍不住又吃一块……结果怎么着？那人一路都忙着往屁眼上塞草纸，因为豆油正源源不断从他屁眼上渗出来。

老弭拿它当笑话讲，听起来像是杜撰的，实际听的都知道，他讲的是真事。我已经不是小孩了，我在湖村小学代课，我还抽烟，我得扔根烟给他。我说："说点别的呗。"

"那就说说黑豆的事吧。"

所以说，关于黑豆的故事，我是听老弭讲的。当时放暑假，我们那儿冬天不冷，夏天就出奇的热，如果是大中午，站在巷口往山上望，会看见灯芯山上萦绕着一团烟雾，像是神仙脚下的云，但更像是烤炉上散发出来的热气……这时候，老弭肯定在我家门楼，说是纳凉，喝的却是热的茶水。我有大把的时间陪他，和学生不一样，我感觉暑假是相当难熬的两个月。

——那时好像也是夏天。老弭不太记得了。

黑豆出嫁四天就被人送回来了。第一个把消息告诉老弭的是后巷的天来，天来和黑豆谈过恋爱，后来不知因为什么事吹了。天来有些幸灾乐祸。

四天前，黑豆出嫁，她的父亲米贵来请老弭，这事他得出面，顺便喝个酒，桌上有书记坐着，肯定不一样。喝了酒，吃了饭，趁着老弭精神亢奋，米贵鬼鬼祟祟蹭了过来："弭书记，商量个事。"老弭随口道："说。"米贵也挺不好意思的，说黑豆嫁人，虽说没收到多少聘金，但也没多少嫁妆可以随过去的，所以想向书记借个单车，让新郎载黑豆走。老弭有点喝大了，头脑却还清醒，他质疑："这是新郎的事啊，你操什么心。""不是穷嘛。总不能走路过去吧，那么远的路，要过马跃池，翻灯芯山呢。"老弭吃人嘴短，一下子狠不了心，这才意识到，米贵这人下棋前已经想好了几步。

不就是借个单车嘛。不是的，放在现在，借的就是一架小汽车，不是奔驰宝马，至少也是本田大众。

肯定是出事了，否则得等到第七天，七天才需要回娘家做客。老弭四天前似乎就有预感，那婚姻做得哪儿不对劲，又说不上来。来娶的是山那边的人家，不认识，连老弭都不认识，听说是媒人说的，好，别怀疑。媒人的话在什么时候都不能信。"现在还有媒人吗？"他问我，我说有，我妈正准备托猴母花给我说个老婆呢。老弭哈哈大笑，说："你担心啥，你是文人，将来要中状元。"我说我高中都辍学了，考不了。老弭扁着嘴说："那可惜了。"好吧。我催老弭继续。

老弭决定去黑豆家看看。老弭还未进门，就听到声响了。倒不是吵架，就是说话声音大了点。老弭站着一听，是米贵的声音。老弭把单车靠边放好，边上刚好有一棵龙眼树，怯怯小小的，估计是不会结果子的。老弭就进去了。他背着手，步子踩得方方正正的。这是我猜的。我承认我得添点油加点醋，否则这故事讲不精彩——我希望它是精彩的。"你没想到的在后头。"老弭出去撒泡尿。我得等着他。所以，我也得说："你没想到的还在后头。"

"弭书记来了。"人群中谁喊了一句。

"嗯，来了。"好像老弭是米贵上门去请来的，书记总不能不请自到。

"怎么啦？"

回答老弭的却是一大会儿的沉默。

倒是米贵先开的口，他低低地说了一句："黑豆是嫁不了了。"这时黑豆她娘哭了起来，声音呜呜的，像极了夜晚后山榕树丛里的猫头鹰。看样子，这哭声已经强忍了很久，一直没敢发出来，而老弭的到来，像是给了鼓励，像是被委屈的小孩突然遇到疼爱自己的人。可这一哭，气氛也都变了，不明就里的人，还以为米贵家出了什么丧事。老弭皱起了眉头，他伸出右手，向下压了几下，哭声便如一床棉被被塞进了方柜里，呜呜咽咽，如隔着一层水。

对方家里来了好几个，都是男的，他们坐在一边，都沉着脸，看样子他们集体在表达一种意思：他们被米贵给骗了。这些老弭再清楚不过，过乡过村的，这种事，总是说不清楚的，万一谈不拢，打起来，他们也别想从别人的村庄逃出去。好吧，老弭作为书记，又是在自己的地盘，他明显感觉到优势，觉得这事是不能那么容易被处理的，至少得有充分的理由，否则嫁出去的女儿怎么可能说被送回来就送回来呢，这又不是去圩市买一斤鱼仔虾。

"这事我有听说，却不知道真假。"我的意思是关于黑豆之所以没嫁出去，村里传着好几个版本。在我们这些年轻人看来，黑豆作为一个招神婆，尽管有各种传闻，由于年代久远，也没有多少后生仔感兴趣了。然而黑豆对各路神明召之即来挥之即去的本领却是有目共睹的，我们这些湖村的后生仔只知现状，不知来历。

老弭当然是知道的。

老弭说，事情是有点难为情，尤其是在当时，社会还没这么开放。老弭指的应该是现在每到过年，村庄总能迎来一批袒胸露腿的女孩，她们在巷口安营扎寨，连续能演一个礼拜的脱衣舞，观众都把台面挤垮了。在那时，好多事情都是不可想象的。而一个女孩嫁过去四天却被人家还回来，更是难以启齿的事情。不论什么原因，肯定都是有辱家风的。

黑豆不愿意同房。这当然是致命的，谁家都不会娶一个不愿意生孩子的女人回家。

至于为什么——黑豆说，她身上有神明，神明就骑在她的肩上，她走路，神明就跟着走，她躺着，神明也跟着躺下。黑豆紧张的神情看起来不像是在撒谎。一屋子的人听着毛骨悚然，如果这事是真的，那黑豆到底是人是神抑或是鬼，无从知道。总之，从那一刻起，黑豆就不仅仅是一个简单的内向的女孩了，她成了一道让人敬畏同时又捉摸不定的光，类似于神明显灵时在眼前闪过的那一道迷惑人的世间与神界交集时的桥梁。嘿，见这女孩最好躲着点儿！

男方家人可不信这一套。什么神明上身，分明就是神经病。也就是说，他们被米贵骗了。他们想要回聘金，这让米贵为难，女儿回来没问题，银子拿出去，似乎就是要他的命。事情的最后，当然还是得老弭出面，做了公亲，两家各退一步，虽说米贵理亏在先，但一个二十来岁的大姑娘去了人家屋里过了四夜，说是没动她一根毫毛，说出去，也没几个人相信，想再嫁也是不太可能的了。协商的结果：米贵退回一半聘礼，事情到此，各不追究，以后万一能见个面，也可以留个印象打招呼，毕竟也曾亲家一场。

老弭一直觉得，他把那次风波处理得比较妥当，是他当书记期间比较成功的调解案例。后来他一有去袁厝寮镇府汇报工作，还时不时要把它当作政绩提一提。让老弭没想到的是，黑豆当真被神明骑上了肩头，没学过一天潮剧的她站在巷口能一人唱一整出《秦香莲》，似乎又能未卜先知，洞悉天机，渐渐有人来上香，请神明示，丢了东西问路的，生了病问药的，没有老婆问姻缘的……黑豆便不再是黑豆，人们开始称她为招神婆。一年又一年，她不谈恋爱更没打算嫁人，父母都拿她没法子，兄弟姐妹也都如大树分了权成了另外的人家，剩下她，守着一间旧厝，吃斋念佛，把自己活得道骨仙风。

"谁看见了？"我的意思是谁看见招神婆的肩上骑着神明了。

"废话，神明还能让你看见，能让你看见的就不是神明了，是鬼。就是鬼，也不是你想见就见的。"

照老弭的意思，神明当然不会随便就骑上了谁的肩头，得是神明想骑的人，值得骑的人。显然，黑豆应该是多少年来神明寻找的那个难得的真身。在人们看来，黑豆其实已经等同于神明了，至于她肩上有没有骑着神明，早就不重要了。但到了某些时间，它又开始变得重要了。什么时候呢？"文化大革命"。老弭说："其实嘛，'文化大革命'，革什么，怎么个革法，都可以，怎么能死人呢？""死人了吗？"我问。"死人倒没有，神明就遭殃了。"老弭说。这时候，黑豆就不再是黑豆了，她代表了神明，她得出来接受批判。

问题就出在这里。

让老弭没想到的是，后巷的天来一马当先，他成了革委会的小头目，扫荡神明的事，他竟然也乐意带头。事实上，刚开始，人们还是有忌讳的，不敢，庙宇不敢砸，神像不敢搬，神明不敢辱……怎么办呢？总得有人敢的。天来就自告奋勇。天来也不是傻子，他有他的办法，他手里拿着一本毛主席语录，到了哪个神庙，就站在门口背诵几句，然后一声大吼，锄头就往门楣上砸去了。短短一年的时间，几乎所有的神庙都被砸毁，烧的烧，砸的砸，石碑则搬回村里，在巷口处起了一座两层楼，用的石料几乎都是从神庙拆下来的。多年以后，老楼传言闹鬼，据说便和墙上的石碑有关。大环境如此，作为神明骑在肩头的黑豆，又能怎么样呢？她的房屋，她作法的神坛，自然是保不了的，第一时间就被天来铲了。实际上，她也有一个可以被放过的机会，即当着大伙的面，当着毛主席语录，承认自己是人，一个普普通通的女人，承认从来就没被神明骑在肩头过，如此一来，也得承认多年以前她悔了婚，她骗了大家，其实另有缘由。这其实也是简单不过的事情，严酷时期，谁都得学会自保。她的母亲几乎是跪在她的面前劝求的。她父亲早几年已经去世了，得的是肺结核。可是，黑豆始终不妥协，在祠堂里跪玻璃碴儿，吊起来三天三夜，一直到被人绑上大车上沿着338省道游行，她还是破口大骂，声称神明就骑在她的肩头看着呢，看着她遭难，看着他们的罪行，神明什么都看得见，神明的眼睛是雪亮的。这不是找死吗。这都还不算严重，人们除了给她剃了阴阳头，偶尔推推搡搡，还不敢对她动手。问题在于，她啐了天来一口痰，骂了大半天了，那口痰又干又臭，就那样准确地贴在天来的额头上，继而顺着他的眉心，流下他的鼻头和嘴巴。所有人都笑了，批斗的，被批斗的，包括看热闹的，都在那一刻被一口痰逗笑了。仿佛大家不是在批斗，而是小孩过家家在闹着玩。天来嘛，仗着是个小领导，有了点脾气，便顺势就给了黑豆一脚。那一脚估计也是没踢准，他本来可能是要踢黑豆的大腿，谁料黑豆的两腿一偏，这一偏，留出一个空位，不偏不倚的，就被踢到了下体上。"噗"的一声，黑豆蹲了下去，随之大家更是一阵哄笑。这一阵比前面还厉害，足足笑了有五六分钟。当大家晃过神来看黑豆时，才吓了一跳，黑豆倒在地上，裤裆处已经是一片血红。人们这才醒悟，无论黑豆承不承认，她都是一个人，一个会流血会死掉的女人。

黑豆当然没死。她现在还活着。天来后来孤鳏终身，人们深信那是神明对他的惩罚。村里的大小神庙又全部重修一新，神像也是新造的，香火还和以前那样旺盛，不，比以前更旺盛。而黑豆肩头上骑着的神明也回来了，或者说，神明一直就没离开过。黑豆作为神明和人类交流的媒介，又得到了村人的慕拜和敬重。好吧，讲到这里，故事似乎就要结束了。但是，还没有。

老弭"文革"后便没再当什么书记了。当年黑豆被天来踢了一脚，这事老弭看不下去，老弭骂天来是浑蛋，当然也付出了代价。老弭也成了批判对象，沿着338省道游街示众。

有一段时间，老弭在省道边上开了一个粥铺。那时政府已经允许做生意了，不像以前，老有人开个车二话不说就把瓯碗筷碟都搬了去。但是，生意也没以前好了，原因是越来越多的人有了单车，路上挑担的人少了。作为一个营生，老弭还是可以坚持下去。渐渐地，好多人都忘了老弭曾经当过书记，年轻人更不知道了，比如我，如果不是老弭经常来我家，如果不是他喜欢讲那些过去的事，我也是不知道他还有过那些风光时候的。老年的老弭，像是一个没有了听众的说书人，他乐意跟人家讲村庄的过去，讲村人的过去，却没人愿意听了，甚至也没人情愿被说起了，比如天来，他自然不愿意让人知道曾经的罪过；比如黑豆的家人，黑豆的家人后来十分忌讳黑豆被羞辱的过去。似乎只有我愿意听。我之所以愿意听,大多时候也是觉得无聊,这个村,这个村的学校,还有那些越来越难以管教的孩子们,都让我觉得无奈。然而我又能怎么样呢?我做不了一个拍案而起的人。

有一天,我突然心血来潮,动手写一个故事,写在一本教案本子上,利用的当然是无聊的课间时间,或者学生做作业、考试的时候。我写得很缓慢,也很艰苦。我承认我并非精于此道,如果不是无聊,如果不是老弭讲的故事很精彩,我才懒得干这样的事。

当然,这个故事跟前面的故事无关,尽管它们看似有关,也纯属雷同。再说,这个故事发生在古代,也不知道是哪个年代,总之是古时候,老弭是这么讲的——古时候,我们这里出了一个真命天子,名字叫薛嵩。

薛嵩从小孤僻,一个朋友都没有,村里人都觉得他是一个蛮怪的人,连他的父母也这么觉得,尤其是他的母亲,很早的时候就想把薛嵩送给人家了。按这里的风俗,孩子送人前,为了确保没送错,得去给孩子算个八字。刚好这天村里来了一个瞎子,瞎子会算命,声称没有他算不准的命,没有他看不到的未来。于是薛嵩的母亲就把薛嵩的生辰八字报给了瞎子。瞎子琢磨了一刻钟,面色为难,像是一个人便秘时的表情。最后瞎子问:"大娘,你这孩子,怕是留也不是,送也不是吧。"薛嵩的母亲忙称奇,嘿,他怎么知道她要把孩子送人呢?

"怎么说呢?大师。"

"真命天子。这可是玉皇大帝遗落人间的宝贝。然而,既然是遗落的,这命说是真命,其实也是假命。如果落在皇室,天子无疑,如今落在这荒山僻野,怕是要当个反贼,揭竿而起,篡夺皇位啊。最后会落个什么下场,就要看他的造化了,不过纵观历史,十有八九,也是有始无终哩……"

薛嵩的母亲听得云里雾里,待她回过神来继续要问个清楚时,发现瞎子已经不见了。她问了周围人,见着瞎子没?他们都表示,从来不见什么瞎子,只是奇怪,她怎么一人站在巷口自言自语,像是被神明骑上了肩头。

事情就这样,薛嵩的母亲遇到了怪事,薛嵩也就没被送出去,留了下来。之后,薛嵩也和村里的孩子一样,慢慢长大,当然他也上过私塾,但三字经背了三个月还没背出前面五句。他只好回家放牛,一直到长大,娶了郭氏,他还在放牛。和别人放牛不一样,他喜欢坐在牛背上,像是坐上了战马,然后策马扬鞭,挥着一根木麻黄条,一放就把牛放到了灯芯山下。

灯芯山下有一湖泊，当地人习惯叫马跃池，何谓马跃池，一可能是指湖小，马也能一跃而过；二也有另外的传说，传说更古的时候，有一败兵将领带着一队人马到达灯芯山下荒池边，人乏马困，将领下马歇息，顺便喝口水，可就在一瞬间，湖水大涨，将人马都淹没池底，最终唯有一匹马，跃出水面，活了下来。

薛嵩第一眼看见灯芯山，看见马跃池，便觉得眼熟，似乎在梦中见过。于是他喜欢上了这个地方，每天来这里放牛，在湖边开荒。他种了十几亩的黑豆，黑豆长势茂盛，三年才结出了果实，五年后那些圆如弹珠的黑豆才纷纷掉落在了地上，如给园地铺了一层黑色的布幔。薛嵩骑在牛背上，目视一园黑豆，在阳光下闪烁着亮光，个个精神饱满，如待战的部队。薛嵩高扬手中的树条，左右一挥，所有的黑豆都列成队伍，整装待发。薛嵩又一声高吆，胯下的牛奔跑了起来，绝尘而去。

薛嵩事先交代郭氏，灯芯山下马跃池边有园地，黑豆已成熟，满地都是。郭氏唯一要做的就是将黑豆都扔入马跃池中，不能吝啬，一颗接着一颗一把接着一把，全部都扔进池里去。切记。切记。

郭氏记住了。郭氏来到了灯芯山下马跃池边，她吓了一跳，她从未看过如此丰收的黑豆，黑压压一片，几乎望不到边。要把这么多黑豆扔进池中，怪可惜的。但她不敢违背男人的意愿。那时候的女人都得听男人的话，即使那男人天天放牛挺没出息的。

说实话，我能力有限，很难用准确生动的文字描绘接下来的场景。

总之，薛嵩一路骑着战牛，率领着他的大军——妻子每往马跃池扔下一颗黑豆，薛嵩就多一员将士，妻子刚开始是一颗一颗扔，后来又一把一把地往池里撒——所向披靡，直捣皇宫，御林军溃不成军，谁也抵挡不了这不知道从哪来的天兵天将。

郭氏在马跃池边扔黑豆的事被薛嵩的母亲知道了。薛嵩的母亲出了名的小气，她一辈子也没见过那么多的黑豆，而儿媳竟然将黑豆白白扔进了池中，这不是疯了吗？于是母亲带着布袋赶到了灯芯山下马跃池边，她试图阻止儿媳的愚蠢行为。郭氏那一刻挺为难的，她不知道是听丈夫的好，还是听家婆的好。最后，她还是决定听丈夫的话，继续往池里扔黑豆。薛嵩的母亲实在是太生气了，她觉得生了一个傻儿子，而娶进来的还是一个傻媳妇。她火冒三丈，一把就将儿媳给推下了马跃池。薛嵩可怜的妻子在池水中挣扎了几下,便如一颗黑豆,缓缓沉入了水中。

薛嵩的母亲足足从灯芯山下马跃池边收回了几百麻袋的黑豆,一颗颗乌黑饱满,村里人说至少能卖一小块金子。薛嵩的母亲高兴坏了,她等着儿子回来,她要好好表扬一下儿子的勤劳,还要给他再找一个好妻子。

故事的结局当然是悲惨的。诸位应该也能猜到了。这其实只是一个老套的民间故事,我之所以要把它写下来,一是为可怜无辜的郭氏;二是为什么偏偏是黑豆,而不是黄豆赤豆荷兰豆……我想,黑豆,既然已经写进了文学作品,就一定要有它的隐喻吧。是的,我倒不知天高地厚,我想把它起名为《黑豆》,或者叫《反贼薛嵩》。

坏就坏在皇帝身边总有个聪明的国师。这国师的形象大概也没什么出乎意料的,无非是身着长袍,蓄起羊须,或手执羽扇,或捏一粒玉石,总之他表情深沉,偶尔看天,偶尔掐指,然后他进言道:"皇上,臣倒有一计,可以试试来者是真命天子,或是草寇反贼。"皇上唉声叹气,问:"那又如何?"国师说:"如果真是天子,那么天命难为,皇上就认命吧,将玉玺献出,自甘为臣;如果是草寇反贼,事情就好办得多,邪不压正,皇上乃真龙,便败不了。"皇上一听,在理,便让国师着手去办。

只见国师献出东西三样,让城下薛嵩抉择,薛嵩一看,桌上摆着一盘黄金一盘黑土一盘红粉。薛嵩虽然目不识丁,却也知道三样东西分别代表着什么。薛嵩最终选择了黄金。之所以不选择黑土和红粉,是他相信,只要他大手一挥,大兵压阵,这"黑土"和"红粉"不就都是他薛嵩的了嘛。倒不是要薛嵩选择什么,而是城墙上的皇帝该做出个选择才对。

国师站在城墙之上,他眼看薛嵩选择了黄金,便暗自一笑,回头对皇上说:"陛下,开门一战吧,万里国土仍属于您。"皇上大喜,亲自披袍上马,开门迎战。经过三天三夜大战,薛嵩损兵折将,节节败退,他怎么也想不到,天兵天将竟无一增援。他恨妻子怎么没按他的意思办事。战至第四天,只剩下薛嵩一人,忽见一刀下来,薛嵩的人头便滚落在了牛蹄边上。然而薛嵩还没死,他丢盔卸甲,往家乡方向逃亡,来时骑一头黄牛,回时,还是那头黄牛。国师见状,高喊:"穷寇莫追。"于是,薛嵩一路奔走,回到了家乡,他骑着老牛走在进村的路上。有一牧童,见牛上骑着一个无头人,惊呼:"嘿,那人没头怎么还不死?"牧童话音未落,薛嵩顷刻滚了下来,死去了。

老弭说，村口东侧那一矮小坟头，便是薛嵩之墓。

前面我讲到老弭在338省道开了一家粥铺。

是的，有一天，粥铺来了一个客人，那客人见老弭眼熟，说十多年前吧，弭书记您送了一个女人到我们卫生院，那时我还是卫生院的实习医生。老弭蛮惊讶的，说是啊，是有这事。实际上他惊讶的是还有人记得他曾经当过书记。老弭说，那女人不是别人，就是"文革"时被天来踢了下体的黑豆。老弭当时慌乱，倒没注意卫生院的医生长什么样子。十多年过去了，竟然能相逢，想想还是蛮有缘分的啊。

"当年多亏了你们，救了她。"老弭说。

"有个事，我印象深刻，当时没敢说。不知道那女的嫁人了没有？"那医生笑着。

"什么事啊？"

"那女的其实是个石女，说起来她还得感谢踢她的人。我们还给她做了人工阴道成形手术。"

这倒是老弭没想到的事，他一下子想起好多年前，那时他还是书记，黑豆才嫁出去四天就回来了，黑豆说她肩上骑着神明，不能和男人同房……

后面的事情就不用老弭讲了。我已经记事，八十年代，我们还是小孩，那时只知道黑豆是个招神婆，神通广大，上可请神仙，下可约鬼怪。小孩们感冒发烧很少去找医生，就找黑豆，请个符，烧成灰，抹一指头到嘴里，就好了。后来，媒人猴母花找过黑豆，想撮合一对，男人不是别人，正是后巷的天来，他一直未娶，似乎就等着黑豆。黑豆没说话，指着门楼让媒人离开。几年后，天来得癌症死了，他的亲人来请黑豆招魂，看能不能说两句，黑豆在神龛前坐了半天，终于叹了口气，说，招个屁。从此，黑豆烧了神龛器物，不再招神惹鬼，过上了一般人的生活。近年，黑豆到莲峰寺领养了一个小女孩，弃婴，兔唇，养到五岁还不会说话，是个哑巴，黑豆慢慢也不再说话，她和女儿自创了一套哑语，只有她们之间可以交流。

【作者简介】陈再见，1982年生于广东陆丰。中国作协会员。作品发表于《人民文学》《十月》《当代》《钟山》等刊，多次被《小说选刊》《小说月报》《新华文摘》《中篇小说选刊》选载；入选2015/2016年《小说选刊》年度排行榜、2016《收获》文学排行榜等；出版长篇小说《六歌》，小说集《你不知道路往哪边拐》《青面鱼》等；荣获《小说选刊》年度新人奖、广东省短篇小说奖等。现居深圳。

选自《花城》2018年第1期

表弟宁赛叶

莫　言

　　三哥，你不要自鸣得意，更不要沾沾自喜，你不要妄自尊大，也不要以为咱东北乡里只有你有文学才能，我的表弟秋生——笔名宁赛叶——外号怪物——借着几分酒力，怒冲冲地对我说。我知道你瞧不起金希普，你这是犯了文人相轻的臭毛病！我认为金希普的才华远远超过你，他之所以没你名气大，是他没赶上好时候，他如果逢上八十年代那文学的黄金时代，哪里轮得上你猖狂！不说金希普，就说我，三哥，你说良心话，我的才华，在你之下吗？——表弟将酒杯往桌上一蹾，严肃地说。

　　你的才华，确实不在我之下，我说，金希普更是天才，俄国有个普希金，中国有个金希普嘛！

　　你这是西北风刮蒺藜，连风（讽）带刺！三哥，我没醉，我听得出好话坏话！金希普是我的兄弟，他骗谁也不会骗我，那两万元钱，算什么？他迟早会还的。那个什么狗屁电视台的狗屁副台长，我根本没看在眼里，更没放在心上。我们，我们生不逢时啊！忆往昔峥嵘岁月，恰同学少年，书生意气，指点江山，粪土你们这些达官贵人！我们哥俩，当年创办女神诗社时，心比天高，气势如虹，恨不得将小小地球，玩弄于股掌之间，那是什么样的胸襟抱负！可是，这个年代，容不下黄钟大吕，只能让狐狸社鼠得意横行。三哥，你放下你的臭架子，拍着胸脯想一想，你说，当年我让你看的我的小说《黑白驴》是不是一篇杰作？

　　我的《红高粱》发表那年，我的表弟，不，宁赛叶和金希普合办了一份小报，在上边刊登了即将连载《黑白驴》的广告。我清楚地记着他们的广告词：本报即将连载著名作家莫言的表弟宁赛叶的小说《黑白驴》！这是一部超越了《红高粱》一千多米的旷世杰作！每份五元，欢迎订阅！我记得当时我还在家里休假，姑父来找我，说秋生和他的文友让你去一下。我去了，在姑姑家的那三间空屋里，我第一次见到了金希普，还有几个我忘了名字的诗人。当时他们都是中学的学生。屋子里乌烟瘴气，遍地烟头。桌子上杯盘狼藉，桌子下一堆空酒瓶子。我一进门，宁赛叶就说，莫言同志，你有什么了不起？我连忙说我没什么了不起，但我没得罪你们啊！他说，你写出了《红高粱》，骄傲了吧，目中无人了吧，尾巴翘到天上去了吧？但是，我们根本瞧不起你，我们要超过你，我们要让你黯然失色。他递给我一张铅印的小报，我从小报上读到了前面已写出的广告。我不高兴地说，我抗议，你们没经我同意为什么把我的名字印在你们报上？！他说，把你名字印在我们报上，是我们瞧得起你！我们没跟你要广告费，已经让你占了便宜……

我那篇《黑白驴》的原稿，你是看过的，你说良心话，是不是一篇杰作？那头驴，不白不黑，亦白亦黑；不阴不阳，亦阴亦阳。在白驴面前，它是黑驴；在黑驴面前，它是白驴。在公驴面前，它是母驴；在母驴面前，它是公驴。你说，在世界文学史上，出现过这样的驴的形象吗？你以为我写的真是一头驴吗？不，我写的是人。在我们的前后左右，每时每刻，都有一些像黑白驴一样的阴阳人，他们察言观色，他们趋炎附势，他们唯利是图，他们见利忘义，他们没有良心，却挥舞着良心的大棒打人，他们没有道德，却始终占据着道德高地，他们在驴和人之间频繁转换，驴脸上挤着人的微笑，人身上长着驴的皮毛。生活在这样的世界上，你说，我们怎么能服气？

他点燃一支烟，倒上一杯酒，一仰脖干了，又倒上一杯酒，一仰脖干了！姑父嘴哆嗦着，试图去夺他的酒杯，他猛地格开姑父的手，双眼通红，凶相毕露，说："从生理上论，你是我的父亲；但从心理上论，你是我的仇敌。"——你听听，你听听，姑父可怜巴巴地对我说。你听听这些话还是人说的吗？——这些话当然是人说的，如果我不是人，那岂不是侮辱你？是的，你们教育我，要感谢父母的养育之恩，但你们值得我感谢吗？你们把我弄到这个黑暗的世界上，让我痛苦而悲愤……

我说，老弟，别装疯卖傻了。我也喝醉过，但醉了皮肉，醉不了心。这家庭，没有亏待你。你从小到大，娇生惯养，我放牛的年龄里，你在小学里捣乱破坏，砸玻璃揭瓦，我在水利工地上汗流浃背的年龄里，你在中学里抽烟喝酒写歪诗。你已经三十多岁，游手好闲，不务正业，想入非非，眼高手低，大事干不了，小事又不做。古言道三十而立，村里像你这般大的人，早就当家过日子了，可你还要父母养着你，不但要养着你，还要养着你的老婆孩子，你还有什么脸面在这里怨天尤人，你还有什么理由在这里借酒装疯？

我不服气！他捶打着胸膛，高声喊叫着，为什么，为什么那些笨蛋可以飞黄腾达？为什么那些骗子可以锦衣玉食？为什么才华平平者却可以扬名立万？为什么我满腹才华却要老死在这破败的村庄？你现在是名人，听说最近还当上了什么副主席？但骗子最怕老乡亲，草包最怕亲兄弟。别人夸你是天才，在我心目中你是驴屎！你那些破小说，全部加起来也抵不上我那《黑白驴》的一行字。你浪得虚名，你欺世盗名。

世无英雄遂使竖子成名，可悲吗？不可悲，真正可悲的是遍地英雄却使竖子成名！

我站起来，想走。但他堵住门，说，你不是欢迎别人对你提出批评吗？为什么我只批评了你几句就要躲开？你可以反批评啊，你可以与我辩论啊！你经常要别人有点雅量，为什么自己没有一点雅量呢？是的，我是一个无业游民，或者可以说是一个二流子，你听听一个二流子对你的批评不是更显出你的雅量吗？你是成名作家，我是文学青年——连文学青年也不是——我是一个文学疯子，许多人以为，有你这样一个表哥，我会跟着占便宜，想当初，我也对你心存幻想，以为你能提携我，帮我发表作品，但你武大郎开店，你生怕我超过你，你不但不帮我，反而压制我，打击我，讽刺我，挖苦我，贬低我，嘲笑我，你不敢面对真理，不敢承认我的才华，不敢面对我的《黑白驴》。我的《黑白驴》，在你那儿压了很久，你说是找《××文学》《××月刊》还有什么驴屁文学的编辑看过，当初我还以为是真的，但后来我明白你骗我，我的《黑白驴》，你没给别人看，你不敢给别人看，你明白那是杰作，你明白，一旦我的《黑白驴》面世，你们这一茬作家，通通都要退下舞台！你嫉妒我的才华，但你不敢承认你的嫉妒，你是个小肚鸡肠的小人，你生怕别人超过你，我之所以落到今天这步田地，你是要负责任的！

——我喝了一杯酒，我已经好久没喝酒了！我怒冲冲地说，宁赛叶先生，做人要有良心，说话要有根据！你的《黑白驴》，我确实看过，对，我承认，我确实没把你的这头驴，寄给任何刊物，因为我觉得，这头驴是头非常一般的驴，它没有个性，充其量是一条杂种驴——

——杂种出好汉！他说，真正的好作品，都是杂种！你自己也承认，你是受了西方文学影响又继承中国文学的传统然后又从民间文学里汲取了营养，你的文学，也是杂种！

——好好好，算我说错了，但是，我把《黑白驴》还给你之后，你完全可以自己往外投寄啊！邮局是国家开的，只要你付足邮费，他们敢不给你邮寄吗？中国这么多文学刊物，你可以投稿啊，即便有不识货的，但总会有识货的，是金子总会发光的。

——我知道你会这样说，但问题是，这么多刊物，全都被你们的同伙把持着，他们当中，多数有眼无珠，即便有几个识货的，但他们能发表一个无名小辈的作品吗？我没钱去给他们送礼，我更不是文二代文三代——所以，我恨你，你本来是有能力帮我发表的，也只有你可以提携我，但你嫉妒我，你生怕我露出头角压住你的名声。

——你可以把你的大作贴到网上啊！

——网络就是净土吗？网络也早就被那些网霸们分疆裂土，一个个的团伙，一个个的圈子,吹捧的是他们自己的一伙,真实的社会一团漆黑,虚拟的网络暗无天日,我对这一切都看透了。我真想变成一头天驴,把日吞了,把月吞了,把地球吞了,把一切吞了。

——你成不了天驴,充其量是条黑白驴,连黑白驴都成不了,你是条疯驴!六亲不认的疯驴!你有什么资格攻击我?就因为你的母亲是我的姑姑?就因为这么一点血缘关系?二十多年前,你就可以像召唤一个小伙计一样,把我叫到你们那一伙小文痞的酒桌前羞辱我?你们既然要用我的名声为你们的垃圾小报造势,又为何当面把我的作品和我的人格贬得一钱不值?你高考落榜之后,不是让我为你找工作吗?

——你帮我找了个什么工作?你让我去酒厂里刷酒瓶子,我站在水池边,像一架机器,重复着同样的动作,面对着一堆玻璃瓶子,我一刻不停地刷啊,刷啊,我把一个个肮脏的瓶子刷得一清二白,但我的心里越来越脏,我怨,我恨,我悲,我愤,我恨不得变成一把火,熊熊燃烧,把这肮脏的世界,烧成一片废墟……

——是的,我说,你感到刷酒瓶子委屈了你,是高射炮打蚊子——大材小用了。但接下来我把你介绍到供销社,让你去站柜台卖货,这事儿比较体面吧?你知道,我当年的最大理想是当一个供销社售货员,风吹不到,雨淋不着,可是你干一两天,就让账面亏空了一百元!你当然不会承认是你贪污了一百元,供销社里我的那些朋友,也没有明说是你贪污,但他们心里是怎么想的你知道吗?我批评了你几句,你一脚将人家的门踢破,然后不辞而别。你连自己的铺盖都不要了,那可是姑姑为你新絮的里表三新的被褥,他们在家里盖什么?一条千疮百孔的破毯子!人家供销社让你去拿被褥,你说什么?你说"让他们盖着我的被褥去死吧"!人家将你的被褥扔到大街上,狗在上边撒尿,鸡在上边拉屎,周围的人在旁边议论,你让我替你蒙受了耻辱啊!

——他们根本不是人,是一群奸商!他们往酒里掺水,往化肥里掺盐,他们大秤进小秤出,他们制假贩假,坑蒙拐骗,我怎么可能跟这样一群败类共事?那一百元钱,是他们制造的一桩冤案。他们看出我跟他们不是一路人,他们怕我坏他们的事,所以用那样卑鄙的手段挤走了我。你不是一直标榜良心吗?你不是一直用你的文学揭露黑暗吗?为什么还站在他们的立场上批评我?文人无行,你就是一个活生生的样板!

——就算供销社那些人陷害了你,但我后来把你介绍到锻压设备厂,知道你是有文化的人,让你在政工科写材料,守电话,这一次你是给了我面子,干了一年,可这一年里你干了什么?你谈了两场恋爱,第一次跟油漆工小宋,把人家肚子弄大了然后把人家蹬了,第二次跟保管员小于,把人家搞得哭哭啼啼寻死觅活。锻压设备厂厂长、我的朋友老姚,如果不是看着我的面子,早把你送到派出所里去了。老姚对我说,你那个表弟,是个大才,咱这小小乡镇企业,水太浅了,养不住这条真龙,是不是让他另谋高就?我的脸像挨了一串耳光,火辣辣的。你的确是天才,但我觉得你最大的才华是骗女孩子,你是这一行当的高手啊,你相貌平平,自己没钱,家境贫穷,但能让那么多女孩子为你献身,不但献身,还献钱,那一年你衣着光鲜、出手阔绰,花的都是小宋和小于的钱吧?

——你没权对我的私生活说三道四!你们文艺圈里,有一个干净的吗?但我要说,老姚是个浑蛋,他的锻压设备厂,生产的基本都是废品,为了把这些废品卖出去,他贿赂采购人员,手段卑劣,无所不用其极……

——好了,天下没有一个好人,只有你一个好人。后来,你想参军,姑父找到我,我只好厚着脸皮帮你找人,你如愿以偿当了兵。原本希望你能在部队好好锻炼,好好学习,争取考上军校,提成军官,也算一条光明大道。可你到了部队又干了些什么?你大概又去勾引地方的女青年了吧?

——是她们勾引了我!他眼睛通红,仿佛要与我拼命,是她们设局陷害了我!

——行了,老弟,复员回乡之后你又干了些什么?你跟金希普到济南办报,鬼知道是家什么样的野鸡报,你半夜三更打电话,让我给你们写"名人寄语",我当然不写。我也幸亏没写,我看过贵报,报上登载着"大力丸"广告,家传秘方,包治百病,金希普自封社长兼总编,封你为副总编兼首席记者。你不是还拿着记者证回家炫耀吗?连姑父姑姑都被你蒙住了,以为你走上了正路。你拿着假记者证在家乡坑蒙拐骗,兔子还不吃窝边草呢,你可好,专门在本县地盘上打转转,你跑到陶阳镇去讹诈人家,被人家当场扣下,大概皮肉吃了点苦吧?挨揍之后你又把我供出来了,说是我表弟,县委宣传部张副部长打电话问我,我只好承认,确有此人,人家看在我的面子上放了你一马,否则完全可以以诈骗罪把你送进去!

——诬蔑,这完全不是事实!他们为了建那座高度污染的化工厂,强占农民的良田,农民联名写血书上访,都被他们扣下。官办的报纸不敢揭露真相,我们民办的报纸为民申冤,又受到他们诬蔑!暗无天日啊!他用手揪着自己的头发哀号着。

——你当时是怎么说的?你说只要你们赞助十万元,我们就把消息压住。否则就立即见报!就算他们建化工厂不对,但你利用这种方法诈钱,又能比他们好到哪里?

——诬蔑!完全是诬蔑!

——就算他们是诬蔑,接下来你又干了些什么?你要干实业,生产什么高科技电子灭蚊器。让我投资,我明知你这种人靠不住,但还是希望你能浪子回头,于是借了三万元给你。那可是八十年代初期的三万元。你在县城租房子,买了一辆二手面包车，放鞭炮开张，接下来，天天请客，吃饭，甚至充大款给小学捐钱买电脑，不到两个月，钱造光了，关门大吉。

——你那点臭钱，我迟早会还的！生不逢时，时运不济！苍天啊，大地啊。

——办企业失败之后，你在济南跟着你哥们流浪，可能你那哥们也容不下你了，你只好回家来继续啃爹娘。你抽烟，喝酒，都要姑父供给，为了你，姑父退休之后又给人看大门，姑姑七十多岁了，还每天去冷库扛活。清早出发，晚上回，中午啃口窝窝头。你看看他二老，面如黄土啊，你还有一点人味吗？

——我有了钱，会加倍报答他们的！

——不错，从前年开始，你良心发现，放下天才架子，抛弃幻想，开始到钢窗厂打工，每月可挣两千元。干活期间，又谈恋爱，这次不错，跟人家结了婚。不久又生了孩子。看到你的变化，我们发自内心的高兴，合伙为你装修了房子，你媳妇也去打工，姑父姑姑在家看着孩子，加上姑父的退休金，每月可收入五千元，电视换了，冰箱买了，太阳能热水器装上了，可以说基本上小康了。但好景不长，金希普又来了。金希普一来，你就疯了。我对你已经仁至义尽，从今后起，我不会再说你半个不字，你也不要再来找我。

——中国人民有志气，他说，我宁愿讨饭，也不会进你的家门。

——太好了，我说，太好了！

——先生，请不要隔着门缝看人，更不要得意忘形。文学是人民的文学，谁也不能垄断。我几十年颠沛流离，走南闯北，住过五星级宾馆，也在街上露宿过；吃过海参鲍鱼，也曾从垃圾堆里找食吃。我睡过青春少女，也曾嫖过路边野鸡……我办过企业也打过工，我打过别人也挨过别人打，我看透了这个世界，我对人有了深刻的理解，现在，到了我拿起笔来写作的时候了！先生们，你们的时代结束了！轮到我上场了！

——他将酒瓶摔到地上，伸出右手食指，指着姑父，痛苦地质问道，你，凭什么偷拆我的信件？你以为你是我的父亲就有权力偷拆我的信件吗？

——他号叫着，眼睛里流出混浊的泪水，然后，身体突然前倾，伏在桌子上，又号了几声，便呼呼地睡着了。

【作者简介】莫言，原名管谟业。山东高密人。中国作协副主席。著有《莫言文集》（12卷）。中篇小说《红高粱》获全国中篇小说奖。2011年8月，长篇小说《蛙》获第八届茅盾文学奖。2012年10月，获诺贝尔文学奖。

选自《作家》2018年第3期

道　　长

阎连科

多大的天都能装进瓶子里。

道长有媳妇。她带着孩子和女人的暖意来看他。

刚临冬，雪就先一步地到来了。满山的白，像人的虚空样。紫云观卧在雪林间，道长和他的徒弟寒在观房里，让人想到套盒，套盒最里窝着一户山人家。溪平岭的这地方，一年里的春夏秋，是游脚旺至的圣地儿，空气好，林木密，鸟虫的叫声比树叶还稠实。可时入冬季后，风狂了，人就歇息了，路闲得寂出叽叽声。加之到了走雪天，世界上连菩萨老子都不现身了，庙观就闲得比路还要闲，连往日隔三错五来找道长扎银针的边邻村人也不到至了。使得坐在上堂的道神吕洞宾，十天半月一炷香火都没有，落得个一身尘灰死在清寂里。缘于此，神座下的功德箱，也饿得前胸贴后背，箱腰上裂开的木板缝，像从饥饿里逃跳出的肋骨般。

功德箱上的锁，锈成红黄色，等钥匙如望夫山上等着男人归来的怨妇样。

道长睡在堂前西侧的观厢里，山柴好，炕火热到前夜睡不着，来日上午又不醒。临午醒转过来后，媳妇、孩子已经至观大半天，将观院的积雪扫掉了，把神身的浮灰扫掉了，还把道长不算太脏的袍子在洗衣机里转洗着。是洗衣机的叫声把道长唤醒的。推开门，揉着眼，道长看见媳妇像看见了耳光样，她火等冰地立在院中央，正和徒弟玄明在院里烤野火。孩子骑在观堂吕洞宾的脖子上，高高扬扬唤：

"驾——驾！"

和媳妇望一眼，道长问："你怎么来了？"

媳妇说："想来就来了。"

把孩子从神的头上呵斥下，让玄明去烧中午饭，并托嘱他把挂在观檐的腊肉炒一炒，一家三口就往西厢观屋走来了。屋不大，倒干净，地上除了道长的布鞋、拖鞋和睡落在地上的枕巾外，也就是几枝劈柴、草纸和卷着书角的《道德经》。媳妇来了，道长和神一样很快就让地上利索了。将被褥收在墙柜里，又到外面给炕灶喂了火,炕就渐次暖起来,如神抚摸了信徒的心灵和身子。道长媳妇年龄三十几,住在山下的街镇上,脸上的濡亮很像这个时候的光,尖红色,扎人眼,头发也黑到刺人目,加之穿了艳黄色的羽绒袄,整个人,就像不会画画的人画的水彩画,倒在没有章法中愈发跳脱夺目了。道长已过四十岁,穿了道人在冬季最常穿的黑棉袄、土棉裤、灰棉靴,显得有些脏,像被无神论的人羞辱了一番样。可因为他是神,必须原谅羞辱他的人,于是脸上就僵着一层笑,使那笑如遮住一室污杂的窗帘布。

孩子在炕上剥吃敬过神的花生和瓜子。他们俩,一个坐在炕沿上,一个坐在凳椅上,中间设了小桌子。桌上有紫砂壶和没有水的紫砂杯。就那么对对相坐着,此彼相望着,让从窗玻璃透过来的光,落在屋里披在他们身子上。

屋里暖起来,谁都不说话。

身子暖起来,谁都不说话。

媳妇忽然把道长的手给拉过来,握在自己手里边,眼里放着烧红铁的光。道长任她握。手在她的手里还用指甲把她的手心刮了刮。媳妇掉泪了,脸上烧铁的红色成了寡黄色,额上竟还有一层薄汗濡润着。道长望着门口那方向,目光有一半分在媳妇的脸上和身上。过了一会儿,他忽然笑一下,把手从媳妇手里抽出来,让目光去往窗台那边了。

窗台上有一个新摆上去的镜框儿。镜框儿里面是奖状。道长盯着那奖状看一会儿,媳妇也扭头盯着看,还很喜惊地"哦"一下。"哦"完了,脸上灿然出发现怀孕时的喜黄色。道长在那喜黄里,去那镜后摸出一把钥匙塞到媳妇手里边。

媳妇看看那钥匙,出去一会儿重又走回来:

"锁该换了,半天打不开。"

把钥匙放在桌角上,将一大把的碎钱丢在桌央里,像牡丹花开样,五十的、二十的,还有十元、五元和一元、二元、毛角的纸币和硬币;也还有三张大额的百元钞票夹在那中间,如花冠中最大的几瓣花片儿。就开始坐下清整那些钱。所有的钱都是折皱着,还有的被揉成污团儿。冬雪的冷潮结在纸币上,经了屋里的暖,结潮化软了,绵下来,开始有浅灰的霉味从那钱上散开来,宛若春天来时一山野的木腐香。

阳光好,金成璀璨黄,隔着窗玻璃望过去,像火光注在眼睛上。媳妇在光里砌整着钱。把百元的展平砌成一叠儿,将五十元的展平砌在百元上,然后再去钱堆里挑拣二十元的票,让人想到秋后的乡媳在席上、筐里捡粮食。孩子五岁半,能识许多字,也从炕上跳下为钱劳作着,把一元的叠在一块儿,把二元的摆在一块儿,还在嘴里数着"一、二、三",童音的节奏很像咏唱圣诗里的歌。

道长从屋里出来了。

媳妇不来时,香火旺季间,道长也常和徒弟在夕阳里闭上观门和媳妇那样摆整功德箱里的钱。可后来，他成紫云观的正式道长了，清整钱的事儿就都由徒弟去做了。不是懒，是警觉——自醒是道长就应该圣一些，关于钱的事，应该让徒弟从他身上嗅出一股淡远味。现在媳妇和孩子在清整那些功德钱，他就更应该出来距那远一些。距那远，自然也就离神近了些。为了离神近一些，他立在观院中央，望着六层石台上的观堂门，和门里的道神像，看那门漆旧落了，木刻的道言对联"一生二二生三三生万物，有为无无为有有无无有"也该上漆了；还有吕洞宾的像，不知为何他总是续续念念想，有一天化缘或者求政府赐恩一笔钱，把吕洞宾的泥像请出去，塑一尊老子的镀金木像或大理石雕刻敬在那。这样想，又觉得愧对吕洞宾，毕竟也是八仙里的要人呢。像吃了人家还要毁了人家的负恩罪贼样，想着道长把头勾下来，将目光从升上的观堂转降到观门外的岭道上。

道那边，停着道长的棕色小轿车。车这边，正有一个老婆儿走过去，她是寒瘸膝，在雪地上一瘸一拐走，每一步都要倒下去，每一步也都没有倒下去。入冬的大雪结在不足丈量的路道上，上坡倒还好，下坡时，脚一滑，人就滚到路边沟里了。滚下也就没命了，至多在世上留下一处尖叫声。从观院朝着观外看，因着要下七八级的阶台才到那路上，由此道长在观院望那婆婆时，像菩萨在云里看那为她上香的人，像老子端立在绝顶看那在山脚找寻他的人。心里恻隐了，知道她是去观那边更小的只有一间房的庙里为菩萨上香去，道长还是从观院走出来，下到最后一级台阶上，追着她的寒影唤：

"三婶——你过来，我给你的病腿扎扎针。"

老婆儿立下了，回身望了道长一会儿，用脆干卑视的声音道：

"我信的是菩萨，不是吕洞宾！"

又走了，一瘸接一拐，像用力跳在雪路上的冬蚱蜢。

就在那阶台沿上木立着，有炒腊肉的烟香飘过来。山下满沟壑的白雪上，刺蓬着一片片黑枯的树枝和青冰条。立一会儿，道长又蹬着台阶回观了。面前的腊肉香，一丝丝在午阳里呈着暗红色，柔丝绒线般。他跟着腊肉香，到观东灶房兼为徒舍的道房看了看，又朝自己住的观西道房走去了。

媳妇和儿子已经把那碎钱整好了，五十元和一百元的结成一户垒在一起。其余二十、十元、五元和更卑微的按身价结为一户垒在一块儿。码价大的在下面，码价小的在上面；最顶上的是角票和硬币。道长进来望着那两户钱，像望着一高一矮、一塌一立的两柱道塔样。

媳妇正拿着一张百元票，给孩子讲教历史和故事，见道长的影子倒在钱桌上，扭过头像说天气好样道：

"一共六百多。"

道长说：

"接济一点给三婶吧，她到隔壁菩萨那里了。"

媳妇盯着道长看了一会儿：

"给多少？"

道长想了想：

"零的都给她。堆儿大，好看些。"

这时候，道士玄明在东观房里唤叫了，问炒腊肉是希望盐放多一点，还是盐放少一些；问蒸上的米饭应该熟了吧；要不要给小侄儿单独炒个菜。玄明将近二十岁，脸上有几粒春刺豆，像泡涨的种子埋在肥地里，黑棉的道帽把那豆种衬成青紫色，宛若那种子随时都会炸开生出萌芽来。他立在门口上，人在日影里，再往前边一步就能站在太阳下，可他就是不往前，只把自己镶在门框内，如那门框牵着他的手脚不让他出去样。头扬着，手在嘴上喇叭着，扯着嗓子唤，把他奋洪的嗓音弄落一院子。可他还没唤完时，道长就从对面屋里出来了。媳妇也跟在道长后边出来了。两个人，一前一后竖在院中央，道长脸上显出很不快的责怒来：

"我还没死哪，想要作法啊！"

玄明不生气，从门框里迈出身子后，笑着立在他面前，一直盯着他的衣服看，见师父衣服齐整，连一粒散扣都没有，又挪移目光盯着师娘的衣服看，看完了嬉皮笑脸问：

"没啥事儿啊？"

道长朝徒弟身上踹一脚，三个人就都去东观屋里了。一块儿炒菜，蒸饭，揭锅，洗盘子，盛米饭。转眼就是四样菜，又大碗、小碗装了米饭，拿了酒杯，朝西观屋里走。西观屋里光阳好，炕又暖，他们总是在东边屋里做炒端到西观屋里吃。可这次，端到西观屋里时，景况不再一样了。出了一点节外的事。原来小桌上放的两沓钱少了一沓儿，桌上像塌了半壁江山样，靠门口这边的半面桌，空得如一丝薄云都没积存下的天一样。丢的那一沓，是矮矮塌塌的五十和百元票。留着的，是那一柱高的、多的，二十元、十元、五元和二元、一元及角票、硬币塔，且道长的儿子还把那十几个硬币由大到小，积木一样垒在那沓纸币正央里，齐高高地竖起来，使那沓由大到小的纸币为座基，座基上竖着翻倍缩小的银光硬币塔。他为能把这币塔竖起而高兴，见父母和道叔端着饭菜进来了，还一脸笑地指着币塔说：

"看看，看看——我摆的！"

母亲问："那钱哪？"

"给了三奶啦。"儿子兴奋着，"刚儿我出去，看见三奶从门口过，我就回来拿去给了三奶啦。"然后母亲就当当哐哐把端的菜碗搁在桌子上，起身一耳光打在儿子后脑上，"谁让你给！谁让你给！"呵斥着，又一连声地抱怨道："给也给这少的啊，谁让你把那五百给人家，把这一百多块留下来！"孩子就哭了。"哇"的一声如天顶炸了洞，一屋子泄满五岁的委屈和枉冤。"不是给的少的吗？"他哭着辩申着，"那一摞钱那么低，这一摞钱这么高，我不是把那低的、少的给了吗？"

　　道长媳妇无语了，立在桌边上，盯着儿子说的留下的一摞多的、高的碎票儿。纸币上的银塔倒下了，满地滚的都是一分、二分的钱，在透窗的日色里，如夜穹空顶闪的光。孩子的哭，也如星夜生的风，一野都是呜呜声。在那呜声里，有人觉到凉爽有人觉到冷。还有的，觉到了在这呜风里，墙像挡了风那样余多着。

　　道士就那么余多不解的墙样竖在那，手里端着两碗白米饭。

　　道长忽然就笑了，从道士身边绕过去，先摸抚摸抚孩子的头，看着桌上的一桌碎钱笑得如开在冬阳里的菊花般。"你做得对，做得好！"不知是为了哄孩子，还是真的那样想，他大声笑着说，还用目光去试着瞟媳妇，像有了可以明证什么的目光要示给媳妇看。

　　媳妇就怒了，闭着嘴在地上跺了一下脚。

　　"他不是把张数少的送了出去吗？"道长说。

　　媳妇不说话，突然过去把孩子从道长怀里夺过来，然后冷着目光冰道长。

　　道长不笑了。

　　道长也用半冷的目光回冰媳妇一会儿，从鼻里哼一下，忽然转身将炕边柜的抽屉拉开来，拿出一沓百元票的人民币，数出十张后，又将手里剩下的几张重新放回抽屉内，将拉开的抽屉合关上，再转身，前走一小步，将那十张百元的钞票塞到媳妇怀里去，用风清韵寒的声音问：

　　"这是一千，够了吧？"

　　媳妇没有答，只是用耳光样的目光掴在道长的举止上。孩子也不再哭闹了，异惊讶讶地看着父亲和母亲。徒弟好像明白了什么事，轻轻把手里的米饭放在桌子上。"别吵……别吵。大冬天，大老远，好不容易见一面。"说完就退到西屋外面了，像真的发现自己在那多余样。屋里只还有道长一家人，静得能听到炕里因为柴尽的退暖声。有个在冬天必死的蛐蛐活在炕缝里，这时它出来爬到炕沿望了望，又事无相关地爬回炕缝了。太阳光，依旧尽力慷慨地照着桌子和砖炕。有一只苍蝇飞来落到炒腊肉的盘子上，饕餮地餐出细亮亮的响。孩子好像明白钱的大小多少了，把母亲怀里的十张百元票子拿起来，笑着朝母亲脸上伸，像他送出去了五百收回了一千样。

　　母亲把那一千接夺了。

她捏着那钱将目光从道长脸上收回来，绕着饭桌朝前走几步，主人样，过去把道长拉开过的抽屉重又拉开来，朝着抽屉里面死盯一会儿，又猛地把那抽屉推合上，朝后退两步，和道长面对面，逼着问了一句话：

"你今夜回家吗？"

道长说："不。"

媳妇问："为啥？"

道长说："神不让。"

媳妇又盯着道长冰寒一会儿，将舌头在嘴里裹一下，突然把一口痰吐在道长脸上就走了。如一股风样从西观屋里吹出去，又从观院吹到观外边。道长一直站在那儿没有动，也没有去脸上擦那挂着垂流的一口痰，只是在那痰要从眼角流到嘴角时，他用手坝着痰，对着门外唤：

"玄明啊——开车下山把你师娘和侄儿送回去。"

又过了吃顿饭的工夫里，玄明回来了。他把车还停在观前的那块平地上，踏着夕阳爬上台阶进入观院里，看见师父不在西观屋，而在观堂的殿里端着半盆水，手里拿着一块毛巾布，正扒着吕洞宾的肩膀在给泥塑擦头，抹脸，洗身子，把吕洞宾身上的尘灰洗得一点都不剩，让他着金饰银的身子在西照过来的落日里，闪着刺眼的情彩和光芒。玄明就立在那神像和师父的身子下，仰头自语似的对着师父说：

"师娘真奇怪，路过那异教三婶家里时，她拐进去把那一千块钱也送给三婶了。"

师父就把那抹布僵在半空间，捂在吕洞宾的胸口上，想说什么话，又没说出来。玄明就还那么仰头望着师父的脸：

"师父，我家里人又给我介绍对象了，你说我回去见不见？"

"你见呀。"师父大声道。

"听你的，"玄明笑着搓着脸上的"种子"说，"你让我见了我就见；你让我结婚我就结婚。你不让我结了，我就打光棍，一辈子就和神们结婚过日子。"

然后接过师父递下的半盆污脏水，换水去给道神净洗了。至观院正中央，玄明看见天上有云在头顶，闪着碎瓶玻璃似的光，亮白得如这一冬天的雪，又暖得和道房屋里的火炕样。

【作者简介】阎连科，1979年开始写作，主要作品有长篇小说《日光流年》《坚硬如水》《受活》等十余部；中短篇小说集《年月日》《黄金洞》等15部。曾先后获第一、第二届鲁迅文学奖，第三届老舍文学奖；三次入围英国布克奖，其中两次入围布克奖短名单；2012年入围法国费米娜文学奖短名单。现供职于中国人民大学文学院。

选自《青年文学》2018年第3期

看哪，一艘船

胡迁

他把领带扎好，又扯了下来，他看着镜子里的自己，一个四十岁的中年男人，一个普通的四十岁的中年男人，数不清的毛孔浮在鼻子上，不知道里面塞着什么东西。他有一个妻子，每个人都有一个妻子。现在她躺在床上，棉被的一角折叠了起来，露出腹部长条形的脂肪。但他责怪不了这件事，他的腹部也有，不止一条，三条萝卜粗的脂肪摆放在那儿，永远不会动，也永远不会小，至少这辈子不会。他还有一个七岁的儿子，肥胖掌控着他们全家。当他说你去跑会儿步吧，他的儿子会说你为什么不跑。他说跑步会对你非常好，他的儿子会说，那也对你很好，但你为什么不去跑！他曾经买了一整套跑步用的东西，速干短裤、背心、跑鞋，还有套在胳膊上的包，他穿戴齐全后走到马路上，准备着开始，怎么跨出第一步。所有的路灯都开着，远处的楼房看起来距离有几公里，但所有的事物都那么遥远。他走回家，把那些东西都扔进衣柜里；等着第二天，他的妻子骂骂咧咧，你又搞乱了我的衣柜，你又搞乱了我的鞋柜，你的所有东西都放在不该放的位置，你的儿子已经胖得走不动了，他又打了一个同学……他会坐在办公室里，桌子上摆放着成摞的广告提案，年轻人自信满满地把他们的想法打印出来，堆到他的桌子前。他还会走到会议室，那些被捏得变形了的矿泉水瓶，那些沾着手汗的笔，幕布上投放着PPT，一个人的头发被投影照出几块清晰的颜色。他的儿子在学校的操场上站着，所有的运动鞋都贴在塑胶跑道上，几个人在教学楼下打着篮球，他的儿子同他一样不知道怎么跨出第一步。他们不会行走了。即便去旅行的时候，他们一家人来到了柬埔寨，一片历史悠久的废墟，只允许穿长裤。他找到一块大石头的阴影下坐了下来，但还是满头大汗。还有机舱，飞机上提供的食物没有味道是因为气压，但坐在这里，所忍受的一切，也许都是因为气压。只有气压精确到小数点后两位并维持不变时，人类才会没问题，眼前才没有任何障碍，但只要气压不是这个数字，就随时随地都可以感觉到肚子上的那些脂肪在生长。

他没有去公司,而是去了理发店。

你想怎么剪?

短三公分。

短三公分不会好看。

那为什么还要问我?

想剪成什么样呢?

短三公分。

好,好。

接着他听到梳子和剪刀碰撞的声音,梳子每抓起他一缕头发,他都更困倦一些。所有细碎的模糊的声音都让他更为放松,他无法忍受清晰的声音,鼠标点击声、公司里穿梭来去的高跟鞋声音、办公室开关门声、他妻子说话的声音、他儿子大笑的声音——儿子总是要笑,他只在得不到想要的东西的时候才哭。

突然,他大叫起来。

对不起!对不起!

怎么回事?

对不起,我不是故意的。啊,真的,我真的不是故意的,这里的头发挡着了。

他从地上捡起自己的一截耳朵,弯腰的时候,血顺着颧骨流到鼻子上,每个毛孔都在吸收这条红色。等他直起身体来,血又流到嘴里,他吐了一口。

真的对不起。我真的没看到,它挡着了。我去叫经理。

经理会缝耳朵吗?

那怎么办?叫救护车?

救护车是给行动不便的人。

那我们去医院,我去给你拿纸。先包上,毛巾可能会有细菌。

他捧着自己的耳朵,他不知道最初是不是有温度,但现在已经凉了。在此之前,他从来没有捧过除了指甲和头发外身体的某一部分。现在他手心里有血,上面摆放着一小截耳朵,是耳朵最上面的那部分,软骨的切面非常白,整个形状像船。

实习理发师找来了很多纸,慌张地去擦拭他的脸。他焦躁地抓过那些纸,捂在耳朵上,虽然疼痛,但他不想脖子那里继续积聚东西,衣领继续变得红艳。

这样我会算什么?会算故意伤害吗?

你他妈快去找点冰块儿。

店里没有。对了,我在冰箱里放了饮料。

实习理发师取来了一罐可乐。他把这小块儿耳朵贴在铝罐上,用卫生纸整个包起来。他站起来,推开理发店的门。实习理发师跟在他身后。

跟着我干吗?

我跟您去医院。

我自己去。

我跟着吧。

我自己可以去,你跟着有什么用?

我现在什么都做不了了。让我跟着您吧。

你不要跟着我,你什么都做不了,但我快死了。

是我的失误,对不起,对不起。

他看到这个年轻人急得快要哭出来,五官挤到了一起。他加快了步伐,但理发师仍跟在后面,焦急地搓着手。他用举着可乐的手拦了一辆出租车,并把理发师拦在车外面,把门迅速关上了。

去最近的医院。他说。

司机从后视镜里看到他,他用端着可乐外的另一只手捂着耳朵,卫生纸已经透出红色。

耳朵怎么了?

被剪掉了。

他看到司机转过脸去,盯着前方。

你是不是在笑?把后视镜掰过去,不要让我看见。

我没有笑。很疼。

是啊,很疼,拔一根头发也很疼。

耳朵很脆弱,冬天一碰就很疼。

对,所以快一点。

他看向车窗外,回忆从报纸上看的,大概手指只要在几个小时内接上就没事儿,会损失一些灵活度,但耳朵不需要动。现在只要做好保温,这罐可乐不知道可以坚持多久。

把空调开到最大。

好。

冷气声盖过了发动机声。冷气也会有点作用。随着冷气,他的汗水开始变黏,他去理发因为这些头发覆盖在后脑勺,像一层毛毯,即便只在阳光下走几步,都像裹在毛毯里。

这他妈可太好了。他说。他看着前面已经排了一长串的车,根本看不到红绿灯。

司机回过头，关怀地看了他一眼。

又是一辆车擦了另一辆车，然后这两个人要为了他们的几毛钱在这里耗一年。

他气急败坏，只想骂什么。他不能骂他的妻子，那个女人更要命，他也不能骂他的儿子，他的妻子守护着他的胖儿子，他们俩站在一起时，像买了一个篮球又赠送了一个小皮球。他的妻子站在洗漱台前洗脸，弯腰时两块臀部挤压出一条沟，这条沟每天都把他的生活劈成两半儿。

车里虽然开着冷气，不过冷气吹不到的位置也统统像在蒸锅里。

要等多久？

不知道，我挑了条平时不太会堵的路。

这就是不太会堵吗？

我可预测不到。

对，两个垃圾把车停路中间，他们都损失了几毛钱。

我也想把你快点拉到医院去。

他此时坐在这里的每一秒，都令他更愤怒，他的耳朵每一秒都在奔向腐烂。那些微生物，那些不知道从哪来的微生物正一起扑向他的耳朵，它们乘上这艘船并侵蚀着。

后面有人狂摁着喇叭，他再也听不下去了，推开了门。

你还没有付钱。

你欠我的更多。他吼着朝前走去。

从手机地图里，他找寻离得最近的那家医院，有两公里。现在阳光已经彻底铺散开。他沿着这三长串汽车，汽车并列在一起如同烤炉里的金属导管，炙烤着一切。他急匆匆地向前走着。他想起自己的车停在理发店门口，幸好没有开车，幸好他得用一只手捂着耳朵不然卫生纸会掉下来，所以不能开车，是啊，这是多么的幸好啊。

卫生纸盖住了他的太阳穴和半张脸，暖烘烘的。汗水把脖子上已经干涸的血又冲刷开，他扯开了衣领，把外套脱下来扔了。他的妻子会责问他这昂贵的衣服去了哪儿。去了那条把他的生活分成两半的沟里了，就去了那儿，快去找吧，好好找找。

在他路过那个十字路口时，他还想看看究竟是哪两个人站在马路上吆喝，但没有看到，来自十字路口的车只是堆到了一起，没有剐蹭，仅仅是堆在一起，没有任何理由，也看不到维修的道路标示，看不到叫嚣的人，只是所有车都行驶不动了。看看吧，太好了，没有缘由的好。

他到了医院，奔向门诊。

我的耳朵在这里，我想把它接回去。

要干涉我的个人生活!"

一个恬静文雅的女学生,从来没有尖声厉嗓。我被吓住了。

好端端的姐弟沦为这步田地,我无精打采地回到自己房间,迷迷糊糊睡着了。

半夜被噩梦惊醒。我揿亮台灯给妈妈写信求援。写了两行猛然明白了,既然我跟姐姐同母异父,那么妈妈跟爸爸结婚前肯定跟别的男人生了姐姐……我冒冒失失给妈妈写信,这会让她感到难堪吧?

我收起纸笔,关灯躺下。黑暗里想象着姐姐亲生父亲的模样:高高瘦瘦,表情严肃?胖胖乎乎,面目和蔼?不胖不瘦,不高不矮……

2

第二天清晨起床,我发现房间门外贴了张纸条:"南飞,今天学校召开军训总结会,中午你自己弄饭吃吧。奚晓兰字。"

一夜风雨声,原名南雁的姐姐果然变成奚晓兰,看来这是无法改变的事实,我不想接受也要接受。

这位奚晓兰的横空出世,动摇了我的固有信念,我开始怀疑身边所有事物:在黄港水库工作的南云翔真是我父亲吗?在团泊干校劳动的冷芃真是我母亲吗?下放近郊农场劳动的章伯真是我家邻居吗?我的班主任姚宗琴老师真是军官家属吗?

一连串的问号好似越胀越大的气球。我担心气球爆了,只得停止胡思乱想。

中午放学回家,我打开炉火"烩烂饭",就是把剩饭剩菜倒进锅里,添水放盐煮沸。我吃着"烩烂饭",怀念姐姐的"清炒丝瓜"和"番茄鸡蛋汤"。

姐姐性格执拗。她几次提醒我不要叫"番茄",要叫"西红柿","番"是对原产地的贬称,这种地域歧视不好。如今姐姐有了亲生父亲就要进京相认了。相认就相认吧,反正全国人民都是同仇敌忾的革命同志,五十六个民族是社会主义大家庭。

傍晚时分,姐姐从学校回来,她上身穿绿色军衣,下身穿蓝色裤子。这种绿蓝搭配使她像个戴眼镜的空军地勤女兵。

"这是老冬同志送给你的?"我看到绿色军衣两个衣兜,断定老冬不是军官,只有熬到排级干部才穿四个衣兜的。

姐姐解释说军衣是老冬同志借给她的:"我买了明天上午七点十二分的火车票去北京,我穿军装,亲生父亲会高兴的。"

我有些固执:"你怎么知道穿军装亲生父亲会高兴的?"

"当然,中国人民解放军是座革命大熔炉,这全国人民都知道。"姐姐显得非常自信。自从认识老冬同志,她的文静里有了硬度。只是她穿着老冬同志的军装上衣,慢慢说。

我想把我的耳朵接回去,我带来了。

你耳朵怎么了?

被剪掉了。

但是我们这里好像做不了这样的手术。

这里不是医院吗?

这里是附属医院,我们的外科部做不了再植手术。

太好了。

什么?

那哪儿能做?

最近的综合医院在东边儿。

我家就在东边儿。

那是最近的综合医院。

  他走出了医院,那些汽车一动不动,他不知道该怎么走去东边儿那家医院,他也不知道自己为什么要去理发,因为头发盖在脑袋上很热吗?他给自己的妻子打了一个电话,除了这还能做什么呢?

我现在在医院。

你怎么了?

我的耳朵被剪掉了。

被什么剪掉了?

被理发的。我去理发,他不小心剪掉了我的耳朵。

你不该在公司吗?

但我临时决定去理发,太他妈热了,太热了。

那现在怎么办?你不去上班却去理发。

我真想把你和你的儿子还有整个家都一把火烧了。

  他挂掉了电话。继续面对着长长的拥堵道路。他看到有人骑着自行车,他去路边打开了一辆共享单车。衣服已经扔了,没有口袋放他的耳朵。他只能把可乐罐放到车篓里,但车篓的空隙有点大,好在还漏不下去。他骑上车,朝着东边驶去。他刚刚通知了自己的妻子,一会儿会到那家医院。

  沿着车之间的缝隙,他根本骑不快,他不停地用手按着车铃。他已经有十年没有骑过自行车,现在为了耳朵,他必须尽快穿过车流,但车流一动不动,其他的小路也被行驶缓慢的电瓶车和自行车拥堵着。到处都塞满了东西,每个地方都塞满了东西，就是这个地方。

过了一刻钟，他终于驶出了这条路，可以用正常速度骑车，他在等机动车道状况好点，以便再拦一辆出租车。他终于放松了，不再焦虑地按着车铃。

但他舒服没几分钟，可乐罐从车篓里滚出来，在自行车前轮上蹦跶了一下，朝向马路中间滚去。

他看到，卫生纸展开，卫生纸裹得很厚，所以没有贴在湿漉漉的可乐罐上，它们均匀地铺展开。他的耳朵，以及一小片儿血，就这么被一辆摩托车给轧了过去，他甚至都没反应过来，那辆摩托车倏尔不见。他从自行车上下来，去捡自己的耳朵。

等他拿起来的时候，前后也许有人看他在做什么，他的耳朵已经磨损掉一半皮肤，同时变形了。他不知道为什么软骨也会变形，但这个耳朵就是这样了，沥青马路面擦掉了皮肤，抹掉了一层肉。这让他重新回到了被剪刀铰动的疼痛中。

他回头，看着漫长的车队，有人在瞄着他。他找不到那辆摩托车，也不能咒骂谁，后面的电瓶车不停地摁着电铃跑过去。

过了一会儿，他的妻子开始打电话，他一个也没接。妻子大概已经到了医院。

他在路边，从一个小门里进去，走到公园的一个广场上，坐在那儿。他把耳朵放在裤子口袋里，包着卫生纸。现在他已经不去管头上那个伤口了，大概也不再流血了。

根本不知道过了多久，不过气温持续升高，周围在日光下像成片的马赛克，恍惚而燥热。他坐在树荫下，路过的人会看到他的样子，还以为他刚跟人打了架，纷纷绕开。

也就是在他低着头，并且不知道自己在看什么的时候，他也许看到自己的耳朵上做了一个假体，反正看不出来真假，因为平时也不会用到那块儿耳朵。这时，一个不到十岁的小女孩走了过来。

她穿着淡黄色的裙子，上面印有卡通的图形，是一张熊脸。她歪着脑袋看着他。

你打架了吗？

他抬起头，看着面前的女孩儿。

没有。

那为什么流血了呢？

我也不知道。

你不知道自己受伤了？

我知道，我的耳朵被剪掉了。

在哪儿？

他看着小女孩。

在我身上。

小女孩靠近了一点儿，盯着脑袋上他残缺的耳朵，不过她并不害怕，又朝前走了一步，想看得更清楚点。

她掀开自己的头发，露出耳朵。

你看我的耳朵。女孩说。

他看着女孩黑色头发下露出的小巧耳朵。

跟你的不一样。她说。

是啊，我的被剪掉了。

我的是完整的。

对，你的是完整的。

完整的更好看。

说得太好了。

那你的耳朵在哪儿呢？

你会害怕的。

耳朵没什么可怕的。

他从裤子口袋里摸出耳朵，伸出手掌。女孩儿凑过来，盯着他的手心，皱着眉。

像一艘帆船。她说。

是吗？

我画过一艘帆船，跟它很像。

他看着女孩皱着眉毛的样子，有一瞬间他感到一丝失落，甚至忘掉了对那辆摩托车的愤恨。女孩坐在了地上。他挪了挪位置。

不要坐在地上。他对女孩说。

为什么？

地上很脏，也很凉。

一点儿也不凉，很烫。

女孩站起来，坐在了他旁边。他把耳朵收起来，放进口袋里，他不知道现在留着这块已经毁坏的肉有什么用。做个标本挂起来？泡进福尔马林里？太恶心了。

我喜欢帆船。女孩说，但我只坐过公园里的船，它们长得像鸭子，不是帆船。

以后你会坐上帆船的。

所有人都这么说，但你坐过帆船吗？

没有，我只坐过轮船，没有坐过帆船。

对啊，你也没有坐过帆船，但你比我爸爸还要老。

从背后的树丛间吹过来一阵凉风，如同一只冰雪的手抚摸着他的脊背。

你快走吧，你爸爸要找你了。

他才不会找我。

反正会有人找你。

不会的，他们在吵架。

在哪儿呢？

在家里，他们在家里吵架，我就会跑出来。他们不会找我，我会自己回家。

以后他们吵架你也要待在家里。

为什么？

你会被带走，装进麻袋里。

那是骗人的，你被装进麻袋里过吗？

没有。但不代表这是骗人的，很多人被装进麻袋过。

我爸爸妈妈也没有，你也没有，我也没有。

那只是我们比较幸运。

但你没有了耳朵。

只是没有了一部分。

他开始想一个人清静会儿。

他们吵架，有时候会打架，会摔碎很多东西。女孩说。

他回忆自己的童年，但已经忘记了，他的父亲在几年前去世了，他已经忘记那苍老的身体在他的童年与谁争吵，又或者对他说过什么。

小女孩伸出手掌，没有小指和半截无名指的手掌。他看着这小巧而白皙的手。

虽然我没有手指，但你没有了耳朵。她说。

他突然感觉到一阵酸楚。当他再看着小女孩，她正睁大了眼睛望着他，时不时瞟一眼他的耳朵，又迅速把眼神收回来。这太令人难过了。他不知道是因为自己的耳朵还是因为别的什么。

不过你的耳朵像一艘船，你可以带着它去坐帆船。

我从来没有坐过帆船。

我也没有，但我长大了会去。

女孩把手收回来，放在椅子上，双手撑着，看着前面。他们坐在这里，很快，他开始平静下来，但他知道，烦躁会在很短暂的时间之后就重新席卷而来，所以此刻尤其珍贵，珍贵得像没有被车轮轧过的耳朵。

我要走了，如果他们吵完了发现我没在房间里，就会来找我。

他们会怎么样？

会接着吵。

那好吧，你走吧。

女孩站起来，冲着他笑笑。

再见了，没有耳朵的叔叔。

再见。

女孩走后，他失落地又坐了一会儿。

当他开始口渴的时候，就站起来，离开了公园。外面的车流已经不再拥堵，他拦住一辆出租车，让司机带他去医院。他到达医院时，他的妻子低着头坐在大厅里。他想起自己肥胖的儿子，当他同妻子吵架时，儿子会笑着看着他们。他一直觉得这件事令人厌恶透顶，现在也是。

当妻子走向他的时候，会看到他脸上一半全是血，但她并没有高亢地说什么，他也没有，好像他们说话的欲望也随着这截耳朵而失去了。他们一起走向挂号室，他预料到这半截耳朵已经不可能再接回去了，也预料到此刻，在某个港口，一艘帆船起航，上面会坐着对事情充满期待的人，这其中也许会有一个孩子。

【作者简介】胡迁，本名胡波，毕业于北京电影学院导演系，出版中短篇小说集《大裂》以及长篇小说《牛蛙》。《牛蛙》曾获台湾第六届华文世界电影小说奖首奖。根据《大象席地而坐》改编的电影获得第68届柏林电影节费比西国际影评人奖。

选自《上海文学》2018年第5期

赵日天终于逮到鸡了

陈应松

我们几个人决定进山里抓鸡。因为快过年了,我们几个耐不住寂寞的老伙伴也想去山里玩玩。又下了雪,拍些雪景在微信里显摆。另外,山里有许多土特产,搜罗一些回来过年。特别是赵日天,这位老兄说他几个晚上梦见吃土鸡。他说他炒的土鸡忒好吃,姜是用刀拍的,不可切,切的姜不出味。少放水,甚至不放水,将鸡炒干加点南泉豆瓣酱一焖,那个味道,再喝上酱香型53度酒就成神仙了,个斑马的。我们都知道赵日天喝不起53度的酱香型酒,何况到了年关,市场上已经没有53度酱香型酒了,有钱也买不到,有的店一瓶两千还指不定是假的。淘宝上八百块钱一瓶买了,到店里两千卖你。就问赵日天你喝的什么53度酱香型酒?多少钱一瓶的?赵日天说老子在网上买的,茅台镇的,买一箱送一箱,一瓶只合二十六块钱。开车的孔瞟眼说二十六块你喝酱香型,你喝酱油去吧。

我们一路说说笑笑往田架山进发,对土鸡的渴望让我们在风雪中飞驰。我们有三辆车,有几个还带上了老婆。老婆们穿得花枝招展,做少女状,准备在冰天雪地的山村摆pose,回城上微信。

我们坐的是孔瞟眼的车,我和赵日天,还有马夹头、杜老眯。有点挤,但也只能如此了。马夹头的头很扁,像是马夹过的。杜老眯眼皮撑不起来,老是眯奢着犯困,他老婆要他去割了松弛的眼皮,再做个双眼皮,又怕他花心。孔瞟眼是个瞟花眼,所以眼睛不好使的杜老眯特别担心孔瞟眼的车,很揪心,时常提醒孔瞟眼开车向右。夜壶哥,你咋老往左偏咧?孔瞟眼说,你眼不好使。事实上,孔瞟眼开车很稳,虽然有时会偏左。孔瞟眼爱好收藏,顾景舟的紫砂壶就有三把,也不知真假。他还收藏湖北的马口窑黑陶,有中国最大一把夜壶,可以装七十斤尿,说是长工用的,"文革"时他这把夜壶出尽风头,到处作实物参加批判"地富反坏右"分子,揭发地主阶级是怎么剥削和欺压长工的,这把壶就是罪证。改革开放后,这把壶他报了吉尼斯世界纪录,竟弄来了一纸证书。所以我们介绍他时不提什么顾景舟,提中国最大的夜壶,这永远是一个超级话题而且可以挖掘出源源不断的扯淡的话题，因此我们不叫他瞟眼，都叫他夜壶哥。

一路上赵日天在叨念他的拍姜炒鸡，他说拍姜之所以好吃，在于把汁拍出来了，再就是不要放水。他还说土鸡爪虽然没肉，但喝酒的人啃的不是肉，是意境，喝酱香型啃土鸡爪，是最高境界的喝酒，可以从酒盅里听到古琴声。孔瞟眼说，赵日天你真可以日天了，你肯定要上《舌尖上的中国》，他学着《舌尖上的中国》解说：赵氏土鸡的做法，食材取自田架山土鸡，姜拍出的神秘的香味与土鸡独特的肉质强烈地碰撞，产生了奇妙的融合。马夹头说，那还放豆瓣酱呢？孔瞟眼说还不是豆瓣酱神秘的香味，与田架山土鸡独特的肉质强烈地碰撞，产生了奇妙的融合。反正赵日天上《舌尖上的中国》上定了。赵日天说夜壶哥你上央视的鉴宝节目也应该有谱。孔瞟眼与赵日天见面就会打嘴巴仗。赵日天虽然说得玄之又玄，见我们兴趣不大，又说出了一个惊天新闻，他说那些肥得厉害的像野人脚的饲料鸡爪，都是从美国进口的，美国人从不吃这些鸡爪鸡翅还有猪脚。凡是肥的大的，都是从美国进口的，而且你们不知道，美国专门培育出口到中国的鸡爪猪脚，出自一种畸形的鸡、畸形的猪，鸡长六只爪子，猪长八只脚，全是转基因。他这么说我们都不信。杜老眯眯着眼慢条斯理地说这都是"黑"美国的，"爱国粉"干的事，我国进出口肉类食品是经过严格检验检疫的，不要信不要传，是谣言。

赵日天喝劣质酒后脸是浮肿的，还有一块是黑的，表明他身体的一部分已经死了，赖在他身上。他满脸堆笑，围着老婆给他网上买的假巴宝莉围巾，方格绒线帽。因为有痛风，脚有点瘸了，像被严重的鸡眼折磨着。不管怎样，那就是瘸了，那就是老了。喝酒满面红光一时，浮肿黯淡已成常态。

走到郊区，田野没有一点绿色，满目萧瑟，雪下得纷扬，河流曲里拐弯冻上了凌，白茫茫大地一片真干净。前面的对讲机在说婆娘们吵着要停下来拍照。孔瞟眼说我们进山了有好景，比这好一百倍，现在雪下得很大，赶路吧。前面的车说婆娘们要拉尿，好吧好吧，拍照吧，这些老妖精。前面的车里已经在向他们摇自拍杆了，等不及了。下了车，河上的冰很厚，有人试了试，蹬不破，人上去没问题。有人就踩上去了。赵日天竟然也跑上去了，一拐一拐，瘸了还胆大。赵日天做溜冰状，竟很轻盈，在冰上看不到瘸。他年轻时一定风流倜傥不痛风，滑过冰的。赵日天的老婆与他一样很会搔首弄姿，一声召唤，一群老娘们就跑上了冰面，栽了跟头，更加嘻嘻哈哈，手上高扬自拍杆，开始做动作，扮笑，找角度，咔嚓，自拍完成。再来，再照。还有老头们，也凑上去，大家一起笑，一起搞怪，来张合影，OK！孔瞟眼和马夹头都拿出单反，装好长镜头，给他们抓拍，咔嚓咔嚓！赵日天坐到冰上，仰头，脸承接雪花，一副陶醉状，这家伙会摆cool，娘们肯定也要这么照，闭上眼，仰头，雪花给拍出来啊。绿围巾、红棉袄，白茫茫中，强烈的反差就出来了，这样的雪景简直千载难逢啊！可孔瞟眼还有更好的创意，有更好的道具。他从车的后备厢里拿出了他随车携带的一整套茶桌茶具，让大家搬到冰河上。这是什么意思？难道要在这冰天雪地里烧水煮茶？不是不是，给你们这些老妖精拍照呀！大家一片欢呼，夜壶哥太有创意了，烹雪煮茶，白首天涯。煮雪问茶味，当风看雁行。夜壶哥，老子服了你！马夹头是武昌区楹联学会会员，大赞孔瞟眼。来来来！摆好茶桌茶具，盘腿坐在冰雪上，雪花飘落，手捧茶盅做品茗状，神闲气定，到哪儿找这样的照片上微信？今天你不是微信之王谁是？谁与争锋？让那些只会在小角落拍咖啡拍热干面拍盖浇饭拍地铁拍小花小草的家伙们见鬼去吧，让他们嫉妒去吧，让他们把咱屏蔽拉黑吧，旷野气势，雪花漫天，山川河流，盛大景色，就是比你那细眉小眼的滥片子好。还有这白茫茫中一点红，一个女子在冰河中独自品茶，简直太壮观了，太壮美了，太壮丽了，太壮阔了，太壮怀了，太壮举了！好好好，一个一个来。问题是老娘们都想穿赵日天老婆的红棉袄，赵日天老婆怕冷，不让脱，那些姐妹就强制给她扒衣。扒好衣，表演开始，都是在微信上久经考验的老戏骨，年纪大了，照远不照近，镜头一对准，迅速入戏，拍了长镜头还要自拍杆，不相信你们的相机手机，看见别人的照片好，故意不发给别人就悄悄删了，你若要，就说拍坏了。好了好了，赵嫂子快冻得不行了，让她穿上棉袄咱们快出发吧，不能耽搁了。

  进山的路上雪积得很厚，有的地方已有十厘米，前后的对讲机叮嘱大家车要跟上，要小心驾驶防车轮打滑。但坐车人高兴，前面的对讲机里传来婆娘们的歌声，北风那个吹呀雪花那个飘，雪花那个飘飘年来到。一忽没有人家，全是山；一忽又有了人家，有了柿子树，满树的红柿子，还有橘子，在白雪里红得像灯笼一样，真是好看啊。赵日天说不知老婆感冒没有，大家说你老婆的棉袄买得好，赵日天说老婆的底裤都是我买的，在打扮女人上我还是有一套的。马夹头说你给小三呢？赵日天说没有小三，自从住院后都戒了，保命要紧。他说他刚才耳朵冻了，说夜壶哥你怕费油，就不能把暖气开大点吗，这鸡巴冷的。孔瞟眼说老子开到最大了，你咋这娇嫩呢。赵日天说让大家说说，是不是冷，你小气。赵日天与孔瞟眼一开口就要互掐。但今天赵日天估计是真动了气，因为冷，血压升高，有中风危险，就迁怒于孔瞟眼，开始酸他。夜壶哥你今天为什么不把夜壶带来拍照呢？你举着夜壶，一群婆娘围着你，那不是皇帝的做派了？马夹头说，风雪夜归人就成为风雪夜壶哥了。赵日天说什么夜壶茶壶，你老孔能有几把顾景舟的壶？我到宜兴紫砂壶博物馆去看了，人家那么大个博物馆，才有两把顾景舟的壶。孔瞟眼也不恼,说,日天你晓得个卵子,那两把是顾景舟的阳春壶,还有一把提梁壶,都是几千万的,老子没有,说壶你说不赢我。马夹头说讲夜壶你也是世界第一。孔瞟眼说我是武汉大学兼职教授,专讲中国的夜壶文化,这有假?我说你们别影响夜壶哥开车了,没看山高了吗?赵日天还缠着说夜壶也是顾景舟的?孔瞟眼说,我的梦想是建一个中国夜壶博物馆,你们的臊夜壶都给老子送来。

刚才还是丘陵,路也不险,眼前路就险了,窄了,弯道也多了,山也大了,就是盘山公路。雪还在下,好像比山下密集。孔瞟眼说快到了,他打开了导航,说还有十公里。这山里没有什么过年的气氛,也许是山深人稀。赵日天说他们那儿的乡下,就是前一二十年,到了腊月,就是过年了,进入冬月也就热闹了,开始杀年猪、写春联。小寒大寒,杀猪过年,最迟不能迟过小寒。挖藕的、打鱼的,还有炸鞭声,叭叭叭叭,现在叫什么过年!马夹头说,我们小时候下多大的雪,这样的雪简直不叫雪,有什么可高兴的。孔瞟眼说我记得那时候河里跑汽车。赵日天说那时候有汽车吗?孔瞟眼说,汽车有了,雪没了。赵日天说,你这叫车!孔瞟眼说,下去,赵日天,你下去坐客车去。

沿途到处都是村庄,为什么要到田架山抓鸡?这是孔瞟眼搜索百度的结果,加上过去到过这里拍过片子。他给我们发了田架山的介绍,田架山的土鸡非常有名,田架山的鸡下的蛋全是双黄蛋。田架山还有一个怪事儿,这村里有许多双胞胎,不仅田架山的女子生双胞胎,嫁到这里来的媳妇也生双胞胎。可要到这个村太烦,差不多要到了,路变窄了。路是按"村村通"标准修的,不到两米,就一个车宽,不能会车。路途有车来咋办?只能一个退,或者会到沟里去。好在没有车,我们的三个车长驱直入,孔瞟眼喊菩萨保佑,千万不要来车。还有杜老眯的老婆开车,杜老眯就不犯困了,对讲机里连连提醒开慢点,开中间。说着说着来了一个车,一个农用车,车孬,宽度不孬。前面一停,后面就明白了。为啥不修宽点。就笃定农村没人买车吗?这是在山区,在平原现在哪个农民家里没车?当官的就没长只后眼?孔瞟眼说当官的只顾眼前,管一届,有条路就不错了,一半还是农民集资。赵日天焦急,说想吃个土鸡看样子是吃不成了,个斑马养的!我们下车去前面察看,杜老眯的老婆和一车婆娘在骂那个农用车司机,你不能往旁边开点让我们过去吗,故意挡着不让我们走啊!我们一看,还真不是故意挡的,农用车轮子快掉下去了,旁边的路肩离路面有至少一尺深,掉下去就爬不上来了,要用吊车。那农用车司机是个农民,急得大声争辩,农用车声音太大,烧柴油的,听不清。这路真是的,村长干什么去了,两边把路肩填起来,一边填五六十厘米宽,填实,不就能够会车了吗?春节一定会有大量车回来,那这条路不就堵死了?村长一定是吃干饭的浑蛋。我们看了一下,前面有一个宽点的岔路口,就给农民商量要农用车退。那农民被一帮城里老女人骂得狗血喷头,头都大了,先犟着,后来我们做工作他只好退。退也不容易,不像我们的小车,但还是接受了现实慢慢退。终于成了,我们的车可以过了,皆大欢喜,上车,再走,是石子路,虽然更窄,更烂,坑坑槽槽,但再没碰上车,田架山就到了。

哇,老树、池塘、石屋、炊烟!这是个沉静的村庄。进村抓鸡开始了!口号是赵日天喊的,拍打盹的杜老眯,杜老眯一个激灵就来了精神跟着下了车。池塘里有厚厚的冰。哇,有水埠,还是条石,长长的几块条石伸进塘里,塘冻了,村民在冰上砸了一个圆圆的大洞在那儿淘洗,条石上堆一大堆青菜,绿茵茵的上海青。这儿的房子依山而建,有的像古堡,有的像兵寨,有的是豪宅——至少建造之初是很用心的,很有气派的,是准备住一千年的,是光耀祖宗和子孙的。那个洗菜的男人在这个古老村庄的水埠,多少有点不协调,如果是一个村姑,一个红衣少女,那意境就更美了。何况还有静静落下的雪,银白的世界,好美好美呀。那些婆娘们都大声叫嚣着停车停车!车一停,门就开了,大伙一窝蜂往水埠跑下去,去拍池塘、水埠和洗菜人。那真是一幅冬日山村的静谧生活图啊!题目就叫《冬日村庄》!我们进村了,我们要抓鸡了!老乡,你洗菜啊,冷不冷啊?我们是从武汉来的,来看看山里雪景,请问你们哪家有土鸡和双黄蛋的鸡蛋,我们想买一点,你们这儿听说有许多双胞胎是吗?

那个洗菜的男人有四十多岁,说洗菜是今日他们家请村里人喝猪血汤。赵日天说,那就是杀年猪啰。因为喝猪血汤就是杀年猪的一种风俗习惯。我们就说太好了,太妙了,赶上杀年猪!我们这些摄影发烧友各自挥拳猛砸同伴表达我们的惊喜,互相祝贺运气来了,这可是绝妙的机会让我们撞上了!杀年猪杀年猪,老乡你家的猪是土猪吗?当然当然,我们这儿喂猪都是山上放养的,没有饲料猪,我们的猪叫百草猪。那个人姓田,叫田建成。我们就问猪肉卖不卖呢?田建成说不卖,自己吃的,腌腊肉。那你家的鸡呢?鸡卖,鸡也不多,自己吃的,你们要买可以买几只去。那其他老乡呢?其他老乡呀,我们村里没有其他老乡,喂鸡的人少。那你们村里的人呢?都出去打工去了。过年不回来吗?回来的不多,都到外头买了房子,最差的在镇上住去了,我们村长就在镇上开发廊。那你们村现在还有多少人?全村有八十多户人家,三百多人,现在剩下十一人,基本是老人。那你不老啊?我四十五了,还不老!我也是在外头打工的,脑栓塞在武汉动了手术,不能再外出打工了,我女儿在外打工,老婆照顾我也没出去。

我们说着跟田建成进了村,这村里真没人了,都是比时间更老的房子,全部条石台基,端端正正,门框门楣门槛台阶都是条石,雕得精巧讲究。有一些墙是干打垒,却因为无人收拾居住,被一种土蜂蛀得千疮百孔,触目惊心,令人肉麻。我们兜了一圈,大约看到两处新楼房,夹在那些破碎不堪的老房中,呼吸困难。田建成说新房子都是老人守的,一家一个老人看家。田建成的房子在斜坡上,用石头砌的屋场,工程很大,但这已是多年前的事,现在房子也破旧了,好在有人住,有点生气,加上猪喊鸡叫,还有炊烟冒出。其他的,他左邻右舍都没了人,大门紧闭,阁楼敞开,堆放着陈年农具、家具。往屋里瞄,黑咕隆咚,阴气袭人。走到田建成屋场,旁边屋山头避风处,两个屠夫正在磨刀,咔嚓咔嚓。猪已经牵出来了,肥壮油黑,估计有两百斤以上。田建成的老婆在哄猪,将它往屠凳那儿赶。猪虽然是猪,也有灵性,看这阵势知道自己的死期来临,就挣扎着不肯往那儿去。这真是让我们赶上时候了,我们的摄影家伙包括手机到哪儿能捕捉这么好的画面,创作年俗大片,输送微信大图,还有第二家吗?有的还拍视频,记录下这一历史场景;有的自拍杆伸出,要与猪来一个最后的合影。

屠夫让田建成的老婆走,因为他老婆在那儿假装唤猪拖猪,却在那儿抹泪,想是与这猪有了感情。喂养了一年,朝夕相处,就是一块石头也焐热了。我们几个就悄悄走近,去拍流泪抚猪的田建成老婆。田建成老婆穿着廉价的胶底厚棉鞋,棉衣上戴了两个绿袖套,还有污脏的围裙,还戴着一个老年人的毛线帽子,就是一个老年人,其实年纪不大。老公脑栓塞武汉住院,想必欠了一大笔债,也不能外出打工,家里不富裕,还守着个空村。

我们拍了几张田建成老婆的照片,她发现了,不好意思就不流泪了,就起身去了屋里。这时一个屠夫拿着挠钩一把钩住猪的鼻子,一个屠夫抄尾,猪要做垂死挣扎了,我们见状一拥而上,帮他们制服猪。猪怎敌这么多人,三把两下就被摁到杀凳上,这时屠夫大喊让开让开。田建成端来盆子,里面放了盐,是接猪血的。我们让开正好要拍照,看屠夫怎么进刀捅死一个庞大生命。说到底,我没见过,其他人也没见过。饥渴的相机和手机,准备留下一头猪死亡的瞬间。

猪的叫声太惨,太悲伤,太绝望,在这漫天飘舞的雪花中。因为是杀年猪,大家也没觉得惨,倒是很喜庆。那些老娘们,假装很害怕,躲得远远的,又忍不住要往这边看,露出了嗜血本性。猪在杀凳上嘶嚎,腿踢蹬,想摆脱死亡。可猪这么肥,就为这一刀。年关一来,猪只能去死,任何挣扎都是徒劳的。刀捅进了那个脖子的柔软处,斜着进刀。屠夫经验老到,千百次地捅刀,练就了一剑封喉的本事,一刀下去,血就来了。这样,大光圈,1/60秒,200毫米长焦用1/1000秒,微单用1/30秒,喷溅出的热乎乎的猪血就在空中飞舞时定格,片子就有了,这真是好片子,不要摆拍,不要美颜，不要 PS，来源于生活，片子叫《杀年猪》，或者叫《血花与雪花》，等等。赵日天老婆要拉着他，与嚎叫的猪一起自拍。赵日天小中风过，面对这场杀戮没有反应过来，糊里糊涂走近了。赵日天老婆做动作造型自拍时还要嗲着念念有词：哇，个斑马好漂亮！好一头大、肥、居（猪）呀！因为猪在咽下最后一口气时也要挣扎，每挣一下，血就飙很远，赵日天与老婆自拍时没防备，那飙出的血就溅上了他的羽绒服与他老婆的牛仔裤。这可晦气了，赵日天就在猪嚎声中骂他老婆。给他们抓拍的孔瞟眼就说，开门红！开门红！我们也就都说开门红开门红。赵日天那黑了的一块脸也溅了血，看起来很滑稽，脸上挂着猪血，面无表情。我们就一通笑，有的拿出纸巾来上去帮他们擦。可赵日天老婆不让别人擦，好像是恼怒别人取笑他们夫妇的意思。

有乡亲们来了，也就三五个，大多是老人，估计村里的活人都来了，来喝田建成家的猪血汤的，说是喝汤，其实菜不少。我就给田建成说，我们也想体验一下在乡下喝猪血汤的年俗，吃个中饭，一个人给你五十元怎么样？田建成说，就是不给钱，撞上了，也要喝这猪血汤，这哪不行！我们一共十一人，给他五百五，他就收下了，说你们太客气。我说一是一二是二。我又说你有多少鸡卖给我们？他说就十多只，全部给你们，你们太好了，我还有些土鸡蛋，要的话全部拿出来给你们。我问鸡多少钱一斤，鸡蛋多少钱一斤？他说鸡平常二十六，今天还是二十六，昨天来的人要出二十八一斤我都没卖。鸡蛋一块五一个，是不是双黄我不保证。我说好的好的，不讲价了，快过年了。我觉得患了脑栓塞的田建成也可怜，这么冷还砸冰洗菜，这样会再脑栓塞的，不讲价等于是扶贫，何况也贵不到哪儿去。大伙一商量，特别是几个婆娘，天天进菜场的，一听就说不贵，跟武汉差不多，武汉菜场卖的不一定是真土鸡，鸡蛋还不一定新鲜。这里不仅新鲜，还没有假，货真价实，可得可得。至于鸡嘛，田建成说鸡在外头，鸡逮着了就是你们的。那么肉呢，猪肉呢，也卖点我们吧，这么大的猪你们也吃不完，腊肉腌多了不能老是吃，吃新鲜的才不会得病。你们要多少？一人一刀行吗？田建成说这不行，我还要给我姑娘准备一些的。那一人五斤行吗？可得可得。一斤要三十元。好好好。我们就与田建成谈妥了。田建成说，天气冷，各位领导进屋喝茶。我们说，茶喝了，我们先去村里转转，雪也不大。田建成说你们不走远了，一个小时喝汤。

好吧好吧，正好。村里那么多老屋，那么多老树，山上有泉水，村中有池塘。老树有乌桕、银杏、木梓树、枫杨树，还有松杉，几个人合抱。我们进入的人家，有太多好看的红漆门、铜环、锁。锁不好看，弹子锁，生锈了，有的没锁，大门敞开。真是的，好歹生活过一家子，好歹总有些东西。我们进了一个没锁的院子，屋是破了，墙倒塌了，进去就是曾经的厨房，有好多坛坛罐罐，有木蒸笼，有碗柜，有木箱子，有盆，有水桶，有装苞谷的大黄桶。有毛巾，有挂在墙上的棉鞋，还有一株冬天也没死的绿油油的土大黄。孔瞟眼打开一个坛子，里面竟有着半坛发臭的酸菜。锅生了锈，还有锅铲，有土灶台，这可有年头了。孔瞟眼发现了一个好东西，一个青砖筷篓子。看啊，他喊，这东西好怪。这样的筷篓子是头一次见到，里面装有十几双筷子，一个铝瓢子。这是个文物，马夹头说。孔瞟眼已经牢牢地将它攥在手上了，任何人休想夺走。他把筷子倒出来，用纸巾将里面的蛛网擦了擦，左看右看，翻来覆去看，爱不释手。挂绳是一根电线，结实，孔瞟眼喜滋滋地提着了，这是第一件战利品。我们又来到敞开的堂屋，墙上牵的绳子还搭着衣裳，灰尘蒙面，也没人要。另一面墙上挂着许多夹小兽的"铁猫子"，都生了锈。孔瞟眼说这也是文物啊，他自个儿取下一个，要我们也各自拿一个。我们认为这捕兽夹在腊月拿着不吉利，都没有拿，这破玩意儿也没什么用，我们也不搞收藏。孔瞟眼进了一个房门就不见了，我们走进去看，孔瞟眼趴在地上了，朝床底下搜寻。那床有蚊帐，床上是些农具。噫！噫！我们看见壁虎一样趴着一动不动的孔瞟眼，就知他又发现了好东西。他开始往床底下爬，我们很好奇，看他从床下拖出一个物件，竟是一把黑乎乎的夜壶。夜壶哥又找到文物了！

　　这是一把好夜壶。想建一个中国夜壶博物馆的孔瞟眼是不会放过任何一把夜壶的，何况这真是一个老物件，釉上得非常好，尿垢金黄，晃一晃，干的。孔瞟眼一只手伸出大拇指，不说话，他激动得话都说不出了。走出院子，孔瞟眼说，到处都是文物，都是好东西，全村都是，都丢了，我好想把这个村买下来。他对我们说，我们租也行，反正没人住了，我们在这里搞个艺术家村、摄影驿站怎么样？整旧如旧，然后在这儿养老该多好，这儿山清水秀，为什么他们要跑出去？个斑马的搞不懂，我们买下来搞民宿也赚钱啊。马夹头说你说的有道理，但要人投资啊，你卖几个宋代夜壶投资？投资了谁又来这儿住？鬼？鬼住？这村子阴风惨惨的，老子是不会住的。赵日天说，土鸡是不是文物？你看什么都是文物，看雪呢，是不是文物，几年没下雪了，这雪是哪个朝代的？孔瞟眼说，你们不住我搬来住。赵日天说你是来偷文物的。杜老眯说，你那夜壶给收破烂的都没人要，就要拿石头砸孔瞟眼手中的夜壶。孔瞟眼连忙笑着躲开说，莫疯呀！

　　走进另一家，门口有一棵大泡桐。进去就看到一口棺材，上面盖着一个破床单之类，好不瘆人，看上去就像里面躺着死人，我们赶快退出。可这时黑暗的屋里有一个活物动了，孔瞟眼的脚下，竟卧着一条狗，他以为是一堆破絮什么的。他踩着了那狗的腿子，狗连叫也没叫一声，站起来，是条瘸狗，后腿的一个爪子没了。狗啊！

马夹头惊慌说，他吓了一跳，以为是个鬼。还真是个狗，老狗。你个狗日的狗，你叫一声啦，柴门闻犬吠，你这狗不是白养了。这狗是个野狗，不然，是这家人家的狗，陌生人进屋就得叫，你不吠不叫的，是什么狗呢！细看，狗很衰弱，刚才卧在棺材头前，身边一个狗食盆，是个石头凿的，很厚的盆，盆里两根苞谷芯子，没一颗籽粒。石盆里像生了苔，水也没见一滴。赵日天踢着狗食盆说，夜壶哥，这又是一个文物。孔瞟眼在研究棺材头上的一个大红"奠"字，被叫看狗食盆。一看，果真斜眼亮了。又看那狗，撵狗，咄！咄！感到没有威胁，不会反抗，就抱起那个石盆，到了光亮处，再看，不是太大，也不是太小，不是太重，也不是太轻，青砂石凿的，圆圆墩墩，一件少见的好器物，连连惊呼道：有点味，有点味，回家养一盆铜钱草，绝对有点味！那狗呢，见人抢走了自己的饭碗，不急不恼。大家看它，骨瘦如柴，四条腿像四根篾片，一根还是短的，歪歪倒倒，就是条死狗，夹着尾巴，先我们跑了，也没跑远，躲在泡桐树下，踩着雪，瑟瑟发抖。赵日天看不过去，说夜壶哥，再怎么不能抢别人饭碗好不好？孔瞟眼抱着狗食盆就往外走，手上还丁零当啷提着夜壶、筷篓、兽夹。那条狗呢，站在风雪中，瞪着愤怒的眼睛，看着一个陌生人抢走了它的食盆，大摇大摆地走了。狗终于从喉咙里发出低低的"噗噗"声表示了自己无可奈何的抗议。这群进村抓鸡的城里人，"顺"走了它的饭碗。

　　对于贪婪的收藏家孔瞟眼，你是没有办法的，他如果看见了一泡屎，也可能鉴定出是宋代的。我们回过头望了一眼那狗，它仍在风雪中，它好可怜，它快死了。

　　旁边有一个真正的大宅子，高高的木头门槛，但门没了，窗棂的木雕花却完好无损。孔瞟眼说这没有保护，没人给挖走吗？上了七八级台阶往里一看，屋顶开了天窗，堂屋落下厚厚的雪，但有一扇巨大的屏风，有四个浅雕的大字：耕读传家。这四个字敦厚、饱满、自信、张扬，虽没有留款，一看就是至少清末或者民初的字，写字者有儒风，笃诚、豁然、大气。屏风脚已腐烂、穿孔，但基本完整，有气势。马夹头问孔瞟眼说这个东西好吧？耕读传家久，诗书继世长。孔瞟眼说这东西要是弄到武汉古玩市场，最少值十万！赵日天说，夜壶哥，咱们动不动手？孔瞟眼说去你的，老子又不是强盗。几个老妖婆一挤进来，就要在这四个大字下照相。孔瞟眼说慢，慢，要找一把椅子。杜老眯果然从里屋找到一把圈椅，只是坐垫没了，腿也只剩三条。我们先绑上腿。赵日天找来一根木头和绳子就绑椅子，孔瞟眼蹲着看了说，这是黄花梨，绝对是黄花梨。我说这不是，黄花梨木的比黄金还贵，敢丢在这里腐烂啊？孔瞟眼说黄花梨的也分海南黄花梨和越南黄花梨，越南的不值钱。我看了看说是楝树的。孔瞟眼说这个造型就是明代的。赵日天说，你夜壶哥的造型还是秦代兵马俑的呢。孔瞟眼说，老子是活生生的兵马俑？个斑马！我是讲真，好了好了，大家坐在椅子边上假装耕读传家吧。老妖婆们自拍他拍，一派大家闺秀气息。有人又找出一本书，是小学数学课本，让她们翻开，假装读书的样子。还是赵日天老婆的中式服装出彩，大家又要她脱，她又是被强脱了，冷得在门口打喷嚏。赵日天就催婆娘们快照，不要摆姿势了。头上开了天窗的屋顶有雪落下来，落到她们头上，每人一张，手捧小学课本，耕读传家。这照片真好，真好，在这村里随便照都是好片子，都是怀旧情绪和怀旧场景。问题是，到哪儿找这么绝的道具去？而且是实景拍摄。道具越来越多，有人拿来渔罾，有人拿来山里的挖锄，还有背篓，有蓑衣，有一大串生虫的红辣椒白蒜头，有斗笠。可雪越下越大，雪涌进了屋子，涌进了耕读传家的屋子。等大伙都照了，孔瞟眼对马夹头说，你明晚回去把你家儿子的卡车弄来咱把这些拆了拖回去，反正也是没人要的东西。杜老眯说夜壶哥，你真这么做啊？马夹头说我是不敢半夜来，小心被村民捉了打死。孔瞟眼说，我给大伙真的建议，咱们老伙伴们可以吆喝些人来买这儿的房子，修整一下养老种菜，又没有雾霾，又没有噪声，简直太舒服了，不是神仙的日子吗？赵日天说，夜壶哥你买下来是要拆里面的东西，谁不知道你心里的小九九。我认为孔瞟眼是真爱上这儿了，他的建议很好，老哥们在这儿养老，就等于是到了桃花源，远离城市，回归自然，这是趋势，也是一种觉醒，我表示举双手同意。

我们往山坡上踅回，边走边看时，看到迎面走来一个老头，背着一捆从山上砍的枯树枝。马夹头说欲投人处宿，隔水问樵夫。樵夫穿着臃肿，胡子拉碴，朝我们友好地笑，砍刀别在腰上。老妖婆们就要跟樵夫照相，她们见谁都要照，主要是想让那些皱了吧唧的山里人衬托她们的光滑高贵。有人还抽出了老汉腰上的砍刀，高举着，与肮脏的老汉勾肩搭背做亲昵状，把老汉喜得咧嘴傻笑。好，好，一二三，OK！OK！太好了，太好了！老哥你贵姓啊？田。这里是田架山，都姓田。老汉说虽然都姓田，有土家族的田，也有汉族的田。老田你家里有几口人哪？生活还好吧？过年物资准备得还丰富吧？孔瞟眼当过几天学校汽车班班长，会拽官味，有省长派头，问田老汉。田老汉说有六七口人。田老汉虽然眼睛糜烂，但盯住了孔瞟眼怀里的狗食盆，欲言又止，后来就指着说，这个盆子是不是三九老汉家的？孔瞟眼说三九？怎么三九？孔瞟眼故意装蒜，拿了人家的东西，心里发虚。田老汉就说我昨天还给狗放了两个苞谷的。孔瞟眼很不好意思，田老汉就说这是我家里的，给那狗拿去的。有大泡桐树的那家是吗？有一口棺材的。为缓解孔瞟眼的尴尬，马夹头就问那狗是咋回事。田老汉说，三九跟我同庚，他到城里去了，给工地看场子去了，听说死了，死人运不回来，就在城里火化了，这棺材也就没人要了。狗呢？狗啊，丢在家里了嘛。这狗可是条忠于主人的狗，哪儿也不去，就天天守着那口棺材，谁知道中了什么邪。

又没有人给它吃的，到处蹭食，可能是棺材有三九的气味，它还以为棺材里头睡着三九呢，就这么守着。村里的人想起来了就给它一口食，不记得就让它饿。早年它不老实，偷鸡，发现了总是一顿打，它就上山逮鼠逮野鸡，有一次山里逮鼠被别人下的"铁猫子"套住了，在后山哀号了几天，没一个去帮它解套，大家想让它死了好，后来它挣断腿又回来了。三条腿逮不了什么，眼看要饿死，我就有时给它拿个苞谷拿碗剩饭来，有时人老了记性不好，忘了，它就只有挨饿，它快不行了……

我们听后心情沉重，都拿眼睛去看孔瞟眼抱着的狗食盆，太不应该，一条残疾狗，饿狗，你还抢走它的饭碗，良心上说不过去。孔瞟眼也很不自在了，丢下不是，抱着也不是。好在马夹头又引开了话头，问田老汉这儿双胞胎的事，田老汉说他就是生的双胞胎儿子，再往下问，田老汉说一个儿子在温州打工，成了家，有小孩，一个儿子在武汉读大学后上了班，工资有几千块，但后来就没跟家里联系了，说是失踪了，好久未回来。失踪？这事儿！怎么失踪？一个男孩？田老汉听说我们是从武汉来的，来了精神，就说起这个儿子。说当时一胎化，但田架山就是生双胞胎的地方，好多外地来的人偷偷住这儿怀孕，也大多是双胞胎。双胞胎是可以上户口的，不能把多出的一个掐死是吧。他说我老大比老二大一个小时，但很懂事，打工帮助他弟弟读完高中再读大学，读的是光谷软件学院。是光谷软件学院？是的是的。巧了！那我们的孔教授就是那个学校的老师。孔瞟眼这下成孔教授了。

田老汉说，啊孔老师，你一定认得我这娃，你一定帮我找找我娃子！我娃叫田二春，我老大叫田大春。孔瞟眼说不认识，学生太多，哪能都认识。您一定教过我娃的，我这娃不爱说话，戴个眼镜，不像有些娃嘴花。大学毕业后在光谷一家公司上班，蛮好的。可我娃突然不在公司上班了，不见了，打他电话是空号，有人说在网吧里看见过他。他哥专门从温州回来与我一起到武汉找过他，找了整整一个月，找了几千家网吧，所有武汉的网吧找遍了，寻人启事贴了不晓得好多，还受了不少骗。杜老眯说这娃怕不是染上网瘾了？赵日天说你们报警了吗？报了报了，问了几次警察，警察就定为失踪人口了，就要下户口的，现在离下户口还有几个月。我后来又去武汉找了几次，在武汉边捡破烂边找，都没有找着。我家里还有些寻人启事，我待会儿给这位……孔老师，麻烦老师帮找找，我全家对您感谢不尽！孔瞟眼说好的好的，我们在田建成家喝猪血汤，您去吗？我不去我不去，他叫了我，我没有还礼的，不好意思喝人家的汤。我是准备去温州大儿子那儿过年的，儿子也电话要我去，我怕二春回来，春节家里没人，我就在家等他。

唉，原来是这样啊，可怜天下父母心啊！终于明白了他给那狗添食，害一样的病啊，同病相怜。这样这样，那到时您把寻人启事拿过来，我们的孔教授一定会帮您找的，赵日天对老头说。好的好的，孔老师是好人，大好人！田老汉恨不得给孔瞟眼磕头，作了一串揖，背着柴火一溜小跑往村里去了。

山里的景色很好，可有人很悲伤，狗也很悲伤。树林里有落叶乔木，有不落叶的常绿乔木；有落叶的灌木，有不落叶的常绿灌木，都与山与村庄共存着。石头房子、青瓦、白墙，还有炊烟，有山脊，有叮咚作响的泉水和封冻的池塘，有弯弯曲曲的田畈，有庄稼，有蔬菜，在冬季如此美妙，在春季、夏季、秋季还不知美妙到什么程度呢，简直藏着当代人生活的所有幸福元素，藏着安宁、温暖，藏着城里人所有的想象。这个村要买下来，要买下来。孔瞟眼抱着狗食盆对我们说。

喝汤啦，喝汤啦！我们像禾场上的鸡一样飞奔到田建成的家。那猪已被大卸八块，收拾成肉的模样，不再是猪。屠夫在洗大肠，鸡在啄食猪粪中的食物，它们也将被抓到城里去，成为鸡肉，不再是雄赳赳气昂昂的鸡，它们的好日子也快到头了。屋里已经摆上了两桌，我们一桌，村里的人一桌，火锅热气腾腾，热泡咕噜。新鲜的猪肉炖萝卜、心肺煮海带、辣椒炒肉、炒蛋，当然少不了猪血豆腐汤。还有一些我们最爱的乡村坛子菜，什么泡辣椒、酱萝卜、酢冬瓜、尖椒豆豉。还有自酿的苞谷酒，饭是土灶锅巴饭，那个香啊。田建成的老婆端菜，田建成用一个大锡壶给我们倒酒。他老婆说，你们莫要客气，山里也没个好招待的，尽管吃，尽管吃。好的好的，不客气不客气，这酒好，好酒。人们都喜欢吃野食，野食就算是一泡狗屎也是香的，酒是酒精勾兑的也是香的，天下第一好酒。我们就给村里的几个老人敬酒，给他们拜早年。菜是真好吃，全是土菜，辣，辣得有模有样。塘里洗的菜是青嫩青嫩的，绝对的绿色蔬菜有机食品，猪是有机猪，蛋是有机蛋，这儿的水好，这么想，那双黄蛋、双胞胎就与这儿的水有关系。赵日天见了酒就忘记了抓鸡，说今天终于吃到地道的土猪肉了，而且是田架山的百草猪，这肉是甜的，萝卜可以生吃。来来来，喝喝喝！夜壶哥，来，祝贺你得到了一个狗食盆！第二杯是祝贺孔瞟眼得到砖筷篓，第三杯是铁猫子，第四杯是夜壶。他老婆过来夺他的酒杯，说你这个痛风鬼、高血压，喝死的！赵日天说我吃了药没事，不关你的事，跟我夜壶哥喝酒。正喝着，田老汉来了，手上拿着一沓纸片，很薄很薄的花花绿绿的纸片，另一只手上提着一只鸡，鸡绑住了脚。田建成见田老汉来了，远远地就打招呼说田爹来喝酒。田老汉说他已经吃了，就径直找到孔瞟眼说，孔老师，这是我娃子的寻人启事。启事上印着他儿子的头像，印得模糊，像是乡镇印刷厂印的。他儿子看起来很端正，斯斯文文，戴着眼镜。孔瞟眼正在与赵日天干杯，已经喝得神魂颠倒了，就接过那摞纸片放到椅子的屁股后头，说好好好。田老汉将土鸡塞给孔瞟眼说，我是代儿子孝敬老师的一点心意。孔瞟眼说这不行这不行。田老汉说那有什么不行，学生孝敬老师天经地义，天地君亲师，一日为师终身为父,这就拜托孔老师了。孔瞟眼再三推辞,我们说就拿上吧,盛情难却。

等田老汉走了,田建成说田爹可怜,他在武汉找了他小儿子大半年,大儿子他老婆是个二婚,有个孩子,后来又生了个孩子,负担重,也没管他老父亲,他就在村里等小儿子回来,天天在路口盼。因为婆娘们不喝酒,我要代孔瞟眼开车也不能喝,气氛就上不来,加上两个杀猪师傅还要到别处杀猪,天又冷,几个婆娘想抓了鸡、割了肉快点回家,雪还在下,就说吃饱了。田建成说没有喝好,往年村里哪家杀年猪,都要接七八桌客喝汤,肉要吃几十斤。我家吃了吃你家,冬月腊月吃两个月,到了正月,又请春客,又要闹一个月。往年到了这时候,狮子、龙灯、采莲船、蚌壳精都出来了,村里热闹得要命。好吧好吧,你们抓鸡吧。

鸡们吃过桌下的残羹后,都在禾场的雪地上唱歌消食,公鸡雄壮,母鸡肥壮,但怎么抓是一个问题。田建成说我来唤鸡,他准备了两个网兜,网鸡的。他抓了些米,就把鸡往隔壁没锁的红漆门屋里撵,米撒在那黑暗的屋里,那里原来成了他的养鸡场。咯咯咯咯咯……鸡见了米,就像见了亲娘,撒腿就往那屋里跑。等鸡们都进了屋里吃食,田建成将门关住了,喊我们过去抓鸡。我们悄悄进了门,再把门掩上,立即动手。鸡发现我们的意图,就拼命往外面跑,但有网兜伺候,鸡就成了我们的鸡。门是破门,鸡可以钻出,有的鸡就钻出了,撵鸡的就开始到处撵鸡,屋里屋外,到处是抓鸡的男女。有的老娘们用自拍杆打鸡,有的飞身扑地抓鸡。我抓了两只,孔瞟眼也抓了一只。杜老眯、马夹头和赵日天因为年纪大了,手脚不利索,抓得满脸污渍还是两手空空,加上吃得太饱又喝了酒,眼神也不济,跟着鸡满村跑。鸡飞上了石墙,鸡钻进了草垛,鸡跳上了竹篱,鸡在逃亡。抓到鸡了的交给田建成老婆过秤,再去称猪肉,再就没事了抓拍那些抓鸡人,还大喊,鬼子进村了!鬼子进村了!武汉"鬼子"完全是抗日神剧,鸡把他们带到雪沟里,带到断墙上,他们张着网兜,嘴里骂骂咧咧就是逮不到。赵日天喝太多,摔了一跤,手上只有一根鸡毛。他老婆瞎指挥,说这里这里,那里那里,光动嘴不动腿,一网兜下去,网到一坨干牛粪。他老婆大骂他废物,个斑马的,把兜子给我!赵日天毕竟是个男人,有自尊,痛风也有自尊,就是不给,霸着网兜,再网。人本来就蹒跚,但拗着劲吧,要与鸡一争高下。加上有酒精烧脑,血往上冲,我们都怕他绊在石头上摔下去中风就坏了。

那鸡与他周旋了十几个回合,不分胜负,他碰上了一只狠鸡。那鸡不但跑得快,还展翅高飞,又飞进了那个破屋里。赵日天紧追不舍,进得门去,只听一声惨叫,鸡被擒获了。赵日天手上抓着一只大母鸡,从红漆大门里伸出头来,脸上露出胜利的微笑。孔瞟眼就抓住了这精彩的一瞬间,拍到了赵日天抓鸡的经典镜头,后来获得了中国夕阳红摄影大赛银奖,题目就叫《赵日天终于逮到鸡了》,自是后话。杜老眯就喊,赵日天日天了,赵日天日天了!马夹头推了赵日天老婆一掌,要她去迎接逮鸡英雄。我们几个起哄道,嫂子过年我们到你家去吃土鸡。赵日天老婆说好好,没问题没问题,留着你们喝酒。

好啦,满载而归啦,又是土鸡又是土鸡蛋又是土猪肉,还有人有了别人送的鸡。我们逮鸡时,田老汉一直在远处看着我们,等我们把账结清了,他又跟着我们到村口停车的地方,一再嘱托孔瞟眼帮他找儿子。孔瞟眼说了一句话安慰田老汉,说万一找不到,你还有一个儿子两个孙子,只能往好处想。我们都觉得他这话说得不妥,我们看田老汉凄伤失魂的表情,不想插话。田老汉给我们小声地说,建成那儿哪有土鸡,他的鸡都是从山那边养鸡场买来的,他一年在这里要卖几百只鸡。我们想不会吧,我们的后备厢里全是叫唤的鸡,怎么会是养鸡场的饲料鸡?算了算了,我们不会再去问田建成,天色晚了,雪在下,鸡也没几个钱,我们要赶快返程了,山路险。

走到半途,因为赵日天喝过量了,再加上这日怪的苞谷酒度数高,山路颠簸,弯又多又急,还加上撵鸡吸了太多冷风,就开始呕吐。第一口没止住,就吐到了车里。然后我们停下来让他吐。他吐了再上路,上路后又要吐。这可咋办,赵日天太老了,下次不能让他出来折腾了。我们停下车看他吐,把胆汁都吐出来了,他身上全是秽物,各自身上带的纸巾都擦完了,遭罪啊。孔瞟眼在车上找了半天,翻箱倒柜,没有了,最后拿出一些纸片来,是田老汉交给他找儿子的寻人启事。他说只剩下这个了,日天的赵日天呀赵日天,用这个擦吧。寻人启事全部擦完了,那些沾上了难闻的呕吐物的一堆纸坨儿,就丢在了北风呼啸、风雪弥漫的荒野上,丢在了我们车的后头。天气真冷。天气真冷啊!

【作者简介】陈应松,武汉大学中文系毕业,出版有长篇小说《还魂记》《猎人峰》《到天边收割》,小说集、散文集、诗歌集等七十余部,《陈应松文集》十卷,《陈应松神农架系列小说选》四卷。小说曾获鲁迅文学奖、《小说选刊》奖、《人民文学》奖、华文成就奖(加拿大)、湖北文学奖等。作品被翻译到英、法、俄、日、韩等国。中篇小说曾七次进入中国小说学会的"中国小说排行榜"。湖北作家协会副主席、中国作协全委会委员。

选自《青年作家》2018年第6期

爱情手枪

肖克凡

1

我终于鼓起勇气问姐姐："这人是谁啊，总往家里给你来信？邮递员这礼拜来三次了。"

此前，我们姐弟间有约定：不偷看对方日记，不拆封对方书信，不打听对方私事，简称"三不主义"。这是姐姐从外国小说里学来的，当然主要是苏联小说。这次我有意违反"三不主义"是发现姐姐近来神色不定，分明怀有心事。

"我没有什么心事……"姐姐左手推了推从鼻梁下滑的眼镜，右手捂了捂嘴巴，似乎唯恐言多语失。是的，邻院章伯就是嘴巴不严，祸从口出，被人民银行下放近郊农场种菜了。

姐姐戴着白框眼镜，眼睛不大但是很圆，总是显得聚精会神的样子。她鼻翼两侧生有零星雀斑，天津孩子戏称"标点符号"。当然，姐姐的眼镜遮挡不住雀斑。她也不想遮挡。这些雀斑使她有些像苏联女孩儿，比如电影里的娜塔莎或者丽达。邻院章伯说过，女孩子皮肤白，头发就泛黄，因为黑色素偏少。可是姐姐偏偏白皮肤头发黑，这就弄得章伯连声说不可思议。

"这是我们学校军宣队员老冬同志给我来的信。"正在天津育红中学读高二的姐姐，这样给我解释。

"老东同志？"我以为是东西南北的"东"，笑着问姐姐有没有姓西的人。她目光透过眼镜片盯着我："有啊，我就姓奚嘛。"

"你姓西？"我认为姐姐开玩笑，"你要是姓西，我就不姓南了。"

"我真的姓奚，不姓你家的南。"姐姐褪尽温和表情，一瞬间变成表情严肃的女学生。

我并不觉得气氛异常，转身去厨房洗菜瓜。邻院章伯说过，所有瓜类只有菜瓜吃了不上火。他在近郊农场成了种菜瓜好手。

姐姐追着菜瓜来到厨房，表示跟我开门见山："小弟，前几天从河北宣化来了外调人员，我才知道咱俩是同母异父的姐弟。老冬同志让学校开了介绍信，让我买火车票去北京……"

姐姐从来不撒谎，嘴里说出的每句话都经得起检验。她说买火车票去北京跟亲生父亲会面，我就蒙了。

原本自幼相亲相爱的姐弟，说变就变成"同母异父"，我感情遭受伏击，瞪大眼睛望着有些陌生的姐姐。

"这不会是外调人员弄错了吧？"我试图挽回局面保持原来的样子——我要同父同母的姐姐。

姐姐扬手摸摸我头顶："小弟，事实胜于雄辩，你就不要胡思乱想了。"

我说："从量变到质变，你没经过积累就突变了，这不符合辩证唯物论。"

"只争朝夕嘛。"姐姐说着躲进自己房间，揿亮台灯读学校军宣队员老冬同志的来信。

我凑到房间门外看着台灯照耀下的姐姐。她并不抬头说："小弟，请你把门给我关上。"

我被她冰冷的声音击中，只好伸手关门，败兵似的溃退厨房，打量着泡在水盆里的菜瓜。

姐姐变了，而且变得极快，快得让我无法适应。我恨不得马上写信向妈妈报告，可是她远在团泊干校劳动，据说处境不太好。

姐姐乳名丢丢。我洗净菜瓜选出两只好的，送到她房间门外。房间里传出姐姐的说话，口气更加冷淡。

"小弟，今后请你不要叫我乳名，好不好？我是革命青年了。"

我说你叫我小弟，这也是乳名啊。姐姐的声音继续从房间里传出："好的，以后我就叫你南飞。"

我觉得自己成了孤立的人，即使坚守阵地也难以盼来援兵，小声哭了。

姐姐肯定听到我的哭声："南飞，我诚恳希望你坚强起来，争做无产阶级革命事业接班人。"

我感到被抛弃的委屈："奚丢丢！用不着你来教育我……"

"南飞，你不要胡乱取名好不好？我原名南雁，本名奚晓兰，我不叫奚丢丢！"房间里传出的声音令我惊诧，姐姐好像被别人附体了。

我想让姐姐变回南雁，忍不住伸手叩门。房间里突然响起尖叫："南飞！请你不明显过于肥大,好像变成衣服架子。

"你父亲叫什么名字?"我好奇地问道。

她冲口而出:"南云翔啊!"说罢,怔了怔随即改嘴,"不不,外调人员说我父亲叫奚兰城,兰州的兰,城市的城!"

当晚我在日记里写道:"姐姐习惯地回答父亲名叫'南云翔',这说明一个人忘记过去是需要时间的。她以为自己从历史里走出来,其实鞋底还沾着过去的泥巴……"

3

清早,我执意送姐姐去火车站。她先是拒绝然后勉强同意,让我给她拎着那两斤山芋干儿,这是送给亲生父亲的见面礼。我说北京话叫红薯干儿。她笑了笑说,北京话是对的。好像北京有她亲生父亲,就什么都正确了。我坚决认为北京正确是因为毛主席住在那里。

天津火车站叫"东站",前身是清末"老龙头车站"。我跟随姐姐下了8路公共汽车,快步来到候车室前小广场。灰蒙蒙的旅客人流里倏地闪出绿色身影。一个军人稳步走来,叫了一声"南雁"。

"您也出差啊,老冬同志?"姐姐不认为对方是特意赶来车站送她的。

这位被称为老冬同志的军人露出丰沛的笑容:"我买过站台票了,送你上火车吧。"

我看到老冬同志是个敦敦实实的男子,讲着带有乡音的普通话。

姐姐根本顾不得跟我说话,起身跟随老冬同志奔向检票口。

半路杀出程咬金,我成了被替换下场的"群众甲",眼巴巴望着二人的背影淹没在人群里。这时我意识到严峻现实——奚晓兰与南飞确实是同母异父的姐弟了。

火车站附近的邮政局是座德式建筑。我喜欢那里光滑的地板,夏天也有冬季溜冰的感觉。尤其这座邮政局保留着外国租界时代的玻璃写字台和红木长椅,供给过往旅客安心写信。

我去柜台买了一枚"工农兵"邮票,八分钱,预备给妈妈写信寄往团泊干校,之后无所事事地坐在玻璃写字台前。

我用手指蘸着唾沫写出"同母异父"四个字。这字迹很快蒸发了,玻璃台面上没有留下丝毫痕迹。我当场受到启发:我们曾经看到的许多事物,最终都会消失得无影无踪。

然而只有亲情常在。譬如亲人去世,子子孙孙想念他,他就长久存在。将来我不在世了,子子孙孙也会想念我的,我也将长久存在。

这样想着,我难过起来。既然我与姐姐成了"同母异父",那么这种关系还属于亲人吗？看她急切地跑向检票口的样子，完全成了素不相识的路人。

有人吱地挪动长椅，一个绿色军人在对面落座。他铺开信纸伏案疾书，引发红五星帽徽微微颤动。

他写字速度极快。我只能看到他半张脸。渐渐地我还是认出他就是老冬同志。姐姐当时并没有把我介绍给他，我想他不会认识我的。

中间隔着玻璃写字台，我偷偷打量这个军人。一张圆圆的面孔，一双圆圆的眼睛，一只肉乎乎的鼻子，一双厚厚的嘴唇，还有两只容易被忽视的耳朵。这富态相貌被周身绿色包裹着，显得特别饱满。

他突然停笔凝神构思，缓缓侧脸仰望天花板，嘴里默诵尚未落笔成章的词句，很像小学生临考背书。

他刚刚送走姐姐就跑来邮局，这是给谁写信呢？我内心涌起强烈的偷窥欲念，伸出目光掠过玻璃写字台，勉勉强强看到书信抬头两个字的倒影："一一"。

收信人名叫"一一"，怎么会有人叫这种名字呢？我不由想起苏联反特小说《送你一束玫瑰花》里的人物接头暗语。当然，老冬同志是中国人民解放军，他不会跟潜伏特务联系的。

他全神贯注写满三页信纸，之后精巧娴熟地叠成对角长方形，装进湛蓝色横启式信封里。全国流行公函式牛皮纸信封，这种隐含浪漫情调的信封很少见。

他沿信封左上方写下收信地址，右下方的寄信地址却只写了两个字。我从倒影里读为"内详"。邻院章伯给《人民日报》写信反映单位领导占用公物问题，据说寄信地址也只写了"内详"，后来还是被单位领导查出，动手做了几双小鞋一年四季给他穿。

老冬同志写好信封，伸出舌尖将信封折口舔湿，那胶质被唾液稀释转化为胶水，随即粘牢。他从容不迫地掏出蓝色塑料钱包，从中取出一枚红色邮票，再次伸出舌尖舔湿邮票背胶，将它贴在信封右上角，用力摁实。我看到他宽大肥厚的舌头。

长长呼出一口气，老冬同志将这封湛蓝色书信摆在玻璃写字台上，好像完成一项重大工程。这时他显得有些疲累，正身闭目静坐，径直沉入自己的世界。

我想偷看收信人地址，忍不住咳了两声。他受到轻微惊动，睁眼拿过信封起身走向邮筒，唰地投了进去。

他走出邮局大门，大声给两个外地旅客指点乘坐24路公共汽车的方向，那体态很像粗壮版的雷锋。我望着他走路八字形的背影，不知怎样评价这个为邮局节省了胶水的军人。

我走路回家，开始一个人的生活，中午没吃饭，晚饭啃了个馒头，随手打开收音机却传出嘎啦嘎啦的杂音,好像天津人民广播电台的播音员被人掐住脖子,时断时续跟我说话。我情绪低落,没了姐姐就连家里的收音机也不听使唤了。

晚间外面起风,摇得树影乱晃。好像白天潜伏的坏人趁着天黑喧嚣起来。这多种声响组成的噪声杂牌军,闹得我心神不宁,只得闭门关窗躲到自己房间里。

一会儿风声冒充张三前来叩门,一会儿又冒充李四转去拍窗,好像不停变幻着身份欺骗我。我一律不理睬,抱着厚厚的《红岩》读到甫志高在码头等候江姐下船,耳畔哗哗流过江水。

突然间,江水里混杂姐姐的声音,好像她跟随江姐来了。我放下《红岩》想象着那艘即将靠岸的轮船。江姐要是提早知道甫志高叛变就好了,她可以转道华蓥山去找双枪老太婆……

伴着江水声有人叩门。我意识到这不是江姐下船,起身跑出房间穿过门厅,透过磨砂玻璃看到门外身影。

姐姐呼我乳名:"小弟开门,小弟开门呀。"

我一边开锁一边报复说:"你不要叫我乳名好不好?请你叫我南飞。"

姐姐走进门来,仍然绿色军衣蓝色裤子,径直奔向冷水瓶斟满一杯"凉白开",一口气喝了下去。她好像从非洲沙漠回来,没了平时的文雅。

"你怎么当天就回来了,没住北京啊?"

"我没住北京,当天就回来了。"她以倒装句重复着我的问话,等于没回答,"小弟,你自己吃过晚饭啦?"

我撒谎说自己吃得很好,馒头稀饭,咸肉炒豆角,西红柿炒鸡蛋。

她摘下眼镜擦了擦镜片,重新戴上望着我:"谁给你做的饭?"

我朝着左侧墙壁努了努嘴。她沿着我的视线望去——左侧墙壁挂着雷锋同志戴着皮帽端着冲锋枪的画像。

姐姐望着雷锋同志,苦笑了。我继续发问:"你亲生父亲没留你在北京玩几天?天安门、北海、颐和园什么的。"

"没有……"姐姐强调学校复课不准请假,"天色不早了,你快去洗澡吧。"

我想起今天是双日。早在我们还是同母同父的姐弟时,共同订立家庭公约,除去冬季寒冷,平素单日丢丢洗澡,双日小弟洗澡。如今"丢丢"变成"奚晓兰","小弟"还是"南飞",然而月份牌里依然有单日和双日,谁也抹不掉的。

我从过道橱柜里拿出毛巾和肥皂,走进卫生间完成双日洗澡任务。天津把卫生间叫厕所。去年姐姐从南方回来,便改称"卫生间"了。我也觉得卫生间比厕所好听,欣然接受了。

以前我不避讳姐姐，在家袒胸露背光脚丫子，洗澡时也敢喊姐姐来给我擦背。如今姐弟关系骤变，我只得谨慎起来，首先扣好卫生间门锁，脱光身子端盆接水。

"你不要光用冷水，等我烧好热水给你。"卫生间门外姐姐大声说，"我说话你听到没有？"

以前我洗澡确是姐姐烧好热水，往大桶里添加自来水兑成温水，让我洗得心安理得。今天姐姐照常要烧热水，我有些意外。

她不是声称名叫奚晓兰嘛，怎么还给我烧热水呢？我大声回应说我愿意冷水洗澡。

"你这孩子怎么不听话呢？冷水刺激会生痱子的……"她连连叩门说热水烧好了。

我犹豫着，拿过内裤和汗衫依次穿好，开门接过盛满热水的铝壶。姐姐看我穿戴整齐，表情有些惊讶。

"看你都快成泥猴儿了，我打肥皂给你擦背吧。"姐姐已经脱掉绿色军衣换成碎花小褂儿，跨步走进卫生间为我兑好温水。

"我就不擦背了吧……"

姐姐拿起丝瓜瓤子："你快点儿吧，革命小将要雷厉风行。"

我只好背过身去，脱掉汗衫和内裤，姐姐哗哗撩水过来。每逢这种时候我都要说"局部地区有小雨"。此时我说不出了，任凭姐姐的丝瓜瓤子搓擦我脊背。

"好啦！经过爱国卫生运动洗礼，我家泥猴儿干净多啦！"她放下丝瓜瓤子退出卫生间，"小弟，换洗的汗衫和内裤放在门外啦！"

听到姐姐这样说话，我喉咙发紧。她仍然叫我"小弟"，她仍然给我烧热水，她仍然给我擦背……

姐姐还是原先的姐姐，这多好啊。我偷偷哭了。我的泪滴落到水盆里，让水有了咸度。

洗了澡，我穿好汗衫和内裤，却不知如何面对姐姐，便迅速窜回自己房间。很快房间门外传来姐姐的声音："小弟，明天我早起去学校，你可以睡个懒觉。"

明天星期日姐姐还要去学校？我使劲"嗯"了一声，随手熄了灯。黑暗里我寻思着，姐姐一冷一热变化这么大，真是令人琢磨不透。

转天上午，我被邮递员"南雁来信啦！南雁来信啦！"的喊声唤醒，起身跑到院里接过信件。

湛蓝色横启式信封，左上角写着我家地址，中间写着"南雁收"，右上角贴着红色邮票，右下角寄信地址写着"内详"二字。

我想起火车站邮局。这封信肯定是老冬同志写来的，那么抬头被称为"一一"的人肯定是姐姐了。姐姐乳名丢丢，学名南雁，原名奚晓兰，老冬同志怎么叫她"一一"

呢？好像小说里的人物昵称。

想到昵称这个字眼，我觉得问题复杂了。莫非姐姐跟老冬同志谈了恋爱？我顿时忐忑起来——在校女生是不许搞对象的。

中午时分，姐姐回家来了。我问她在学校见到老冬同志没有，她摇摇头径直走进厨房。大城市女学生操持家务的不多，姐姐是个例外，除了恋爱所有活计她都会做，可是如今情况有了变化。

我追到厨房里，问她究竟认没认北京的亲生父亲，她摇了摇头。我问为什么没认，她说不革命。我说不反革命就可以认嘛。她快速把黄瓜切成黄瓜片说："你是不是标准太低了。"

黄瓜青椒土豆，统统切片下锅爆炒。我看到姐姐额头汗珠滴落锅里，变成小盐。我把毛巾递给她擦汗。她扭头看我，笑了笑。

不言不语吃过午饭。依照"家庭公约"由我洗锅刷碗。我把那封湛蓝色信件交给姐姐，跑进厨房哗哗打开水龙头。

傍晚时分，姐姐终于走出房间，递给我一兜"北京果脯"，塑料袋里显得红红绿绿："小弟，今后不要再提北京好吗？尤其不要跟爸爸妈妈说起这件事情。"

我点头承应，借机刺探："这兜果脯你送给老冬同志好啦。"

"三期军训结束，他昨晚返回部队了……"姐姐表情无喜无悲。

"那么，那么老冬同志还回来吗？"

"他们部队开往新疆了，很远的。"

开往新疆了？这就是那封湛蓝色来信透露给姐姐的部队动态吧。我猛地绷紧神经："老冬同志这是泄露军事机密！他们部队调动让敌人知道了怎么办？美帝苏修时刻准备侵略我国呢。"

"啊！老冬同志真是的……"姐姐被我说得慌了神，"他怎么把部队部署泄露给我呢……"

"他十万分信任你呗！"我笑了。

姐姐有些感慨："是啊，老冬同志确实信任我，还把内心活动告诉我呢，比如他想穿四个衣兜的军装……"

"四个衣兜至少排级干部！这是他写信跟你讲的？"

姐姐点点头，岔开话题说："今天学校召开上山下乡动员大会，我们六七届高中生去向是内蒙古四子王旗，这个星期动员，下个月就走……"

我问姐姐，告诉妈妈爸爸没有。她说爸爸在黄港水库值守，妈妈在团泊干校劳动，这种事情就不要让他们分心了。

我说上山下乡是大事，应该告诉北京的亲生父亲。姐姐顿时不耐烦了："我说过不要再提北京的事情，你怎么揪住小辫子不放呢？"

北京的亲生父亲竟然成了小辫子，我不明内情，只得转移话题："既然要去四子王旗插队落户，你应当告诉老冬同志吧？"

她小声反问："小弟，我为什么要告诉老冬同志？"

"亲人解放军嘛！"我再次笑着说。

姐姐若有所思："中国人民解放军都是亲人，我一个人承担得起吗？"

"军师旅团营连排班，你可以选个代表嘛。"我继续动用计谋。

她好像意识到落进我设的圈套："你个鬼精灵！"就不吭声了。

我回想火车站姐姐跟随老冬同志跑向进站口的身影，仍然觉得两人并不合拍，一个天上，一个地下。

第二天学校派人来家复核户籍人口，认定高二·一班女生南雁同学完全符合上山下乡条件，要我代表家属签字。我说十六岁没有公民权，代表不了。

学校来人笑了，说去年湾兜中学马文奎十六岁就给枪毙了，轮奸妇女首犯。我无话可说只得签字，趁机问道："你们学校军宣队员老冬同志走啦？"

"军训任务结束了，他当然要走的。农村兵留在大城市的机会不多，他们要到祖国最需要的地方去。"学校来人说得义正词严。

星期天清早，一张大红喜报贴在我家门外：天津市育红中学革委会祝贺南雁同学被批准上山下乡，奔赴内蒙古四子王旗插队落户接受贫下中农（牧）再教育。

我一字一句读着这张喜报，感觉脸蛋也被映得红彤彤的。我认为喜报上的地名挺好听的，便翻开地图寻找内蒙古四子王旗，发现它只是个小黑点。

一连几天，姐姐情绪平稳，不慌不忙准备插队落户生活物品：四季衣服、被褥、床单、个人卫生用品、脸盆、饭盒、搪瓷碗、暖水瓶、手电筒、小闹钟……统统装进藤条箱里，还有五十只信封、四本信纸和十支圆珠笔。

"我要在农村写作，写出作品就要投稿。"她为五十只信封做出解释。我立即提醒准备五十枚邮票，这样就跟信封配套了。

"你真是个鬼精灵！"姐姐再次这样评价我。

到了出发的日子。一大早儿，我扛着姐姐的行李，送她去育红中学集合。

育红中学操场停着五辆大卡车，车头披着大红绣球，车厢两侧贴满大红标语：上山下乡深扎根，广阔天地炼红心。

学校广播喇叭说：全市前往内蒙古四子王旗插队落户的知识青年，集体乘坐专列。育红中学的卡车上午九时三十分出发，中午十二时三十分天津东站准时发车。

这时我听到有人哭了。姐姐没哭,我也没哭,同时变成麻木的姐弟。这就是"同母异父"的无形隔阂吗?我这样想着,心里悲凉起来。

姐姐说:"小弟,你先回家去吧,咱俩中午火车站月台见。"

我奔跑回家找出自己的"小金库",数了数,总共攒了七毛八分钱。我去鲜货铺买了五斤青苹果,回家洗净擦干,装满网兜。

走出家门,可巧邮递员迎面来了,他递过牛皮纸信封说南雁又来信了。我看到这只牛皮纸信封鼓鼓囊囊,活像个袖珍邮包,寄信地址印着"军字87793邮箱7分箱"。

我断定这是老冬同志的来信,他抬头依旧称呼"——"吗?他这样称呼姐姐,令我充满好奇。

赶到天津东站,我挤进月台找到育红中学车厢,高高举起牛皮纸信封和五斤青苹果塞进姐姐车窗。这时送行人群猛然爆发哭声。

上山下乡,插队落户,广阔天地,大有作为。可是家属们仍然泪洒月台,就跟送孩子上战场似的。

我受到感染也流泪了。车窗里,姐姐挥手说着什么,她的声音被哭声淹没了,好像默片时代无声电影里的人物。

火车呜呜开走了,朝着遥远的北方。月台人流渐渐散尽,只剩下个孤零零的身影。我走过去认出是邻院章伯。他的独生儿子章宇涵是十六中学生,也在这列奔向内蒙古的火车里。

"南飞啊,你也要做好上山下乡的思想准备!"两鬓斑白的章伯不改大声说话的习惯,"知识青年到农村去,接受贫下中农再教育,很有必要。"

他这是背诵最高指示呢,我立即配合:"滚一身泥巴,磨两手老茧,炼一颗红心,做合格的无产阶级革命事业接班人。"

章伯呵呵笑了:"你真是你爸的儿子……"

"我当然是我爸的儿子!"自从被下放近郊农场种菜,我觉得章伯变得有些怪异。

4

送走姐姐,我开始独自生活。接连几天邮递员登门召唤:"南雁来信啦!"一封封信都是鼓鼓囊囊的牛皮纸信封,落款印着"87793邮箱7分箱"字样。

身穿深绿色制服的邮递员是个即将退休的老头儿:"这肯定都是情书啊,有个穿军装的追求你姐姐呢。"

我不愿让姐姐背上早恋的黑锅,坚决摇头否认。这老头儿嘿嘿笑了:"我当差送信三十多年,隔着信皮能看见信瓤呢!"

"那您告诉我'——'是什么意思？"

这老头儿跨上深绿色自行车："甜哥哥蜜姐姐呗！"

之后几天不见邮递员登门。我猜测姐姐跟老冬同志通信给了他四子王旗的地址，他就直接寄信给姐姐了。

姐姐终于给我来信了，说通过集中学习已经分到知青点，然后问我是否替她接收了七封新疆来信，让我尽快转寄给她。

姐姐如此关切新疆来信，看来是恋爱了。星期天，我找到邻院章伯讨了牛皮纸卷宗袋，将老冬同志的七封来信塞进去，跑到邮局挂号寄给姐姐。我在附信里大胆问道："他为什么叫你'——'呢？"

十几天过去了，我收到姐姐寄来的明信片，上面只有四个字"收到勿念"。姐姐怎么不写信给我呢？我思来想去明白了，她写信就要回答我提出的称谓问题，寄明信片就避免了。

就这样，"——"二字成为难以破译的谜面，没有谜底。

我每月跟姐姐通信。她只字不提老冬其人，而是向我介绍四子王旗的概况，它北部是牧区，南部多农业，属于半农半牧地区。她几次轮值知青点做饭，还学会挤羊奶。我写信问她羊奶膻不膻气，姐姐回信说她只挤不喝。

为什么只挤不喝呢？我觉得奇怪，甚至比"——"还要奇怪。

临近春节了。广大知识青年发挥"扎根农村不动摇"的革命精神，过年也不回城探家，喊出"蓝天是被子，田野是大炕，广阔天地是家乡"的革命口号。当然姐姐也不例外，春节留在知青点集体过年。

大冷天。邻院章伯登门讨要南雁的通信地址，说他儿子章宇涵也在四子王旗插队落户，今年过春节不回城，两人可以互相走访加强团结。

我把姐姐的通信地址给了章伯。他兴奋了："四子王旗地广人稀，从牧区去农区得走好几天。不过章宇涵要是骑马看望南雁，一天就能到达的。"

大年三十傍晚。父亲值守黄港水库，母亲滞留团泊干校，我独自在家除夕守岁，翻箱倒柜找出那台落满灰尘的手摇式留声机，掀开留声机盒盖看到有张黑胶唱片。这真是奇迹，几经动荡它竟然保存了下来。我拿来毛巾堵住留声机喇叭口，这样声响就不会外传了。

拱起嘴唇吹去灰尘，重新放好唱片摇动留声机手柄，唱片转动起来，看着活像个黑色餐盘。我确实饿了。

轻轻置下唱针，随即传出沙沙的声音。之后有个男声操着中华人民共和国成立前的国语说，这是百代唱片公司，有请常赵二位老板的对口相声——龙凤呈祥。

我听邻院章伯说过解放前有个艺名"小蘑菇"的相声演员姓常，可能就是这位。果然，留声机喇叭传出常的沙哑嗓音："赵老板我有事向您请教，为什么我媳妇跟我哥哥发生了爱情？"

留声机喇叭传出观众的哄堂大笑。赵压低声音："这种事情您别在这儿说啊！"

"这儿不是没外人嘛。"再次引发留声机喇叭里观众的哄堂大笑。

赵急切难忍："没外人？合着台下三百多位都是你哥哥呀！"

不知为什么，我不敢听了，立即伸手抓起唱针，任凭黑胶唱片空转着，仍然像个黑色餐盘。

自己的媳妇跟自己的哥哥发生爱情，这种事情完全超出我的人生经验。这种内容的唱片是爸爸的还是妈妈的？我无法做出判断，便认为既不是爸爸的也不是妈妈的，它就是个黑色餐盘。

我收起手摇式唱机，重新藏进柜子里，心情却停留在那段相声里。我觉得人世间太大，有着无穷无尽的不明事体。

除夕夜降临。我独自迈进农历新年。子夜时分，撅亮台灯学着姐姐的样子写日记，下笔用了"懵懵懂懂"来形容除夕夜晚的心情，然后祝自己新春快乐。

一转眼就大年初三了。漫天降下大雪。大清早有人踩得雪地吱吱作响，冒雪叩门。全国实行革命化，取消春节拜年习俗。我不敢开门，小声问来者何人。

"小弟，你不要害怕，我是冬土改。"不速之客报出这个怪异的名字。

"冬土改？"对方竟然能够叫出我的乳名，我轻轻开了门。

门外站着个雪人儿。只有嘴里呼出的白色热气，证明他是个被白雪包裹的大活人。这时雪人儿挥手跺脚晃肩，努力抖落浑身积雪，顿时露出军绿色大衣和冻得泛紫的面孔。

哦，原来是老冬同志。他拎起黑色旅行包嘿嘿笑了。这笑容被冻得僵硬，显得有些勉强。

"我坐了四天三宿的火车，从乌鲁木齐到北京，半夜转车来到你们天津……"

我连忙请他进门。他放下黑色旅行包大声说："小弟，我利用探亲假专程跑来给你拜年啦！"

"你从新疆专程跑来给我拜年？"我有些不知所措，端起暖瓶斟了杯热水。

他却说喝凉水习惯了，革命军人冰天雪地都不怕。说着拉开旅行包，取出军用水壶，看样子要去厨房接自来水。"不过，你要是非让我喝热水，我也可以不喝凉水的。"

多年以来没人这样看重我，有些被他感动了。

老冬同志接过热水杯，大口喝了起来。

"你小心,烫呢……"多年以来好像我也从未这样关心过别人。

"我不怕烫!"他脱下绿色皮大衣,内衬露出麦穗状羊毛。这军用皮大衣说明新疆的天气可能比内蒙古还要寒冷。

喝过热水,他翻腕看看手表,那张圆脸笑得更圆了:"小弟,中午咱们出去吃饭吧。"他亲切地叫着我的乳名,这肯定是姐姐透露给他的,估计他俩保持着紧密联系。

他的热情弄得我受宠若惊:"附近只有红旗饭庄春节连市,深挖洞广积粮,备战备荒为人民,咱们还是不要去了……"

"去哇!干什么都要只争朝夕,它春节连市咱们现在就去。"

老冬同志军装添了两个衣兜,变四个了。我有些发蒙:"你提干啦?"

他说在营部当书记,正排级。我又给他添了杯热水。他仍然喝了。我仍然不确信他是专程跑来看我的:"您请了探亲假,家乡哪里啊?"

"很远,祖国大西南,红土高原,贵州。"一个个词语从嘴里迸出,好像射出一颗颗弹丸。

我心里盘算着。新疆是祖国大西北,贵州是祖国大西南,天津在祖国东部海滨。根据地图分析老冬确实是从西向东而来,并没有去贵州探家。可是他为什么专程跑到天津看望我这个身高一米八二的"豆芽菜"呢?

我继续猜测他的路线图:"您打算从天津去四子王旗吧?"

他摇了摇头:"咱们去红旗饭庄,走!"

我俩一前一后走出家门。大街的积雪没过鞋子,我们好像依靠两条小腿行走。

"我在你们天津军训半年多,逛过劝业场,走过解放桥,也去过西营门外解放天津烈士纪念碑……"老冬同志呼呼喘着粗气,跟随我身后。

我问他怎么叫冬土改。他说土改那年工作队给家里分了半亩坡地,可巧他落生便取名冬土改了。

我说你若今年落生就叫冬军训了。我身后传来他的笑声,说要是今年出生就不会认识南雁了。

是啊。亲不亲,感情分。他从新疆专程跑来看我,这肯定跟姐姐有关。

5

走进红旗饭庄大门。店堂里只有两桌顾客吃饭,革命化春节就是这样冷清。平时冷漠的男服务员看到来了穿军装的,立即换成笑脸说欢迎亲人解放军。

我们落座。老冬同志哼了哼,说我们有任务你赶快写菜。男服务员慌忙拿来复写垫板,做出待命的样子。

老冬同志指了指我说:"你全听他的!"

我故作镇定,点了凉菜"水晶皮冻"和热菜"独面筋",然后就没词了。一冷场,男服务员主动报出"拔丝黄菜",明显讨好地说这道菜专供解放军食用。老冬同志挥挥手说:"拥军爱民,这很好嘛。"

我觉得他挥手动作很有气派,不愧是穿四个衣兜的军官。

先交钱,后吃饭,这是国营饭馆的规矩。老冬同志的钱夹很大,方方正正不知是什么动物皮毛制作的。

换了个女服务员端来一大碗凉水,轻轻摆在桌上。老冬同志乐了:"哈哈,你怎么知道我有喝凉水的习惯?"

女服务员听不懂他生硬的普通话,表示凉水是给拔丝黄菜预备的。

老冬同志压低嗓门:"小弟,黄菜是黄花菜吧?"

我摇头说不知道:"听说拔丝要蘸凉水的,不然粘了盘子。"

男服务员端来一只椭圆形大盘子,说了声"拔丝黄菜来了"。我打量着这盘蓬蓬松松的菜品,顿时明白"拔丝黄菜"就是把鸡蛋摊成薄饼然后切成柳叶状,上锅翻炒挂了层糖汁,这跟制作糖葫芦的道理基本相同。

老冬同志大义凛然地说了声"吃吧",便伸出筷子夹起两片亮晶晶的"黄菜",直接放进嘴里,随即吐了出来。

"您小心烫嘴,亲人解放军。"男服务员满脸堆笑。

他伸手端起那碗凉水咕嘟咕嘟喝了两口,冷却着被烫的口腔。男服务员笑着跑去了,又送来一碗凉水。

我夹起两片"拔丝黄菜"在凉水碗里涮了涮,"黄菜"遇水冷却变脆,放进嘴里嚼着又香又甜。

老冬同志学习能力极强,当即如法炮制,一夹一涮,从容不迫吃了起来,嚼得满嘴脆响。

可能因为烫了嘴,他对拔丝黄菜不评价,对"独面筋"情有独钟,连声夸奖天津菜好吃:"天津真是个好地方,以后我转业能来这里就好啦。"

我又给他要了份"独面筋",他吃得咸了就喝凉水缓解。"我们部队野营拉练还喝过河沟里的水呢。"

他继续吃继续喝,吃掉两份"独面筋"、三碗糙米饭,充分显示革命军人的坚强胃口和乐观精神。

汤足饭饱,我们走出红旗饭庄,踏着积雪回到家里。老冬同志喝了杯热水,身子歪在破沙发里睡着了。他坐了四天三宿的火车,这是困乏透了。

一觉睡到天黑。他睁眼又要外出吃饭，还说要去狗不理。"小弟，狗不理睬它，咱们理睬。"

我说"狗不理"不是狗不理睬的意思。他笑着说在营部当书记搞文字，习惯望文生义了。

我不好意思再吃他，坚持在家做饭。他起身走进厨房："起初连长歧视农村兵，罚我下过饮食班烧灶呢。"

他让我烧水，然后动手和面、揉面、擀面、切面……变戏法似的弄出两大碗咸菜汤面，热气腾腾。

"后来连长又罚我去喂猪，可是我会写通讯报道的稿子，指导员欣赏我，呵呵。"

我被触动了。从新兵蛋子熬到四个衣兜多不容易啊，不知他经历多少坎坷。

咸菜汤面，一人一碗。我俩吃得满头大汗。自从姐姐上山下乡，此时家里才有了热气。

"我就不要去住旅馆了吧？"他走进厨房刷锅洗碗，放低身价问我。我连忙点头，表示欢迎他住在家里。

他朝我讨好地笑了："我想看看南雁的房间……"

"可以啊，我姐姐的房间又不是故宫养心殿。"我去打开姐姐房间。老冬同志大步跨了进去。

我给他揿亮姐姐的台灯。他满脸兴奋的表情，伸手摸着书架里的《革命烈士诗抄》，无声地笑了："这是我军训时送给你姐的。"

"她没带到四子王旗去？"我试探问道。

老冬同志得意了："我送给她两本呢，那本她肯定带在身边。"

说着他拉过姐姐的椅子坐下："小弟啊，我想坐在这里给南雁写封信……"

我觉得没有理由拒绝他，就转身退出姐姐房间，躺在自己房间里，渐渐睡着了。

6

大约凌晨时分我被叫醒。老冬同志从黑色旅行包里取出油布小包裹："这是我送给你的春节礼物，希望你能够喜欢。"

他呵呵笑着，打开油布小包裹，露出二十几枚黄澄澄的小物件，还有两颗黑油油的"棒子头"。

我深深吸了口气，不敢相信黄澄澄的是子弹，更不敢相信黑油油的是手榴弹。

"你可以拿手榴弹去水库炸鱼，一声轰响，鱼儿被炸晕漂浮水面，你下网捞就是了。这子弹嘛，你可以到野外打猎，听说北大港那边水鸟很多。"老冬同志表情略显迟疑，

"不过，五四手枪要近距离射击才行……"

他不慌不忙说着，从绿色挎包里掏出一支手枪。我吓傻了，望着这堆招灾惹祸的东西："你、你怎么敢这样呢！"

"你们大城市男孩子，住洋楼吃面包习惯了，胆子太小哩。"他随手捏起两颗子弹伸出舌尖舔了舔说，"你不要太害怕，我跟军械所管理员小范是同县老乡，他爸是师参谋长。"

我几乎屏住呼吸："你快收起来吧！我不敢私藏军火……"

"我半夜里给你姐写了信，说要把你全面武装起来，没想到你这么害怕武器。"

我想起同学李福江揭发家里私藏日军遗留的"王八盒子"，他父亲被判八年徒刑。老冬同志听罢笑了，说李福江父亲私藏手枪肯定是想配合蒋介石反攻大陆，否则不会判八年徒刑的。

我还是后退两步，好像躲避着灾祸。他表情失望起来："我顶风冒雪给你带来拜年礼物，你应当认为我实心实意吧？"

我被他感动了："我当然认为你实心实意……"

"我希望你写信告诉南雁……"

我点点头："你千里迢迢冰天雪地跑来看我，坐了四天三宿的火车，我肯定会写信告诉姐姐的。"

老冬同志满意地笑了："手枪我不敢不带回去，子弹和手榴弹全部送给你！"

我再次被他感动了："我留一颗子弹做纪念，就等于全部收下了。"

"你只留一颗子弹？好吧，既然这样我不勉强你。"他仿佛完成重大使命，动手收起油布小包裹装进绿色挎包，"嘿嘿，我就知道你不会让我枉费苦心的。"

我还是紧张，紧紧攥着这颗子弹，好像害怕它飞了。他却情不自禁地哼唱起来。

"这是我家乡地方戏，你听不懂的。南雁能够听懂，她知道我唱的是李玉和。"

之后，他笑着说今天坐火车去北京，从北京转车返回新疆部队。

我竟然有些留恋了。他鼓励我说："咱俩肯定会成为亲人的！"

我送老冬同志去天津火车站。一路上他三次叮嘱我："小弟，你千万不要忘了给你姐姐写信哇。"

"你放心吧，老冬同志，我肯定会写信告诉姐姐关于你的事迹。"

他听罢舒心地笑了："是啊，留有那颗子弹为证嘛。"

我认为以后再没机会当面询问，索性张了口："老冬同志，'一一'这称呼是什么意思啊？"

"这称呼是你姐姐告诉你的吧？呵呵，这是我对南雁的评价，她是我唯一的唯一，所以就简称'——'啦。"

我觉得这个穿四个衣兜的军人挺坦诚的，无形中增加了对他的好感。

火车站月台上，身为排级干部的老冬同志竟然朝我敬了个军礼，扭动身躯钻进呜呜冒着蒸汽的火车。

送走这位不速之客，我回家做了两件事情。一是把那颗子弹用油纸包裹好，放进小陶罐里藏进厨房角落。二是坐在姐姐房间给远在四子王旗的南雁写了封信。

"姐姐，前天老冬同志从新疆来到天津，给我带来令人震惊的礼物……"我在信中详尽介绍我与老冬同志相处的分分秒秒，重点谈到红旗饭庄的拔丝黄菜，还有爱喝凉水的习惯，以及他对"——"称谓的解释，当然也提到黄澄澄的子弹和黑油油的手榴弹。

写信末尾我问道："姐姐，世界上没有无缘无故的爱，老冬同志顶风冒雪专程跑来看我，这究竟是为什么呢？"

我把这封满载疑惑的信件投进绿色邮筒，等待姐姐回音。

姐姐很快回信，只写了半页信纸："小弟你好：见信如面。事情是这样的，冬土改几次要求与我确定恋爱关系，我实在不好反驳，只得推辞说弟弟南飞不同意，真没想到他千里迢迢去做你的思想工作。他带给你的礼物确实令人震惊，你千万保管好，那是军火啊。"

这封信里姐姐并未表明她的态度。我揣测她不会接受冬土改的求爱，尽管他穿了四个衣兜的军装。

遍地积雪融化了。邻院章伯周末从近郊农场公休回家，给我送来一棵大白萝卜。"我儿子从四子王旗来信了，他说你姐姐出名啦！"

邻院章伯的儿子章宇涵是个文质彬彬的"眼镜男"，从牧区骑马到农区看望我姐姐南雁。邻院章伯继续介绍情况："你姐姐南雁每星期都去公社邮政所取信件，一拿就是十几封，知青们私下取外号叫她'军用品'呢……"

我断定这些信件来自"87793邮箱7分箱"，否则姐姐不会落得"军用品"的外号。由此看来，冬土改驻守祖国边疆却专心跟姐姐谈恋爱，每天都要写情书。

"哼！我儿子章宇涵私自骑马去农区看望南雁，他回到牧区就挨了处分！"

我从邻院章伯话语里听出弦外之音，他对姐姐变成"军用品"颇为不满，对儿子章宇涵不远百里跑去看望南雁而遭受组织处分，抱有怨气。

"您是想让章宇涵跟南雁建立革命友谊吗？"我大胆问询。

邻院章伯竟然急了："友谊就是友谊，难道还有反革命友谊吗？"

"您说得对，反革命叫臭味相投、狼狈为奸、沆瀣一气……"我当即悟出革命道理。

邻院章伯终于忍不住了："大年初三你家来了外地客人？"

"是啊，大年初三我家来了亲人解放军！"我竟然有些自豪了，毕竟中国人民解放军是座革命大熔炉，冬土改是革命大熔炉炼出的一块钢。

"不简单，果然不简单哟。"满头白发的章伯感慨着走了。

7

出了农历正月，二月二龙抬头，我收到姐姐来信，鼓鼓囊囊好像信封里面絮了棉花，拿在手里就是个小棉垫子。打开信封当然不见棉花。这二十几页信纸，超重贴了两倍邮票。

"老冬跑到天津讨好你，又是手枪又是子弹的，还有手榴弹！这冒着多么大的风险啊，一旦败露要上军事法庭的。天啊，好在部队不知内情，只给了个超期归队的处分，他仍然穿四个衣兜的……"

姐姐南雁在这封信里变成"话痨"，絮絮叨叨显得语无伦次，"小弟，我原本拿你搪塞冬土改，以此谢绝他提出的恋爱要求，万万没有想到他如此执着，这叫义无反顾吧？也可以叫勇往直前。我真被老冬感动了，他出身边远贫苦农村，确实不懂得送你什么礼物为好，竟然打了枪支弹药的主意，这是拿自己性命做抵押啊！难道为了追求我就不怕自己身败名裂吗？如今看来他真是不怕身败名裂的……"

我一边读信一边深呼吸，看来姐姐确实被老冬同志感动了。

临近五一节，我又收到姐姐来信，这次信封很薄，已然从小棉垫子变成真丝手帕。打开信封看到只有一页信纸，姐姐告诉我她决定从内蒙古四子王旗调到河北省靖海县插队落户，据说靖海县有望划归天津市管辖。

南雁从遥远的四子王旗调到天津附近的靖海县，这等于逆流而上，恐怕难度极大。尽管姐姐说老冬同志给靖海战友写信拜托此事，我还是不相信姐姐会像大马哈鱼那样洄游故乡。

就在八一建军节清早，我接到姐姐打来的电报，要我明天下午四点钟准时接站。邻院章伯听到送报员的摩托车响，跑来打听详情。我说姐姐从内蒙古回来了。

"出乎意料，实在出乎意料哟。"邻院章伯连发感慨，转身走了。

我彻底明白了章伯的心思，他特别希望儿子章宇涵跟我姐南雁建立恋爱关系，实现这项"知青婚姻"。如今出现了穿四个衣兜的军人，他这只脚踏空了。

我花五分钱买了站台票，姐姐乘坐的火车进了站。她从车窗里陆续扔出四件行李，满头大汗地走出车厢。

姐姐显得又黑又胖："小弟，我还托运了两个慢件，过两天你拿着行李票去南站领取吧。"

姐姐果真调回靖海县了，这是冬土改同志创造的奇迹。我暗暗寻思这就是爱情的力量吧。

姐姐被安排在东柳城粮旺庄大队落户，那里距离天津市只有六十公里。这条又黑又胖的大马哈鱼果然洄游故乡了。

过了不到一年时光，姐姐转为民办教师。又过了一年时光，姐姐变回又白净又苗条的南雁，还有鼻翼两侧的几粒雀斑。

我敢断定，远在天山深处的老冬同志满意地笑了。因为姐姐重现城市女学生气质——时不时推推鼻梁下滑的白框眼镜，一派文静淑雅的模样——这正是农村大兵所喜欢的大城市女学生形象。

父亲从黄港水库调到河北省大黑汀水库，更远了。母亲则离开团泊干校被安排在市饮食公司总务科，不可思议地改行做了会计。

姐姐被评为靖海县模范教师的转年，升任副团职的冬土改给部队打报告申请结婚。

父亲远在河北省大黑汀水库，寄来贺信对这桩婚姻表示祝福。母亲对这桩婚事同样感到满意。毕竟女儿嫁给亲人解放军，而且是穿四个衣兜的军官。

革命化的婚礼简洁大方，新郎新娘并肩给毛主席像鞠躬，向他老人家表示永远革命不停步。然后副团职女婿给岳母敬军礼，承诺跟南雁永结百年、白头偕老。

蜜月里，新郎告别天津返回新疆部队报到。身为市饮食公司总务科会计的母亲颇为感慨，连声说南雁终身有了归宿。

身为新娘子的姐姐异常兴奋，非要看看当初冬土改的礼物。我从厨房角落里找出小陶罐，小心翼翼剥开油纸取出那颗子弹。

姐姐手捧这颗黄澄澄的子弹，满脸欣慰的表情："这个冬土改哟，为了追求我铤而走险，竟然置生命于不顾。"

母亲不免神色紧张："南雁啊，你丈夫胆子大啦！"

我用油纸将子弹裹好，重新装进陶罐里："是啊，老冬既溜须了我，也打动了姐姐的心。"

姐姐不声不响接过陶罐，亲手把它藏到厨房角落里。"老冬后来告诉我，那把五四式是作训科的仿真手枪，属于假的呢。"

母亲毋庸置疑说："南雁啊，作战训练的仿真手枪可以是假的，我看老冬对你的感情是真的！他们农村兵情感朴实秉性执拗，认准了是不会调头的。"

我也同意母亲的观点："如果连那把五四手枪都是真的，那么老冬的情感就真实得过火了，难道为了追求姐姐非要他去偷盗原子弹吗？我看有这把仿真手枪足够了。"

想起"一一"的称谓，我确信南雁是冬土改唯一的唯一。姐姐应该为这桩婚姻感到酥软的满足。

就这样，姐姐有了冬土改这个爱人，我有了冬土改这个姐夫，父亲母亲有了冬土改这个女婿。然而，我还是不敢向母亲询问姐姐的真实来历，譬如她北京的亲生父亲。

8

第二年，姐姐生了个大胖小子，姐夫从部队来信给儿子取名"冬暖"。姐姐特别高兴，称赞丈夫有文化。

我锦上添花说："这孩子乳名就叫夏凉吧。"

姐姐生了第二个男孩，姐夫从部队转业安排到靖海县农林局担任党总支书记。仍然身为市饮食公司总务科会计的母亲欣慰地说："南雁啊，你家走上康庄大道了。"

姐夫给他的第二个儿子取名冬日升。顿时全家暖洋洋的。姐姐的体形则彻底从城市女学生变成乡村女学生的妈妈。

"嘿嘿，我还缺个女儿呢……"冬土改略不满足地说。

庆贺冬日升"百岁"，爸爸从大黑汀水库回津探亲，全家聚餐。这时我学会了烹饪，亲自下厨做了"独面筋"和"拔丝黄菜"，暗暗得意。

这两道含有怀旧意味的菜肴上桌，却没有引发冬土改的惊喜。他好似丧失记忆的人，伸出筷子去夹凉拌黄瓜。

妈妈连忙给女婿夹菜，冬土改说不喜欢吃虾，还抱怨甘油三酯和胆固醇。爸爸立即建议说："土改，你现在吃素还来得及，毕竟你有农家子弟的肠胃基础。"

冬土改思忖着说："是啊，独流镇的炒黄锅巴很好吃，还有贵州家乡的酿豆腐……"

我觉得他的普通话日趋标准，基本城市化了。当年顶风冒雪跑来看望南飞的老冬同志，再也不喝凉水，全面接触西湖龙井和咖啡。

家庭形势大好。严厉的独生子女政策尚未落地，女教师南雁只争朝夕地生了个女孩儿，姐姐擅自做主给女儿取名"冬盼春"。

县农林局党总支书记的取名权旁落，冬土改只是笑了笑，说有儿有女品种齐全了。

邻院章伯得知消息跑来跟我说："南飞啊，你姐姐抢在国家实行计划生育政策之前生了两儿一女，这战术叫短促突击！"

我不知邻院章伯说话是何居心，只知道短促突击是当年四野的战术，在东北打了不少胜仗。

邻院章伯不喜不悲说："我儿子扎根祖国边疆不动摇，已经跟当地姑娘结婚了……"

"好啊！蒙古族女人能唱歌会跳舞，还特别能喝酒呢……"我盲目地祝贺着，想象章宇涵身穿蒙古袍骑马驰骋的样子。

"一个嫁了外地当兵的，一个娶了当地村姑，他俩都是大城市的学生，我真是没有想到。"邻院章伯流露出遗憾神情，嘟嘟囔囔地走了。

姐姐的三个孩子玉米拔节般成长着，好似施了化肥。

迎来全国知青大返城时代，邻院章伯的儿子章宇涵跟内蒙古当地姑娘离了婚，以"病退"身份夹杂着内蒙古口音，充满力度。

邻院章伯悲喜交集："尽管这样变来那样变去，他仍旧是我儿子。"

中国迎来改革开放大好形势。章宇涵衣着时尚走出家门，重返城市新潮行列。

大街上，戴蛤蟆镜穿牛仔裤的章宇涵遇到南雁，随手点燃香烟说："我不会再结婚了，我要把失去的青春夺回来。"

姐姐只得尴尬地笑了，她身为三个孩子的母亲，已经没有什么可以夺回的了，能做的只有付出。这时，冬土改调到津郊担任区委调研室主任，手下管辖四个秘书，不必亲自动笔写材料了。

小女儿冬盼春六岁那年，姐姐调进市区学校，重新成为大城市人。临近春节，天降大雪，姐姐跑回娘家来了。

"他要离婚呢。"姐姐告诉仍然担任会计的母亲。

我哪里也想不到这种事情会摊到姐姐头上，一旁问道："他是谁啊？"

"冬土改呗，我又没有两个丈夫！"姐姐强抑内心愤懑。

"这不能够吧，冬土改不是喜欢大城市女学生吗？"妈妈不相信坏消息。

姐姐激动起来："时代完全变了，现在冬土改喜欢村姑，还要求我同意。你说这让我怎么同意！"

"既然冬土改爱村姑了，你就跟他离吧。"我试探着说。

"我不离，我坚决不离！就让他跟那个村姑鬼混去吧。"

我能做的只是劝解："冬土改出身农村，这些年他总算认识到还是跟村姑生活合拍，既贴心又惬意，至于大城市女学生，当初只是他的错觉而已。"

"那些年上山下乡插队落户，我也成了村姑嘛。"姐姐不甘心，强调着自己的历史身份。

我告诉姐姐："你肯定不是村姑，否则他就不会提出离婚了。"

母亲似乎同意我的观点，不说话。她心理衰老了，既没有力量愤慨，也没有力量哀伤，只有力量叹气。

"我不会同意离婚的，我就要耗死冬土改。"南雁态度坚定如铁。我觉得姐姐不是固守婚姻,她是不甘心败在村姑手里。

没过几天,姐姐打来电话说冬土改搬出去住了。这家伙身为国家干部,居然不怕暴露婚外恋情。他的勇敢令我想起"一一"的称谓。出身边远农村的冬土改,一旦爱了便真爱,一旦不爱了便真不爱。如此这般,"一一"这个称谓便易人了。

9

过了春节出了正月,又逢"二月二,龙抬头"。邻院章伯给姐姐送去自家腌制的酸菜,可巧目睹了事发现场,他当场吓得瘫坐在地上,人们以为他老人家也中了枪。

年逾花甲的章伯受到血腥刺激,逢人便讲,滔滔不绝,根本停不下来。

冬土改逼迫南雁离婚,女方坚决不同意。这家伙就掏出手枪指着太阳穴说:"南雁你听着!我有了新生活,那是我唯一的唯一,你不让我跟焦立梅过新生活,我就不活了。"

冬土改激动得冒出家乡口音,说"新生活"好像说"性生活"。

南雁并不买账:"当初你追求我也说是新生活,还拿手枪子弹当礼品溜须我弟弟。"

"你还好意思提这件事情?你们大城市人就是胆子小,这次我送给焦立梅弟弟十发子弹,人家农村娃毫不犹豫就收了!"

"既然农村人这么好,你当初为什么追求我呢?"

"这些年我明白了,你就是挂在墙上的油画,我要把油画换成年画。年画你懂吗?"

南雁摇摇头说不懂,还说永远不懂。

"你不同意离婚,我就不活了。"冬土改手枪指着太阳穴走出房间来到院子里,突然咣地打响了。

章伯看到这个男人随声倒地,红白相间的液体喷涌而出。

冬土改的婚外情人焦立梅跑来了,满脸疑惑并没有哭号:"他说家里藏着仿真手枪,怎么拿在手里就变成真枪了呢?他明明把子弹都送给我弟弟了,这发子弹从哪儿来的?"

"人有存款,枪有存弹。"姐姐抬头盯视着情敌焦立梅,"你说假枪还能打响?笑话!这肯定是他拿错手枪,弄得假戏真做了。"

"这里面一定有问题!"村姑焦立梅说罢,当场昏死过去了。

姐姐心硬似铁:"这里面当然有问题,就是你俩的生活作风问题!"

公安局对涉枪案极其重视,随即成立专案组对枪支来源展开调查。那确实是支五四手枪。然而人死无语,死无对证,一个轰轰烈烈的故事就这样成为扑朔迷离的悬案。

冬土改死了。姐姐南雁无婚可离，只身带着三个孩子过日子，反而坚强起来。

冬家长子名叫冬暖，他五官相貌酷似乃父，这小子读高中便恋爱，为了追求邻班女生断然割腕明志，当然伤口较浅流了小半碗血，没死。

姐姐大发感慨："这小子恋爱恋得死去活来，分明就是冬土改的翻版啊！"

小女儿冬盼春活脱脱母亲南雁的复制，小学六年级就戴了眼镜，鼻翼两侧也生着几粒雀斑，举手投足典雅文静，绝对袖珍版"新时代城市女学生"。

事情渐渐平复了。姐姐给我打电话说："其实爱情就是一场梦，说醒就醒了。"

我仍然认为冬土改当初是很爱姐姐的，只是中途这场梦醒了，之后的枪响使他永远睡下去了。

中秋节收拾房间，我无意间从厨房角落里找出那只陶罐，猛然想起它的来历，立即打开却发现油纸包裹的子弹没了踪影，好像金属固体蒸发了。

这真是不可思议，难道这颗子弹破罐而出，径直飞向冬土改的太阳穴？

我思来想去，决定不要去问姐姐。就这样，那颗曾经存在的子弹成了唯一的唯一之谜，永远难以破解。

又逢春节，天降小雪。这些年的雪越下越小，落地就化没了。想起当年正月里大雪盈门，不觉心情惆怅。

这时，邻院章伯冒雪跑来："我劝章宇涵娶你姐姐，青梅竹马嘛。你猜我儿子跟我说什么？"

"你儿子不愿意娶寡妇？"我猜测道。

老态龙钟的章伯摇了摇头，然后叹了口气："我儿子说他才不跟自己所爱的女人结婚呢。"

我又蒙了：冬土改和章宇涵这两个男人相比，究竟谁是情圣呢？

终于，姐姐悄悄告诉我，她北京的亲生父亲乃是妈妈的大学同学，当年两人是和平分手的，至今相忘于江湖。

"是啊，和平分手。"没有爱情也没有手枪，静寂无声连引人入胜的故事都没有。与南雁的亲生父亲奚兰城相比，冬土改毕竟给这个世界留下很大响动——既有保鲜期里的爱情，也有一打就响的手枪，而且是爱情手枪。

我满足了好奇心，仿佛喝了一杯俗称"凉白开"的水。

【作者简介】肖克凡，中国作协全委会委员，天津市作协副主席。著有长篇小说《机器》《生铁开花》《天津大码头》《旧租界》等，小说集《赌者》《最后一个工人》《蓝色鸟》《蟋蟀本纪》等，散文随笔集《镜中的你和我》《我的少年王朝》《一个人的野史》。

选自《天津文学》2018年第7期

猫的故事

文 珍

野猫,攻击人类最大的猫咪群体。它们在野外必须要保持警惕,不然活不下来,一些国外组织的统计数据说明流浪猫的平均寿命只有两年,它们不但要忍受同伴的欺凌,还要防止个别人类的虐待,因此它们对人类充满敌意。

遇到流浪猫不要想当然以为猫咪都是可爱的,要循序渐进,消除其敌意,不要一开始就上去喂养或者抚摸,城市的流浪猫基本上都是家猫,敌意一般情况下很容易消除,但不可操之过急。也不要认为猫抓伤、咬伤你就说明猫的邪恶,任何动物和人的关系都需要引导,即使是看上去无害的猫咪。

——资料来源于互联网

我从未这么快完成一篇小说,它其实根本就不是一个小说,而就是发生在北京某个下午某条街道的事。你也可以说这是每一分钟都可能发生在这个国家、这个城市、这些好人之间的事。

故事也许要从前一晚上说起,如果不嫌这个开场过分冗长的话。

前一晚我在家加班写稿。神思枯竭之际,穷极无聊打开了微信网页版,发现一个女友几秒钟前刚在小群里发了一条消息:我刚才做了一件特白痴的事!巨尴尬!

我的好奇心被调动起来,目不转睛等她说完。

她说:事情是这样的。我朋友圈有个小孩一天到晚总感叹没钱,没年终奖,我今天终于受不了了,给他发过去一个红包——我们平常几乎从不联系。他被吓到了,不敢收。是不是没法儿更尴尬了?

我问：发了多少？

五百。

我瞬间被这数字刺激到了：这么多！你有钱干吗不发我们群？

一瞬间潜水群友纷纷浮出水面表示赞同。

关键是那小孩不收。女朋友坦白道：我这纯属做好事献爱心，人家还怀疑动机不纯。

你能有什么不良动机？

觉得我看上他了呗。我可比他大十几岁。

嗜。你这也是好心，和你熟一点儿的人不至于不知道。不过他朋友圈都怎么个哭穷法值得你慷慨解囊？让我也学习一下如何和熟人讨赏。

女友过了一会儿发过来七八条截屏，风格泰半如下：

孤绝站立于这城市的十字路口，才发现两手空空。想拂袖离开这并不足够了解我价值的污秽尘世，又心有不甘。——那么多不如我的，凭啥都混得比我好？

我需要很多很多钱。每一个人都需要很多很多钱。但是年终奖仍然是上帝制造出来的最可笑的产物，是这个社会主义国家最大的不公不义。

总有一天，你们所有人争相把金钱送到我手中，我也依然会弃之不顾。我辈岂是蓬蒿人？

就像那个阿拉丁神灯的妖怪，晚了，已然晚了。我恨这个社会，恨所有对我不够重视的人。我恨。

女人，你需要包吗？需要口红吗？需要因为没发年终奖所以什么都不能给你买的我吗？

如果我是肖邦，那么亲爱的桑夫人在哪里？可以肯定的是，绝不是不发给我年终奖的女上司。她不但相貌丑陋，而且俗不可耐。

已经不指望年终奖了。这或许是一种罕见的幸运？

我卑微，可耻，都是因为我比别人更穷。

……

我快速拉完，沉默了好几十秒才说：依我所见……这永不落幕的年终奖协奏曲，不值五百块啊。

女友说：是吗？我倒觉得他挺真诚。这年头哪儿还有人在朋友圈这么说话啊？大家都要脸，都假装自己过得比别人好。他能正视自己的失败，挺不容易的。

可我没觉得他正视失败了啊？倒是一股子怀才不遇的酸气扑面而来，这小哥学中文的？

是学中文的。女友说。名校。

名校中文系毕业，就把咱博大精深的汉语学成这样？不琢磨怎么把工作干好，光在朋友圈写当代离骚了，我要是他领导也不给他发年终奖。眼高手低，不开除就不错了。您也真是爱心泛滥。幸好他没收，否则真成奇葩了。

女友那边半天没动静。又过了一会儿，怯生生来一句：他刚收了。

我：……

她：我本来还以为自己干了一件好事呢。

我：你这不是在帮他，是害他。俗话说救急不救穷。他这就是典型的穷。

他是说他穷呀。女友说。

穷不光是一种物质状态，也是一种精神痼疾，人格障碍。

……我现在啊，就担心他以为我看上他了。你说倒霉不倒霉，明明是想做件好事！

五百块钱在这个时代又能做什么呢。这句话都打出来了，我终于没忍心按下发送键，又一个字一个字地删掉。或者女友也并非真能做什么，而只是图个安心：一个善良、慷慨，为了帮助他者不惜陷身险境的天真成年人。

真是一时冲动，唉。谁让他暗恋过我，还当众表白过。

我没追究这句话的逻辑相悖之处：收就收了吧。你就当出去请我吃了顿火锅。

火锅可不要五百块钱啊。她打了个笑脸——仿佛有点儿失望。我并没有夸赞她的义举和善行。可她不知道，"好人总是自以为是"，社会学家 Jonathan Haidt 如是说。他在同名著作里最重要的论断，就是"理性即为且应当只能为热情的奴隶，除服侍听命于热情外，无法妄求他职"。换言之，就是我们所有的行为，一开始其实都出于直觉，随后才要求理智追补最大合理化的理由。

她希望那个小哥感激她，爱她。可那个小哥也喜欢别人更爱自己。朋友圈都说得这么明白了。我想。

往窗外看了一眼，一轮月亮高挂中天。清冷，嘲讽，置身事外。这个无效沟通的月圆之夜就这样过去了。明天的发言稿还没写完，不知道为什么，我有点儿写不下去。当我们在说爱、善良、正义、崇高……时，到底在说些什么呢？所有人都如此固执，如此刚愎自用，如此自欺欺人。

"而我曾也要求自己当一个好人。才因此深知那善良的虚妄。"

渐渐陷入了无法可想的困顿。走到阳台上长时间凝望那面容惨白的月亮。球体的阴影是它表面固有的山丘，但是很长一段时间内人们都坚称那是嫦娥和玉兔，以及永远砍伐桂树的吴刚——他一旦闲下来,正当壮年又会和嫦娥发生一点什么呢——所有神话故事背后,都藏着一个试图控制一切的卫道士和一个无法自圆其说的设计者。身份尴尬的吴刚因此变成西西弗斯,永世不得安宁。

阳台窗户大开。月色清朗的那些天,偶尔会在幻觉里看到自己走出去——我住十二楼。

前几天安慰一个得了抑郁症的朋友:亲爱的想开一点,不是每个人都拥有像我们一样的优越条件,还年轻……她瞪大眼睛看着我:遇事你总这么开解自己吗?你离抑郁症也不远了你知道吗?

那天晚上我睡得很晚。但因为忘记拉窗帘,第二天仍然被明亮刺目的夏日阳光早早弄醒了。看了看表,只睡了四个多小时。

人们总是容易对一些斩钉截铁的句式留下印象,比如说:"一个人就要像一支军队。""人类总是习惯于自设障碍。"

我喜欢的一个女作家如是写她笔下的德国女子:

> 以理性与节制去理解。
>
> 莱泛爱拉这样理解时间。如果舞蹈课九时三十分开始,每逢星期一至五,她从来没有缺过课,早上九时二十五分她就坐在舞室的地板上等,永远是第一个。"没有什么事情可以改变我。"她想。同样她亦无法改变任何事情。
>
> 她这样理解命运。

我对这个女子印象深刻,那还是二十岁那年看的香港小说。也许那时我就应该知道——仿佛提前掌握真理——一个人只能够要求自己。

然而我却不知道过度相信自己甚至只相信自己,同样也是与全世界为敌。同样也是必败的悖谬和荒唐。

贾木许的《帕特森》里有一段对白很有趣。每天早上公交车司机帕特森在出车之前总是要问候一下负责夜班的搭档:你好吗?往常他都说,我很好。突然从有一天开始,他每天都告诉帕特森说:我不好。然后就开始絮絮叨叨到底有多少不好:婚姻、亲戚、子女、疾病……帕特森听了以后不知道该说什么。但是他仍然习惯每天都问。搭档每天都回答不好。终于有一天,帕特森有点恐惧地看着他,但照常问,你好吗?

搭档刚拉开大谈一番的架势，突然间叹口气说：算了，反正你也不想听。

我觉得当代很少有寥寥几个镜头就把现代原子社会人和人礼貌之下的不相干表达得这么好的电影了。这就是我们的日常。我们都想当一个好人但事实上做不到，也没人需要……每个人大多数时候都并不真的想得到回答，不过是一种资产阶级式礼貌的闲聊罢了。我们真正感兴趣的事情是那么少——除非有机会表现得比他人更重要、聪明、高尚、成功，为此几乎可以付出一切代价。帮助他人只是为了鹤立鸡群。永远政治正确的好学生的迷思。

渴望被爱、被肯定、被艳羡、被追随。

晚睡早起，临近中午便饿了。很久不见不在同一层楼的要好同事，她怀孕三个月了，一直挂念着要去看她，但总是忙。工作效率最低的翌日，反倒心血来潮打通座机，问她中午要不要一起吃饭。窗外是初夏的青枝绿叶。在这样微微有风的季节，也许正宜陪孕妇一起散一会儿步。

同事没通过昨天的孕期糖尿病筛查。忌口几个月，毫无改善。她的声音在话筒里听来无比沮丧：要不你就自己去吃点好的吧。反正我只能吃粗粮荞麦面什么的。

我说：没事，那我就陪你吃粗粮荞麦面。

并肩走在去面馆的路上，我在正午阳光里捏了一下她手臂：怀孕还瘦了，营养怎么够？

瘦也是糖尿病。昨天十三个孕妇去检查，只有我和另一个没通过。怎么会这么倒霉！

还在绞尽脑汁想各种无用的安慰的话。她突然说，猫。

我应一声，哎？

不是——猫，你看。

让我看什么？我问。她们都叫我猫，因为我喜欢猫，早习惯了。

哎不是。她急得跳脚，那边有只猫！

真是猫。

一只猫赫然出现在临街某熟肉店橱窗内。

在玻璃窗内的陈列台上，在若干鸡胗、鸡爪、鸡腿、鸭脖子、鸭掌和完整的卤鸡和盐水鸭，夫妻肺片和豆皮、海带之间，一只活生生的猫正在那里，而且很脏。

一个高个子的年轻店员正企图拿扫把赶这只猫。如果它毛皮不是那么褴褛稀脏打结，大概可以勉强称之为白猫，但身上几乎已经看不出来完整的白了，眼角糊满眼屎，肉眼都可以分辨出细菌无数。

我立刻忘了孕期糖尿病的事，失声尖叫起来，住手，不要打猫！

譬如苍蝇见血，橱窗边立刻聚拢了看热闹的一小群人。有人飞快拿出手机照相——很奇怪，无一例外全是男的，无论年轻还是年老。更多人指指点点，议论纷纷。除掉用手机拍照的，大部分人脸上都是事不关己的笑。熟肉店怎么会有猫？一个大妈徐徐道出了大家的心声，这一柜台肉可全毁了。总得上千吧？

抬头看了看那店的招牌，以前经过那么多次从未留意过：燕紫百味鸡。橱窗里一如往常密密麻麻摆满烤鸡的零件和整体，正是一家街面常见不过的卤味店，不知怎么回事，居然窜进去了一只长毛白猫。那猫明显恐惧得发狂，还淋漓着卤汁油水的尾巴岁开来回横扫，眼睛肿成两条缝，头上还有一道长长的血痕，不知是被卤味店小哥打的，还是此前不知在哪厮杀挂的彩。偏偏那半圆玻璃橱窗从外还没法打开，只有左上角一本书大小的窗口用于交钱取货。玻璃橱窗不断被猫头撞得嗡嗡作响却死活逃不出来——窗口太高了，也太小。

此前听说过有麻雀误闯办公室慌不择路一头撞死在玻璃窗上的事。玻璃大概是动物最难以理解的人类发明——明明看得到外面。关键是，后有追兵。

阳光越来越刺眼。周围的看客走了又来，始终一圈。我陡然想起同事，才发现不知何时她已远远躲到人群外围了，未照顾好友的内疚感油然而生。走过去用身体护住她，发愁道，这可怎么办？卤味店小哥可能会把那猫打死的。

同事脸色比离开单位时更不好了，也难怪，怀孕的人容易饿。我说，要不你先去店里吃饭。我回头自己去吃。你肚子里还有个人呢，别饿着。

好。那你一会儿也快过来。

目送她步履蹒跚地走后，其他人还在原地，更多吃瓜群众兴高采烈地举起了相机，一个新来的大妈问，这猫是怎么进去的？看样子是只野猫，饿疯了？

早到者讪笑，可不是。这猫就算可劲儿造，也能吃到春节。

不管怎么被议论，那只猫心思可明显不在吃上。它在那些熟肉上狼奔豕突如入无人之境，但凡小哥敢把棍子伸过去，就展开更疯狂的新一轮乱窜，几近血溅玻璃。我养过猫——到现在也还在养——没法见死不救。

有人说，你看那猫尾巴岁的！吓疯了吧！

好可怜。好几个姑娘都异口同声，这猫太可怜了……

也有同情店主的，这一柜子肉，市值怎么也上千。这下可都完了。也是倒了八辈子血霉。啧啧。

小哥试着用棍子赶，但每次都伴随着撞头巨响，周围立刻响起姑娘们山呼海啸的"不要打"，这阵仗震慑了小哥。他眉头紧皱，暂停动作，模样就像世界末日提前降临到这不到两平方米的卤肉店——他没法不恨这只从天而降、彻底毁掉了他这一天工作的猫。他是唯一无法置身事外的人，他必须对老板负责，必须处理好这个烂摊子。真正值得同情的倒霉鬼是他和猫，不是老板和其他任何人。

猫的状态也糟极了。它弓起背缩在玻璃柜边上，充满恐惧地看往外面，间或又转头看手持棍棒的小哥。状态也满可以用几个成语概括：鱼死网破、负隅顽抗、玉石俱焚。

惊呼"不要打"声音最大的是一个穿碎花格子长T恤的姑娘。见人群渐散，小哥再次试探性地举起了扫把杆子。说时迟，那时快，碎格子姑娘发出了一声更惨烈的锐叫，别打！

人都走光了，她这声喊立刻吸引了几个新的路人。

猫太可怜了！你别动，我把它捉出来！

我试图阻止她，这猫现在处于极度恐惧中，很容易伤人……

她如武林高手一般目不斜视，仅用衣角之力就震开了我。我连退三步，总算看明白了：她要进店。

小店当街没门，要进店只能从旁边包子铺里绕到后面的院子里。几秒钟后，她就和小哥并肩在店里一起战斗了。橱窗里那只猫面朝他们，腰高高弓起，哈气不止。

从玻璃橱窗上的小窗可以听见喊，所有人都让开！这只可怜的猫吓坏了！走开！走开！

紧接着，她又把小哥赶出了房间。

现在所有人更舍不得不看这热闹了。一只在熟肉堆里奔突的猫，一个满脸晦气的店小二，一个见义勇为的护猫侠。是的，这女侠身材微胖，但并不重要。热闹最重要。

人群有越来越多的趋势。猫眼神狂乱，不断冲窗外哈气。不久前那个被老虎咬死的年轻人，是不是也看到过同样多好奇的眼神？当时是不是也有很多人举起手机来拍照？最坏的事尚未发生之前，一切新鲜事都是值得上传社交工具的。是难得的街市奇观。俗世奇人。并非每天，都能看到一只猫从屋顶掉到熟肉铺子里的。

我终于也绕进了卤鸡店。小哥愁眉守在后门，原来他一直没走。店面比外面看上去更小，幽暗狭深，碎格子一筹莫展站在中央，见我遂命令，你去把外面那些人赶走吧！

她已经忘了刚才甩开我的事。

我便听话地出去赶人。新看客三两散去，一个大叔却不理会，饶有兴味地端详，咦，这猫怎么进去的？

我说，您当心。快走吧。猫特别害怕。

到底咋进去的？

天知道。

他满脸都是好奇而天真的笑意。不远处有个方脸小伙子也在笑。

那个大叔看小伙还在拍照更来劲了，我也拍。非但不肯走，更把脸和手机贴近橱窗。猫渐渐哈不动气了，在玻璃后恶狠狠地盯着他看。大叔敌不过它的眼神，更敌不过碎格子一声比一声大，都快走！有什么好看的？

大叔恋恋不舍地走了。方脸小伙子还没走。碎格子便在里面指挥他找来几张有色纸板盖在橱窗上；她倒有临阵不乱的大将之风。

我重又回到店铺。碎格子瞪我一眼，你怎么又进来了？还不到前面去赶人？

我没意识到她一直使用命令句式，笑道，人已经走得差不多了。而且这猫不光怕前面的人——它也怕你。你这样站它面前，它怎么敢下台子？

碎格子拒不回应。小哥短暂消失了几分钟，大概是去打电话报告老板了，这时重又愁容满脸地进来。碎格子看见他就大喊，你出去！

小哥不从，和橱窗里的猫一样死瞪她。

他想打死这只猫！碎格子说。

我说，他不会打死它的——他干吗打死它？就是想赶它走罢了。最好就让它在里面待着吧，到晚上自己就走了。

小哥看我一眼，都走，你们也走。一口作料十足的川普，把猫念成"焖儿"，都小心点儿。这"焖儿"疯了，真咬人。

走吧。我伸手拉了一下碎格子，现在这猫不会下来的。

她再次使用了沾衣十八跌的神功——也就是说，碎格子再次不发一言地甩开了我。

现在的局面就是我们仨面面相觑地站在天井里，和柜台上的猫形成对峙之势。小哥手机响个不停，状态已从绝望转成烦躁，老板让我赶紧把猫弄走，喊我再进去试下——神经病。

最后三个字声音很低，"下"说成"哈"。大概是成都附近的。

我忍不住问了那个所有人都问的问题，这猫从哪儿来的？

小哥说，我哪个知道？未必是天花板上掉下来的？

碎格子问，好端端的猫怎么会从天花板掉下来？

小哥的电话锲而不舍又响。他的背影都写满焦头烂额。

我解释说，这是临街的平房，平房房顶都是通的，从天花板上掉下来很正常。好多家养的猫被放在家里太久，也把天花板吊顶掀开蹿上去。我有个朋友家的猫就这样。

碎格子过一会儿才噢一声，我就是怕他们又打它。这猫趁乱逃了得了，怎么老不下来？

你在这儿它不会下来的。它也怕你。我说。

她就跟没听见一样。我就又说了一遍。她说，我不能走，我怕他们打它！这只猫太可怜了！饿急了，才这样！

小哥接完电话，又走进来，不知从哪儿找来了几个塑料袋套手上，下午还是得开业。

这样你会受伤的。我说。

碎格子闹起来，你要打死它！我开过餐馆我知道，其实你们把那些卖不掉的碎肉留在院子里，那只猫吃饱了就不会偷了！

我说，这猫不是故意来偷的。就是不小心掉进去了。小哥不会打死它。

同样的话，一分钟前已经说过一次了。碎格子像压根没听见。

小哥绕开我们，直接向柜台走去。那一瞬间我简直不敢看，只听柜台上锅碗碟盆一阵乱响——猫没捉住，直接出溜到柜台下面了。这下它可找到了固若金汤的避难所：柜台下黑洞洞的，又有无数看不见的电线铁管纵横交错。

小哥手机又响了。

趁他去接电话，碎格子突然和我交起心来，我就是怕他打猫。猫出来了我就走。说真的我都想收养它！大不了为它专门租个房——其实那猫洗干净了挺漂亮的！

前面几百米有个宠物店。我说，不知道他们有没有办法。

要去，你去。碎格子道，我怕我一走，那小哥会打猫。你说让那宠物店的人过来帮忙抓猫行吗？

宠物店的人估计不管抓猫。我叹口气，只能问问有没有麻醉剂什么的，或者买点儿妙鲜包。

那差不多是我们单位附近唯一的一家宠物店了。一进店就看见老板娘在仔仔细细给一只比熊剃毛，工作台上一小圈洁白的废弃绒毛——象征中产阶级的，安全的，无害的，和那只疯狂凄惨的猫完全不在一个世界的毛发。

老板很瘦，约莫五十岁，麻醉剂可没有。找个逗猫棒？

再也没有比这兵荒马乱的情况更不适用太平盛世的逗猫棒的了——但我懒得解释那么多，直接买了妙鲜包，回去的路上经过快餐店又买了一次性饭盒，盛了水。

不料刚把妙鲜包递进去，小哥说，你别进屋！老板说了不让外人再进去。有监控。

我说，好。你把水也给它。

碎格子果然也被赶到了院子里，宠物店的人不肯过来？那些人真没爱心，还开什么宠物店。

我不想继续这个话题。你刚说你是开餐馆的？

开过。她说，后来关了。你可别说我对人没爱心。这几年改吃素了，知道这种肉食店伤天害理，根本就没开的必要。而且那些肉洗洗肯定还会拿出来卖的，怕什么呀！我反正完全不同情他们。我一走，他们肯定得弄死这只猫。所以我绝对不能走。你也别走，下午没什么事的话，就陪我在这儿待着呗。

话题又绕回老路上，也就只好车轱辘话再碾一遍，你确实有爱心。不过我也真的觉得小哥不想弄死猫，就是想赶它出来。我还得上班，老不走是怕你们把猫逼急了再被它伤着。其实不管它，留个门，到晚上就自己跑了。人越多，猫越不敢出来。要不咱还是走吧。

要走你走。碎格子脸说翻就翻，猫出来，我立马走。谁没事干在这儿耗着啊。

要不你记我电话，有什么事就找我？我就在这附近上班。

她看我的眼神就像看临阵脱逃的逃兵，鄙夷至极，又像意料之中，你走吧。别管了。

震惊像小火烧了很久的鱼眼气泡终于涌上心头。我这才意识到她不光不信任小哥——也压根不信任我这自以为的战友。

那我走了啊。

碎格子头也不回，继续虎视眈眈地看着那道门。

到单位了，轻微气恼渐渐退去，我还是不放心——不放心猫，更不放心人——查到了国际动物保护组织的电话。在电话里我问这种事一般专业人士怎么处理。工作人员自报家门姓李，听着，这野猫已经吓坏了，又躲藏在很难触碰的角落，也不知道带不带狂犬病毒，这种情况建议不要着急处理。就让那猫继续待在那儿，给门留条缝儿，到了晚上夜深人静，就自己出来了——现在这阵势，硬赶很危险。

我说，都说了，不管用。小哥下午非得开业，那女生猫不出来不肯走。

小李说，那女生怎么感觉挺偏执的？小哥有点悬，你可让他千万别用手去捉猫啊。

他手上套了俩塑料袋把猫从台上赶到台下了。我说，估计一会儿急了还会上手。你们能专门过来一趟解决一下吗？

现在单位没人，我也走不开。也没抓猫的笼子。小李抱歉道，要不这么着，我下班后再去看看？

再回去，燕紫百味鸡的灯已经关了。百叶窗也放下了。午后一点半，这提前关门的黑洞洞的店静静发出一种不祥之气。我深吸一口气，从旁边包子店绕进后门。

一进院就吓了一跳。转瞬间，不足十平方米的后院站满了人——连警察都来了俩。一个光头胖子和小哥站在一起，看情形是老板。警察甲正试戴一双很厚的劳作手套。警察乙抱着手站在一边。

猫出来了吗？

警察甲看我一眼，摇摇头。

后门半开，只见碎格子蹲在柜台前面的背影，细看才发现她正气急败坏用一根比前小哥赶猫的扫帚柄还粗的铁棍往底下捅，出来，猫。快出来。

里面悄无声息。就好像柜台深处并没有这样一个现行通缉犯，一个走投无路的动物罪犯。我也随她一起蹲下，才终于看见黑暗中一双瞪大的惊恐猫眼，闪着绿光。

说时迟，那时快，光头猛地开始呼天抢地，我每天都要交房租水电的，耽误不起的呀！

不知道警察是碎格子还是小哥叫来的。但碎格子和警察说，这是她的猫。

热血涌上脑门。我走进房子，关上门。

碎格子回头发现是我，反应出奇地大，你怎么又来了？干吗关门？等会猫怎么出去？

人都堵在门口，猫出不去。让我试试。

我不行你就可以？碎格子歇斯底里，大姐，我承认你比我伟大比我善良可以了吧？能不能给我出去？

黑暗中的猫看上去真的累了，不再拼命哈气，也可能在等鱼死网破的最后一搏。

我蹲下去，咪咪。咪咪。出来吧。

你太天真了。这就是只野猫，疯猫，会听你好言相劝？我倒要看你有啥能耐把它弄出来——现在那么多人在外面等，警察都来了！店老板下午还要开门做生意，每天都要交房租水电的，没时间让你慢慢劝猫！

咪咪。咪咪，出来吧。

得了吧大姐！你这么关着门不让猫走算怎么回事？

给我一点儿时间。我轻声说，刚才也没人拦着你不是。我给动物保护组织打了电话，他们下班后会派人过来。我先试试。

现在没时间让你试！你以为你是谁？你门都关了猫怎么出去？

那一刻我也恼了，它出来，我就抱它出去。我养了十几年猫，应该还算了解猫这种动物的习性。

那你慢慢沟通！

说完碎格子啪地甩上铁皮门——旋即又开了。我听见她在门口大声和所有人诉说我的种种可笑。我继续和那只猫对望着。

不知道对望了多久。也许只有三分钟，或者更短。

猫眼神里陡然闪过刹那清明，稍纵即逝。门口太吵了，而且门并没有真的关上。碎格子留了一条不小的缝，让外面的声音可以完整清晰地传进来。这样猫永远镇定不下来。它此刻正肿着眼可怜地看着我，像一个自知命不久矣垂死挣扎的死囚犯。稀脏的毛在无风的暗处一动不动，不知道是台上还是台下传来卤肉强烈到发臭的香气。今天它可算祸害了不少吃的——要我是老板，估计也起杀心。但是它毕竟是只不懂事的猫——平房屋顶，是另一个我们不了解其秩序运行法则的秘密世界。掉下来估计也是被小哥吓的，一步就蹿上了最不该上的地方。

我看着猫。猫也看着我。我试图用眼神告诉它，不要怕，我会保护你、带你离开的。永远忘了这一天。永远不要再到卤鸡店来。

就在那一刻，最让人意想不到的事情发生了。

猫轻声呼噜起来。和我养过的所有家猫一样，起初声音轻微，接下来越来越剧烈，几乎整个小小的身躯都在颤抖。眼神同时柔和下来。

不知道为什么我也浑身发起抖来。灼热的眼泪迅速充满了眼眶。我不知道该怎样感谢它的信任，只能慢慢地，伸出一只手。

猫是一种一害怕就会整个身体颤抖的小动物。也是一种擅长用呼噜声表达对情感渴望的动物。脆弱的温血哺乳类动物，攻击力有限的小型城市居民，因为弱小而容易过度防御。

对于眼前这只白猫而言，同样是流浪生涯里极为艰难如同噩梦的一天。外面那么多人，个个看上去都不怀好意。包括那个号称是要保护它到底的姑娘。包括我。

但它竟呼噜起来，在此艰难时刻。

我把食物和水推得离它更近一点。它呼噜着，犹豫着向前踏出一步，又一步。就是这样。咪咪，过来。微笑还没来得及在脸上绽开，我的手差点就要触碰到它的前爪了，突然间，我俩同时听到碎格子大声说，你们聊完了吗？

事情就这样不可逆转地败了。

猫瞬间退回最角落。呼噜声停止，眼神重新变得抗拒。它一定以为我是在骗它出去了。我和外面那些人本质上是一样的，都不可信。它看着我，犹豫着要不要哈气。那眼神几乎是痛苦的。

不必再盯着它看，就知道万事皆休。刚建立起来的脆弱信任一击即溃，就像人世间所有以为心意相通却又彼此辜负的时刻。我慢慢站起身，因为蹲时间太久而头昏眼花，从那道没关的门里走出去。

它不会出来了。我低声说。

碎格子像一个笑到最后的女战士，手持铁管冲了进去。接下来就是一通好敲。

快出来啊猫，要懂事，啊？人家还要开门做生意呢，快出来！你再不出来我打你了啊？

声音高亢，用那根铁管横扫，捅，敲击。不比小哥最初的力道更轻，只是由扫帚杆子换成了铁管。我心底一个声音在狂笑。一切毫无区别。一切游戏规则的解释权都在自己。

光头在门口绝望地说，我每天都要交房租水电的呀。我不能不开门做生意呀。

但碎格子在这碎碎念中渐渐找到了敲铁管的新节奏。边敲边回嘴，你还做生意啊？还以为你要把这猫也卤了卖了呢。

警察甲的防爆手套戴上了又脱掉，脱掉了又戴上。

警察乙仔细地低头看对方手套的厚度，大概在估计多厚能敌得过猫爪的锋利。

小哥脸色发青。

我再次拨通动物保护组织小李的电话，亲爱的，你能不能早点过来？

小李说，等我，我在建国门这边借笼子，过来还得一会儿。

与此同时，铁管敲得震天价响。小哥试图过去阻止碎格子，她恶狠狠地回过头，别过来！打猫不够还想打人！警察可在这儿呢！

道理因果全满拧了。警察对视一眼，笑了。他们打算走。

别敲了，你这样敲，除了把猫吓死没别的作用。

她更狠地瞪我一眼，起开！我不认识你！你是谁啊你教训我！就你养过猫，了不起？

小哥看我一眼。我俩都不知道说什么好。

管声如擂。像有人持续不断地拿最大功率的电钻装修。中午两点整，正午的太阳悄然从头顶上方移开，但所有人的太阳穴同时被子弹击中。年长一点的警察终于把防爆手套交给那个年轻一点的警察，大步走到我面前，那啥组织的人怎么说？在路上了？

得到回复后又对光头说，你该干吗干吗，该收拾收拾，该卖卖。也别赶猫了——这猫一时半会儿出不来。等会儿动物保护组织的人过来再用专业工具捉猫不迟。也别一生气真把猫打死——把猫打死在里面自个儿生意不也犯晦气嘛！

最后一句是向着碎格子说的，别敲了，出来吧！专业人士比咱有办法！

管声戛然而止，余音袅袅。碎格子手持钢管威风凛凛地出来。大家都以为她要拂袖而去。不料她整理了一下包带，说，那我就在这儿等。又补一句，我不相信你们所有人。

警察走了。我回去单位开会了。开会到中间，手机响了一声短信提示音：我快到你单位了。李。

紧接着又一声：那家店在哪儿？怎么进去？警察电话一直占线，打不通。

小领导不满意地看着我，你今天怎么了，一直神不守舍？

我说，有点儿私人急事要处理。

不顾一切匆匆离开会场，带着小李急急在太阳地里走。从单位到卤煮店门口不过三五百米路，却觉得无比漫长，一路听小李告诉我如何借不到诱捕笼，这笼子原本也是她们的，自从送给一个收养流浪猫的老太太后，老太太轻易不再出借，今天也要求她必须五点以前还，因为她还要去公园捉流浪猫节育……

就像听另一个天方夜谭的事。同时左眼皮一直跳个不停。跳财，还是跳灾？

进院子后竟空无一人，警察，老板，小哥，所有闲杂人等都不在。唯有碎格子满脸无辜地站在中间，来啦。

我提着那个很沉的长方形诱捕笼，一时间回不过神。突然间看到了地上大量的、鲜红的血。几近昏厥。血迹滴滴答答，一直通往里屋。

小李说了句什么我没听到。只听到自己在嗡嗡声中问，这是谁的？很奇怪的，听着不太像自己的声音。

刚才小哥动手捉猫，猫把他手咬了，跑了！一嘴血！心疼得我呀！

我没问她心疼的到底是人还是猫。

两分钟后，小哥从另一间平房走出来，伤口不需要刻意展示也非常明显：五六个很深的血道，指甲盖里都是发紫发污的瘀血。看上去抓得非常深。这几乎是我见过的最骇人的猫抓惨案。大概有一小块肉整个被撕掉了，血流如注。

他几乎没什么表情地看了我和小李一眼。

现在只能带他去医院包扎一下了。要不要一起去？

碎格子声音轻快——真好，猫横尸街头的惨案终究没发生。

一行人鱼贯而出。外面是五月下午三点多钟的太阳，正是一天中温度最高的时刻。小哥神情木然地跟着碎格子。小李跟着我。我提着笼子。

咱们快走，我知道那边有个医院。

小李不再往前走。我看她一眼，也停下来。

我得把笼子还回去了。本来答应老太太五点钟还回去，还愁呢。她笑道。好多在公园里照顾流浪猫狗的大妈和姑娘都这样，觉得别人都不理解自己，净添乱。其实这笼子还是我们给她的，再借出来就得费半天唇舌，否则也能早点儿到。

我轻声说，哪怕咱们能早到五分钟呢——老太太五点到底要做什么？

嗐。赶着去公园捉一只怀孕的母猫。说已经快生了，再不抓来不及了。

小李走后没多久，警察和我打了个电话，猫走了？人还是被咬了？去打疫苗了？好，好，好。我们刚去抓逃犯了——不，不是杀人犯，就一逃债的。

不知道是哪个警察，那个年轻的甲，还是那个年纪大一点的乙。只好统一，谢谢大哥。

逃犯和诱捕笼，是这个故事里唯一旁逸斜出的因素，却也起到了无比重大的作用。

这个过分漫长、燠热的初夏下午，所有人都曾站在那院子里，为了一只掉进卤鸡店的猫展开博弈。

所有人都设法改变进程，最坏的结果还是发生了——不，最坏的是猫被当场打死。那么，小哥被抓伤至少也是次坏的。感觉最糟糕的，不是小哥，也许是一开始就指出了这可能性的我。

这个不太有趣的故事还有一点残余的尾声。

当天我送走小李之后,并没有和碎格子一起陪小哥去医院——实在是不愿意再和她一起做任何事了——而是重新回到了那个小院。光头关店走人,小哥去了医院,包子铺的大妈仍然在和卤鸡店共用的院子里剁韭菜馅。不过半个小时,一切癫狂痕迹都已消失,生活重归岁月静好。蒸包子的香气传来,我才想起还没吃中饭,差不多整三小时也没喝过一口水。

一个大妈说,你不就是刚才一直在这儿的姑娘吗?你说得都对,可他们不听你的。

另一个大妈说,那女的有毛病。老板也真是。就是小伙太可怜了。

我迟疑地问,大姐,如果我想给他一千块钱营养费,你们能帮我给他吗?

两个大妈异口同声,太麻烦了,你还是当面给吧。

与此同时,莫名的羞愧感传来。我突然没办法再责怪我那个圣母心的朋友了。

三天后,我去市场买了一个很大的台湾凤梨切成小块装进塑料盒,又去了那家店附近。窗口没什么人——他们家生意好像一直就不怎么好。远观近望,只见小哥的右手用白纱布厚厚包裹了几层。趁他转身去院子的当儿,我把那盒凤梨从那个方形的小孔塞了进去。据说台湾凤梨比一般的菠萝要甜得多,也贵得多,希望小哥不要以为是什么人的恶作剧转头扔掉。我终究没有好意思给钱,而只是单纯地希望小哥知道,初来北京城的他和流浪猫一样值得他人关爱。

时间又过了好几个月。入秋后,某天我无意间又经过那条街,才发现那家燕紫百味鸡已经完全消失了,连同旁边的包子店一起,连同小哥、光头和大妈们一起。连同那只随时可能从天而降的猫一起。我这才想起北京这段时间到处都在拆除违章建筑,很多或红火或冷清的小店都在几天内人间蒸发,再也没有人记得这些店里曾经发生过的一切,而店主店员去向何方同样无人知晓。

至此,一切似乎画上了一个真正的句号。

我站在路边发了整整五分钟呆,接着,去还没拆掉的朝内南小街菜市场买了一个台湾凤梨。我以前从来没有吃过。并没有想象中甜。

【作者简介】文珍,女,青年作家,中山大学金融本科,北京大学中文硕士。历获第五届老舍文学奖、第十一届上海文学奖、第十三届华语文学传媒最具潜力新人奖、第十四届十月文学奖等,出版小说集《柒》《我们夜里在美术馆谈恋爱》《十一味爱》,散文集《三四越界》。有作品译介至海外。

选自《北京文学》2018年第6期

流　沙

冯俊科

引　子

2017年7月的一天，黄河小浪底水库枢纽放水排沙。数股激流从排沙洞群中喷涌而出，如数条黄龙腾空而起，翻滚搏杀，咆哮着直向黄河下游冲去。几百米外烟雾缭绕，水汽漫天，场面尤为壮观。这是在现代化技术条件下，利用"人造洪峰"，将下游河床淤积的泥沙送入大海，疏浚河道，防止溃堤。下游十五公里处的黄河南岸，有汉光武帝陵、王铎故居、杜甫故居等景点。这些景点的对岸，即黄河北岸，就是我的故乡。看着拍岸惊涛，千堆白雪，经过消力池后沿河道缓缓东去。不由得我想起近五十年前，两岸发生的那桩惨烈事件。

临近春节，学校放了寒假，我窝在家里无事可做。早晨一睁开眼睛，就想着出去找点能填饱肚子的活儿干。大街上好像有人喊，隐隐约约的，喊的啥？听不太清楚。讨厌的是石榴树上的麻雀们，叽叽喳喳地叫唤。仔细听，好像是马大喷的声音。这个二货，无论大事小事，爱在街上咋呼。

"来，帮我贴神像。"我妈喊我。

我这才想起，明天是小年了。我妈是个虔诚的神鬼主义者。逢年过节，对大鬼小鬼、小魅、各路神仙都顶礼膜拜，格外尊敬。不光是老灶爷、老天爷，还有地王爷、龙王爷（水井）、钟馗爷、孙针爷（孙思邈）、磨虎老爷（磨坊）包括老祖宗先人们，一个都不落下。

帮我妈把老天爷像贴在了上房外的窗户上，两边贴上巴掌宽的对联：上天言好事，下界保平安。横幅：唯天为大。老灶爷像贴在灶台前的墙上，两边的对联是：二十三日去，初一五更来。横幅：一家之主。

贴好了老灶爷，我妈端详着，一脸祈福的神情。那老灶爷涂着满脸红色，像个红脸关公，彰显出一家之主的尊贵。它的眉毛、眼睛、鼻子、嘴巴、胡子是黑线条画的，喜笑颜开，像个慈眉善目的老爷爷。在我眼里，这种尊贵色调和活泼线条组成的老灶爷，显得有些不伦不类，滑稽可笑。

我妈掰开一个糖火烧，用手指头抠出里面一块糖稀，抹在老灶爷嘴上。她又跑到外面，把手指头上剩下的糖稀抹在老天爷的嘴上。老天爷居高临下，目光威严，一副大公无私、赏罚分明的神情。

我吸溜着口水，可惜了那糖稀，问："为啥给它们糖稀吃？"

妈说："弥上它们的嘴，省得它们到天上胡说。"

我妈把掰开的火烧给我和弟弟一人半个。我咬了一大口糖火烧，往街上跑。

"跑啥？"奶奶坐在大门口椅子上，拐棍一横，拦住我，"别光为嘴，黄河没底海没边。"

奶奶六十多岁，满头白发，一脸慈祥，她除了因得过脑栓塞左腿有些行走不便外，心里清楚，耳朵很灵，曾经在漆黑的夜里用拐棍敲死过一只从床边跑过的老鼠。"别光为嘴"，这是她经常告诫我的一句话。她还有一句话说得有些难听："整天价嘴就地拖。"嘴就地拖的是啥？猪。这两句话平时她说得多了，我从不放在心上。饥饿难忍的孩子，正是长身体的时候，哪个不为嘴？哪个不是整天价嘴就地拖？但奶奶说的后一句话我不太懂。

"黄河没底，那它在天上流啊？"我问。

奶奶不回答我，笑眯眯地举起了拐棍。我躲闪开，刺溜一声跑了。

最终，我还是跑去了黄河边，是跟着马大喷去的。

大街上，真的是马大喷在喊："谁去修黄河大堤，每天杠子馍、肥肉疙瘩、粉条随便着①。"

这个无耻之徒，反戈一击把老靳逼死后，当了大队革委会副主任，后来又正赶上党中央提出党员队伍要"吐故纳新"，便入了党，当上了大队党支部副书记兼民兵营长。

我跟在马大喷屁股后面走。那半个糖火烧早已进了肚里，消化得无影无踪，听着马大喷喊，嘴里像有涎水溢出。

马大喷的屁股后面不光跟我一个，还跟着一群人。他真的有些得意扬扬好像忘了他姓啥名谁。那两颗黑豆粒大小的眼珠，不停地在眼眶里滑来滑去，流露出的是一种贼光，那贼光焕发出一种发自内心的得意和喜悦。马大喷是他的外号，这外号

---

① 着（zhāo）：溴梁村人把放开了肚皮张开大嘴，痛痛快快吃东西叫着。

起因于他那张嘴。他的嘴有些大,嘴片有些薄,吹起牛来,活像生产队那头老牛屙硬屎蛋时的屁股眼儿,张张合合,合合张张,不停地鼓出来再翻进去,翻进去再鼓出来。溴梁村吹牛不叫吹牛,叫大喷。马大喷这个人,骨子里永远觉得,整个村里就他有能耐,就他本事大,抓住一只麻雀,他能喷成老鹰,喷抓老鹰吧,他会喷,抓之前心里也很害怕,恁厉害的老鹰,放谁能不害怕?可真没想到,恁厉害的老鹰看见我就软了,软成了一团泥,任凭我随便弄它,这也不知道是因为啥,真的,不知道是因为啥。

操,就他喷的这些话,谁听了能不明白啥意思?他真把别人都当成傻瓜了。

马大喷一边走一边喷:"知道吗?县革委会为了抓革命促生产,提出了修筑黄河大堤的战略任务,以粮为纲,向黄河滩要粮,这是战略任务,要求组织基干民兵完成。基干民兵是干啥的?平时劳动,战时打仗。公社民兵团分给咱村民兵营一段大堤,咱村由我负责,就我一个人。我一个人,咋能负起贼大的责任?也不知道公社革委会这是咋了,贼信任我。"

豹腿叔嚼:"大喷,你说这话,纯粹是脱裤子放屁——多余。"

郑黑球说:"你是民兵营长,那肯定由你一个人负责。"

不知道谁说:"老鼠掉进油缸里——不油(由)你油谁?"

在众人的嘲笑声中,我跟着马大喷,满怀希望地进了大队革委会院子。司马砖头、郑鳖、孙狗蹄早已经在院子里等着。我们一起报了名。

马大喷拍着孙狗蹄的头说:"这小民兵,从小就有一不怕苦二不怕死精神,为了备战备荒去修黄河大堤,向黄河滩要粮,支援世界革命,为解放世界上三分之二的穷苦人民做贡献,真不愧是贫下中农好后代,毛泽东思想教育出来的好苗子。"

我对司马砖头嘀咕:"真他妈的能喷,啥一不怕苦二不怕死精神?都是为了嘴。没杠子馍、肥肉疙瘩、粉条随便着,谁去?"

司马砖头赞同我的话:"不能喷,能当上副支书、民兵营长?操,不为了嘴,谁去?谁也不是憨囟尿。"

估计哪个村的革命群众都不是憨囟尿。这几年,每逢初春时节,天气渐暖,庄稼地活儿也不多,县革委会不是组织广大革命群众挖河道就是修河堤,再就是打机井平整土地沟壑,搞农田基本建设,反正不能让革命群众闲着。革命群众每年也都盼着这个时候,乐于去干这些活儿,放寒假的中学生们也是争着去。为啥?每当冬春时节,青黄不接,家家的粮缸面瓮儿近见底,人人肚子饿得咕噜咕噜叫唤,天天一副半死不活的样子。只有到工地上干活儿,才能张开大嘴随便着,把肚子装饱。

后来听说,这叫以工代赈,中国历朝历代都这么干过。

这次修筑黄河大堤，溴梁村八个生产队，组织了八个民兵连，每个连四五十号人，加起来三四百人。马大喷走在队伍最前面，我和郑鳖、司马砖头等人扛着红旗，紧跟着他。民兵们拉着架子车、扛着铁锨镐头、背着行李卷、腰上系着茶缸饭碗等，像电影里支援前方打仗的民工队，浩浩荡荡去修筑黄河大堤。

修筑黄河大堤须穿过黄河滩。黄河滩到底有多大，没人能说得清楚。站在县城南门外的黄土坡上，向黄河的方向望去，看不见黄河，也看不见沙滩。一望无际的野草、芦苇、红柳、矮榆和各种杂树，有的已经吐芽泛绿。进了黄河滩，横七竖八的河汊、支流、浅沟、水坑中的冰凌已渐渐融化。一条新近蹚出来的沙土路，坑坑洼洼曲曲折折。

马大喷从前头传过话来："跟紧了，小心牛皮沙，陷进去死路一条，没人能救。"

谁敢不跟紧？牛皮沙看上去是沙，一脚踩上去就走不脱了，像牛皮糖一样粘脚，越挣扎脚就越往下陷，能把整个人陷进去。马大喷说，他亲眼看见过一头野猪跑到牛皮沙上，四蹄陷到里面，野猪越挣扎陷得越深，最后整头猪都进去了，不见踪影。自救的办法是一屁股坐下，身子往地上一躺，打滚儿，就能滚出牛皮沙。这都是马大喷出发前说的，不知道是真是假。先不说牛皮沙，最直接的感觉就是那些叫不出名字的小咬，又小又黑，像黑芝麻粒，它们大概从来没闻过人味儿、叮过人血，一群群一团团的，拼了命地往脸上扑，往鼻孔耳朵眼里钻，叮得人们不停地拍打，又蹦又跳，走路像躲瘟疫跳大秧歌一样。

司马砖头说："操，没吃上杠子馍、肥肉疙瘩、粉条，小咬们倒把咱爷们儿当肥肉吃了。"

孙狗蹄说："知道贼苦，孙子才来哩。"

我往肚里咽着口水，没有吭声。一张嘴说话，保不齐会有小咬飞进嘴里。我已经听见几个人喀喀喀的，咳嗽得厉害，说是嗓子眼飞进了小咬。

黄河大堤的位置早有人规划好了，两边楔着柳橛，堤界撒了白灰道，距离黄河二三十米。

黄河水一片黄色，在静静流淌。

马大喷跳上一辆架子车，擤了一把鼻涕，梗了梗脖子，看样子要做重要讲话。果然，他瞭了一眼黄河，说："都说黄河可怕，可怕个尿？恁都看看，黄河风平浪静，像个没出门的大闺女……"

话没有讲完，河水突然掀起了浪头，个个有墓骨堆大，一人多高，一排接着一排，此起彼伏，哗哗发响，像一群野马奔腾咆哮起来。这黄河好像有些故意和马大喷较劲儿。

"我操，咋是后娘的脸，说变就变？"

突然，马大喷两腿一蹦，跳下了架子车，跟跟跄跄跑了两三步，才勉强站住。原来是公社一个领导模样的人来了，后面还跟着几个人，手里拿着卷尺、拐尺、图纸、绳子、锤子、木橛等。

那领导对广大民兵说："伟大领袖毛主席教导我们：一定要把黄河的事情办好。"然后扭头对马大喷说，"马营长，让恁村的民兵按照画好的白灰线，先把堤基用夯打实了，然后把沙土和白灰搅拌均匀，每堆上一层，就用夯砸实了。等我们检查验收合格后，再堆上一层沙土白灰，再用夯砸，要符合战备要求。百年大计，质量第一。"

马大喷一挺胸脯："请刘团长放心，我们一定要把黄河的大堤修好，百年大计，质量第一。美帝国主义和苏联修正主义的炮弹要是打过来，保证只砸个小坑，把炮弹再反弹回去。"

有人在偷偷地笑，不知道谁在嚼："真他妈的是个大喷。""那张牛屁股眼儿嘴，没白长，真能喷。"

工地上，四面插上了红旗，绑在木头柱子上的高音喇叭，不停地播送着毛主席语录"一定要把黄河的事情办好"、《愚公移山》和语录歌："下定决心，不怕牺牲，排除万难，去争取胜利。""这个军队具有一往无前的革命精神，不论在任何艰难困苦的场合，只要还有一个人，这个人就要继续战斗下去。"歌声嘹亮，曲调激昂，把民兵们唱得热血沸腾，有的挥镐刨沙挥锹装车，有的拉架子车穿梭般地运送沙土，年纪稍大些的搅拌沙土和白灰。我和司马砖头、孙狗蹄一帮学生，两个人一班，在架子车两侧负责推车。壮劳力十二个人一台砖头夯，哼唷嗨哟地喊着号子，把五六十斤重的石夯高高抛起，狠狠地砸下。那个劳动场面，真是热火朝天龙腾虎跃，包括红旗啦、标语啦、口号啦、歌曲啦、战报啦……这些都不说了。后来，有很多电影和文学作品，反映那个年代战天斗地的壮丽场面，都大同小异，都差不多，没有必要再细说了。

经过几天奋战，黄河大堤已建成了一半，像一条巨大的土龙，东西走向，横亘在黄河边上。

谁也没想到，除夕后半夜，发生了一件大事。

晚饭后，我躺下就进入了梦乡。几天下来，我已经累得腰酸腿痛，浑身像散了架。咚——咚——咚——，爆炸声接连响起，我从梦中醒来，以为是庆祝春节放的鞭炮，蒙蒙眬眬的。后来才觉得天摇地动，草棚直晃，声音也不对。有人在议论：

"是不是搞民兵爆破演习？"

"我操，哪有这势搞训练的？"

"除夕夜,也不让爷们儿睡个安稳觉?"

"会不会有阶级敌人破坏,炸大堤?"

"搞不好,是美帝苏修打过来了?"

民兵们像炸了窝的麻雀,叽叽喳喳,说啥的都有,纷纷爬出了被窝儿往外跑。

镰刀一样的月牙挂在西边天上,月光下的大堤上火光闪闪,爆炸声震天,沙土飞溅。

马大喷住在食堂附近的一间小草棚里(我们住的是几十个人一排的大通铺,他远离大家,住单人单间,这是他当领导的特权),他跑出来,穿着大花裤头,裼脊梁光脚丫子,挥着手喊:"操他妈,阶级敌人借过春节搞破坏,来炸大堤了,快,都给我上,抓坏人!"

民兵们不顾一切地扑了过去。一阵忙乱后,在溟梁村承建的堤段,抓住了八个炸大堤的人。

这时,东边的天已经放亮了。晨曦里,弥漫着炸药的味道,大堤被炸得坑坑洼洼到处开花,像电影《南征北战》里,我军在大沙河阻击敌人撤退后被敌军大炮炸毁的工事,有几处几乎被夷为平地。

不知道啥时候,马大喷身上披了一件褪了绿色已经变黄的旧军大衣。他怒不可遏,喝道:"把他们都给我捆了,让他们对大堤跪着。"说完转身要走,样子急匆匆的。

"大喷,先审审他们,看是哪儿人,为啥炸大堤?"有人喊。

"肚子憋不住,赶紧回去拉屎。"

"审了再拉。"

"还用审?炸社会主义大堤能是啥人?肯定是地富反坏右,阶级敌人。留几个人看着,其余的去拿杠子馍,端汤,都来这里吃,看着他们吃,让他们看着吃,咱们吃饱了让他们去把大堤修好,修不好扔到黄河里喂老鳖。"

"大喷,还是先审清楚再走吧?"有人拦着马大喷不让他走,好像故意,有些目的不纯。

"肚紧,急着屙,憋得难受,先让他们跪着。"马大喷绕过那人,急匆匆地走了。

郑黑球说:"蒋介石当年炸开花园口,淹死了多少老百姓。这些人是不是躲藏在黄河滩的国民党土匪,残渣余孽?"

豹腿叔说:"净鸡巴瞎扯,解放多少年了,还有国民党土匪?国民党早跑台湾去了。"

"你们才是国民党土匪,阶级敌人。"一个被捆着的中年人说,"为啥抢占我们的地?"

"恁的地?笑话。这黄河滩哪一块地是恁的?"郑黑球问。

太阳升起来了,小石磨盘那么大,橘红色的,把霞光洒满了黄河滩,一眼望去金灿灿的。大年初一的天气真好。

马大喷手拿筷子扎着两个大杠子馍，端一大碗汤，啃着馍喝着汤来了。

"恁到底都是啥人？为啥要炸大堤？"豹腿叔问。

马大喷说："老豹，给他们多恁些嘴干鸡巴啥？破坏毛主席提出的抓革命促生产，炸社会主义大堤，绝对是阶级敌人。"

"谁是阶级敌人？"中年人说，"我是黄河南贡移村的大队长。"

马大喷说："大队长？革命样板戏《龙江颂》里，龙江村的李志田也是大队长，啥鸡巴大队长？没有眼光没有立场，受阶级敌人黄国忠怂恿，以救龙江村的地为借口，破坏龙江大坝。你们村和龙江村一样，肯定有黄国忠那样的阶级敌人，你就像那个李志田。"

那个大队长说："俺们几个都是村里的贫下中农，黄河去年夏天塌沿，往南边滚动了三百多米，把俺们几百亩地变成了河道，给恁这黄河北留下了几百亩地，这地原本应该是俺们的。你们修黄河大堤，要以粮为纲向黄河滩要粮，我们也要以粮为纲在黄河滩种粮，可你们一下子圈走了俺几百亩地，那咋中？俺们公社和你们公社头头交涉了好几次，你们根本不听，就是要修，你们敢修，我们就敢炸。"

马大喷说："说啥？恁的地？啥鸡巴是恁的？这河南河北，哪儿不是社会主义的地，不是伟大领袖毛主席的地？我们修大堤，是为了保护毛主席和社会主义的地不被黄河水淹了，恁们竟敢狗胆包天，把大堤给炸了，这是啥行为？这是炸社会主义，炸、炸……知不知道？真他妈的无法无天了。"

他突然卡壳了，连说了两个炸，没敢炸出后面的话来，我看见他注意到豹腿叔、郑黑球一眼不眨地在瞪着他，我估计后面的话应该是"炸伟大领袖毛主席"，可他没敢说，他要是敢说出这句话来，豹腿叔和郑黑球保不齐会借机把他暴打一顿，然后扔进黄河喂老鳖。原因是一年多前，豹腿叔他媳妇和郑黑球他妈聊天，一个说，听说江青是毛主席后娶的，先娶的姓杨，叫杨开啥？这个江青是演电影的，长得漂亮，毛主席就把她娶了。一个说，叫杨开慧，后来死了，毛主席又娶了一个，姓贺，江青是第仨，填房，听说那个姓贺的还活着，江青就硬是填进去了……这纯粹是老娘儿们之间没有事干瞎聊天，不料叫马大喷听见了，说是抓住了阶级斗争新动向，专门开了批斗大会，说她俩恶毒攻击伟大领袖毛主席和江青同志，让她俩捧着《毛主席语录》，跪在毛主席像前请罪，自己扇自己耳光。要不是豹腿叔是革命伤残军人，郑黑球家几代老贫农，非把她两个打成现行反革命不可。

马大喷这人爱喷能喷敢喷，可喷中有细，啥能喷，啥不能喷，心里有数，好着哩。

那个大队长说："自古以来，黄河都是该咋流咋流，河道该咋滚咋滚。滚过你们这边，那边留下的地我们种；滚过我们那边，这边留下的地你们种，历朝历代祖先们都这样办。人要顺从自然，不能欺天。你们这一修了大堤，黄河水一直淹着我们的地，那咋行？我们南边要是也修大堤，用钢筋水泥修，修得更坚固，黄河一旦涨了大水，会是啥局面？"

张黑毛说："你们要用钢筋水泥修，那我们就用石头钢筋水泥修，比你的还坚固，看你们咋办？"

大队长说："两边比着修大堤，修得再坚固，说不定哪一年，黄河使起性子，洪水暴涨，掀起滔天大浪报复我们，吃亏的肯定是两岸的贫下中农。人力再大，还能斗过老天爷？"

马大喷冷笑一声，说："顺从自然，不能欺天？人力斗不过老天爷？屁话，全是屁话，你这简直可以说是反革命言论。伟大领袖毛主席说，与天斗，高兴得不行；与地斗，高兴得不行；与人斗，高兴得不行。大寨人民就不顺从自然，就敢做大自然的主人，就敢把七沟八梁一面坡，改造成层层梯田，他们和地斗、和天斗，改地换天，咋啦？咋没有见报复大寨人的？你是不是反对毛主席，反对农业学大寨？"

大队长说："你这人说话咋不讲理，净掐榾柮①？"

马大喷说："我就不讲理，你敢咋？敢把老子的鸡巴给咬了？"

那个大队长也横起来，说："你来，你来，不敢咬你鸡巴我是你孙子。"

马大喷儿不由自主地用两手摸着皮带。

张黑毛说："大喷，快看。"

黄河里，从河的南岸开过来四五条大船，船上满是人，拿着叉耙棍棒，呼啥喊啥听不清楚。

黄河上的风呼呼地刮，浪哗哗地响，声音太大了。

马大喷喊："点铳，快，点铳，快点铳！民兵们紧急集合，准备打仗，黄河南的阶级敌人打过来了！"

咚——咚——咚——

铳声响了起来，一股股青烟伴着火星冲向天空。溟梁村几百号人拿着铁锹、镐头、木棍，呼喊着向河边跑去，在河边一阵势摆开。

黄河的风浪越来越大，汹涌澎湃，像一群恶狼，奔涌着、咆哮着、撕咬着向前滚动。

那几条船在大浪中无法抛锚，又不能靠岸，晃晃悠悠的，随时有翻船的危险。

船上跳下两个人，在混浊的水里拨浪穿行，往岸边浮过来。看样子，那两人的

---

① 榾柮（gǔ duò）：原指木头块，树根墩子。掐榾柮，当地人用来比喻说话蛮横，断章取义，不讲逻辑，不讲道理。

水性很好，在浪里一会儿钻进去一会儿浮出来，像两只欢快出没的水鸭。离岸边不到二十米，他俩站住了。原来河水并不深，才淹到他俩胸部。那两个人蹚着水往岸边走，大腿露出了水面，接着露出了膝盖、脚脖。

马大喷喊："操，水咋恁浅？快顶住他们，绝不能让这龟孙们上岸！"

岸上的人们抡起锹，一铲一铲的沙土朝他们撂去，纷纷扬扬，打土炮一般。

那两个人站在水里，冷静地回过头，对船上的人挥了挥手，船上一些人扑扑通通的，开始往河里跳。

那两个人真不怕死，冒着劈头盖脸的沙土，依然往岸边走来。离岸边眼看只有十米左右了，突然咕嘟一声，两个人同时沉入水中，不见了踪影。

岸上的人一下子沉静下来。

马大喷大声喊："玩潜泳吧？给爷们儿来这一套？提高警惕，准备……"

突然，背后跑来一个年轻人，不知道是从哪里跑来的，二十岁出头，一胳膊勒住马大喷的脖子，另一只手拿着明晃晃的匕首，尖儿对着马大喷的胸口，嘴里喊："马大喷，我操你妈，我女朋友哩？快说，我女朋友哩？不说我捅死你这个龟孙。"

马大喷斜着眼一看，眼眶里的那两颗黑豆停了下来，不再滑动，露出的贼光惊恐、哀求、绝望，声音立刻变得像孙子，说："小兄弟，别这样，可别这样，咱都是一个战壕里的战友，有啥话好说，好好说……"

这场面真像是演电影。

那个人紧紧勒着马大喷脖子，死不松手，那把匕首随时会捅进马大喷的心窝。

"小兄弟，你听我说，小刘调回郑州的介绍信早开好了，革委会的大红章也盖了，就放在我的抽屉里，回去就给你，春节一过，恁俩就回郑州工作。"

"操你妈，老子不回郑州了，老子今天要和你一起去见阎王爷，到那儿评评理。我女朋友哩？快说，我女朋友哩？"

那人晃着匕首，使劲把马大喷一直往黄河里推。

忽听咔嚓一声，河岸塌陷下一大长条，有一米多宽十几米长，把那个小伙子和马大喷一起塌陷进了水里。

"黄河塌沿了，快往后退！"不知道谁喊了一声。

咔嚓，河岸又塌下一条，河里溅起了一道巨浪。

马大喷和那个拿着匕首问他要女朋友的年轻人不见了。那两个玩潜泳的人也一直没有露面。

"知道吗？那小伙子是刘月季的男朋友，也是郑州知识青年，在五里岗村插队。"

"刘月季是独生女，爹妈有病，按照知识青年政策应该返回郑州，可大喷一直拿把着人家，不给开证明信，不让人家走。"

"操，这下可好了，到龙王爷那儿，好好评评理吧。"

"马大喷，啥鸡巴人？流氓，到了龙王爷那儿，一准儿把他刀劈斧砍钢锯锯，然后把他扔油锅。"

人们议论纷纷。

正在这时，一个女人跑过来，双手捂脸，披头散发，呜呜呜哭着，一头栽进了波涛汹涌的黄河……

"刘月季！刘月季！"

"没错，是刘月季。"

"唉，这闺女，真是……"

黄河里漂起一片白沫，白沫慢慢消散，混浊的河水很快又恢复到以前的模样，无声无息，打着漩涡流向前方。

一个滩人赶着一群羊来了，看上去有六十多岁。他说："黄河塌沿，是下面让水旋空了，成了无底深渊。黄河水看似平静，底下全是流沙。一排漩涡过来，眨眼儿工夫就旋出一个深坑，一股流沙涌来，很快就能把深坑填平。老人们说，流沙无形，黄河无底。修条大堤就想挡住黄河水，白天做梦，瞎鸡巴想。"

滩人说完，吹着口哨，领着那群羊走了，像一朵悠然飘去的云。

河南船上的人见出了人命，像一群疯狂的狼，隔着河水嗷嗷叫着，胡嚼乱骂，举棍子抡家伙。他们要是跳上岸来，绝对是一场你死我活的血腥拼杀。

正在这时，一阵摩托车响声由远而近。三辆摩托车停了下来，从车上下来几个干部模样的人，都是身穿中山装，其中就有那个刘团长，他旁边一个人提着手枪。刘团长大声喊：

"大家安静，安静，我是公社武装部刘部长。"

没有人搭理他。

刘部长从身边那人手里拿过手枪，朝天上啪啪啪打了三枪，人们才沉寂下来。

刘部长说："大家要冷静，现在，两个公社革委会的领导正在协商，大家一定要克制，保持冷静。千万不要忘记阶级斗争。阶级斗争，一抓就灵，要严防阶级敌人借机破坏捣乱。"

"阶级斗争，一抓就灵"，是伟大领袖毛主席的教导。毛主席还说，阶级斗争"必须年年讲，月月讲，天天讲"，"阶级斗争是个纲，纲举目张"。工地上的大喇叭里，天天播着毛主席这些语录。

刘部长一提抓阶级斗争这个纲，果然立竿见影，嘈杂混乱的局面立刻安静下来了，没有一个人敢再出声。谁愿意去当那个借机破坏捣乱的阶级敌人？

刘部长喊："赶快救人，水性好的，赶紧下去救人。"

船上和岸上几个水性好的年轻人，扑通扑通跳进了河里捞人。那几个人在河里不停地潜入水中，浮出水面，再潜入水中，再浮出水面，像饥饿的鱼鹰在河里找鱼。

"找到了，找到了！"一个人骑着自行车，慌慌张张地跑来，没有下车就喊，"那两个黄河南的人找到了，冲到下游，被人救了，亏了他们是船老大，水性好，没淹死。"

太阳坠落西天，淹没在一抹红色晚霞中。晚霞由红色变成昏黄，显得有气无力，终于，失去了一切光彩，无可奈何地消逝在西边的地平线上。夜幕悄悄拉起，一望无际的黄河滩暗淡下来。

马大喷、知识青年刘月季和她的男朋友依然不见踪迹。

黄河水悄悄地退去了，退到了一百多米之外，原先汹涌澎湃恶浪翻滚的河道变成了崭新的沙地。

这已经是第二天早上了。

太阳升了起来，照在沙滩上。那沙滩经过水洗，干干净净，平平展展，在朝霞中泛着金光。光脚丫子踩在上面，像踩在黄绸缎子面上一样，细腻软和，滑溜溜的，脚心痒痒的，弄得人不知道是想笑，还是想哭。

马大喷他爹妈老婆孩子亲戚们来了，在沙地上或跪或坐，对着黄河，号天喊地地哭：

"儿啊儿，你这个狗比掰儿，你是作了啥孽啊，就这样让龙王爷叫走了？不养活恁爹，不养活恁娘，俺白把你养大，你就这样走了？你那良心叫狗吃了？龙王爷呀，恁咋不睁睁眼啊……"

"孩子他爹，你真是作了大孽啊，你死了……你留下这一堆儿女，谁来替你养活啊……你这个千刀万剐的……我这命咋贼苦啊……"

"爹呀，我的爹呀……"

黄河已变得平静温顺起来了，没有一朵浪花，没有一层波浪，茫茫一片，静静流淌，好像啥事根本就没有发生过。那种平静有些阴险，有些无情，让人们想起来就觉得可怕。

我终于相信了奶奶的话："黄河无底海无边。"

元宵节前夕，黄河大堤还是修好了。

元宵节过得很冷清，村里没再像往年那样，耍老虎、逗狮子、玩小鬼摔跤，只听见零零星星的鞭炮声。

马大喷家的院子里，停放着一口黑漆漆的棺材，棺材头写着一个金色福字，洗脸盆那么大。大门框上贴着两条白纸，门头贴着一块白纸，两扇门心贴着方块白纸，全都空无一字，寡白刺目。马大喷的老婆带着一群没爹的孩子，坐在棺材旁边抽泣流涕，已经没有了那天在黄河滩上肝肠寸断撕心裂肺的痛哭。

我妈正在盛饭，问父亲："大喷寻到了？"

父亲没吭声。

奶奶坐在椅子上，说："寻？寻个狗比掰，一片黄沙，哪儿寻？"

"那棺材里装的啥？"

"用稻秆捆个草人，安个葫芦当得脑儿，用黑煤水画上嘴鼻眉眼儿，抬到坟地一埋，就去狗比掰，拉倒了。"

奶奶大门没出二门没迈，说马大喷的事和我在现场看到的咋一模一样？

我妈走过来，捧着一碗饭递给了奶奶，毕恭毕敬。一个念头在我的脑子里闪过：奶奶难道是下凡的神？

元宵节过后，《黄河日报》头版发表了一篇通栏新闻报道：十里长堤镇恶浪，千亩沙滩变良田。介绍×县民兵师在春节期间，战天斗地、抓革命促生产、备战备荒修筑黄河大堤的英雄事迹。右下角有一篇，是表彰修筑黄河大堤劳动模范的名单。

我捧着那篇报道和劳动模范名单，一字不落地至少看了三遍。

令人意外的是，那天发生的惊心动魄的炸堤事件一句没提，知识青年刘月季和她的男朋友一字没提，劳动模范名单里也没有马大喷的名字。

我抬头看看老灶爷，又跑屋外看看老天爷。过小年时，我妈弥在它们嘴上的糖稀已经风干了，黑黑的一坨，硬邦邦的，像风干的鸡屎，粘得结结实实牢牢固固。

今年夏天的雨特别多，也出奇的大，接连下了三天三夜暴雨，那雨水像是从天上倒下来一样。雨刚停，听说黄河发大水了。村里很多人，包括我和司马砖头，急匆匆地往南门外高坡上跑，都说是想看看，去年修筑的黄河大堤是如何镇住了滚滚恶浪，保护了千亩良田。

我的娘，南门外的高坡上全都是人，黄河水一直淹到了南门外高坡下面，包括枪毙黑老瘫的刑场。那水像汪洋大海一样，无边无际，混浊、深沉、坚毅、有力，翻卷着从上游带来的树木、柴草、家具、牲畜、棺材、尸体等，浩浩荡荡地、不由分说地向前滚动着。

哪还有十里长堤、千亩良田？

几天后，大水退去了，留下了清洗一新的沙滩，没有一棵树、一棵草、一棵庄稼，光秃秃、平展展、黄灿灿的，空旷干净，一眼望不到边。就和黄河塌沿淹死了马大喷、刘月季和她的男朋友，第二天水退去之后那样，软软的、细细的，犹如水洗过的黄绸缎子。

盛夏的夜格外燥热。夜色中，蛐蛐和一些不知名字的虫们在声嘶力竭地叫唤。我躺在生产队打麦场上，仰望星空，胡思乱想，死活睡不着。

我想到了那个放羊滩人的话，心里紧缩着，涌起一阵恐惧感。黄河水时而奔腾咆哮，恶浪滔天，像泼妇一样号叫骂街；时而风平浪静，悠悠流淌，像少女般温柔羞怯。但是，它随时会涌动起流沙，把平坦细腻的沙滩变成河道，变成无底深渊，可转眼之间，又会把河道深渊变成平坦沙滩。沧海桑田，转瞬之间。这种鬼斧神工的变幻魔力，并不在于它吞噬了多少财富和生命，可怕的是它经常表现出像什么事情也没有发生过。

一颗流星拖着长长的尾巴，从高空飞速划过，消失在遥远的天边。夜空依然寂静，群星依然闪烁……

【作者简介】冯俊科，毕业于北京大学哲学系。出版有《冯俊科中短篇小说集》《江河日月》《写在墙上的思念》《并不遥远的往事》《千山碧透》等文学作品集和《西方幸福论》等哲学专著。中、短篇小说发表于《人民文学》《当代》《中国作家》《北京文学》《十月》《作家》等刊，被《新华文摘》《小说选刊》《中华文学选刊》等转载和《作家文摘报》连载。曾获第五届冰心散文奖，第六届《北京文学》奖。作品被翻译成英、德、法、阿拉伯语等在国外出版发行。

「中篇小说」

选自《十月》2017年第6期

借命而生

石一枫

1

俩犯人被押送到看守所时，警察杜湘东正为调动的事儿憋闷着。

他是1985年警校毕业以后，直接分配到所里的，至今工作已满三年。当初上面找他谈话，说有个郊县刚成立了第二看守所，眼下很缺人，尤其缺大学生，你过去算了。杜湘东有点儿抵触，他说，我是刑侦专业的，不让我到街上抓人，倒让我在号子里看人，这不是本末倒置吗。他本想说大材小用，后来一想，这么说太狂妄了，所以话到嘴边就换了词儿。有情绪自然要做工作，上面就用螺丝钉、时传祥等套话来磨他。一来二去，杜湘东的耳根子就被磨软了，脑子也被磨乱了。正在这时，上面又抛出一个条件：你是异地生，按理该回湖南原籍，如果答应去看守所，那就留京了。考虑考虑吧。

考虑考虑，杜湘东就答应了。但再考虑考虑，他又觉得组织上不太地道。所谓异地生留京一说，不少同学都是这个情况，但为什么有人能留在机关里，偏他要去看守所？比如跟他同宿舍的徐胖子，体能考核永远不达标，案例分析只要有女受害者都答成"情杀"，结果怎么样，人尽其才地被分配到治安科管扫黄去了。还不是因为人家有关系，他舅舅是学校的政治部主任。再说那时的北京，出了永定门就是一片仓库，再往南走恨不得全是玉米地，杜湘东所在的看守所更是建在了玉米地边缘的山底下——这种地方算"北京"吗？如果算，干吗周围的老乡管进城不叫进城，而是要说"上北京"？

但他这人又和别人不同。别人是有了情绪就工作懈怠，他是越有情绪越玩儿命工作。都受情绪影响，影响的方向是反着的。在所里待了半年，他值了几十个通宵夜班，连过年也把探亲的机会让给科里的缺牙老吴了。监舍里有人自杀，吞进七个鸡蛋大的象棋子，是被他掐着脖子愣从嘴里抠出来的，犯人临了还狠狠咬了他一口。

所里给他开表彰会，他的脸上冷冷的。让他发言，只有一句话："都是职责之内。"倒把所长晾了个大红脸。

后来所长也找他谈话，开门见山："在咱们这儿不痛快？除了关心犯人的思想，还得关心你的思想，我也够累的。"

杜湘东便也直说："我觉得我不该干这活儿。"进而又说，他当年考警校想的是立功，是破案，是风霜雪雨搏激流和少年壮志不言愁，从没想过要在阴森森的走廊里巡视犯人的吃喝拉撒。他还说，他知道光想着干大事儿是一种不切实际的浪漫，但要是这么稀里糊涂地被诓来，再稀里糊涂地把心里那点儿浪漫给打消了，他就觉得窝囊了。之所以有话直说，是因为杜湘东认为所长能够理解他的情绪，或者说得虚点儿，就叫情怀吧。所长是从部队转下来的，在越南前线指挥过一个连，身体里至今留着两枚手榴弹弹片。记得刚来报到时，所长还仔细看过了杜湘东的简历：各项考核成绩全队前三名，擒拿格斗在省级比赛里拿过名次……看完以后嘟囔了一声："哟，屈才了。"

如今面对他的抱怨，曾经的战斗英雄会作何感想？所长点了根烟，三口抽完，开始转肩膀：右手小心而用力地按住左肩，左胳膊举高，牵引着那条膀子缓缓转动，正反各十下。一边转着，额头上就冒出汗来。这是例行功课，每天若干次，说是能防止弹片更加深入地嵌入骨头。这时屋里没声儿，所长专心地转，杜湘东专心地看。片刻，所长吁了口气，重新开口："可要刚来就走，别的单位怎么看你？会不会觉得你这人不踏实？"

又说："干满三年再说。"

说完挥手让杜湘东出去，不谈了。三年之约，这有可能是随口而出的托词，更有可能是想耗着杜湘东。不过从个人立场上，所长分明又是同情他的，甚至可以说是承认他受到了不公正待遇。人家有了这个态度，杜湘东便感到了欣慰，进而又不好意思起来。说到底，警察就是份职业，风光的刑警如此，乏味的管教也是如此，一个像样儿的人既然拿了工资，就该对这份职业尽心。心没尽到还说怪话，那就有点儿不像样儿了。

此后两年多，杜湘东没再提调动的事儿。慢慢地，他对看守所的生活也习惯了。单位小有单位小的好，起码人际关系简单，不必时刻哈着谁拍着谁，这就很对杜湘东的胃口。郊县也有郊县的好，食堂的菜肉都很新鲜。就连寂寞也有寂寞的好，看守所的阅览室订了几本文学杂志，上面的作家都爱声称自己是个"享受寂寞的人"。其间还真有个作家来所里体验生活，却怎么也看不出耐得住寂寞，一来就叫嚷着要到女队蹲点儿，去记录女犯人"灵与欲的碰撞"。在假寂寞面前，真寂寞倒成了一件有成就感的事儿。唯一让杜湘东仍感不痛快的,是有时回警校去参加同学聚会。那些分在重要岗位的同学都热衷于吹嘘最近又破了什么大案、要案,光荣负伤的更会撩起衣服展示伤疤,还不忘对杜湘东告诫一句:

"哥们儿好不容易把人抓进来,你们可得看好了啊。"

心里一不痛快,聚会也懒得参加了。有时一想,留京以后别说没交上什么新朋友,就连老朋友都慢慢淡了,这实在有点儿悲哀。但再一想,什么日子不是过,如果总能这样,人简单着,嘴新鲜着,心寂寞着,那其实也挺好。

至于重新想起那个三年之约,是因为杜湘东要结婚了。这说来有点儿不可思议:一个生活在荒郊野外的单身汉,想结婚简直比动物园里的大熊猫配种都难。其实还是拜所长所赐。那两年什么地方都在搞创收,看守所的经费本来就紧张,于是也创。项目之一,就是替轻工业局下属的食品公司搞加工。所里组织犯人生产冰棍里面的那根棍儿,每个礼拜打包运到玉米地另一端的冷库去。刚开始都是所长亲自带人去送,去了两趟,就指名让杜湘东代劳了,并且指名让他找一个叫刘芬芳的冷库管理员交接。所长还替俩人算了账:刘芬芳二十一,杜湘东二十五;刘芬芳一米六,杜湘东一米七五;刘芬芳虽然家在北京,工作也在城里,但她就是个高中毕业,编制是工人,杜湘东虽然是外地人,常年驻守郊县,却是大专毕业,编制是干部……以己之长攻彼之短,以彼之长补己之短,怎么算怎么"登对"。

杜湘东去了两趟,果然喜欢上了这个从侧面看比从正面看更有风情的冷库管理员。刘芬芳呢,想必也是喜欢他的。虽然她见到杜湘东的时候冷冷的,不爱说话,但要是有一个礼拜她从城里赶到冷库,而杜湘东恰好有事儿没去,再下个礼拜见面的时候,那种冷淡就会变得更冷,冷得像在赌气了。这些表现杜湘东刚开始不懂,还是所长和老吴帮他分析出来的。所长认为"这很说明问题",老吴则进一步对问题给予了通俗易懂的说明:

"这妞儿动了春心呗。"

俩人就谈上了。而相处日久,杜湘东发现刘芬芳还是一个忧愁的人,或者说,是一个愿意让自己显得忧愁的人。她说话之前习惯先轻叹一口气,她懂得尽量用有点儿像吉永小百合的侧脸而不用如同红苹果的正脸面对杜湘东。作为一名冷库管理员,她的业余爱好不是通过喝热豆腐脑来温暖内脏,而是通过读席慕蓉的诗和三毛的散文来温暖心灵。每当很"八十年代"地聊起人生与理想,她的第一反应常是抱怨,末了还会感叹一句"这就是生活的全部吗",以使自己的抱怨抽象化、文学化。记得有年"五一",杜湘东也豁出去了,进城去找刘芬芳,带她看了场内部放映的美国爱情电影,又到"老莫"吃了顿西餐。当这物质精神双丰收的一天接近尾声时,刘芬芳终于让他亲了亲自己洋溢着小豆冰棍味儿的侧脸,但刚亲完,又是一句抽象的抱怨:"可惜明天又要和昨天一样。"

这一度给杜湘东带来了苦恼,然而苦恼之余,他却离不开刘芬芳了。他尝试着自己分析:刘芬芳是让他感到累,但这种累是有劲的累,不累反而没劲了。他所喜欢的,也许恰恰是刘芬芳对于生活的不满意。满意了不就俗了吗,傻了吗,没追求了吗?他觉得刘芬芳的情绪呼应着他的情绪,这是一种贴心的感觉。

俩贴心人就商量着结婚。那个年代结婚很简单,只要组织批准,父母点头,有张双人床就能睡到一块儿去。杜湘东还有三年的积蓄,他买得起一辆"永久"自行车、一台"熊猫"半导体和一床大红缎子面儿铺盖。另有一点非常关键,建所的时候征收了农民的几亩地,盖了两栋筒子楼,给每个管教都分了一间宿舍。综合一下条件,杜湘东觉得自己大概是很够资格结婚的。可是商量着商量着,就商量出分歧来了。刘芬芳家住西城区的大杂院儿,工作以前八口人挤在一个里外间,她睡厨房,脑袋顶着米缸;工作以后食品公司有宿舍,倒是不用顶米缸了,但是一间屋子住了八个女工,人口密度仍未降低。试想能从厨房和集体宿舍搬进筒子楼里的单间,婚后的生活质量可以说是大为提高的,但刘芬芳不这么想。她指出,郊县一间房,不如城里一张床。那时还没有房价的概念,刘芬芳所说的是精神生活:城外有什么呀?有王府井外文书店吗?有"北影"内部放映厅吗?有大学交谊舞会吗?她罗列完这些,这才想起自己既看不懂外文,也混不进内部电影院,更不是大学生,于是又补充:

"就是哪儿也不去,站在长安街上看看电报大楼的灯,心里也是舒服的。"

结论是:她不能从城里搬到郊县。杜湘东就提出了一个权宜之计:"或者我们平常分头住,等到周末或者你下乡盘库的时候再过来?"但这个提议也遭到了否决。刘芬芳说:"丈夫丈夫,一丈之内才是夫。"进而又列举了几个刚和中国建交的资本主义国家外交官的事例:甭管多忙、多重大的场合,大使和大使夫人寸步不离,走哪儿都"拐"着。

杜湘东就做了难:"那你让我怎么办?"

刘芬芳却不说话了,让他去想。其实也很好想:他是男人,理应他去就合老婆;而他又是大学生,理应人往高处走。所长当初撮合他和刘芬芳,为的是让他安下心来干工作,结果倒是刘芬芳激发了他要走的心思。又从刘芬芳想到自己,杜湘东回忆着在警校取得的成绩,以及为了取得那些成绩而付出的努力,一股力量就在体内蓬勃了起来。这是年轻人特有的力量感,如果任由它随着时光稀薄下去,直至消逝,那是多么可惜啊。杜湘东甚至还想到了如今的时代。人人都说时代正在变换,因而人人都在迫不及待地变换自己。就像歌曲里已经唱着"跟着感觉走"并问出"你何时跟我走"了，这时杜湘东的走，就不是一个人的走了，而是某种宏大的、名正言顺的价值体现。

第二天，他正式向所长递交了调动报告。他表示愿意到艰苦的岗位去，到危险的岗位去，最好是刑警。他还提醒所长，当初不是说好了"干满三年再说"吗，现在期限已到。

所长没看他，径自抽烟，转肩膀，然后在报告抬头上写了"待办"俩字。

一个礼拜后，所长把杜湘东叫到办公室，甩回给他俩字："没批。"

"总得有个说法吧。"

"部里提倡新精神，每个基层单位都要有高学历人才，可咱们这儿除了你没一个中专以上的。你要走了，所里不就不达标了吗？"

提倡重视人才，结果怎么却成了浪费人才？杜湘东心里反问。但他也只敢在心里反问，因为驳回申请的是上面，不是所长；而战斗英雄脾气暴，要是再纠缠下去，真会跟他锵锵起来。为了无法改变的事情跟对自己好的人翻脸，那太没意义了。

于是他没说话，转身就走。还没出门，所长又甩过来一句："要不再干三年吧。三年之后，有了新大学生你就走，或者空出正科的岗位你先上。"

人一憋闷就爱多想，在路上，杜湘东又开始揣摩所长的话。话分两截，上半截的意思是，三年之约过后还有一个三年之约，这次的约定能否兑现，取决于是否有个像杜湘东一样傻的大学生过来顶缺。而后半截的意思简直让他感到侮辱：难道他的调动申请被所长解读成要职称、要待遇了吗？这么想着，他的脸就铁青了，他的脖子却涨得通红。走出办公区前往监舍时，连有人叫他都没听见。

不巧又在办公室遇见了缺牙老吴。老吴是跟杜湘东搭伴的，原则上是一老带一新，实际却成了新的兜着老的。活儿都是杜湘东干，老吴不是平谷的妈就是延庆的丈母娘有事儿，病假事假轮着休，好不容易在所里待几天，还有多一半的时间在喝酒。用所长的话说，郊区农民的几大缺点，奸懒谗滑，这人算占全了。更让人受不了的是他那张嘴，爱说风凉话还没眼力见儿，逮谁踹谁窝心脚。当他看见杜湘东的脸色时，反而嘶嘶漏风地笑了："没调成？也怪你找错了人。你要是跟局长的闺女结婚，早他妈回北京了，非找一冷库妞儿，原地冻上了吧——不过局长有闺女也看不上你呀，现在知道自个儿是谁了吧。"

那一刻，杜湘东险些抄起桌上的工作记录本，朝老吴摔过去。至于后果，他不管了，打一架就打一架吧，记个处分也无所谓。假如生活欺骗了你，那么当个摔得带响的破罐子也比窝窝囊囊地憋闷着强。然而还没动手，天花板上的喇叭却响了："十七十八监接人。"

这才想起,他负责的监舍昨天刚空出两个铺位,今天又要送进来两个新的。走的是一个抢劫犯和一个投机倒把分子,来的据说是俩盗窃犯。刚才在办公区有人叫他,估计就是要说这事儿。杜湘东狠狠瞪了老吴一眼,终于还是正了正大檐帽,出门。一边快步走着,心里的火儿还在腾腾乱窜。知道自个儿是谁了吧,知道自个儿配干什么了吧。他也就配接犯人、看犯人、押着犯人车象棋子磨冰棍棍儿,而且还干得这么令行禁止,比警犬都听话。

犯人和押送犯人的人已经等在登记处了。来的不仅有民警,还有南郊一家工厂的负责人。经过简单介绍,杜湘东得知这俩案犯是在实施盗窃时被厂保卫科当场抓获的,不仅"性质特别恶劣,金额特别巨大",而且"死不悔改,负隅顽抗"。说这话时,保卫科的副主任,一个满脸横肉的胖子指着头上的纱布控诉,他的脑袋都被开瓢了。他代表厂方要求看守所对案犯严加管教,进而又说有关领导会亲自过问这事儿。

杜湘东顶了一句:"你是说我们平时管得不严了?"

"那倒没有,我的意思是,你们得格外……"

"进来都一样,人我领走了。"

接着喝令俩犯人从墙根站起来,跟他去照相、剃头、换衣服、前往监舍正式收监。直到这时,他都没有认真看过这俩人。他今天心情恶劣,不想看任何人。但他得到了个笼统的印象,那就是这俩犯人都很年轻,甚至比他还年轻。监舍走廊阴暗幽深,犯人的手铐哗啦作响,四处充满了回声,这让杜湘东心里更加嘈乱。偏在这时又出了状况。当他来到监舍门前,正要伸手摸钥匙,身后突然响起了撕心裂肺的哀鸣:"我不该在这儿呀。"

回头一看,俩犯人中比较矮的那个蹲在了地上,双手捂住脸,其中一只手还包着厚厚的纱布。他呜呜哭着,另一个壮得多也高得多的犯人却把头扭向一边,一张脸像西方雕塑似的棱角分明。俩人在灯下投出一长一短的影子。

杜湘东就是在这时情绪失控的。你不该在这儿,我就该在这儿吗?他跨过去,揪起正在痛哭的犯人的后脖领子,抬手就是一个耳光:"认命吧你。"

这是杜湘东从警以来第一次打犯人。

2

从这天起,杜湘东就对这俩犯人格外留心。倒也不是因为打了人家,让他感觉硌得慌的,是一个耳光之后俩犯人的反应。挨打的那个自然被抽愣了,瞪眼呆看着杜湘东。在四十瓦灯泡底下,杜湘东也第一次看清了那犯人的面貌。他长了一张娃娃脸，两颊各有婴儿似的一嘟噜肉。眼睛又大又圆，长睫毛上沾着泪水，让人想起某种鹿类。

"妈——"娃娃脸犯人又拖着长音叫起来，把杜湘东稍稍冷静的大脑再次刺激得烦躁不堪。他就没见过这么贱的犯人。都到这个份儿上了，叫妈能帮上你？知道叫妈早干吗去了？他甩出去的巴掌又折了回来，这次变成了拳头。

但这只拳头转瞬被人拽住了。侧眼一看，是一旁那个高而壮的犯人。他双手揽住杜湘东的胳膊，手铐锁链缠住了杜湘东的腕子。手劲儿特大，一挣竟挣不脱。协同押送的两位管教吃了一惊，几乎同时掏出电棍来："你要干吗？"而杜湘东回了下神，反手扣住那犯人的肩膀，脚下使个绊子，转眼就让犯人重重躺在了地上。接着，他用膝盖顶着对方胸口，逼视着那张棱角分明的脸："管教是你动的？"

犯人从他胳膊上松开双手，瓮声瓮气说："政府，要揍你揍我得了。他有伤。"

这话说得，好像看出他气儿不顺，有打人的需要似的。杜湘东没再动手，但继续瞪着胯下的犯人，直到对方迟疑着把眼睛挪开，这才慢慢起身，掸了掸警服。后面的俩管教也跟了上来，其中一个问："给他上镣？"

对于特别不服管教，尤其是显示出暴力倾向的犯人，所里专门备有脚镣。那玩意儿由几十斤重的铁环和铁球组成，人挂上以后就像一头拖着破犁的牛，走到哪儿都咣当响。多挂两天，就连道儿都忘了怎么走了，有些人脚踝还会肿得像俩馒头。杜湘东扫了一眼地上的犯人，摇了摇头，默不作声地打开了十七、十八监的两道铁门。这俩人是同案犯，按照规定，必须分开关押，防止串供、密谋或闹出别的什么乱子。一股又臭又馊的气息扑鼻而出，那是二十多个犯罪分子共同散发的味道。杜湘东又拿出手铐钥匙，示意俩犯人过来开锁，摘了铐子就可以去他们该去的地方了。不出意外，他们今天晚上都得挨着尿桶睡，而原先在监舍里地位最低的人，则会荣升到靠外一些的位置上。这道门里，另有一套规矩。

当晚在食堂吃饭时，杜湘东只觉得脸上发烧。他感到人人都在看他，还猜测人人都在议论他想走而又没走成的事儿。老吴那张臭嘴肯定闲不住，也许在同事们中间，他已经被说成了一个心比天高但志大才疏的家伙——不光如此，还拿犯人撒气。这么一想，刚才的那记耳光仿佛抽在了自己脸上。一顿饭没吃完，他就回了办公室，咕咚咕咚灌了半搪瓷缸子凉水，这才想起还有工作没做。对于新进来的犯人，管教有义务了解其基本信息以及犯罪事实。看守所也不光是个关人的地方，理论上还负担着协助侦查机关取证的任务。他耗费两个多小时，翻阅了派出所转过来的审讯笔录，以及厂保卫科提供的相关资料。

娃娃脸犯人名叫姚斌彬，棱角分明的犯人名叫许文革。姚斌彬比许文革小两岁，俩人一个二十一，一个二十三，都是一家机械厂的青工。俩人的住址也在厂家属区，是顶班招收进去的工厂子弟。工作以前，姚斌彬上的是全日制高中，许文革则是工业局下属技校毕业。工作以后，姚斌彬分在了模锻车间，许文革分在了维修班。按照保卫科的说法，此二名案犯深受资产阶级个人主义思想毒害，自从入职伊始就不安于工作，频繁利用公家的器械和原材料在外面干私活儿，被厂里发现后还挨过处分。这次他们企图盗窃的物品尤其重大，是一辆日本进口"皇冠"轿车的发动机。被发现时，案犯自带简易工具，已将机器从车内拆卸出来，遭到抓捕时又嚣张拒捕，许文革用扳手将保卫科副科长开了瓢。

人赃俱获，事实清楚，证据确凿。那年头，青工沦为阶下囚的并不少见，杜湘东曾经遇见过倒卖铜线的电工，还有自制火枪把仇家崩成大麻子的车工。而要说这俩犯人和他们的前辈相比有何不同，恐怕还在各自表现出来的性格特点。一个特别软，出了事儿光知道叫妈，一个又特别硬，跟管教都敢动手。无论特别软还是特别硬，在杜湘东看来都是潜在的危险。他本想再到监舍去看看，对俩犯人进行一番未雨绸缪的教育，然而刚合上材料，天花板上的喇叭又响了："杜湘东，你未婚妻找你。"

那时的看守所共有三部电话，一部在所长办公室，一部在监舍区，还有一部才是职工的公共电话。地处郊县，谁家都会有人找，但找人的过程又像移交犯人一样复杂而且公开：看电话的老大爷先通知管理科，管理科再用大喇叭把要找的人叫来。当杜湘东听见喇叭响，就说明刘芬芳已经在胡同口等了十来分钟。今天又是个冷天，她又是个有点儿风吹草动就得犯忧愁的人，杜湘东只好急匆匆地奔了出去。

来到管理科，只见听筒在电话机旁撂着，好像一个人睡着睡着，就从床上滚了下来。看电话的老头儿把半导体音量开得挺大，请电话那头的刘芬芳听了半集《新闻和报纸摘要》。杜湘东拿起听筒"喂"了一声，刘芬芳也"喂"，然后分别汇报了近日的生活情况，诸如吃得怎么样、排没排夜班、上个月的工资还剩下多少，等等。都是例行内容。这些说完，刘芬芳才进入正题："你那报告交上去有几天了？"

杜湘东说："嗯。"

"有信儿没有？"

杜湘东说："没批。"

刘芬芳没问为什么没批，仿佛早就料到批不了似的。她只问："那咱们怎么办？"

把"咱们"说得很重，这就让杜湘东喏嚅起来，心里闷闷一紧。过了几秒钟，他才说："我哪儿知道怎么办。"刘芬芳也"嗯"了一声，便把电话挂了。这可是俩人交往史上未曾有之大变局。以前也拌嘴，但越拌嘴，刘芬芳就会把话筒抓得越牢，打电话的时间也就越长。而这一次的态度，就说明她动了真格的。杜湘东可以想象刘芬芳嘴唇抿在一处，眉头微微蹙起的模样——这副表情从侧面看，的确是有点儿像吉永小百合的。现在吉永小百合决绝地离开胡同口的小卖部，途经提供"啤酒炒芽"的小饭铺，捂着鼻子冲过公共厕所的辐射区域，正准备扑到宿舍的单人床上去抹眼泪、咬枕巾。

他又把电话打过去，一个老太太告诉他"人早走啦"。

杜湘东只好快快回到办公室。俩人生活比一人麻烦，这是早有预料的，但没想到一个人的憋闷平摊到俩人头上，也会被放大无数倍。都知道被看管的犯人失去了自由，其实看管犯人的人何尝不是如此。这么一感慨，他无端又想起了今天送来的俩犯人。按照那些身经百战的老警察的说法，犯了罪的人身上都是有"味儿"的，这虽然有点夸张，但也符合犯罪心理学：人违背了社会道德，内心都会挣扎自责，从而也会在神态举止上表现出来。然而姚斌彬和许文革虽然一个痛哭流涕，一个桀骜不驯，但他们的眼神都是干净的、纯良的，因此直到剃了头、编了号又穿上了囚服，却还是怎么看也不像犯人。难道保卫科和派出所弄错了？

越琢磨，杜湘东就越心烦。也说不清烦的是结婚的事儿，还是在工作中遇到了一个说不上谜题的谜题。或者都不是，他烦的是网罗一切的生活本身。一边想，他便抬头看见了老吴摆在窗台上的半瓶"红星"二锅头。杜湘东时常觉得老吴活在廉价的醉生梦死之中，可现在，他也情不自禁地抄起淡绿色的酒瓶，吱溜一口，吱溜又一口。在今天，杜湘东破了工作以来的两个戒，一个是打人，一个是喝酒。今天真是鬼使神差的一天。

饶是百米跑进十二秒的身板，在酒量上却不顶用，五六口下去，他就晕头转向地"高"了。等再睁眼，窗外的鸟已经叫得如火如荼，而他还在办公室里坐着，腰杆挺直得像条绷紧的"板儿带"。不愧是个敬业的警察，连醉酒都醉得这么仪表堂堂。杜湘东使劲甩甩头，打开窗户散了散酒味儿，赶紧往监舍里去。每早查监也是他雷打不动的习惯，现在都晚了。

刚进走廊，就听见出了事儿。

声音是从盥洗室传出来的。每早犯人起床，先得点名、整理内务，然后再由管教带去刷牙洗脸。本所各监区的盥洗室都只有十个龙头，仅能容纳一个监舍的犯人同时洗漱，所以通常当一名管教带着一拨儿犯人进去时，搭班的另一名管教就得带着另一拨儿犯人在外面等候。而当杜湘东三步并作两步跑过去时，却见盥洗室的铁门上了锁，窗户栅栏里人头攒动，挤得满满当当。这肯定又是老吴的杰作——每当杜湘东临时有事，他常常会把所辖两个监舍的犯人统统往盥洗室里一塞，自己就到宿舍睡回笼觉去了。至于共处狭小空间的犯人们会不会大打出手，他才不管。他还颇有趣味地把这种事儿叫作"斗蛐蛐儿"。

好在今天的"蛐蛐儿"不是群斗,而是大多数观摩少数几个斗,所以场面还没大到必须拉警报的地步。杜湘东气急败坏地打开铁门,就见水泥地上伸着两条腿,两条腿底下又压着两条腿。这四条腿的上方还运动着七八条腿,机械而有力地往那两人身上踹着,踩着,砰砰有声,如同打鼓。他喝了一声,腿们仍不停,忍着头疼又喊:"列队!"人腿组成的森林这才四散,围成圈儿的也缓缓挪开,沿着水池一字排开。

地上的俩人正是姚斌彬和许文革。姚斌彬侧身蜷成一团,浑身哆嗦,缠着厚纱布的那只手拢在胸前。往下一看,裤子湿了一片,他尿了。而许文革压在姚斌彬身上,两肘撑地,肌肉绷紧,也在周期性地哆嗦。杜湘东过去拽了拽这人肩膀,竟拽不动,只觉得手抓了块滚烫的铁。再喝令两个犯人强行把许文革抬起来,就呈现出一张惨不忍睹的正脸:几乎没一块好肉,一只眼被"封"了,血从鼻子以及嘴里流出来,凝结在脖子上。

许文革用他尚能视物的那只眼睛和杜湘东对视片刻,眼神不冷不热。

"说说原因。"杜湘东回头问。话是对郑三闯,那个从"文革"后期起就威震四城的老顽主说的。之所以没问"谁指使的",是因为他知道,没有郑三闯的命令,这俩监舍里别说打架了,连大声说话也没人敢。铁门里有铁门里的规矩,规矩都是牢头执行的。由于看守所的警力不够,管教也不得不默许那些规矩的存在,这类似于牧羊人总得养着几条狗。但今天,却是牢头郑三闯先坏了规矩——再大的仇也不能打脸,不能见血,更不能让管教看见,只要看不见那就一切心照不宣。如果牧羊犬咬了羊,又是当着管教咬的,他们就不是羊、狗和人的关系了,必须得按照白纸黑字的监规来解决问题了。

郑三闯立了个正,嘴里还叼着烟:"报告政府,他们打架我没拦住。"

"我问为什么打?"

"没听见。"

"没长耳朵?"

"还没醒透呢。"

杜湘东便不看郑三闯,转向了和他同牢房的一个"杆儿犯"。这人是因为猥亵妇女进来的,此前在监舍里挨揍最多的是他,睡在尿桶边儿的也是他。

"那你说说。"

"杆儿犯"害了眼疾似的挤了几下眼,偷空瞥瞥郑三闯。杜湘东便又让他跟着自己到走廊里去。而据"杆儿犯"交代,斗殴的起因也很简单。新进来的人第一顿饭往往是吃不上的，姚斌彬分在十七监，恰好和郑三闯同屋，所以昨晚的窝头刚发下来，他那份儿只好上供。到了今天早晨，郑三闯又盯上了姚斌彬手上的纱布——他前几天刚上完镣，脚跟子磨破了，还化了脓，正缺一块裹脚布。但这次的要求碰了壁。姚斌彬还没说什么，隔壁十八监的许文革先不干了，吵吵着说不能欺人太甚。

郑三闯就乐了，道，不服？不服你"翻板儿"呀。

监舍里的大通铺就是一块木板，故而犯人们的黑话都与"板儿"有关。每天面壁反省叫"坐板儿"，新人进来挨一顿杀威棒叫"走板儿"，有更蛮横的人物把老牢头取而代之就叫"翻板儿"。许文革八成是没听懂，又见水池上架着一张摆放牙缸的木板，居然真把它抠起来往上一掀，溅了郑三闯一身牙膏沫子，还吼道，翻就翻，翻了你就别烦我们。

此言一出，问题就严重了。不管是在外面还是里面，统治权的更迭总是伴随着铁与血的斗争。郑三闯就让动手。而许文革还真有两下子，上来就把一个络腮胡子的东北人按在地上了。随后便有更多人扑上去，除了打许文革，还打姚斌彬。为了护着姚斌彬，许文革就落了下风，一边挨揍一边说，打我得了，别打他。郑三闯又乐了，仗义是吧？碰上仗义的人，得先验验是真仗义还是假仗义；那就先打你，什么时候你扛不住了，再让他替换你。

杜湘东明白，郑三闯的本意并非是要打出个你死我活，无非是想把许文革收服罢了。只要说声"服了"，顶多再按北京街面儿上的规矩叫声"爷"，也许还能混上一把交椅。没想到许文革愣是没服，用身体罩着姚斌彬，咬牙挺了许久。就有人嘀咕，看来这孙子是真仗义。这反而让郑三闯下不来台了，他也不能停，一停就是他"服了"，于是让手下发狠再打。又有人劝，说再打就出事儿了，郑三闯却被激出了横劲儿，说有事儿我担着，大不了一年劳教变十年大牢。就这样，打与被打的拉锯战持续到了杜湘东到来。

"杆儿犯"还说："从来没见过这么硬的人，连吭也没吭一声。"

这时老吴总算歇够了，慢悠悠地踱了回来。杜湘东斜了一眼没说什么，让他先带犯人回监舍，自己则去通知狱医。料理了伤员，这才腾出手来处理后续事宜。他到十七监宣布，郑三闯从今天开始重新上镣，参与打人的帮凶劳动量加倍。然后他指指郑三闯位于靠门处的那个专享铺位，又指指姚斌彬："你这儿给他睡，你睡尿桶边儿上去。"

郑三闯眼里凶光一闪。被剥夺了最宽敞的"头板儿"，这相当于失去了牢头地位的象征物。杜湘东特地又"照"了他几秒钟，表示此意已决，没有讨价还价的余地，接着转向姚斌彬，训斥道："你那同犯是为你挨的揍，你就是不能给他帮忙，也别给他丢脸。"

许文革挨了一顿揍，无意中却"翻了板儿"，这在犯人里几乎算个奇迹。而俩犯人再次让杜湘东另眼相看，是在劳动的过程中。

劳动就是制作象棋子和冰棍棍儿。在此过程中，犯人也要分个三六九等，具体地说是分成体力工作者、技术工作者和半个艺术工作者：大多数人发张砂纸，打磨上游加工出来的半成品；有一定技术能力的犯人则被派以操作车床和冲切机的重任；还有一些会刻图章的，那几乎是所里的宝贝，冲压上字的象棋子都得靠他们进一步修饰加工，"车马炮"才能成为整齐的篆文。姚斌彬和许文革是工厂出来的，自然被指定在了车床旁边，但因为是同案犯，俩人不能搭班，而且还被远远地隔开。许文革果然底子好，不出两天，车出来的象棋子的合格率就已经遥遥领先了，而姚斌彬的纱布虽然摘了，右手仍不灵便，操纵不动机床，所以干了两天又被扒拉回了打磨组，用胳膊肘夹着棋子干活儿。

这天正在赶一批订货，就听见铿啷一响，一枚残缺不全的象棋子飞了过来，恰好落到杜湘东倒放在窗台上的大檐帽里。他蓦地一惊，还以为又有人打架了，但抬头一看，闷热的车间秩序如常，只有最靠把角的一台车床停了下来。负责操作它的那个交通肇事犯愣乎乎地站在一旁，显然也被吓了一跳。杜湘东吹了声哨子，提醒把守在车间门口的同事注意警戒，又捅了捅歪在椅子上睡觉的老吴，招呼他一起过去看看。来到车床旁问怎么回事儿，交通肇事犯也不知道，表情像当初看着自行车道上的尸体时一样茫然。杜湘东又转了转车床上的摇杆，一动不动，不知是哪儿卡住了。正在这时，他的脚边却多了一人，姚斌彬不知何时从工位上闪了过来，蹲在地上，伸着脖子打量着这台车床的底部。

他抬头对杜湘东说："主轴上的三爪卡盘掉了。"

杜湘东还没说话，老吴先踹了姚斌彬一脚："谁让你离岗的。"

姚斌彬这才想起自己是个犯人而非工人，连滚带爬地回去了。而杜湘东绕着车床这儿拍拍那儿看看，一时头就大了。他不懂机械，却知道这台机器坏了的话，后果有多惨重。如今别说是管教们的加班补助了，就连维持所里那两台"北京212"吉普车运转的费用，都出在象棋子和冰棍棍儿上。但为了节约成本，所里购进的设备都是外面淘汰的，制作象棋子的车床以前也"趴窝"过两台，请来维修师傅，人家说这种五十年代的仿苏产品连配件都找不着——于是只好报废，进而势必耽误生产进度，进而要受到那些商家恶狠狠的催逼。想到这个，杜湘东的头就是替所长大起来的了。

老吴却又说起了风凉话："坏得好，资本主义的尾巴翘不起来了吧。"

杜湘东倒想提醒老吴，每个月发补助的时候，他可没少为了块儿八毛的数目去跟管理科扯皮。但再一想，当着犯人说这些也不太合适，于是没接茬儿，让老吴先去找上面汇报。他自己却没走，又把姚斌彬叫了过来："你怎么知道哪儿坏了？"

姚斌彬说："咱们的车床都没按时保养，机油一亏，主轴就会磨损卡盘。"

他说话时，眼睛又亮了起来，但那就不是泪光了，而是某种兴奋的光泽。这眼神让杜湘东心里也是一动："你能修？"

"以前没用过这种机床，但它结构不复杂，而且机器的道理都是通着的……不过我手使不上劲儿。"姚斌彬说着，朝许文革的方向望了一眼。

杜湘东明白他的意思，便向许文革招了招手，然后又告诉姚斌彬，角落里还堆着两台报废车床，如果需要零件，或许可以从那上面找到替换的。俩犯人便开始修理，杜湘东站在一旁监工，防止他们发生不该有的交流。鼓捣一阵，居然鼓捣好了。许文革用修复的车床车出一个象棋子，由姚斌彬递到杜湘东手上：

"政府，能用。"

这小半天里，杜湘东还在观察俩犯人的表现。他们配合极其默契，姚斌彬负责拿主意，指到哪儿许文革就拆哪儿，再指到哪儿许文革就装哪儿。甚而在特殊工序上都不用语言交流，姚斌彬做个手势，许文革就知道要上油，再做个手势，许文革就知道要电焊。许多在同一条流水线上干久了的老工人都练就了这种本领，如此一来便能在噪声震耳欲聋的车间里保证效率。但考虑到姚斌彬和许文革在厂里时，一个是模锻车间的，一个是维修班的，俩人的工作并不搭界，他们的默契很可能就是盗窃的需要了。

而当沉甸甸的梨木象棋子摁在手里时，杜湘东也被传染了一种豁然开朗的喜悦。他把那颗棋子往高处一抛，啪的一声凌空抓住，接着才意识到这个举动和管教的身份不符，于是脸上发烧似的热了一热，让俩犯人各自归位，自己背手走开。

许文革却追上来，隔着杜湘东两步远立了个正："政府，我们也会保养机器。"

杜湘东不禁再次打量许文革。一直以来，这人给他的印象就是硬、傲，好像跟身边的一切都较着劲。挨揍事件之后，他明知姚斌彬受了杜湘东的照顾，但看人的眼神还是极其冷漠的，那意思很清楚，他压根儿不想领别人的情。杜湘东怀疑他就是每天都挨一顿暴揍，也是能默默承受的。而现在，许文革却在"争取表现"了。

"怎么着，想吃大米饭了？"他故意讥讽道。

许文革的脸仍是僵硬的："上一遍油，就没那么容易坏了。"

正在这时，所长领着老吴过来了，见车床已经恢复运转，知道虚惊一场，大舒一口长气。杜湘东便顺势把姚斌彬和许文革能修机器的事儿汇报了，又说他们主动提出要给设备做养护。所长也对这两个犯人中的能工巧匠多看两眼，点头道："那就加个班儿吧。"

加班除了犯人要加，管教自然也不能闲着。当天杜湘东没让姚斌彬和许文革回监舍，继续看着他们把那几台车床和冲锻机一一拆开，在重要部位上了趟油，又对已经出现小故障的地方进行了简单维修。活儿多人少，等全干完，已经快入夜了。俩犯人一头一脸的机油，拿手一抹，在暗处看和黑人差不多。杜湘东便先领着他们到盥洗室，发了半块肥皂让他们洗脸，洗完之后再带到自己办公室吃饭。饭果然是大米饭，配有肉片炒西葫芦和烩鸡块两个菜，是他委托老吴到管教食堂打出来，又放在锅炉房里保温的。所里的惯例，对于有立功表现的犯人，都给吃顿好的。况且他下午还半开玩笑地提到了大米饭，说了就不能食言。

根据杜湘东的经验，犯人假如见着油水，往往比见了妈还亲。那种不管不顾的饥饿感，只有吃上两个月的窝头才能体会。然而这俩犯人却吃得很慢：姚斌彬是右手捏不住筷子，只能换左手，于是颤颤巍巍，每往嘴里送一口都有漏到地上的危险；而许文革则像心里有事，有时猛扒拉两口，嚼着嚼着就慢下来了，凝视着眼前的饭盒发呆。

杜湘东讥讽："嫌不好吃？"

许文革没说话，喉结一跳，自我强迫似的咽下一口。

"有什么想法就提。"杜湘东又说，"谁让你们有功呢。"

他知道，许文革和姚斌彬今天主动请缨，为的可不是这顿大米饭。那么他们有什么目的？是听人说起过减刑的门道，还是想要争取一次家属探视的机会？但如果是那样，杜湘东就只好爱莫能助了。他们的案子还在审理之中，既然刑没正式判，因而也就不存在减的可能；又根据规定，尚未结案的犯罪人员都是禁止探视的，所以再想念亲人也只有忍着。说到底，杜湘东作为一个管教，能提供给俩犯人的其实就是一顿大米饭。但他为什么又要让俩犯人"提想法"呢？他有那么在乎他们的希望、失望和绝望吗？这就说不清了。

许文革果然说了："政府，您能不能给他找个医生？"

"看什么病？"

"看手。"

"绷带不都拆了吗。"杜湘东朝姚斌彬横伏在桌面上的右手扫了一眼。那手表皮发红，略微还有点儿肿胀，看上去大致无碍。

许文革却有点儿抢白的意味了："可他还疼，给我递工具的时候直冒虚汗。"

管教最受不了的就是犯人回嘴，杜湘东立刻反噎："照你的说法，我还得给他配俩护士,白天晚上伺候着他?"

许文革便低下头去。而这时,一旁的姚斌彬又哭了起来。哭也不敢正经哭,一张脸绷得紧紧的,撑着眼眶忍眼泪。忍了一会儿没忍住,抬手抹了把眼睛,声响破腔而出:"管教,我也不是怕疼。我是怕出去以后干不了活儿了。"

这时面对姚斌彬的哭,杜湘东却没有那么厌恶了,甚至心里一软。仨人都不再说话,办公室里充满了不尴不尬的气氛。过了会儿,杜湘东站起来,把饭菜分别往俩犯人跟前推了推:"有得吃就赶紧吃,想了也白想的事儿就别想。"

姚斌彬和许文革低头扒拉饭。直到这时,杜湘东只是感到这俩犯人有些"各色",却没想到他们能干出一件大事。那就是逃跑。

3

逃跑事件后来成了杜湘东心里的雷,随时会炸,炸得他寝食难安。但在当初,杜湘东却认为自己善待那俩犯人是理所应当的。比如给姚斌彬看手,就既符合管教的职责,又符合人道主义。他先问过看守所的狱医,狱医表示犯人确无重伤表征,非说手疼,或者是逃避劳动的幌子也未可知。但这就与姚斌彬的表现不相称了。于是杜湘东又给城里打电话,约了一位法医专业的同学。常人印象里,法医都是研究死人的,其实活人也能看,而且因为接触的外伤居多,反而比普通医生有经验。那天法医其实也有任务,大兴发生了一起中毒案,他下乡去验尸了,等再折到看守所,已经又是晚饭的点儿。来了先感叹,在这种地方待久了不会得抑郁症吧,今天那个喝农药的妇女就是抑郁症;又说长此以往,个人问题得不到解决,没准儿还会憋出别的毛病。杜湘东只能讪笑,自掏腰包请食堂师傅做了几个小炒,招待同学吃好喝好,然后把姚斌彬从监舍提出来。

这次就没让许文革跟着,不过经过隔壁十八监舍时,他留意到许文革正往窗外望着,那神情竟是信任和感激的。人骨子里都有三分贱,如果一个既冷又硬的人对自己示好,所激起的暖意往往超过亲昵的人的嘘寒问暖。杜湘东旋即又为这种暖意感到恼怒,喝道:

"靠墙坐好,轮流背监规。"

领着姚斌彬来到办公室,便由同学问诊。法医见过的死人太多,对活人也懒得废话,直接让把手交出来,像玩儿"九连环"一样又捏又扭。姚斌彬明显疼得厉害,却忍着不叫,娃娃脸上淌满了汗珠。忙活一阵,法医脸色一变,把杜湘东叫到屋外。

杜湘东问:"什么毛病?"

同学却问:"这孩子跟你什么关系?"

杜湘东又问:"什么意思?"

"麻烦了。"同学说,"如果是亲戚,有亲戚的处理办法,或者他们家属跟你'意思'过了,那么总也要给人家一个交代,否则情面上说不过去,对不对?"

"要是没关系,就是普通犯人呢?"

"那我劝你别给自己添乱。直说吧,他右手拇指的掌骨和基节受到钝物重击,造成了粉碎性骨折。这种伤势从外部往往看不出来,但你也有手,我也有手,都知道大拇指的作用,没了这根轴,其他指头差不多就相当于白长了。所以在评定伤残的时候,食指中指都折了,顶多也就是个八级,拇指尤其是右手拇指丧失功能,直接就是五级。出了这种情况,你要是装没看见,其实也能遮过去,反正案子一结,犯人就交给监狱了,到时候再怎么处理自有监狱的规矩;但要是从你这儿捅上去,那就相当于案子之外另起了一桩案子——这么重的伤是怎么造成的?如果是在收监期间弄的,你这个管教有没有责任?"

法医分析得头头是道,杜湘东听得恍然大悟。不愧是一毕业就在城里待着的人,虽然见的净是死人,却比他更懂人情世故。杜湘东不禁再问一句:"这伤还有得治吗?"

"骨折,粉碎性的,又耽误了这么久。明白了吗?"

法医撩下这么一句,看到杜湘东面色有异,就没让他送,急匆匆先告辞了。杜湘东静立片刻,耳中似有什么东西嗡嗡鸣叫,使劲晃了晃脑袋才把那声音驱逐出去。他往走廊门外走了一段,这才想起屋里还关着个人,便又折回办公室,叫姚斌彬回监舍。在路上,姚斌彬走在杜湘东半步之前,表情有点儿呆滞,一双眼睛却格外的亮。难得是个有月亮的夜晚,月光从窗外透进来,照得他的脸也是一团透亮的白。这孩子以后就是个残废了。直到看到监舍门了,杜湘东才开口:"你没大事儿,也就是软组织挫伤,养养就好了。"

姚斌彬没说话。杜湘东又道:"心别太重,好好改造。"

姚斌彬好像点了点头,突然说:"您是个好人。"

杜湘东本可以说,假如世上的人真有好坏之分,那么按照通常的标准,警察自然是好人,被警察看管的就是坏人了。但他说出的是另一句话:"你还有什么要求?"

姚斌彬说:"能不能托您给我妈带个信儿?"

"带什么信儿?"

"说我知错了,说我一切都好……说等我出去再伺候她。"

杜湘东看着姚斌彬那张温良的、不管何时何地总带着三分羞怯的脸:"那得看我有没有时间,还得看工作上有没有必要。"

姚斌彬便向杜湘东鞠了一躬:"谢谢政府。"

这天晚上杜湘东没睡好,躺在床上只是来回来去地翻腾,面朝墙感觉堵得慌,面朝桌子腿又感觉空得慌。他想到了老吴的那半瓶白酒,涌起了灌两口的冲动,但又想到一个警察是不适合当酒鬼的,冲动就没付诸行动。好容易挨到上班,他还是决定找一趟所长。一进门,就见所长正扯着脖子对着电话吵吵,听了两句才明白,所里的一台吉普车打不着火了,汽修厂的人来看过,说没法修,只能报废,而所长向上面申请换车时又遇到了刁难。人家说,别的单位还缺车呢,你们一个看守所,反正也没什么出勤任务,没车就凑合吧。说得也不是没道理,可言语中流露出了轻视看守所的意思,所长就受不了了,反呛道:"看守所怎么了,看守所就是家里蹲吗?说句不好听的,假如犯人跑了,你让我们拿脚去追?"

但呛也白呛。没车,这是客观事实,更是全国上下各个系统的普遍事实。杜湘东等所长在电话里泄完愤,这才硬着头皮把姚斌彬的伤情汇报了。才刚废了一辆车,又听说废了个人的事儿,所长的脸就绷得更紧了。他不说话,先点烟,三口抽完,又转肩膀,转完才说:"你说的属实?"

杜湘东道:"找了个法医先看了。"

所长说:"那你什么意见?"

杜湘东道:"要真是这种伤,所里肯定没法治。狱医老张您又不是不知道,青霉素包治百病,红药水抹哪儿哪儿灵。要不我带着犯人到城里的大医院,找个专家再看看?"

所长却问:"上哪儿看?协和还是积水潭?你要有门路,弄得到这些医院的专家号,那能不能先给我挂一个?我这膀子一疼,半边身子都动弹不了。"

吃了一瘪,杜湘东只好闭嘴。半晌才问:"那您的意见是——"

"这俩犯人在咱们这儿待了多久?小一个月了吧?现在要求大案要案从速从严,他们的判决也快下来了,到时候就要正式移交给法院和监狱系统。这样吧,办移交的时候你写份补充材料,说明犯人有伤,到时候是该保外就医还是减轻劳动,就由其他机关酌情处理。"所长说着又点了根烟,"我理解你的想法,人在你手里,你得对他负责,但责任分个轻重缓急,更分个力所能及和力所不能及。上面拨下来的经费就那么点儿,大伙儿的加班费和改善伙食还得靠自己创收呢,真要做手术,拿什么给他做去?"

杜湘东便说:"明白了。"说完转身就走。

所长在后面又跟了一句:"还他妈不如打仗呢,起码弹药管够。105榴弹炮,一枚炮弹就得上千,看见哪个山头有动静,先轰丫十万块钱的。"

以前也听所长讲过打仗,说的都是大动脉里的血一喷一丈多高,或者步兵脑袋让弹片削掉了一半还往前冲锋，从没想过战争也能从钱的角度理解。看来往事的面貌是多变的，取决于你眼下正在琢磨什么事儿。而杜湘东出了办公室，才又想起今天是该和刘芬芳打电话的日子。俩人有个约定，再忙也得每个礼拜通一次电话，可自从上次刘芬芳挂电话，这习惯就中断了。不仅如此，再去冷库交接冰棍棍，也见不着刘芬芳了。换她来的是个四十多岁的胖大姐，见着杜湘东就翻白眼儿："你又怎么欺负我们芬芳了？"一拖再拖，就把杜湘东拖毛了，他想，不管怎么样，今天得先和她说上话。

于是他没回办公室，拐到了管理科，估摸着刘芬芳已经上班，就打库房电话。果然不通，不通再打，座机转盘把手指头都磨疼了，这才插进一个空去。接电话的又是一大姐，悠着荡秋千似的腔调问他找谁。杜湘东说找刘芬芳，对方说今儿活儿紧，忙着呢。杜湘东便赔着小心求人家，说有急事儿。大姐说再急能有五百条猪腿的事儿急？再不入库下个礼拜保证全臭了。杜湘东便唬了对方一句，说我可是警察。这位大姐大约并没想到警察也可以是刘芬芳的未婚夫，倒抽一口凉气"哎哟"一声，说那您等着，我叫去。过了好半天才转回来，说刘芬芳今天没上班，是不是从冷库偷鱼偷肉的事儿让你们盯上了，是不是畏罪潜逃了？要不要把公司保卫科的人叫来，要不要把厂长也叫来？

一惊一乍，倒把杜湘东吓了一跳。他只好又说："其实我不是警察。"

"孙子你有病吧？你这叫冒充执法人员，明儿就让真警察到你们家抄你去……"

杜湘东忍笑挂了电话，再给刘芬芳的宿舍打时，好像也没那么为难了。又说两句好话，看电话的人便穿过胡同叫来了刘芬芳。杜湘东问："你怎么没上班？"

刘芬芳说："歇病假了。"

杜湘东又问："你哪儿不舒服？"

刘芬芳说："也没哪儿不舒服。"

那么就是忧愁了。既然忧愁就得解忧愁，于是杜湘东先把刚才和大姐的对话复述了一遍，又道："回头还得跟你们头儿解释解释，别再把你怀疑成一个藏在群众里的坏分子。"

刘芬芳却不笑，冷不防说："杜湘东，没想到你是这么个人。"

杜湘东说："我是怎么个人？"

刘芬芳说："你是个满不在乎的人。"

杜湘东说："我怎么不在乎了？不在乎能给你打电话吗？"

刘芬芳说："现在才打，早干吗去了？"

这诚然是杜湘东理亏。他说："所里事儿多。"

刘芬芳说:"你事儿多,就没工夫考虑咱们的事儿了?"

杜湘东只好面对那个不想面对的问题:"咱们的事儿,你怎么看?"

刘芬芳说:"现在不是我怎么看了,是我们家人怎么看。"

杜湘东说:"他们不是觉得我还行吗?"

刘芬芳默然半响,再说话时,便去除了感情色彩:"你知道,我们家八口人。我妈生我的时候难产,此后不能干活儿。我大姐插队,落户在了黑龙江。我二姐心野,考大学去了上海,念完大学又去了深圳。大哥,结了婚嫂子都不让回家。家里相当于没了操持的人,我爸我妈还有俩弟弟,吃饭穿衣,洗涮缝补,靠的都是我。原先说想在城里结婚,那是我的个人趣味,其实除了个人趣味,还有现实困难。前些天看我犹豫,我们家人就又把咱们的事儿商量了一遍,都说你不错,就是人在郊县这一条是个问题。我要是跟你走了,我爸我妈就连口热饭也吃不上了,俩弟弟没准儿得变成野孩子。谁没有爸妈呀,谁没有家人呀。"

陈述到这儿,刘芬芳就不说了,改为一声啜泣。杜湘东便明白了她的意思:"那就没别的办法了?"

刘芬芳拖着哭腔说:"早说过了,办法在你。"

杜湘东说:"我没办法,我没用。我也不能不要工作呀。"

刘芬芳又默然半响。这时看电话的老头儿打开了话匣子,还是《新闻和报纸摘要》。本期节目的主要内容有:苏联外长爱德华·谢瓦尔德纳泽访华,中苏关系有望实现正常化;各地物价小幅波动,政府号召群众不传谣,不信谣,不进行恐慌性囤积购买;全国从重从速处理一批影响恶劣的刑事案件,社会治安得到显著好转。

然后刘芬芳道:"那就这么着吧。赶明儿我去趟郊县,咱们把东西换回来。"

所谓要换的东西,是俩人以往互赠的礼物,或者说是信物也行。共计:杜湘东给刘芬芳的一块"东方"手表,一件呢子列宁装,一个三克重的金戒指,刘芬芳给杜湘东手打的一条围脖,一件毛衣。刘芬芳执意这么做,就有两层意味:一是北京姑娘特有的磊落,她不占他的便宜;二是刘芬芳特有的仪式感,相当于林黛玉和贾宝玉闹掰了,就要把原先乱送的汗巾、手帕、珠儿串儿或铰或烧,或物归原主。

杜湘东竟没话好说。情况都摆在这儿了,拖泥带水也没意思。无非是他个人恋爱史上的第一次失败,以及看守所年轻职工恋爱史上的又一次失败。只不过心里仍是恍惚的,还有些战战兢兢。伤感被覆盖在了心里的一层薄膜底下,看似还平静着,但如果那层膜破了,让埋藏的东西泛滥,他一定会悲痛欲绝。因此他最好不要再想刘芬芳,刘芬芳已成往事。杜湘东便脱了警服,来到犯人们放风的空地上,甩着胳膊跑起圈儿来,仿佛想要摆脱什么东西。直跑得呼哧带喘,浑身透汗,这才突然止步,面无表情地走向车间。犯人们已经被从监舍带出来,又开始了一天的劳动。这儿才是他该在的地方,这儿才有他该干的事儿。

刚一进门,老吴便晃了过来:"那犯人说要找你。"

杜湘东往许文革的方向看去,他就站在车床旁,翘首朝这边望着。再朝另一个方向望望姚斌彬,他却在望着许文革。两张年轻的脸,眼神闪烁,饱含热忱。

杜湘东做了个手势,让许文革出列。

"报告政府。"

"有事儿说。"

许文革便道:"我观察了其他人干活儿,大家操作车床的方法都不规范。机器爱坏,和这也有关系。如果能让我们——也就是我和姚斌彬——讲讲,再做做示范,不光故障率会降低,象棋子的产量也能提高。"

杜湘东瞪了一眼:"大米饭吃上瘾了?"

许文革站得更直了:"您知道,我们图的不是一口吃的。"

"那你们还图什么?让我把你们放出去不成?"杜湘东烦躁地呵斥,又一甩下巴,"该干吗干吗去,甭在这儿假积极。"

许文革脸一白,低头小跑回到车床。老吴却凑近了说:"都是养不熟的狗,就不该给他们丫好脸色。"说完掏出烟来,分给杜湘东一根,又拍拍他的肩膀,"吹了?"

敢情才这么会儿工夫,消息就传开了。杜湘东鼓着腮帮子没接茬儿。

老吴便叹口气:"没事儿,正常。当年我也是熬到三十多,才娶了现在这娘们儿。你要不痛快,就出去散散心,班儿上我给你盯着。放心,今儿我不喝了。"

这番话竟说得杜湘东心里一热,觉得老吴都不是老吴了。而当他重新戴好大檐帽,道了声谢打算离开时,老吴却又一挤眼,对杜湘东乐了:"对了,你跟那妞儿弄过没有?"

原来老吴还是老吴。杜湘东只好说:"没有。"

"那亏了。你记着,结婚之前弄的都是赚的,结婚之后再怎么弄也是亏。"

杜湘东居然也乐了:"下次吸取教训。"

这一天,杜湘东破了参加工作以来的第三个戒,就是擅自离岗。他从职工专用的侧门溜出看守所,沿着土路走到一条河边,茫然地发起了呆。出来散散心,这是个明智的提议,相当适合失恋的人。然而到哪儿散心呢?他索性跳上了最先开来的一辆公共汽车,也不问站,径直坐到后排的空座上。车一晃悠,竟晃悠得他睡着了。睡时也没梦见刘芬芳,再醒过来,却是被一群鹅吵的。只听得四下里嘎嘎叫,还以为车掉进水里了呢,凝了凝神,才知道有一农民带了一筐鹅上车,半路筐漏了,鹅满车厢乱跑。好容易都抓回来,失主却坚称少了一只,并一口咬定是被此前下车的旅客掳走的。他要求司机把车往回开，拉着他去找鹅。司机哪里肯依，双方便吵，鹅的嘎嘎叫里又混进了人的嘎嘎叫。最后闹到杜湘东这里来。

"警察师傅，您给评评理。"农民对他说。

杜湘东遗憾地摇了摇头，表示这不归他管。

农民的气性越发高涨："那你穿这身'皮'有个屁用。"

解释也解释不通，恰好又到一站，杜湘东便从后座上拔起来，逃也似的下车。临出车门问这是什么地方，售票员告诉他："六机厂。"

杜湘东这才反应过来，所谓六机厂，就是第六机械厂，也就是俩犯人姚斌彬和许文革原先工作的厂子。当年国家要搞工业化，北京一马当先，光负责机械制造的厂子就建了许多。排到六机厂，城里的地皮已经不够用了，因此在郊区选址。而农田之间生生拔起一座工厂，对于原住民的生活影响可想而知。杜湘东老家所在的县城附近，也有一家上万人的锅炉厂，如果不是托了关系到工厂附属学校上学，他或许不会萌生出通过考学成为一个"公家人"的愿望，更不会知道北京有所警校正在面向全国招生。他从姚斌彬和许文革想到自己，忽然感到此时下车如同一种冥冥的内定，既偶然又必然。

于是他往工厂方向走去。厂房和围墙肃然耸立，越往近处，越是一派繁忙的景象。也多亏了这身"皮"，杜湘东刚一出示证件，说想要"了解一些情况"，传达室的人立刻便给保卫科打电话，叫来了那位膀大腰圆的副科长。过了将近一个月，胖子的脸已经养得直冒油光，头上的纱布却不摘，仿佛光荣负伤的瘾还没过够。这人也认得杜湘东，诧异道："那案子刑警不是调查过了吗，你一狱警又来干吗？"

杜湘东面无表情地告诉对方，第一，他不是狱警，而是一名看守所管教；第二，甭管是刑警还是管教，只要警方有调查的需要，保卫科都有配合的义务。副科长嘟囔起来，说把犯人送过去那天，该交代的情况不都交代了嘛。杜湘东立刻又纠正，目前案子还没经过法院判决，人也还没正式移交监狱，因此对姚斌彬和许文革的称谓就不应该是"犯人"而是"犯罪嫌疑人"。这就有点存心较真儿了。在那个年代，上述法律常识还不普及，也根本没人会深究，就连看守所的管教都一口一个"犯人"地叫，仿佛进来的一定会判，不是罪大恶极也不会进来。而杜湘东非要找碴儿，是因为他预估了胖子是哪种人——你要不当回事，他就煞有介事，你要煞有介事，他就特当回事。

胖子果然肃穆起来，引着杜湘东走进厂区，来到主楼一层的保卫科办公室。他给杜湘东沏上了茶，又专门让手下科员拿个本子来做记录，这才说："您想了解什么？"

杜湘东直截了当问："姚斌彬手上的伤是怎么回事？"

胖子像受了刺激，跳脚道："你们不会都觉得是我弄的吧？刑警这么问，厂里的人也这么议论我。虽说我当年打过姚斌彬他妈的主意，人家没看上我，可事儿都过去这么多年了，我就是度量再小也不至于跟一个女人记仇吧？那孩子的伤真是自己造成的，当时他们把机器从车壳子里吊出来，悬在一米多高的铁架子上，本来就没挂牢实，我们进去一冲一乱，那铁砣子就落了下来，正好砸在姚斌彬按着前保险杠的手上——不信你问他，我有人证。"

记录员便抬起头来："这是事实。刑事责任，我们也不敢撒谎。"

副科长又说："我还专门找人问过，这种情况算误伤，误伤就不赖我对吧？"

杜湘东点点头："你别激动，我又没说赖你。那么许文革把你打了，是在姚斌彬受伤之前还是之后？"

副科长叹口气："在这之后。他本来也没反抗，还偷偷央求我们说要'私了'呢，不想混乱中姚斌彬伤了，他就跟疯了似的朝我来了。"

杜湘东接着问："许文革干吗那么护着姚斌彬？"

"俩人从小就跟哥儿俩似的。姚斌彬，长得像个女孩儿，在外面没少挨欺负，为了他，许文革把十里八乡的混混儿都打遍了。这孩子性子狠，跟谁有仇当面不吭声，但日后一定得找回来；而惹了他还是小事儿，要是惹了姚斌彬，他非跟你玩儿命不可。"

记录员像个尽职的捧哏，又补充道："以前还有风言风语，说他俩是……那个什么……"

杜湘东眨了眨眼，也问："到底是不是——那个什么？"

副科长却哈哈一笑，挥手道："这他妈不是扯淡嘛。厂里的老人儿都知道，许文革跟姚斌彬好，是因为他从小没爹没妈，相当于是姚斌彬他妈带大的。而且他还谈过一个女朋友呢，跟姚斌彬他妈当年一样，也是厂花。"

"许文革的女朋友在哪个车间？"

"早不在厂里了。现在的女的多精啊，知道臭工人没前途，后来认识了个工业局的干部子弟，没两天就跟人家结婚了，又没两天就调到机关坐办公室去了。"

说的是许文革的感情生活，却让杜湘东仿佛被谁窝心踹了一脚。他又问："那么和姚斌彬与许文革关系密切的还有什么人？"

"也就姚斌彬他妈了。过去是个质检员，现在退休了。"

"把她家地址给我。"

杜湘东走出主楼时，从一扇窗户里听到了女工的合唱："我却没法分辨，我终日不安，他俩勇敢和可爱呀，全都一个样……"是苏联歌曲《山楂树》，"五一"劳动节快到了。再穿过一道铁栅栏门，就是职工宿舍。一个弯腰驼背的老太太正在翻捡着垃圾堆，风把灰土纸屑吹起来，直钻到她花白的头发里去。杜湘东按照保卫科提供的门牌号钻进一幢格外破旧的筒子楼,只觉得走廊里暗无天日,饭味儿、霉味儿和隐约的屎尿味儿闷在一处,近乎发酵。他爬上四楼,先在楼梯拐角看见了个蜂窝煤炉子,炉子上烧了一壶热水。再往纵深里踱几步,总算发现了一道开着的门,门口挂着一道油渍麻花的布帘子。这就是姚斌彬的家了。

　　杜湘东在那门口站定,却不撩帘子,也不叫人。他此时还不确定这次"家访"是否得当。屋门对着一扇窗,光线贯穿而出,照得空气里缓缓飘浮的尘埃清晰可辨。不知从哪儿又卷过来一阵风,吹得布帘子扑啦一晃,杜湘东便看见了屋里那人的侧影。初时也没在意,觉得那就是个再寻常不过的女人:不高,很瘦,脸色蜡黄,留着齐耳短发,全然看不出当年漂亮过,但很符合一个与儿子相依为命的母亲的模样。警察眼"毒",杜湘东随即察觉到,这女人的站姿有些不对劲。她把握不好平衡,上身往不该倾斜的方向倾斜着。他疑惑了一下,终于伸手把布帘子扯开半寸,这才看清了女人的真实状态。她一手扶着窗台,半步半步地往床头的方向挪着,那里有个刷着白漆的铁架子,上端有把手,下端装着四个轮子。这玩意儿的学名叫站立器,是给脑中风和轻度偏瘫患者准备的。也就在这时,女人终于抓住了站立器的把手,几乎压上了全身重量,喘了两口气,这才扶着它往房间一侧的书桌挪了过去。左脚拽着右脚,右脚几乎无法抬离地面。书桌上摆着两瓶药,大概就是女人此番跋涉的目标了。

　　在那一刻,杜湘东很想走进屋去,帮那女人倒水,吃药。但在小小的助人为乐之后,他又该如何面对人家?假如她问姚斌彬怎么样了,他就告诉她,你儿子正在等候判决,同时成了个残废?一恍惚,他僵在了那里。屋里的女人却没看见他,她正在专心致志地把手伸向药瓶。而再一恍惚,背后突然有尖厉的哨声鸣叫起来。煤炉子上的水开了。

　　没等女人扭头,杜湘东就转身奔了过去。估摸着女人从屋里挪到炉子旁还有段时间,他又拎起地上的暖壶,依次把两只都灌满,然后才像逃跑似的冲下了楼。

　　自打从工厂回去,杜湘东就不得不从另一个角度理解姚斌彬叫"妈"的意味了:那不是指望妈能救他,而是在心疼妈、牵挂妈呢。经由姚斌彬的妈,杜湘东又想起了自己的家人。他爸在县文化馆卖电影票,他妈在菜市场卖菜。卖票清闲又体面,卖菜则是粗活儿,因此俩人结婚算是他妈占了便宜。但结婚以后,为家里做贡献最大的是他妈,最辛苦的也是他妈。每天早上五点之前,他妈就得从乡下把菜进上来,一直站到天黑才能喊一声"包圆儿啦",就这么日复一日,零敲碎打地攒出了两间瓦房、突突响的带棚"三蹦子"和杜湘东的学费。回家时乍看一眼,住上大瓦房、开上"三蹦子"、把儿子送到北京去的妈已经衰老得像个七十岁的人了。都说感谢好政策,好像党随便开个口子人民就能富起来,其实如果你是个小老百姓,点滴的丰足也是十倍百倍的汗水换来的。

而姚斌彬的妈所要承受的何止艰难，还有与儿子被捕相伴而来的耻辱。这时再想到姚斌彬叫的那声"妈"，又有了忏悔的意思——杜湘东却为这事儿打了姚斌彬。远远看去，那孩子还是那么文静，劳动时总是偷偷望着许文革，像走丢的小羊在寻找着头羊。他们的案子也该判下来了吧，上面的精神不是从重从速嘛。按照以往的经验，等待他们的不是青海就是新疆的大牢，起码十年往上，二十年也没准儿。十年或者二十年过后，俩人回来，谁还认识他们呢？十年或者二十年过后，姚斌彬的妈不知是否还活着。

恰好过了两天，管教食堂吃猪肉大葱馅儿包子，杜湘东心里一动，央求大师傅多给他留了十个。晚上前往监舍，却不叫姚斌彬，单把许文革拎了出来。杜湘东将他带到走廊拐角，从身后抄出饭盒："吃。"

许文革不吃，站得笔直，两眼发直。

杜湘东说："不是全给你的，还有一半给姚斌彬拿过去……隔着窗户扔给他，不准交头接耳，也不准挤眉弄眼，我在后面盯着你呢。再告诉郑三闯一声，这包子谁要敢抢一口，我让他连去年的饭都吐出来。"

许文革便接了饭盒，却不打开。那意思是全给姚斌彬。

杜湘东叹口气："等案子判下来，你们就不必隔离看押了，到时如果还在所里多耽搁两天，我把你们调到同一个监舍里去，你们也聊聊……当然主要是互相反省。姚斌彬要是想给他妈写信，我也可以代交。"

许文革的鼻翼翕动两下，看向杜湘东："管教，您是个好人。"

这话姚斌彬对他说过，如今许文革也这么说。作为犯人，妄想评价一个警察是"好"还是"不好"，这实在有些荒唐。而同样的话由柔弱的人说出来还能理解，出自一个冷心冷面的人之口，似乎就有点别样的内涵了。杜湘东竟一怔，搪塞道："甭说没用的。"

说完指示许文革回监舍。犯人背影挺拔，虽然吃了个把月的牢饭，浑身仍有一团英武之气。在不明不暗的光线里，他的侧脸像西方雕塑一般见棱见角。杜湘东忽然又想，不知道这俩犯人"下了狱"之后是否能分在一起服刑，也不知道在新环境里，许文革是否保护得了姚斌彬。但这些都是瞎想了，也与他无关了。而在几天以后，杜湘东才会懊悔：他其实是早该看出端倪的。他怎么连一点儿端倪都没看出来呢？

4

俩犯人的逃跑，起先被视为一起突发的偶然事件，后来才证实是早有预谋。

过程并不复杂，但一切也都巧了。那天又到了该向食品公司交付冰棍棍儿的日子，所长又让杜湘东和老吴这一组负责。这次程序却与往日不同：所里的一辆吉普车刚报废了，另一辆后勤科要开出去买菜，因而先与冷库商量好，所里组织犯人把货搬到方便的地方，再由食品公司调来一辆卡车拉走。挑选人手时，姚斌彬和许文革就有意无意地站在了队列前侧。杜湘东还没说话，老吴先对他们开了口："你，还有你——搬最后一截吧。"

按照计划，被挑选出来的犯人们要分成若干小组，前一组先把货物搬到某个中间地点，替换的另一组再过去接力。一拨儿人干活儿时，其他人就在监舍里候着。如此几趟，等把货物从劳动车间运送到高墙的墙根附近，就该最后一组登场了：他们只需要让货物跨过警戒线，码放在看守所正门内侧的那块空地上即可。而毕竟是要靠近门口，兹事体大，因此对这一组的人员选择是有讲究的。首先，人数不能太多，绝不能超过三个；此外，他们还得一贯表现良好，能让管教们"放心"；再另外，不管多么老实的犯人，干多么繁重的工作，只要过了警戒线就必须戴上手铐，这也是不容商量的铁规矩。当一切就绪，管教立刻清场，然后才敢开门，把食品公司的车放进来，让冷库职工自己装货。

如此一来，让姚斌彬和许文革负责最后一段，也是顺理成章的了。姚斌彬虽然手上没劲儿，可许文革干活儿一个顶俩，这就不会耽误约好的交接时间。再说这俩犯人还曾经立过功呢，功臣总是格外值得信赖的。后来上面调查逃跑事件的时候，杜湘东如实交代，如果由他挑人，挑的也会是姚斌彬和许文革。

交代完毕，开始干活。犯人们或扛或拽，把车间里堆放的麻袋往外运去，远看好像蚂蚁搬家。这些麻袋散放在屋里还不算什么，聚拢在阳光下，就变成了一座相当巍峨的小山了。再想想小山全由寸把长的扁平小木棍组成，就可以联想到北京城里有多少怕热的胖子和馋嘴的小孩儿，到了夏天要消耗多少山楂、小豆和牛奶冰棍。这还不算最壮观的呢，杜湘东听刘芬芳描述过她们冷库储藏猪腿的场面：几百条猪腿在一字排开的铁钩上齐齐挂着，膝盖微弯，蹄尖笔直，毛发早已燔尽，皮肉覆着白霜，简直像是全北京的芭蕾舞团正在集体会演。真不知她怎么会从猪腿联想到芭蕾舞，而猪腿和芭蕾舞都是让她忧愁的。想到刘芬芳，杜湘东的心里便痛了一下。这时看到老"杆儿犯"又在偷懒，他烦躁地训斥了几声。

就这样，麻袋组成的小山分散再集中，集中再分散，终于移动到了墙根的阴凉处。杜湘东和老吴这才从十七、十八监分别叫出了姚斌彬和许文革。走到劳动地点，杜湘东四下望望，确定附近并无闲杂人等，又低头检查了一下俩人的手铐，这才点头，表示他们可以开始干活。许文革弯下身子，两手抓住一个麻袋，硬生生往肩上一甩，直起腰来就走；姚斌彬则左手攥着麻袋角，右手爱莫能助地搭在一旁，屁股朝前捯着小碎步，仿佛一松手就会摔个四脚朝天。俩犯人先后到达了终点，又规规矩矩地折回来，开始第二趟搬运。杜湘东依次看了看他们的脸，都是沉静的，心无旁骛，仿佛他们并未意识到那道自由与监禁的分水岭近在眼前。随后是第三趟、第四趟、第五趟……就在这时，杜湘东想起了一件事。他迟疑了一下，朝几米开外的老吴做了个手势，意思是要离开一会儿，就一会儿。

老吴叼着烟，大大咧咧地挥手，没问题，走你的。

杜湘东便小跑着穿过看守所，从侧门绕回宿舍，到屋里取了一包东西出来。那是刘芬芳给他织的围脖与毛衣。前两天刘芬芳又打了个电话，交代说，她会在收冰棍棍儿的日子再下乡一趟。这就是督促着他要换东西了。换就换吧，在完成冰棍棍儿交接的同时，也完成他们这段恋爱的最后交接，真是一举两得。以后刘芬芳就不会来了吧，她会在城里过着她的日子，那些日子与他再无交集。杜湘东提醒自己，一会儿见到刘芬芳，他得尽量表现得不卑不亢。太卑太亢了都会招人看不起，作为一名警察，他需要在这种时候保持尊严。

于是，杜湘东回去时故意挺直腰杆儿，把大檐帽又正了正。那副样子简直不像是去分手，而是像去立功受奖。然后，他就听见了电喇叭的警报声，紧接着是56式半自动步枪的枪声。声音是从正门方向传过来的，惊得杜湘东浑身一抖。

他撒腿往枪响的方向跑去。

隔着好远，便看见看守所的正门开了个洞。那是镶嵌在大铁门里的一道小铁门，也就一人多宽，平时锁着，只有接收或者释放犯人的时候才会打开。小山一样的麻袋稳稳当当地放在门里，而老吴已经屁股朝天趴在了空地上。姚斌彬和许文革却不见了。就这么一会儿工夫，就这么一会儿。杜湘东的脑子嗡了一声，那一瞬间眼睛再看什么都是花的。好在心思还算镇定，他的第一反应是扑到老吴身旁，看看同事是死了还是活着。

老吴身上并无伤痕血迹，不过迎头挨了一记重击，被打成了乌眼青。杜湘东摇着他的肩膀，一道口水从缺牙缝里流了出来。老吴这才叫唤起来："哎哟我操。"

"人呢？"杜湘东吼道。

老吴还蒙着，叉腿坐在地上，扬手指指敞开的小门。他身上那串钥匙就挂在门上的锁孔里。门外是条土路，通往南边的农田和柏油公路，但土路侧面却有一条河沟，蜿蜒着往东分出岔去，最终会与一条人工挖掘的引水渠合流。

杜湘东又吼："到底往哪儿跑了，路上还是河里？"

老吴说："没在一块儿，一边儿一个。"

这下杜湘东也蒙了。他既没想到这俩犯人居然敢行凶、敢越狱，更没想到他们在行凶和越狱时居然还那么冷静，懂得要往两个方向逃——这样一来，同时落网的概率就要小得多。而接下来，最让他没想到的情况出现了。当杜湘东冲到门口，站直了往外眺望，心里盘算着该朝哪个方向追时，身后的老吴却结结巴巴说："枪，枪……"

看守所的管教平时本不佩枪，需要执行重大任务时才佩。重大与否，取决于犯人有无失去控制的可能。既然今天是相对自由的室外劳动，因此杜湘东与老吴就都配了枪。枪内共有满匣子弹八发，没拉保险栓。杜湘东往老吴腰间看去，空荡荡的皮套晃悠着，枪没了。

"拿枪的往哪儿跑了？"这次杜湘东连吼都吼不动了。好像自己是个橡皮人，刚挨了一枪，漏气了。

老吴总算还没糊涂到家，他再次抬手，指指土路下面的河沟："这边。"

"你确定？"

"他们把我打了以后，就到我身上来抢钥匙，一个还让另一个先跑。先跑的那个顺手从我身上抄走了枪，我看见他蹦到河底下去了……后跑的那个又补了我两拳，我就晕了……"

没等老吴叨叨完，杜湘东已经纵身跃下了河沟。就算酿成了大祸，但他确定，此刻他的选择是正确的。仅仅几年前，东北的"二王"还让半个中国的人闻风丧胆，而要是在北京的地界上丢失一把枪，那种后果是连想都不敢想的。两公里以外，就是最近的一个自然村；五公里以外，就是郊县的县城；二十公里以外，就是西单、王府井和天安门。哪怕挨上一枪、两枪，直至八枪，他也不能让那把枪流落出去。他杜湘东的从警生涯已经够憋闷的了，绝不能让这种憋闷变本加厉，成为压得他一辈子抬不起头来的耻辱。

好在不是汛期，河道里只淌着浅浅一条溪水，又好在前两天刚下了一场小雨，河床里裸露在外的泥地半干不稀的，印着几个凌乱而新鲜的脚印。看来老天爷总算没让他把背字儿走到底，杜湘东顺着足迹追了下去。犯人对地形不熟，手上又戴着铐，跑也应该跑不远，而凭借着百米跑进十二秒的体魄，他有信心追上对方。风从头顶的河岸浩大地掠过，吹得整片天空像块破布似的抖了起来，河道里却静谧得连空气都凝固了，只剩下脚踢着鹅卵石和胸膛里呼哧呼哧喘气的声音。也就过了五分钟，或许更短一些，杜湘东便在前方的河道里望见了一个隐约的人影。那人因为无法张开双臂掌握平衡而跟跟跄跄的，远看几乎不是在跑，而是摇摇欲坠地飘在了半空。

"站住——"杜湘东喊了一声。

犯人一晃，继续跑。然而速度上的差距是无法弥补的，杜湘东咬了咬牙，让两腿倒腾得更快了。前面的是姚斌彬还是许文革？而无论是谁，他的手里都是有枪的。

想到这一点,杜湘东把身体伏低了一些,同时跑起了蛇形路线。他的右手也摸向腰间,握住了事先打开保险栓的佩枪。两百米,一百米,前方的背影从模糊变为清晰,杜湘东认出了那是姚斌彬。五十米,二十米,他已经能看清那孩子毫无血色的脸,以及像棒槌似的握在手里的枪了。

如果他敢举枪,那么自己只能先开枪。作为警察,杜湘东出枪的速度和准头都要远远强于一个没受过训练的毛孩子,这一点毋庸置疑。听见姚斌彬伴随着咳嗽,拉风箱一般大喘粗气,他仿佛看见了 7.62 毫米子弹贯穿对方胸膛时的血光。杜湘东希望姚斌彬别犯傻。他甚至对姚斌彬喊了出来:"别犯傻。"

而这时,姚斌彬再次做出了一个让杜湘东意外的举动。就在两人之间的距离只剩不到十米的时候,他戛然站住,转过身来,对杜湘东似笑非笑。

再一松手,枪落在了地上。姚斌彬束手就擒。

至于逃跑的具体细节,直到日后审讯姚斌彬时才得以还原。据他交代,主意其实早已拿定。在俩人刚到看守所的第二天,一块儿被按在盥洗室的水泥地上挨揍时,姚斌彬就对许文革说,不能在这儿待下去了。许文革一边承受着连绵不绝的拳脚,一边对姚斌彬咬牙切齿地说,那就想个辙。所谓想辙,无非是指制订逃跑计划。俩犯人利用放风的空暇,摸清了管教们换班的规律、高墙岗楼上的武器配备,最关键的是还观察到每个当班管教腰间都挂着沉甸甸的一串钥匙——那里面不仅有监舍门的,还有所里其他门的。而这些信息又是在劳动的间歇得以交流的。虽然杜湘东就在旁边监工,但俩犯人利用修理机器的噪声作为掩护,更利用心有灵犀的默契,每次只蹦几个字儿,甚至只用几个手势就把想说的都说清楚了。到了事发当天,杜湘东突然离开,他们认为机不可失,决定放手一搏。也没商量,一个眼神就够了:姚斌彬假装摔了一跤,吸引了老吴的注意,许文革用手铐锁链绊倒了老吴,顺势把他打昏在地。对付这个酗酒成性的老家伙,一个许文革绰绰有余。然后俩人摸走了钥匙,很幸运地试到第二把就打开了嵌在大铁门里的小铁门,随即按计划分散,姚斌彬跳进了河道,许文革沿着土路奔向农田。岗楼上的武警没在第一时间开枪,这是因为怕伤了和姚斌彬、许文革滚在一起的老吴。而当犯人分头跑远,子弹又没打准。

针对案件的重点,上级派来的调查组还专门询问了抢枪的事儿。姚斌彬回答,开始也没这个打算,只不过当许文革按倒老吴的时候,佩枪恰好从枪套里滑了出来,他顺手就捡了。调查组自然不信,再深入挖掘动机,姚斌彬就交代,他本来胆儿小,再加上跑出去之后又要离开一直保护自己的许文革,于是便想随身带上一支枪。也没准备打谁,壮胆儿而已。这个说法得到了老吴的证实。当时老吴还有神智,听见许文革呵斥姚斌彬:"你拿这玩意儿干吗。"似乎还想把枪夺下来扔掉。而姚斌彬则回答："赶紧跑，赶紧跑。"说完就先跑了。也就是说，逃跑虽有预谋，抢枪却属于即兴行为。

看守所也在第一时间派人去追许文革，可惜没追上。那犯人的脚力比姚斌彬强，很快就钻进了正在抽穗的玉米地，又从田里潜入了山里。再组织干警搜山，已经耽误了两天时间，早没影了。姚斌彬被捕，许文革在逃。这是看守所迄今为止最为严重的一次工作失误，上到单位下到个人都要付出代价。所里被取消了先进集体称号，所长公开做检查；再调查下去，上面得知俩犯人作为同案犯，却获得了碰面和共同行动的机会，尽管杜湘东与老吴也尽到了在旁监督的责任，并不算是明显违规，但还是一人追加了一个处分。

然而在杜湘东的记忆里，案发当天的情形却远没那么狼狈。姚斌彬是由后来追上来的所长亲自带队押回去的。见到杜湘东，所长没说话，先揽住他的肩膀，前前后后摸索了一圈儿，这才长吁一口气："没受伤就好。"那神态全不像个在战场上见惯了血肉横飞的老兵。

杜湘东说他没事儿，犯人也没开枪。

所长瞪了他一眼："没开枪不等于没可能开枪。你哪儿能一个人往前追呢？"

杜湘东说就是因为犯人有枪，他才不能再等。

所长默然不语。一行人回到看守所，就见正门已经站满了人，不光有荷枪实弹的管教和武警，连厨子、清洁工和看电话的老头儿都出来了。不知是谁叫了一声："杜湘东活着哪。"人群立刻爆发出一阵欢呼，迎在前面的老吴更是脸上淌着眼泪、鼻涕以及口水。孤身一人追击持枪的逃犯，这说起来是多么凶险啊，追回来是英雄，追不回来没准儿就是烈士了。杜湘东的脸却僵着，进而红了。这时又从人堆儿里挤出一个人来，正脸像个红苹果，侧脸有点儿像吉永小百合。她的脸上挂着忧愁，咬着下嘴唇走到杜湘东面前，朝他胸口捣了一拳，然后说："你怎么不去死呀。"

然后又说："你死了我可怎么活呀。"

然后，她就哇的一声扎进了杜湘东怀里。杜湘东的手尴尬地放在刘芬芳肩上，抱她也不是，不抱她也不是。他看见刘芬芳手里还提着个小网兜，网兜里装着一件衣服和两个牛皮纸信封。那是他送给她的列宁装、手表和金戒指。而此时，刘芬芳却把他越搂越紧，勒得他都透不过气来了。刘芬芳忽地仰起头来，对着杜湘东的脸，又像对所有人宣誓道："结婚，结婚，咱们明儿就到民政局领证去。"

若干年后，当杜湘东若干次回忆起那一幕时，总会不由自主地提醒自己：它发生在二十世纪八十年代的最后一个春天。与刘芬芳的爱情，算是他在八十年代的意外收获。

5

逃跑事件让杜湘东旷日持久地憋闷着。

虽然追回了一把枪，但玩忽职守是要记入档案的。听所长说，上面还算留了情面呢，如果不是看在事后补救的英雄行为上，定个渎职也不为过。经历了替他担心和为他欢呼之后，同事们又开始明里暗里抱怨他导致了大家停发奖金、加班整顿。在调查组进驻的那些天，杜湘东走到哪儿都觉得后脊梁骨被人戳得隐隐作痛。而更使他感到挫败的事实是：俩犯人从策划逃跑到实施逃跑，都是在他眼皮子底下进行的。他不是老觉得自己当了个管教是被"耽误"了吗？现在，反而是他结结实实地被犯人"摆"了一道。

连刘芬芳都察觉出了他的异样，一天突然对他说："你怎么好像矮了一截？"

当时杜湘东正跟她在城里采买结婚用品。床单被褥，痰盂暖壶，还得到居委会领一本《新婚健康一百问》。他愣了愣，回答道："一直这么高啊。"

刘芬芳嘟囔："有一米七五吗？不会以前穿内增高了吧。"

这个怀疑并非没有依据。过去杜湘东甭管是站是坐，都"绷"得肩平背直，现在换装了，更挺括更合身的"89式"警服，人却总佝偻着，好像缺了两根骨头。此外，以前他话就不多，那是性格使然，现在又添了个毛病，就是会一阵一阵地发呆，出神。这些变化来自一个心结：许文革一天没被找着，那么事儿就还不算完。但纠结也是白纠结。姚斌彬早被带离了看守所，改由市局刑警队直接羁押。出了这种恶性案件，上面自然格外重视，听说还有位大领导震怒，对局长拍了桌子。

也找所长打听过案情进展，所长又抽烟，转肩膀，而后说："既然列入大案要案，那就不是所里的事儿了。或者说，承担责任归咱们，破案结案归人家。"说完递来一份结婚礼物，那是所长老婆缝的一床被罩，粉底子上游着两条大红鲤鱼。杜湘东明白所长的意思：日子还得过，他又刚结婚，别为了把握不了的事儿，把眼巴前的事儿给耽误了。但即便陪着刘芬芳为了结婚而忙活，他心里却还是定不下来，并且进城仿佛也不光是为了结婚。拎着大包小包坐车到了宣武门内，杜湘东就站在胡同口不动了。

他吭哧了会儿，对刘芬芳说："我还得出去一趟。"

刘芬芳把脸拉下来了："今儿可是你结婚之前最后一次上门，我们家人都在。"

杜湘东看看表："我办完事儿就回来……吃饭甭等我了。"

说完不管不顾，撇下刘芬芳就走。又倒了两趟公共汽车，来到了市局刑警大队。这是重地，饶他穿着身警服也不敢硬闯，只好按规矩填表，拜访的理由则是"看同学"。

他的确有个同学在这儿，不过上学时称不上朋友，毕业后也不联系。这是因为俩人都是外地来的，学习训练都很玩儿命，成绩也差不多优秀，于是互相把对方看成了对手，暗地里一较劲就较了三年。后来还听说，当初看守所去学校要人，组织上也动员了他的那位同学，不过同学咬紧牙关没答应，还威胁说如果去郊县，那就宁可脱警服。杜湘东突然想，要是那时自己能硬到底，而同学却先嘴软的话，那么今天门里门外，等人与被等的会不会打个颠倒呢？跟同学较劲他没输，一起跟组织较劲，他却输了。真是性格决定命运，唯有一声叹息。

正在叹，同学就出来了，还骑着一辆摩托车。同学的表情也和原来一样：脸绷得很严肃，斜眼打量杜湘东，似有三分轻蔑。

"哟，稀客。"

杜湘东努力赔个笑："不耽误你时间，我说两句就走。"

同学却朝后座一努嘴："反正也到饭点儿了，边吃边聊吧。"

说完轰了脚油门。警察之间最看不上的就是磨叽，杜湘东只好跨上了车。只觉得风兜满了耳朵，不多时停在一家菜单生猛价格也生猛的粤菜馆门口。杜湘东一犹豫，同学又给他壮胆："这儿出过一起命案，要不是我们给破了，现在还贴着封条呢。"

进门也不坐大堂，径直来到一个包厢。领班端了两扎啤酒，又给安排了几样"刚下飞机"的活物儿。杜湘东不得要领地动了两下筷子，讷讷发起了呆。

刑警同学却举举杯："杜湘东，我知道你为什么来。"

杜湘东一怔，又笑："打搅你了。"

同学说："你还真是打搅我了。你那事儿转到刑警队，恰好分在我们科。那俩犯人要不是从你手里跑了，我们也不会连轴转地加班。"

杜湘东说："不是俩犯人，是一个犯人。"

同学说："对，你抓回来一个，还追回了一支枪。如果不是前面的低级失误，你没准儿就是个英雄典型了。话再说回来，我今天跟你聊，严格说已经违反了纪律。大案要案得保密，不是办案人员不能插手，这个规矩你应该懂。要是别人来找我，我根本懒得搭理他，但你不一样。咱俩以前不对付，那是因为我看重你，你也看重我。能互相高看一眼，这就比一般人更有交情。你有什么想问的就问吧。"

说得杜湘东心里一热，本想敬同学一杯酒，但又觉得没必要。于是就问。同学果然爽快，除了极其具体的工作安排，其他知无不言。主要内容是对姚斌彬的审讯情况以及对许文革的抓捕计划——倒也按部就班，一边是轮番心理战榨取信息，另一边是全国发文通缉，广撒网多布控。但这个案子又有它格外的难点：许文革已无亲人，无牵无挂，想要通过家庭关系对他施加压力，或者通过信件和电话侦查他的行踪，那几乎是不可能的。

杜湘东又问:"姚斌彬现在什么状态?"

同学撇嘴骂了句脏话:"看着文文静静的,其实还是个'硬茬儿'。一转到我们手里就开始绝食,撬他嘴也喂不进饭,只能捆起来打葡萄糖。他不是还有个妈嘛,我们本想感化他,给他申请一次特别探视,结果他连妈也不见,说没那个必要。整个儿一没人性。"

这种描述让杜湘东一悚,愣了两秒又问:"你们是想通过他找到许文革?"

"那当然,他几乎是唯一的线索。"同学说,"警察有警察的办法,该上手段也只能上手段。前两天有了突破,姚斌彬招了,说他和许文革约好,先分头躲一阵子,下月一号到第六机械厂附近的高压电塔下碰面,不见就散,见了再一起跑。我们已经安排了布控,也许再过些天,你心里的疙瘩就解开了。"

同学说完,踌躇满志地一笑,看来他将是抓捕许文革行动的骨干。杜湘东可以想象那种景象:一群便衣都带着枪,神色轻松,目光如炬,或埋伏在隐蔽处,或装作不经意地在附近徘徊;只要发现可疑的形迹,他们就会像豹子似的一拥而上,将嫌犯按倒在地。这也是杜湘东过去想象中的警察形象,可惜只限于想象了。然而他琢磨了一下同学透露的信息,却又垂了垂眼睛,闷声问:"你们就那么相信姚斌彬的话?"

"我们不是相信他的话,而是相信人的理智。"同学说,"姚斌彬犯下的事儿该怎么判,你大概也有个估量。重大盗窃、袭警越狱、抢夺枪械,二十年是起码的,而咱们国家的有期徒刑通常到顶儿也就二十年,再往上只有两种,一个无期,一个死刑。现在摆在他面前的只有两条道儿,第一,顽抗到底,这辈子就算交代了;第二,跟我们合作,戴罪立功,没准儿还能捡条命。再怎么彻头彻尾的浑蛋也都怕死,这是人之常情吧。如果犯罪分子都死扛着,咱们当警察的也没法儿干了。所以我们认为,既然姚斌彬开了口,那就是在心里算计过了;既然知道活着比死了强,他就不敢跟我们打哈哈。"

刑警同学分析着,解释着,既有理论依据,也是经验之谈。而人家本没必要说这么多的,之所以不厌其烦,还是想让杜湘东放下心来。这个惺惺相惜的对手释放出来的善意,令杜湘东更加惭愧。然而他又摇了摇头,几乎是自言自语:"好像没那么简单。"

这就有点儿没眼力见儿了。同学正端起杯子喝啤酒,让杜湘东的话呛了一下,再把头抬起来,就成了一副好心被人当成驴肝肺的脸色:"杜湘东,你阴阳怪气的什么意思?刑警和预审专家都是傻子,就你聪明?那你说这案子该怎么办?犯人招出来的都是假话,我们就不要布控了,坐在办公室里守株待兔?"

"当然不是那个意思。"杜湘东赶紧摆手,"我只是想提醒你们,别把希望都寄托在这次抓捕上,要做两手准备,弄不好还得是多手准备……我和这俩犯人有过一些接触,我还去过姚斌彬他们家,根据我的了解……"

"你要真了解犯人,也不会让他们跑了。"同学冷冷打断杜湘东,把啤酒杯往桌上一蹾,"而且你还得弄明白,我们这是在给你擦屁股呢,轮不着你来教导我们。"

眼看对方不想谈下去,杜湘东也就没了话。事实上,他来找人家,不过是想探听一下案子的进展,聊以解解憋闷,如同在火车站丢了钱包的人总要去趟失物招领处。而要真让他出谋划策,他也说不出个所以然来。俩警察对着一桌子虾兵蟹将闷坐片刻,同学就说得走了,晚上还要加班呢。杜湘东也站起来,跟在人家屁股后面出了门。分手时,同学突然扶住摩托车,对他说:"杜湘东,你跟以前可真是不一样了。"

杜湘东无以作答,挤上公共汽车,回到刘芬芳家所在的宣武门内。天色已黑,胡同里的路灯有一多半儿都是憋的,使得杜湘东投在柏油路上的影子断断续续,还一阵一阵地发虚,好像一摊正被缓缓吸到地缝里的水。他又意识到自己虽然穿着警服,但没戴警帽没系腰带,再摸摸下巴,好几天都没刮脸了,拉拉杂杂地刺着毛儿。这要是碰上局里的纠察队,不把他通报单位才怪。刘芬芳和同学的感觉都没错,他可真是跟过去不一样了,变成了一个颓唐的、落拓的家伙。家有三两银,不当臭脚巡,这是老警察们对这份儿职业的自嘲,可他还不如个臭脚巡呢,连在城里看看西洋景的资格都没有,只配窝在郊县,懊恼着一个小疏忽酿成的大错。现在,他还得将错就错地前往未来的丈母娘家,去卖好儿,去提亲。

他甚而觉得自己把刘芬芳给骗了。

6

回到看守所,生活照旧:查监、扫除、点人头儿、写检查。检查不光要给自己写,还得替老吴和所长代笔。如今只要上面有人过问那起越狱案件,几位当事人就得奋笔疾书一番,而俩老同志被折腾烦了,干脆把这种差事都推给了杜湘东。他们的理由很简单:你是大学生嘛,写得比我们深入、全面、触及灵魂。乃至于连管辖之内的犯人也敢看不起他了。有一次训了郑三闯两句,老炮儿把眼一斜:"别把我逼急了,逼急了我也跑。"

所以再接到刑警同学的电话时,杜湘东真感觉对方递来了一根救命稻草。那天离上次进城已经过去了一个多月,他正在办公室里发愣,就听见天花板上的喇叭响了,有他的电话。杜湘东本以为是刘芬芳找他。刘芬芳和他虽然领了证,但没办婚礼,这是因为杜湘东没脸请领导和同事去喝喜酒。他觉得那简直像是给越狱的犯人摆庆功宴。刘芬芳自然不乐意,狠狠地犯了会子忧愁,进而没住几天就从郊县的婚房搬回了城里,于是俩人联系还得靠电话。然而杜湘东赶到管理科,从电话里听到的却是男人的声音:

"你这张乌鸦嘴,还真说中了。"

同学告诉他,从姚斌彬嘴里挖出消息后,刑警大队提前几天就调派人员前去蹲守,局里的领导向更大的领导保证,一定要把许文革就地抓获,清除首都治安的一大隐患。然而苦等了一个星期,连个人影也没见着。办案人员这才不得不反思情报是否可靠,而重新再审姚斌彬,他只答了一句:"不是成心想逗你们玩儿,是不编出点儿什么你们就不让我睡觉。"然后又死不开口,并且开始了新一轮的绝食。同学也才又想起了杜湘东的风凉话。

他问:"你猜到了姚斌彬不会供出许文革?"

杜湘东含糊道:"我那时也不确定……就是感觉这俩犯人跟别人不一样。"

"咱们当警察的,办案子可不能凭感觉,得靠证据。"同学仍不忘踩杜湘东一脚,但又问,"那你到底有什么感觉?"

杜湘东便把俩犯人在看守所里的情况大致讲了。结论是许文革护着姚斌彬,姚斌彬也会护着许文革,俩犯人之间的情义远比旁人想象得深。讲完又说:"姚斌彬他妈和许文革的感情也不一般。要抓许文革,不妨把她当成突破口。"

同学"咳"了一声:"你以为我们想不到?光我就找过那女人好几次。姚斌彬犟,多半儿是继承的他妈,他妈比他还犟——到现在都不相信儿子会犯罪,一口咬定这案子是冤假错案。后来了解到,这女人一直对厂子有成见,甚至对社会、对政府都憋着一口气,再加上前些年中了一次风,性情变得更加古怪,简直没法跟人打交道。"

杜湘东问:"对了,姚斌彬他爸呢?死了还是离了?"

同学说:"这事儿说来可就长了。姚斌彬一家其实都是厂里的人,他姥爷是五十年代的劳模,先给提拔了上去,后来又挨了整,病死在牛棚里了。留下一个女儿,年轻的时候挺漂亮,不少男的都对她有意思,闹得沸沸扬扬的。组织觉得老这么着也不是个事儿,就出面解决她的个人问题,动员她跟一个刚死了老婆的副书记结婚。这也是保护她的意思,毕竟她爸有政治污点嘛,找个依靠,也不至于抬不起头来了。不过咱们的组织你也知道,做动员跟下命令差不多,反而把她给逼急了,一气之下嫁了个附近村里的农民。至于以后的生活,那就别提了。她看不上丈夫,嫌人家脏,嫌人家没文化,可人家还嫌她臭讲究,嫌她不会干活儿呢。等到生下个姚斌彬,从小又是个药罐子,把她那点儿工资都贴补进去了,夫家在钱上也落不下好处,更觉得这婚结亏了。工农联合变成了三天两头打老婆,揪着头发从村头踹到村尾,旁边两只狗叼着鞋，打完了再从狗嘴里接过鞋，回厂医务室抹红药水。打了几年，终于离了，夫家索性连姚斌彬这个孩子都不认，因此姚斌彬有爹也相当于没爹。我们也去过村里，连他爸的人都找不着，说早到南方做生意去了。"

敢情刑警的调查工作要比杜湘东细致得多。闷了一会儿，杜湘东这才叹气似的"啊"了一声，刑警同学也把话题拉回到案子上："其实找你，是想让你替我们接触一下姚斌彬他妈，看能不能挖出什么信息。"

杜湘东说："有你们在，哪儿还需要我去。"

同学说："现在姚斌彬他妈的情绪已经很抵触了，前两次过去，她干脆连门都不让我们进。那是个爱走极端的人，我们很怕她像当年一样被逼急了，反而甘心当起了许文革的共犯。再盘点一下这案子的相关人，跟那女人打过交道的只有你，我们这边能信任的也只有你，所以这事儿非你莫属，你就别推托了。"

杜湘东沉默片刻，又问："你让我做这事儿，是私人帮忙，还是上级任务？"

同学笑了："完成了算你对得起上级，完不成也算你对得起我了，行了吧？"

说完没管杜湘东答应不答应，径自挂了电话。而杜湘东琢磨一番，心里不免打鼓：同学以为他和姚斌彬他妈说得上话，所以才来求助于他，可其实他仅仅去过人家家里一次，严格地说还是过门而不入。如果他再去，姚斌彬他妈会是什么态度还不好说呢。但既然打鼓，就说明杜湘东已经开始考虑这个任务了，并且还是认真地、不可遏止地考虑。这么一想，他对自己有些无可奈何，又隐隐生出一些期待来。

过了三两天，杜湘东便独自动了身。之所以耽搁了些时日，是因为想到姚斌彬他妈刚受到了警方的反复盘问，需要给她一点缓和情绪的空间。向所里请假时，他也只说要去帮刘芬芳家干力气活儿，而且特地没穿警服，换上了一身松松垮垮的便装。坐车来到六机厂，他没走正门，而是绕远路兜到家属院的那一侧。这里没人阻拦，进了锈迹斑斑的小铁门，便看见楼还是那几栋楼，垃圾还是那几堆垃圾，就连翻捡垃圾的也还是那个老太太，动作缓慢，目光阴鸷。找到了姚斌彬家，却见门紧闭着，油渍麻花的布帘子垂在门外。

他掀开帘子敲了敲门，半晌无声。又敲了敲，门里才有个女人问："谁？"

"是姚斌彬家吗？"

"干吗？"

"……我认识您儿子。"

屋里传来细碎的响动，当门锁咔嚓一声拧开时，已经是将近五分钟以后了。姚斌彬他妈从半开的门缝里露出脸来，居然还用蘸水的梳子拢过了头发。从刑警同学那儿，杜湘东知道这女人名叫崔丽珍。他叫了一声："崔阿姨。"

女人盯着杜湘东凝视片刻，突然说："你不是来过的那个警察嘛。"

"我……"

"你还帮我把暖壶灌上了。"

看来上次虽然走得匆忙，但姚斌彬他妈还是在走廊里看见了杜湘东。他惊异于这女人的记性——只一瞥，便认得了他的相貌。原先杜湘东还打算随机应变，冒充姚斌彬在社会上的朋友呢，如今只好窘了一窘，直说道："我是看守所的，负责过姚斌彬的工作。"

"那么你是杜管教？"

这话更让杜湘东发窘。女人解释，保卫科的胖子及其手下协助警方来"做工作"时，曾经提起过他。在那些人的描述中，杜湘东虽然一脸严肃，实际却是个心挺软的年轻人。女人面无表情地把他让进了屋，房间概貌尽收眼底：不到二十平方米的面积被一套带转角的三合板柜子分成两个部分，隔断外侧还算宽敞，摆着一床一桌，是姚斌彬他妈的起居室；隔断里侧就要局促得多，紧贴着柜体和墙角塞了一张比寻常单人床更窄的床，床上盖着报纸，估计是姚斌彬以前睡觉的地方。母子俩就住在这样的环境里。

既然无须自报家门，杜湘东便继续申明来意。他表示，虽然姚斌彬"犯了很严重的错误"，但他作为管教，仍是有责任关心犯人的。尤其是听说姚斌彬他妈卧病在床之后，他更感到"有必要来看看您"。上述说辞已经在杜湘东的心里排演了若干次，因此表述得并不虚套。而当姚斌彬他妈问起姚斌彬在"里面"的情况时，他的答复是"过得还行"，没怎么被人欺负，睡在宽敞的铺位，还吃到了大米饭和肉包子。当然，杜湘东隐瞒了姚斌彬的手受了伤，更隐瞒了姚斌彬哭着叫出的那一声"妈"。自始至终，他也没提一句许文革。

当他说完，便看见女人的脸上多了两行眼泪。对面的母亲却仍僵坐不动，连鼻翼也未曾翕动一下，整张脸像一幅旧照片。过了许久，她才点了点头："杜管教，谢谢您。"

"不能这么说，都是职责之内。"

"您想问什么就说吧。"

"许文革目前还在逃……"

"我没他的音信。这话我对刑警队的人说过，对你也只能这么说。俩孩子就算犯了盗窃罪和越狱罪，也不证明我会犯包庇罪吧。你要是不相信我，可以把我铐起来审问。"

虽然泪痕未干，但女人的声调已经淡漠了下来，还把撑在站立器上的手往前一伸。

杜湘东心知碰了钉子，讪讪地把眼睛挪向一边，便看见有扇纱窗的合页松脱了，已经松松垮垮地歪斜了下来。眼看天气就要变热，如果任由它这么坏着，屋里或者不能通风，或者就要飞满蚊蝇。仿佛是为了缓解尴尬，杜湘东转过身去，从书桌上的笔筒里拣了一只改锥，走到窗前修理起来。这不需要复杂的技术，但干起来也挺吃力，他必须踮着脚尖，高悬手腕，缓缓转动改锥，让螺丝更深入地咬进年久腐蚀的窗棂里去。这种活儿以前都是姚斌彬和许文革干的吧。总算让纱窗大致恢复了原样，当杜湘东甩甩发酸的手肘，就听见姚斌彬他妈再次开了口，语气里多了几分歉意："杜管教，真不好意思，帮不上你的忙。"

"本来也不该难为您。"杜湘东说，"不过我还想了解点儿别的。"

"您说。"

"我想知道……姚斌彬和许文革到底是什么样的人。"

姚斌彬他妈似是一愣，弯腰拉开抽屉，取出一把钥匙交到杜湘东手上。

7

从那个初夏开始，杜湘东的生活里多了一项内容，就是不定时地去探访姚斌彬他妈。去时所做的事儿，首先是照料女人的生活起居，洗衣晒被，买菜做饭。要是涉及不太方便的事情，比如洗澡和上厕所，那就只能请邻居的女同志来帮忙了——有空的多是一些老太太，颤颤巍巍地扶着颤颤巍巍的姚斌彬他妈前往公共卫生间。一旦人家表露出嫌麻烦的意思，这活儿就不能白干，杜湘东得偷偷塞给老太太几个钱。家属区的其他住户也认识了杜湘东。他们听说他是个管教，刚开始还会感叹两句"人民警察爱人民"乃至"人民罪犯人民爱"，也不知是在赞美还是揶揄。后来就成了见怪不怪，碰面时打个招呼"吃了吗""又来啦"，好像杜湘东是姚斌彬家的一个成员似的。

杜湘东这时会想，许文革来这个家时，会是怎样的状态呢？

而他固然不会把自己想象成许文革。他是来刺探许文革的。这个任务在姚斌彬他妈那儿得到了一定程度的实现。许文革的住处是单身宿舍里六个床位中的一个，床头贴了张通缉令，好像在提醒室友，这个逃犯会随时跑回来睡觉。姚斌彬他妈交给杜湘东的那把钥匙却对应着别处，是厂区外侧一排平房中的一间。那是厂子草创初期，第一批建设者们的临时住所，到了杜湘东前去调查时，房屋都敞着门，废弃着，唯有那间小屋门上挂了把锁。开门进去，别有洞天：里面并无家具，靠窗的亮处摆了一台小车床和一个工具箱，车床的电源是从墙外引过来的，工具箱里除了扳手、改锥，还有游标卡尺、焊枪以及形形色色杜湘东所不认识的家伙什儿。对面靠墙的那一侧，则堆放着更加琳琅满目的工业产品：缝纫机的机头、老式自鸣钟、只有后轮没有前轮的自行车、农田里灌溉用的小水泵……光笨重的话匣子就有三台。杜湘东抄起一台打开，居然能响，可以收听《新闻和报纸摘要》。

几乎是个小型维修车间。姚斌彬他妈告诉杜湘东，这俩孩子从小就爱摆弄机械。为了这个爱好，当妈的没少跟儿子置气，她认为姚斌彬应该考大学，出人头地。但也管不住，尤其是姚斌彬差几分高考落榜，顶班进了厂子之后，干脆和许文革把操练的场所搬到了这间平房，还凑钱买了一台老式车床，下了班就关起门来鼓捣，周末更是不分昼夜。他们的废寝忘食终于有了收益，不多久，竟能出去给人家干维修了，不仅收费不高，而且交活儿还快，绝不会像国营修理厂那样摆谱儿、拖工期。渐渐地闯出了名气，十里八乡有人慕名而来，这时厂子里却又有人看不过眼了。那些人的说法也有道理：姚斌彬和许文革的身份是国营工厂工人，工资是国家发的，技术也是国家教的，怎么能再去接私活儿挣外快呢？况且谁知道俩人给外面干活儿的时候，有没有偷偷用过国家的机油、齿轮？如果那样，性质就变了，就成了损公肥私。于是领导出面，谈话批评，勒令制止。俩孩子还不服，偷偷摸摸接着干，被发现后挨了处分，并且强调如果再犯就要开除。

讲这些事儿时，杜湘东正坐在姚斌彬他妈面前，再一次打量屋里的摆设。对于一个都有工资并且还能赚到外快的家庭而言，这个房间无疑是过于简陋了。他也被允许翻看过姚斌彬留下的私人物品，别说没有手表和蛤蟆镜这些时髦玩意儿，连衣服都有好多打着补丁。那么钱花在哪儿了？是吃了喝了，还是让许文革拿去讨好他的那个厂花女朋友了？可在姚斌彬他妈嘴里，"那俩孩子"又都是特别顾家的人，就连厂里发的夜班饭票都攒下来，每逢单月份的月底到服务社去换一桶豆油外加两条肥皂。

况且还有一台进口汽车发动机的案子呢，那玩意儿要能卖出去，可是一笔巨款。一切盗窃犯的动机当然都是弄钱，但弄钱的动机各有不同。姚斌彬和许文革是为了什么呢？

直拖到那年秋天，问题才有了答案。入夏以后，杜湘东就再没去过姚斌彬家，原因是那段日子北京有点儿乱，所有警察都得二十四小时待命。好容易熬到街面大致太平，杜湘东先到丈人家安顿一番，这才从城里坐上长途车，直接前往六机厂。下车绕过厂区，景象基本如常，不过家属院门口也设了岗，拦住没穿警服的杜湘东盘问了半天。幸亏保卫科的胖子巡查经过，打个哈哈就让他进去了。而来到几栋筒子楼中间，却见一辆锃光瓦亮的"皇冠"轿车停在空地上。这可是从未有过的情况，以前别说"皇冠"了，就连东欧产的"波罗乃兹"也没在这片宿舍里出现过。杜湘东心里咯噔了一下，站在车前观摩了好一会儿，弄得车里的司机也紧张地看着他，还嘀嘀按了两声喇叭。他正想转身离开，就听见一片喧闹，一群人从姚斌彬家所在的那幢筒子楼里拥了出来。走在前面的是两个中年男人，面色铁青，跟在后面的则是楼里的邻居，对着他们的背影指指戳戳。态度最激愤的是那个整日翻捡垃圾堆的老太太，她首如飞蓬，弓着驼背追上去，响亮地"呸"一声，被甩开后再紧追两步，又"呸"一声。伴随着"呸"，她还在振振有词地质问：

"这还让我怎么过？"

"你们算个屁领导。"

片刻追到车前，竟然一把搂住了其中一个男人的大腿，滚在地上不起来了。两位领导拉她不是，不拉她也不是，只好一边擦汗，一边探头向四下张望。恰好看见保卫科的胖子，他们像遇见了救星，大声招呼他过来"处理一下"。胖子不情愿地咂巴着嘴，跑过来硬拽开老太太的手，同时对领导们说："撤退，我掩护。"

领导们便钻进了"皇冠"轿车，砰砰关门，仓皇而去。群众却也不追穷寇，就连老太太都不再打滚，摇头叹气地和众人一起散了。空地上只剩下杜湘东与胖子两人，一时间尴尬地大眼瞪小眼。瞪了一会儿，杜湘东才问："刚才那是什么领导？"

胖子道："厂长和书记呗。"

杜湘东说："这是来干吗呀？"

胖子居然也"呸"了一声，说："还能干吗，打白条来了。"

不等杜湘东再问，他就喋喋不休起来：厂子一直受困于经营不善、市场疲软，尤其这两年，工资只能发一半，更要命的是连退休职工医药费都报销不出来了，只能先让本人垫付，再由厂里打个条子，意思是欠着。也集体找上面反映过，前一阵总算有了说法，所有欠款将预支一笔专款结清。大家翘首以盼，盼来的却是厂长和书记亲自登门，一边继续打白条，一边鼓励大家发扬工人阶级的先锋队精神，"再忍忍，忍忍就好了"。

"再忍忍就死啦，人一死，他们丫的倒是好了。"说到这里，胖子终于重新站队，帮着工人声讨起领导来。可惜面前只有杜湘东一个听众，他的正义感无法得到广泛的呼应。而这的确是以前从未听说过也从未想到过的情况。按说进了国家单位，生老病死都有国家兜着，敢情国家也有兜不住或者不想兜的时候。那么作为一个重病号、老病号，姚斌彬他妈的负担可想而知。俩孩子外加一个女人的收入，大概仅够维持生活的，要看病就得靠外快贴补，外快不让赚就只能铤而走险了。一条逻辑线索在杜湘东心里清晰起来。

上楼之前，他多问了一句："对了，刚才那辆车就是姚斌彬和许文革的……赃物吗？"

"那可不，厂里哪儿还有第二辆'皇冠'。"胖子说。

"不是说效益不好吗？"

"这情况就更复杂了。车本来是一个副局长的专车，放在厂里是要换几个零件，结果出了那档子事儿，被警察暂时扣下了。人家倒好，等不及，直接又配了一辆'公爵'，也是日本原装，这辆'皇冠'就作价卖给我们厂了。上级压下来，不买都不行……没准医疗费就是被挪用到这辆车上了。"胖子说完，对这个复杂的情况进行了简要的总结，"操。"

而等来到姚斌彬家，杜湘东便挑起了话头："刚才碰见厂长、书记了。"

接着问起欠条的事。那一刻，杜湘东感到自己实在有些冷酷。姚斌彬他妈叹了口气："其实也不是存心瞒你，而是不想让你知道，姚斌彬和许文革偷东西、从看守所逃跑……都是为了我。"她喉头一抖，带出了哭腔，眼里亮闪闪的，似乎又要落泪。

杜湘东说出一句更加冷酷的话："我是个警察，只管人犯没犯罪。至于为什么犯罪，我就是想管也管不了。"

姚斌彬他妈沉默半晌，说："杜管教，你是个好警察。"

这已经是第三次有人说他"好"了。但他这个"好"警察此刻的所作所为，都是在弥补一个对于他这种职业而言不可原谅的错误。到底什么算"好"，什么算"坏"呢？杜湘东意识到，在那些截然相反的概念之间，还存在着一个复杂的中间地带，而他和姚斌彬、许文革都被困在那里，似乎永远不能上岸了。这种处境几乎是令人绝望的。

他发呆，对面的女人也发呆。过了好久，杜湘东又听见姚斌彬他妈说："你是带着任务来的，这我知道。但我没法儿帮你完成任务，以后别为我耽误工夫了。"

杜湘东笑了："任务不任务的倒在其次。我来，就是想跟您说会儿话。"

姚斌彬他妈也笑了："人总得说话，不说太憋得慌。"

随后，女人言语绵密，好像从记忆里扯出了一根线头，一件事儿连着另一件。过去总说姚斌彬，今天她却说到了许文革。许文革他爸也是一名维修工，还是一名政治积极分子。那年头人们说积极也都积极，但或者是顺着集体惯性，或者是揣着点儿个人目的，偏他和众人不同，积极得十分虔诚。除了会上喊口号，他还自学马列，读的是汉译全本。工人文化低，有不明白的，总去请教一个上过"辅仁"的老工程师，也就是姚斌彬他姥爷。经过学习，他懂得了工人阶级挣脱的只是锁链，懂得了劳动必将成为人类的内在需要，也懂得了在首都北京建设工厂，不仅是为了带动全国工业大生产，更是为了在遥远的未来实现共产主义。所以当前全国劳模、那位老工程师被定性为本厂的"走资派"时，带头批判他的维修工当众痛哭流涕。他哭是因为惋惜：这个给他讲解过"必然王国"与"自由王国"之区别的人，怎么就糊里糊涂地站到历史的反面去了呢？可见自我改造和不断革命有多么重要。在此后的那些年里，维修工更加真挚地积极着，上面提倡劳动竞赛他就加班，上面鼓励造反他就组建战斗队。然而当激情的年头过去，上面又要整顿秩序了，责任又被一股脑算在了他的头上。处理还算轻的，无非也就是写检讨和"夹着尾巴做人"，但维修工想不通，不通则痛。终于有一天，厂里人发现他把自己吊在了车间的钢梁上。这就算畏罪自杀了。

维修工的老婆死得早，是干活儿时头磕在叉车的铲尖上撞死的。留下一个许文革，变成了野孩子。他住在父母的小平房，学也不上，成天打架，饿了就到食堂讨口吃的，要不就是捡点儿工地上的边角料卖钱。时间长了，厂里觉得是个祸害，有人提出把他送"工读"，而当时姚斌彬他妈刚离婚，带着姚斌彬搬回了厂里，看见许文革可怜，便说，权当姚斌彬多了个哥吧。她让许文革住进了自己家，找领导落实了许文革的抚养费，重新把他押回了学校。念到技校毕业，又是她出面敦促厂里落实政策，让许文革接了他爸的班。革命时期整人的和被整的，反倒相依为命过了这么多年。日子久了，人们渐渐把姚斌彬母子与许文革当作了一家人，只是在俩孩子出事儿之后才议论，没准儿是许文革把姚斌彬给带坏了。

"都是命。"女人总结说。

这话杜湘东也听许多人说过。人抗不过命，在这个大前提下，想不通的事情仿佛就有了解释。那么姚斌彬和许文革又该如何看待他们的偷窃、被捕、越狱、一个跑了另一个却被抓回来了的结局？对于这俩犯人，那一切也"都是命"吗？如果是这样，身陷囹圄的姚斌彬会羡慕许文革吗？逃脱在外的许文革会坦然地想起姚斌彬吗？这么想着，杜湘东已经从六机厂回到了看守所。天彻底黑了，苍穹笼罩在北京南部的平原之上，竟不显得深远，好像一层不透光的幕布，谁也不知道在它外面藏着什么。经过办公区时，他看见所长屋里还亮着灯，又想起自己外出了一天还没销假，便向楼里走去。

销假也就是露个面，而当杜湘东打完招呼，说句"没事儿先走了"，所长突然招招手，让他走近了些："还真有事儿……任务有点儿特殊，你恐怕得跑趟姚斌彬家。"

去看姚斌彬他妈的事儿，此时只有杜湘东自己知道，连刘芬芳都没告诉。当他听见所长这么说，嗓子忽然一紧，咽了口唾沫明知故问："去干吗？"

所长翻出一个牛皮纸袋，手指在上面敲了敲："判下来了。"

"怎么说的？"

"死刑，立即执行。"

这其实可以预料，只不过杜湘东从未主动往那个方向预料过。在那个年头，仅凭盗窃一项就送了命的犯人也有不少，何况还有越狱、抢枪。他再次明知故问："这么快?"

所长回答:"已经不快了,要不是他的事儿还涉及另一个在逃犯,上个月就判了。这阵儿社会上乱,上面强调要发挥震慑作用,专门点了几个未决犯的名,其中就有他。至于许文革,反正已经进入了通缉程序,估计也逃不了多久。"

接着向杜湘东交代任务内容,他就是个送信儿的。本来对于死刑犯,法院只需将判决书递交本人即可,并无传达到家属的义务,但出于人道主义,往往还是会安排人去告知一声。然而姚斌彬这案子又属于"从重从速",法院对他的家庭情况并不了解,加之最近忙得不可开交,所以就把善后的事儿推给了公安机关。假如杜湘东愿意,他可以在执行的当天去送姚斌彬一程,然后再去向姚斌彬他妈宣布结果,转述"可以外传的遗言"。而这项任务自然也有保密要求,那就是绝不能透露行刑的时间地点,以免引发意外。

领完任务,杜湘东在此后的几天就不能外出。所长也没再提此事,见面时还会故意聊些轻松的话题。一切如常,时间缓慢得有了凝滞感。到了出任务的那天早上,便用那辆"北京212"将杜湘东送到了市内一个级别更高的看守所,北京经过核准的死刑犯都关押在此。进入带电网的高墙,便看见囚车和负责行刑的武警早已严阵以待:既有神色镇定的老兵,也有面色煞白的年轻战士。人人手里握着一支上了刺刀的56式步枪,枪里只有一发子弹。这两天里,老兵一定已经对新兵进行了反复讲解以及示范,力争把那一枪打稳,打准,尤其要克服条件反射,不能在枪响的同时先往后跳——那会造成子弹偏离心脏,就必须得朝脑袋补枪了。听说看过补枪的人,这辈子都别想再吃鸡蛋炒西红柿。

对于死亡这事儿更加缺乏经验的,则是即将承受子弹的犯人。但当杜湘东被带进专门看押死刑犯的"小号"时,却没听见里面传出撕心裂肺的哭叫声。号房静悄悄的,仿佛里面的人正在收拾精神,攒足心力,等待着去展开一段不知路在何方的远行。来到最靠里的一间囚室门口,便看到了姚斌彬。他歪靠在墙角,也不抬头,在地面投下小小的影子。

杜湘东隔着栅栏叫了一声:"姚斌彬。"

姚斌彬这才缓缓仰起脸:"杜管教,你来了。"

声音平和,好像可以接受任何人来送他一程——这孩子算是明白叫"妈"也没用了。杜湘东硬逼着自己问:"你有什么话说?"

"没话。"姚斌彬继续平和地说,"我认罪,服法。"

"我是说……"杜湘东把脸往外扭了扭,又转回来,"我去过你家了,你妈挺好,吃喝都不愁,邻居也挺照应她的。我也问过你们厂的领导了,说你的事儿不会妨碍她的待遇……医药费的资金也快到位了，到时第一个解决的就是她。"

杜湘东感到自己正在进行拙劣的邀功。姚斌彬的嘴唇颤抖了起来，酷似鹿类的大眼睛闪了一闪。但那眼里终究没有眼泪，他说："杜管教，我不怨你……你不必为了我这么做。"

杜湘东一震，回答道："你怨不怨我，我都得把你抓回来，也都会去看你妈。"

"谢谢您。"

"需要我给你妈带什么话吗？"

"希望她把我给忘了。"

"还有许文革……假如我能见到他，你对他有什么说的？"

"希望他比我活得长。"

说完，姚斌彬站了起来，隔着铁门与杜湘东对视。那一刻，杜湘东只觉得姚斌彬的神态仿佛是在什么时候见过的：似笑非笑，坦然而又悲怆。这时囚室尽头传来了浩大而威严的脚步声，杜湘东和另外几位执行同样任务的工作人员不得不向后退开，看着武警依次打开铁门，把死刑犯们押了出来。今天执行枪决的共有七人，都是男的，姚斌彬的年纪最轻。

偏在这时，姚斌彬又做出了一个出人意料的举动：当他被两名武警架着往外走去时，忽然身子往下一坠，滑脱了箍住胳膊的手臂。武警还以为这犯人像此前的很多犯人一样崩溃了，昏厥了，但低头一看，却见姚斌彬蹲下身，从地上捡起一根麻绳，想要捆到右脚的裤腿上去。裤腿捆绳子，这也是死刑犯特有的待遇，目的是扎紧底下的漏口，免得到时候屎尿倾泻出来。而此刻，姚斌彬居然还能察觉到麻绳松了，居然还想把它重新扎上。他的赴死是多么镇定，又是多么心思缜密。他即使死了，也不愿意遭到收尸的人的嫌弃。

然而这点儿愿望实现起来又是如此困难：麻绳两次三番地被他用左手捡起来，又在捆绑的过程中从他的右手指间滑落。他有伤，右手大拇指无法起到支撑作用，只能用食指和中指勉强夹住绳头，颤颤巍巍地试图穿进左手扶稳的环扣里去。掉了又捡，捡了又掉，负责押送姚斌彬的两名武警也终于不耐烦起来。他们互相使了个眼色，同时弯腰，将胳膊重新插入姚斌彬的肋下，把他拎了起来。其中一个说："时候不早了。"

这时，杜湘东便走向了姚斌彬。他蹲下身去，捡起那条死蚯蚓似的麻绳，绕到姚斌彬的裤腿上，打了两个环，拉紧。做完这件事，他站起来，与对方对视了一眼。那一刻，姚斌彬的眼神仍是平和的，但杜湘东心中悚然，两耳轰鸣。

任务则在当天就完成了。杜湘东已经想不起姚斌彬他妈听到消息之后的反应了：她哭叫了吗，还是无声地落泪？抑或她连眼泪也没流，木然地接受了事实？时间仿佛在云里雾里滑了过去，而杜湘东之所以头脑恍惚，是因为他长久沉浸在震惊与疑惑之中。他自诩为一个大材小用的警察，却在最后一刻才发现，自己很可能漏掉了姚斌彬与许文革越狱案件中最为关键的细节。对于公安机关和法院而言，那也许是个无用的细节，无法挽回姚斌彬的死；但对于杜湘东本人而言，那个细节却解释了姚斌彬为什么会死。杜湘东的脑海中还长久地回旋着姚斌彬诡异的、似笑非笑的表情。这表情他曾见过两次，第一次是在逃跑事件发生的那天，当姚斌彬把枪扔到地上束手就擒的时候，第二次则是在今天。姚斌彬的表情、遗言以及所有举动都指向了杜湘东的推测——只是为时已晚。

然而杜湘东却不能把他的震惊与疑惑告诉姚斌彬他妈。他理智尚存，知道自己如果说了，那女人大概会疯掉。正如同他无法向姚斌彬他妈转述另一个场景：他坐着武警的军车，跟随姚斌彬赶往了刑场。那地方离市区不远，山清水秀，全然不像杀人的场所。面积不大的一圈院墙，门口的木牌只标注着"高法××工程"。囚车进去，后面的军车却在墙根停下。过了很久，枪才响了。不是依序而是几乎同时，那七枪里，有一枪是姚斌彬的。

这拨儿死刑犯的运气都不错，只响了一次，没人需要补枪。

8

此后，日子就变快了，快得像狗撵。经历了短暂的心情黯淡与惶然，在一日千里和一拥而上的本能作用之下，人们又迅速亢奋了起来。似乎只有杜湘东还在漫长地憋闷着。

憋闷遥无止境，然而有时反思，他的憋闷也和别人的亢奋一样，有着与以往那个时代不同的质地。假如一定要说出不同在哪儿，大约是从云端跌落回了地面，从抽象还原成了具体，从恢宏分解成了细碎。恰好杜湘东现在又不是个单身汉了，一切问题都必须要进行务实的考虑，因此他对于看守所管教这份儿职业的衡量，也从它能否在价值上实现自己，转移到了它能否在价钱上养活自己。但那些期望都落了空。经过所长的推荐，杜湘东本人一度也曾被列为提拔对象，却在最后一关被卡了下来——总会有人想起他的"污点"。由于他的失误，俩犯人越狱，如今一个被枪毙了，另一个依然在逃。

杜湘东和刘芬芳的婚姻生活也说不上幸福。过去想得没错，刘芬芳说到底是受到了八十年代情绪的蛊惑——嫁给追捕持枪逃犯的英雄，这烘托了她心里的浪漫。但几年过去，英雄永无翻身之日，浪漫成了一时糊涂，因此她的忧愁也像时代一样落地了，还原了。由于交通不便和家里事儿多，现在刘芬芳仍然城里乡下两头跑，平时住在宣武门内，到了双休日才坐上公共汽车来找一趟杜湘东。周末夫妻，小别重逢，按说是应该如胶似漆的，但刘芬芳往往一进门就冷着脸，略喝一口水，就开始抱怨。抱怨的内容包括她妈脑子糊涂，她爸是个甩手掌柜，她弟弟都是惹祸精，以及领导挑刺儿、同事使绊儿、单位的待遇越来越差，总之是抱怨自己命苦；还抱怨谁家买了吸尘器，谁家都快买车了，而她奔波几十里路却连黄"面的"都舍不得打，总之是抱怨杜湘东无能；乃至于以前从未留意过的细节也成了她抱怨的素材，比如杜湘东为什么吃饭要就辣椒酱，杜湘东为什么洗衣裳总是懒得搓干净，杜湘东为什么当初没挑靠操场的宿舍而是挑了靠农田的，所以晚上蚊子这么多——最后又都会形散神不散地归结为自己的命苦和杜湘东的无能。刘芬芳的抱怨无异于对生活的再发现，让她认识了另一个杜湘东，也让杜湘东认识了另一个刘芬芳。

有时杜湘东会怀疑：这还是那个爱看席慕蓉和三毛，能说出"可惜明天又和昨天一样"的刘芬芳吗？她当然还是，或者说，现在的刘芬芳也许才是真实的刘芬芳，但从另一个意义上，杜湘东却又无法确定地感受到刘芬芳的真实。刘芬芳抱怨得太投入了，常常抱怨到周末的晚上，就没有了和杜湘东过性生活的兴致；又或者刘芬芳虽然还愿意履行那点儿责任，但杜湘东被她抱怨得心灰意懒，从社会性的无能进入了生物性的无能，只好放弃了和刘芬芳过性生活的机会。一个难得能挨上肉的老婆，其真实性当然大打折扣。

不知是不是由于这个原因，他们几年都没怀上孩子。刘芬芳自然也把孩子问题列为抱怨的保留项目，杜湘东却对此不甚上心，甚至暗自里有几分庆幸。说来也是，以目前的条件，有了孩子又该怎么养，在哪儿养呢？再者，没有孩子尚且如此，一旦因为孩子而疼过累过，天知道刘芬芳还会生发出多少绵延不绝的抱怨，那样的话，杜湘东的脑袋就别想清静了，心情也别想踏实了。他现在觉得脑袋清静和心情踏实也成了一种奢侈。

在如今，他能够获得清静与踏实的地方，只有姚斌彬家。

隔一阵子就去看看姚斌彬他妈，这个习惯居然坚持了下来。去了先干活儿，俩人再说会儿话。这时也不说姚斌彬了，更不说许文革，聊的都是身边近况。厂里也开始推行"两不找"了，厂长和书记家的窗户都被工人砸了。还有些脑袋活络的人，不知怎么就富了起来。《新闻和报纸摘要》的口音没变吧？如今怎么广播里都是港台腔，哇哇哇，听取"哇"声一片。直说到太阳偏西，姚斌彬他妈眼里却含着一丝不知从何而来的温柔。这是一个孤立于时间之外的女人，然而时间到底还是给她留下了印记：她的头发大片地白了，皱纹愈发深刻，她的两腮凹陷，牙齿岌岌可危。有时杜湘东会恍惚觉得对面坐的是姚斌彬。这对母子太相像了，从长相到性格都像，如果姚斌彬能活到老，大概也是这般模样。

几年来，不时有通缉犯落网的新闻，有些听起来颇为传奇。比如有个悍匪改名更姓又和一个女警察结了婚，最后是被老婆在床上铐起来的。再比如有个贼头到外国整了容，又偷渡回来想看一眼孩子，结果孩子大喊有小偷，就被逮了个正着。而在一次又一次"清网"之后，许文革仍然音信全无。对于逃犯来说，这才是真正的传奇。他是怎么躲过那些"雪亮的眼睛"的？他如果离开了北京，又辗转去过哪些地方？难道他已经死了吗？

那些谜底露出一角，还是经由姚斌彬他妈。时间是在越狱事件之后的第六年，也是一个春天。礼拜五的晚上，杜湘东回到家，还没进屋就见灯亮着。打开门，刘芬芳已经坐在屋里，情绪似乎还不错，不仅挂着笑模样，而且做好了饭。桌上摆了一只砂锅，砂锅里热腾腾地漂浮着猪下水——大概又是从单位里"顺"的。

她一笑："先吃，吃完有事儿跟你商量。"

杜湘东有点儿含糊："要不先商量吧。"

刘芬芳说："不吃就凉了。你急什么，反正不是坏事。"

说完抄起勺子，给他盛下水。俩人就吃，吃时刘芬芳也没开展抱怨，笑吟吟地继续卖关子。等吃完，都有些肉醉，进而又有了肉欲，于是早早上床，先过了一回性生活。过时刘芬芳侧着脸，用仍然还有点儿像吉永小百合的那个角度朝向杜湘东，所以杜湘东就很激动，他觉得刘芬芳终究是恋着他的。

并排躺了会儿，杜湘东才问："到底商量什么？"

刘芬芳就说："我二姐从南方回来了。在外面漂了些年，她好歹还算有点儿人心，想补偿家里，尤其是想补偿我，所以就问到了你。她说如果你愿意过去，可以在她们那个德国公司干个物流部的小组长，工作也简单，带着人到码头点货收货就行。她还说你有学历，人也踏实，公司又在扩大规模，过了不几年保证升职。"

杜湘东还在含糊："你是说让我辞职？"

刘芬芳说："我已经替你——替咱们算计过了，你在看守所待着，什么时候是头儿啊？再熬几年就真熬老了，老了再后悔就晚了。还不如趁早过去，工资翻番儿不说，他们还给租城里的公寓。当初没解决的问题，这不就全不是问题了吗？"

杜湘东更含糊了："辞职不就得脱警服吗？"

刘芬芳进而咯咯笑了："铁饭碗不如金饭碗，何况你这还是个破饭碗。脱就脱呗。"

杜湘东说："让我琢磨琢磨？"

打着琢磨的名义拖过一夜，第二天，刘芬芳的脸色就变了。她的决策没有得到杜湘东的热烈响应，这让她感到他不识好歹，于是重新回到了抱怨的轨道上。抱怨的内容则紧紧围绕着杜湘东在看守所的穷、远和得不到提拔。说的都是事实，所以杜湘东理亏。而刘芬芳又摔摔打打起来，最后指着杜湘东的鼻子逼问："给句话行不行，你还是男的吗？"

杜湘东不但给不了一句话，甚而披上一件便装逃了出去。老婆一个礼拜才来一次，他却落荒而走，这要让所里的同事看见，谁知道他们会联想到什么。所以杜湘东贴着墙根，像尿急似的一路小跑出了看守所，来到那条荒凉的土路上。脑子还乱着，他只想清净一点儿，踏实一点儿。哪里才有清净和踏实呢？于是便坐上车，往姚斌彬家里来。

进门打声招呼，照旧扫地做饭。刚把粥摆上桌，却听见楼下嘀嘀按喇叭，还有人喊："各家取信取包裹了啊。"然后嚷嚷一串人名。原来是邮局的车来了。如今郊区的邮政条件也有所改善，换成了韭菜绿的微型面包车，不过仍是每周才来一趟，并且不管送信上门，只能下去自领。早先调查许文革的行踪时，刑警方面还专门问过邮局，得到的答复是姚斌彬家与外界并无信件往来。但此时，邮递员扯着嗓子又喊："崔丽珍，崔丽珍在不在？不在我可走啦。"

杜湘东抬头和女人对视一眼，说："您歇着，我去。"

说着拉开书桌抽屉，拿了证件。平时姚斌彬他妈上医院取药和到厂里领补助，只要赶上杜湘东在，也常由他代劳，所以放证件的地方他也熟。三步两步下楼，对已经很不耐烦的邮递员出示了两人的身份证，说明"代领"，便从人家手里接过了一张汇款单。汇款人写着叫"刘春粟"，汇款地址是山西某县某乡邮局，汇款金额是三千块钱。

杜湘东的脑子"嗡"了一声。他竭力平复呼吸，掏出警察证，在对方眼前一晃："特殊情况，崔丽珍有汇款这事儿，别再告诉别人，明白了吗？"

对方的脸就白了，忙不迭地点头。杜湘东转身回去，以镇定的姿态上楼，来到姚斌彬家门前，听见自己的心跳似乎过于响亮，又闭眼喘了两口长气，这才推门进屋。

他对姚斌彬他妈笑道："他们看错了，不是找您的。厂子里还有别人姓崔吧？"

女人似乎凝视了他片刻，又似乎随口应道："哦。"

也不知这个谎话编得圆不圆，但杜湘东背上已经冒了冷汗。这个中午仿佛比任何一个中午都要缓慢，直熬到两点多钟，姚斌彬他妈要午睡了，他才起身告辞。出了筒子楼，杜湘东两腿裹风，奔向最近的公用电话。他是要打给刑警队的同学。以前来姚斌彬家，契机是同学交代了一个任务，所以总得时不常地就这个任务的进展做一下汇报。过了这么久，案子成了悬案，同学也从警员升了探长，双方汇报和听取汇报的兴致便渐渐地淡了下去，尤其这两年，几乎音信不通。说到底，他们的性格还是有点儿"犯冲"。然而今天这张汇款单却让杜湘东重新想起了那个任务，他必须得找人商量对策。

刑警队周末也有人值班，但电话打到办公室，同学却不在。杜湘东便又打同学的传呼，号码还是刚普及BP机的时候对方给的。挂了电话就蹲在马路牙子上，那副样子像个焦急地等着领工资的农民工。直等了将近一个小时，电话才响起来。

同学还是傲慢的语调，和当年一样："你找我？少见呀。"

杜湘东没顾得上客气，低声说："那事儿有消息了。"

"哪事儿？"

"还能哪事儿，许文革呀。"

"哦哦，许文革。"同学俨然已经忘了，在杜湘东的提醒下才想起来。

杜湘东便把情况说了。他分析，姚斌彬他妈常年独居，除了和他自己，并未与机械厂以外的人有过联系，那么有谁会专门给她汇款，而且还不是一笔小钱呢？极有可能是在逃的许文革。又从汇款的时间和地点上推测，如果真是许文革，那么他目前八成还流窜在山西省大同地区，定位具体到乡镇一级。说这话时，杜湘东嗓音颤抖，伴随着咳嗽，仿佛被"逃犯""流窜"等字眼儿呛着了。

没等他理顺调门儿，同学就截断了他："知道了。"

那种轻描淡写的口气让杜湘东有点儿犯蒙："你们准备怎么办？"

"照章办。我会把你的线索转到'追逃办'，再由他们那边联系当地公安局。"

杜湘东叫起来："那怎么行？别人不知道你还不知道吗？许文革比一般逃犯有脑子，反侦查能力极强，所以才会通缉了这么多年都没抓到。而且基层的警力、装备都和北京比不了，说句不好听的，办案也没那么专业，如果这事儿还走常规程序，没准儿又会让犯人跑掉。跑了再抓可就难了。"

同学反问："那你说怎么办？"

杜湘东说："当然是从北京派人，最好你带队，立即去。到了地方暗中排查，慢慢收网，还得多做几种预案……"

"哟，你也知道人跑了就难抓了呀。"同学阴阳怪气地"刺儿"了一句，随后叹了一声，话竟说得难得地诚恳起来，"可你知不知道我们现在是什么工作状态，知不知道许文革那案子之后北京又出了多少事儿多大的事儿？前两天的报纸你也看了吧？七个外地女孩儿住在一套单元房里，一夜之间全让人捅死了，肠子绞在一块儿都分不清楚哪段儿是哪个人的了。为了这案子，我已经带人蹲了半个月，两天两宿都没合过眼——我们哪儿有人手奔到外地明察暗访？哪儿有工夫兴师动众地对付一个几年没音信的许文革？况且现在还不确定那到底是不是许文革，你不也只说了'可能是'吗？"

"那这陈年旧案就没人管了？"

同学嗳嚅了一下："我要再说什么'天网恢恢'那是糊弄你，咱们警察跟警察之间，就别来那一套了。我只希望你能理解我们——时过境迁，这世道变得太快。姚斌彬和许文革那案子，主管领导早调走了，案子的意义也跟当年不一样了。当年有当年的重中之重，现在有现在的当务之急。人都活在现在，能顾得上的也只有现在，对吧？"

"……对。"

"那我先忙。"

杜湘东挂了电话，木然半晌，突然朝面前的砖墙擂了一拳。墙纹丝不动，手却戳得生疼。

他脸色阴沉地坐车回家，到家时已近傍晚，宿舍楼都亮着灯，只有他家黑着。本以为刘芬芳负气走了，"回北京"了，开门进去，却见她还在，只是歪在床上不理人。俩人也没了做饭的兴致，到食堂随便打一口吃了，又发了会子闷，说声"睡吧"，就铺床躺了上去。躺着什么也不干，各自望向深邃的天花板。发呆很久，刘芬芳才开口："琢磨得怎么样了？"

说的还是辞职的事儿。杜湘东实事求是地回答："没怎么琢磨。"

刘芬芳说："那你想什么去了？这都一天了。"

杜湘东说："想个案子。"

刘芬芳说："什么案子？"

杜湘东说："好多年前，那俩犯人逃跑的案子。"

刘芬芳说："我记得。跑了俩，你追回来一个带枪的。你当时知不知道他带着枪？"

杜湘东说："知道。枪丢了，我只能先追那个带枪的。"

刘芬芳说："你没想过可能会牺牲？"

杜湘东说："当时那么急，哪儿想得到这个。"

刘芬芳说："那你就没想到我？"

杜湘东说："那时你不都要跟我掰了嘛。"

刘芬芳就扑哧一笑，笑完又说："你也算对得起这身警服了。辞不辞职，现在你得给我个说法。我二姐说了，她们那边急，时间不等人。"

杜湘东便也沉默。片刻道："不去了。我干不了别的。"

说这话时，杜湘东似乎并不为难，然而话刚出口，心里还是一痛：这意味着他失去了一个"机会"，也意味着他和刘芬芳还得无限期地穷着，分居着。他又想起了下午与刑警同学的对话。人家不仅是在解释案子跟踪不下去的原因，更相当于在世界观的层面上启迪他，教育他。人都活在现在，能顾得上的也只有现在。而"现在"

又是一个飞驰的、稍纵即逝的概念,一旦被甩下,就可能永远也抓不住了。这个道理同学懂,刘芬芳懂,他们这个时代的所有人几乎都懂,好像只有杜湘东一个人不懂似的。

然而心里的坎儿终究迈不过去。杜湘东的思绪飘浮,又回到了多年以前的另一个下午。在那天,姚斌彬入土为安。一个大活人被抓进去,回来的只有一捧骨灰,墓地上立上一块仅注明生卒年份的水泥碑。姚斌彬生于一九六八,死于一九八九,年二十一。刚入土的人,按理是该祭一祭的,姚斌彬他妈却没带着水果点心。她在坟前伏了片刻,从怀里摸出一沓纸来,划了根火柴将它们点燃。日光明媚,看不见火,只有一条黑色的痕迹在纸上不紧不慢地啃食。烧的是厂里给打的医药费欠条,都盖着大红章。姚斌彬挣的外快都变成了欠条,现在把欠条烧给他,这里面似乎蕴含着不可言喻的公道。

旧账一笔勾销,姚斌彬他妈都对杜湘东回头笑了:"杜管教,你放心,姚彬斌是为我死的,我就算是为了他也得活着。"于是她活到了今天。

想到这里,杜湘东的心便安宁下来,像深不见底的夜空。愧疚感还是存在的,说一千道一万,只是苦了刘芬芳。而令他纳闷的是,当他已经做好准备承受刘芬芳的抱怨乃至咒骂时,刘芬芳偏又不作声了。她静静地躺在他身边,与他保持着谨慎的距离,连呼吸都是若有若无的。她睡着了吗?当然没有。她正在和他一样睁眼看天。

俩人干巴巴地躺了一宿。天快亮了,刘芬芳的语言能力才得以恢复。她说:"杜湘东,你还不如那俩犯人。犯人还知道跑,你连跑都不敢跑。"

9

那天中午送走刘芬芳以后,杜湘东出了趟远门。

他对单位编造的理由是"姨病危甥速归",所长批得很痛快,并未深究他妈有没有姐妹。临动身前,办公室的电话却响了。这两年看守所各部门都装了座机,不用大喇叭喊人了。杜湘东拿起听筒,打来电话的是刑警同学。听到那个略显傲慢又略显疲惫的声音,他却并不感到意外,好像早料到同学会唱上这么一出似的。

同学劈头就问:"杜湘东,你还在北京呀?"

杜湘东就笑了,告诉同学:"正准备出门。"

"去大同?"

"对。"

同学"哼"了一声,仿佛也早料到了杜湘东要唱哪一出,接着道:"幸亏这个电话打得及时……我只问一句,你非得去吗?"

杜湘东继续笑道："假都开好了，也不能浪费呀。"

同学又"哼"一声："你要不是这个脾气，咱们当初也不会较劲。那行，就看在较过劲的分上，我索性再为你犯一回忌。你到了地方，先去找个人，这人办案子也是老手，以前查一起跨省抢劫案的时候，我跟他共过事儿。"

说着强令杜湘东拿出纸笔，记录要找的人的地址、电话。杜湘东听完，先诧异了一下：怎么就是个交管局收发室的接待员？在警察的序列里，这种身份简直比看守所管教还不如。同学解释，其实此人过去也是刑警，只不过前两年"摊上点儿事"，就被冷处理了："再说你又不是领了钦命出京暗访，难道还得给你找俩特警当跟班儿吗？也不掂量掂量自己的斤两。总之有个'地头蛇'带着，要比一个人瞎跑乱撞强得多。"

听着同学夹枪带棒的贬损，杜湘东心里却是一暖。有时越是关系别扭的人，反而越比朋友懂得自己。带着对刑警同学的感念，以及对那位并不存在的姨的内疚，他在郊县的车站上了火车。车厢里人满为患，充斥着霉味儿、屁味儿和烧鸡味儿，颠簸了半个白天外加一个晚上，凌晨才抵达大同。杜湘东几乎一夜没睡，但也不敢歇脚，立刻去给同学介绍的人打电话。和所有单位的传达室一样，那里值班的也是一个老头儿。而此地人虽然也说北方话，口音却含混不清，说不明白就反问："咋？"

人家"咋"，他也"咋"，好容易讲清来意，老头儿说他要找的人还没上班，让他等着。杜湘东再三强调自己就在火车站的钟楼下，然后撂下背包，盘腿一坐。这一坐，困劲儿便泛滥上来，令人支撑不住，不知不觉迷糊了一觉。睡也睡不踏实，如同被吊在了钟摆上，一会儿滑到亮的地方，一会儿滑到暗的地方。他能够清晰地听见候车厅里有人大喊大叫，大概是丢了东西；断断续续地又做了个奇怪的梦，梦见自己才是逃犯，正在慌不择路地躲避追捕。将这两种意象拼在一处，却又衍生出了新的意象——那是小时候听过的一个笑话，讲的是一个捕快押着犯了事的和尚去见官，路上和尚跑了，临走前还把捕快剃了个光头。捕快醒来，总觉得少了点儿什么，摸摸行李棍棒牒文都在，那么和尚呢？一摸脑袋，原来和尚在这里。可他又想：既然和尚在，"我"又去哪儿了？

哦，原来"我"就是和尚。捕快想。

这得是个多笨的捕快啊。警察杜湘东想。

睁开眼，心中若有所失，几乎下意识地想摸一摸自己的头。再仰望头顶的大钟，已经过了中午十一点，要等的人却还没出现。难道同学托付的人并不靠谱？正在急躁，面前就晃出一个人来，长得瘦而高，红脸驼背，一身警服脏兮兮的，好像一只蹦跶在土里的大虾米。大虾米般的警察不紧不慢地与杜湘东核对身份，然后绽开笑容,脸像干旱的土地咔然开裂:"北京同志,您不用到得那么早,坐下午那趟车也是一样的。"

杜湘东按捺不住愠怒:"你们几点上班?"

大虾米般的警察坦然地回答:"他们八点,我不固定。"

说完就带杜湘东去吃饭,吃的是一种名叫"栲栳栳"的面食:将莜面盘成细密的卷儿,放在笼屉上蒸熟,再佐以三四种汤料蘸着吃。从早上就水米没打牙,杜湘东已经饿坏了,狼吞虎咽地送下去几笼。然后他略喘几口气,催着赶紧动身。

大虾米般的警察问:"去哪儿?"

杜湘东说:"当然是镇上。我看过地图,那里离城里还有二百多公里……"

大虾米般的警察又问:"到镇上干吗?"

杜湘东差点儿又急了:"我手里有个汇款单,汇款地址是……"

大虾米般的警察打断他:"你要找个刘春粟对吧?这我知道,另一个北京同志已经讲过了。既然有汇款单,就得先到邮局核查一下,不过你以为乡下的邮局说查就给你查?你有介绍信吗?你有搜查证吗?现在基层办案也讲规范,或者说,只要人家嫌麻烦,就可以拿这些规范把你挡回去。所以这事还得在城里办。"

"那就办呀。"

"你还真急。"

杜湘东坚持付账,大虾米般的警察也不推辞。出了饭铺,坐车前往市中心的邮电局,径直来到办事大厅后面的办公室,由大虾米般的警察出面和一个干部交涉。双方明显认识,口音都像舌头底下压了个鸡蛋,只有一个"唖"说得清晰而嘹亮。啧啧有声半响,干部虽然面露难色,但还是给镇邮电所打了个电话,请那边的办事员协助"处理一下"。在电话里,镇上的邮政人员表示,底单倒是有,查也能查,只不过查起来颇费时间。杜湘东他们只好等着,大虾米般的警察便熟门熟路地沏茶倒水,和干部聊天扯淡。耗了一会儿,他又转头问杜湘东,反正等着也是等着,要不要找个洗澡的地方搓一搓去。

干部也附和:"是呀,越往下面效率越低,不知道什么时候有回音。"

杜湘东坚决地说:"我是来办事的,又不是来洗澡的。"

这种态度几乎是故意做给大虾米般的警察看的。后者只好又让干部给镇邮电所打电话,再次敦促,以示郑重。杜湘东几乎能想象那个倒霉的办事员叫苦不迭的模样,却又怀疑人家压根儿没理他们这茬儿。足足等了两个小时有余,电话总算响了。抢在邮政干部和大虾米般的警察之前,杜湘东一把抓过电话。

果然是镇邮政所的办事员:"找着了,还真有个刘春粟。"

杜湘东心头一亮，问："身份证显示是哪里人？"

办事员说："河南新乡。"

杜湘东又问："这个刘春粟长什么样，是不是大高个儿，有棱有角的？"

办事员苦笑道："您这就为难我了，我是管寄信的，又不是管相面的。自从私营老板到我们这里开了煤矿，来汇款的矿工特别多，我怎么可能每个都记清楚。"

"你确定他是矿工？"

"我们这地方鸟不拉屎，除了矿上，哪还有别处招工。"

"煤矿离镇上远吗？"

"说远也不远，望山跑死马，而且不通车。"

杜湘东不厌其烦，接着打听煤矿的基本情况，诸如老板是谁、雇了多少人和作息时间，等等。办事员的耐心终于被耗尽，大概又有人过来办事，浮皮潦草地搪塞两句，咣的一声就挂了电话。带着几分踌躇满志的神色，杜湘东转过头来，把大虾米般的警察拉到屋外。他宣布立刻动身，前往矿上，而对方如果嫌远嫌累，那就大可不必跟他同行了。反正帮他找到这条线索，也算履行了同学所托。

大虾米般的警察却又笑了："北京同志，你怎么去？"

"当然是坐长途车……到了镇上再想办法，找不到车就走着去。"

"真有劲头。那么到了矿上，你又打算怎么办？"

这就让杜湘东含糊了。如果前往的是国营煤矿，他可以像当初在六机厂一样联系保卫科，再对矿上的工人展开排查，但私营煤矿却是另一套架构，在雇佣与被雇佣的关系中，下面的人只对老板负责，跟他这种"吃官儿饭的"并不在同一条战线。又早就听说开矿的人常和黑道有瓜葛，万一有了摩擦，他可没有三言两语唬住对方的把握。

于是他只好说："走一步算一步。"

大虾米般的警察挤了挤眼："走一步算一步，那就是没计划。咱们都是当警察的，你的水平肯定比我高，应该知道行动之前最怕没计划。你着急我理解，但万一出了差池，事情办得成办不成另说，要是让你这个北京同志面临危险，我们地方上可担不起责任。"

话说得虽然软，却像个老警察在教诲后辈。杜湘东反问："这么说你有计划？"

"帮人总得帮到底嘛。据我所知，开矿的老板平时不去矿上，他们不是在大同就是在省里，就连住在北京的都有。所以咱们还是先洗澡吧，边洗边找人聊聊。"

几乎连哄带诓，杜湘东被对方拉上了出租车，三拐两拐开进一家不仅在大同，就是在北京也称得上豪华的宾馆院内。主楼侧面开着一家洗浴城，车停在旋转门前，早有服务员上前鞠躬。跟着大虾米般的警察走进大堂,杜湘东看了一眼价目表,正在暗自掂量身上的现金够不够支付两张门票,大虾米般的警察却相当轻浮地对一个经理模样的女人吹了声口哨,那女人就笑着迎上来,打了个哈哈又亲自对后面喊:"贵宾两位。"

可见大虾米般的警察对这里熟门熟路,熟到了穿着警服进来也大摇大摆的地步。而他不避讳,人家却避讳,里面的服务员送了浴衣过来:"您赶紧换上,要不都不方便。"

大虾米般的警察一瞪眼:"我今天又不是来扫黄的。"

说完笑嘻嘻地脱了个精光,喊杜湘东一起进去。杜湘东却摇头,径自坐在了长条沙发里。他也不是恪守"一针一线"之类的原则,而是想着既然来这儿也和行动有关,既然行动就有出现突发状况的可能,那么他可不愿意赤裸着应对状况。难道线人跑了,他也得光着追到街上去吗?而大虾米般的警察也不多劝,似乎嗤笑两声,搭了条毛巾就进去了。休息室隔壁的浴池哗哗流水,还伴随着噼里啪啦的敲背声,几个男人舒服得直哼哼。

片刻,就有一个满胳膊刺青、挂了根金链子的汉子急匆匆地从里往外跑,后面传来了大虾米般的警察的暴喝:"敢跑就别让我再见着你。"

吼得声如洪钟,四面八方都是回音。杜湘东条件反射地跳起来,却见金链汉子原地定住,脸上浮现出半哭半笑的表情,慢慢转身,夹着屁股走了回去。浴池仍然哗哗流水,噼里啪啦乱响,几个男人直哼哼。一会儿,大虾米般的警察走出来,腰间扎条浴巾,手里还拿着一部砖头似的大哥大。他已经被搓得浑身又红又亮,这时就不像是一只在土里蹦跶的大虾米,而像是一只刚出锅的大虾米了。他对杜湘东说:"问清煤矿是谁开的了。也挺巧,那人就在大同,晚上还要到这里招待客人,咱们等着就行。"

说完穿上裤衩,披上浴衣,招呼服务员到楼上开个房间。楼上又是另一番天地:灯光是粉红的,窄小的走廊铺着地毯,两侧排列着十几个紧闭的房门,门里也传出噼里啪啦的声音,但就不只是男人在哼哼了。身处这样的环境,杜湘东自然觉得不自在,不自在却又来自于某种难言的躁动,于是只好用加倍的刻板和严肃来对抗躁动。好在服务员也算识相,进屋以后并没给他们推荐什么"服务",只是端来了满满一托盘啤酒、饮料和点心。大虾米般的警察开吃开喝,间或耳朵贴墙,听隔壁房间的动静,还给人加油:"使劲,使劲。"然后又拿起大哥大,开始打电话,拨的都是长途,不是陕西战友就是内蒙古同行,通话内容主要是感谢人家的帮忙,说他虽然被"靠边站",但托大家的福,总算没有丢掉公职;又说老婆在太原过得挺好,女儿还进了省里的重点学校。碎碎叨叨,颠三倒四。

聊够了，递给杜湘东："你也给家打一个？免费的。"

杜湘东又摇头。他并没有告诉刘芬芳自己出门了，所以不知道该和她说什么，更不知道该在这种地方和她说什么。枯坐着更加难受，只好打开房间里的电视。却没有中央台和地方台，只有宾馆的闭路，放的香港三级片，大概是助兴之用。今天这部偏巧是破案题材，讲的是一皇家警察正在调查一起连环强奸案，查得非常卖力，每遇到一个女证人就跟人家干一把，干爽了才能得到线索；另一边，那个强奸犯也在卖力地干着，干爽了就留下一条线索；俩人从铜锣湾干到尖沙咀，最后终归是邪不压正：

"你有权保持沉默，但你所说的每一句话都将成为呈堂证供。"

杜湘东惊异于自己居然把这部片子看完了，甚而身体还有了比较强烈的反应。他只好侧了侧身子，扯过被角盖住大腿。而俩男人分坐在双人床的两端，沉默地、目不转睛地看着黄色录像，这个景象实在有些荒谬。好在没过一会儿，电话响了，大哥大的主人，就是那个戴金链的线人通知他们，煤矿老板已经洗浴完毕，上三楼了。

大虾米般的警察立刻弹起来，杜湘东也起身，一对临时结成的搭档硬邦邦地展开行动。他们穿过走廊，对楼梯口的服务员做了个"封口"的手势，然后三步并作两步爬了上去。三楼与二楼又有不同：一个宽阔的、空空荡荡的大厅灯火辉煌，中间有张八仙桌，已经摆了几样凉菜；大厅尽头紧闭着一扇雕花仿古双开木门。无疑，要找的人就在里面。走到门前，大虾米般的警察低声说："该下狠手就下狠手，那是个老油条，先得把他镇住。"

说这话时，全没了方才的懒散，眼里还流露出一丝杀气。这神态令杜湘东心里一惊，接着就见大虾米般的警察退后两步，道袍似的浴衣底下伸出一条白腿，一脚踹脱了门锁。露出来的是一个装修得古香古色的包间，居中的硬木条案上摆着一套工夫茶具，一个戴眼镜的男人正给一个秃顶男人斟茶。看见杜湘东他们进来，屋里的两个男人并不惊慌，秃顶男人两手在胸前一抱，抬头看天，一副事不关己的模样，戴眼镜的男人低喝了一声："人呢？"

人就从大门里侧的一扇小门里拥了出来，五六条汉子，都穿着清一色的黑西服。杜湘东拧了下身子，让朝他来的那条汉子扑了个空，然后脚下使绊儿将其放倒，凌空扣住对方手腕，顺势一掰一扭，猪腿般粗壮的胳膊就脱了臼。这种人身上都是带着凶器的吧，往腰间一摸，果然搜出一柄匕首——他反手握住，却不顾及其他人，几步冲过包间，一个腾跃跨过条案，一把按住戴眼镜的男人的肩膀，刀尖顶在他脖颈的大动脉上。一气呵成，只用了不到五秒钟。痛快，说不出的痛快。多年过去，他依然是一身本事一身胆量，只可惜实战的机会来得太晚。杜湘东几乎想要照搬警匪片里的那句台词了：你有权……呈堂证供。

但话轮不着他说。大虾米般的警察吼出一句更加俗套的台词："都他妈别动，警察。"说完抖了抖肉隐肉现的浴衣，过去一屁股坐在了沙发上，伸手揽住戴眼镜的男人。后者长得斯斯文文的，看起来像个中学教师，身处刀锋之下却连眼都不眨，还从桌上抽了几张餐巾纸，仔细把溅出来的茶水擦干净了。可见类似的场面，人家司空见惯。当然，茶是没必要再喝了，他僵着脖子，朝秃顶男人拱了拱手："对不住，咱们改天再谈。"

秃顶男人不动，征询地望向大虾米般的警察："真是警察？我什么也没干，就喝了口茶。"

大虾米般的警察说："您茶都没喝。我们不是找您的，也没看见您。"

秃顶男人这才起身，对戴眼镜的男人撂下一句："再有这种事，我可不敢跟你谈了。"

说完不看人，迈着方步往外就走。这又是哪个级别哪个机关的领导呢？杜湘东却明白，还是别管那么多的好。他来，是为了许文革，没必要再生枝节。而秃顶男人留下的话却让戴眼镜的男人脸上挂不住了，他相当有气魄地拍了下大腿，对大虾米般的警察说："你们是市局的还是省厅的？别管是哪的，我都认识……"

大虾米般的警察打断他："不是我找你。这位是北京的。"

戴眼镜的男人这才看向杜湘东，嗯了一声，挥了挥手，让黑西服汉子们退出去，把地上的那个也拖了出去。然后用两根手指敲敲刀背："有事说事吧。"

杜湘东便放下刀，和大虾米般的警察一左一右夹着这人，先问清镇上的煤矿确实是他开的，然后表示他们只是想到矿上寻个人。戴眼镜的男人问找什么人，杜湘东略微迟疑，和大虾米般的警察交换了一下眼神，说出了"刘春粟"三个字。

戴眼镜的男人一愣："他们家人把事情捅到北京了？还有完没完？我不是给钱了吗？"

说得杜湘东也一愣："你知道有个刘春粟？"

戴眼镜的男人说："当然知道，这人死了。不死我哪里记得他。"

杜湘东又一哆嗦："死了？什么时候死的？怎么死的？"

戴眼镜的男人说："两个月以前。塌方了，压在井下了。"

然后这人的表情反而坦然了，轻松了。他站起来，舒活了一下筋骨，接着侧过身去，从沙发背后拿出一只皮包来，又从里面掏出两捆钱，敦敦实实地摔在桌面上。刚从银行取出来的新钱，纸条还封着呢，每捆一万。

杜湘东问："你要干吗？"

戴眼镜的男人歪头想了想，又扔了一捆，然后说："北京同志，还有这位警察大哥，这是个私密地方，咱们也把话说敞亮了吧。你们领了什么人的指示来找刘春粟，我一概不知，也不想多问。不过有人盯着我，想'坏'我的生意，这我是清楚的。那个刘春粟确实死了,当初我看过尸体,还亲自和他家里人签了赔偿协议,从法律上说,这桩事情已经结束了,所以我也希望别的事情能在你们这里结束。这些钱是小意思,等到北京同志离开大同,我还可以如数再给你们一份。生意人讲究的是和气生财,但你们也不要以为我怕事。要是真撕破脸,不只你们,恐怕你们上面的人也麻烦。谁要让我头疼,我也会让他头疼。"

说完不再看人,摘了眼镜往沙发上一靠,仿佛在闭目养神。两个警察隔着戴眼镜的男人对视一眼,又把目光挪向了桌面,在那钱上蜻蜓点水般地跳了几跳。随后,三尊人像都活动起来。杜湘东和大虾米般的警察身上劲道一松,分别靠向了椅背,还一左一右地跷起了二郎腿。戴眼镜的男人反而坐直了,两手撑在膝盖上,往左看看,又往右看看。他的脸上浮出了笑,大概认为已经给了两位警察充分考虑的时间,接下来就可以进入谈生意的氛围了。他不紧不慢地拎起茶壶,给二人倒茶,同时问:"怎么样?"

大虾米般的警察先开口:"要不是北京同志在,我这警察不干了也得废了你。"

话音不大,杀气毕露。戴眼镜的男人一哆嗦,茶水又溅了一桌子。他刚撑起来的气势转瞬被打了下去,扭脸去寻杜湘东。

杜湘东的回答却温和得多:"你的意思我理解。"

戴眼镜的男人赶紧说:"理解万岁。"

杜湘东却又说:"不过也请给我们行个方便,毕竟要对上面交代。"

戴眼镜的男人唯唯应道:"与人方便,自己方便。"

然后,他探身将钱摞成一块方砖,往出送也不是,往回拿也不是。杜湘东突然意识到,自己活了这么多年,还是头一回见到这么多的现钱。感慨完,他便把手放在钱上,慢慢往戴眼镜的男人身前推了推:"我们也得对自己有个交代。"

10

那天到了矿上,就是入夜以后了。

路上倒不辛苦,并未像杜湘东宣称过的那样,先坐长途车再靠两条腿翻山越岭。他们的交通工具是停在宾馆门口的一辆奔驰车,在那个年代被称为"虎头奔"。戴眼镜的男人没去,开车的是他的司机,也即诸多黑西装汉子中的一名。既然答应了刘春粟的事情到此为止,那么对方也必须配合他"到矿上看看"的要求,这是杜湘东和那位"很讲道理"的煤矿老板达成的协议。此时杜湘东知道,此刘春粟非彼刘春粟,一个刘春粟两个月前就死了,另一个多半是用了死人的身份证去汇款,这才变成了刘春粟。

出城以后,前一半路程都是国道。经过一片稀疏的灯火,大虾米般的警察蹦出一句:"就是那个镇了。"车子随即拐了个弯,驶上一条高耸的盘山路,速度也慢了下来。路况变得很差,布满深坑,不时有托底的危险,碰到迎面而来的大卡车,还得小心翼翼地歪到道路外侧,才能勉强腾出会车的空间。直到这时,杜湘东才体会到了远行的味道——那味道是苍凉的,还有几分豪壮。不多时,绕过一块巨大的岩石,便在更高远处望见了灯火。密密麻麻的白光闪烁,如同在半空之中扎了一座营盘。司机告诉他,"矿上"到了。一定是事先打过招呼,当车子爬上最后一段坡路,矿厂门口已经有人迎接了。那是个留着寸头的中年人,倒是淳朴干练的模样。他与杜湘东他们热烈握手,还专门说:"北京同志,您辛苦了。"

接着自我介绍,说他是副矿长,负责这片矿区的日常管理。副矿长又相当熟练地说出一番套话,大意是,本地在历史上是煤炭主产区,老国企观念旧,负担重,因而市里的领导锐意改革,引入了民营企业承包矿厂的新机制,使这个老大难产业焕发了活力。像他自己,就是从国企转轨过来的,刚开始有些"不适应",但很快就见到了"实实在在的好处","干劲可比过去大多了"。场面倒像应付上级机关的视察。

杜湘东引开话头:"那么工人呢,都是从外面雇的?"

"基本替换成了农民工……当然,对于原来那些下岗职工的安置问题和养老问题,我们相信组织上一定能……"

"农民工又是从哪儿招的,一般会在矿上干多久?"

副矿长终于脱离了套话的节奏:"天南地北,什么地方都有。中国人多,开得出工资就不怕招不上来。长则干上一年半载,短则两三个月就走……流动性很大。"

说话间就进了厂区。四下灯光耀眼,照着足球场那么大的一片平地。平地一端的暗处,模模糊糊地立着一幢二层小楼,周围排列着若干简易工棚;另一端的亮处,则屹立着山包似的煤堆。都知道煤是黑的,但在强烈的光照之下,那煤山却像覆了层雪一般通体银白。杜湘东的心不由得往上提了提。他有两个忧虑:其一是怕许文革已然不在矿上,身为一名逃犯,在一个地方赚够了钱,很可能继续流窜;其二却是怕许文革就在矿上,自己这么大摇大摆地游逛,要是恰好被他看见怎么办?在这个猫与鼠的游戏中,先被发现的那一方就算输了。因此杜湘东下意识地躲着灯走,还故意把背佝偻得更弯。好在一路上没碰到人,副矿长又把他们引向那栋办公小楼,提议"先歇歇,慢慢谈"。

屋里居然设了宴,桌上还摆了一瓶汾酒。俩警察也不客气,径自坐下,吧唧吧唧开动起来,副矿长陪在一边,不住夹菜倒酒。正吃着,却听见远处——具体说是来自地底——传来了两声巨响,让人脚下一颤,仿佛站在了随时可能腾身跃起的巨兽的脊背上。一时间屋里灯影摇动，连斟满的酒都晃出了半杯。

大虾米般的警察打趣道："不用搞得这么郑重，放什么礼炮呀。"

副矿长笑道："我们这里需要爆破开采，响动是常有的，但从没出过事。"

杜湘东本想噎他一句：那么刘春粟是怎么死的？但又一想，跑题也没必要。再说往后还得需要这位"管事儿的人"配合呢。因此他只是问："工人现在还在井下？"

副矿长坦然回答："我们这里实行的是十六小时工作制。向时间要效益嘛。"

怪不得办公楼旁边的工棚都是黑的，一点儿人声没有。杜湘东又看了看表，目前还不到十一点半，假如早上八点上班，那么离下工的凌晨时分还有些工夫。他索性踏实下来，细嚼慢咽地吃起了饭。其间本想问副矿长要个花名册来看看，但又觉得多此一举。许文革要是用本名来应聘，那他可真是个弱智了。

终于又熬过半个小时，杜湘东便拍了拍手站起来，宣布："到矿里看看吧。"

副矿长就不情愿了。他嘀咕道："不是说转转就走吗？您二位到底要干什么？"

事到如今，也就没必要藏着掖着了。杜湘东直言以告，他怀疑矿上有个逃犯，因此需要副矿长做的，是以下两件事情：第一，把他带到矿工从井下返回地面的通道附近，再提供一个隐秘的观察场所，保证他可以辨认每一张经过的人脸而不被发现；第二，严格保密，切勿声张。而对方听完，并未露出多少意外的神色，只是响亮地嘬了几声牙花子，好像在害牙疼。对于运营煤矿有可能面对的各种麻烦，这位副矿长仿佛早已习以为常。他考虑的是如何度过麻烦，或者暂时压住麻烦，哪怕是把眼前的麻烦变成以后的麻烦也行。

片刻，副矿长的脸上再次绽放了笑容："您早说呀，多大个事。"

然后话锋一转，又说到这家煤矿是政府的重点扶持项目，受到了各级领导的亲切关怀，投资煤矿的老板本人也刚刚当选为政协委员。作为煤炭行业的改革标杆，又岂能容忍流窜作案的坏分子破坏抹黑？因此对于"北京同志"千里迢迢地赶来清理工人队伍，他们肯定是热烈欢迎、大力配合的。这时套话就不是套话了，甚而套话从来不是套话。杜湘东明白，副矿长这是在向他讲明利害呢，意思和戴眼镜的男人说过的话大同小异：警察执行任务，没人敢妨碍，但大家都是有背景的，万一闹大了，谁怕谁还不好说。

而他也只能表态："职责之内的事我一定要做，但仅限职责之内。"

双方再次谈妥，分别起身。副矿长率先走到门口，颇具表演性地做了个"请"的手势，引着俩警察往矿厂的核心部位，也就是矿井的方向而去。踩着一地咯吱作响的煤渣子，沿一条干道穿过空地，又穿过另一道围墙铁门，远远就望见了巷道入口。四下也是灯火通明，衬托得那个大洞的内部更加黑暗，一条狭窄的铁轨从洞里通出来，也传出了大地深处机械作业的震颤与共鸣。越往近走,回声就越发浩大,好像地壳已被挖穿。砰砰又是两声炮响,比刚才听到的更加骇人,连山顶上的碎石都往下滚了几块。

洞口却有一个铁皮搭建的岗亭,大概是清点人数和存放物品所用,副矿长走了过去,对亭子里的监工说了几句,那人便出来,手里拎着一个麻布口袋。随后,杜湘东和大虾米般的警察便钻了进去,灭了灯,坐下来,透过黑黝黝的窗子看着洞口。这是个适于观察的有利位置,里面的人能将外面一览无余,外面的人却无法看清里面,就连大虾米般的警察那身脏兮兮的警服也不会暴露身份,更何况外面还有俩人为他们吸引注意力。黑夜像一个谜,山岭像一个谜,洞口更像含着个谜。在等待谜底揭晓的那段时间里,杜湘东的心态竟然出奇的平静,反倒是大虾米般的警察呼吸沉重,似乎比他还要紧张。

外面的副矿长和监工也被悬念感染,干瞪眼望着铁轨。非常准时,刚过十二点,洞里传出了隆隆轰鸣,好像一个消化不良又喝了过多碳酸饮料的人正在没完没了地打嗝。一列矿车开了上来,前几节车斗里却没有人,而是满载着今天的最后一批,或者是明天的第一批矿产,随后的几节才坐着矿工。矿车在洞口之内停下,人先下车,排着松散的队列走出来。副矿长示意监工往更亮堂的地方站了站,又迎着来人吆喝一声,那条队列便朝他们所在的方向移动过去。一切不露形迹,也可见这位敬业的领导亲自查岗是经常的事。

在杜湘东的注视下,矿工们纷纷从劳动布上衣兜里掏出一枚塑料牌,投进监工手里敞开的口袋。这是一支面目模糊、好像由影子组成的队伍,人人沉默不语,脸上黢黑一片。但即使如此,杜湘东仍对自己的辨别能力充满信心。他相信许文革的身体轮廓、脸部线条乃至走路时的姿态都深深地印在了他的脑海之中。如果不是印得那么深,他也不会在多年以来如此憋屈。而现在,摆脱憋屈的时刻终于到来了。

第一个不是,太矮。第二个不是,太胖。第三个虽然身高、体形相仿,但脸又太宽、太圆,几乎像一张饼。第四个第五个第六个都不是。被杜湘东否定掉的人们记上考勤,却不离开,又折回矿车开始卸货。因为捎了半车煤,第一趟矿车的乘客只有十几个人,如果这趟毫无发现,就只能寄希望于矿车倒回去再开出来的第二趟了。但一转瞬,杜湘东的视线锁定在了队尾的一个男人身上。一米八多,肩宽腿长,面部棱角令人联想到西方雕塑。与记忆中的许文革不同,那男人的背驼得厉害,弯成了一条夸张的弧线,但考虑到他所经历的日复一日的逃亡和劳累,这点儿变化也是理所当然的了。

于是杜湘东叫了一声。怎么叫也是早就设计好了的。一个老到的逃犯想必早已练就了听到真名也无动于衷的定力,因此他叫的是:"姚斌彬。"

那个名字在暗夜的山岭破空而出，锐利得像一支响箭。不远处的黑影果然一愣，茫然地回过了头。几乎没有停顿，杜湘东就从岗亭里冲了出去，也几乎没有停顿，他的抓捕目标开始奔跑。两人绕着目瞪口呆的人群各自画了一条弧线，与此同时观察、预判着对方的步伐轨迹，随后一前一后跑进了巷道洞口。在不久之后，当杜湘东反复纠结于这次行动的种种细节时，才会疑惑于这样一个问题：许文革为什么没往开阔的、更有利于躲避的方向逃跑，而是一头扎进了矿井深处？这是他在情急之下出现了判断失误，还是另有什么企图，比如说打算把杜湘东引进去再下毒手？但在那个刹那，杜湘东和当年追捕持枪逃犯姚斌彬时一样，脑子里除了抓人以外什么都没想。他只知道时隔数年，许文革再次出现在了他的眼前，并且自己占据着绝对优势的位置，只要一鼓作气，就能瓮中捉鳖。

也许恰因为此，杜湘东没有留意周边的变化。他盯着前方那个背影，沿着越发黑暗也越发幽深的洞穴向地下冲刺。二十米，十五米，距离的缩短是逐渐的，稳步的，岩壁发出了几声脆响，像颌骨挨了一拳时脑子里的回音，大概是前不久放炮的余波导致的，应该也是"常有的事"。十米，五米，借着头顶间隔悬挂的矿灯，他看清了逃犯一头乱发之下那苍白的侧脸。而直到两块比酸菜坛子还要粗壮的碎石从斜上方坠下来，落在离杜湘东不到半米的跟前，他才似乎意识到了什么。咔然开裂的声响从四面八方包括脚下传来，越发密集，震耳欲聋，整条巷道都在扭曲变形，像把人吞进了一段蠕动不休的肠子之中。

然后杜湘东听到了喊声："塌了塌了塌了——"

然后他的胳膊被人拽住，往反方向拉着。直到此刻，杜湘东的身体还在前冲，甚至想要甩脱抓住他的那人。很遗憾或者很幸运，他没做到。对方使出了擒拿手法，并且比他所掌握得更加娴熟：一手扣住上臂，另一手夹住头颅，拖扯着他往洞外跑出去。

五米，十米，十五米，二十米，他与许文革的距离重新拉大。回头再望，那个黑影在巷道深处拐了个弯，令人绝望地消失不见。而当一个鱼跃沉重地摔在洞口之外，他才看清了强行把自己挟持出来的人，是大虾米般的警察。俩人躺在地上喘气，像两条离了水的鱼。然后杜湘东又想跳起来，却被一个扫堂腿撂倒。

对方吼道："你他妈想立功想疯啦？"

杜湘东吼了回去："我他妈不是为了立功，你懂个屁。"

对方再吼："甭管为什么，搭上条命就是不值。"

吼完，大虾米般的警察却不再看杜湘东，站起身来走向一旁的副矿长。后者呆若木鸡地瞪着洞口，两眼凸了出来。大虾米般的警察推了他一把："打电话去。"

"现在不能。"副矿长摇头。

大虾米般的警察扬手抽了他一个嘴巴:"你们还想瞒几回?"

出人意料,副矿长也抬起手,抽了自己一个更加响亮的嘴巴:"你要打电话尽可以去打,没人拦你,不过打也没用。这矿随时会塌,如果真塌了,等外面的救援赶到,井底下的人早埋了。所以现在只能按我们矿上的办法来,你们警察帮不上忙。"

这时在俩警察眼里,副矿长好像换了个人,绝非不久前那个只会说套话的工头了。他阴沉着脸,转身去向几个老矿工询问情况,三言两语,可以得知:煤矿采用皮带传送和矿车运载两种方法结合,井下的最底层用皮带,将爆破开采的煤块运送到深约一千米的中转站再装进矿车;此时矿里还有二十多人,恰好正在那个中转站等车;因为离地面并不太远,这些人本来是可以沿着轨道爬上来的,但现在还没人影,估计是被震落的石块挡住了去路。综上所述,现在要做的,就是先由几个人带着工具下去,在矿井全面塌方之前开出一条生路。如果赶得及,井下的人或许还有救,如果赶不及,那么很可能连救人的也被压在底下。因此再开口时,副矿长的哑嗓子里好像含了块滚烫的铁,他环视那一圈黑黝黝的、只看得清两眼反光的矿工,问:"谁没老婆孩子?"

沉默之中,便有两个人站了出来。片刻又出来两个。又有一人呜呜干号两声,也往前迈了一步。副矿长拍拍那人肩膀,脱了上衣往地上一摔,顺手抄起一柄钢钎:

"我也下过井,鬼门关上走过都是兄弟。出发吧。"

几条没家没业的汉子发一声喊,跟着他往矿井深处走去。等那支敢死队消失在矿灯照射不到的角落,巷道变得出奇的安静,只有偶尔飘出的细小的断裂声提示着人们悬念还在继续。而原本压在杜湘东心头的那个悬念则被囊括进一个更大、更紧迫的悬念之中,那是千钧一发,那是生死攸关。他连重新爬起来的力气都没有,像狗一样伏在地上望着洞口,手指抠进混着煤渣的泥土,似乎指尖所能感受到的最微小的震动都能让他肝胆俱裂。

大概过去了多久?五分钟还是十分钟?杜湘东腕上手表的秒针均匀地数着格儿,每一格所代表的时间流逝都像包含了人的一辈子那样漫长。大约在某一秒即将结束、新的一秒即将开始之际,他仿佛看到秒针顿了一顿,好像时间本身也犹豫了、踯躅了。随后他才意识到那是地壳震颤导致的视觉错乱,在接踵而至的轰鸣中,他看到巷道里尘土飞扬,寥寥几盏矿灯像暴雨里的萤火虫一样坠落陨灭。石块无规则地落下,转眼埋住了洞口。身边的矿工纷纷跪了下来,捶胸拍腿地痛哭或者指天对地地怨骂。没救了,这是从常识以及人们的表现中得出的判断。这将是一起震惊全国的特大矿难,一口气吞噬了三十多条人命,其中包括原本被困的二十余人和六名前往营救的敢死队队员,以及一名逃犯。

直到次日清晨,上述事实在杜湘东的头脑之中还是事实。大虾米般的警察终于还是跑回办公楼打了电话,救援部队是在凌晨五点赶到的。来了两个连,一个连是工兵,就地开始挖掘,另一个连是武警,负责封锁现场。煤矿老板始终没露面,听说连夜去了北京,至于是去躲风声还是找门路,那就不得而知了。副矿长以外的几个工头被迅速"控制起来",杜湘东和大虾米般的警察也被带到一个单独房间里接受问讯。从"有关部门"的口中,杜湘东也得知,本次矿难像许多追悔莫及的灾祸一样并非偶然,原因大致有三:第一,为加快开采进度,该煤矿在爆破中使用了高爆炸药,且装药量远远超标,每个工作面上的炮眼数量也超标;第二,为节省成本,该煤矿在建设过程中使用的钢梁规格不达标;第三,该煤矿于两个月前曾发生过一次塌方,还死了人,本该停业整改,但不知为何没有执行。矿上的人竹筒倒豆子,交代的内容几乎可以立刻形成材料上报,相比之下,来自警察的侧面印证倒显得无足轻重了。

一个工作人员这才想起来问:"你一个北京警察,到矿上来干什么?"

杜湘东正待回答,却见一个军人急匆匆跑进来,对那人耳语两句。一瞬之间,在那张僵硬得平板一块的脸上,浮现出了也许是这个小官僚所能传递的最为复杂的表情:狂喜、惊讶、庆幸、难以置信、迷惑不解……而当对方把消息转告给他之后,同样的表情也在杜湘东脸上重演了一遍。没过多久,隔壁和走廊里各种身份的人们爆发出了连锁式的欢呼,尤其是那些矿工,他们再次号啕大哭起来。

然后全体集合,急行军赶往山的中段。昨天夜里坐车上来时,杜湘东并未看到上山的路还分出了一条岔路,更无从得知海拔位置比山顶煤矿低了几百米的地方,还有一处废弃已久的老矿。废矿入口早被堵上,好在只是堆了一层砖石,并未再浇水泥封铸,又好在工具设备一应俱全,井下的人就从那里破壳而出了。有人是自己爬出来的,有人浑身是血,是被同伴拖出来的。最惨烈的是个十七八岁的孩子,已经深度昏迷,左腿膝盖以下全成了一摊烂肉。这些从鬼变回人的矿工被阳光晒愣了,捂了半晌眼睛,这才开始呼喊,于是被高处的武警发现。当杜湘东跟着队伍赶到现场,第一眼认出的是副矿长。问明身份后,这人立刻被调查人员缉拿在案,但即使是亮晃晃的手铐也无法打消他那疯癫的狂喜。

当政府的人清点人数时,杜湘东也凑了上去。他近距离地打量着每一张沾满煤污或血迹的脸,几个伤员在被抬上救护车之前也早就辨认过了。共三十二人,反复点了几遍都是这个数字。而来之前,他已经知道被困在矿里的人数是三十三个。还有一个去哪儿了?难道死了吗?如果死了,为什么死的偏偏是他?杜湘东像魔怔了一样念念有词,反复穿梭着、逡巡着。终于,他的行为让人们觉得碍事了,那个询问过他的工作人员走过来,试图把他拉开。

杜湘东一抡膀子,把对方甩了个踉跄。人们齐刷刷打量着他,而那位工作人员还想缓和气氛，谨慎地再次靠近杜湘东："这位同志，您别激动……"

杜湘东却失魂落魄地溜开，又在人群里乱窜起来。他开始询问每一个幸免于难的矿工，有没有在井下见到这样一个人——一米八几，肩宽腿长，棱角分明。见过？这人叫姚文林？妈的，怎么取了这么个名字，不过也对，"文林"就是从"斌彬"里拆出来的嘛。那么这个姚文林现在怎么样？还活着？跟你们一起出来的？出来以后就不见了？你们干吗不看着他？干吗不问他一句？矿工们被他搞得惶惑不已，大虾米般的警察抄到他身后，依然使出擒拿手法，把杜湘东的两臂牢牢箍住。但他仍然跳跃着，后仰着，嗓子眼儿里含含糊糊地挤出两个字来："搜山。"

"你说什么？"工作人员勉强笑了一笑，问。

"搜山，搜山搜山搜山。"杜湘东重复。

对方就从讪笑变成了冷笑。你也不看看这是什么时候？还有伤员等着救治呢，还有现场等着勘查呢，还有情况等着汇报呢，哪儿腾得出人手搜山。不就是少了个人吗，比起活下来的几十个，少了的那个算得了什么。你不就是个来路不明的警察吗，就算真是北京什么重要部门的领导，也得考虑地方上的现实困难吧。于是众人散开，没人再理他，各忙各的去。杜湘东被晾在当地，仍被大虾米般的警察擒抱着。大虾米般的警察在他耳边劝道："兄弟，你冷静点儿，人跑了还能再找。"

杜湘东终于停止挣扎，后背蹭着对方的肚子和腿，缓缓坐在了地上，头却仰望着四周的山峦。屎壳郎碰上拉稀的——白来一趟。事到如今，北京人这句粗俗的歇后语真是再贴切不过，至于一路上的执念、辛苦、惊心动魄，都变得不值一提。这个念头让杜湘东古怪地笑出了声，咯咯，咯咯，好像一只丢了蛋的母鸡。

那也是许文革在逃期间，杜湘东最接近于将其抓捕归案的一次努力。

11

至于当天在井下发生了什么，则是那位副矿长转述给杜湘东的。而这又得归功于大虾米般的警察。也不知他使出了什么斡旋手段，居然说服政府的人，同意让杜湘东在车轮战似的审讯间隙见了副矿长一面。见面时间是晚上，副矿长好像没认出来的是谁，不等杜湘东开口，就喋喋不休地申诉起来。对应着调查得出的矿难原因，其申诉内容也可分为三条：第一，擅自使用高爆炸药和增大填药量是老板的决定，他本人曾对这种违规行为提出过质疑，但质疑无效；第二，建矿期间选用什么规格的钢梁也是老板任用的亲戚一手操办的，他更插不上话；第三，两个月前发生塌方并导致矿工刘春粟死亡后，他曾在第一时间通知了老板并建议上报，但老板告诉他官司已被摆平，又严禁对外人提起此事。总而言之，他就是个打工的，在人家锅里吃饭，对人家的任何做法都无可奈何。

　　杜湘东安静地听完，这才提醒副矿长，对于矿难，自己并无调查权更无发言权。而他来，想打听的是另一件事：那个冒用了刘春粟名字的人，那个逃犯，有印象吧？副矿长相当失落地"哦"了一声，神色却又变得更加亢奋，就连语调也夸张了起来。这种状态让杜湘东颇为诧异，他不禁暗自琢磨，副矿长究竟是在矿难中被震坏了脑袋，还是天生具有当说书人的潜质。话说那日，山崩地裂，矿井之下，危在旦夕。为了二十七名阶级兄弟，以副矿长为首的敢死队义无反顾，深入虎穴，众人手持开山打洞的器械，一路坎坷一路心惊，来到了千余米深的地下转运站，只见头顶钢梁歪斜断裂，倾覆下来的煤块和碎石堵住了去路。从缝隙中，却又听得煤块碎石的另一端传来了呼号惨叫之声，真是万幸，被困的人还活着。二话不说，就地开挖，又号召对面的兄弟里应外合，费尽九牛二虎之力，居然开出一条窄道。两支队伍会师，赶紧又往地面开拔，但说时迟那时快，矿井发生了二次塌方，这一回来得更猛，并且位置就在洞口，把去路也给堵了。别说工人，就连有着多年井下经验的副矿长都傻了眼。他心知塌方就怕连锁反应，有了二次就会有三次，再塌可就全玩儿完了。正没奈何，却见暗处闪出一个人来，此人身高丈二，虎背熊腰，生得好一副硬朗相貌。

　　"你道这又是谁？"副矿长问。

　　"您……没事儿吧？"杜湘东反问。

　　"没事儿，没事儿。你别打岔。"副矿长两眼放光，仿佛重温着那生死一夜的惊心动魄。来者不是别人，正是矿工姚文林。直到这天，副矿长才知道这人的身份是个逃犯，真是人心叵测，世事难料。这位姚文林或许文革或冒名顶替的刘春粟逃进矿井，也被一起捂在了地下，难不成老天爷要惩罚这个罪人，就把其余三十二人一起当了垫背的？那也太不公平了。但没承想，恰恰是该死的给该活的指了条生路。逃犯告诉副矿长，在矿井的一侧，还有一座废弃的矿井，那是二十世纪七十年代开采的遗迹，因为当时的技术水平落后，就没有进一步扩建。以前爆破开山的时候，曾把两座矿井之间炸通了，那个通道的位置他还依稀记得，往巷道深处再走几百米就是。这一说，就提醒了副矿长。矿底下还有一个老矿，这个情况他也是知道的，只不过情急之下没想起来。而眼下，要想从原路开掘回去已不可能，如果能进入老矿，再从半山腰钻出去，那几乎是唯一的生路。另外一点副矿长也有信心：老矿是国家修的，那时又刚发生过唐山大地震，因而建筑质量绝对超标完成，新矿塌了老矿也不会塌。

　　直到这时，杜湘东才恍然大悟。许文革之所以逃进矿井，并不是慌不择路，而是早有预谋。往开阔处跑，势必难以甩脱警察，而假如利用对地形的熟悉，神不知鬼不觉地从老矿脱身，那就相当于上演了一场经典的地道战。也许早在刚发现那个密道时，许文革就已经做好了这种规划。想到这里，杜湘东倒抽一口凉气。几年前的许文革冲动，鲁莽，不计后果，他能活下来靠的是运气，或者说是靠了姚斌彬的那一条命。但如今，长年的逃亡生活已经把许文革磨炼得如此老谋深算。道高一尺，魔高一丈。

他满脸发臊，副矿长却浑然不察，兀自沉浸在对险情的回忆之中。当机立断，一声令下，矿工们往井下的更深处进发，去找两个矿井的连接点。一路上，副矿长都走在逃犯身边，不时询问那个秘密洞口的位置、模样。山的内部还在嘎嘎作响，再往下走，就连仅有的两盏手提矿灯都无法照亮前路了。而地面猛然又是一震，就在人们魂飞魄散地呼喊之间，副矿长却发现身边的逃犯不见了。他只得强令队伍停下，随后四下张望，眼睛不够用就拿鼻子嗅，像猎犬一样探寻着未知的黑暗空间。命悬一线之际被无限拉长。

终于，身后有人说话："都这时候了，你还敢回去？"

"怎么没把他想起来。"

"已经没气儿了吧……"

人们窃窃私语，像怕再一次惊动了摇摇欲坠的山体。说话之间，队伍自动闪开，从浓郁的黑暗里现出两个人来。一个正是姚文林，他背上还驮着个身材单薄的孩子，头耷拉在逃犯的肩膀上，已然昏迷不醒。再往下扫一眼，孩子的一条腿却成了破墩布的形状，条条缕缕往下挂着肉丝儿。副矿长记得这孩子叫刘秋谷，今年刚满十八。他还记得办理矿工刘春粟的赔偿事宜时，正是刘秋谷替他哥签字画押并承诺"永不上诉"，然后从老板手里接过了五万块钱。刘春粟死后，刘秋谷仍在矿上干。刘秋谷要是也死了，他家的这根独苗就算断了。从矿工们的慨叹中，副矿长又得知，刘秋谷和他哥刘春粟一样，今天也被塌方给砸了。当时刘秋谷吓蒙了，撅着屁股趴在地上，转眼就有一块巨石滚下来，和雨点般的煤块一起将他埋了。别人都没致命伤，偏偏是他再没声息。众人本来商量，要能活着出去，就把这孩子挖出来带上，带不走活人好歹也带个尸首，而随后的连锁塌方却截断了这个念头。光顾着去找出口，他们干脆把他忘了。但是姚文林不仅想了起来，而且专门为这孩子折了回去。他又是什么时候发现刘秋谷还活着的？是在刨开煤堆撬开巨石的过程中，还是在扛着这孩子追赶队伍的路上？总之从他带着三分小心的步态里，众人看出他背着的是个活人。那块巨石没有压在刘秋谷身上，只是砸烂了他的一条小腿，这个事实令人庆幸，也令人羞惭。

姚文林背着伤员，走向队伍前端，对副矿长说："没多远了。"

继续摸黑赶路,到达某个拐角停下,姚文林又说:"就这儿。"

这也是逃犯对副矿长说的最后两句话。几条壮汉在放过炮的废墟里开凿,不多时打开了一片更加漆黑、泛着久远年代气息的空间。从山内的一个腔道钻进另一个腔道,用矿灯照见头顶锈迹斑斑却结构完好的钢梁,副矿长和所有人都舒了口长气。背后的那个绝命矿坑里又传来了震动和巨响,但他们所在的位置已经基本上安全了。逃犯提供的逃生路线的确有效。然后就沿着国营老矿的巷道往半山腰里进发,路的尽头当然还是漆黑,但此时的漆黑已经不再令人绝望。人们有手有脚有工具,而且按照他们所信奉的朴素的人生哲学,但凡大难不死都是有后福的——就像逃犯背上的刘秋谷,他只要还能微弱地喘气儿,等待他的理所应当是几十年的好光景。于是不紧不慢地换班开挖,当第一缕阳光从某根钢钎的落点直射出来,人群里蔓延开了海浪一般的叹息之声。又有更多的钢钎、榔头和铁锹涌向那个亮点附近,将黑暗的窗户纸捅得像个筛子,轰然一响,天日重现。人们反而肃穆地沉默了下来,没人往外走第一步。如果姚文林和他背上的孩子不先出去,他们都认为自己没有资格重返人间。

最先出去的正是姚文林,他又从狗洞大小的豁口里把刘秋谷拽了出去。接着才是其他人,先出来的立刻回身,在碎石中间乱掏乱摸,寻找着后来者的手臂。身处漫山遍野、肆无忌惮的阳光之中,人们陷入了暂时的失明。副矿长是最后一个出来的,当他紧闭着汩汩冒泪的双眼,宣布后面再没别人时,矿工们一齐对着苍天呼啸起来。那声响不是为了求救,甚而不包含任何明确的意味,但又是与远古人类一脉相承的宣告与象征。而当副矿长恢复了视觉,第一件事就是在人群里寻找姚文林。此时的他早不在意姚文林的身份,他找那人,只是觉得鬼门关里走过都是兄弟。但他没找到姚文林,只看到了刘秋谷。这孩子是此起彼伏的呼啸声中唯一安静的人,此刻正躺在一块平坦的草地上,身下漫了亮晃晃的一摊血。

仍是通过大虾米般的警察的关系,杜湘东又在医院见到了刘秋谷。这个号称年满十八,长相只有十五六岁的孩子是与许文革有过最近距离接触的证人,当时刚从重症监护室转入普通病房,虽然生命体征趋于平稳,但静静地平躺着的模样仍然让人想到一具尸体。他的脸惨白得好像被人潦草地涂去了五官,覆着棉被的左腿膝盖以下空空如也,那是截肢手术的成果。杜湘东问他知不知道是谁把他背出了矿井,他死鱼似的眼睛连转也不转。杜湘东又问起他哥刘春粟的身份证怎么就到了姚文林手里,孩子终于操着河南腔开了口:"大哥,我啥也不知道,不过我倒想问你个事。为啥我老觉得那腿还在,想动弹又没了?"

杜湘东没法作答,刘秋谷便扭过脸去,再无声响。事到如今,杜湘东接受了一个理智的判断：凭自己是别想抓住许文革了。只要离开了矿山，顺便再改个身份，许文革就会像雨滴落进湖水一样隐没在人海之中。不过杜湘东还是又在当地"赖"了几天。这时搜集资料，就不是为了继续追捕许文革了，而是受到了一种古怪的感觉的驱使——好像许文革远在天边却又与他朝夕相处，好像许文革是他的敌人却又与他亲密无间，因此他迫切地想要了解今天的许文革。在其他矿工们口中，"姓姚的兄弟"可是个能人，有一次井下的传送带坏了，技术员都束手无策，他一个人这儿鼓捣那儿鼓捣，居然鼓捣好了。有个头儿听说这事，要调他去干维修，从此不必下井挣钱还多，但姚文林一口拒绝，还明说自己要不是急需用钱，才不愿给黑心老板卖命。渐渐地，这人反而在工人之中有了威信，尤其是死了的那个刘春粟，几乎要拽着弟弟刘秋谷一起磕头认他当老大。然而也许是太有本事了，这人性子也怪，前前后后在矿上待了半年，也没见他跟谁成了朋友，甚至对人故意爱搭不理的。刘春粟出事时，距离他也就不到两米，别人早吓得筛糠一般，他却极其镇定地查验了尸体，独自一人把刘春粟扛上了矿车，又带着一身血迹去通知在井上倒休的刘秋谷："你哥死了，找他们谈赔偿去吧。"这时在众人眼中，姚文林就显得异常冷血了，于是大伙儿又都有些怕他。

以上种种，在外人眼里捉摸不透，杜湘东却认为理所当然。一个许文革这样的逃犯，难道不是本该如此吗？但随后搜集的两条信息，就出乎杜湘东意料之外了。第一件事也是矿工们讲的，说是许文革特别爱看书。本来看书也没什么奇怪的，毕竟曾经是青工里的技术能手嘛，但一个人在逃亡期间仍然手不释卷，这就似乎传达出了别样的意味。进而细想，许文革看书，是为了"解闷"还是"有用"？如果是"解闷"，说明他想要忘记现在，如果是"有用"，则说明他还惦记着未来。杜湘东让工人把他带向大通铺上许文革的床位，果然在床板下翻出了厚厚一摞书。书都很旧，封皮几乎没有完整的，内容除了工业原理和机械维修，居然还包括法律方面的入门教材。念念不忘老本行也就罢了，难道许文革还想当律师吗？

第二件事更让杜湘东震惊。当他把书撂在一旁，顺手翻扯着许文革的被褥时，一抬头却看见枕头上方的砖墙上，寥寥地排列着几行字。字迹歪斜，深邃而清晰，大约是不久前用锉刀刻上去的。杜湘东随即意识到，那话语分明就是诗句：

美人济贪
英雄济富
没有人上过梁山（此句来自打工诗人陈年喜的诗歌《无题》）

在那一刻，杜湘东的头颅之内充满回响，就像滚雷掠过了焦土。这就是从逃犯的躯体里蜕变出来的、必须让人重新认识的许文革了。这个许文革不仅包括了过去的许文革，而且包括了死去的姚斌彬，一生一死之力在他身上混合催化，衍生出了义无反顾的气概。凭借这份气概，许文革当然不会畏惧杜湘东，他甚至不会畏惧任何事物。而也正是在那一刻，杜湘东却产生了一个新的预感，那就是他迟早还会再次见到许文革。

但那天来得实在有点儿晚，又是五年之后了。

12

接踵而至的五年，简直像打了个盹儿就滑过去了。再换个比喻，以前也说日子快，快得像狗撵，那么后来就像疯狗在撵了。好像除了"快"本身，生活已经不再值得感慨。

当然，这只是杜湘东的个人感受，因其过于主观，所以并不具有代表性。要是逐一盘点，他也必须承认这些年来的生活变化之重大。譬如变化之一，是刘芬芳下岗了。食品公司每况愈下，冷库里的猪头、猪腿、猪下水也在亏本经营，领导们关起门来一合计，索性来了个处理大包圆儿，连猪带人一块儿甩给了外商。而外商也不傻，表示猪可以要，人不能留。双方在谈判桌上打了很久的消耗战，等到敲定改制方案时，却又不约而同地采取闪电战。那天刘芬芳和她的姐妹们刚转移完猪腿，就被勒令去签协议，领买断工龄的钱。人家还告诉她们，再过不久厂子就没了，要是不签，连这点儿钱也领不到。

偏在这时，刘芬芳的一个弟弟急着结婚，另一个弟弟怕吃亏，也扯来个女的要结，兄弟俩瓜分了西城区平房的里外间，便把父母送给了二姐。二姐房子宽敞还雇着保姆，再加上越有钱越对家里有愧，即便不是女儿的责任也应承了下来。这样一来，却显得刘芬芳多余了——没人需要她伺候了。她只好卷铺盖回了郊县，并且觉得自己是被厂里和家里榨干之后扔出去的，这也决定了她不会给杜湘东好脸色看。因此，杜湘东生活中的第二个变化虽然是与刘芬芳结束分居，却感受不到夫妻团圆的喜悦。他必须时刻准备聆听刘芬芳的抱怨，抱怨的内容则直指第三个变化，即：他们已经沦为了标准意义上的"穷人"。

平心而论，如果纵向比较，他们的生活水平一直都在提高，筒子楼单间里添置了电视、洗衣机、窗式空调，算是基本完成了一间陋室的现代化。但这番现代化的进程却伴随着一轮又一轮的节衣缩食和忍辱负重。连单门冰柜都是刘芬芳她二姐用剩下的，为了把那个铁箱子搬回家，杜湘东借了辆板儿车，愣是从二环边儿上蹬出了城外。路上正好碰上城管查抄无照摊贩，看见他四脖子汗流的模样，还以为是个收旧电器的,二话不说把他连人带冰柜扔上了卡车。他挤在一群卖菜卖袜子的妇女中间,一直坐到看押点,这才申明自己是一警察。协管员连称"误会",又哭笑不得地问:"您怎么不早说呀?"

杜湘东回答:"蹬累了,想蹭段儿你们的车。"

这桩误会的解决方案,是城管派了一辆小卡车,把板儿车、冰柜一起送回了郊县。经过看守所正门,刚好遇到当班的同事们去吃晚饭,大家嘻嘻哈哈地笑看杜湘东如何智取城管。这时所里的人员构成也发生了巨变:老吴那代管教纷纷退休,接替上来的都是大学生,有许多学历比杜湘东还高。这些年轻人穿着与国际接轨的"九九"式警服,像当年的他一样身材挺拔,面露英气。车停下,两个小伙子绕到后面问:"杜哥,帮您把东西抬上去?"

杜湘东却歪着屁股坐在车斗上,朝前方的后视镜里照了一照。刚才那一瞬间,他突然发现年轻同事们看他的目光是似曾相识的。在哪里见过呢?其实并没有"见"过,那是若干年前自己看待老吴的眼神:虽然亲热但又不屑,怜悯。现在人家也把他当老吴看了。微微鼓起的后视镜里映出了一张滑稽变形的脸,两腮深陷,被风吹乱的头发白了三分之一。除了牙齿尚在,他的面貌和做派都在活脱脱地向着老吴那个方向飞奔。

记得老吴退休时,反倒是扬眉吐气的。他在平谷的几间大瓦房喜迎拆迁,又利用老婆家在延庆的种菜大棚开了个采摘园。随着城市的大干快上,地广人稀的郊区冒出了一批土财主,他们举着小旗到国外豪迈地吐痰,他们开着进口汽车盘踞在村口拉黑活儿,他们在床底下藏了大摞现金以至于钱都长绿毛了,而老吴三生有幸地混成了他们中间的一员。对于故人,老吴是懂得藏富的,直到离开的前夕,他才对那些嘲弄过他、鄙夷过他的同事宣布:

"我他妈跟你们才不是一个阶级哪。"

但与杜湘东告别时,他却仿佛流露出了一丝忧伤。在办公室里,老吴抄起窗台上的半瓶白酒,自己先吱溜一口,又把淡绿色的酒瓶递给杜湘东,杜湘东便也吱溜一口。吱溜完,老吴拍拍杜湘东的肩膀:"这些年给你添麻烦了。"

杜湘东:"哪儿的话。"

老吴说:"你好好儿的。"

杜湘东说:"好好儿的。"

老吴又说:"别想那事儿了。"

杜湘东说:"不想了。"

没过半年,所长也离开了所里。倒不是退休,而是肩膀旧伤复发,一到阴天就疼得直打滚，上面体恤干部，给安排了个调研员的闲职。走时又赶上下雨，所以所长是用担架抬出办公楼的，只能躺着与同事们一一握手。握到杜湘东，所长格外加了把力，将他拽近了，颤巍巍道："耽误你了，我有责任。"

杜湘东说："您别这么说。没您保着，我还不知怎么收场呢。"

所长又说的话，却与老吴如出一辙："别想那事儿了。"

杜湘东再次保证："不想了。"

当年偷偷跑到大同，没抓着许文革又牵扯进了一起矿难，当地政府把电话打到了市局，一问才知道他是在管辖权之外私自展开调查，弄得上级很被动，还是所长求了局里，好说歹说才把对方的抗议搪塞过去。而既然两位老同志临走前都专门劝他，杜湘东便也决定"不想了"。他现在需要做的，是深入贯彻一种全新的生活态度。

比如那个单门冷柜，他就没搬到楼上，而是摆在了看守所大门正对面的河岸上。那里有个近两年才形成的小集市，做的是前来探监的家属的生意。又从传达室扯出来一截电线，下岗女工刘芬芳就可以守着冷柜奋发图强了。为了招徕顾客，刘芬芳还接了个音箱喇叭，循环播放的总是《从头再来》。这歌声不仅激励着她，好像也在激励着一墙之隔的犯人。而郊县现在也开始整治市容市貌了，城管一来，其他小贩望风而逃，只有刘芬芳岿然不动，杜湘东则带了几个小兄弟围坐在冷柜旁，都穿着警服，手里举着冰棍和啤酒，挑衅地面对执法人员。这点儿特权终于令她对杜湘东感到了欣慰："总算沾着你的光了。"

这么说时，杜湘东正坐在小马扎上发呆。现在他无师自通地学会了上班磨洋工，还把老吴的半瓶白酒继承了下来，吱溜到傍晚时分，常常已经高了。耷拉着脑袋，他好像没听见刘芬芳的话，只是望着夕阳下的河水。上游在开发旅游，这条河也得到了治理，景致变得颇为潋滟。逝者如斯，仿佛没人记得在那河床里，曾经有人亡命奔逃，有人冒死追逐。

刘芬芳又说："晚上多打香胰子去去味儿，我也让你沾个光。"

杜湘东仍然置若罔闻，眼皮上落了个苍蝇也不轰。

刘芬芳就有些气恼，掐了杜湘东一下："你是死人呀你。"

一激灵，死人就活了。杜湘东揉着脖子扭头，正待感谢刘芬芳的恩赐，恰好瞥见了驶向看守所的两辆汽车。一辆是蓝白条的警车，后面亦步亦趋的是辆硕大无朋的奔驰。两车停下，奔驰车里跳下两个男人，一个西装笔挺，手拎公文包，另一个年轻许多，染了一脑袋黄毛，走路却一拐一拐的。俩人紧赶几步来到警车旁，簇拥着第三个男人出来。那男人身材高大，因为背对着杜湘东，一时不能看清面貌。随即又有两名警察下车，按电铃催促所里的同事开门；小瘸子一直在跟身材高大的男人说话，哼哼啊啊地点头称是。

越过小瘸子金光璀璨的脑袋，杜湘东终于看清了高大男人的长相。和他一样，那也是一张未老先衰的脸：头发灰白，皮肤干枯，两眼像睡不醒似的往下耷拉着。不仅如此，那人连呼吸也不匀畅，说不到半句话就必须换口长气。都不年轻了，他们这样的人，注定要比一般人老得更快些。然而那棱角分明的脸形却还维持着原状，令人想起西方雕像。

杜湘东站起身来，痴了一般朝那男人走去。

看守所的小铁门已经打开，一名年轻管教与外面的警察简略核对，示意男人进去。小瘸子突然激动起来，抱住男人的肩膀呜呜两声，男人倒像有点儿尴尬，拍着对方的后背劝了两句。随后，他目不斜视地往里走去，那副熟门熟路的样子就像回家一样。

杜湘东终于叫出声来："许文革。"

许文革回头，隔着铁门与他对视，脸上浮现出似笑非笑的表情。那表情令杜湘东倍感熟悉，他随即反应过来，姚斌彬也曾对他这样笑过。

13

1989年春，许文革因盗窃被捕，并与同案犯姚斌彬策划、实施了越狱。后姚斌彬被抓获，判处死刑，立即执行，许文革长期在逃。2001年春，许文革归案。

自从再次见到许文革的那个瞬间，杜湘东就感到透不过气来。似有一团无形无迹但又可感可触的东西包裹住他的心口，步步紧逼地往里压迫着。他又憋闷了。那不是一种生理的症状，而是心理的暗疾，曾经在漫长的岁月里萦绕着他，折磨着他，近些年来，他似乎掌握了消解憋闷的方法，但伴随着许文革的出现，憋闷卷土重来了，而且比以前更加猛烈。许文革落网，这不是他洗刷前耻的唯一途径吗？他为什么会憋闷呢？

大概还是因为许文革的那个笑。姚斌彬式的似笑非笑。

那天夜里，杜湘东不仅没心情"沾刘芬芳的光"，而且失眠了。醒着似乎还在做梦，但梦又都是乱的。熬到凌晨五点，他早早来到办公室，先对着镜子披挂自己。大檐帽，风纪扣，板儿带，所有细节一丝不苟，镜子里的中年人却无法再现多年前的英武。即便如此，杜湘东也不允许自己消沉着、邋遢着面对许文革。他费力地挺直腰杆，像拉直了一段因为反复扭曲而随时会折断的钢丝，往监舍走去。

十多年过去，看守所早就大变样了。走廊不再阴森幽暗，节能灯将每一个角落照得通透，关键地方还悬挂着监控摄像头。新所长以前当过领导秘书，是个有魄力也有能耐的人，按照他的规划，以后的看守所不仅要在硬件上鸟枪换炮，职工待遇也会得到质的飞跃——最关键的一条就是把筒子楼宿舍统统推倒，建成正经八百的单元小区。如今北京的一套房，哪怕地处郊县，其意义也是不言而喻的，因此压根儿不用再做思想工作，大家都有了盼头，据说还有人托关系想往所里调呢。在一片高涨的心气儿里，杜湘东这种人就更显得多余了，多余得当他出现在应该出现的地方，反而把别人吓了一跳。

等待换岗的夜班管教是个年轻人，长得胖乎乎的挺喜兴，总会让杜湘东想起以前的警校同学徐胖子——偏巧也姓徐，偏巧也是哪个头头脑脑的亲戚。小徐胖子正翘着腿在监舍走廊里的椅子上打盹，听到脚步声，忙不迭地跳起来，见来的不是领导，松了口气，但等看清来的是杜湘东，似乎又提了口气："杜哥，您有事儿？"

杜湘东回答："查监。"

小徐胖子笑了："您那俩屋我替您查过了，一切正常。"

杜湘东没笑："那你再帮我找个人。"

随后报了许文革的姓名、籍贯、年龄、体貌特征。而小徐胖子动也没动，仍在笑："的确有这人，不在一般监舍，来了就进'小号'了。"

将曾经的逃犯单独关押，这表明了所里对此案的重视，也是杜湘东赞同的处理方式。他说声"知道了"，绕过小徐胖子往走廊紧里头的禁闭室走去。但眼前一晃，小徐胖子却以在胖子身上极其少见的灵活后撤两步，重新挡住了他的去路，还把胸脯子挺得老高，警服胸襟底下好像鼓出了两个小乳房。

他的笑容也变得为难了："上面交代了，您不能见这人。"

"上面谁说的？"

"所长亲自指示的。"

"为什么？"

"说怕刺激您。"

"笑话。我一警察，要能被犯人刺激，早他妈别干了。"

"杜哥……"

"你们到底什么意思？"

"许文革是自首的。"

说出"自首"俩字儿，小徐胖子的眼皮垂了下去，嘴唇几乎没动，发音含混不清。这孩子跟他关系不错，而且似乎所有胖人都自带一种画蛇添足的善良，帮不了别人的忙，却能体察到别人的痛楚。小徐胖子已经在担忧他、同情他了：从他手里跑掉的逃犯回来了，并且还是自己主动回来的，这相当于把一个恶意的玩笑开得更加不留情面。

杜湘东重复了一遍:"自首的?"

小徐胖子只得再次强调:"自首的。所长还说您得避嫌。"

眼前的小徐胖子几乎成了重影儿,俩乳房变成四个了。而杜湘东知道,跟对方纠缠下去是没有意义的,他啪地磕着鞋跟转了个身,去找下命令的领导。新所长是个精力充沛的工作狂,每天六点就会出现在办公室,连带着职能部门也必须提前上班。但当杜湘东走进办公楼,迎出来的却是管理科长,告诉他,所长到局里开会去了。那不要紧,下午再来。杜湘东回了办公室,干坐着挨到傍晚,重新去所长屋外候着。接待他的仍是管理科长,见面就一句:"所长还没回来。"然而杜湘东刚才上来的时候,明明看见所长的那台"桑塔纳2000"正停在楼门口。可见人家料定了杜湘东会再来,也早定下了答复他的说辞。

硬闯自然行不通,如今的领导越来越像领导,要想见面必须预约,否则就算违反纪律。况且,管理科的两名小伙子正警惕地盯着他呢。杜湘东只好又回办公室。偏这时,一个电话又追了过来,管理科长告诉他:"所长让我给你带个话儿。"

杜湘东道:"他不是还在市里吗?"

管理科长没理会这句抢白:"所长说,许文革这案子非常特殊,跟以前他跑的时候一样,上面又有大领导过问了。现在又是个特殊时期,所里的改扩建和集资建房正在审批的坎儿上,不能允许任何意外情况造成不利的影响……所以所长的意思是,你和许文革之间必须严格隔离,你最好先离开监舍,到别的岗位上待段日子。"

"你们是怕我再让许文革跑了,还是怕我把他杀了?"

"不是我们怕,是领导怕。领导定下的主意,我也只能传达。"

于是,杜湘东转岗去了内务组。对于这个安排,他倒没觉得有什么不公。真要按照条例的要求,他也早就不适合在监舍干了。公然酗酒,纵容家属摆摊儿,哪一条儿不够他再写十份八份检查的?而好也罢,坏也罢,作为警察,杜湘东再次有了一个目标,那就是许文革。并且他有预感,许文革是一定准备"做些事情"的,否则许文革就没有必要自首了,更否则,许文革也就不是许文革了。面对生活,许文革要比自己强悍得多,强悍者一旦证明了他的强悍,就会像被上天选中一样无所不能。但因为那道隔离令,许文革虽然重现人间,对于杜湘东而言却变得越发神秘了。这种状态让杜湘东既无法自拔又无法自处,因此也就怨不得他后来所做的那些事了。

内务组隶属登记处,其职责并非管理内务,而是检查在押人员与外界往来物品的隐晦说法。既然许文革来时有人陪同,那么收到包裹也不奇怪。转岗过来之后的连续几个礼拜,杜湘东都注意到了那个包装严密的纸箱。看着封条上的"许文革"三个字,他得默默地做上一番心理准备,这才拿起裁纸刀将它打开。露出的东西虽然不在"犯忌"之列，但又和一般犯人大不相同。首先是七条毛巾和七套内衣，都是纯棉加厚的高档货，这说明许文革的习惯是当日用次日扔，连洗都不洗。他一个逃犯，有那么爱干净吗？难道是那些年脏怕了，反而养成了洁癖？其次是几瓶药，喷剂，标签上写着外文，后来请教了所里的年轻人，才知道是增强呼吸系统功能的，通常用在哮喘和肺纤维化病人身上。

通过这些物品，杜湘东得以想象许文革的状态：他独居斗室，终日不见阳光，饱受呼吸不畅的折磨，但神经质地保持着身体的洁净与精神的冷静。这个形象是孤独的、自闭的，同时还是诡异的。回来以后，许文革仍然像一个游荡在人群之外的幽灵。而杜湘东也意识到，利用如今这点儿可怜的职权，他仍然能够对许文革施加影响。

没跟任何人打招呼，他没收了全部毛巾和内衣。至于那些进口喷剂，他去咨询了一下狱医，得知许文革并无生命危险，服用药物只是为了"缓解症状"之后，便统统拧开瓶盖，将液体倒进了便池。可以想见，这些东西对于许文革而言都是必需品，否则不会巴巴儿地叫人送来，因此也可以想见，一旦断绝供应，许文革将有多么寝食难安。但杜湘东就是要折磨许文革，哪怕用的是他过去所不屑的"鸡贼"手段。

如今铁门里的规矩也变了，最有面子的不再是好勇斗狠的牢头，而是那些在外面能量无穷的人。在新规矩里，因为经济问题进来的商人还能遥控生意，酒后驾车肇事的富家子总能召见律师，最让人不忿的是，对于某些落了马的官员，没落马的同僚旧部还会专门打电话来要求"关照关照"。看许文革的架势，俨然已经混成了那些特殊犯人中的一员，面对物资禁运，他会有什么反应？是公然抗议还是找人求情？杜湘东拭目以待。

从小徐胖子嘴里听说，有时许文革犯病犯得厉害，平摊在地上，两手扒着胸膛，那模样就像被装进棺材里活埋的人。饶是如此，他从未申请过就医，关于药品的不翼而飞也没对人提及。在杜湘东看来，对方与其说是在忍耐，倒不如说是在示威：当你已经变成了一个下作的老无赖，我却还是一条硬汉。而杜湘东能做的，只有继续扣留、糟践那些物资。他不就是想让许文革感受到自己的存在吗？这个目的已经痛苦而漫长地实现了，但许文革的表态却令他变成了真正被折磨的那一方。杜湘东的酒喝得越来越多，终于，在一次"撅"掉了半瓶二锅头之后，他做出了一个老无赖所能做出的最下作的举动。他在便池前方倒掉喷剂，解开裤子，往写满外国字眼儿的塑料药瓶里撒尿。尿得不准，溅了一手，他却还没尿完就生生憋住，冲回办公室，将药瓶放进了写着许文革的名字、等待转交进监舍的纸箱。恰好赶上转运物品的手推车来了又走，杜湘东随之展开了一段遐想：许文革又快犯病了吧？最好立刻就犯，如此一来，他才能不分青红皂白抓起药瓶，把那些浓郁的、酒精含量超标的液体趁热喷到嗓子眼儿里去。那个味儿真是甭提了，那个场面真是太解气也太他妈的变态了。没错儿，变态。都说警察这种职业很容易患上心理疾病，那好，他杜湘东总算赶上了这个时髦。

然后，杜湘东折回厕所，打算把剩下的那半泡尿撒完。

然后，他在门外遇到了那个代表许文革来找他的男人。

那男人杜湘东见过，前些天从奔驰车里下来的就有他。此刻他仍穿着西装，腋下夹着公文包，神情不苟言笑："杜管教吧？我是许文革的律师。"

杜湘东以醉鬼特有的嘴脸睥睨对方："律师？律师找法官聊去。"

"但有两件事，还得向您说明。"律师仿佛没看见杜湘东按着裤裆的丑态，语调不急不缓，"第一件，在被看押期间，我的当事人有权接收衣物、日用品和药品。尤其是药，这是医生开具过处方证明的。但据我所知，上述物品都被您无故扣留，这给我的当事人造成了极大的痛苦。而您的行为不仅违反了相关条例，说得严重一些，已经涉嫌虐待。"

"那你告我去。"杜湘东笑了，"你不就是吃这碗饭的嘛。"

律师也笑了，笑容高度职业化："我确实提出过这个建议，但我的当事人拒绝了。"

杜湘东眉毛扬了扬："哟，许文革这是跟我卖好儿呢？"

"既然是许先生的意思，那么第一件事就过去了。我想着重说的是第二件。"律师说着，将腋下的公文包打开，取出两张打印纸，递给杜湘东，"您先看看这个。"

杜湘东抬起手，展示了湿漉漉的尿渍，于是律师只好平举着两张纸，照镜子似的让他看。醉眼蒙眬，人勉强认识字，字却不认识人，但等杜湘东把那一千多字的材料读完，他就尿意全无了。他的脑子里咔然作响，心脏也像注射了过量的肾上腺素似的狂跳了起来。他愣了许久，再开腔，就不是一个醉酒无赖的口吻了："许文革到底什么意思？"

律师向杜湘东出示的材料，是关于五年前那场矿难的，却与通常的调查报告不同，并未纠结于事故的原因与后果，而是主要叙述了亲历者之一许文革在当晚的所作所为。其中包括他带领三十余名矿工逃生，也包括他从井下把刘秋谷背了上来。

至于许文革的"意思"，律师做出了清晰的表述："许先生的案子，法院正在审理当中。他的罪名是盗窃和越狱，对于这些，我方并无异议。但在量刑标准方面，法院也必须考虑到各种特殊情况。首先，现在距案发的1989年已经过去了十多年，这十多年里，关于他的盗窃金额是否可以被称为'特别巨大'，相关的司法解释已经发生了显著变化。具体说，许文革盗窃的是一台'皇冠'轿车发动机，当年的整车价格大约十万元，即使是核心零部件，估值也应该不超过两万，这在八十年代算是天价，但在今天如果还被列为重大案件，明显就不妥当了。其次，当事人的认罪态度和表现也将对判决起到关键作用。许文革是自首，这一点已经毫无疑问，而我方辩护的关键之处在于，他在逃期间还有立功行为——试想当时如果不是他挺身而出，其余三十多人很可能会，或者说几乎一定会……"

听到这里，杜湘东眼前的那些字就变成了活蚂蚁，黑乎乎地爬得满天满地都是。他瓮声瓮气地打断对方："你是想让我给许文革做证？"

"对。"

"这事儿找我干吗？谁在井下找谁去。"

"我查阅过山西方面留存的资料，的确曾有一位副矿长和若干矿工提及，是一个名叫姚文林的人把他们带了出来，也说过姚文林是个逃犯。我们很想请那些当事人来北京作证，可该矿早就关停，一时半会儿没法找到他们。当年一起下井的人里，我们能见到的只有刘秋谷，但刘秋谷目前已经成了许文革的生意合伙人，属于利益相关方，所以只能回避。在这种情况下，如果要在开庭之前就许文革的立功表现提请法院重视，有效的证人也只剩下您了。矿难发生时，您就在矿上，而且不怕您介意，我还通过关系看过您当年写给上级机关的检查，那上面说，您几乎抓获了化名为姚文林的逃犯许文革……如果有了您的证明，那么姚文林立功就是许文革立功，那么再经过法院核实，许文革就可以获得适当减刑……"

说到后面，律师的口气也软了下来。他又从公文包里拿出另一张打印纸来，是份证明书，递到杜湘东面前。兹证明大同某某煤矿曾有雇用人员姚文林，系逃犯许文革化名。落款虚席以待。这些字样是用大号字体打印的，黑得更加触目惊心，在他眼里就不像蚂蚁而像甲虫了。许文革这是请他高抬贵手呢。作为一个警察，他没资格接近逃犯，逃犯却先把他查了个底儿掉，连他的检查都看过了。为了达到目的，他们还用私扣物品的事儿来要挟他。

杜湘东低下头，下意识的反应只想逃开："边儿待着去，我要撒尿。"

"您尿还挺多，我等您。"

"尿完也没工夫搭理你，现在是上班时间。"

"那就等您下班。反正我的费用是按小时计的。"

犯赖没用，人家比他还赖。杜湘东侧身撞开律师，重新往厕所走去。他还计划着如果对方追上来，那就在便池边上使个回马枪，滋丫一身。可那律师没动，甚至似乎没用目光追寻他，而是叹了口气，仿佛不知对谁感叹："许文革说，您也不容易。"

杜湘东蓦然站住，后脖颈子汗毛倒立。

律师继续道："衣服和药，还有我看过您检查的事儿，许文革其实都不让我跟您提。他本来还想亲自请您为他做证,可是你们见不着面,只能由我转达。干我们这行的,都会看人,我感觉他对您的信任比对我还深。说到您,他只有一句话:'这是个好警察。'"

杜湘东继续静立。许久,他才慢慢抬起头来,瞪着前方却像目无一物,这使得他的姿态如同一个听声辨位的盲人。此时是下午,身边有扇窗子,光线从偏西的背后投射进来,让他的影子往东南方向伸长,不易察觉地往墙上爬去。影子一颤,杜湘东便回过身,走到律师面前,接过对方递上来的纸笔。签完字,杜湘东再次转身,走向厕所,打算接着尿。但还没尿出来,他就跪了下来,头顶着哗哗作响的陶瓷便池,哭了。

14

不久以后,案件开庭审理。

1989年春,许文革伙同他人盗窃汽车发动机,又伙同他人于在押期间逃脱,此两项罪名成立。但对盗窃和越狱,1992年颁布的《刑法修正案》与1997年颁布的新《刑法》在量刑标准上均做出了新的规定,依据"从旧从轻"原则,不再适用1989年执行的旧标准。两罪并罚,通常可以判处有期徒刑五至六年,案犯主动自首,也可酌情减判。控辩双方的争论,集中在许文革在逃期间的表现。在矿井底下救了人,这与本案并无直接关联,是否可以算作立功?即使算立功,救人的过程并不翔实,证据也不充足,是否可以作为减判的理由?检察院方面提出如上质疑。一审法院采纳了检方意见,并不认可立功情节,遂将许文革的刑期定为五年。许文革一方不服,随即提起上诉。考虑到矿难有据可查,警察杜湘东又能证明案犯当时确在矿区,更高一级人民法院并未驳回上诉请求。择日再审。

这时杜湘东明白,他那份证明起到的作用,首先是拖延时间。利用重新开庭之前的一两个月,许文革的律师又在兢兢业业且效率极高地搜集其他证据。天知道他们雇了多少人,花了多少钱,动用了多少关系,终于在河南平顶山找到了当年那位副矿长。煤矿被封,老板跑路以后,副矿长也失了业,经亲戚介绍先去了陕西榆林,后又辗转去了河南,干的都是挖山开矿的活路。被找到时,他已经患有严重的尘肺病,许文革的律师立刻替他结清了医疗费用,把他送到北京,一边洗肺,一边做证。因为副矿长大部分时间都在特护病房,所以杜湘东并未与他见面,但据说那人的证词后来成了审判的转折点。

也正是在此期间,案件开始受到媒体的关注。在那些报道里,许文革被描述成了一个"迷途知返、白手起家的成功人士",还有一档名气很大的电视节目到看守所对他进行了专访,挖掘其"心路历程"。节目播出,反响愈发热烈,不仅法律界的相关人士,就连八竿子打不着的专家也都纷纷发表意见,各路人精儿选边儿站队,演变成了如下两种论调的激辩:第一,公平至上,资本是有原罪的,中国的资本家更是有原罪的;第二,效率优先,只有对那些"有能力的人"网开一面,社会经济才能快速发展。前者批判后者信奉"丛林法则",后者讽刺前者要开"时代倒车",大家离题万里,天马行空,各执一词。

这个插曲的受益者当然是许文革。把水搅得越浑,法院在量刑时,就越有可能采取折中方案:轻了不行,重了更不行。所谓"酌情",酌的有案情、人情,当然也包括舆情。另一个间接受益者却是看守所——电视镜头里的监舍整洁明亮,管理有序,这相当于用事实回应了近些年来针对我国司法体系的恶意抹黑。上面因势利导,把单位树成了典型,新所长还得逢年过节带着一群眼泪汪汪的在押人员包顿饺子,以供宣传使用。

也是经由媒体报道,杜湘东才弄清了许文革的另一个身份:他已经是一家汽修企业的实际控制人了,厂子在南方,手下雇着百十号人。尽管奔驰车、一天一扔的毛巾内衣和按小时付费的律师都透露出了类似的可能性,但确切得知这个信息,还是令人倒吸一口凉气。当然,这其中的许多细节有待补充,比如许文革究竟是通过什么途径"发迹"的?再比如许文革既然是个逃犯,又是如何管理资产、运营企业的?只不过除了杜湘东以外,并没有什么人真会关注那些疑点。人们需要的只是一个励志的传奇,一个暴富的神话。

两个月后,二审宣判。依据《刑法》,犯罪分子的"立功表现"是指"揭发他人或提供重要破案线索,并经核查属实",因而在狭义上,许文革的救人行为不能算作立功;但按照最高人民法院颁布的《关于处理自首和立功具体应用法律若干问题的解释》,许文革具有明显的悔罪表现,并对社会做出了重大贡献,因此仍可参照相应的减刑标准处理。最后判处有期徒刑三年,立即执行。也就是说,上诉目的已经达到。

不管怎么说,这桩跨世纪的案件终于在法律层面上尘埃落定。许文革被移交给监狱的当天,刘芬芳提早收摊回家,炖了一锅猪下水。老所长和老吴也打来电话,如出一辙地问:"不想了吧?"杜湘东回答他们:"早不想了。"然后老所长跟他交流了养生,老吴则介绍了自己在东南亚几处海滩胜地的见闻:"都他妈大洋马,扒开屁股才能找着裤衩儿。"又过了几天,所里传达通知,杜湘东结束了短期轮岗,重新回监舍工作。

杜湘东却表示:"我就留在登记处吧。"

新所长以为他还在闹情绪,安抚道:"杜哥,工作离不开您。再说您当年不都是主动申请到一线、到困难的岗位上去嘛，这个传统得发扬啊。"

杜湘东说："当年是当年，现在就想图个舒服。"

他说的是实话。至此，杜湘东已经目睹许文革实现了他的全套计划：随着法制进步，当年的案子如能拖到今天再审，对罪犯是极其有利的，再加上自首和立功等因素，许文革只需要坐上不长时间的牢，就能以很小的代价洗白自己——而恰恰是因为"发了"，今非昔比了，许文革才无比迫切地渴望洗白。如果说许文革是一个幽灵的话，那么他是一个随时准备回到阳光之下的幽灵。这么想着，杜湘东仿佛又身处在矿井深处，和许文革一起经历着黑暗中的天崩地裂。他仿佛还看到，当井下所有人都在仓皇失措时，许文革的眼里却闪烁着孤注一掷的光芒。许文革早就开始设计他的计划了，并为此稳扎稳打，步步为营。而再反观自己，杜湘东却全然是一个懵懂的、被动的人，他只配被人牵着鼻子走。如果说当年的杜湘东只是承认了失败，那么现在，他还感到了彻骨的乏力。

于是他不仅从管教的位置上退了下来，进而还变成了这样一副形象：骑一辆破烂自行车，后座上斜插着一根劣质渔竿；如果离近了，能闻见他身上的酒味儿更浓了，还能听见他的怀里有只蝈蝈正在吱吱乱叫，听那五音不全的调门儿，好像也被熏醉了。如此全副武装的杜湘东从宿舍出发，或者找河边清静的地方下竿儿，或者到山脚下给蝈蝈挖野菜，或者去为下岗女工刘芬芳的冷饮摊上货，总之难得到所里照个面。对于单位，他有一种很公平的态度："我不烦他们，他们丫的也别烦我。"而现在，别说领导了，就连交情不错的几个小伙子也对他敬而远之。大家除了觉得跟他混在一起"影响不好"以外，仿佛还害怕从他那儿沾到什么晦气。人们对他的称呼也变了，从"杜哥"升级成了"杜爷"。这个"爷"当然不是"爷爷孙子"的"爷"，而是"北京大爷"的"爷"。定居郊县十几年，杜湘东终于混成了一个别人眼里的北京人。

"你堕落了。"另一个北京人刘芬芳抱怨道。

"我不早这样了嘛。"杜湘东回答。

"那你就是越来越堕落了。"刘芬芳又说。

杜湘东不忿："难道我就没有堕落的权利吗？"

听他这么反问，刘芬芳就没话好说了。也许她还在心里做了一番权衡：比之于奋发的杜湘东，堕落的杜湘东才是适合于当丈夫的。况且一个穷人，能在堕落这事儿上拥有多大的资本和想象力？毕竟不赌嘛，毕竟不养女人嘛，毕竟还知道给家里干点活儿嘛。那么堕落就何止是天赋人权，简直是值得提倡的了。而刘芬芳没话好说，杜湘东也就失去了对堕落进行深入阐述的机会。那种反思只能在暗地里进行：如果说以前堕落，是因为不知道许文革身在何方，那么现在堕落，不妨算是他为了适应"许文革回来了"这一现状所做的努力。表面上是同一种堕落,骨子里却有不同的内涵。

如此说来,即使到了今天这步田地,许文革仍然还在萦绕着他,纠缠着他,改造着他?这个发现将杜湘东吓出了一身冷汗。

而此后的两件事,让他不得不承认确实如此。

第一件事发生在半年以后。那天晌午,杜湘东照例出门,自行车后座的渔竿上挑了一只等待收纳战果的塑料袋,迎风一抖,如同旗帜,上书五个大字:维纳斯妇科。这阵子刘芬芳在闹妇女问题,小肚子疼,正好听说县城有家私营医院开业酬宾,免费门诊,便去看了一趟。杜湘东骑过看守所正门,忽听有人叫他,一歪头,就看见门前停了一辆"大切诺基",车里跳下了那位上警校时总跟他较劲的同学。同学还在干刑警,因为破过几桩震惊全国的大案,现在已经升了某个城区刑侦支队的一把手了。这些消息也是在新闻里得知的。

杜湘东溜车过去,像狗撒尿似的一脚蹬在"大切诺基"的轮毂上,用同学当年的口气打招呼:"哟,稀客呀。"

然后他才眨了眨眼,略感茫然。这位身居要职的故人怎么会来找他,并且看那架势,还是专程下乡来找他。而自从提拔到领导岗位,同学就学会了收敛傲气,或者说,反而没必要傲气了。他笑笑,和杜湘东握手,话说得既亲热又责备:"打电话你不在办公室,找你们所长也不知你在哪儿。都什么年代了,你也不配个手机。"

杜湘东干硬地迸出几个字儿:"你要干吗?"

同学继续笑道:"找你核实个事儿。那事儿你可能不想提,但也请担待着。当年为了那个叫许文革的逃犯,你不是跑过一趟大同嘛……"

杜湘东更加干硬地打断对方:"那案子早结了。没结之前,你们不也撒手不管了吗?"

同学道:"我想说的也不是许文革,而是你找许文革时,我给你介绍过一个当地的警察。他带你去查过线索,还跟你一同进过矿区。这人你还记得吧?"

杜湘东眼前浮现出一个人影。那警察瘦高驼背,满脸通红,浑身脏兮兮的,当初刚见面,他就自我介绍过,姓徐,不过后来竟忘了人家的称呼,只记得长相如同一只蹦跶在土里的大虾米。杜湘东这辈子唯一一次过了把刑警的瘾,正是在那个老徐的陪同下完成的。追许文革时,如果不是老徐把他拽出了矿井,没准儿命都送了。

见杜湘东迟疑着点头,同学就一股脑儿地说开去。他说老徐以前是省里有名的破案能手,门路广,脑子活,关键时刻反应奇快,不止杜湘东,就连他本人也承蒙老徐救过一命。当时是到山西抓一个抢劫犯,刑警同学在路边摊上看得真切,扑上去就要按人,没想到对方从怀里掏出一把鸟铳,顶住了他的脸。正在这个当口,一旁策应的老徐及时赶到，一把攥住鸟铳，把枪口抬向天上，不仅救了警察，也没伤及群众。只可惜这样一条汉子，却在最不应该的地方翻了船。他很早离婚，前妻和女儿住在太原，女儿升初中那年，因为没户口，得交一笔择校费，但穷警察又怎么交得起。恰好有个认识的生意人说能联系上省城重点学校的领导，还说择校费可以由他先垫着。虽然知道天上不该掉馅儿饼，但因为常年感到对不起女儿，老徐也决定把钱借了再说。没过多久，便发现那生意人身上还背着一起伤害案，是讨债时指示黑道把人手剁了。对方求老徐放他一马，老徐不答应，依旧抓人。到了牢里，那人就反咬一口，揭发老徐勒索、受贿。虽然打了借条，又是在不知案情的状态下拿的钱，但追究起来仍属犯忌，于是老徐被从一线调离，找了个闲职挂着。

这一挂，就挂了七八年。但闲不下来，不光许文革这个案子，地方上再有什么棘手的案情，仍会抽调老徐帮忙。结果到了上个月，就出了事儿。铁路警方要端掉一个盗窃团伙，知道老徐熟悉地形，请他在大同段配合一下。但前两个站点收网过早，又没把人都抓住，余下的案犯被逼红了眼，刚看见身穿旧警服的老徐上车，就有一个十四岁的孩子迎了上去，照着肚子攮了一刀。老徐把眼一瞪，说声"小兔崽子，拳头还挺硬"，随后一头栽倒。等送到医院，发现肝脏被捅破了，又抢救了半个月，终于没救过来。

老徐死前，断断续续还有意识。这时上面想起来，还有一位得力干警正被"挂着"，于是位复原职，立功嘉奖。以前的领导赶到医院，把那份决议逐行逐句地念给老徐听，上面列举了老徐从警生涯的诸多事迹，倒像提前念了一份辉煌的悼词。刚念完，老徐便昏了过去，过了片刻又自己醒了过来，对领导说："还差一条呢。"

领导手忙脚乱地问："差哪条？"

老徐说："我还拒过贿。"

听到这话，领导就有点儿尴尬，问："还有这事儿？"

老徐就把何时何地拒过贿说了。听着同学复述，杜湘东也想起了当年他和老徐坐在洗浴城包间里的情形：俩警察一左一右，中间夹着煤矿老板和几沓现金。

刑警同学道："凭他以前破过的案子，足够当个省级以上英模的，但非要在材料里添上一条拒贿，就有点复杂了。没过几天，老徐就突发大出血去世了，所以这事儿算是他的遗愿，领导没法儿拒绝。可他又在钱上有过纰漏，而且当年告他的人还放出来了，怕就怕再咬起来，打了英模的脸也打了组织的脸，那样影响就恶劣了。最后上面给出意见，一定要对老徐的说法再做核查，只有证实了才敢往材料上写。他们省厅的人先找到了我，让我私下跟你了解一下，你们当年到底拒没拒过贿，当时老徐又是个什么反应……"

"我能证明。"杜湘东说,"有人行贿,老徐拒了。"

"你呢,也没拿?"

"他都凛然成那样了,我怎么好意思拆他的台。要不是他,我还真不好说。"

"你实事求是就行,不必……"

"怎么着,山西那边信不过老徐,你也信不过?"

"我说的不是他,是你。没必要再踩自己一脚,据我所知,你也不是那样的人。"

"那你看我是他妈哪样的人?"

杜湘东吼了一声,却不雄壮,好像掐着嗓子嘶鸣。他扒在轮胎上的脚还抽筋儿似的一蹬,大切诺基纹丝不动,屁股底下的自行车先歪了,令他一个跟跄翻倒在地。刑警同学没再出声,从大檐帽底下冷冷打量着他。杜湘东叉腿坐了片刻,跳起来,一边噼啪拍打屁股,一边要过纸笔,也不回办公室,趴在汽车鼻子上写了一份证明。世事真是一环套一环,跑了趟山西,还牵扯出了这么多案中案。他是第二次给人做证了,不过这次晚了。许文革活着,老徐却死了,还是死在一个小蟊贼的手里。杜湘东一边写,一边心就疼了起来。他还感到喘不过气,得不时抚着胸口往下顺顺。用了两张纸,总算把该说的话说清楚了。同学接过材料,替杜湘东把自行车扶起来,仍未言语,走了。

过了俩月,老徐的噩耗渐渐在他心里淡了下去,另一件事却接踵而至。

杜湘东仍保持着探望姚斌彬他妈的习惯。好像脑子里藏着一枚闹钟,走得不准,但迟早要响,敦促他去例行公事。而最近几趟过去,房间里嗅到了别样的气息。先是每次进门,都觉得屋子干净了,其次是盛米的塑料桶、装菜的竹筐总会满满当当的,甚而还有水果,并且不是附近菜市场里的寻常货色,无论苹果、橘子都大而饱满,打了一层锃亮的蜡。

对于这些变化,杜湘东向姚斌彬他妈打探过。回答是:"他们送来的。"

这个说法无疑过于笼统,但也是标准答案。随着越发地老了、虚弱了,这半年来,姚斌彬他妈仿佛失去了辨人的能力和兴趣。从她嘴里几乎听不到完整的人名,而是用代词指称一切:我,你,他,他们。我还不饿。你来了。他把我的暖壶踢翻了。至于这里的"他们",可以是厂子的工会,也可以是街道乃至区里的福利机构。跨了世纪以后,国家貌似从捉襟见肘的窘境里缓了过来,就连对于原先被刻意遗忘的困难群体,也能腾出手来照应了——可惜往往也就是一阵风,为的是配合什么检查什么活动。

当然,"他们"还可以是别人。杜湘东又问:"他们是谁?"

姚斌彬他妈便吃力地歪着脑袋,半晌才答:"他们就是他们。"

问也没用，再问就是故意逼人了。而杜湘东倒想看看"他们"还要怎么表现。横竖也没事儿，他去得更勤了。那天又是周末，骑着破车来到六机厂家属院，一进门，就见姚斌彬家的楼下停了一辆救护车。当年翻捡垃圾的老太太早不知哪儿去了，接替她的是个中年妇女，脾气倒比前任随和，看见杜湘东，点头招呼："来啦？"

杜湘东说："来啦。"说着瞥瞥救护车。

妇女意味深长地说："崔大妈命好。"

那一刻，杜湘东魂飞魄散。在穷人的语境里，死得痛快或者死得不破费，就算"命好"了。他不敢多问，三步两步上楼，便看见姚斌彬家门口围了一群人，正伸着脖子往屋里观望。掀开布帘子，又露出几个穿白大褂的医生护士，围着姚斌彬他妈或问询或安抚。姚斌彬他妈却安然无恙，见到杜湘东进来才开口："你跟他们说说。他们问的我都不懂。"

杜湘东既问姚斌彬他妈，也问医生护士："让我说什么？"

一个中年医生接口道："听邻居说，这些年来，你一直在照看她？"

"也是得空儿才来一趟。"

"请介绍一下她的生活情况吧。"

"很简单……睡觉起床，烧水做饭。吃的我都提前备好了，菜尽量买存得久的，土豆大白菜什么的。得按时吃药，所以我写了个纸条，贴在桌子上。以前她还自己去拿药，后来懒得动窝儿，我就得勤着点儿检查她的药瓶，快没了就替她跑趟医院。像上厕所和洗澡这些事儿，对她来说很麻烦，不过练了这么多年，基本上自己也能做了……我原先工作挺忙的，靠我一人肯定不行，还是多亏了邻居们。"

他说完，看看屋外，邻居们纷纷点头附和。然而问的人可不满意。一个护士撇嘴道："怪不得这么瘦，光吃土豆白菜了。"

立刻有人顶她："你查查我们的工资条儿，想吃鲍鱼你给买去。"

另一个护士说："老人身上都有味儿，估计半个月也洗不上一回澡。"

又有人说："别说她了，我们都这习惯。你闻闻我，我也有味儿。"

杜湘东把话头转向医生："你们又是哪个医院的，谁通知你们来的？"

对方回答，他们不是医院的，而是城北一家疗养院的。有客户预交了费用，让他们上门给崔丽珍做一次家庭体检。那家疗养院杜湘东也听说过，在电视和报纸上都打过广告，据说是按国际标准建的，价钱自然也是国际标准。医生又把杜湘东往屋角拉了拉，低声问："那么老人发病之前，您还观察到什么症状没有？"

杜湘东说："她是老病号儿，认识我之前就中风了。"

"我说的不是中风。"

"还有别的毛病？"

"对，我们怀疑她得了阿尔茨海默病。"

这个洋词儿把杜湘东唬住了，他严峻地看着医生。

医生解释道："也就是老年痴呆。当然，按照你的说法，老人不是还能基本自理嘛，这说明情况还不算太严重。不过她现在的生活环境……确实成问题，医疗条件也跟不上，很不利于进一步检查和治疗。说句不好听的，等彻底糊涂了就晚了。所以我的意见是，立刻让她到疗养院先住下，再由院方安排就医。"

"你们想把她接走？"

医生笑了："我们疗养院的门槛也挺高的，哪儿能说去就去。"

说完撇下杜湘东，靠窗去打电话。说不几句，转过身来："客户表示，费用不成问题。只要老人去了，我们就能安排陪护，还能组织专家会诊。咱们收拾收拾吧。"

杜湘东脑子嗡了一声："一个大活人，你们哪儿能说弄走就弄走？"

"瞧您说的，好像我们是个强制机构。其实听邻居说，您还是个警察吧？那我们就向您这位警察同志汇报一下。走之前当然得办手续，不是还有单位嘛，现在那位客户已经去找厂里了，只要厂里同意，就是符合相关规定的。而说到底，这一切的大前提，还得是老人自己同意过去……"医生说着又笑了，这时便有护士拿出一本宣传画册，平铺在桌前，向姚斌彬他妈展示疗养院的硬件和软件；而医生的口气又像是在探讨一个多此一举的话题，"崔阿姨，您想住到那里去吗？"

姚斌彬他妈把眼睛从画册上挪开，看向桌上的一个相框，没听见似的。

这时楼下传来了关车门的闷响。杜湘东探向窗外，便看见了那辆奔驰轿车，车上下来两个人：一个是秃顶，从上往下看去好像一只鳖，另一个满头黄毛，好像一朵菊花。菊花与鳖脚步急促，噔噔噔地跑上楼来。走在前面的秃顶男人大概是个领导，虽然厂子处在半停工状态，可编制还在，那么"班子"就得维持运转。邻居们见了他，纷纷撇嘴，而秃顶也并不指望受到欢迎，自顾自地表演起来。他先对姚斌彬他妈嘘寒问暖了一番，然后宣布，崔大姐去住疗养院，"这是一件好事"，虽然厂里"也舍不得"，但是"为了您着想，态度是十分支持的"。这么说时，他身后的年轻人却往杜湘东身边挪过来。这人穿得花里胡哨，两只皮鞋锃亮，步伐却踩出了对比鲜明的切分音。对视一眼，面无表情，但杜湘东认出了小瘸子，小瘸子也认出了杜湘东。其实早该想到的，小瘸子就是刘秋谷，许文革从矿井底下背出来的那个孩子。他截了肢，但又踩着一条假腿站起来了。除了这条腿，他从打扮到神色都是一副"小开"模样：轻狂，浅薄，在河南的底色上时着韩国的髦。

刘秋谷的目光在杜湘东脸上停留片刻，突然变得冰冷。随即，他故意忽略了杜湘东，转而和医生讨论起了疗养院的费用问题："大概多少，一年二十万？三十万？"

"差不多吧……基本费用三十万足够了。"

"有没有更高档的？我们掏双份儿，能再多几个人伺候着吗？"

他也在表演，不仅演给邻居们看，还演给杜湘东看。而在邻居们波澜荡漾的感叹中，在杜湘东的沉默中，姚斌彬他妈却突然说话了："我不去。"

医生以为自己听错了："您说什么？"

姚斌彬他妈重复："我说我不去。"

秃顶男人也替她着急起来："这算怎么话儿说的，您看……"

刘秋谷这才慌了神。把姚斌彬他妈"伺候"起来，这一定是许文革交代的任务，任务完不成，就是辜负了救命之恩。县城版的霸道总裁演不下去了，取而代之的是孩子般的委屈，他走近姚斌彬他妈，哀求道："婶子，别呀，咱再商量商量？"

姚斌彬他妈瞥他一眼："我不认识你，跟你商量不着。"

那么跟谁商量？众人又都看向杜湘东。杜湘东的心沉了沉，很想叹口长气。他也靠到桌前，俯身蹲下去，看着姚斌彬他妈的眼睛。

"这是许文革接您来了。"他梗着嗓子，轻声说。

女人似是一震，把手探过来，抓住了杜湘东迎上来的手："我知道我该去，老麻烦你，我也不好意思。但我就怕一件事。"

"您说。"

"我怕姚斌彬回来找不着我，着急。"

"姚斌彬他……"

"杜管教，不瞒你。"女人舔了舔嘴唇，"姚斌彬他有罪，跑了，去山西了。"

她虽然还记得姚斌彬和许文革，脑子里的事实却都乱套了，张冠李戴了。也正是女人的这句话，让杜湘东不得不相信了医生的判断。他紧紧握了握女人的手："我还常来呢，碰见姚斌彬，就让他找您去。"

姚斌彬他妈就闭了眼，把身子往后一靠，一副任凭处置的姿态。人们松了口气，各自行动起来。床单、被褥、换洗衣服都不用带，疗养院里有现成的，只要把证件、药方等小件物品搋进一个牛皮纸袋，就算收拾停当。住了一辈子的地方，走时原来如此简单。叽喳忙乱之际，姚斌彬他妈和杜湘东一个坐，一个蹲，俩人手还握在一起。

终于，女人被搀扶起来放进轮椅。她回头又找杜湘东："看我去，啊。"

杜湘东说："看您去。"

姚斌彬他妈被簇拥着推下了楼，门外的喧哗逐渐减弱，杜湘东却一动不动，还蹲在地上。十几年了，这间小屋几乎和他头次来时一模一样。因其不变，也就掩埋了那些深夜痛哭的悲声与皓首枯坐的身影。窗外起了风，阳光肆意横行，铺天盖地的流云的影子在水泥地上掠过。杜湘东心里突然起了个念头。许文革，老徐，他们都是扑在尘土里也身上带光的人，而在此前那些年里，他本人的存在价值仿佛仅仅是为了陪衬"他们"，以显示"他们"才是强悍的、磊落的、高尚的——所以他才会长久地憋闷，憋闷得让他忘了自己也是能发光的。现在，他必须做点儿什么了。他得换个角色，还得向他所处的世道讨个说法。况且他想干的事儿还不仅仅是为了他自己。杜湘东往身旁扫了一眼，看见桌子底下倒扣着一个简陋而古旧的相框。这东西一直摆在桌角，而方才走得仓促，落在地上竟无人察觉。相框里插着一张黑白照片，中间的女人四十多岁，面庞清秀，眸子闪亮，在她身后一左一右，站着两个身穿工人制服的稚嫩青年。姚斌彬死了，许文革还活着。姚斌彬的一条命，换来了许文革的重新做人。这公平吗？虽然姚斌彬毫无怨言也不可能再有怨言，但杜湘东还是要问，这公平吗？有了这句发问，杜湘东就不感觉自己是孤独的了，他还多了一个同伴，那人是姚斌彬。

他把照片从相框里抽出来，揣进上衣口袋。离开之前，他朝窗子的方向凝视片刻，点了点头。那透亮的虚空里，似乎有个姚斌彬对他似笑非笑。

15

杜湘东破天荒回了趟办公室，只做一件事，就是给当年的同学打电话。失联已久，许多人早就搬家了，更有些人连单位都挪地儿了，他只能通过找得到的询问找不到的，顺藤摸瓜地逐个儿串联起来。幸亏上学时人缘不错，同学们还愿意记得他，而面对杜湘东提出的"聚聚"，有人痛快答应，有人吞吞吐吐地搪塞，还有人表露出了情有可原的谨慎。毕竟大家都忙，更毕竟一些人已经坐上了相当敏感的位子。

令人欣慰，当他赶到上学时常去打牙祭的那家小饭馆时，就见门口停了好几个警种的车辆。最威风的当然是刑警支队长的"大切诺基"，经侦总队副政委的那辆"霸道"也不错，车里还候着个司机。在走进包间的客人里，杜湘东的模样无疑是最寒酸的，甚而带了三分滑稽。他歪戴着帽子，裤腿一高一低，后襟上沾了一块来路不明的油斑，怀里鼓出个包，居然是个蝈蝈罐子。他也纳闷为什么要带着蝈蝈进城，于是出门找了块草地，把那小虫放生了。

再折回去，推门进屋，一群警官正在热闹，拍着桌子互相说"老了老了"。看见杜湘东，齐声欢呼，"老了老了"更加不绝于耳。这才是同学聚会的气氛，谁也别挑剔地方，谁也别找理由挡酒，谁也别因为肩章上比人家多了一颗星一条杠就装大尾巴狼。干了？走着。悠悠岁月，欲说当年好困惑。酒量可以啊老杜，以前可没见你能喝。也是锻炼的结果，你们拿茅台练我拿二锅头练。说这个就没劲了啊。我没劲，我自罚。

桌上的酒瓶都见了底儿，恰好一个小高潮结束，场面陡然静了下来。有人脸红，有人脸白，所有人都垂了脸，用近乎慈祥的眼神看着杜湘东。

"有事儿就说吧，老杜。"开口的是刑警支队长。

杜湘东没言语，再次举杯，手一抖，洒了大半。

"大伙儿都不是闲人，今儿是为你来的，你就甭卖关子了。"其他人也道。

"那我就直说。"杜湘东把酒杯往桌上一蹾，"你们帮我查个人吧。"

"查谁？"

"许文革。"

场面更静了。片刻，还是刑警支队长说："这些年你的那些事儿，不光我知道，哥儿几个也听说了。大伙儿都想劝你一句，人不能跟自个儿过不去。"

"可我觉得事儿还没完。"

"法院都判了，你还想怎么着？"

"别跟我讲法，我他妈也是警察。但法律是法律，道理是道理。"

"话可不能这么说，要是都像你一样，社会不就乱套了吗？"

"要是都像他许文革一样，那才乱套了呢。"

"老杜，你这就有点儿轴了。人轴不完全是坏事儿，但要在不该轴的地方轴，那就真是坏事儿了。说句不该说的，我们也都觉得你挺可惜的，不过——"

"不可惜，谁也别替我可惜。我早想明白了，混得不好是我活该。你们是干大事儿的人，我就配当个臭管教，而且连个管教都当不好。我给咱们这帮同学丢人了，我都没脸来麻烦哥儿几个。但我心里憋得慌，那感觉比坐牢还难受……我没本事，我就是一废物，要没你们帮忙，我是真过不去这个坎儿了……"

说着，杜湘东就"出溜"到桌子底下去了。他的嘴里和鼻子里流出了混杂的汁液，拉着丝儿吹着泡儿，汩汩地淌进了脖领子。他兀自口齿不清，喃喃不止。他进而又左右开弓地抽着自己的嘴巴，噼啪作响，转眼让脸肿得像个猪头。同学们都来拉扯他，劝他"别价呀别价呀"，人堆儿底部的猪头却突然变成了一只鲸鱼，哇的一声，天女散花，酒精度数极高的呕吐物喷了众人一身。

这也是那天晚上定格在杜湘东眼前的最后一幕。次日在学校招待所醒来，他已经全然记不得头天说了些什么。然而没过多久，来自各个渠道的信息就陆续汇聚了起来。他相当于用鼻涕眼泪把在京公安系统粘在一块儿，展开了一次联合调查。用刑警支队长的话说："我们这些人，大枪顶脑门子上都不怕，就怕自己兄弟耍苦肉计。"

而他的同学不是领导也是老油条，都明白这样的调查应该被控制在怎样一个"度"里。一言以蔽之：违反纪律的事儿不能干，授人以柄的事儿不能干。但他们也告诉杜湘东，所谓的"度"往往又是微妙的，含混的，打打擦边球也不是不可以。话说到这个份儿上，大家心知肚明。杜湘东先到刑警支队长那儿报了个案，说姚斌彬他妈失踪了。失踪了自然要查，尽管没过几天就得知崔丽珍住在城北的养老院，但养老院是许文革授意安排的，而许文革又正处于服刑的特殊阶段，那么就势查一查这个人，也是有其必要性的了。

更得感谢这些年的技术进步，群众雪亮的眼睛早已进化成了由芯片、二极管和数据库组成的庞大的复眼结构，一个人再怎么隐姓埋名，只要还和社会有接触，他所留下的痕迹都会记录在案。信息汇总到杜湘东这里，又可以拼凑成一部许文革的发迹史。

大致分为如下两部分：

首先是在逃期间。当年许文革离开矿山，立刻南下广东。他先后使用多个化名，在各式各样的民营工厂干过活儿，但都不甚得志，最多也就干到了"拉长"。转机出现在跳槽到汽修行业之后。他本就是一名娴熟的技术工人，又对机械极感兴趣，刚一入行就显现出了过人的本领。什么车他都敢上手，什么车他一上手就能转，渐渐就在汕头一带闯出了名气，乃至于深圳、广州都有人专门请他去维修一些走私的豪华车。有老板想替他出资，怂恿他单干，但许文革都没答应，直到遇上了刘秋谷。

当时刘秋谷拖着一条腿，也来沿海地区讨生活，原打算用他哥的抚恤金做点儿生意，结果被人骗得精光，沦落在夜市里乞讨。许文革把他捡了回去，提议俩人合伙干，本钱自己出，却让刘秋谷出任法人。这么安排，当然有其目的，但刘秋谷一来走投无路，二来把许文革视为救命恩人，因此甘当逃犯的傀儡。此后，许文革展示了一个商人的才能和胆识。他跳出家用车市场，转而盯上了爆发式增长的物流业——几乎所有南方工厂的货物都得用大卡车源源不断地运往港口，但卡车一旦坏在路上，厂家的售后网点又辐射不到，常常会前不着村后不着店地耽搁许多天。许文革的"点子"恰好可以解决这个问题。他也不租门店，用全部积蓄招聘工人、租赁面包车，再加上言传身教，很快带出了一支过硬的维修队伍。他们像工蚁一样沿着货运线路游走，只要有卡车"趴窝"，一个电话就能迅速赶到，该修的修，修不好的拖到汽修厂，转手又能挣一笔介绍费。这种经营模式胜在机动性强、成本低廉，在那个年代绝对属于"一招鲜"，刚一试水就赢得了极好的口碑，进而说动了几个原先认识的老板入股投资。此后的几年，许文革几乎是在夜以继日地劳心劳力：发展加盟的维修站点，和卡车制造商洽谈专修授权，遇上特别重大或者特别棘手的情况还得亲自"出现场"……公司的规模也像滚雪球一样膨胀起来,业务扩展到了广东全境。

自然,无论是融资还是合作,抛头露面的都是刘秋谷,许文革只在背后操纵。

其次就是入狱以后。许文革的逃犯身份公之于众,股东们果然被吓了一跳,不过很快明白他自首是为了洗白,所以非但没有撤股,反而纷纷帮他介绍律师、疏通门路。生意人考虑的是钱,只要许文革能替他们盈利,那些人才不管他有没有前科。而许文革身在监狱,胸怀天下,又开始着眼于一个新的商机。这两年,随着山西、内蒙遍地开花的挖矿运动,西北方向已经取代南方沿海,成了中国最为繁忙的交通运输线路,但山区地形陡峭,路况拥堵,卡车走走停停,刹车系统不堪重负,往往会酿成恶性事故。针对这种情况,许文革斥资买下了几项增强卡车制动力的专利技术,比如更换耐高温的陶瓷刹车片、加装稳定可靠的气动总泵等,并且决定在北京设厂,建立起集制造、销售到改装、维修于一体的全产业链。他也明白,要实现这个目的,最可行的方法就是与国企合资,如此一来,既能利用对方的土地和厂房,同时也能获得政府的支持。于是他委托金融顾问与咨询机构,专程对一家经营不善的本地工厂进行了评估,据说即将进入实质性的洽谈阶段。

"哪家厂子?"听到这里,杜湘东问。

"第六机械厂。"负责转述消息的刑警支队长说。

杜湘东一阵发蒙。原来刘秋谷出现在六机厂,可不仅仅是为了安顿姚斌彬他妈。而急于"腾笼换鸟"的工厂在北京还有很多,许文革偏偏挑中了这一家。正在恍惚,刑警支队长又抛出了一个更加令他发蒙的消息:入狱不到一年,许文革即将保外就医。理由是他患有严重的哮喘,目前已经发展到了生活不能自理的地步。至于病因,可能是他曾经在井下干过重活儿,但也和长期以来的昼夜操劳、精神紧张不无关系。

好一会儿,杜湘东才接话:"病情属实吗?"

刑警支队长道:"许文革也算个名人了,就算想瞒骗,也没人敢给他行方便。"

"那他的生意呢,也没违过法?"

"经侦的兄弟看过他公司的纳税记录和财务报表,起码账面上没毛病。不过说句不好听的,咱们国家的生意人,就算发家靠的是脑子和力气,屁股上真能一清二白的也不多。尤其是许文革做的这个行当,水太深也太浑了,做大之前得跟人斗狠、斗心眼儿,否则随便哪个村支书和流氓团伙都能砸了他的摊子;做大之后又免不了和各式各样的头头脑脑'勾兑',铺路全得用钱……就拿跟六机厂的合作来说吧,短短几个月就把方方面面上上下下都搞定了,你以为那些大红章是白盖的?谁的眼睛也不瞎,都能猜出是怎么回事儿。"

杜湘东的口气便兴奋了起来:"经济犯罪也是犯罪。你们打算什么时候开始取证?"

刑警支队长却叹了一声,腔调衰颓了下去:"杜湘东,你也是一把岁数的人了,怎么头脑还是这么简单。且不说许文革都在幕后主使,真查出什么端倪也未见得会落到他头上,就算坐实了他那个公司行贿、漏税、搞权钱交易,涉及的也不仅仅是经济犯罪的问题了。跟他接触的还有领导呢,跟领导接触的还有更大的领导呢,那些当官儿的我们'办'得了吗?况且盘活老旧企业,减轻财政负担,这是现如今的国家政策,许文革是顺势而为,我们要动他就是跟政策对着干,你以为上面会答应?既然说到这儿了,我也不怕你不高兴,再从旁观者的角度议论两句吧……你觉得警察是干吗的?有恶必惩那是理想状态,用这个标准要求谁,谁都没法儿活。许文革再怎么让人看不惯,毕竟还没伤天害理吧?说到底也是环境使然,如果只揪着他一个人不放,那不公平。"

杜湘东的声音低了下去:"你真这么想?"

"想不通也只能这么想。"刑警支队长凝视他半响,又道,"大伙儿帮你帮到这个份儿上,算是仁至义尽了。你不是说自己憋得慌吗?现在知道了吧,许文革也憋得慌。假如你觉得法律对他的惩罚还不够,那他病成这样,你也该解气了吧?"

杜湘东不语。同学突然揽住他的肩膀,和他脑门儿顶着脑门儿,用力晃了一晃。警察的性格都硬,刑警更硬,能有这么个举动,就说明真把杜湘东当成了兄弟。再想想以前和同学的较劲,想想经由同学介绍才认识的老徐,杜湘东也动了感情。然而即使鼻子已经酸了,喉头一哽一哽,他却还是想对同学说,兄弟,对不住,我辜负你了。

开弓没有回头箭,盯梢是从许文革出狱的当天开始的。

监狱也在南郊,但比看守所更靠近城里。那天上午,当铁门打开,杜湘东就站在马路对面的一棵树后。绕过树干,他目睹许文革蹒跚着缓缓移动,脖子像沉到水底的鹅一样尽力伸长,又被胸膛的剧烈起伏扯得一晃三颤。才坐了一年牢,许文革的腰背更加佝偻了,连那张棱角分明的脸都干瘪了下去,还氤氲着一团黑气,远看好像一根被晒蔫儿了的茄子。可见监狱的确是个折磨人的地方。奔驰车就停在街边,迎出来的还是一瘸一拐的刘秋谷,律师却不见了。两人略说几句,许文革从怀里掏出一只药瓶,往嗓子里喷了喷,上车。

杜湘东也动身。他的交通工具是一台带铁棚的"三蹦子",棚上贴满了"开锁换锁"和"包小姐"之类的字样。这玩意儿是他托人买的城管罚没品,冒黑烟,颠屁股,随时还有再次遭到罚没的危险,不过已经比自行车能跑多了。又幸亏北京正在翻来覆去地"摊大饼",原先的乡下地方也开始堵车,所以奔驰车一路且行且停,竟没把他甩掉。如此亦步亦趋,并不很久,便到达了目的地。那是一幢四层小楼,外立面贴满了瓷砖,如果不是围着院子,远看倒像个巨大的厕所。奔驰车开进院门,还没停稳,楼里的人已经拥出来了,高高矮矮七八个,都是身穿灰褐色工装制服的精壮小伙子。院儿外是条市场街,像所有城乡接合部一样嘈杂、污浊,杜湘东就把车停在几个摊位之间,灭了火,聆听那些手下对许文革进行汇报。他们不叫许文革"老板",而是和刘秋谷一样称他为"许哥"。许哥,一楼的房间给您收拾好了;许哥,设备正在路上,明后天就到;许哥,金融公司的人又来了,说等着和您当面谈。许文革却未做答复,或者他说话了但说得虚弱乏力,因此一墙之隔的杜湘东无法听到。又过了片刻,院儿门口响起一阵鞭炮声,大概是兄弟们要给许哥"冲冲喜",但许文革反而被硝烟味儿呛得一边大喘,一边铿锵地咳嗽起来。听那歇斯底里的架势,恨不得肝儿都快从嘴里吐出来了。于是刘秋谷就骂人,接着铁门一关,院儿里诡异地安静下来。

其实从同学那里得知,刘秋谷还在城区东三环租下了一套正经八百的商用房,专供公司的财务部门以及一个高薪聘请的"职业经理人团队"使用,但杜湘东预感,许文革出狱以后不会去那里。现在看来,他的直觉无比准确。而之所以选择这样一个偏僻的地方落脚,原因恐怕只有一个:第六机械厂就在附近。顺着柏油马路面朝东,透过新世纪以来越发浓郁的雾霾,隐约就能望到厂区破败的主楼了。苏联式样的尖顶如同鬼船的桅杆,无根无据地悬浮在半空之中。杜湘东还记得,曾经有女工在那栋楼里合唱《山楂树》:

>我却没法分辨,我终日不安,
>他俩勇敢和可爱呀,全都一个样……
>现在俩人一个死了,一个回来了。

从这天起,杜湘东的生活只剩下一项内容,就是窥探许文革。每天天不亮,他便会驾驶着突突乱响的"三蹦子"长途跋涉,来到那栋小楼院儿外。国营工厂早已一蹶不振,它周边地带却呈现出了野蛮生长的繁荣。搞货运的,批发钢材电线的,出租工程车辆的,由此又带动了饭馆、旅社和百十块钱就能"爽一把"的小发廊。这种环境很利于隐蔽,当他把车往路边一靠,看起来完全就是一个"摩的"司机。出于谨慎,他又买了一顶能遮住下巴、只露双眼的毛线帽,干脆连面目也藏了起来。但这种形象又带来了一些小麻烦,常有人过来问他"走不走",甚至连问都不问,径直往铁棚里一钻就不下去了。杜湘东本想拒绝,又一转念,开了这么一辆车却不载客,成天往院儿门口一杵,瞎子不都能看出自己正在干吗?于是只好就范。好在路程都不远,不是去车站就是去镇上,顶多半个小时就能打个来回。回来以后,他继续发痴似的盯着那栋小楼。

如此持续了半年，但成效甚微。这期间的几乎每一天，杜湘东都会把许文革的动态记录下来，写在一个空白本子上。那些内容是如此单调、简略而重复，诸如：

许文革没出门。刘秋谷买菜做饭。

许文革没出门。医生上门为他治疗哮喘。

许文革乘车，没上高速，前往当地派出所备案。

许文革乘车，上高速往北，应为探望崔丽珍。

许文革没出门。有访客两名，大概是商业伙伴。

……

假如一定要就此做出分析，那么结论是：除去履行法律规定的手续以及去养老院看望姚斌彬他妈，许文革保持着深居简出，连生意都完全在那栋小楼里进行遥控。相应于杜湘东变成了一个不像警察的警察，许文革也变成了一个不像生意人的生意人。

这份记录还有第二个人看过，是刑警支队长。那年春节，同学又来找过他一趟，名为拜年，实则是放心不下。俩人坐在车里，自然说起了"调查"的进展。杜湘东知道瞒不过去，便把本子递了过去。刚开始，同学还一篇一篇地翻着看，到后来就唰唰一扫而过。他评价了一句"精神可嘉"，然后直言相告，就算许文革果真隐藏了什么犯罪行为，凭杜湘东也休想发现，更别提把他再次投进监狱了。原因很简单：杜湘东的调查手段太低级、太小儿科了。靠人力去盯梢、蹲点儿，这都是上个时代的套路，而现在甭管是侦查技术还是反侦查技术，都日新月异到什么地步了？就拿这满满一大本记录来说，还不如随便哪个电线杆子上的监控摄像头提供的信息多。

"我也没觉得自己能逮着他。"杜湘东回答。

同学就问："那你图什么呀？"

杜湘东反问："许文革这种人，难道不应该有人看着他吗？"

同学沉默半晌，说："我看你是魔怔了。"

杜湘东表示赞同："我还真是魔怔了。"

而在监视以外，也有意外收获。每次坐车的人给了钱，他都看也不看，顺手往随身带的挎包里一塞。等过完年，就觉得那包鼓鼓囊囊的挺碍事儿，打开一看，乱七八糟撑满了零钱。于是他拎过刘芬芳摆摊儿收钱用的纸箱子，打开挎包，让那些散票儿纷纷落落地倾泻出来，把他的收成和她的收成混在一处。他们这对穷人夫妻居然也拥有满满的一箱子钱了。

这么做，当然是为了安抚刘芬芳。自从杜湘东早出晚归，她对他的声讨也到达了一个新的高潮——有本事的人才不着家呢，你也配？什么活儿都丢给老婆，成天出去躲清闲，这还叫男人吗？不会挣钱，花钱倒挺在行，自行车换成了三蹦子，这样就能到更远的地方"浪"去了吧？而见到杜湘东的举动，刘芬芳便一愣，进而露出了恍然大悟的神色。

她问："谁给你出的主意？"

杜湘东说："什么主意？"

刘芬芳踹了一脚纸箱子，惊得两张毛票儿翻腾而起："拉活儿呀。"

杜湘东搪塞："也没谁。好多人不都这么干嘛。"

刘芬芳说："可你是警察呀。"

杜湘东笑了："我都快忘了，你倒想起我是警察了。"

刘芬芳突然眼圈儿一红。她这人就是这样，平时老觉得自己被亏欠，但只要想起杜湘东也在承受委屈，哪怕他的委屈其实和她无关，她也会立刻翻转过来，觉得自己才是亏欠了杜湘东。这是刘芬芳性格上的软肋，使得她既后悔不迭又心甘情愿地跟他过了这许多年。想到这里，杜湘东便叹了口气，伸手摸了摸刘芬芳的脸——那张脸的正面已经和红苹果毫无相像之处，侧面也看不出半点儿吉永小百合的影子了。这个举动很突兀，所以刘芬芳下意识地一躲，但她随即又把脸凑了上来。老夫老妻含羞一笑，决定晚上再炖一锅猪下水。

16

后来在杜湘东的印象里，几乎是刚吃完猪下水，刘芬芳就病倒了。其实也没那么快，而是又过了几个月，对许文革的监视超过一年以后。觉得快，只是因为生活太过重复，仿佛许多天都合并成了一天。那是个暮春的晚上，杜湘东骑着"三蹦子"回来，看见冷饮摊空着，电喇叭还在播放《从头再来》。他以为刘芬芳是回去取什么东西了，便跨下车，慢慢往家走去。开门拉灯绳，赫然见床上横着一具躯体，身下满满的血，把褥子都洇了一大片，整个儿人好像躺在了一朵艳丽的红花上。这时刘芬芳还有意识，她满脸煞白，眼睛瞪得撑大了一倍，颤声说："我这是怎么了？本来就想躺会儿，一躺就起不来了。"

杜湘东把她横抱起来，冲到屋外去喊人。七手八脚送到医院，刘芬芳已经昏迷不醒。折腾到后半夜，医生才从急救室出来，说是子宫肌瘤长得不是地方，引发了大出血。又劈头盖脸责备杜湘东："一个常见病，怎么拖到现在才来？她糊涂还是你糊涂？"这时杜湘东想起来，以前刘芬芳曾经说过小肚子疼，但因为图便宜，去了一家"免费门诊"的妇科医院，结果真正的毛病没查出来，反倒向她兜售五花八门的补药，还号召她做个吸脂隆胸。刘芬芳被那些价目表吓着了，此后疼也忍着，再不敢看病，就生生拖成了今天这样。

现在后悔也没用，人家说怎么办就得怎么办。医生建议切除子宫："你们这个岁数也用不上了，对吧？"杜湘东满头大汗地签了字。没想到刚做完手术，刘芬芳又开始了更加汹涌的出血，直接被转进了ICU。昏迷，抢救，再昏迷，再抢救，半个月之内下了两次病危通知，最后总算捡回一条命来。陪床期间，杜湘东的脑子都是空的，但只要一闭眼，仿佛就看见刘芬芳已经死了，她的灵魂正坐在一朵巨大而鲜艳的红花上跟他告别。直到接到通知可以办理出院，他才意识到了一个比大出血更加迫切的问题：下岗职工刘芬芳是享受不到报销政策的，而重症监护室每天的花费就得上万，还有手术、护理、进口药……再掏出存折一看，俩人的积蓄也许还不够这趟住院的零头。

身为一名穷人，杜湘东不免犯起了所有穷人都会犯的嘀咕。医院为什么没跟他商量过费用问题，难不成是专等着一并算总账？这两年类似的新闻很多，最夸张的一起是病人醒来一看账单，直接就从楼上蹦下去了。但不管怎么嘀咕，他这辈子也没欠过谁的，更何况人家毕竟救了老婆的一条命。杜湘东咬咬牙，满脸悲壮地走向结账窗口。那一刻，他几乎做好了跪地哀求的准备，求人家宽限一些日子，让他回家去凑，去借。

但和他的表情相反，收费的小姑娘一脸轻松："该出院您就出呗。"

"不是还得结账吗？"

"不是早就结了吗？"

杜湘东几乎怀疑自己幻听了。小姑娘怕他不相信似的，又找出一叠机打单据，从窗口递出来。林林总总上百项开销，总额比他估算的更多，已经超过了二十万。那么是谁交的钱？刘芬芳她二姐？自己单位？要不就是同学、同事、老所长和老吴？杜湘东做着假设随即否定了那些假设，窗口里的小姑娘却又补充说，在刘芬芳住院的第二天，她本人的那点儿押金就用完了，医院本想催促续费，替她交钱的人恰好来了。人家还留下话，费用不必担心，更不必为钱打搅病人家属。

这时杜湘东才想起一个常识。他再次翻开那沓单据，从里面抖落出一张银行刷卡凭条。签名栏上的字迹歪歪扭扭，稚嫩得像个小学生，赫然写着"刘秋谷"。

刘秋谷背后，当然是许文革。原来是许文革。居然是许文革。

但最让杜湘东惊愕的还不是许文革替他结账这一事实，而是：许文革又是怎么知道刘芬芳生病，怎么知道他们看不起病的？难道在很早以前，甚至早到了许文革出狱的那一天，他的行踪就已经暴露在了对方眼里？难道这一年来，当他监视许文革的同时，许文革也在监视着他？杜湘东的大脑艰难地转动起来，思考着上述推测的可能性——答案是肯定的。

他不是一块当刑警的料,面对的却是一个杰出无比的逃犯。但许文革不仅没有戳穿他,反而允许他作为影子缠绕在自己身边。在俯瞰他、揣摩他、戏耍他的过程中,许文革一定享受到了巨大的快乐。而和杜湘东那拙劣的监视相比,许文革的反向监视无疑要来得更加隐蔽,更加高效,也更加全天候。当杜湘东溜着墙根往小院儿里探头探脑时,他那副可笑的模样也许正被许文革用望远镜和摄像头窥视着;当杜湘东疲惫不堪地行驶在回家的路上,许文革的手下也许正在开车跟踪着他那辆同样疲惫不堪的带棚"三蹦子"。于是杜湘东那窘困的日常生活无处可藏,又被在第一时间汇报给了许文革。而刘芬芳这一病,就把许文革对他的俯瞰、揣摩和戏耍推向了高潮。在胜负已定的局面下,还有什么比施舍仇人更让人满足的报复方式呢?杜湘东甚至相信,当许文革授意刘秋谷去结账时,他会真诚地认为自己是高尚的。他们那个阶级的人就是这样,一旦拥有了钱能买到的所有东西,接着想要购买的就是那些没有明码标价的东西了——比如"高尚"。

不能让他——以及他们丫的得逞,杜湘东想。他虽然接受了自己的卑贱,却不承认许文革有资格高尚。他不需要墓志铭,也拒绝给对手颁发通行证。

几天之后,杜湘东再次出现在那座小楼院外。星期天上午是许文革难得出门的时刻,这个规律在为期一年的蹲守中从未失效,今天也不例外——当斜对面的那家小发廊拉开窗帘,更远处的几家饭馆乐声大作,眼前的铁门豁然而开。奔驰车缓缓驶出,在《两只蝴蝶》和《老鼠爱大米》的伴奏下开上了这片城乡接合部里唯一宽敞点儿的水泥路。根据以往的经验,如果它沿着水泥路拐上国道,那就别想追上了,所以杜湘东立刻也把带棚"三蹦子"的油门拧到了底。但他不是从后方跟踪,而是划了个弧线,往奔驰车车头的方向包抄了过去。几秒钟后,市场街上的人们都看见了有惊无险的一幕:奔驰车正在提速,突然从斜刺里钻出一辆破烂无比的带棚"三蹦子",它嘶吼着颠簸着,前座上的骑手还耸起肩膀,做出了冲刺的姿态,几乎要一头扎到汽车轮子底下去。紧接着是一声尖厉的急刹车,硕大无朋的奔驰车总算停住,车头距离"三蹦子"才不到半米的距离。奔驰车的司机开门跳下来,脸吓得煞白,火气倒挺大,他上前推了杜湘东一把:"作死呢你?"

杜湘东一躲,顺势抓住对方的胳膊一扭,便让那个二十多岁的壮小伙子低头弯腰动弹不得。人是老了,总算功夫还在,所以这次亮相还称得上威风。他压着胸口的喘,尽量利索地从"三蹦子"前座上跳下来,这才推开司机:"没你事儿,我找许文革说话。"

这么说时,他已经看见了从奔驰车后排座钻出来的许文革,还看见了从小院儿里飞奔而出的刘秋谷和一群小伙子——那些人手里都有家伙，有的拎着扳手，有的攥着改锥，有个快两米高的胖子居然扛着一副千斤顶。天知道这些家伙是正在修理机器还是准备修理人，但毫无疑问，如果再动手，饶是当年的杜湘东不出半分钟也得趴下。

然后，他听见许文革叫了一声："杜管教。"

杜湘东突然意识到，自从许文革1989年越狱，这还是他们第一次如此清晰地面对面相见。此前无论是在矿井还是看守所，许文革对他而言都只是一个难以捉摸的背影。为了让那背影还原成人像，最好的一段年岁已经被耗费了。他缓缓走了过去，经过那辆奔驰车，经过虽然被许文革喝止但仍对他怒目相向的刘秋谷那一群人。他直盯着许文革，许文革也直盯着他，当两人只有一步之遥，杜湘东抬起手来，插进兜里。这个举动让刘秋谷紧张起来，那眼神，就好像他将要掏出一把枪。杜湘东笑笑，在严阵以待、众目睽睽之下，把一张银行卡塞进许文革的上衣口袋："密码是姚斌彬生日。"

"您何必呢？"

"甭废话。"卡里有二十多万，和医院账单上的数目分毫不差。钱是向刘芬芳她二姐借的，一家人明算账，作为抵押，他们白纸黑字地承诺，如果还不上，就把看守所宿舍那套筒子楼过到人家名下。二姐不差钱也不差房子，但杜湘东的表态和他此时告诉许文革的一样，"该怎么着就怎么着，谁的便宜我也不想占。"

听到姚斌彬的名字，许文革脸色不变，眼底却有一丝微光闪动。但他随后的表现却让杜湘东始料未及。他突然咧嘴笑了，笑得亲热而诚恳，就好像杜湘东不是"杜管教"而是一位久别重逢的老朋友。他根本没再顾及兜里的银行卡，那意思很清楚——无论是二十多万还是与杜湘东互相监视这一事实，都不在他的考虑范围之内了。许文革现在仿佛只对杜湘东这个人感兴趣，他仿佛早就期待着与杜湘东重逢。

"赶得好不如赶得巧，"杜湘东的胳膊也被许文革揽住了，"带您去个地方。"

几乎是懵懂着，杜湘东坐在了奔驰车的后排。笑容绽放的许文革蕴含着某种令人无法拒绝的力量，完全符合他这种人在中年时代应该具有的特质：越是底气十足，就越证明了此前的那些苦没有白受。想到这些，杜湘东立刻后悔了，但车已经像艘大船似的稳稳开动了起来。司机回过头来，换上了一副恭顺的脸色："许哥，路线不变？"

许文革点头，又摇下窗户对刘秋谷等人挥手，让他们回去。此后他就陷入了浩大的咳嗽，每一声似乎都伴随着肺泡爆裂。幸亏他的身上和车上到处都藏着进口药，随手掏出一瓶往嗓子眼儿里狂喷，总算渐渐平复了下去。看着许文革痛苦不堪地忙活，杜湘东不知道是该象征性地帮他一把，还是该更加象征性地询问一下病情。最后，他只能选择安静地坐在许文革身边,连这趟被迫同行的目的地都没打听一句。

奔驰车拐上国道又往东行驶了几公里。沉沉雾霭之中,第六机械厂的大门出现在了前方。司机按了两下喇叭,立刻有个保安出来为他们放行。车子不急不缓却熟门熟路,不久绕过主楼,停在一片厂房附近。都是几十年前的建筑,灰砖砌成,四四方方的像若干密不透风的盒子。杜湘东想到,他来过六机厂无数次,唯独没走进过这片厂区的核心地带。身为警察,他并不需要了解工厂是如何运作的。而这时,许文革便跳下车来,开始带领杜湘东在那些灰盒子之间穿行。经过一个地方他说:"这是热加工区。"经过一个地方他又说:"这是动力区。"此外还有仓库、装配车间、质检车间……总而言之,第六机械厂是个用机器制造机器的地方。许文革旁若无人地走在杜湘东身前,他挥舞着手臂,步伐变得轻快,连佝偻的身板都挺直起来。从这人身上,杜湘东突然感到一派天真,那感觉就像一个孩子正在向他炫耀什么复杂的玩具。这是一个他从未见过的许文革,和那个强悍的、决然的、满身戾气的、处心积虑的许文革判若两人。他们穿越了大半个厂区,来到一个和其他建筑并无二致的灰盒子门前。许文革又说了句"这儿以前是铸件车间",脚步慢了下来。杜湘东随即反应过来,姚斌彬生前就在铸件车间工作,而许文革是维修班的。他跟在许文革身后,走到车间门口,看着许文革掏出钥匙打开铁门又拉下了电闸。咔然一响,呈现的是一幅亮眼的景象:车间内部已经被粉刷干净,连头顶上都换成了这两年才普及的高压氙气灯;地面上铺展着一条杜湘东看也看不明白的机械生产线,在灯下静默地反着光。

许文革开始了更加滔滔不绝的介绍。他告诉杜湘东,铸件车间马上就不是铸件车间了,和厂方签署合资协议后,他立刻着手对这里进行了改造,准备用以制造专供重型卡车使用的耐高温刹车片。不仅是铸件车间,这片厂区里的大部分车间都将重新装修、更换设备,生产的将是和汽车相关的各种配件。他又告诉杜湘东,投资规模如此之大的工厂,对于他这家公司来说当然是一场豪赌,好在股东们都信任他,又拉到了一笔风险投资,所以钱是不用发愁的。他还告诉杜湘东,买卖人通常认为老旧国营工厂是个大泥潭,政策紧,插手的头头脑脑太多,还得养活一群吃闲饭的,但他是从厂子里出来的,他知道那些按照军工标准培训出来的工人才是最宝贵的资源。钱、设备、销路这些都是小事儿,只要以前的工人还在,他就坚信自己能让这家工厂起死回生……那些话杜湘东听懂了一些,但还有许多经济的、工业的专门词汇就像在听外语了。这时在他眼中,许文革的神色除了天真,又多了亢奋与激越,甚至有了纵横捭阖、挥斥方遒的气象。而许文革把他带来到底是要干吗?

"我对你怎么挣钱不感兴趣。"杜湘东接了一句。

许文革这才如梦初醒,讪讪笑了。他似乎又要开口,却再次喘息起来。经历了刚才那番过于忘我的表演，哮喘也发作到了前所未有的强烈程度，他哆嗦着蹲了下去，像动物一样两手扒地，脖子上暴起的青筋都快绷断了。崭新的厂房里回荡着惨烈的声响，有那么一个瞬间，杜湘东觉得许文革马上就要死在他面前了。他束手无策了好一会儿，这才想起对方身上是有药的，于是弯下腰去，从许文革怀里摸出瓶装喷剂，递了过去。

又喷，接着咳，接着喘。大半天的工夫，许文革才能勉强像一个正常人那样呼吸。杜湘东有些莫名的感怀，叹了口气道："我得走了。"

许文革却抓住了他的裤脚："我再给您看样东西。"

"我说过，我没兴趣。"

"那是赃物。"

趁杜湘东怔了一怔，许文革递上来一只手。杜湘东条件反射地递回给他一只手，许文革便攀扶着杜湘东站了起来，伸手指向车间门外。远处有一排矮旧的小平房，立在一片荒草丛生的空地边缘。在杜湘东的记忆里，以前厂区和平房之间曾经隔着堵墙，而现在墙已经被拆了。他想起了那是什么地方，也想起了当年自己曾经"搜查"过那里。时至今日，他仍能清楚地记得其中一间平房也就是许文革和姚斌彬的秘密车间里，摆放过哪些五花八门的物件：挂钟、水泵、收音机……两个年轻工人将它们一一修复如初。

许文革的手执拗地往门外指着，脚却不动。他连走路的力气都没有了。杜湘东只好侧肩，扛起他的一条胳膊，架着他往空地对面挪动过去。他们来到苔藓斑斑却依然稳固的平房门前，无须费力辨别就找到了许文革他爸他妈生前住过的那一间。锁早换了，连门洞都拓宽了，还装了朝上的推拉门。看到许文革在身上摸索着掏钥匙，杜湘东不得不让他暂时靠墙，自己接过钥匙开了锁，把门哗然一响抬了上去。

和方才的车间一样，平房里也涌出一股刚刷完漆的味道。许文革又被呛得咳嗽了几声，对杜湘东说："就是这个。"

杜湘东已经看见了。如今屋里只有一样东西，却把空间塞得满满的。是辆汽车，老款进口"皇冠"。1989年，姚斌彬和许文革因盗窃这辆汽车的发动机被捕。几年后，杜湘东还在姚斌彬家的楼下见过这辆汽车，当时它仍在充当工厂领导的专车。而现在，这辆"皇冠"车如果停在北京街头，无疑会显得突兀而过时，但它又保持着某种老派的庄重，周身上下一尘不染。给人的感觉，好像它自从出厂就没上过路，十几年来一直静静地停在这里。

许文革单手扶墙，慢慢挪到皇冠车的驾驶舱一侧，开门坐了进去。他又扯着脖子喘了几声，隔着前挡风玻璃对杜湘东招手。杜湘东迟疑片刻，也拉开门，钻上了副驾驶座。俩人并排而坐,肩颈僵硬,神情木然,从平房外面望过去,大概很像正准备上路出远门。车钥匙就插在仪表盘上,许文革颤颤巍巍地伸手一拧,"皇冠"车一颤,居然平稳地运转了起来。逼仄的房间弥漫起了尾气的味道。

  在轰鸣的车声中,许文革介绍道:"1985年出厂,六缸发动机,自动变速箱,四轮独立悬挂,前后立体声喇叭……当年能坐上这种车的,最起码也是个司局级干部,没想到我们那个厂也能捞上一辆。跟厂里谈判的时候,我问这车还在不在,他们说还在,不过早就没人用了。我就从他们那儿买过来,自己带人从里到外收拾了一遍。那年头小日本的机器特别皮实,只要更换易损件,开起来跟新的一样。"

  杜湘东没搭茬。他扭头看了许文革一眼,只觉得这人目光悠远。许文革却又低头仔细打量起这辆车来。他的手还在方向盘和仪表上摩挲着,不知是在赞叹八十年代豪华车的工艺,还是在欣赏自己的修车手艺。房间里尾气的味道愈发浓郁,已经很不适于哮喘病人长待了,就连杜湘东都意识到了这一点,而许文革却直到再次陷入了撕心裂肺的咳嗽,这才想到应该将车熄火。然后找药,再喷再咳再喘,平复下去却比刚才耗费了更长时间。如果许文革也是一辆车的话,那么他的内部零件还不如这辆险些报废的老"皇冠"运转顺畅。

  车里再次安静下来,许文革才又开口:"您也知道,我和姚斌彬当年就是因为这辆车'进去'的。他们说我们盗窃,这当然也没错儿,所以我们从没喊过冤。但别人不知道,就连您也不知道——我们盗窃又是为了什么?如果光图钱,何必费那么大劲拆发动机呢?拆大灯拆音响不是更快吗,那样我们也许就不会被抓个人赃俱获了,姚斌彬的手也不会被砸成残废……我们拆这机器,其实不是为了卖,而是为了研究它。等把发动机里面的构造搞明白了,我们还会把它原封不动地装回去……"

  说这些话时,许文革的声音仍是虚弱的,杜湘东却听到了自己胸膛深处的怦怦心跳。他意识到,假如他们是用二十年来打一副牌,那么许文革终于要揭底了。杜湘东也想起了扣在自己心里的那副底牌。谁的底牌更震撼,更有杀伤力?大概只有亮出来才见分晓。而两副底牌其实都握在姚斌彬手里,姚斌彬却死了。

  杜湘东呼吸了一口仍然浓郁的汽油味儿:"难道你们不是为了给……"

  "给崔阿姨看病?"许文革截断他,同时抬起一只手挥了挥,像在请求他保持专注,不要漏掉自己的每一句话,"别说姚斌彬了,就连我也是崔阿姨养大的,她的身体是为了我们累垮的,我们当然得报答她。所以我们后来才会从看守所逃跑,哪怕出去就成了逃犯,但也有机会伺候她,给她寄钱,那总比在牢里听到她的死讯要强。说到底,那时候还是年轻胆儿大,我们居然没想过,如果没跑了或者跑了又被抓回来会怎么样……不过这又是后话了。再说回当初,我们拆这台'皇冠'车的发动机,其实是姚斌彬的主意。过去要是把这条儿说出去，他会被定成主犯，不过现在无所谓了。您应该也了解过，我和姚斌彬从刚进厂子当工人，就开始给外面搞维修。上面说我们干私活儿，隔三岔五地敲打我们，就连我都打算收手了，可姚斌彬才不管那一套。他这人看起来性子软，但骨子里比我可'轴'多了，外人都以为我一直护着他，其实大事儿我都听他的。姚斌彬告诉我世道变了，在新的世道里，人应该有种新的活法，活得和以前不一样，活得和我们的爹妈不一样。他还说我们得先做好准备，变成有本事的人。那年头安徽不是有个傻子瓜子吗？傻子卖个瓜子都能变成人上人，何况我们两个懂机器的工人？所以我们就从车床、铣床上手，没过两年又开始琢磨汽车，不懂就找老师傅问，问完了还得没日没夜地下功夫。厂里汽车班的那几辆大'解放'早被我们偷偷拆了个遍，而这种事情是有瘾的，简单的弄明白了，自然就想尝试复杂的、新式的……正好厂里来了辆'皇冠'，也是脑子一热，我们当天晚上就钻进了车库。"

说到这儿，许文革咯咯笑了两声。像是为了防备再喘，他又未雨绸缪地往嗓子眼儿里喷了喷药，这才继续往下说："后来的事儿您也知道了，我们被抓进去，逃跑，我活下来姚斌彬却死了。没错，我承认自己运气好，但这运气说来还是您给我的。当年我们往两个方向跑，如果您追的不是姚斌彬而是我，那么后来挨枪子儿的那个人就应该是我。刚开始不懂伪造证件更不敢坐火车，我还没跑出河北省就听说姚斌彬被处决了。如果说我在逃亡期间精神崩溃过，就是在那个时候。我觉得老天收错人了。我没姚斌彬聪明也没姚斌彬有志气，我就是个野孩子，十岁不到就没了爹妈，如果不是姚斌彬一家我早该进监狱了……一句话，死的应该是我，凭什么是姚斌彬？但也恰恰是因为姚斌彬，我才撑了下来。每当我想去自首或者随便找个地儿把自己弄死算了，我就会想起姚斌彬，想起他跟我说过的那些话。后来我冒着被人抓住的风险也要做生意，把身家性命都投进去也要开这个厂子，也是因为姚斌彬。我一个人背着俩人的命，得替他活成他想要的那副模样。要是就这么窝窝囊囊地算了，那我就算白活了，姚斌彬也算白死了，我们这两条命都没必要在这世上走一遭。"

许文革的神色又变了，仿佛陷入了痴迷。他把头靠向椅背，脸上笼罩着一团若隐若现的光晕。这人眼里也是有光的，虽然微弱却一线长明，终于化作两滴眼泪，顺着脸颊流淌下来。许文革哭了，许文革也会哭。这就是许文革的全部自述了吧，杜湘东也终于有了开口的机会："可因为你，我够窝囊的，我他妈才是白活了。"

"杜管教，我对不起您，您是个好人。"

"骂我是吧？好人在你眼里可不值钱。"

"如果您觉得我应该怎么补偿您……"

"甭来这套。我是警察，说话以前注意咱俩的身份。"这么说着，杜湘东拉开侧门钻出车厢,想走但又站住,回头道,"许文革,你记着,咱们这茬儿人都不年轻了,往后的每一步都得走对了。我看着你呢。"

他抛下许文革和那辆"皇冠"车,朝厂区外走去。这就是他的答复吗?有点儿可笑,倒像个尽职尽责的老管教在勉励刑满释放人员。这辈子只干过一个行当,所以一张嘴就是这个套路。正如同许文革对他的评价,多年前是一句"好人",如今仍然只是一句"好人",此外再无其他。那么杜湘东的底牌呢?他和姚斌彬之间的那个秘密呢?继续压在心里吗?事实上,杜湘东已经决定缄口不言,但并不感到遗憾。他突然发现,自己这些年来追捕许文革、监视许文革,其实怀着一种连他本人也没发现的目的。将逃犯绳之以法,这是冠冕堂皇的说辞,杜湘东真正想做的,是通过这俩犯人目睹一种"活法"。他依稀也想过那样去活,而许文革却替死去的姚斌彬活了出来。

17

从这天起,杜湘东结束了对许文革的监视。相应于法律上的结案,他在心里也替许文革结了案——但无法一了百了。十几年的惯性还在,他仍会留意许文革的动向:许文革的公司与第六机械厂合资挂牌,新工厂顺利投产;我市摸索企业改革新机制,以原第六机械厂为例,大批下岗工人经过培训再度返厂,共创人生的第二次辉煌;企业家涉足慈善,资助工厂困难职工子弟上大学……最令人意外的一条是从娱乐新闻里看到的,狗仔队拍到一个女演员在酒店"夜会富商",很快又有网友人肉出了那个进房之前"先往嘴里喷了半瓶神油"的老男人正是许文革。许文革也开始找乐子了,还是用他那种人的典型方式找乐子。刚学会用单位淘汰下来的"586"上网的杜湘东稍微有点儿不适应,随之而来却是轻松与坦然:一头扎进凡俗热闹的生活,这说明许文革学会了"和往事干杯"。

这也是杜湘东致力达到的目标。他回到单位,干的还是检查包裹的活儿。刘芬芳的冷饮摊却不开了。大出血过一次,她变得既怕冷又怕风,没法在屋外长待。好在下岗职工的政策又有变化,政府强制原食品公司的上级机关补交了社保,不光看病能报销,每月还给发放一些生活费。刘芬芳也闲不住,自学了打毛线,每天拢在被子里操持着两根棒针上下翻飞,那些家庭手工业产品居然能卖个不错的价钱。身为穷人,他们的日子倒也能过,甚而还有余力慢慢偿还外债。反正借的是亲戚的钱,有个态度就行。

还有一个不知能否算"可喜"的变化,也和态度有关。或许因为气血虚弱,或许是被漫长的卧床磨软了性子,刘芬芳丧失了对杜湘东进行抱怨的热情和斗志,却找回了早就丢到爪哇国里去的多愁善感。她现在特别爱看日本和韩国电视剧,经常边看边哭，并且还会把那些悲戚的柔情推而广之，施加在杜湘东身上。有时杜湘东下班回家先给刘芬芳冲一杯红糖水，或者周末搀着她出门去晒晒太阳，她的眼泪就下来了。一边抹眼泪儿，她还会在电视剧那莫名其妙的台词风格的催化下，说出像当年一样抽象的话来：

"有了今天，昨天和明天都是无所谓的。"

转变之大，几乎让杜湘东有点儿错乱。刚开始，他的回答是："你可别吓唬我。"

后来也顺着她说："每个昨天和明天都是今天。"

无数个昨天和明天都被今天覆盖，一晃又是五年。对于杜湘东，这五年的时间感受和前一个、前两个五年又有不同。不能说它慢，也不能说它快，不能说它空，也不能说它满。总之，带着某种尘埃落定的踏实，世事就从眼前滑过去了。钱越来越不经花，连猪肉和牛奶都有毒了，奥运场馆竣工在即专等着万国来贺……大多数事情好像与他有关又与他无关。有兴致，跟着人家高兴或者担忧一下，没兴致，那些高兴和担忧就成了无的放矢。而说到对杜湘东的生活构成决定性影响的变化，似乎只有一个，就是看守所迎来了搬迁。

搬迁之前，消息已经传得满天飞。直到那年入冬，命令正式下来：在离城区更远的山沟里，已经建起了一座现代化的新看守所，老所全体员工和在押人员限期完成转移。听说这个大手笔的举动，是为了给一个"经济开发区"的规划扫除障碍，也像所有有幸被"规划"的城市边缘地带一样，附近几个村子早就上演了无数场悲喜大戏，有人发横财，有人喝农药，最后连坟都被推了个干净。而看守所是公家单位，连讨价还价的资格都没有，不过也算沾到了山乡巨变的好处——分房的承诺终于兑现，新所配套了一栋塔楼宿舍，人人有份儿。杜湘东也分到了一套客厅朝北的小两居。

全所上下都在兴致勃勃地搬家，他和刘芬芳却拖延了下来。新所按部就班地投入使用，但老所这边还有未竟事务，一些设备正等着拆走，按照旧地址寄来的公函和信件也需要查收。所里派了一个管后勤的副主任带领几名闲人留下来料理，其中就有杜湘东。而等这轮善后也结束了，领导又觉得既然拆迁队还没进驻，彻底甩手也不是个事儿，于是动员那几个还没搬家的职工，看谁愿意发扬风格，替所里把把门儿，站好最后一班岗。

杜湘东报了名："我留下得了。"

那位副主任有点儿不好意思："别别，这摊事儿我负责，该我留下。"

杜湘东解释："新楼味儿大，我老婆身体又不好，怕熏着她。"

这个理由也说得通。上面再一盘算，搬迁以后工作更忙，人手本就不足，留下的理应是个无关紧要的角色，那就非杜湘东莫属了。于是，他成了这座看守所里最后一位,也是唯一一位警察。他每天的任务就是沿着旧所围墙溜达一圈儿,再给新所打电话报个平安,如果犯懒,窝在家里不出来也没人管。到了晚上,家属院里漆黑寂静,只有他和刘芬芳的屋里一灯如豆,像被墨水浸透的纸上破了个洞。在这种环境里,俩人便生出了与世隔绝的心态。

杜湘东觉得好笑:当年一门心思离开的是他,如今赖着不走的也是他。他究竟想要纪念什么,缅怀什么?而再过不长的一段时间,当那圈高耸的围墙在爆破声中轰然倒塌,也就意味着一段旧的故事终于讲完了吧。这故事他已经看到了尽头,就像电视剧的最后一集,虽然不能错过,但无论演员还是观众都早已陷入了疲沓。

然而杜湘东想错了。故事当然要讲完,却不是他默认的结局。

他也没想到,还会有人造访这座只剩了个空壳的看守所,并且都是冲他来的。

第一位访客是刘秋谷。那时冬天还没过完,早上从家属院出来,看守所正门外已经停着一辆奔驰车。杜湘东远远观望了一会儿,就见车门打开,只下来了一个刘秋谷,一瘸一拐地向他走来。几年过去,小瘸子似乎终于长成了个大人,一脑袋黄毛变回了黑色,下巴上布满了胡茬儿。靠近杜湘东,他点了下头:"许哥让我给您带个信儿。"

杜湘东看到刘秋谷的胳膊上带着黑箍,心里明白了大半。

刘秋谷完成任务似的把话说完:"崔阿姨去世了。二度中风,请了最好的专家做手术,还是没救回来。走时没受罪,昏迷了两天就没再醒。"然后他又说了姚斌彬他妈近年的状况。自从住进养老院,崔丽珍的老年痴呆越来越严重,很快就不认识人了。许文革去看她,她会笑眯眯地问:"你是谁?"于是总得从头讲起。再到后来,就算磨破嘴皮子,崔丽珍也想不起许文革了。不仅如此,哪怕是许文革在医生的建议下故意提起姚斌彬,她也只是说:"怎么听着那么耳熟呀?"这意味着她不再记得自己有过一个儿子,因而也就忘却了丧子之痛。说到这里,刘秋谷转述了许文革的评价:"许哥说,这也是件好事。"

杜湘东心里闷然一痛,回答说:"知道了。"

刘秋谷又说:"明天崔阿姨下葬,许哥问您去不去。"

杜湘东说:"难得他有心,还是算了。"

刘秋谷便又点了下头,转头往奔驰车走去。高一脚低一脚地走了两步,他突然又转头说:"北京水太深,买卖不好做,也许过段日子我们就要去外地了。"

对于刘秋谷透露的这个信息,杜湘东联想到的是"商人的本性"。厂子已经开了很久,没准儿许文革现在又嫌北京地租贵,管得严了。也或许他本人对六机厂仍有感情,但公司不是他一个人的,如果背后的那些股东强烈敦促他去再当一把拓荒牛,恐怕也没法拒绝。而既然姚斌彬他妈已经去世，北京这地方对许文革而言，也就再没念想了。这样想着，杜湘东便对刘秋谷说："告诉许文革，甭管到哪儿去，都别再犯法。"

刘秋谷把眼一横，似乎还想说些什么，但终于还是默默走了。杜湘东便进了看守所，到办公室找了一只脸盆和一沓旧报纸，又折回到空荡荡的操场上，把报纸撕成纸钱的形状，放进脸盆里点燃。许文革想必会为姚斌彬他妈举行一场足够体面的葬礼，但对于逝者而言，也许倒是这种潦草的祭奠方式更称她的心意。风从四面八方卷过来，吹得纸灰和火星遍地飞扬。杜湘东拍打着身上，仰头望望苍穹，叹了口气。

这事过去，转眼就过年了。杜湘东去和同事们开过联谊会，又用"三蹦子"拉着刘芬芳进城串了趟亲戚，仍回旧所待命。刚开春，第二位访客就来了。

又是在铁门外停了一辆黝黑的奔驰车，再一打量，却比许文革的那辆更新，号牌也不一样。车门打开，下来的人他也见过，是当初替许文革辩护的那位律师。这人还穿着西装拎着皮包，气度却变得大大咧咧："好久不见呀，老杜。"

杜湘东问："许文革让你来的？"

律师不接这茬儿，转而撒娇似的抱怨起来："我先去了你们那个新单位，找你找不着，这才又奔了回来。这破地方不是早就说要拆了吗，怎么还没动工？"

杜湘东又重复："是不是许文革让你来的？"

看到他僵着脸，律师便讳莫如深地笑了："那倒不是，不过也跟许文革有关。"

这么说着，律师回头瞥了奔驰车一眼，拉着杜湘东往墙根底下走去。车上的司机也相当识趣，不仅关紧车门摇上车窗，还播放起了震耳欲聋的劲爆舞曲。这就让杜湘东摸不着头脑了，他跟随对方站住，又道："甭跟这儿装神弄鬼。"

"那就明人不说暗话。"律师嘴上这么说，眼珠子却仍然四下滴溜乱转，好像怀疑围墙背后藏着个人似的，"听说前几年，您查过许文革？"

"早就停了。"

"有没有查到什么？"

"没发现纰漏。"

"究竟是没纰漏，还是有纰漏但您没发现？究竟是没发现，还是您发现了却无法坐实？究竟是没坐实，还是坐实了又被人保下来了？这里面的区别大了。"

面对律师绕口令似的质疑，杜湘东更加生疑了："你到底什么意思？"

"您还没听明白？我也在查许文革。"

"你不是许文革的律师吗？"

"那是过去。"律师脸上再度绽放了职业化的微笑，"您也明白，干我们这行的跟你们警察可不一样。你们是国家机器，只有国家这么一个主子，我们呢，得随时随地各为其主。以前是许文革雇了我，我得把他捞出来，现在是想查许文革的人雇了我，我又得琢磨着把他送进去——据我所知，这也是您一直想干的事儿。您不是动用过私人关系，从经侦和刑侦的渠道都调查过许文革吗？现在我想要的，就是您掌握的那些资料。"

听着对方的话，杜湘东眼神就冷了："要真能查到什么，我们早动手了，也轮不到你。"

律师却仍锲而不舍："这您又不懂了。警察取证，都是从刑事的角度出发，民事方面的问题全都忽略不计，而同样的资料到了我们手里，只要操作合理，照样能让许文革吃官司……当然啦，让您白辛苦也不合适，既然我的工作是商业行为，那么也得遵守商业原则。您看这样行不行，那些资料算是您卖给我的，报价嘛……"

这么说时，律师的神色还是理直气壮的，甚而带着几分恩赐的意味。但正当他要说到自以为最关键、最有底气的那个环节，杜湘东就让他闭了嘴。一只手挟着风声向律师逼近，眼看就要掐住他的喉咙了，随即一变，换成一根手指顶在他的鼻子上。律师不由往后退了两步，杜湘东便"点"着那人道："刚才的话我要是录下来，进去的就是你了。"

说完，杜湘东把对方晾在原地，转身就走。脚步飞快，进了家属院，他才突然站定。这时他又想起了刘秋谷说过的那句话——敢情话里还有好多话。许文革得罪了什么人吗？还是他发财的同时挡了别人的财路？自从看守所搬迁，家属院的网线就被电信公司掐断了，因此这些日子里，杜湘东没再查阅过关于许文革的信息。而这天，他便把带棚"三蹦子"从楼道口里推了出来，突突乱响地开出几公里，终于找到一家网吧。输入几个关键词，若干条新闻便以时间顺序罗列了出来。半年多前还尽是好消息，许文革的公司生意兴隆，六机厂还新上了两条生产线；而这几个月来，就渐渐让人看不懂了，一边是厂子继续签合同接订单，另一边却是财经媒体曝出他资金链紧张，频繁受到"专项整顿"。最大的一条新闻，是厂里的工人也闹起了事，却不是针对厂方，而是冲击了区里的规划部门。因为影响恶劣，政府出动了防暴警察，最后许文革代表厂方做检讨，写保证，承诺此类事件绝不再发生。但至于工人为什么闹，新闻里又只字不提，只说大部分群众"情绪稳定"。

即使是一个生意场上的门外汉，杜湘东也能看出许文革的公司处于困境，甚至可以说是风雨飘摇。但了解了这个情况后，杜湘东便又开着带棚"三蹦子"突突乱响地回了家。刘芬芳还等着他熬腊八粥呢。他一度考虑过，要不要把律师找过自己的事儿透露给许文革，不过再一想，还是算了。许文革不是他的仇人，可也绝称不上他的朋友，习惯了与世隔绝之后，他最不想接触的人就是许文革。况且在许文革那个层面的纠纷与倾轧之中，他这个穷人、废物、看大门的老警察又能起到什么作用呢？掂清自己的分量吧。

然而杜湘东迎来的第三位访客，恰恰就是许文革。

当时已经是夏天了，滞留的日子即将结束，围墙上写满了巨大的"拆"字。杜湘东终于也要计划着搬家了，他把零碎物件装进了蛇皮袋，还到河北的家具市场订购了一套衣柜和餐桌。这天他又想起，登记处还扔着几个纸箱，正好可以收衣服，于是开了大门去取。

满头是灰地出来，迎面就碰上了一个人。杜湘东定睛看了两眼，这才反应过来是许文革。才几年工夫，许文革已经老得不成样子了，两眼深眍，颧骨突兀，一头短发几乎全是白的，如同大夏天落满了雪。相形之下，杜湘东反倒像个有钱人的模样了。为了给刘芬芳补身体，他没少变着花样给她弄吃的，刘芬芳吃不下只能自己吃，生生就把他塞圆了，塞鼓了。那沓纸壳子被他抱在怀里，又像摞在了他的肚子上。更让杜湘东诧异的，是许文革这次来，奔驰车也没跟着，铁门外停的是一辆蓝黄相间的出租车。

许文革叫了一声："杜管教。"

杜湘东瘪瘪嘴，蹦出一句："你来干吗？"

"跟您告个别。"

"要走？"

"要走。"

"什么时候？"

"今儿就动身。"

杜湘东手一松，纸壳子落到地上。他略微直起腰，继续望着许文革。许文革却走近几步，咧嘴笑了："您气色还行。"

"也老了……"杜湘东迟疑了一下又问，"去哪儿？"

许文革的眼睛往别处看看："还没定。"

"厂子不开了？"

"不开了。"

"出了点儿事？"

许文革又笑，流露出近乎嘲讽的神色："连您都听说了？"

杜湘东接不上话，便弯下腰去，重新把纸箱捡起来。许文革伸手替他分担了一些分量，俩人各捧着一沓破纸壳子，沿着看守所围墙边走边聊。略问几句，就知道了许文革洗手不干的原因。自从这片地方要建开发区,他就被人盯上了。那些人的来头之大,连许文革这个当事人都无法指名道姓地说出他们究竟是谁:刚开始以为是几个商人组成的私募基金,后来又听说有外资和国资的参与,再后来才发现是个什么领导的什么亲戚在背后撑腰。对方找到许文革提出合作,并直言不讳地表示,他们对于工厂才没兴趣,六机厂那个国有企业的"壳儿"和地皮才是有价值的。利用这些资源,他们将会整合出一家地产公司再打包上市,此后连一砖一瓦也不用盖,到股市里迅速圈钱走人。作为回报,许文革可以跟在人家屁股后面分一笔钱,比例虽然不大,却是"他这个级别的买卖人"这辈子也未见得挣得出来的。

比起苦哈哈地卖零件修卡车,这种玩儿法几乎就像变魔术,但许文革没答应。原因也很简单:如果六机厂的地皮改变了使用性质,工厂就没法儿开下去了。而他想干的只不过是开工厂。在常人看来,许文革算个聪明人,但在那些资本游戏的老手眼里,他就是个榆木脑袋了。谈了几次没谈拢,双方翻了脸,对方便又绕过许文革,去找六机厂的领导谈。一蹴而就,一拍即合。接着"做实业",盘活的无非是工人和厂房,只有炒地皮、炒股票,靠近北京城区的地理优势才能无限放大。家有一口金锅,谁都不想拿它淘米做饭。这时对于"上面"而言,许文革就从救星变成了累赘,踢开他才是当务之急。于是厂方提出解约,又找出各种名目查许文革的账,那伙儿资本玩家也没闲着,雇了许文革原来的律师揭他的老底、抓他的把柄。而许文革也发了狠,发动工人去申诉请愿,保卫饭碗。一不小心把事情闹大了,又有上级机关介入调停,最后裁决:许文革还是得卷铺盖走人,但可以得到相应补偿;工人还是得二次下岗,但厂子上市之后可以享受分红。

处置稳妥,公平合理,许文革相当于被强制套了现。此后的日子,他都在忙于善后事宜:给南方的股东交割结账,又给刘秋谷和常年跟着自己的那些手下每人分了笔钱。厂子就这么没了,钱上却没吃亏,该庆幸还是该愤恨?但令杜湘东感到意外的是,在讲述的过程中,许文革的口气是漠然的、轻率的,仿佛他是一个事不关己的局外人。俩人缓缓走进家属院,把纸箱放在带棚"三蹦子"的后座上,许文革拍拍手,望着筒子楼:"这儿也快拆了?"

"快了。"杜湘东顿了顿又说,"我老婆身体不好,就不请你上去坐了。"

"杜管教……"

"叫我杜湘东吧。"

"杜湘东。"许文革喉头跳了两跳,第一次称呼了杜湘东的全名,"临走前就想见你一面,见着了,心里也就踏实了。"

说完,他对杜湘东似笑非笑,随后默默离开。杜湘东看着那副空荡漏风的背影,心想，这是最后一次见到许文革了吧。这样也好。他上了楼，照常做饭，服侍刘芬芳吃了，外面的天就慢慢黑了下来。但也不知道从什么时候开始，他的心里就不安宁了，既躁得慌，又空得慌，好像被什么事儿扯着。同时，他还感到了憋闷，胸膛像压着一块铅。那种感觉已经淡了下去，却在这时卷土重来。忽然动了个念头，杜湘东就从桌前跳起来，火急火燎地冲下楼去，在带棚"三蹦子"的后座上翻找着。许文革替他拿过的那一摞纸壳子里，果然滑出了一张存折，密码写在背面，还是姚斌彬的生日。翻开一看，上面的数字把他吓得魂飞魄散。

刹那之间，杜湘东明白了许文革的用意。他的眼前又浮现出了许文革告别时的似笑非笑——姚斌彬也曾这样笑过，俩人的脸重合在了一起，让杜湘东对自己的猜测更加确凿。他冒了一脖子汗，身上的警服都湿透了。他的腿也在发软，差点儿一屁股坐到地上去。但他总算喘了几口长气，告诉自己：杜湘东，你得冷静，你也不是个没经过事儿的人。

因为没手机，他先跑向办公室去找到电话。110吗，我报案。有人要自杀。他叫许文革，人现在不知道在哪儿，也没跟我说过不想活了，但我确定他要自杀。我没开玩笑，我也是警察，你们最好……喂，喂，我去你妈的。他摔了听筒又抓起来，随即拨通的是刑警支队长的号码。同学总算没怀疑他在恶作剧，但也说："这种事儿可不能凭感觉。"

"我有证据，他给我钱了。"

"他以前不也给过你钱吗？"

"这次多。总之你们得赶紧出动……就算我求你帮个忙还不行吗？"

"你这些年整出这么多幺蛾子，我哪次没帮你？但你知道今天是什么日子吗？"

同学苦笑一声，似乎把手机举到了高处。听筒里便传出了车声、音乐声和鼎沸的人声。杜湘东反应过来，就在今天，此时此刻，奥运会即将开幕。真不知许文革是有心还是无意，偏偏挑了这么一个普天同庆的时候去死。那么同学此时正在执行的，大概是某个场馆的安保任务——也许就在举世瞩目的"鸟巢"。这不仅是北京的重要时刻，也是全国全世界的重要时刻，一点纰漏也不能出的。杜湘东只能靠自己了。

他跑回家属院，开上"三蹦子"，在闷热的夏夜里狂奔起来。许文革会去哪儿？在这片遍布工地的郊区，适合送命的地方太多了。许文革会不会已经死了？他为耽误了那么久才发现许文革的用意而后悔。风声浩大地从头顶掠过，眼前的柏油马路却仿佛是凝滞的，这让杜湘东想到了多年之前追击姚斌彬的那个下午。不知过了多久，那栋城乡接合部的四层小楼出现在了车灯劈出的亮处。四下漆黑一片，大概是为了奥运会，北京周边的外来人口都被暂时清理回家了，又或者为了建设开发区，那些一盘散沙的小本生意全被强行关了张。但建筑物内部却依稀有一丝灯光，外面的门也敞着。杜湘东跳下车，冲进楼里，狼嚎一般喊道："许文革，你给我出来。许文革，你可别死。"

喊了几句，他才意识到自己的举动真是蠢透了。一个寻死的人，哪会别人一叫就不死了，没准儿还会死得更着急了。然而他的喧闹却从楼梯拐角引出一个胖大的秃子，小背心下露出的皮肤上布满文身。这人打着手电，拎根铁棍，打雷一般暴喝："你他妈才想死呢。"但等看清杜湘东身上的警服，立刻扔了棍子开始揉肚皮："您瞧您，吓得我肝儿直颤。"

"你揉的那是胃。"杜湘东从他手里夺过手电，四下照着，"这儿就你一人？"

"对呀，我是房主。"

"以前的租客呢？"

"早走了。"

"你确定？"

"我都在这儿守了半个多月了，就防着那帮拆迁的。"秃子重新打量了一眼杜湘东，"这位警官，您不会跟他们是一伙儿的吧？要是那样我也只能跟您拼了。"

杜湘东将手电掖进后腰，也不顾秃子的狐疑和抱怨，出门开车就走。沿着土路拐上国道再走不远，就是六机厂，此时他只希望许文革去了那里。如果再找不着，那就真是大海捞针了。当路从窄变宽再从宽变窄，工厂的轮廓在夜幕里显现了出来，看起来却和以前不同——那栋苏联样式的主楼凭空不见了踪影。似乎是为了宣告胜利，工厂的新主人在整体动工之前，先行拆除了这里的标志性建筑。但这个决定也造成了厂区的管理混乱，当杜湘东撞开半掩的铁门呼啸而过，传达室里的保安几乎没反应过来。再往里开，就见以前的办公区外竖着铁皮围挡，附近还集结着若干奇形怪状的工程车辆。因为奥运会，昼夜奋战不休的拆迁队终于得到了休息，他们还在空地上支了台小电视，围坐成一圈儿观看开幕式。各国运动员已经入场，屏幕上充斥着花花绿绿的热带服装和大团黑亮的肉。工人们听到突突乱响的车声，扭头看到了另一幅奇异的景象：一个警察驾驶着一辆带棚"三蹦子"，以近乎漂移的速度和曲线呼啸而过，他的头发被风往侧后方拉扯着，脑袋像颗斜飞的彗星。

而此时，杜湘东眼前一片澄明。如果许文革要死，他会选择怎样一个死法？如果杜湘东就是许文革，他又最愿意到哪儿去死，最应该到哪儿去死？如同冥冥之中被人点醒，问题突然有了答案。杜湘东心里充满了孤注一掷的笃定，开车冲进了工厂车间所在的区域。这里总算还没拆掉，一栋栋灰盒子沉默地耸立着。夜更黑了，在一个拐弯处，"三蹦子"轧上了马路牙子，把前座的杜湘东甩了出去，车也歪歪斜斜地倒在了路边。顾不得受没受伤，杜湘东咬牙爬起来，开始奔跑。他的目的地是厂区边缘的那排平房。

空地对面，低矮的门窗如同一列熄了灯的夜行火车。距离越近，杜湘东便闻到了越浓郁的汽油味儿。那味道是从停放"皇冠"轿车的屋里渗出来的。他跑到简易车库门口，看见百叶门的下方没有上锁，但使出吃奶的劲儿也无法把它拉上去。果不其然，门从里面锁上了。杜湘东脱下警服上衣裹住右手，一个冲拳击碎了玻璃窗。汽油的味道扑面而来，发动机的声音也破墙而出。杜湘东从里面打开窗户，屏住呼吸跳了进去，开灯，在车里看见了许文革。

许文革端坐前座上，身体后仰，模样就像一个疲惫的司机正在打盹。而当杜湘东拉开车门，他便侧倾着滑了下来，头靠进杜湘东怀里。这种状态下的人自然是脸孔煞白，嘴唇乌黑，而对杜湘东来说，这个晚上最揪心的时刻才刚刚到来——他半蹲在地上，托着许文革的头，哆哆嗦嗦地伸出手去，探了探鼻息。有气儿。一股微弱得几乎无法察觉的温热从指尖传了上来，杜湘东浑身战栗，随之猛喘几口气，又被呛得天昏地暗地咳嗽起来。

于是，暗夜里出现了这样一幕：杜湘东背着许文革，在厂区空旷的干道上磕绊前行。这个老警察心里涌动着悲怆的豪情。他从来就不甘心当管教，一直想做个刑警，但直到今天才破获了有生以来的第一桩案件——不是为了抓人而是为了救人，救的还是他曾经最想抓住的那个人。颠簸之中，许文革渐渐恢复了意识。这人的命也真够硬的。杜湘东觉得耳边有人吹气，刚开始还以为是许文革的喘息，进而才听见是许文革在对他讲话。

许文革说："杜湘东，你何必呢？"

杜湘东反问："你又何必呢？"

许文革气若游丝，语调却是蛮横的："命是我的。"

杜湘东用更加蛮横的语调回答他："许文革，你他妈的说错了。"

他不管许文革是否在听，自顾自滔滔不绝地讲述起来。那些往事在他心里压了将近二十年，如今终于到了可以说出来、也必须说出来的时候。他甚至比刚才更加庆幸许文革还活着，因此他获得了亮出底牌的机会。杜湘东的讲述与许文革的讲述合并在一起，组成了一个完整的故事，姚斌彬的故事。

姚斌彬早就成了残废，并且知道自己的右手无法治愈。当年法医对杜湘东陈述伤情时，他在隔壁的办公室里听得一清二楚。一个废人跑出去也是累赘，因此在越狱的那一刻，他决定用自己来掩护许文革。也正是出于这个想法，姚斌彬抢了那把枪。枪放在他手里也没用，但他知道，假如两个人只能追一个的话，杜湘东也好，其他警察也好，都肯定会追那个带枪的。姚斌彬要让许文革替他伺候崔丽珍，替他学技术、做生意、开工厂……替他完成他想干而干不成的所有事。他把什么都算透了，因此他死了，许文革却替他活着。如果不是那个似笑非笑的表情，杜湘东也许永远都想不通一个右手残废的人为什么要抢一把枪，也不会相信真有人会把自己的一条命托付给了别人。四周充满了雷鸣般的寂静，许文革的呼吸似乎在杜湘东耳边消失了。而杜湘东还在怀疑许文革是否听懂了他的意思。他又说："你这条命不是你自己的，是向姚斌彬借的。借了人家的东西，就得替人家保管好了。"

他还说："许文革，你连死也不配，你活着吧。"

这时他的脖子后面一热，接着又是一热。那是许文革的眼泪。这男人的身体在他背上抽搐，嗓子深处呜咽着，却连放声一哭的力气都没有了。但杜湘东又感到对方垂在自己胸前的两条胳膊蜷了起来，环绕着自己的肩膀，像溺水的人搂住了救命的树干。

那条漆黑的路也被他们走到了头。前方就是工地，人们还在电视前聊天、抽烟、喝啤酒。杜湘东驮着许文革，朝那光亮处挪了过去，直到离那些工人的背影只剩下几步距离，他才轰然而倒。天旋地转之中，杜湘东看见了受到惊吓又一拥而上的工人，也看见那台电视机正在自己头顶不远的地方闪着光亮。电视里放着焰火，苍穹布满光彩。

男人战斗，然后失败，但他们所为之战斗过的东西，却会在时间之河的某个角落里恍然再现。在那一刻，杜湘东觉得全世界都在为他庆功。他还觉得不只许文革，就连自己的这条命也是借来的，向姚斌彬借，向许文革借，向刘芬芳借，向警察老徐和崔丽珍借，向这世上的所有人借。这么一想，那伴随了他多年的憋闷也在此时一扫而空。

【作者简介】石一枫，1979年生于北京，1998年考入北京大学中文系，文学硕士。著有长篇小说《红旗下的果儿》《恋恋北京》《心灵外史》等，小说集《世间已无陈金芳》《特别能战斗》等。曾获十月文学奖、百花文学奖、《小说选刊》中篇小说奖等奖项。

种瓜的人

尹学芸

1

那天家里来了一个姓李的老头，自报家门是李大爷。米兰问他有什么事，李大爷说，我是来看广山的，我是看着广山从小长大的。米兰说，广山他现在不在家，什么时候回来又说不准。您看……李大爷赶忙说，我只是顺路来看广山，又没别的事，他不在家我就不等了，以后有机会我再过来。

其实没有一刻钟的工夫广山就进了家门。米兰边给他拿拖鞋边说，有一个姓李的老头刚才来过了，说是看着你长大的。广山问来人什么样。米兰说，个儿不高，黑皮黑脸的，穿一身新衣裤，一看就是劳动人民。广山问来人都说了些什么，米兰轻描淡写地把那几句话重复了一遍。广山没听出所以然，说以后再有这种人上门你多问几句，最起码也得让我知道他是谁。

洗了澡，换了睡衣，广山在电视机前换频道。这期间电话一共响了六次，米兰就接了六次。前五次都谎称广山不在家，广山坐在沙发上摇晃着一只脚。第六次是大姐广霞打来的。米兰用眼睛看广山，不等广山有所表示，广霞在那边就哇啦哇啦地说，我看见广山在看电视呢，他外甥女的事，他可不能不管。米兰故意问什么事。广霞说，当兵呀。成绩又不好，上大学又没指望，你不让她当兵她去干什么？广山接过电话说，当兵的事我又不直接管，怎么个情况我也不清楚。广霞说，你不问当然不清楚，你一问不就清楚了？这之后的话都是广霞一个人在说。女儿饭也吃不香，觉也睡不好，一门心思只想当兵，而且要当北京的兵。当不成兵看样子就活不下去了，让广山无论如何想个办法。广山只是听着，有一段时间把听筒扣在了肩上。广霞在电话里说了有半个小时，广山终于跟她道了再见。

躺在床上广山又问起了李大爷。米兰说，看样子跟你不熟，也可能是撞上来的。他额上有一块疤，看上去有几分凶相。广山想了想，忽然坐了起来，说是老院的李大爷。

他说没说他现在住哪儿？米兰说，我没问。广山说，他说没说找我什么事？米兰说，看上去他也不像有什么事的，他只是顺路来看你。广山说，有事，一定有事。咱新搬的家，哪有顺路的道理？下次来你一定留住他。米兰没有说什么，翻过身去把自己贴到了广山的怀里。

2

韦清泉在医院里折腾了三天三夜，才咽了最后一口气。在这三天三夜中，韦家老老少少二十几口人全部守在医院里，等着韦老爷子的召唤。韦老爷子在生命的最后一刻也是极有耐心的。他先叫儿子，再叫女儿，然后才是姑爷和儿媳。每一个从病房出来的人都眼圈红红的，但对所面授的机宜，却秘而不宣。那时韦老太太还活着，长一声短一声地说自己也不活了，要随老爷子去了。事实证明老太太的预言是有其先验性的。老爷子一走，她就在医院里长睡不起，最终步了老爷子的后尘。

韦清泉召见儿子女儿时，并没按长幼有序。他先叫了小儿子，然后又叫了大女儿。在嫡亲中，韦广山是最后一个被召见的。他急急忙忙走了进去，在韦清泉的床前跪下了。韦清泉已经有了垂死之相，眼窝深陷，颧骨高凸。声音窝在喉咙里，要用尽气力才送得出来。韦广山跪在那里一心一意等着老爷子开口。老爷子先是开不得口，开口说出的又都是官话。他说："你是韦家最有出息的人，以后一定要好好干，为韦家的祖上争光。姐姐、弟弟、妹妹都要靠你照应，你一定要把这副担子担起来。"韦广山双目直视着父亲，不停地点头称是。他希望父亲能快一点进入主题。在这之前，韦广山曾经无数次地幻想过这一幕，韦老爷子会在临终把有关自己的身世告诉他。为此他特别怕老爷子会猝死、暴死。韦清泉"咕噜咕噜"地喘了半天气，朝韦广山摆了摆手，说换小延来。小延是韦广山的弟媳。

韦广山从地上站了起来，没有急于离去。韦老爷子已不再看他，他却双目炯炯地看着自己的父亲。这个一向严厉得令人畏惧的父亲此刻已经走到了生命的尽头，他的胸腔里曾经满是雷霆之怒，家庭中任何一个成员都领教过他的厉害。如今火焰就要熄灭了，黑暗就要降临了，外边白花花的太阳再也照耀不到这座心房了。可他却没有一点表示，连一点暗示都没有。这让韦广山的希望落了空。他是知道韦广山的希望的，韦广山知道那个名叫韦清泉的父亲知道自己的希望。可他却在生命的最后一刻佯装不知道，再也没有比这更可恶的了。广山气愤地想，到底不是自己的亲生父亲，自私到令人发指。

办完丧事，韦广山和米兰回到家里，先把大门锁好，又把卧室的门锁好。韦广山问米兰："爸都跟你说了些什么？"米兰有些紧张地、小心翼翼地把那些话重复了一遍，唯恐重复错了，不时添点什么又去点什么。韦广山还是不耐烦地说："一样，和说给我的一模一样。真让人想不清楚，既然没有什么特别的话，他何苦一个一个地叫了去，他的精力还允许他这样装模作样？"米兰说："他没有和我们说特别的话，并不代表他不和别人说特别的话。广地出来时脸是青的，不知道你注意到没有？"广山没有就这个话题讲下去，他说我实在困得不行了，睡觉睡觉。

3

奶奶已经去世许多年了。她生前是最疼广山的人，广山都已经是大小伙子了，她还和广山睡在一个被窝里。许多个不眠之夜她给广山讲故事。说有个李家是个殷实之家，就是娶的媳妇不会生养。好不容易盼着媳妇怀孕了，落草的又是一个丫头。有一天，李家媳妇早起倒灶灰，在门前的台阶上捡到了一个包裹。她把包裹拿到了婆婆的房里，婆婆里三层外三层打开一看，见里面是一只红虾米。"什么样的红虾米？"广山问。奶奶说，那个红虾米有头有脚，就是又小又瘦，连眼睛都没睁开。李家买了一只羊，给红虾米喝羊奶。红虾米一天一天长大了，竟变成了一个俊小子。

奶奶爱讲这段故事，广山也爱听。听了多少遍之后，广山才弄明白那个红虾米原来就是一个小人，而不是后来变成了俊小子。广山从小就是一个爱干净的孩子，指甲里容不得一点污垢。可他从来也不嫌奶奶脏。上小学时，奶奶在被窝里焐冻白薯，给他早晨当早点。大姐广霞刻薄地说那上面爬满了虱子，你没看出来？广山淡然地说，看出来了，虱子也是肉，让我一起吃了。广霞哇啦哇啦干呕，像是要把五脏六腑吐出来。广山说这话时一点语气也不带，让广霞干着急没话说。广霞着起急来就胡言乱语，说广山是奶奶生的，说她看见过奶奶生广山，像母鸡下蛋一样脸都憋红了。父亲的大巴掌囫囵个地落在了广霞的脸上，广霞的脸就像大丽花一样红彤彤的。

广山问奶奶，那个俊小子后来怎么样了呢？奶奶说，俊小子是个有福之人，他给李家又带来了一个俊小子。后边的话奶奶就不肯说了，都是广山自己去想。广山想后边那个小子也许会欺负自己的哥哥，如果两人生起气来，他会叫哥哥滚，说这里不是你的家。

那时他们住在一个名叫罕的村庄。村庄很小，只有一条大街，两条小街。广山从不和他同龄的孩子一起玩，不是不想，是家里不让。广山从小就是一个听话的孩子，妈妈让他带弟弟到院子里，他就除了院子哪也不去。广山是一个听话的孩子，但不听话的时候也有。一次，他贪玩爬上了一棵大柳树。那棵大柳树别提多高了，上面还有喜鹊窝。广山一直爬到了树梢上，往下一看，见妈就张开衣襟等在下面——她怕广山掉下来。妈的周围围了许多人，她大呼小叫，几乎把全村的人都招了来。广山连忙往下爬，到底还是掉在了妈的怀里——妈把他从树上抱了下来。其实一同爬树的孩子有好几个，也只有妈这样大惊小怪。

广山有一个很好的伙伴叫小树，是个女孩。有一天，小树对广山说："你知道你的爸爸妈妈是谁吗？"广山说："谁不知道自己的爸爸妈妈呢？"小树摇头说："你不知道，我也不知道。我们都不是爸爸妈妈亲生的孩子。"小树忧郁的神情在黄昏中显得异常美丽，让广山感到手足无措。当时小树说了些什么并不重要，重要的是小树说话时的神情，像是在演戏。广山一下子就迷上了小树，他觉得天底下不会再有比小树更可爱的人啦！

广山还是把小树的话告诉了奶奶，奶奶当时就把眼睛睁大了。奶奶说："广山可不要听小树丫头胡说，也不要把这话给别人讲。"广山把奶奶的话记在了心里，从来没对任何人说起过这件事。可小树管不住自己的嘴，她和好几个小伙伴都讲了这件事，传来传去传到了广山的妈妈耳朵里。广山的妈妈立刻变成了一只母老虎。她先把小树打了一顿，小树绕着一个碾盘逃，到底也没逃得了。妈妈挥舞着柳木棍劈头盖脸一通打，把小树打得鬼哭狼嚎。妈妈边打边骂着天底下最难听的话，还不解气，又闯进了小树的家，把人家烧饭的锅给砸了。妈妈威风凛凛地从小树家出来了，手里还拿着那根柳木棍。妈妈挥舞着手里的棍子说："罕村的人听着，谁要再嚼舌头根子，就别怪我刘大香不客气！"

妈妈的名字就叫刘大香。

广山在这个家里吃得好也穿得好，与家里的其他孩子没有什么不同。一次广霞说广地是捡来的，广地问妈妈："我是捡来的吗？"妈妈说："你是捡来的。"广地说："我愿意是捡来的，将来可以去找亲爹亲妈。"

大家都笑了起来。大家都可以为了这样一句话笑。

谁也没注意广山躲了出去，广山为小树感到难过。

有那么一两年广山甚至很少想起自己的事。那是父母亲刚过世的那一段，弟弟妹妹都往自己这里跑，在这里吃，甚至在这里住。其实他们都已是成家的人了，个个拖儿带女。可广地和广辉就是愿意到这里来，有什么办法呢？父母在世时，他们都拖儿带女往父母那里奔，一星期一星期地不动烟火。广山住得远，工作又忙，一周只能去一次。从来不多去，也不少去。广山结婚十几年，让了好几次房。先是给姐姐让，后来是给弟弟妹妹让。广山让的房子都是离父母近的，最远的房子只能给了自己。广山没有怨言，他觉得每次让房都是理所应当的。这个家里没有什么对不起自己，让一让房又有什么呢？米兰却不这样看，让一次房，她离单位就远一些。

没有人设身处地为她想一想，她从开始的上班只需五分钟的路程，让到最后，一个小时也不止了。米兰当然把这些归咎于血缘，你跟人家没有血缘，最远的路当然要留给你走。

广山不在乎多走几步路，可他在乎进县委机关。老爷子没离任前，组织上答应照顾他一个亲属。那时广山在下边的乡镇工作，广地在一个效益挺好的厂子管财会。谁都认为让广山上来是名正言顺的事——因为乡镇与县委正好对口，广山也非常适合从政。但最后进了县委机关的是广地。老爷子这样对广山解释："你比广地有出息。有出息的人在哪里都一样。让组织照顾上来对你的发展没好处，你还应该在乡镇多摔打几年。"

如果这番话讲在前边，广山是能理解父亲的，而且他觉得父亲的话不无道理。可父亲的话是讲在广地上班以后，就让广山有了抵触。广山的沉默让本来怀有愧疚的父亲一下子变得不愧疚了，他"啪"地一拍桌子，怒斥广山说："想走后门的人永远不会有出息！知道你这个样子我情愿把机会让给别人！"广山小声说："你把机会给了广地。"父亲说："我给广地也比给你强，因为他不会给我矫情！"父亲因为广山的一句话气得连饭也不吃了。全家人都动员广山给父亲道歉，仿佛广山做了什么大逆不道的事。

也许是父亲的话起了作用。几年以后，广山在那个偏远的乡镇真就有了一番作为。他一步一个脚印地走了过来，直到在这座城市有了举足轻重的位置。

广辉是一个无所用心的人。她来到广山家里就躺着，一副精疲力竭的样子。她在一家保险公司上班，工作很忙。父母在时，她一月两月不动烟火也是常有的事，除了煮方便面，其余什么也不会做。妈妈知道她忙，家里什么事也不让她干。有时广辉要到外边扔冰棍纸，妈妈也要追在后边喊，我去我去。广辉是和哥嫂最亲的一个，不干活，可也没闲事。不像弟媳小延和大姐广霞，不做活还挑三拣四。菜不是咸了就是淡了，油不是多了就是少了，让米兰的心火一蹿一蹿的。米兰在厨房忙的时候广山也一定在厨房，因为他没地方可去。客厅里父亲和广地谈公务，卧室里母亲和闺女、儿媳谈家务。米兰来到这里就是做饭的，她和广山一样，像是整个家庭的局外人。他们做完最后一道菜，别人都快吃完了。等他们吃完，那些早放下筷子的都找个窝睡着了。洗完最后一个碗，抹了灶台擦了地，两人蹑手蹑脚往外走。客厅、卧室里都是香甜的鼾声。穿过搭着葫芦架的庭院，轻轻掩上大门，彼此对望一眼，两人长舒一口气，一件大事就算完成了。

米兰与广山订婚很是传奇。那时广山刚上班，下班回来见家里多了一个女孩。父亲指着米兰说："这是你对象，你们俩好好谈谈。"广山的脸登时就变成了一块红布。

他不是羞的,是被羞辱的。他是成年人了,自己的婚姻大事还被这样包办,转过脸去,他就扇了自己一嘴巴。他对米兰的印象不好,米兰黑,且瘦,站在那里就像一株老了的向日葵,连一点光泽也没有。米兰的父亲在组织部门任要职,算是门当户对。这样的议论,是家里的中心话题,大家都说得旁若无人。一个晚上广山一句话也没对米兰说,米兰就在一边呆坐着。后来米兰走了,妈妈也把广山推了出来,让广山去送。广山也就送出去几十米,直接告诉米兰说:"我不送了,你一个人回去吧,我们俩的关系就到此结束。"米兰捂着脸跑了,广山气宇轩昂地回来了。可家里已经在筹备他的婚事了,要请什么人,要在哪里请,谁做主婚谁当司仪,想得面面俱到。没有人征求广山的意见,广山站在门口,就像一根石柱子,动不了地儿,也开不了口。他又想扇自己一个嘴巴,却只是把手放上去摩挲了下。妈妈问他对米兰满不满意,他赔着笑脸说,您满意就行。

"一大家子都指望米部长帮忙呢。"妈妈说得喜气洋洋。

可还没等米兰与广山结婚,米部长患心肌梗死去世了。广山留意到了父母的脸上都挂了冰,他们在饭桌上说,广山可以再考虑一下,米兰模样和身高都差了些。谁家的媳妇又有学历又有模样,米兰拿不出手,上不了台面。

广山什么也没说。他用沉默表明了自己的态度,尽心尽力地操办了岳父的丧礼,凡事都办得恰到好处,一时成为美谈。这是广山第一次公开表示违拗父母,母亲很长时间指桑骂槐,说广山吃里爬外,属白眼狼的,喂不熟。

广山对自己说,米兰虽然不尽如人意,可她和她的家人都是自己的亲人。广山有时候会有想亲人想疯了的那种感觉,他时常觉得自己就像水中的一朵浮萍,连一点儿根基都没有。

广山的心事有时能挂在脸上,但他对广辉和广地都是由衷地好。广地有些浑,凡事爱和哥哥计较。结婚时,他和小延看上了广山家新买的衣橱,吵着也要。妈妈就给米兰打电话:"你们能不能和弟弟换换家具?"米兰当时的脸色就很难看,但仍和颜悦色地说:"回头我给广山说说。"妈妈说:"只要你同意,广山那里不会有意见。"米兰坚定地说:"家具是广山看上的,没有他的话,谁我都不会让搬走。"妈妈当时就把电话摔了。其实广山就在家里,他很赞赏米兰的态度。过了一阵,广山主动给家里挂了电话,问家具是他送了去还是广地来取。

广地来取家具的时候甚至要给广山磕头,说你真是我亲哥,比爹妈都亲。广地有时候会显得没正形儿,让广山觉得他永远也长不大。广山对米兰也是这样解释的。说好比小时候广地看上了哥哥的书包,又哭又号,你能不给他吗?米兰坚守自己的想法是为了广山，如果是广山想得通的事，米兰从来也无须做思想工作。

她理解广山的处境。

广辉比广山要小十五六岁，她从小就愿意把身子往哥哥身上一靠，自己连一点力气也不使。她还喜欢凡事不自己拿主意，只是随口喊广山："哥，你说呢？"她对二哥广地素无好感，如果广地说她哪件衣服好看，她情愿不穿。这样一对兄妹却能使广山感到温暖，广山有时候会呆呆地想，自己与他们能有什么不同呢？

有一天，广山和米兰去看父母时院子里静悄悄的。广山小心地推开了房门，把一屋子的人都吓坏了。姐姐姐夫、弟弟弟媳、妹妹妹夫都在，他们都是一副惊慌失措的神情。妈妈情急之下用衣服盖住了什么东西，一把抻到了自己的身后。广山的脑子"嗡"的一响，他以为那是与自己身世有关的东西，直着眼睛就走了过去，被米兰一把拉了回来。

米兰一直把他拉到了街上，才告诉他他们藏起的是一件瓷器。广山把头摇得像拨浪鼓，红着眼睛嚷你说得不对。米兰流着眼泪说："千真万确是一件瓷器，我看得清清楚楚。你不记得外面有人传说咱们家有价值连城的一件宝贝？"广山想了想，真的想了起来。其实不是传，是广山亲耳听父亲的司机说的。司机没把他当外人，说你们家的那件玩意儿了不得，北京一家古玩店开口就给六百万。把广山吓了一跳："什么东西那么值钱？"司机马上支吾了，说就是一件玩意儿，我也说不准。广山回家对米兰说了，米兰说我早就听说这件事了，是老二的媳妇小延传出来的。

广山在外面吸了半天烟才让自己平静下来。他想起了也许是那只罐，过去在老家盛些菜种，搬到城里来妈装些针头线脑。他上高中那年，有个回收旧瓷器的看中了，张口就给一千元，把妈吓了一跳，赶紧收拾起来藏到了柜子里，以后就再没见到过。瓷器还是爸搞"四清"那年从乡下带来的，说是房东送的。爸其实不喜欢那些瓶瓶罐罐，但既是别人送的，就没有不收之理。那只罐的身上是突兀出来的一群小人，看上去就像在跳舞。小人眉目清晰，色彩艳丽，妈做针线的时候喜欢看他们一眼，那只罐就一直保存下来。广山问米兰："如果有一天别人能从这个家里分几十万遗产，你生气不？"米兰说："我一点也不会生气，不是咱的东西咱一分一毫也不要。"米兰的贤惠经常能使广山动容。她在一切问题都上能站在广山的角度去考虑，让广山感到难能可贵。广山让米兰先回去，自己拐到市场买了一块肉提了回去，进门就说米兰你今天别动手，我想吃妈炖的肉。妈马上笑逐颜开了，边夸这肉买得好边把肉接了过去。

广山和米兰对视了一眼，他们都意识到了妈在说什么。因为过去广山和米兰买任何东西都没让妈满意过，吃的穿的用的，他们从来买不到妈的心里。哪怕是一块肉，不是肥了就是瘦了。有好一段时间他们无所适从。他们还不能空着手上门，那样妈的脸能拉一尺多长，边摔打东西边说，我一个大子儿不挣，还有人想揩我的油呢。

可广霞广地广辉上门都空着手。如果谁偶然买了些时令水果，会把妈气得够呛，称他们"败家子""瘦驴拉粗屎"。

一屋子的人脸上还木木的，广辉许久都不敢看广山一眼。广山不停地逗广辉的小女儿玩，才把气氛搞活跃了。

广山在好长一段时间等着广辉向他解释什么，潜意识里他觉得广辉不会向他保守秘密。但等来等去没个结果。广山不是要了解什么隐秘，而是希望这个家里能有一个人不把他当外人。哪怕广辉说的话言不由衷呢，广山的心里也会好受一些。

但所有的人都当事情从没发生过。广霞甚至愚蠢地解释我们那天都给妈看手相呢，被姐夫狠狠瞪了一眼。广山和米兰的脸上什么也没有，他们双双进了厨房，还是以往的一套工序，妈只是稍微跟他们客气了一下。收拾利落了他们告辞，妈破例送他们出门，说以后别再买猪肉了，你爸不喜欢吃。

往事都是穿成串的不愉快，广山已经很少想起它们了。

4

星期三，常务会议刚开上不久，秘书就递来一个条子，说外边有一个李大爷急着找韦县长。韦广山交代了几句就从会议室里退了出来，边走边想肯定是老院的李大爷。沙发上坐着的李大爷韦广山却不认识，额上也没有伤疤。李大爷一见他，局促地要把一张脸背到身后去。广山最见不得老乡这样，边给他沏茶倒水边用亲切的口吻拉家常，一叙谈才知道，李大爷是罕村人，儿子大生承包瓜园，和偷瓜贼打了一架，偷瓜贼的爹是派出所的。韦广山想了想这其中的关系，李大爷不是来告官的。之所以找到他，是来找"老乡"要说法的。李大爷显然不习惯和县长讲话，说起话来战战兢兢。偷瓜贼不是偷了瓜去吃，而是偷了瓜去卖。开始是不敢招惹人家，后来实在不像话了，才动了拳脚。两人各自挂了彩，各自回了家。谁知转天一辆警车就呜呜叫着开进了罕村，什么话也不说，就把大生绑走了。李大爷说到这里抹开了眼泪，他说他是实在没别的办法才到这里来，他说他说的话句句是真，一点假的也没有。有那么一阵韦广山的思想开小差了，他想起了那个名叫罕村的村庄，他十岁那年离开了就再没回去过。李大爷的眼泪才让他回过神来，他拿了一条毛巾给李大爷擦眼泪。可那条毛巾实在是太白了，李大爷忙说不敢用，甚至不敢用手拿。韦广山很少有意气用事的时候，此刻大声喊秘书小杨，让他给公安局局长打个电话，亲自过问一下罕村拘人的事到底是怎么个情况。"下班之前我要听汇报。"韦广山粗声大气地说。李大爷越发泪流不止，说大生走了三天了，一园子的瓜就盼了三天。因为家里老的老、小的小,谁也没能力去卖。大生的媳妇是个病秧子,一阵风就能吹倒。要是大生再不回来,这大半年的心血就算白费了。

说完了该说的,李大爷要走,韦广山说什么也不让。他让李大爷等等结果。隔壁是个小会客室,韦广山安顿好李大爷就去开会了。韦广山一边开会一边心猿意马,碳素笔不时敲着桌子,敲出了节奏。散了会,韦广山第一件事就是问小杨公安局那边有没有消息。小杨说还没有。韦广山思忖一下说:"你安排个便饭,我请请老乡。"李大爷便跟着韦广山来到了小食堂,你一盅我一盅喝起了酒。李大爷从始至终不敢看韦广山,韦广山有一肚子的话想问问李大爷,却无论如何问不出口。

李大爷住在村南,离韦家挺远。二十世纪五十年代李大爷做过教书先生,不在村里。这些印象让韦广山叹了口长气。但李大爷对父亲韦清泉却赞不绝口,说那是个有本事的人,念私塾时就敢往先生的鞋窝里撒尿。韦广山笑着说:"这也算本事?"李大爷认真地说:"这就算本事。先生打起人来连死活都不管,我们都恨他。"李大爷说:"后来你父亲就参军了,其实那一年是1949年,谁去参军谁捡了便宜。只是我们谁也想不到这一层,你父亲就想得到。他对我们几个说将来有你们后悔的,走着瞧吧。"

李大爷呵呵笑了。

李大爷笑的样子让韦广山有些恍惚,父亲以后的位置和待遇都因为早些年"捡了便宜"。这个便宜甚至惠及子孙。韦广山眯着眼睛想,如果当年捡了便宜的是李大爷,现在登门求助的也许就该是父亲了。

自己也许就是那个被拘起来的李大生。这种感觉可真奇怪。

韦广山还想到了自己的"父亲"。那样一个模模糊糊的影像任何时候、任何情形之下都呼之欲出。他已经不记得是在哪一年、是在什么情况下有了另外一个父亲和母亲。但另外一个父亲和母亲在他的脑海里一直顽固地存在着。他走到街上都会特别留意上了年纪的老人,谁多看他一眼就会让他多心。他不知道谁是自己的生身父母,但他坚信生身父母一定在暗处看着自己。他们把他放在了"李家"门口,这是奶奶说的。许多年后,广山"品"出了奶奶的弦外之音,自己的生身父亲也许就姓李。

那样自己就不是韦广山而是李广山。

所以他对姓李的人总有一种说不出来的感觉。

饭吃得早,韦广山和李大爷从餐厅出来,正好碰见公安局的邢局长。邢局长招呼了一声韦县,说想到您这儿串个门呢,还有个事想和您叨咕。因为韦广山不管政法,所以和这些头头打招呼总是很谨慎。何况这些人都比自己年龄大,交往起来感觉总会有些特殊。到了办公室,韦广山才介绍说:"这位是罕村的老乡,我在那个村庄长到十岁,以后再没机会回去过。"邢局长马上说:"我理解我理解。拘人的事我已经调查清楚了,是派出所的人无理取闹,现在他们已经把人送回去了。"李大爷双膝一软就要给邢局长跪下,邢局长连忙摆手说:"要跪您就跪韦县,我可受不了这么重的礼。"李大爷惶惑地看了看韦广山,忽然忍不住哭了。

邢局长说:"派出所的老李也是罕村的人,和这位李老先生是同宗同族。我在电话里把那个东西狠狠骂了一顿。我说这件事情到此为止。如果再扯不清,小心我双开了你。"

韦广山的心里有了另一种滋味。他没想到偷瓜贼也是罕村人,而且也姓李。韦广山这才想起李姓人家是罕村的大户,就连儿时的伙伴小树,也姓李。

广霞在电话里对米兰说:"我们一起去趟武装部,找一找方部长,广山那里我怕指望不上。他面子软,凡事不愿意开口求人。"米兰说:"这样不好吧?广山肯定不愿意我们这样做。"广霞说:"我们不这样做又能怎样做呢?总不能坐失良机吧?"米兰说:"大姐,不是广山不管这件事,是管也要有个机会。你别逼他,让他慢慢想办法好吗?"广霞说:"慢慢想办法好是好,可我们闺女也得等得了呀。你又不是不知道她的脾气,从来都是说一不二。"米兰还想说什么,广霞却不耐烦了。"这件事她舅妈你也甭管了,我自己出马试试,办不成怨我没本事。"说完这话广霞就把电话挂了。米兰徒劳地喂喂了好几声,气得也摔了电话。米兰对这位大姑姐向来没脾气,过去没有,现在也没有。生了会儿气,米兰还是要通了广山的电话,说小鸣的事大姐要亲自去找方部长,你还是提前挂个电话吧,免得她到那里说些不该说的。广山只是"哼"了声,米兰就知道他那里说话不方便,急忙把电话挂了。

韦路已经是高三的学生了,号称什么都懂。他喜欢把脚泡在盆子里和米兰聊天。他说:"大姑还是那么霸道,难道她不知道我爸现在是县长了?"米兰说:"什么县长不县长的,别瞎说。你爸就是当了省长,也还是你大姑的弟弟。"韦路说:"可她对我们和对二叔就是不一样。小时候,她给韦川买的冰棍是两块的,却给我买一块的。"米兰说:"我儿子怎么是小肚鸡肠的人?那是什么时候的事了,你怎么现在还记得?你是哥哥,难道让韦川吃一块的你吃两块的?"米兰觉得自己的话说得非常好,含笑望着韦路。韦路小声说:"大姑完全可以给我也买两块的。"米兰不说话了,其实她和韦路有同样的感觉,只是要比韦路深得多。小延和米兰同样是韦家的媳妇,可小延的待遇却像韦家的女儿。小延从来不下厨房,坐在饭桌上还有人给夹菜。米兰却从来也没有那种待遇。那些日子已经过去了,即使不过去,米兰也早就学会忽略这些感觉了。

韦路去睡觉了。米兰把电视音量调到最小,坐在沙发上绣十字绣。隐约听到有敲门声，米兰走到了院子里，问："是谁？"门外有个声音："我姓李。"米兰说："广山他不在家，有事明天去单位找他好吗？"好一阵子没有动静，米兰以为门外的人走了。刚要往屋里走，门外的人叹息似的说了声："我是看着广山长大的……"米兰紧走两步把门打开了。米兰问："是李大爷吗？"果然是李大爷。李大爷站在门外不好意思进来，说，广山还没回来？米兰说您进来等一等，他也许很快就会回来了。米兰把李大爷让到沙发上，倒了水，让了烟。米兰说："我不认识您老，您说您是看着广山长大的？"李大爷说："广山身上有几颗痦子我都知道得一清二楚。那时我们都住在西关三巷，广山没事就爱到我的屋里捣鼓半导体。有一次，把我的半导体捣鼓得不出声了。广山说，李大爷，您别让我妈知道，我赔您。我说，我不告诉你妈，你也甭赔。我单位有个师傅会修机器，手到病除。话说这都多少年了，广山那时候才抵我胸口高，整个像根竹竿子。"

米兰说："广山好像从小就很怕我婆婆。"

李大爷说："广山那个仁义哟，才十多岁的孩子，缝缝补补洗洗刷刷都是自己动手。有好东西尽着弟弟妹妹吃。我问广山，小子，你不馋？广山说，李大爷，我不馋，弟弟妹妹吃和我吃一样。你说哪儿会一样？才十几岁的孩子，哪有不馋的？"

米兰说："广山从不和我说这些。"

李大爷说："我们三巷住着十好几户人家，都说这孩子长大会有出息。可不就让我们说着了？"

米兰说："您这样说是抬举他。"

李大爷说："不是我在这里嚼舌头，老韦他们偏心。"

米兰不说话了。虽然很想就这个话题谈下去，但显然不合适。她给李大爷的杯子添了水，刚要问些什么，话头却和李大爷撞上了。

李大爷说："有些事情你可能不知道……不知道就算了。"

米兰放下自己的话题赶忙问："什么事？"

李大爷说："广山他自己知道。有一回他偷偷问过我，李大爷，一个人会有俩爸俩妈吗？"

米兰愣了一下，小心地问："您说这话是什么意思？"

李大爷说："我就不藏着掖着了。今天不是我主动来的，是有人托我。如今老韦两口子已经不在了，我也就没有顾虑了。要是那两口子在，打死我也不敢管。"

米兰沉吟了一下，站起身来说："您说的话我听不懂，回头还是给广山说吧。您留一下电话和地址，我让广山和您联系，您就不用跑了。"

米兰把李大爷送出了门，李大爷还心犹不甘地说："事情我还没说明白呢，怎么这就出来了？告诉广山不要有顾虑了，这也不算对不起老韦家。"

米兰说："天黑，您慢点。"说完就把大门关上了。米兰回过身来，见韦路在院子里站着，一脸凝重。韦路激动地叫："妈妈。"米兰说："你怎么还没睡？"韦路又喊了声："妈妈。"声音似乎有些颤抖。米兰平和地说："怎么？"韦路马上泄了气，说："不怎么。"转身回了自己的屋子。米兰一个人在院子里站了许久，直到听见了熟悉的汽车喇叭声。

5

罕村坐落在县界的边上，如果不是挡着一条河，说不定就被划到外县了。过去的罕村是一个很小的村庄，只有一条大街两条小街。如今小村已经变成了大村，房子哩哩啦啦盖出了两里地以外，老街旧巷已经无迹可寻。村里已经没有韦姓人家，唯一的一户韦姓人家在三十几年前已经搬走了。但罕村的人并没有忘记他们。他们会告诉你有关韦家的一些事，韦清泉和刘大香的名字会被熟稔地提起。因为韦清泉是罕村官做得最大的一个人，刘大香是罕村最厉害的一个女人。如果谁家的羊啃了她家的树，她家的孩子吃了谁的亏，或她家的母鸡在谁家生了蛋，刘大香都会吵翻天，骂遍地。逢到这种时候，罕村的男人女人捧着饭碗也要到街上来，看刘大香的飒爽英姿。转眼就是三十几年过去了，树长高了，人变老了。罕村的老人与韦清泉同庚的不在少数，都还健康地活着。他们凑到一起会谈起一个话题。官当得大的人，福享得多的人，咋就不长寿呢？韦清泉没的那年才六十岁出头，要是再熬几年，就赶上儿子当县长了。

关于县长韦广山，罕村的人并没有太深的印象。人们很少提及他，是因为他可谈的东西非常少。他走的那年才十岁，留给罕村的只是一个模模糊糊的印象。他被突然提起是当县长以后的事，好像他仍是十岁左右的年纪，可忽然就当县长了。罕村的人曾经为韦广山的县长激动过，他们说，这是谁家那么不长眼，把一个县长白白送了人？有时候传说是非常有生命力的，几十年前的往事非但没有因为岁月的流逝而湮没，反而具体生动起来。许多细节在人们的口头流传。说刘大香是一个多护犊子的人哪，可她却让广山在寒冬腊月去河里摸鞋。广地滑冰落了水，挨整的反而是广山。刘大香在村里的口碑不好，一方面是性格原因，一方面是心理原因。之所以有人送孩子给她是因为看上了她家的饭碗。那些年多困难哪，韦家却可以三天两头吃肉。韦家的祖宅坐落在村中心，韦家散发的肉香能使一个村庄的孩子流口水。

只是这个没长眼的人是谁呢？罕村人人心里有谱，可谁的嘴里也不说。要知道许多年前罕村是一个非常小的村庄，村东有人打了嗝，村西都能闻出他吃了什么饭。所以在这样一个村庄没有什么秘密可言。韦家的秘密之所以成为秘密是因为刘大香这个女人，罕村的人都知道，这个女人实在是个人物，你要是招惹了她，你们家都离倒霉不远了。

一大早，派出所的杨书密就找上门来。他拿出一个小本本唰唰写了几笔，撕下来递给李大生说，罚款，两千元。李大生顿时脸就白了，抖着手说："我没犯错误，凭什么罚我？"杨书密说："你打架斗殴了吗？你误伤他人了吗？还敢说没犯错误，你这是目无法纪！"李大生这才明白自己的官司没过去，分辩说打架的又不是我一个人，凭什么只罚我？杨书密抖着手里的本本说，谁说只罚你了？李大同也罚了，罚得比你还多。李大生没话可说了，便一心一意琢磨这两千块钱，实在是多得让人心里难受。他一下子矮下半截，看都不敢看杨书密。

杨书密说："你到底交不交？不交是过不去的，晚交不如早交，早晚也得交。"

李大生说："李大同他交多少？"

杨书密说："他交三千。"

李大生说："他偷我的东西，又不是我偷他的东西。"

杨书密说："现在说的不是偷东西的问题，是打架斗殴的问题。"

李大生说："我没钱。"

杨书密说："没钱怎么打架？"

李大生打了自己一个嘴巴，他被杨书密的话绕住了。是呀，没钱你打什么架？显然没钱的人是不应该打架的。李大生不言语了。他还在想两千块钱问题。钱不是没有，在媳妇柜子里锁着呢。可那是血汗钱，花一个都要心疼一阵子。一想到要把这两千块钱都送给别人，他连跳河的心思都有了。

杨书密说："你到底交不交？不交再跟我去趟派出所。"

后边这句话起了作用，李大生乖乖去了屋里，让媳妇拿钥匙。媳妇握着钥匙却不肯给大生，窗子敞开着，她努力提高声音说："我们就不能少交些？"杨书密装听不见，她又提高了一下声音。李大生赶紧又出去了，看见杨书密含糊地点了下头。李大生赶紧问："少交多少？"杨书密马上回过神来，瞪起眼睛说："一个子儿都不能少。"媳妇叹了口气，把李大生叫回来，把钥匙给了他，嘤嘤地哭了。大生说："哭什么哭？钱都是人挣的，留得青山在，还怕没柴烧？"

大生去瓜园的路上，一路走一路没好气。他是生父亲的气。父亲李显从县城回来一通显摆，说他见县长了，还有公安局局长，县长还请他吃了饭。还要用专车送他回来，他说什么也不坐。大生一听这话有些起急，说你干啥不坐县长的车回来呢？如果村里人都知道县长把你送回来，谁还敢欺负咱？李显说县长的车很忙，咱吃人家的饭已经够打搅了，怎好太麻烦人家？大生说，话是这样说，可咱求到县长也是百年不遇，下次再遇到他说不定都不认识你了。李显一听这话，蹲在地上不言语了。大生说："事情都办好了？"李显说："你不是比我还先到家？"大生说："以后有事咱还能不能再求县长？"李显说："咋不能？县长还说要给咱撑腰呢。"

　　大生到瓜园里说了两千块钱的事，李显顺手就操起了一根树枝。李显瞪着眼睛说："你把钱给人家了？"大生说："给了。"李显挥着树枝说："我恨不得……李大同也交罚款了？"大生说："他交了三千。"李显把树枝狠命往地下戳了几下，说："人家给没给你哪知道？你就是个憨子，人家说啥你信啥！""我哪憨了？"李大生梗着脖子，瞪圆了眼睛喊。李显说："你怎么那么顺当就把钱给人家了！"李大生说："我不给钱人家还让我蹲派出所。"李显说："让你蹲你就蹲呗，我要人比要钱好要！"大生说："你还去找县长？你不找县长我还花不了两千块钱呢！"李显把树枝一丢，撅起屁股就往村里走。他噌噌来到了李大同的家，李大同正在院子里伸懒腰。李显说："李大同你交没交罚款？"李大同说："谁交罚款？交什么罚款？"李显说："派出所的杨书密没来向你要？"李大同冷笑了一声，那意思是这个问题根本不值得回答，他一向瞧不起这个本家。院子里有一根水泥柱子，上面拴着绳，是晾晒衣物的。李显忽然一头朝那个柱子撞去，撞偏了，额角被削去了一大块皮，顿时血流如注。李大同嚷道："不想活回自己家去，瞧，把我家的柱子都撞歪了！"血已经把李显的一只眼糊住了，他使劲一抹，整张脸就成了血葫芦。李显忽然龇牙笑了。李显说："李大同，我这个样子好看不？"李大同逃也似的回了屋里。李显大步往外走去。有人问："你的脸怎么了？"李显说："你去问李大同，他知道！"

　　李显的身后跟了许多人。有人以为他要回家，就劝他先去小药店包扎一下，免得破伤风。李显并不答话，头也不回地往村外走。跟着他的人只得停了脚步。有人问："他这是去哪儿？"

　　有人答："这还用问吗？"

6

　　韦广山挂通了李元大爷电话以后迟迟没有说话。那边紧着催问你是谁，韦广山就把电话撂了。他勉强让自己看了两个文件，然后又挂通了电话，中气十足地说："李元大爷在吗？我是广山呀，您老身体可好？"李元大爷说："广山我等你的电话都等得火上房了，你什么时候能过来一趟？"广山说："我这里还有个会，会后我专门去看您老人家。"会其实是没有的，整个政府大楼只有韦县的坐骑停在显眼的地方。韦广山迅速拆开了几封写给他私人的信件，都是乡下农民反映各种问题的。韦广山处理这些问题从来都是认真仔细的。他同情农民，有时甚至可怜农民，觉得他们才是真正的牛，吃的是草，挤出的是奶。韦广山的这种情绪甚至影响他判断是非。只要是农民状告当地政府或当权者，他一律觉得真理在农民一边。

韦广山的县长是差额差上来的。想当年在候选人中他只是陪绑的，作为偏远乡镇的镇长，他凭借着一种无私奉献的精神在众多乡镇长中脱颖而出。但他与县长的座位肯定还有距离，所以组织上和他自己都有了被"差"下来的准备。那一年的人大工作也许做得不周到，也许是太周到了而让代表有了逆反。韦广山以遥遥领先的票数当选了，让所有的人包括他自己措手不及。人大代表们农民居多，唱票结束时欢呼雀跃的也大都是农民。这让韦广山有了一种感觉，自己与他们好像有一种血脉上的联系。因为许多农民并不认识自己，他们的选举在很大程度上是释放一下自己的权利。

韦广山提着两瓶好酒顺利找到了李元大爷的家。这是城区最早的一处居民住宅，韦广山十岁那年从罕村搬来即入住这里，随后是无数次的搬家。可李元大爷一直没有搬过。新房已经住老了，就像李元大爷已经垂暮一样。过去看着高高大大的平房现在看上去又矮小又破旧。房与房之间是那么窄的小胡同，似乎要斜着身子才勉强过得去。他记得当年可以自由自在地在胡同里跑过，还像风车一样伸着两只手臂。过去了，一切都过去了。韦广山敲了敲虚掩的门，李元大爷迎了出来。李元大爷的表情有些像不认识广山似的，其实他每天都盯着电视新闻看，专门看有广山的镜头。广山把酒塞到了李元大爷的手里，李元大爷还是愣愣的，好像不相信面前站着的人是广山。广山问："大妈呢？"李元大爷说："上姥姥家了。"广山没听明白："上谁的姥姥家？"李元大爷说："她自个儿的姥姥家。"广山不相信地说："大妈去世了？"李元大爷点了点头。广山说："我记得她比您要小上四五岁。"李元大爷说："要不咋说黄泉路上没老少呢？"

客厅很暗，墙壁是一种烟草灰的颜色，已经许久没有粉刷了。李元大爷说，老伴是去年冬天去世的，在这之前遇到了车祸，躺了五六年。广山有些歉疚的话，却说不出口。从这里搬出去以后就再也没回来过。开始两三年里还能碰上一两次，后来越搬越远，就三五年也碰不上一回了。想起李元大爷对自己的疼爱，广山的心里还有一种酸酸的感觉。李元大爷没儿没女，有一回悄悄对广山说，广山，给我当儿子吧。广山认真想过这个问题，他想，如果能给李元大爷当儿子，至少会比现在幸福五十倍。

五十倍是他用代数求出来的。

寥寥几句话，李元大爷就把分别这些年有关自己的情况说完了。他们更多的是谈韦清泉。李元大爷说，韦清泉去世时他在电视上看见了讣告，也想去和遗体告个别，转了半天磨，还是没敢去。那天到场的肯定都是有头有脸的人，李元大爷担心没有自己待的地方。韦广山也把当时的情况简短说了说，父亲患的是肝癌，走得很痛苦。因为正赶在汛期，许多亲朋好友都没来得及见上一面。李元大爷问："你父亲临终对你说了什么没有？"广山想了想，点了点头。李元大爷："这么说你知道了一些情况？"广山问："什么情况？"李元大爷说："广山你别和我兜圈子，我们爷俩虽然十几年没见面，但交情还是老交情，我说得对吗？"

广山把父亲的临终遗言对李元大爷讲了，也讲了自己的希望和失望。广山说，甭管从前还是以后，他这些话从不会对第二个人讲。他想知道自己的亲生父母是谁，想知道当年为什么要把自己放在韦家门口。对这个问题他有许多猜测，甚至怀疑自己的身世是一个悲惨的故事。但他心里的话，无法对人言。他希望有一天一个白发老人找到他，这个人不用张嘴，广山就知道他是谁。只是这个场面一直没有出现过。

李元大爷说："我以为老韦临走会告诉你。"

韦广山说："我也是这样想的，可父亲嘱托的都是家事。"

李元大爷说："这件事情不知是不是我多嘴。那天几个老哥们在城墙根下聊天，一个姓仇的老头自称是你爹。我说这可不敢胡说，你咋能随便给人家县长当爹呢？仇老头说，这不是胡说，是千真万确的事。转天他拿来了一张照片让大家看，大家都说，有几分像你。"

韦广山的神情暗了暗，不动声色地问："照您看呢？"

李元大爷说："起初我也不相信，一个小孩子的照片能看出啥。那孩子也就一两岁大，还没长头发呢。可后来老仇一把鼻涕一把眼泪地说，不由你不信。他说孩子一生下来娘就去世了。他一个大老爷们儿怕养不活，就送了人。先是送给了老齐家，后又给了老韦家。他说老韦生前和他见过面，老韦不承认儿子不是亲生的。老仇的老家离你们罕村不远，所以这件事情让我动了心。这些日子我每天都和老仇见面，每天说的都是这个话题。我想这件事情也许是真的，就答应来找你。"

广山说："他自己怎么不来？"

李元大爷说："他怕你不想认他。"

广山说："请您转告他，这种话以后就不要再说了。我自己的身世我自己清楚。"

李元大爷吃惊地说："你清楚？"

广山肯定地说："我清楚。"

李元大爷当然想知道广山是怎么个清楚法，但广山不说，李元大爷也不好意思问。广山又问了一些其他方面的事情，就起身告辞了。

走到门外，广山突然想起什么似的说："大爷，找个老伴吧，我管操持。"李元大爷倏然流下了两行泪，连说："不找了不找了，伺候一个我已经伺候够了。"

广山的眼睛也湿润了，他匆匆挥了下手，头也不回地走了。

广山走到街上心里乱糟糟的。他原本也没抱希望来，所以也无所谓失望。他只是觉得心里乱，就像原本是一块封洞的冰，此刻被打了个洞。其实他早就有面对这个问题的思想准备，可那种难以言传的感觉还是令他不舒服。他想起了他初当县长时的第一次下乡，去的是一个叫小塔的村庄。他在那个村庄意外地遇见了儿时的伙伴小树。小树已是三个孩子的母亲，肥胖得一点没了原先的影子。广山并没有认出她，是她先认出广山的。她在一堆人里把广山喊了出来，说我是小树，你还记得小树吗？一行人都笑了起来，广山没有笑。他走过去仔细辨认了一下，到底认出来了。他去了小树的家里，问她何以生这么多孩子。小树说，是政府不让她生，否则她会比这生得多。都是我亲生的，小树得意地说。我妈六个丫头就嫌多了，把我送了人。送人那天我还发高烧呢，我姐倒提着双脚把我扔了出来。我妈临死想见我一面我没去。我不想见她，她顶多养了我三十天，我跟她没感情。

小树说："你找到亲生父母了吗？"

广山不知如何回答。

小树说："不用找，找了也没用，没感情。"

可广山不那样想。

广山想起了黄昏中小树忧郁的身影，美丽得让自己爱慕。如果当年不离开罕村，也许是青梅竹马的一段姻缘。

广山的心里流动着一股暖流，单只为青梅竹马这四个字。

广山相信自己就是奶奶嘴里的那只红虾米。年龄越大，这种印象越深刻。韦路出生的时候他非常留意地看了第一眼，脱口而出的是，怎么也是一只红虾米？当时妈妈和大姐都在场，她们都狐疑地看着他。多亏米兰反应快，用抱怨的口吻说你怎么说那么难听的话。妈妈和大姐也连忙附和，但广山看见了她们彼此交换了一下眼色！他在很小的时候就知道不把奶奶的话告诉其他人，妈妈隔一段就会问他奶奶对你说了什么没有。他的回答永远都是，什么也没说。

奶奶说那只红虾米被包了里三层外三层，奶奶甚至说得清那些布的颜色。那时的广山隐隐有些感觉，无数次地想打破砂锅问一问，可他实在问不出口。

在他问不出口的那些日子奶奶仙逝了。广山除了悲痛，还有巨大的悲哀背负着。他意识到他问不出口的那些话，永远也不会有人对他回答了。

有时他会对韦路说："儿子，你知道自己的亲生父亲是谁吗？"

韦路指着广山的鼻子说："你。"

韦广山会感动得抱着儿子流眼泪，因为儿子比自己强，他知道谁是自己的亲生父亲。

方部长与广霞一同等在会客室里。广山有些恼，但脸上并不表现出来。他与方部长热烈地握手，各自为他们泡了杯茶。广山故意说："这是我姐姐，大姐，你认识方部长吗？"广霞说："怎么能不认识呢？我就是和方部长一起来的。"广山说："你和我说的事我还没来得及找方部长呢，这段忙。"广霞说："都不是外人，我亲自找了。方部长跟爸都有交情呢，这点事根本不算事。"广山气得半天不肯开口说话。方部长微笑着说："韦县，外甥女的事就是我的事，当兵的事就算定了，我是个痛快人，愿意跟脾气痛快的人打交道。"广霞说："广山，你的脾气就不痛快。"方部长连忙说："韦县也是豪爽人，这我们大家都知道。"广霞不高兴地说："他要是痛快，这件事情就不用我瞎着急了，我找方部长就足足找了三天。"

韦广山问："大姐你还有事吗？"

广霞说："小鸣的事就算定了？"

韦广山说："没事就先回去吧。以后有事去家里说，办公室不是谈家事的地方。"

广霞和方部长打了招呼，悻悻地走了。

广山好一阵子缓不过劲来，他不喜欢这个大姐，就像大姐从没喜欢过他。对于广山和米兰，大姐的态度永远是挑剔，哪怕是虚情假意的一句恭维也没有过。如果米兰穿了一件新衣服，大姐不找出十处缺点不罢休。可大姐在别人面前是最会说话的，如果弟媳小延穿了新衣服，甭管好看不好看大姐都会赞不绝口。

广山从大姐那里感受到的永远是格格不入。

最让广山气愤的是大姐居然敢背着他去找方部长。现在这类问题多敏感，大姐一点也不怕给弟弟脸上抹黑。

广山甚至不敢面对方部长，他与方部长不熟，他不愿意被别人看作那种伸手县长。

方部长欠着身子说："是大姐要我来和您见上一面。本来我不想来，好像邀功似的。可大姐不干，我下了保证她仍然不相信我。"

方部长要比广霞大上好几岁，可方部长也管广霞叫大姐。

韦广山非常难为情，他看着窗外说："方部长，对不起，非常对不起。"

方部长说："说对不起的应该是我。有些事情我应该想在前边，就不会让大姐这么麻烦了。想当兵是好事，保家卫国嘛，我们只有双手支持的分儿。"

韦广山说："方部长请别这么说，这么说就更让我无地自容了。"

方部长起身告辞，韦广山把他一直送到楼下，看着方部长上了车，才迅速回到了自己的办公室。

他给广地和广辉分别打了电话,告诉他们今天是周末,到自己家里聚聚。广辉高兴得甚至要跳起来,问有什么好吃的。广山却连一点高兴的意思也没有,勉强说好吃的肯定有,但不能自己吃,别忘了叫上大姐。广辉说,哥我给你买件T恤,花两千多呢。韦广山却没有心情应对广辉,只敷衍地应了句,就把电话挂了。

广山早早下了班,米兰却比他更早地回来了。米兰察言观色地说:"有线索吗?"广山说:"无稽之谈。"把在李元大爷家的经过简要说了说。米兰说:"你的判断是不是草率呢?不会空穴来风吧?"广山说:"没有对路的地方。我原想李元大爷是老邻居,可能知道些咱们家里的底细,是我想错了。"

米兰难过地说:"我可是寄予希望了。"

7

派出所所长李学翰接待了徒步走来的李显。罕村离镇上有十多里路,李显来到镇上已经到了中午。李学翰抢先和李显打了招呼,热情地说:"二叔来了,还没吃饭吧?我让人弄点酒,咱爷俩喝两盅。"李显说:"你把两千块钱还我马上就走。你要是不还我就不走了,你不用这样虚头巴脑。"李显在一把椅子上坐了下来,从兜里摸出一支揉皱了的烟抽。李学翰也为自己点了一支烟,边点边寻思这两支烟的差价至少也在五十倍以上。李学翰皱着眉头说:"钱,什么钱?我怎么不知道?"李显说:"把杨书密叫来,你一问他不就知道了?"李学翰仿佛现在才看见李显脸上的血迹,当然那些血迹已经风干了。李学翰说:"你脸上怎么有油漆,谁给你刷的?"李显提高声音说:"你到底给不给我钱?"李学翰说:"我有事正要到县局去,你还找不找邢局长?"李显说:"找。"率先往外走。李学翰却去了食堂,啃了一个猪蹄儿,一嘴油汪汪地出来了。李显自言自语:"我就不信没个说理的地方。"李学翰说:"肯定有,过会儿我用汽车拉着你,专门去找说理的地方。"李学翰去屋里睡觉了,李显还想跟进去,走了两步,定住了。

他想,这真是没奈何的事。怎么都觉得没奈何。他想早些年自己怎么就没跟韦清泉一起走呢?混成公家人,就没人敢欺负。这种后悔已经有许多年了。过去韦清泉家里有鱼有肉,他后悔过。韦清泉回家坐汽车,他后悔过。韦清泉把全家搬到城里,他后悔过。韦清泉死了还能上电视,他也后悔过。如今坐在乡政府白花花的太阳底下,他就更后悔了。不时有人从李显的面前经过,谁都不看他一眼,谁都没跟他说句话。李显甚至看到了乡长,他"噌"地从地上爬了起来,想和乡长说句话。可乡长比兔子溜得还快,根本就不给他说话的时间,两眼直着就过去了。李显只得重新坐了下来,他想李学翰是个无赖。李学翰的全家都是无赖。李学翰家祖祖辈辈都是无赖。罕村李姓这一族人，谁都比自己过得好。怎么谁都比自己过得好呢？李显有点后悔来找李学翰，他想如果直接去找邢局长，眼下说不定已经把事办了。

这个想法让李显的心宽了一下，他往阴凉处倚了倚，躺下去也睡了。

李显让李学翰踢醒了。当然李学翰并没有用多少劲，他只是用皮鞋的鞋尖象征性地踢了踢，李显就醒了。李学翰说："还去不去找说理的地方？"李显一骨碌爬了起来："车呢？"李学翰用手指了指，是一辆三轮摩托。李显找个座先坐了上去，李学翰开始用手机打电话。打了一个又打了一个，打了一个又打了一个，一共打了五六个。李显稳稳当当地坐着。想，有理走遍天下，没理寸步难行，管你找谁，谁也大不过天去。李学翰终于打完了电话，也上了摩托车。一个脑袋从门帘后边伸了出来，问，李所去哪儿？李显认出了那就是杨书密，吼了一声，上县局！那个脑袋倏忽不见了。三轮车风驰电掣样地向前驶去，比坐飞机还快。李显迷瞪着睁不开眼，几次想让李学翰慢点开，又狠狠骂自己，就你的命值钱？

三轮摩托不比四轮汽车跑得慢，一顿饭的工夫，就到县城了。李学翰先去了公路交通局，又到了财税局。到哪里都耽误好长一阵子，进去之前打电话，出来以后仍然打电话。李显问，你到底多会儿上县局？李学翰边发动车边说，这不都是县局吗？李显说，你说来找邢局长。李学翰说，我又没有事，找他干什么？车已经发动着了，李显不顾一切地从车上跳了下来。摩托车朝前冲去，跑出去老远，又转了回来。李学翰说，我送你上县局？李显看也没看他一眼，昂着头走了。

李显对门卫说找邢局长。门卫说邢局长不在。李显无可奈何地说，我和邢局长是亲戚，亲戚也不让见一面？门卫奇怪地看着他，那一脸油漆都干巴了，一看就是个上访的。李显想，自己有理由和邢局长攀亲戚，毕竟在县长那里见过面。门卫说，其实见不见我说了都不算，就看邢局长是不是认你。李显走进了大门，伸着头在一排一排的门牌上找局长室。终于找到了。局长室的房门大开着，李显大步流星走了过去，见邢局长正在打电话。

李显哑着嗓子喊了声："邢局长。"

邢局长指了指门外，李显又从屋里退了出来。

邢局长的电话打了很长时间。

李显又一次走进了邢局长的门，还没开口，邢局长说："你上接待处吧。"

李显说："邢局长，我是罕村的，那天在韦县长那里……"

邢局长看了李显一眼："罕村的……事儿不解决了吗？"

李显说："还没完呢。"

邢局长说："他没放人？"

李显说："人是放了……"

邢局长不耐烦地说："人都放了你还来找我干什么？我忙着呢。"邢局长边说边往外走，站在门外等李显。李显刚把脚移到门外，房门"咣"地关上了。

李显带着哭腔说："邢局长你听听我的冤枉吧，我七十岁的人了，从早上到现在还没喝口水呢……"

邢局长丢下一句："去接待处。"坐上汽车走了。

李显疑惑地朝远处的汽车里望，他疑心这个邢局长和前几天见过的邢局长不是一个人。

转天早晨上班，邢局长老远就看见办公室的台阶上坐着一个人。走近一看，还是罕村的那个人。邢局长有些厌恶地说："你怎么还在这里？"李显说："李学翰罚了我两千块钱，我咽不下这口气。邢局长给我评评理，他凭啥罚我两千块钱？"邢局长大声喊一个叫小贾的人，说问问李学翰是怎么回事。小贾说，李学翰昨天来过了，事情经过基本上已经清楚了。邢局长说，我要去县里开个会，你这边把事情处理一下。邢局长回了自己的屋子，再没见出来。小贾让李显跟他走，李显虽然不情愿，也不得不跟在小贾后面。绕过两排平房，有一间小厢房。小厢房里有一块门板，上面落满了灰尘。小贾说："你就坐在这里等，没有我的命令不许出来。"李显问："你让我等什么？"小贾说："该等什么等什么。"小贾说完就急匆匆地走了。李显在屋里坐了片刻，走了出来，见这里是院子的一个死角，到处是长疯了的爬山虎。院墙上有一块疤，是早些年做大门的地方。再一看小厢房，就明白了是过去门卫待的地方。李显又回到了屋里，看着布满蛛网的房顶想，自己要是真当上门卫就好了，怎么也能认得这里的一两个人。这里认得的人肯定要比李学翰官大。想起李学翰，李显心里一阵发堵，他一把掀翻了门板，把一窝耗子吓得屁滚尿流。

李显与李学翰家一直不睦。李学翰家有点仗势欺人。李学翰打墙时能把李显栽的树圈到自己院子里，还在树上刻字，说是自己什么时候栽的，欺负哑巴树不会说话。

那种小摩擦每年都有好几场，这大半辈子，让李显有泪往肚子里流。

昨晚回到家，儿子李大生说啥也不让李显再到县城里来。他说眼下瓜园正是缺人手的时候，你一走，不同我进局子一样？还是卖不成瓜。李显发脾气说："你卖成卖不成瓜顶屁用，两千块钱白白送了人，把大半个园的瓜都送掉了。"李大生说："你不是也没把钱要回来吗？"李显说："钱要不回来我就不回来，我就不相信普天之下没有王法！"李显喝了一碗稀粥就上了路，他还是寄希望于邢局长，忘不了几天前的邢局长是多和蔼可亲来着。

可刚才邢局长那厌恶的一句话，让李显一下子就把念头绝了。他想，邢局长是指望不上了。可不指望邢局长还能指望谁呢?难道还去找韦县长?想起韦县长,李显心都要碎了,他有点害怕再去找他。如果韦县长也厌恶地对他说话,他还要不要活?

李显伤心地哭了一通,还是决定再找邢局长,有些话只能对他说。

8

周末晚上的聚会提前了。没人通知韦广山和米兰,周四晚饭以后,广霞率领浩浩荡荡一队人马杀来了。米兰赶忙放下饭碗迎了出去,说广山还没有回来,大姐是不是有什么急事?广霞说:"什么急事也没有,过来串个门。"话是这样说,可每个人的脸上都不平静,让米兰的心里敲小鼓。米兰赶忙给广山拨了电话,用乞求的语气说:"你把手头的事情放一放,大姐在家里等你呢。"广山说:"我一个小时以后才能回去,你陪她坐一会儿。"米兰端了水果招待大家,也在一旁坐了下来。一大屋子人谁也没有说话的欲望,让米兰纳闷。米兰就和广辉的女儿小秀说话,问她老师好不好,同学们好不好。小秀刚读小学一年级,是一个认真得有些过分的小女孩。小秀答了两声好,扬着头看着米兰说,舅妈,你不当我舅妈了是吗?米兰心里咯噔一下,但嘴上却说,小秀这么好,我不当小秀的舅妈还能当谁的舅妈呢?小秀的话却勾出了广辉的眼泪,广辉用双手捂住脸,肩膀一耸一耸的。谁都不对广辉说什么,米兰也不说,她实在不知道说些什么好。小延说:"嫂子不知道我们这几天都是咋过的,我们都度日如年了。"米兰说:"发生了什么事?"广霞说:"发生了什么事我们不知道,这不是来跟广山问个究竟吗?他人还不在家。"

大姐夫打圆场说:"你又不是不知道广山忙,我让你明天再来,你偏等不得。"

广霞说:"我怕明天就把弟弟弄丢了,敢情不是你亲弟弟。"

所有的人都把目光投给了米兰,看她有什么反应。米兰装作什么也没听清楚的样子,看着众人说,你们说些什么呀!

广山知道广霞在等他,可还是被这一大屋子人吓了一跳。广山说:"这么齐……出什么事了?我还没吃饭,米兰去给我弄点吃的。"米兰去了厨房,顺便把小秀也领了出去。广霞开门见山地说:"这段时间听到点谣言,来和你核实一下,你最近都干了些什么?"广山说:"我没做违法乱纪的事吧,怎么有点兴师动众的意思?"广霞说:"你都让我们好几天吃不好也睡不好了,你把我们大家都气成什么样了!"广山看着广辉说:"是吗?"广辉"哇"的一声哭了。广山站了起来,提高声音说:"有什么事情就直说,怎么还摆这种阵势?"广霞气势汹汹地说:"你承认不承认我们是一奶同胞?"广山寒噤了一下,问:"怎么想起问这个?"广霞抹着眼泪说,我八岁就开始把你背在背上，两只手铰得都起了茧子。爸妈又重男轻女，整天心肝宝贝地护着你，我对你说话声高点，就要挨爸爸的大巴掌。为了你我挨多少打你不记得吧？我可记得清清楚楚。你现在出息了，当县长了，忘了我们不怕，忘了爹妈不行！外面传你在找亲生父母，谁是你的亲生父母？还有谁比我更清楚？妈生你的时候我就在门槛子坐着，接生婆就从我的腿上迈过去的，你说谁是你的亲生父母？广霞说着说着哭了起来。广辉哭，广地也哭，小延也跟着凑热闹。广山吼了一声，别哭了！把所有的人都给镇住了。广山冷着脸子说："这是我的事，你们不用跟着凑热闹。"广霞嚷道："啥是你的事？你的事就是我们大家的事！只要我有一口气在，谁也别想拆散我们！"广山点燃了一支烟，他平时是从不吸烟的。广山说："大姐，你让我对你说什么好呢？如果我们是亲人，有谁能拆散我们吗？如果我们不是亲人，用得着别人拆散吗？"这话有点绕，广霞想了想才明白。她扬着脸问："你说我们是不是亲人？"广山吐一口烟："你说呢？"广霞抓起一只烟盒就朝广山砸了过去，说，你个没良心的，难怪爸活着就对你不放心，敢情你真是个数典忘祖的人！知道爸临死对我说什么吗？说你是他的亲儿子，他永远是你的亲生父亲！广山冷笑了一声说，爸是不是对你们说了相同的话？大家一致点头。广山说："爸什么也没有对我说，也没有对米兰说。爸为什么不对我们说这些话呢？"广辉泪人似的喊了声："哥。"广山闭着眼睛点了点头，眼泪却流了出来。广山说："是亲生的怎样，不是亲生的又怎样？我姓韦已经姓了四十年，难道还能再姓赵钱孙李吗？大姐如果真疼我，就应该把我的身世告诉我，我知道也不是为了别的，就是想做一明白人。人活一世，如果连亲生父母都不知道是谁，死都闭不上眼。"广霞愈发虚张声势地号起来，鼻涕眼泪滚滚而下，嘴里不停地喊爸喊妈，就像吃奶的娃娃一样。广霞说："爸妈你们两眼一闭走了，让我也没法活了。今天广山说他不是你们亲生的，明天广地广辉也这样说，让我这个当大姐的怎么办！照这样下去小鸣也会说她不是我亲生的，我真的不活了，我死了算了！"广霞发狠地跺着脚，广辉抱着广山的一只胳膊说："哥你是妈亲生的，我不骗你，你信了我吧。"广山在一只沙发上坐了下来，又点上了一支烟。广山说："本来想让你们明天来，米兰预备点饭，我们聚聚。既然大家今天来了，我就把明天想说的话放到今天来说吧。没别的意思，希望大家支持我的工作，别打着我的招牌做不应当做的事。我的县长还没当满一届，你们不愿意看到我下届选举时被代表选下去吧？"姐夫敏感地说："你是不是指小鸣的事？"广山说："家里的人、家里的事，我会放在心上，但我需要机会，需要时间。"广霞嚷道："谁知道你到底管不管。"广山严厉地说："你那天的事情做得太过分了！方部长大我十多岁，他竟像木偶一样被你牵来牵去。传出去你让我怎么做人！"广霞又号了起来，一屋的人谁也不说话了。电话铃突然响了起来。广山抄起电话"喂"了一声,那边的声音清晰地传了过来:"韦县吗?我是方源达。"

广霞的号声适可而止。

广山下意识地看了看表,已经是晚上十点了。

方部长从没往广山家里挂过电话,所以广山用十二分的热情说:"是方部长呀,这么晚找我有事吗?"方部长说:"事情倒是不大,罕村拘人的事不知韦县听说了没有?"韦广山情不自禁地挺直了腰:"怎么回事?"方部长说:"那个当事人是个刁民,把人放了他仍不罢休,整天在有关单位告来告去,影响极其恶劣。我打电话是想提醒韦县,如果这个人找到您,您不用对他心软。"广山试探地问:"这件事怎么到了方部长那里?"方部长马上支吾了,说一个熟人把一个派出所所长领了来,提起了这件事。派出所所长是一个很称职的人,很有一股子干劲,这样的干部应该保护。广山握着听筒的手在抖,他很想对方部长说,这件事不在武装部的管辖范围内,您还是干点别的吧。只是韦广山说不出口,他沉默了半天,才用干涩的声音问:"那个派出所所长叫什么?"方部长说:"李学翰。那实在是一个好干部,一身正气……"韦广山含混地说:"我知道。"其实他想表达的是知道这件事,而不是知道李学翰这个人。他不愿意听方部长这种说话的口气。可方部长误会了,他用兴奋的声音说:"韦县也是罕村的人哪,李学翰说从小就认识您,说您小的时候是全村最聪明的人……"韦广山像吞了什么东西一样有些反胃,他等对方挂了电话,重重把电话摔在桌子上。

广地小心地说:"哥,我们先回去了。"

广霞马上说:"他还没有回答我的问题呢,我们现在回去算怎么回事!"

广山拧着眉毛说:"你还有什么问题?"

广霞说:"你今天就要给我说清楚,我们到底是不是一奶同胞!"

广辉推了广霞一把,说你别给哥添堵了。

广霞说:"我一夜愁白了头发,到底是谁给谁添堵?"

广山狠狠地说:"是我给你添堵行了吧!"还想再说些什么,终于觉得再说什么也没意思,就把要说的话咽了下去。

广霞一阵风似的走了。

大家也一齐站了起来,鱼贯往外走。姐夫有些歉疚地说:"你大姐的脾气就是这样,广山你别在意。"

广山努力没有让眼泪再流下来。

米兰把小秀从屋里抱了出来,她已经睡着了。米兰在小秀的脸上轻轻亲了一下,才放到了广辉的怀里。米兰说:"小秀的腿弯处有一个疱,有些红肿,你留意一下,大热的天,别感染了。"米兰给了广辉一管药,告诉她疱出头的时候消炎用。广辉说:

"谢谢嫂子。"米兰嗔怪说:"一家人,有什么好谢的?"

广山没有出门送客,他被韦路扯进了自己的屋里,脸还是青的。韦路说,有一天,在学校门口,一个推着自行车的老爷爷问我,你是不是韦广山的儿子?我问,您怎么认识我?老爷爷说,我怎么不认识你?你和你爸是一个模子刻出来的。老爷爷说完这话骑上车走了,让我纳闷半天。您说这个老爷爷他会是谁呢?

广山不耐烦地说:"这都不是你要考虑的。你现在的任务是睡觉。"

韦路担心地说:"我怕您会有压力。"

广山故意说:"你到底想说什么?"

韦路不高兴地说:"两个男人说话应该坦诚——您知道我想说什么。"

广山沉吟了一下,说:"好吧,韦路。假如,我说的是假如。有一天咱们家突然来了一位衣衫褴褛的人自称是你爷爷,你会怎么办?"

韦路的两只眼睛冒出光来,说:"如果他真的是爷爷,我肯定会拥抱他——只是他为什么会衣衫褴褛呢?"

广山说:"我也不知道为什么,但我觉得那是一个活得非常艰辛的人,非常非常艰辛。想到这一点我心里就很难过。"

广山的眼圈红了。

韦路小声说:"您一点都不恨他吗?"

广山摇了摇头,说:"每一个孩子都是父母的心肝宝贝,如果不是有过不去的难处,谁也不会把自己的孩子送人。"

韦路说:"如果是私生子呢?"

广山揪住韦路的耳朵用力拧了拧,说:"你是港台电视剧看得太多了。"

广山从韦路的屋里走了出来,见米兰正在客厅里看一件东西。米兰说:"是一件T恤,准是广辉给你买的。"广山把衣服捏在手里,是一种冰凉水滑的感觉。米兰说:"广辉越来越懂事了,她把东西放在了门洞的车架上,谁也没让看见。"见丈夫没有反应,米兰悄悄回了卧室。

广山一个人在客厅坐了许久,他想,有一个老人此刻在黑洞洞的屋子里大睁着眼睛看着房顶——他也睡不着。这个人就是自己的父亲。

他从不想有关母亲的事,许多年前他就对自己说,母亲已经不在人世了。

9

那一年的春天冷得很不寻常。已经到农历二月底了,河里的冰还有一尺厚。拉石头的马车骨碌骨碌在冰上走,清脆的马蹄声能传出三里以外去。刘大香是每天起得最早的人，这在罕村有口皆碑。这天，她早起倒灶灰时看见了台阶上放着一个包裹，那包裹打得方方正正，拿起来沉甸甸的，很有些分量。她把包裹抱到了婆婆的房里，她并不知道包裹里是什么，但她抱包裹的姿势像抱着一个孩子。就像是心有灵犀一样，婆婆马上从炕上爬起来，把包裹接了过去。打开了一层还有一层，打开了一层还有一层，最后一层也打开了，见里面是一个红虾米似的小孩，而且是个男孩。刘大香惊喜地叫了一声："是个儿子！"那情景不像是从外边捡来的，而是自己生的。韦家老太太也高兴得不得了，说，这不是从天上掉下来的吗？是可怜韦家没有男丁呢。刘大香捏了孩子一把，孩子惊天动地地哭了起来。韦老太太擦着眼睛说，哭吧，哭吧，从今天开始你就姓韦了，你就叫韦广山吧。

关于孩子的由来，婆媳两个共同想起了一个人，一个女人。两天前大出血死了，留下了一对双胞胎儿子。罕村的人都为这个女人流过泪，说她命苦，千辛万苦生下的儿子都没来得及看一眼。比她更苦命的是那个叫李显的男人，一双大手要摆弄两个耗子大的小孩，想起来就没有活路。孩子也许是李家的其中一个，也许不是。韦老太太对儿媳妇说："过些日子如果李家的孩子还是两个，那这个孩子就另有来路。如果李家说其中的一个孩子死了，那就是咱们韦家这个了。不管他是谁，是从哪里来的，进了韦家门，就是韦家人。即使你将来儿女成双，也不能慢待这一个。从今天开始你就不用出去了，就在家料理孩子。如果有谁问起你，我就说你在坐月子。"

韦家把一切都做得天衣无缝。

广霞三天以后才知道自己有了小弟弟，那一年她六岁。

韦清泉一个月以后才知道自己有了儿子。他把单位的同事都请到了家里，一顿酒从正午一直喝到日落西山。

10

邢局长从外面回来，一眼就看到那个叫李显的人眼巴巴地等着自己。邢局长本来兴奋的心情黯淡了一下，径直打开了自己办公室的门。李显跟了进来，并且落座在沙发上。邢局长说："让你去接待处你去没去？"李显说："没去，我担心解决不了问题。您已经帮了我一次，怎么就不再帮我一次呢？"邢局长低头去看报纸，边看边说："你和韦县是什么关系？"李显理直气壮地说："我是他爸爸。"邢局长眉毛眼睛立了起来，大喝一声："放肆！这里是你撒野的地方吗！"李显从兜里拿出一个小布卷，打开来，里面是一个白布卷。白布卷已经发黄了，上面写着字。李显说："邢局长看看这个，这是我当年把孩子送给韦家的凭证。"邢局长极不情愿地把目光转了过来，见是几行繁体字的年月日，公历一行，农历一行。邢局长说："这能说明什么问题？"

李显说:"上边这一行是韦广山的出生时间,下边这一行是送给韦家的时间,前后只差三天。"邢局长问:"好好的孩子你为什么送人?"李显说:"我女人死了。她一块儿生了俩孩子,生完就死了。我实在养不活,就把其中的一个送了人。"

"是双胞胎?"

"双胞胎。"

"为什么把那一个送了人?"

"因为那一个会哭,这一个连哭都不会。我担心把废物孩子送人将来会受气,就把好的这一个送了。"

"为什么送韦家?"

"韦家当时缺男孩,这是一个。还有一个就是孩子到他家不会挨饿。"

"怎么证明你说的这些话都是真的?"

李显说:"韦家也有这样一块布,我当年一模一样写了两块。另一块布也许在韦广山手上,也许没在。我不知道。"

李显很响地搓着鼻子,两只眼睛像得了红眼病。

"谈谈你和李学翰的事吧。"邢局长说,"事情已经结了,怎么又节外生枝呢?"

李显把事情的前后经过讲了一遍,说自己的儿子蠢,人家要钱他就给。钱到别人手里就不容易回来了,李显总结说。

天空已经暗下来了,看着像是要下雨。邢局长问李显,你这些话怎么不直接去跟韦县说?李显说他不敢,他死也不敢。如果不是摊上这种事,他对谁也不会说。"我临死之前能看他一眼就知足了。"李显说,"谁让我是个不称职的父亲呢。"邢局长说:"我能帮你什么忙?"李显说:"把两千块钱帮我要回来。要不回来在儿子面前不好做人。"邢局长问:"你说的是韦县?"李显怒气冲冲说:"我说的是李大生,他在别人面前总显得缺心眼,谁一要钱他就给。早知道这样当年倒不如把他送人了!"

邢局长用一支圆珠笔敲着桌子,半天没有说话。

李显问:"邢局长到底帮不帮我忙?"

邢局长说:"你还是去接待处吧,这件事归他们管。"

李显问:"他们不管怎么办?"

邢局长说:"他们不管还有我呢,这有什么不放心的。"

李显重新把布卷装回兜里。邢局长追问了句:"你说的都是实话?"

李显说:"要是说了假话,出门我让汽车撞死!"

邢局长说:"韦县可是个好人,对谁都没架子,对老百姓一个字,亲。你不想让他认你?"

李显用双手捂住脸，抖着嘴唇说："没脸哪。"

邢局长说："你能不能把那块布放我这儿？我想想这个问题。"

看得出李显不舍得，但最终还是放到了邢局长的办公桌上。

李显说："邢局长我回去了，家里的瓜园等着我呢。"

邢局长点了点头，李显就从屋里退了出来。邢局长随后也走了出来，径直走向自己的那辆车。司机追在后面跑过来，邢局长一挥手说不用你。

邢局长自己驾驶着车直奔县政府而去。

仍是在那间办公室，邢局长有些激动地站也站不住，坐也坐不稳。好不容易把屋里的客人全熬走了，邢局长马上把那个布卷放到了韦广山的办公桌上，展开。韦广山的身世根本就不是秘密，谁都知道他不是韦清泉的亲生儿子。只是韦清泉不愿意承认这一点。他在许多场合公开谈论血缘，说广山哪里长得像他，说生广山刘大香落了月子病，把工作都辞了，否则现在也应该是一个有级别的人。总而言之，都是欲盖弥彰。韦清泉说这些话其实没有目的，他只是爱说，还有点爱显摆。从打年轻的时候说话就有点言过其实，到老了更是如此。韦家对广山其实没什么不好，相反，就是因为太好了，才让广山有了另一种滋味。韦清泉的大巴掌落到过广辉身上，却没打过广山。广山心里的一些滋味都是从眼睛看出来的。遥远和隔膜，还有骨子里的一种排斥。这种隔膜与遥远甚至延续到了韦路这一代，韦路在很小的时候就知道远离韦川玩，如果不小心碰到他，就会是了不起的一件事。

韦广山送客人回来坐到椅子上，眼睛就被那块白布吸住了。他的脸在一瞬间变了几回颜色，慢慢地努力沉稳了。他曾经看到过同样一块布，在奶奶那里。他还奇怪过为什么自己的出生日期要写在一块布上。当然那时他还很小，还没从罕村搬出来。以后这块布就再也没有出现过，因为没有引起注意，广山也从没问起过。有一段时间，那个布卷当过枕头，上面被奶奶敷一块毛巾。广山嫌硌得慌，又把真正的枕头换上了。那是一个小猪枕头，身子是圆筒，两端却是方的，用彩线绣了两头圆屁股小猪，一边一只。现在想来奶奶也许是有用意的，可十岁的广山，没有那么多弯弯绕绕的脑筋。广山漫不经心坐在写字台后面，什么也没说，什么也没问，听任邢局长在那里滔滔不绝。邢局长讲的是一个故事，讲这块布的由来，讲自称父亲的这个人却不敢来见广山，想一想真是让人辛酸。邢局长重点讲了两千块钱，他说罕村的人肯定都知道是怎么回事，那么李学翰之举无异于太岁头上动土。"他简直是无法无天！"邢局长愤怒地说，"他哪里是和一个老汉过不去，矛头分明指向政府，指向韦县，这是一个无赖在向党和政府叫板！"邢局长激动得语无伦次，这样大的秘密来被自己挑开，他甚至想到了责任和使命。韦广山始终望着窗外，不动声色。他没想到那个人就是自己的父亲，曾经和自己坐在对面，自己却不认识他。他们之间毫无相像之处，那一张黑皮黑脸，让广山心里很难受，非常非常难受。因为他发现自己很难有亲近感，假如这位父亲此刻就站在自己面前的话，并不比其他站在自己面前的瓜农亲近多少。眼神偶尔会暴露出他胆小如鼠又胆大妄为。这样一件私密的事，居然先爆料给公安局局长！这种感觉简直令广山骇然！但这种感觉却是真实的，丝毫无法遮掩。广山在一瞬间就有了一种想法，他把那块布折起来交给邢局长，轻描淡写地说，还给人家吧。

广山再没多说一个字。

外面下起了大雨。铺天盖地的雨声让一颗心变得水淋淋的。广山从汹涌澎湃的玻璃窗看见了邢局长的车，一辆瓦蓝色的越野。院子下方是一个慢坡道，水已经流成了一道小河，越野车像是赌气似的一下跳到了河里。广山看着那辆车，心里想的却是邢局长这个人，"咚咚咚"几步跑到了楼下，背影都像在说，这个人不知好歹。因为按常理，韦县应该问问情况，这是最起码的尊重。可他不置一词，让公安局局长觉得自己是狗拿耗子。广山缓缓吐出一口气，他知道邢局长是好心，"可你让我怎么办呢？"广山自言自语说了句。

眼前闪现出一张脸，却是父亲韦清泉的。韦广山很少想起他，但终于有了想起他的时候。父亲的遗像是在四十多岁的时候在谷子地拍的，那时他是大干快上的带头人，大幅照片登上了省报头版，头戴草帽，双手叉腰，脸上是对丰收田野流露出的无限喜悦。韦广山喜欢那幅照片里的父亲，双手拿着报纸看了许久。"难道你真不是亲的？"广山存疑。

韦广山喊来秘书，吩咐他去邮局汇两千块钱，给罕村的李显。"就以县政府的名义。"韦广山加重语气说，"这样留言：鉴于你的瓜被邻居所偷，政府决定予以补偿。"

其余的事，就交给邢局长吧。

他不想再插手这件事，在他心里，那件事已经过去了。他不想让李显告来告去，用方部长的话说，影响非常恶劣。这样搞下去，对谁都没好处。

至于那个李学翰，也只能到秋后再说了。

【作者简介】尹学芸，女，出生于1964年3月。天津市作家协会文学院签约作家，已发表各类文学作品三百多万字。曾获首届梁斌文学奖、孙犁散文奖、林语堂文学奖和小说月报百花奖。

选自《芒种》2018年第2期

祝你好运

宋小词

　　雨，暴雨，下得气势汹汹，白雾蒸腾。伍彩虹坐在我家沙发上，两只手在腿缝里揉搓着，像被什么东西憋住了。她有很严重的妇科病，是生孩子造成的，因胎儿头过大，造成下体撕裂，缝过针，此后，便一直毛病多多，打喷嚏都会漏尿，遇到阴雨天就会周身不适。她身上长年一股淡淡尿腥味儿，便用香水遮盖，香水味儿很死板，把四周空气熏得又僵又硬。她要好的朋友并不多，据她讲，好像就我一人。是不是真的，我也懒得去考证。

　　想来应该不是憋尿，卫生间就几步远，她没必要强忍着。我想她大雨天奔我这儿来，应不是来聊天的。那许是被话憋住了，有什么话这么难以启齿呢？她这样子倒把我弄紧张了。

　　我们住得很近，只隔着一条街。她是做销售的，销售著名的安×利产品。她们公司要求她们见客户时必须要穿得很光鲜靓丽，穿出扑面而来的商界女强人气势。她每天着廉价的职业套装，上衣统统扎进下装里，腰里紧紧系根皮带，勒得小肚子圆鼓鼓的，确实有几分霸气，像20世纪90年代乡村里抓超生的计生干部。

　　我给她倒了杯水。我说，伍姐，喝茶。

　　她端起杯子，嘴唇嚅动了几下，说，晶莹，我想请你帮个忙，你一定要帮帮我。

　　我心里咯噔一下。不知道是什么忙，看这样子绝不是一举手就能帮上的。我壮着胆子问，是什么事啊，只要我帮得上，我肯定帮。

　　一番扭捏后，她咬了咬牙，说，妹子，你能借三万块钱给我吗？

　　三万？我一惊。这是在难为我。我来武汉三年了，扛不住现实，终于也买了房。号称南湖花园的高档小区，有泳池和公立的幼儿园，但价格也光明，首付就掏光了婆家和我娘家的积蓄。我的工作东一榔头西一棒子，现在又刚刚失业，挺尸在家。我老公不过是一个外企的小职员，一年收入也就八九万，可是好汉难养三张嘴，房子、车子和我，都靠着他，前两样并不比我好养，说要钱就要钱，连个商量都不打。家里每一分钱都有去路，没有闲钱来江湖救急。

我很果断地摇头。

两万，两万可以吗？她不死心，两眼望着我，快要喷出火焰来。看她那个样子，似乎是不打算在我这里空手而归了，交往了两年，我从未见过她这个样子，在我看来，她是很要脸的，如今，这借钱的架势倒有点儿无耻了。

我希望她就此打住，拒绝多了，势必影响到我们的情谊。我不想失去她这个朋友，来武汉有三年了，但这个城市对我来说依然人生地不熟。老公呢，为了挣那点儿钱，像卖身给了公司，早晨我还没醒他就走了，晚上我睡着了他才回来，心里憋闷了，连个说话的人都找不到，幸好马路对面有个伍彩虹，能陪我逛逛街、说说话，还能陪我喝两口。隔三岔五在外面吃个饭，也是这顿我请，下顿她请，我们胃口好，一盘拍黄瓜配啤酒能让我们咀嚼出舌尖上的中国味。

而且她于我有恩，自古道，滴水之恩当涌泉相报。难道眼睁睁看着我和恩人的友谊从高空坠落，摔个粉身碎骨？为了拯救我们的交情，我表态了。我说，伍姐，我手上就一万块钱，你要不嫌弃，你就拿去。

其实我手上有两万块钱，偷偷摸摸攒了两三年才攒出来的。我的工作不稳定，便一直寻思着找个小门面，开个果汁店或鲜花店什么的，大小是个营生。可是我老公不同意，他觉得投资有风险。我为了我的后路，只得早早准备了。

她一愣，说，晶莹，嘿，晶莹，你说我都朝你开口了，我还能嫌弃？一分钱，一毛钱，我都没有资格嫌弃。听得出她的话语里还是有些感动的。虽然没有达到她的预期，但能拿出一万块钱来，也多少让她看见了朋友一场的诚意。她见好就收，我也就觉得这一万块给得值了。

在她冒雨离开我家时，我想，她一定是碰上什么事了。

说起我与伍彩虹的相识，倒也寻常。大约是两年前的春天，记得那时正值广玉兰的花期，满街都是大朵大朵的白花。我途经中商超市门口，有女声提醒我鞋带散了。我赶紧蹲下系鞋带。出于对人善意的报答，系好鞋带后，我没有立刻走开，积极地多说了几句。她问我住在哪儿，我说我住前面央央花园，她顿时喜上眉梢，说她住央央花园对面的静安苑。面对面而居，便觉得情感上也近了些。

我看她穿着小西服、一步裙，颈子上还系着一条小方巾，不是家常的穿着，便问她是做什么的，她指了指一旁的小台子，台子上摆着琳琅满目的商品，都是安×利的。我一惊，大叫，这不是传销吗？话一出口，我想我又得罪人了。没想到她并不计较，很有礼貌地解释，说，不是传销，是直销，国家允许的，我们国家领导人还接见过我们总公司的老板呢。她还很自豪地补了一句，我们公司是美国的。我为我的失言感到歉疚，便想买点产品来弥补一下。没想到这些东西都很贵，贵得让人冒火，一盒牙膏竟要五六十块钱。她当然是认真又热情地推销了，说这牙膏是纯植物配方，不含氟，可治阴虚火旺，可固齿强肾，仿佛一刷立刻就能怀孕。我捏着这管神奇的牙膏，咬咬牙，买了。付了钱刚要走，她又叫住我，要我留个联系方式，又给了我一个便携式保温杯，说是赠品，像挽回了一点损失似的，我朝她笑了笑，并留下了我的电话号码。

还没到家，她的短信就发过来了，说她叫伍彩虹，嘱我有什么事尽可以联系她，只要她能帮上的，她绝不推辞。我当时一笑，我能有什么事需要她来帮忙的。真是让人呵呵。便没理睬。半个月后，我从厕所起来忽然感觉到头晕恶心，眼前一阵一阵发黑，躺在沙发上，天旋地转，像绑在了吊扇上。老公又正值在外地出差，一时半会儿回不来。我咬着牙骨翻手机通讯录，竟然找不到一个可以托付的人，我想我有可能会死去，倘若身边有个人看着我死去，对我、对我亲人也有个安慰。绝望中翻到了伍彩虹的号码，顿时决定把电话打给她。

不到十分钟，我就听到了敲门声。我扶着墙去开门，她一进来就将我扶到了床上，帮我脱衣脱鞋盖被子，又从包里把她销售的什么维生素A、B、C、D、E倒出一堆来让我吃。我说，能吃吗，这又不是药。她说，你吃吧，总没有害处。我便全吃了。她又坐我床边陪我，也怪，晕了一会儿就渐渐好了。但她并没有离开，去厨房给我弄好了饭菜，陪我吃完饭，又帮我收拾了碗筷，直到夜里十点我老公回了家，她才走。

两个月后我查出怀孕，还没来得及通知亲朋好友，就见红小产了。医生交代小产也要当大月子养，不能碰冷水，不能负重，最好卧床休息。大半个月的时间，老公不可能一步不离守着我，他得上班挣钱。这事不是喜事我也不想让家人知道，所以我再次想起了伍彩虹。她照样是挂了电话就赶了过来，除了让我吃各种维生素，还带了两罐蛋白质粉，一早一晚给我冲三勺，督促我喝下去。大热天里，一连十几天，她每天过来给我做饭煲汤，洗洗涮涮，还陪我睡觉。我们躺一个枕头上，她为我摇扇子，彼此说些心里话。她就是那时跟我说她生孩子的事，听得我很替她难过。

这两件事让她在我心里有了恩人的地位。此后，我们往来频繁，互通有无，在一次次推杯换盏中推心置腹。她大我十多岁，我便叫她姐，伍姐。伍姐经常来我家帮我打理较为复杂的家务，如手洗大件的地毯和羽绒服、拆洗窗帘、地板打蜡等。作为回报我便经常去参加他们内部的营销大会，在他们激情洋溢的发财梦口号中，力所能及地在她手里购买生活中用得着的小商品。

伍彩虹一直向我推销的是皇后锅。她把这口锅说得天花乱坠，神乎其神，什么军事材料制作,什么油烟不粘,红外线、聚能环,仿佛生命中有了这口锅,就能长生不老,身列仙班。我问多少钱,她说要一万二。一万多块钱就买个炒菜的锅,就是马云的媳妇也干不出这样的事吧。我说,这锅有人买吗?她瞪了我一眼,说,当然有。她说,我跟你讲,中国,有钱的人多的是,有钱的人不怕花钱,就怕短命,他们对吃的喝的讲究得很。显然她向我推销皇后锅是失败的,她应该向那些惜命的富人们去推销,可惜她一个都没碰到。

她销售皇后锅的目的就是为了上银章,上钻石。上银章了就可以在公司组建团队,她就有了随意说话的权利了。成了钻石,那她就是一言九鼎,别说是说句话,就是胡乱放个屁也会有人吞下去,不允许有丝毫的不恭敬。她说她这小半辈子活得太窝囊了,太憋屈了,她的后半辈子不能再这么过下去了。她还说无论多大年纪的人都应该有梦想,保不准哪天实现了呢?这听起来一点儿都不神话,倒像个笑话。我说她这是被洗脑了,被那些空洞的致富口号、发财的故事戕害了,我劝她找份正经八百的工作,凭自己的劳动挣钱。她反问我,你不是一直都凭劳动挣钱吗?挣到了吗?

我顿时哑口无言。

次日一早,我决定到她家去看看。

虽然我们隔条马路,但交往两年多,我去她家也就两次,两次都是我死皮赖脸强去的。她所在的小区是南湖片区建得最早的一批商品房,七层高,没有电梯,砖混结构。二十年过去了,建筑外墙的污渍密不透风,墙脚的裂缝疏可跑马。花坛里种的栀子花,因为背阴,就没见开过花,几株瘦骨嶙峋的桂花倒是吊儿郎当地香过几次。这个小区的房子租售价一直半死不活,直至去年报纸公布说地铁七号线要延伸过来,又在这里设了一站,这破楼终于受到高度的尊重。路灯杆、电线杆、路面上和楼道里到处贴着中介的小条,高价求购求租,这小区一下就火了。

她家住顶楼,站在下面抬头一望,望而生畏。楼道上像从来没有人打扫似的,一脚一脚,尘土飞扬。有一股油漆味,越往上越浓重。在三楼的楼道墙上,红色油漆泼着"伍彩虹,臭不要脸",那些漆液流下来,像血。每层都有,语言一层比一层凶狠,"伍彩虹,请你马上滚蛋"。我大惊,她真的遇到事了,遇到大事了。

她一定是借了高利贷,我想。听说这一行逼债手段很恐怖,剁手剁脚甚至是剁脑袋。我后背沁出热汗,提着两条筛糠的腿爬到她家门口,她家铁门上赫然写着大大的"去死"俩字,红赤赤的。

我感到害怕,心里乱跳。敲门,久不应声。她不会遇害了吧?想象她躺在血泊中的样子,胸口还插着一把匕首,我的头皮就又发紧又发麻。我哆嗦着掏出手机来打电话时，门却开了，回过头一看，是伍彩虹，她一脸阴沉，伸出脑袋左右两边瞄了瞄。对于我的来访，表现出慌乱、厌恶和冰冷。但到底还是把我让进了屋。

她家饭桌上搁着一碗稀饭，一个塑料袋装着几片卤藕。显然，她在吃饭。快十一点了，也不知道她这是在吃早饭还是在吃中饭。我问，你没事吧？

她嚼着卤藕片，说，你既然到我家来了，也都看到了，我也就没什么好瞒的了。她清了清喉咙，面上的神情也缓和了下来，不似先前那样抗拒。她说是她舅舅要霸占她的房子。

舅舅？我愕然，问，为啥？

她并没回答我，却问我认不认识律师。

我摇头。我亲戚六眷，好友闺密中没出过土豪和精英，也没出过公知和大V，就是给人当二奶的，也没攀上有钱有势的，尽是些瓦匠和裁缝，能做到包工头和小作坊老板就算光宗耀祖了。对我的爱莫能助她已习以为常。我追问，难道你还准备跟你舅舅对簿公堂？

她说，被逼的。然后她很气愤地说，这房子是他十五年前赠予我的，当然也不是白赠，我跟他干了近十年的活，没拿半分工钱，末了弄个房子给我。当初这里的房子便宜，七八百一平方米，这房子八十来平方米，买下来六万多。这几年，虽说也在涨，但涨得不带劲，去年这里要建地铁站，一下从六千一平涨到了一万八，百多万了，他急眼了，说房子是他的，要我赶紧搬出去。

我问，你这舅舅是干什么的？

她说，大学老师。

大学老师？我吃了一惊。在我的感觉里，老师都还是属于传统的知识分子，文质彬彬、轻财仗义的。如今为了房子，连黑社会手段都用上了，这让我有点儿大跌眼镜。

我环视了一下屋子，装修粗陋，水管和电线走的都是明线，家具也简单，屋里到处都是摞的纸箱子。房子的格局也不好，两房两厅，一个卧房冲着卫生间，一个卧房冲着厨房，大门冲着阳台，一个客厅四面都是门，没有一面完整的墙。如此，便安放不了电视，摆不了沙发和茶几，墙上连幅画也挂不了。这样的房子也就只能安放肉身，不能安放灵魂。两个卧室的门都敞着，其中一个房里，挂着老式纱布蚊帐，影影绰绰的，感觉床上有棉被样的东西堆得高高的。

我问，你老公呢？

她说，睡觉。说完将碗筷捡进了厨房，接着水龙头便是哗哗一阵响。

记得她曾跟我说过，她老公做过厨师，后又改开出租车。我们谈话很少谈到她老公,即使谈到了,她也会避开。我想很可能是他们夫妻感情不和。我除了知道她有个老公,老公是出租车司机以外,其他的便一无所知。而且来她家两次,两次她都说她老公在休息。那蓬蚊帐总是那么挂着,被子总是码得很高。我想她老公可能是夜班司机。只有夜班司机才可以在白天这么放肆地休息。

看看墙上的钟,快十二点了,她刚吃完饭,想必是不会留我吃中午饭了。我便告辞,她迫不及待地说好。出门时,她又忽然叫住我,随手从一个纸箱子里拿出两罐蛋白质粉和几瓶复合维生素,说,拿去吃吧,身体是革命的本钱,所有财富都是0,唯有身体是1,没有1,0再多都是白瞎的。这显然又是她们内部销售的培训说辞。

我接过,这两年,承她的情,蛋白质和维生素算是恶补了。我很想再劝说她不要做这个了,不可能发财的,但看了看她那张蜡黄的面孔,又看了看楼道墙壁上如血一样的油漆,最终什么也没说。

第二天,她给我打电话,说想去房管局问问。我说,我陪你去吧,反正我还没找到工作。

在去房管局的路上,她跟我讲了她跟她舅舅之间的事情。

她舅舅是她妈带大的,说是姐弟,却情同母子。这舅舅什么事都干不好,就读书还行,她妈就供,出嫁到了婆家都在供这舅舅读书,吃里爬外,婆媳关系自然好不了,她爸对她妈也没个好脸色,几次打架闹离婚。直到伍彩虹上了小学,她妈才把这尊舅神供清白。她舅舅大学毕业那天,她爸杀鸡打酒置席面,倒不是庆贺小舅子学业有成,而是庆贺他伍家从此可以过安生日子了。

自她这舅舅参加了工作,她妈就跟得了天下似的,一切都有了靠。伍彩虹读书读不进,她妈一点儿也不急,反倒宽慰,说,有你舅呢,还怕饿死。伍彩虹那时也觉得遥远的舅舅是救苦救难的菩萨。三年初中郁闷地读完了,舅舅对外甥女的人生没有做出任何指点,连她妈都有点儿坐不住了,这猪油和尚般的女儿,到底是学手艺还是另谋出路,她得找个能干的人商量。

她妈托人给在省城的舅舅写了一封又一封信。在那个暑假里,她的舅菩萨终于千里迢迢赶来,降临在了她家的堂屋里,白衬衫,黑西裤,架着眼镜,戴着手表,皮鞋铮亮,头发又黑又密,一看就很高级的样子。他叫伍彩虹的奶奶婶娘,叫伍彩虹的爸爸大兄。舅舅从随身的包里掏出几张钱塞给婶娘,又掏出几张钱塞给大兄,末了还掏出几张钱来塞给她,那团厚厚的钱往手心里一攥,她预感她的人生将要改变了。

到了夜晚,她明显感觉到她妈跟她奶奶的关系和软了,她奶奶还提醒她妈给舅舅做夜宵。她的舅舅用调羹慢条斯理地吃着荷包蛋，她的爸爸就在桌子对面摇着蒲扇，帮人家赶蚊子。舅舅吃完荷包蛋，擦擦嘴说，就把虹虹交给我吧，跟我去省城，我来安排她。她家自然是喜笑颜开、眉头舒展了。

一路上，她对城市充满了期待与向往，但未知的新生活也令她倍感压力。身旁的舅舅正襟危坐，不说话也不放屁，没有一点儿亲近感，她甚至担心这个舅舅会不会是个人贩子。他们在傍晚时分就到了舅舅的家。家里一个又瘦又白的女人正在吃西瓜。舅舅说，这是舅妈。她怯怯地叫舅妈。舅妈说，你没有虱子吧？她一愣，在她们乡里，问候远道而来的客人第一句话都是，您累了吧，快坐下喝口水，饭马上就好。很快她就明白过来了，舅妈这是在嫌弃她。舅妈对舅舅说，带她去楼下理发店把头发剪了，越短越好。她没有剃过头，头发留了十四年，枯黄一根辫子齐屁股，她很为自己的辫子骄傲。乡里早有收头发换钱，像她这样的头发，可以换二十元，她妈要她剪了，她硬是没让，她蓄着这条辫子就像蓄着一份荣耀、一笔财富似的，可是这还没踏进城市的门，她的这份荣耀就要一剪没了。剪完头，她照了照镜子，发型跟她家中堂画上的青年时期的伟人很像。她的鼻子一直酸酸的，夜里躺在床上才敢流出眼泪。城市给她的第一印象一点儿都不好，冰冷又刻薄。

过了几天舅舅才对她讲明，她在这里的主要事情就是照顾舅妈，因为舅妈有了身孕。等过几个月生了，她还要帮忙带孩子，说白了就是保姆。她感觉她被骗了，她虽读不进去书，但心高气傲，怎肯去伺候人。她写信给她妈，要她妈来接她回去，她不愿做保姆，她想学门手艺去打工。过了十几天，她妈就坐在了她舅家的客厅里。她舅舅对她妈说，姐，你放心，我绝不会亏待了虹虹，她以后嫁人成家就不用您操心了，我保证她一定会在这城里扎下根。

许久她妈叹了口气，说，女孩儿就是个菜籽命，落在肥处就是棵肥菜，落在瘦处就是棵瘦菜。她妈似乎还想对她舅舅说点什么，但最终什么也没说，把脸转过来交代她，舅舅有难处，你帮帮他，舅舅是十里八乡唯一的大学生，到了，不会让你吃亏的。

她听了她妈的话，不听也不行啊，她一个女孩子家，没钱又没胆，起不了势也造不了反。就这样顺理成章做了舅舅家的保姆。煎炒烹炸、洗洗涮涮整三年，终于把小表妹伺候得上了幼儿园。还没歇上两天，舅妈就有了新主意，想学人下海创业，说靠拿死工资永远发不了财，永远只能在屎坑里过日子。她打量他们的家，电灯电话，电视沙发，她想她这辈子能有这样的"屎坑"，也算出人头地了。

一个油炸带烧烤的铁皮炉子，支在校外的路旁，这便是舅妈苦思冥想，要跳出"屎坑"的大业。那条街终日被超大的遮阳伞和雨篷所遮盖，烟熏火燎，暗无天日，细皮嫩肉的舅妈哪里受得了这份罪，勉强支撑了一个星期就交给了伍彩虹。从下午四点到夜里十二点，伍彩虹就像块腊肉，绑在那架烧烤炉子上了，连尿也没时间屙，好像也没尿，没空喝水，哪里又有尿呢？那些油烟时不时就往她脸上舔，舔得焦疼，还呛眼睛。呛劲逼得她眉头一直皱着，眼睛一直半眯着，久了，她正在发育的眼睛也变形了，眼皮松弛，耷拉了下来，成了三角眼，克夫的面相。

　　烧烤摊支了两年，舅妈就在学校附近盘了一个小饭馆。伍彩虹就负责起了小饭馆的生意。舅舅舅妈隔三岔五来指点一下，舅舅时不时总说，好好干，虹虹，以后这店子就是你的了。舅妈不作声，只淡淡地笑。刚开始伍彩虹只当舅舅说着玩的，但舅舅说多了，伍彩虹就有点儿当真了。饭馆里一个炒菜的厨子很会来事，开始叫她老板，她半推半就地认了。那厨子还向她献殷勤，把她隔出来，单独为她炒菜，其他伙计的菜盘子拖泥带水，她的菜盘子总收拾得眉清目秀，无论炒什么，菜面上总要搁一朵胡萝卜片做的玫瑰花。伍彩虹又不是傻子，她当然知道这厨子的心思。怎么说呢，这厨子长得倒不像厨子，像她们村的杀猪佬，鼓眼、阔嘴、横肉、硬骨，又高又壮，这样的人身上有股杀气，金刚似的，能威慑住人。伍彩虹对他虽没有好感，但也不反感。见他对她有意，她也想象过跟他一起过日子的场景，他有手艺，将来不会饿死，他高大魁伟，她不会受人欺负。在一次打烊关店的深夜，店里其他人都走了。他在后厨收拾锅碗瓢盆，她在收银台后面盘账。她不知道他什么时候来到了收银台，等她抬起头发现他时，他的下体已经裸露了，她惊讶的"啊"还没完全喊出喉咙，他就一把将她按在了货柜下面的破沙发上，霸王硬上弓地将她的身子给破了。下体尖锐的疼痛告诉她，她已经被玷污了，此生别无选择了，只能嫁给他。

　　舅舅是不同意他们俩的，舅舅觉得这厨子心术不正，怕她跟了他吃亏。为了拆散他们，舅舅把那个厨子开了。厨子早就不想干厨子了，左膀子颠匀颠得整个肩周像灌满了铅。他改行去开出租车，时不时地，深更半夜守在伍彩虹的饭店对面，等她打烊出了店，他便恶狗样冲上前去，拦腰将她捉到车里，开到背人的江堤上或废马路上，将她推倒在座椅上。每一次完事后，气都还没喘匀，他就要问她，你舅什么时候能把饭店给你？

　　很快伍彩虹就清楚了，厨子跟她交往，是冲着那饭店来的，她的身体不过是他要走的一条道。她的心底生出一片寒意，一种被算计的屈辱令她感到万分窝心，她的五脏扭成一团，在她的躯体内一阵阵发颤。可是她还不得不跟他在一起，她的肚子里已经有了他的孩子。

　　为了达成他的心愿，也为了将来她跟孩子能有个出路，她还是不要脸地去问了舅舅，这饭店到底什么时候才能给她，是舅舅说说玩的，还是真有这个心。其实舅舅有这个心也不算什么，毕竟她给他做了近十年的事，长工一样卖给他家了，十年里，他没有给过她一分钱工资，虽然她是吃他的喝他的，但这并不能代表他们养活了她，从某种意义上说，谁养活谁还不一定呢。他们如今住在南望山脚下的高档商品房里，两百平方米，复式楼。她空闲的时候，坐在客厅的皮沙发上盘算，这一砖一瓦里埋了她多少的血汗，但这种想法永远只能烂在她自己的肚里，不能说出口。自从她在他们家做了保姆后，她就在舅妈严格的挑剔下，养成了逆来顺受的性格。是与非，对与错，谁又能为她撑个腰、做个主呢？争辩也是白搭力气。好在舅舅总说这个饭店将来是她的，对她以后的人生好像还是有一番考虑的，如此生活也算有个盼头。苦尽了，甘总是要来的。

舅舅冷笑了两下，严厉地盘问，她是不是还跟那厨子搅在一起。她有点心虚，但突然间就镇定了，跟厨子搅在一起，又不是什么见不得人的事，又不是她身上的七寸，凭什么要被人给拿捏住呢？她说，舅舅，我是来找你问店子的事，不是来跟你谈厨子的。

冷了一会儿场。舅舅忽地叹了一口气，说，唉，这店估计你指望不成了，不光你指望不成，我也指望不成了。我现在在跟你舅妈闹离婚，正在扯。她这才发现房子里没有舅妈的影子。她自是不信，舅舅不过是搪塞她，隔日她来家打扫时，正撞见做河东狮吼状的舅妈。舅妈的圆脸被愤怒拉长了，她一字一冷笑，说，你还有脸争财产，你除了跟你的女学生有不正当关系，家里的一切以后都跟你没任何关系了。房子、孩子、店子，你休想分一样走，你要快活，我成全你。舅妈在说到店子的时候，朝她看了一眼，那眼里尽是鄙视。那是她第一次看见舅妈这么泼妇，这么骂人，跟她们老家的女人差不多。

在厨子得知店子彻底没戏的时候，她的肚子大得已经很壮观了，但厨子仍然不提结婚的事。伍彩虹走投无路，只得向她妈哭诉。她妈再次坐在她舅舅狭促的客厅里。那时舅舅已带着新舅妈住进了学校分的家属楼了。面对长姐，舅舅总是一副自知理亏的样子，他表示他会把虹虹安排好。她妈努了努嘴，一脸的皱纹也跟着运动起来。她妈说，做人都难，我那时供你读书也难，没得吃没得穿，虹虹的爸爸跟奶奶一天到晚指桑骂槐，那日子，我每天都像是滚钉板，我想着把你供出来了，我就脱离苦海了，我这辈子就虹虹一个姑娘，她十四岁我就把她托付给你了，十年了，你就是这个样子来向我这个姐姐交代的？舅舅的脑袋快要扎进裤裆里了，但他还是向姐姐做了保证，保证虹虹会在省城里落籍。

阿弥陀佛，在孩子满周岁时，我总算住进了我自己的房子里。伍彩虹说。

由于房子没有两证，也没有购房合同，在房管局询问的结果也是不尽如人意。

便到律师事务所去咨询，律师说赠予的财产，只要赠予方不是被胁迫，赠予完成，财产就是受赠方的了，一般情况下，赠予方是不能随便拿回赠予的财产的。可律师又说，赠予方如果到了衣食无着、居无定所的地步，当初赠予的财产是可以要求受赠方返还的。

这倒是稍稍令人心安。再怎么一个人民教师不可能弄到衣食无着、居无定所的地步。可她叹了一口气，说，他说他现在就是这样啊，没房子住。

真是流氓不可怕，就怕流氓有文化。她气鼓鼓的。我问她，那你现在怎么办呢？他三天两头地耍无赖，雇黑社会的人泼油漆，我怕时间长了，你那栋楼的住户把怨气发泄在你身上。

她沉默了一会儿，说，我也是担心这个。你不知道我这两天走在楼道里，左邻右舍看我的眼神都怪怪的。她这么一说，我便更加替她担心了。

我们败兴而归。因地铁施工挖坏了我们小区的水管，物业说要晚上八点才能修好，我只好来到她家里。坐在她家逼仄的客厅里，一时无话。楼道里的油漆味还是能渗到屋里来，这气味像是一种警告，这里潜伏着灾祸。空气像包裹着岩石，压抑得让人心胸发紧。我打开从外面打包回来的两碗酸菜牛肉盖浇饭，孜然与焦洋葱的味道弥漫开来，食物与生俱来的慈悲似缓解了这种紧张。

我忽然听见房中有一声响动，继而传来一声叹息。我一惊，以为是幻听，但随后的一声呻吟证实我没有耳疾，不是听错了。我朝房里看了看，依然是那张床，依然挂着蚊帐，半透明的纱帐内，依然是棉被高耸。我疑惑，都这个点了，她老公还不出车的吗？

我问她，你老公在家？

她把嘴里的一口饭细细嚼了半天，说，嗯。

我问，他不去交班吗？

她又扒了一口饭，又嚼了半天，说，他一辈子都不用交班了。

我涌起更多的疑惑，在我开口问问题之前，她自己主动说道，他是个废人，躺在那床上已经七八年了。

我愕然，完全蒙了。我们这样的交情，此等大事，我竟然才知道，她把下体撕裂、漏尿、阴吹这样的超级隐私都能告诉我，但老公是瘫子的事，她吱也不吱一声，这个女人城府太深了。

说话间，那屋里又传来一声叫唤。像是被掐住了喉咙发出的声音。我的脑中顿时充满各种怪异的想象。我怀疑她把她的瘫老公绑在了床上，还在他的嘴里塞了双臭袜子。这样一来，我看伍彩虹时，就觉得有些可怕。自古知人知面不知心，也许在她温和的外表下包藏着一颗毒辣又变态的心呢。

我说，你老公好像在哼，你不去看看他到底怎么了？

她很淡然地说，他是饿了。

扒完最后一口牛肉汤汁的饭，她抹抹嘴，起身从三脚架上拿了一只掉漆的搪瓷碗，从一只纸箱子里拿了一罐蛋白质粉，大概只剩一点底子了，她从里面舀出四勺粉后，开始拍打罐体，从里面搜得半勺粉，用开水和了后，从一只矮冰箱里拿出半碗稀饭，倒在热液里，搅拌搅拌，就端进了房里。

我跟了进去。房间有股淡淡的屎尿臭味。伍彩虹扒开蚊帐，将一侧帐门绕在床边的竹竿上。那张神秘的床就完全呈现在了我的眼前。我吓了一跳，差点儿叫了起来。床上确实躺着一个人，但却是一个半截人，没有腰，没有屁股，没有腿。仅存的躯体，瘦、干，裸露的肤色白得怪异，像鱼肚的颜色，很瘆人。他看见我的一瞬间，也是惊恐。他慌忙扯过一条被子，在盖上了被子后，脸上的神色才安稳。他在维护自己的体面，这点儿可怜的自尊让我心酸。我尴尬地站在他的床前，为我的四肢健全感到一丝惭愧。他深陷的双眼盯着我看了半天，没有一点表情。

伍彩虹给他一口一口地喂饭，有时候他吞咽有些吃力，汁水不断地从他的嘴角处流下来，洇在领口处，一种馊味从他的毛衣里幽幽发散出来。

牛肉。他说。

你们吃了牛肉。他又说了一遍。

伍彩虹没有理会他。她面对他的时候，脸上没有任何表情，看不出愁苦、心疼和厌恶。喂完饭，她扯过被角给他擦了擦。那面被角也是黑的，黑得起毛了。他的床上码着五六床冬天的棉被，许是没有地方安置，就统统放在他的床上。除了棉被，还放了两只大纸箱子，包装上印了个大大的锅，哦，想必是伍彩虹总向我提起的皇后锅。那箱子上还用圆珠笔写了个日期，是昨天的，我猜她昨天找我借钱定是为了买这两只锅。这个疯女人！我扫了扫屋子，各处同样堆满了杂物，塑料的整理箱和各种纸箱子高高码在四周的墙面上。窗户锈迹斑斑，里面的黑胶条从卡槽里散落下来，被风吹得轻轻摆动。

她喂完饭，又处理了他挂在床板下的屎尿袋，然后像是一刻也不愿多待似的，走出了他的房间。窗外已经能看见零星灯火了，夜色开始袭来。伍彩虹按开客厅的灯，白炽灯泛青的光使得屋子阴森冰冷。我余悸未消，害怕在这样的屋子里待久了，伍彩虹会长出青面獠牙，屁股后面会静静生出一条毛尾巴，然后大嘴一张，现出她的原形。

我说，时间不早了，我回家了，你也早点儿休息吧。

她说，你晚上有事吗？

我回过头朝她看了一眼，她似有挽留的意思。这真是少有的，每次我到她家里，她都巴不得我快点走，我一起身说告辞，她就有种如释重负的样子。所以，我也不大愿意来她家。但此时她的神态与往日不同。

我说，我无业游民的，能有什么事。

她说，那我们出去喝两杯吧。

喝两杯就喝两杯吧。她应是想和我说说话。我说，那干脆到我家里去喝吧，能不花钱就不花钱。

她说，好。

在小区门口的周记鸭店里，我买了一大包鸭肝、鸭掌和鸭头，开了一瓶十二年的白云边，给她倒了一杯，我自己则用白开水陪她。我说，我要怀孩子，就喝这个。

她点点头说，女人生孩子是大事，这是我们做女人的本分。

她握着酒瓶自斟自饮，这架势使她看上去有点男人的气概。她抬头看了看玄关处的挂钟，快十点了。她问我，你老公还不回家？

我说，他不到十一二点不会回来。

她便没有再作声了，只是静静地喝酒。这突然的沉默让我们各自的情绪低落下来。一个男人每天都是十一二点才回家，拖着一身疲惫，回来脸不洗、牙不刷，倒头就睡，感情便在这如雷的鼾声中倦怠下来，消极的身体带来消极的生活，器官、思想、情绪甚至是胃口都跟着一起衰败下来，日子便陷入泥潭。这样的状况，她想必也经历过，所以又能对我说什么呢？这世间，每个人都有每个人的天罗与地网，有谁真的能超越平凡的生活，不都是被世俗的日常给活埋了吗？

酒喝了一半，她的脸上升起红晕，像是脸颊上开出了两朵桃花，人显得灿烂起来，撇去她那双三角眼，这个女人还真的是很有风韵的。可是半辈子却困在屎坑一样的生活里。我向她举杯，说，伍姐，我敬你，我要是你，早疯掉了。

她说，我疯过，一天到晚躲在家里不出来，怕，屋里不能有亮光，窗户要遮得严严实实的，这都不行，我还要躲在床底下，我不愿跟任何人接触。他们每天都把饭菜端到床底下，像喂条狗一样，我连我妈我都不愿见，在我精神正常的时候，我能体谅我妈的不容易，但那段时间，我不知道为什么，我恨她，我见到她，就有一种想咬断她脖子的冲动。我们家的人都想把我送进精神病院去，可最终因为费用高，放弃了，婆家的人后来就不管我了，他们把我丢在外面，我饿极了也翻过垃圾桶，渴极了也接过屋檐下的水。说到这她蓦地笑了笑，说，现在回过头一想，其实人一旦疯了，我告诉你，活得还轻松自在些，没有任何负担，不觉得谁亏欠了你，也不会觉得你亏欠了谁。

我吃惊,在我的印象中,精神病也跟绝症一样,一旦得上了,便也无治了,靠药物控制,也是时好时坏,并不能根治。而伍彩虹居然还能完全好起来,这不得不说是个奇迹。

看我一脸愕然,她叹了一口气,说,后来,我的孩子让我疯不下去了。那个时候他才四岁,爸爸瘫了,妈妈疯了,村里便渐渐开始有孩子打他骂他,到后来连大人也开始欺负他。有一次,我从外面游荡了回来,看见一群孩子围着他,然后一哄而上压在他身上,拳打脚踢。他们说,叫你妈偷我家菜,叫你妈偷我家鸡。我的孩子就躺在地上,任那些半大孩子作践,他只抱着头,蜷缩着身子,不作声。我当时心如刀割,我只是疯了,并没有傻掉,我认识人,认识我的孩子。我上前就把两个半大孩子给抓了起来,一把掼到地上,将他们打在我孩子身上的拳头还给了他们。人疯了后,没有拘束,力气很大,那些孩子一看疯子打人了,都吓得直哆嗦。那一次我谁都没有放过,我一个一个抽他们的耳光。直到我的孩子哭起来了,我才住手,他是被我的样子吓哭的。那些孩子趁机跑了,村路上只剩下我跟孩子。他跟我说,妈妈,你为什么是疯子,你为什么是疯子,我恨你。我当时也是心如刀绞。但我也有我的苦衷,如果正常了,就要去面对那个半截人,我害怕,如果他没有活过来,死了,该多好。

过了几天,家里突然来了一男一女两个陌生人,他们给了孩子爷爷奶奶一笔钱,然后又给孩子递了一瓶饮料,孩子喝后不久就瞌睡了。那女的便把孩子抱住往外走。我知道这是他们要把孩子给卖了。那是我的孩子,我当然不允许。我从菜园里冲出来,一把夺过孩子,紧紧抱在怀里。任凭他们怎么挟制我,我死也不松手。孩子奶奶说,你这个样子,还舍不得孩子,你叫我们怎么办?儿子儿子指望不上,你又是这个样子,我们也是六七十岁的人了,养不活孩子了,我们好不容易给孩子寻了个好人家,两口子没有孩子又想要个孩子,孩子跟了他们倒是孩子的造化,跟着你一个疯妈,孩子能不能长成人都难说呢。你就撒手吧,给孩子一条活路。

也许孩子奶奶说的是对的,我便松了手,可是当他们从我怀里抱走孩子的那一刻,像是有人从我体内摘走了心肝,那种生疼令人窒息。我便再一次夺过我的孩子,这一次随他们说什么,我都没有再放手。他奶奶坐在地上哭天抢地质问老天爷,一个瘫子一个疯子怎么办啊。我抱着我的孩子站了起来,一字一句告诉他们,我说,我没疯,我没疯,我不是疯子。为了证明我不是疯子,我特意挽留那对夫妻在家里吃了饭,我到菜园子里摘菜,淘米煮饭,炒了一盘茄子,一盘豇豆,煎了一盘豆腐,还蒸了一碗鸡蛋,碗碗菜都咸淡合适,所有人都感到很吃惊。是啊,我疯到连爹和娘都不认识,疯到连垃圾桶的食物也狼吞虎咽,疯到连塘里的鱼虾都吃活的,可是说不疯就不疯了。他们只能把这一切归为鬼神之说,请人掐算了一番,买了几刀黄表纸,找了一棵朝东的楝树烧了。

她说,那对想抱孩子的夫妻倒是好心肠,不仅买孩子的两万块钱没有拿回去,还又给了我五千块钱,说给孩子买好吃的好玩的,莫让孩子受委屈。而且此后几年里还经常汇款过来。

她仰头又喝干一杯酒,感叹道,那两口子真是好人,后来就没有音信了,我估计他们一定有了自己的孩子,一定是的。

我没有作声,我只是静静地看着她,看着她一手拿酒瓶、一手拿酒杯,看着她啃鸭脖、鸭掌,看着她脸上泛起的桃花,看着她被辣酱和白酒刺激后的红唇。直看得我的眼底一片潮湿。

她终于醉了,一头栽在一堆鸭骨头里。我将她从椅子上搡起来,才发现她的裤子全湿了,她又忘记垫卫生巾了。浓重的油腻味、酒味和尿臊味缠绕着她,令她的身上散发着尘世荒诞而混乱、腥臊而饱满的气息。

我将她扶到床上换了身干净衣服,让她先睡下,等她酒醒。迷迷糊糊间我忽然听到她叫了一声。我睡眠浅,一下就惊醒了。看看床头柜上的夜光钟,快十二点了。主卧有鼾声,我老公应该回来了。我想着她家里床上还躺着那样一个男人,吃喝拉撒需要人安置,要不要叫醒我老公一起将她送回家去。正思忖着,忽然她脚一弹,将身上的被子蹬到地上,脸上的表情狰狞可怖。她咬牙切齿地说,你怎么不去死,你怎么不去死,你去死啊。她在说梦话,只有心思重的人才会说梦话。她每一个字像是顶着千斤重量吐出来的,看着像是着了魔。梦魇的人很吃亏,像一座泰山压在身上。我只得推醒她。

醒来后,她坐在床头怔怔的,两眼放空。待她情绪稳定后,我说,你刚刚魇着了。

半响,她长长舒了口气。我给她倒了一杯水,她喝完后,竟主动跟我说起了她的老公。

她老公叫何志平。她说,在那场车祸之前,我每时每刻都在诅咒他,咒他去死,武汉每天那么多起车祸,怎么就没有他?每天早上我在楼上看着他交班回来,腰圆膀粗,一副长生不老的样子,我就不知道自己该怎么办了。

我说,你既然这么恨他,为什么不离婚?离了不就清静了。

她木木地摇了摇头,她说,你不知道,你现在看他没了双腿,大小便都要靠人造的肛瘘,在床上躺了七八年,不见天日,身体一寸寸缩小,像块肉干似的,人畜无害,是弱者了,所以你觉得他可怜。你从前没与他过过日子,你不知道他的无耻醒醍，不知道他的心狠阴毒。离婚我提过，他也同意，可是他要房子，孩子归我，他答应每月给抚养费，但前提是我要先给他六万精神损失费，说我是骗婚，以饭馆做诱饵骗婚，又以肚中孩子做要挟，强迫他结的婚。如果我不同意他的要求，即使离了婚，他也要弄死我，还要弄死我的娘家人。你说这样的人，四肢健全的时候是不是很卑鄙下流？这样的婚，我离得起吗？

我那个时候，孩子生了，也有了房子，我是很知足的，老公嘛虽然不是自己中意的，但凑合着过吧，天底下的夫妻不都是凑合着过的？我自己的爹又有多喜欢我妈呢？三天两头拳打脚踢，打得身上青一块紫一块不也过了大半辈子吗？人年轻的时候，都没有太多柔肠。女人要翻过三十岁，才会懂得家和万事兴的道理，男人非要到四十岁，才明白家里的事比外边的事大。女人比男人懂事早，所以女人就比男人承受得多。这是我妈告诉我的，我妈说，忍忍吧，彩虹，女人一生的福气都是忍出来的，忍到儿女长大，媳妇熬成了婆，就都不怕了。

她说话轻言细语，不急不缓。说话的时候，她的两只眼睛会一直看着你，感觉她说的每一个字都是那么真诚，都是从她的肺腑里爬出来的。因为她的口才好，这么些年，她的产品销售得还算不错，手里有很多稳定的客户，虽然这些客户都跟我一样买不起她的皇后锅，堆不起她想要的银章，但每个月都会在她手上买四五千块的产品。我有时候真心觉得，她是个人才。

伍彩虹说她老公刚结婚有了孩子那会儿也还像个老公，虽然脾气不好，急起来，暴跳如雷，但每个月挣的钱还是交给她。如果这也算是好景的话，那么这好景也不长，才两年，她老公的性情越来越差，稍不如意就在家里摔摔打打。起初是埋怨伍彩虹不节俭，给孩子乱花钱，后是埋怨伍彩虹不做事，整天好吃懒做。伍彩虹自觉委屈，但为了顺老公的气，并不争辩，立刻就给孩子断了奶，把孩子丢给乡下她妈，然后在超市找了个收银员的工作，一个月一千块。但自从伍彩虹上班后，她老公就再也不给她钱了，连孩子的钱也不给了，家里所有开销都由伍彩虹承担，她老公在家吃饭，菜里不见荤，还要摔碗摔筷甚至掀桌子。说伍彩虹是骗子，什么饭店老板，扯淡，伍彩虹忍无可忍了，便动了手，结果是，她老公将她打得鼻血如注，鼻梁骨都折了。伍彩虹外柔内刚，这两三年一直在他的腋窝下做人，怨气积久了，便爆发了，白天趁他老公睡觉时，用鞋底板将她老公也抽出了鼻血。从此家暴便成了家常便饭。

伍彩虹想不通她老公怎么变得这么凶残绝情，像仇人似的。她便去她老公的出租车公司里打听，果然她老公在外面有人了，是个小姐，那小姐就在离她家不远的武泰闸活动，说是那小姐因为出台坐了她老公一次车，觉得他的凶神恶煞可以镇场子，做那种生意的需要这样的人，那女的便留下了联系方式，一来二去就好上了。

伍彩虹只是觉得恶心,武泰闸那一带马路坑坑洼洼,门脸破破烂烂的,风一吹,漫天都是尘土与垃圾袋,灰飞垢跳。有一排休闲屋,都是毛玻璃的梭拉门,半遮半掩,里面沙发污迹斑斑,通常坐着两三个女的,黄头发,红嘴巴,面黄肌瘦但乳沟深邃。她每次去武泰闸买菜都会经过那里,那些休闲屋和那些女人留给她的印象就像冬天的田地,干巴巴的没有生机。

对于老公玩小姐这件事,伍彩虹一点儿都不恼火。她对他充满恨意,每天巴望他去死,但后来,她向他提出离婚后,他那嚣张跋扈、混账无赖泼皮和不要脸的态度彻底激怒了她,令她的心底寒成了冰块,令她无时无刻不在心里诅咒他去死,去死,去死吧。

可他的死期一点征兆都没有,这令她无比焦急。伍彩虹打算做点什么。思虑了很久,她把脑筋动在他每天夜里要开的出租车上。小区附近有个修车兼洗车的店子,她每天下班后就去那儿看。有时候也装作很随便的样子问师傅,车子的什么地方坏了,最容易出事,最危险。师傅告诉她,当然是刹车啊。一来二去,她便跟那个修车的师傅很熟络了。伍彩虹问他什么,他就答什么,他一点儿都不提防她,这反倒令她心虚了。一天傍晚,她跟在他旁边看他拧螺丝,他的一只手装着无意的样子摸了一把她的大胸后,她就知道他的心思了。夜里,她主动来找他,把身体和心理都交代了。

接着便是等待时机。她的手里攥着一个人的生与死,大权在握的感觉令她心胸生出宽广,日子也宽展了许多。那些天,她天天好酒好菜伺候着他,他骂她再难听的话,她都忍着。他喝多了酒,拿她撒酒疯,用椅子抡她,她也忍着。他以为她彻底降服了,脸上成天显露着得意之色,他甚至把他跟武泰闸那个女的床帏之事说给她听,说那女的如何温柔,如何有手段,跟那个女人比起来,她就像块抹布,像块肉干。他得意忘了形,继续往里刺激她,说她那个地方已然烂了,不会再有男人上她了,她这辈子只能像狗似的趴在他的腿空里过日子。哈哈哈哈哈,他放肆地大笑,那张嘴洞像个粪坑。她看他笑,她也笑。他在她眼里不过是一只秋后的蚂蚱。

她心一横,决定就在当晚动手。按照惯例,他一般会在晚上五点半把车接来,放在小区楼下,然后他上楼洗澡吃饭,在六点一刻左右上车。中间有四十多分钟的空当。这时间已经很从容了。她早早就做好了饭,特地买了他最喜欢吃的牛肉,还买了些孜然粉,他喜欢这个味。阳间的最后一顿饭,她想让他多吃一点。夫妻一场,她不想让他当个饿死鬼。然后她给那个修车师傅打了个电话,接通了就挂了,没说一个字。

忽然她的心就剧烈地跳了起来,一下一下,像是要从嗓子眼蹦出来似的。会不会被发觉?如果事情败露了,她会不会坐牢,会不会抵命?父亲死了,她还有母亲在，还有那么可爱的儿子，她不想坐牢，不想抵命。不知道那个修车师傅可靠不可靠，他那么深藏不露，他把种种给轿车动手脚的方法都告诉了她，却从不问她要这些阴毒的方法干什么。这样的人，会不会出卖她？她把自己连皮带肉都给了他，事后如果警察调查起来，会不会查到他？查到他了，他会不会和盘托出？托出她恶毒的阴谋。如果这样，她便也只有死路一条了。

她握着手机贴着窗户看着楼下，她很紧张，两条腿不住地抖。她看到那个修车师傅刚好走出小区大门，不一会儿她的老公就从楼洞里出来了。上身穿一件蓝色T恤，下身穿一条白色的西装短裤，一双黑色球鞋，腰间系了个黑色腰包，脖子上搭一条毛巾，手里拎着一只超大水壶，还满面笑容、声音洪亮地与小区住户打着招呼。他不知道他即将要去赴死。她蓦地替他感到些悲哀。

可是，他没有上车，她在楼上眼睁睁看着他出了小区。她顿时就傻了，难道他发现了，难道他今天不出车？可是他明明是出车的打扮啊。也许，他只是去门口小超市买包烟或槟榔，他会出车的。等了一个小时了，他都没回来。她知道他今天躲过了一劫。这是怎么回事？她计划了这么久的事情难道落空了？如果他不上这个车，那么一切手脚都白做了，她还得麻烦那个修车师傅去把一切还原，冤有头债有主，她不想害别人。如此，她又得要跟那个修车师傅纠缠一番。她对他的恨意更加深厚了。

凌晨四点，她从修车师傅那里回来的时候，电话响了，震动的模式像架发动机，在她裤兜里震得皮肉瑟瑟发抖。这个时间的电话多不是好消息，强烈的第六感觉令她心下一紧。她哆嗦着拿起电话。

那头问她是不是何志平的家属，她说是的。然后那头说她丈夫出了车祸，情况十分危险，目前生死未卜，还在抢救中，请她速到人民医院重症监护室。

诅咒真的应验了，这个王八蛋终于出车祸了。她顿时感到一阵轻松，之前的那种纠结、恐惧、压抑之感一扫而光。她并不急着去医院，也许他们要做手术，要等着她签字，何必急慌慌赶过去，这种时刻，晚一分钟，也许就意味着更糟糕的结局。那就再等等吧。她躺在床上，居然睡着了。一觉醒来，阳光已经射到了客厅的地板上，灿烂的光辉像金子般闪耀。手机上有四个未接来电。她终于有了一丝不安，赶忙出了门。

主治医生告诉她，要她做好充分的心理准备，她的丈夫生还的概率非常小。转而安慰她，说只要有百分之一的希望，他们会竭尽全力去抢救。她不知道该说啥，便什么也没说。

事后她才知道，她老公那天是帮他同行代车，之前就有客人预约了同行的车，可是同行的老妈在乡下把腿摔断了,他要赶回去,便叫她老公去代开一下。她老公拉完活后就接他的情人到郊区消夜,情人喝多了啤酒,要下车解手,他便把车停在路旁,没想到被一辆飞速行驶的渣土车给撞了,出租车瞬间被挤成了"饺子",他被死死卡住了。报警和救护电话是情人打的。两车分离后,救援人员看见他肠子都流出来了,车内一片血海,都觉得司机已经身亡了,没想到他居然还在微弱地喊救命。到了医院后,医生发现他的下腹部脏器已完全破碎,两条大腿粉碎性骨折,腹部出血不止,面色如白纸。所有医生都觉得已经没有抢救的价值了,无力回天。可是他却伸出一只血手拉住一位医生,说,救我。这医生顿时沉下脸对参与抢救的医护人员说,不惜一切代价抢救。

医生告诉伍彩虹,你丈夫的双腿没了,盆骨以下的身躯都被截掉了。你要有心理准备,还要做好更坏的心理准备。

她懂得医生的意思,更坏的心理准备,无非就是死,这个她一直都准备着。但此刻她不能流露出内心的真实想法,要演戏,她要出演一个柔弱女子,无法面对这样的打击,这简直是天塌下来了。还要人道主义一些,只要活着,不管有没有双腿,那都不重要,生命才是最重要的。活着,哪怕是个废人,但至少孩子有爸爸,至少家不会散。她哭哭啼啼,悲惨而绝望。虽然她的内心没有表面上的悲伤,但她还是为他那么强悍的求生欲望感到一丝震撼,还有畏惧。

医院和医生忙着创造生命的奇迹。一个失去了双腿,没有了尿道和肛门的人,整个内脏仅靠一层皮兜着。这样的一个人,时刻都被死亡威胁着,然而他神奇地活过了一天又一天。

四个月后,主治医生请她走进了重症监护室,把她老公的床单撩开让她看了,她捂着嘴倒退了三步。她在脑海中想象了无数次他失去了双腿后的样子,但是这一眼,完全粉碎了她的想象。以前那么魁梧的一个身躯,如今比她儿子还短小,不仅没有了双腿,连屁股也没有了,人造的肛瘘,一个连着尿路,一个连着屎道。严重残缺的身躯令她感到强烈的恐惧,继而是恶心。她的五脏六腑霎时翻江倒海,头脑中某种质地坚硬的东西砰的一下,犹如重物击中,万千碎片在她的躯体里散开。她跑了出来,在卫生间呕吐了好久,最后昏倒在了尿坑里。

醒来后,她极力排斥这里的环境,拒绝跟医生做任何交流与沟通,她反感救治她老公的医护人员,她觉得他们自私虚伪,他们拼命救活她老公,不过是想在他身上展现他们医院先进的医疗设备和那个主治医生海外归来所学的高超精湛技术。尽管医生反复告诉她,是她老公自身的求生欲望和她老公本身强大的生命力,才使得他能顽强活下来的。可她不听,他们给她扔下这样一只包袱,这是一副沉重的担子,他们如何知道她惶惶的内心，她一个弱女子，这支离破碎的日子，该怎样过下去？

可以让他死吗？其实死了，对他也好，对家里也好，这个样子，对孩子也不好啊，有这样一个爸爸，他要受尽欺负的啊。她找到医生，说出了自己的想法。医生一把推开了她，说，你简直不可理喻。

在她的丈夫转到普通病房后，主治医生跟她商量，叫她暂时向何志平隐瞒截肢真相。她吃惊地问道，难道他自己还不知道这事？自己就剩个上半身了，他自己感觉不到吗？还需要隐瞒？医生严肃地告诉她，说，病人是不知道的，他没有了知觉就不会意识到自己已经失去了双腿，是个半截人。如果身边的人不戳穿，而他自己又看不到自己，他便永远都会蒙在鼓里。而且他还有严重的幻肢痛，他能感觉到自己的双腿实实在在发生疼痛，所以他是不会相信自己没有双腿的。

她看着他全身绷带躺在床上，不足一米，她想起了她舅舅书房里陈列的半身石膏像。想起以前对他的诅咒，想起之前对他车做的手脚，她觉得真的是举头三尺有神明，人在做，天在看，如今落得这个下场，不是他的报应，是自己的报应啊。

他睁开眼看了一眼她，眼神有厌恶之色。他不愿看到她，她也不愿看到他，可是他又必须要面对她，而她也是如此。他向她提要求，要见儿子。她说休想。他说，你这个死婆娘，老子要见我儿子有错吗？我现在是躺在这里了不能动，容你嚣张几天，等老子出了院，养好了伤，我让你死得成。他对她依然是恨之入骨，一讲话龇牙咧嘴，一脸狰狞。她感觉自己的脊髓直往上冲，她真想生生掐住他的脖子，但是她强忍下了，在他面前她已经是强者了。

过了一天，她不知在哪弄了块大镜子，包裹得严丝密缝藏在床下，待医生查过房后，她把镜子横在了他的额头上方。他的眼珠子瞪得快要掉下来了，过了半晌，他的牙骨忽然哆嗦起来，在唇腔里敲打得咯咯直响，他的双手迟疑地向下半截探了过去，战战兢兢地摸索了一番。然后他大叫了一声，惊恐、慌乱、愤怒、悲恸、绝望、羞愧，迅速堆积在他脸上。他挣扎着在床上晃动起来，试图跌下床去，让自己摔死。那是一种士可杀不可辱的刚烈。她也跟着慌张起来，手足无措，突然意识到了自己的罪过。他激烈的反应，是她希望看到的，可是她一点也没有期待的快感。她只觉得自己的阴毒与残忍。她对他生出怜悯。她按住他的肩膀，令他无法动弹，使他的意图无法得逞。

医生赶了过来，看到那面破碎的镜子后，便知道是怎么回事了，叹了一口气，说，也好，帮总是要穿的。事实就是如此，反正你也是死过一次的人了，如今还活着，也算是重新获得一次生命，你要怎么处置，你自己决定吧。

他倒是一心求死了，可她不让了。她日夜守护着他，睡觉也要按着他的一只手。

他拒绝一切的治疗，不吃药、不打针，几次将护士托盘里的药水打翻在地，他请求安乐死，速死。他说，如果不能健康地活着，还不如死去。他说，他这样的人，以后活着也不过是个活死人，还不如真正死去的干净。

一次午睡她在他床边打盹，醒来后发现他拿着一根牙签往脖子一侧戳，皮陷进去很深，却没有戳破。她一把揪住他的手，将那根牙签使劲往自己的脖子上脸上戳，嘴巴被戳破了，有血渗出，染红了牙齿。他被镇住了。他叫她住手，可她并没有停下。疯了，疯了，你这个疯婆娘。他一边叫骂一边紧按床头的呼叫器，直到医护人员赶来，夺下了她的牙签，这事才罢休。

此后，他便没有再闹自杀了。

在医院里，她每天面对的是医生护士，是陌生的患者，空间封闭，人际单一，自心理上接受了这样一个异样老公后，习惯了，也还好。但是八个月后，他各方面康复都不错，办了出院手续，乘坐医院的车回到他的老家，站在阳光强烈的村庄里，左邻右舍看着她怀里抱着的半截人，一时吓得尖叫着躲闪避让，他们不是来看病人的，都是来看稀奇的。她好不容易垒起来的心理大厦，开始动摇，走一步晃一下，她步履迟缓，面色暗沉，在把他放在床上后，躲在门后的四岁半的儿子忽然哭了起来，他不是我爸爸，他是妖怪。

在儿子的哭喊声中，她的心哐当一下碎了。她再也没有勇气出去面对外面的人和事了，她只想躲在黑旮旯里，永远不要出来。她爬到了床底下。她疯了。

我们聊了一夜，直到窗外有了曙色。我想让她睡一觉，她婉拒了，说上午她舅舅的律师要约她面谈，想调解看看。

自那次后，我们很长时间都没有联系。过了一个多月，她又来敲我的门。我刚把门打开，她便责备我怎么不接电话。我说有什么事？她说，帮我个忙。我心里一炸，说，不会又是借钱吧，我可是身无分文了。她眉头一皱，面色陡暗，像受到了侮辱，说，我好像也就只找你借了一次钱吧。她欲转身离开，我只得拉住她向她道歉，我这小半辈子总是为自己的嘴巴跟人道歉。看她这样子，应该不会是借钱的，只要不是借钱，有什么忙不可帮呢。我说，你说吧，什么忙，只要我能做的，我都做。

她从兜里掏出一把钥匙递我，说，这是我家的钥匙，我要出门两天，麻烦你给何志平送两天饭。不等我开口，她又说，不必一日三餐，两餐就可以，你如果嫌烦，送一餐也行，只是要把分量弄足一点。也不需要你喂他，在他床头放一张凳子，把饭菜搁在上面，不放筷子，放一把勺子，他自己也能弄到嘴巴里。另外一桩事比较难为你，就是处理他的尿袋和粪袋。当然这个事情你也可以不做，也就两天时间，应该不会有多少，我回来处理也行。

这并不比借钱让我感到轻松，我的内心有一百个不情愿，可是我却不能拒绝，我只能硬着头皮接过钥匙，将此事应了下来。

我说，你没认识我的时候，要是出远门，怎么弄？

她看了看我，笑了笑说，你放心好啦，这样的事我不会总麻烦你的，知道你矫情。何志平有个表姐也在这附近，我以前是托付她，刚好这两天不巧，他表姐回乡里去了，要过几天才能回。

好了，我走了。说着便挥手下楼了。

哎。我叫住她，轻声问道，你舅舅跟你怎么调解的？

她说，他说给我十万块钱，还是看在舅舅外甥女一场的分上，让我一个星期后搬家，给他腾屋子。

那你怎么说？我问。

我说，呸。她说。

然后我们一起咯咯笑了起来。

我还想问她这两天是去哪里，这么着急忙慌的。可是她已经噔噔噔下到一楼去了。

临近中午了，我去买菜，一路上给伍彩虹发信息，关于她老公能吃什么，有什么禁忌之类的，无论微信还是短信，她都没有回复。想到那天去她家，她老公念念不忘牛肉，想来应是喜欢吃牛肉的。我便买了点牛肉、毛豆、白菜和豆腐。我做了一道牛肉羹，一个毛豆泥蒸肉，一个白菜炖豆腐。菜简单，但很费工夫。怎么说呢，一是"为人谋而不忠乎"的传统的观念，再一个是出于怜悯，可怜见的，我们同为人，他在窄处，我在宽处，我不能为他做什么，尽我所能给他做几顿好吃的，也算尽个心。至于他恶不恶，狠不狠，那是他跟伍彩虹之间的纠葛，跟我无关。

做好后，我将饭菜拍了照一起发给了她。她依然没有任何回复。难道是人间蒸发了？我有些疑惑。

提着一篮子饭菜，到了她家，之前楼道上泼的红漆已被小区的物业处理了，一片新粉的白墙，楼梯间也变得亮堂了些。可是总隐隐能闻到一股臭气，一种肉身腐败的气味，越往上气味越浓。到了她家门口一看，天哪，一堆的死老鼠，有的都烂出了骨头。我胃里一跳，差点吐了。我屏住呼吸掏钥匙迅速开门。

忽然邻居的房门开了，出来一个老头子，戴着口罩，他说，你们这是搞的什么名堂，欠人钱了就赶紧还钱，欠人命了就赶紧还命，今年开年以来，我们这栋楼的人就没过几天清净日子。楼下也有开门声，又一个老头子的声音，你们都是些什么鬼，在外面不学好，净招惹些牛头马面，上辈子造了孽，住到你们楼下。限你们一个星期，一个星期过后，如果还有这样惊扰四邻的事情，我们这栋楼的人都不会答应。搞邪了，真是搞邪了。

楼道里呼啦啦聚了一堆人，他们应该知道我不是这家真正的主人，所以并没有上前揪我的衣领，对我拳打脚踢，他们只是在我面前高声臭骂伍彩虹。说这个乡里女人，肯定是在外面做了什么不干净的事，惹祸上身了。有人说看见她站在街头专门拉老头子干那事，一次二十块三十块，弄得身上整天一股骚臭味，有人说她吸毒，瘦得皮包骨，也有人说她就是个神经病，整天拿个宣传单跟人推销什么锅，一个锅一万多，呵呵，谁买，鬼的妈买，哈哈。她在左邻右舍的眼里，是个不务正业、游手好闲、吸毒卖淫的乡里下三烂女人。他们把她推销昂贵的锅具当成一个笑话。

我为伍彩虹感到些人世的悲凉。她这半辈子似乎一直就生活在污水横流的臭沟里。在暗无天日的世界里，从来没有一束光照射过她。那些倚在楼梯间的人，陈衣旧衫，皱纹深刻，他们无情地嘲笑别人的样子，令我对这个世界生出一种绝望。我用脚一踢，将门砰的一声关上了。

屋子里氤着一股油烟沉积、空气腐朽的味儿。一种粗糙、陈旧、老化、窘困的气息。我去厨房寻了把调羹，用水冲洗后依然是黏腻腻的。

我将饭篮提到了她老公那间房里。蚊帐是张开的，他躺在床上，眼睛闭着，床头放了一只收音机，在沙沙响的杂音下，女主持人正为人类的生殖健康担忧。我从墙角拖了一把椅子，尖锐的声音令他睁开了眼睛，跟我打了个招呼，你来了？我没作声，只是一一把篮子里的饭菜端到椅子上。椅子面小，三个菜也挤，还差点儿掉了一只碗。他饶有兴致地看我揭开每一盘菜的盖子。他说，哟，牛肉羹，哟，毛豆泥蒸肉，这个不简单，白菜炖豆腐。嗯，不错，不错。他也不客气，捡起勺子直奔牛肉羹，哑巴了几下，说，嗯，好，功夫挺到位的。如果香葱换成香菜，就更妙了。

嘀，我倒想起来了，你是做过厨师的。我说。

嘿，什么厨师，就一伙夫。他自我调侃。

对比第一次见面时的拘谨，这一次他倒像换了个人似的，面容轻松，心底敞亮，甚至就这么把半截身子呈给我看，不再用被子掩盖，他如此坦然，我便也自在了许多。没有想象中的尴尬与硌硬。我知道我面对的也是个人。

他一勺一勺吃得很艰难，但也吃得很满足。他问我，刚才外面吵哄哄的是做什么。

没什么。我说。

他们在骂伍彩虹是吧，我听到了。不知道她这又是把谁给坑了。

她坑人？

呵呵。他居然一笑，说，她有一口锅，你知道吗，炒菜用的，白钢，在我看来，顶多值百把块钱，她卖一万多块，这不叫坑人叫什么？

我也笑了。但我毕竟跟伍彩虹是姐妹，不能失去立场。我说，经济市场，一个愿打，一个愿挨，她只是做了推销，没有强买强卖，如果认为不合适，大可以不相信她的说辞，不买啊。顿了顿，我说，看来，你对伍彩虹成见很深啊。她伺候你这么多年，没有功劳也有苦劳吧，你竟一点人情也不讲。既然这么不待见她，当初就别招惹人家啊。

他一急，呛着了，喷出一口毛豆泥，说，你就听她编吧，这婆娘，我跟你说，最会日白聊谎，我说当初咱俩，是她主动的，你信吗？

我看着他小小的一块，那皮包骨头的胸脯一起一伏，满是气愤与怨恨。他说，你别看她瘦瘦弱弱，说话轻言细语、蛮温柔的样子，我告诉你，才不好弄。之前她在她舅舅那个饭馆里，说话做事，泼辣霸道得很，她自己是从农村出来的，却还挺瞧不起农村人，看到餐馆里穿着乡气的客人，就专给人推荐大菜，别人嫌贵不点，她就给人甩脸子。我们饭店多半员工都跟她合不来，她总一副高高在上的样子，好像自己见过多大的世面，一天两餐，她的饭菜要另做，饭馆里女厕所三个蹲坑，她自己要独占一个。你是没瞧见她那副嘴脸。他用勺子舀了一勺牛肉羹，吃到嘴里后又继续说，不过她不敢在我面前耍横，在那个饭馆里，也就我能镇住她，因为我的长相和我的个头，我一米八二的个子，长得又壮、眉毛倒栽，像随时准备跟人架炮开火。她舅舅说饭店里有两个神，一个是怒目金刚，这是说我，一个是低眉菩萨，说的是她。我能看出她中意我很久了，只是我从来不挑破。如果不是那天打烊后，她硬留我喝几杯酒，我是不可能跟她搞到一块儿的。可是做也做了，虽然是她主动的，但她确实是个黄花闺女，我就是心里再不乐意，可事儿是我做的，我得负这个责任。

看我瞪着眼睛瞧他，像是在质疑这件事的真假。他又补了一句，说，当然了，自打跟她有那个事之后，我就有了我的打算，她舅隔三岔五来店里，总说以后要把店子给她，想着娶了她，也算是人财两全，有个自己的店子，一家人一辈子的生活就有了靠，前景还是值得憧憬的。

我笑了笑，说，所以你还是冲着那个饭店娶的她。

不，不是的，我们结婚的时候饭店的事就已经泡汤了，我娶她是因为孩子。他辩解道。

也因为这套房子。虽然这房子装修很烂，但自己的房和租人家的房，心理上是两个感受。我说。

他好像并不否认，但也陈述了自己的理由，他说，我爱她爱得不够，所以需要一些物质来填补。我不过就是一个厨子，后来转行开出租车，劳动人民嘛，都比较实际。

可是这个房子现在麻烦得很,伍彩虹为了这事,日焦夜愁,一头的包。你知道吗?我问他。

他顿时一脸木然,用手撑起头,将自己的半截身子抬高了些。他说,房子怎么麻烦了,她没跟我说,但我有时从她打电话和你有次来家里谈话,隐隐约约听到一些,好像说还要为这房子打官司,我问过她,她总冷着一张脸,不说。你告诉我,到底是怎么回事?

她是他老婆都不说,我又如何好说。我说,当初你们这个房子是怎么来的?买的吗?

他说,应该算买的吧。她给她舅舅做了近十年的事,没有一分钱工资,她要结婚了,她舅舅给她一套房子,虽说是给,但也可以看成是她舅舅结算近十年的工资,这就是她用十年的工资买的一套房,这样的理解没有错吧。有错吗?

这一点跟伍彩虹的说辞好像并没有什么出入。我觉得这没有什么不可以对他讲的,作为这个家的男主人,他有权知道这个房子的实际状况。

于是我便把她舅舅跟她之间的纠缠告诉了他。他虽然表面很平静,但我看见他额头的青筋突起又凹陷,凹陷又突起。我说,今天一早她还跟我说,她舅舅委托律师给她递话,看在舅甥一场的情分上,给她十万块,限她一个星期搬家,不然就法庭上见。

话还没说完,他的双手就握成了拳头,忽然"嚯"地一下,他双手一撑,竟然将自己的身子给撑起来了,那半截腰身直立在床上,像纪念碑上的半身塑像,我吓了一大跳。

他直立了半响后,又无可奈何地躺下,气氛已经不似先前那么平和了。我不能确定我这张嘴是不是又闯了祸。看看手机,已经两点半了。我开始将残羹冷炙往饭篮里捡。他枕畔的收音机依然沙沙作响。弄得郑智化的《星星点灯》听起来粗糙得很。

我提着饭篮出来了,走之前,在鼻子里塞了两坨卫生纸,把那堆臭老鼠给处理干净了。回到家里洗了澡洗了头,换了套干净衣服站在阳台上,看着底下打围的街道,深挖的泥土乱堆着,像一座座乱坟岗子,横七竖八的钢筋如獠牙,凶狠又丑陋。我脑子一时有点儿开了岔,这飞速发展的时代啊,多少愤怒与控诉都被这磕头机和钻井机给镇压了。城市升往天堂,生灵堕入地狱。

晚上我没有给他送饭,中午的饭菜分量很足,他不会挨饿。次日一大早我熬了一锅小米粥,骑着电动车到中商超市旁边的美食城买了一笼蟹黄汤包,四十元一笼,也只有五个,配上醋腌的姜丝,听说好吃得要命,但我从来没吃过,因为贵,不舍得。

想必伍彩虹和她老公也没有吃过,她的手比我还紧。所以虽然价高,但我还是买了。人间虽然多坎坷磨难,但美味的食物多少能慰藉一下人生的辛酸。

我提着饭篮走在她家的楼道里,上上下下的人都用异样的眼光扫视我,他们眼中的伍彩虹是那样的不堪,想必她交的朋友也是下九流、来路不正的。我不卑不亢径直上了楼,这次门口倒没有死老鼠,也没有别的幺蛾子,但门洞开着。难道伍彩虹回来了?我疑惑。我确定我昨天走的时候是把门给锁上了的。我快步进到屋里,屋里像是遭了贼,之前码放得高高的纸箱子全倒了,箱子里装的大多都是她所要销售的产品,什么蛋白质粉、维生素片、沐浴露、洗发精、洗洁精等,各种质地的罐子滚得满地都是,黏糊糊的液体鼻涕样糊在地上,还有几个玻璃瓶装的辣椒酱,应是她自己做的,全碎在了地上,红色的汁水四处流淌,化学勾兑的香气和自然发酵的酸辣气纠结在空气中,给人的呼吸造成淤塞。这显然不是强盗所为,倒是土匪的手段。我想关门,可门不知被什么东西卡住了,关也关不了。

何志平,何志平。我叫他,可是没人回答我。

我一步步跨越障碍来到他的卧室。他在床上,背对着我,不知道是睡了还是没睡,反正那只收音机依然沙沙作响。

那些人连卧室都没有放过,昨天安放在床边的椅子也倒了,椅子上搁的盘碗也跌落下来,饭菜撒了一地,我的那碗毛豆泥,绿茵茵的一坨,像坨屎烂在汤汁里,让人怒火中烧。堆在窗户一角的纸箱子也被掀了下来,就连床上的两只纸箱子也被扔在地上,一只白色的钢制铁锅扑在地上,锅盖在一旁已经变了形,这就是无所不能的皇后锅了,一万多块的皇后锅高高拱着,像一只白白圆圆的屁股。我将那只锅具捡起,装进包装袋里,放在纸箱里,还是搁置在他的床上。

他翻身过来,浮头肿脸的,一双眼睛红红的,面有惊吓过度的神色。看见我,他的眼角一下子湿气氤氲,似有泪要溢出,但最终也没有,被他生憋回去了。他骨子里还是刚硬的,把在女人面前流泪视作男人的无能。我能体会他在遭遇这些之后的复杂心理,那些人进门后的恐惧,面对他们的来者不善,他无半点反抗之力,他只能眼睁睁地看着,看着他们在自己的家里撒野逞强。也许,他还饱受过他们各种的讥讽与挖苦,而这些,他统统都只能干受着。这是一种活生生的折磨,是一种绝望的屈辱。

我将椅子扶起来,把小米粥、蟹黄汤包、吸管、醋腌姜丝和勺子一一摆放好。他看了看,不为所动。我说,吃一点吧,我知道你心里难受,吃不下,可这蟹黄汤包是我一早排了很长的队才买到的,吃一点吧。

他没理睬。

我将一只汤包盛在碗里，捡起一根吸管戳了进去，然后递到他嘴边，一股淡淡的鸡汤加蟹黄的香气散开来，令这一片破败狼藉的屋子有了些温润的生气。我问，这是什么时候的事，在我走了之后多久发生的？

他说，下午四点左右来的，我那时正睡得迷迷糊糊，隐隐约约听见大门响，还以为是你又送饭来了，可是门响了很久，最后嘭的一声，像用什么铁器捅开的。人来得倒不多，只有两个，一进来阵势就不一样，乱打乱翻，像造反派抄家一样，翻完客厅，又把她睡的那间房门锁扭了，进去也是一通掀，然后又来掀我的房，那两个人黑得像鬼，砸完了，还撂下一句话，说，限你们三天之内搬走，要是不搬，下次来就不砸死的了，砸活。他顿了顿，对我说，我告诉你，死我倒不怕，让我愤恨的是我自己，受了这样的欺负，却无法还击，如果我那双腿还在……他说不下去了，忍了一会儿，说，可是，我他妈却只能像坨狗屎一样躺在床上。他的手在床上拍打起来，这样地活着太难受了。活得难受，像个废物。

你别这样想。你活着就意味着生命的奇迹。我诚恳地说道。

我拿起手机拍了几张现场照片，发给了伍彩虹，可是居然还不回复。这一天半的时间里，没有任何音信，给她打电话，永远都是无法接通，不知道是在搞什么鬼名堂，就像遇难了一样。我说，事后你没给伍彩虹打电话？

不提伍彩虹还好，一提起伍彩虹他简直要爆炸的样子，他手里的勺子在椅子上敲得山颤，敲得汤包里的汤直晃荡，他咬着牙说，这个家早晚要毁在这婆娘手里。隔个两三个月就要出去一趟，说是参加她们公司组织的什么成功岭，一出去，就跟放王八喝水一样，音不通信不闻，手机关机，谁都找不到她。他终于淌出了泪，一流便不可止，他说，她的心可真大，家里瘫着这么个人，她居然能这么放心。他抹了一把脸，说，有时候天一黑，我就躺在床上想，我要是死在这夜里了，只怕没一个人知道，这跟死一个畜生有什么两样？你说我这么活着，比一条狗都不如。如果不是有我儿子在，我想看着他长大，没这点牵挂，我早就死了。我不想活，活得没意思。

这定是他的真心话，可是我不知道该如何安抚他激动的情绪。我不能改变他的现状，不能让他变得健康富有。但如果此刻他是健康富有的，想必他会是另一番光景，觉得自己是万物的主宰，高傲自大，绝不会有此刻无助凄惶的心境。世间的高处与低洼，酸甜与苦辣，总得要有人去尝过，人不走窄处，便不会有悔过与慈悲之心。

我将他床边泼洒的饭菜打扫干净，又问了他中午想吃什么，他没回我。我能理解他内心的苦闷，在这样的绝境中谈吃喝，像是对残酷生活的一种戏谑。我告辞离去。屋里乱成一堆的杂物我没有收拾，只是大致理出了一条走路，应该让伍彩虹回来看看。

"敌人"的铁蹄已经踏到家里来了。她失败得连底裤都被人扒了,还执迷不悟去上成功岭。就让这一地狼藉来狠狠地讽刺她吧。

中午我骑着电动车去武泰闸买菜,路过那排低矮的休闲屋,每个屋都半遮半掩,胖瘦不一的女人穿着紧身的衣服瘫坐在沙发上,各自都划拉着手机,松松垮垮的,一副人生了无希望的样子。我在想,当年伍彩虹老公的情人不知道在哪里,是离开了还是继续在这里做着旧营生。

我碾着地上烂成泥的蔬菜瓜果,转了一圈,买了火腿和鲈鱼,另外买了一些新鲜蔬菜水果。刚出菜场,我的手机便在包里震动起来,拿出来一看,是伍彩虹打来的。我赶紧接听。她问我在哪儿,她要拿钥匙回家。我说,你那家不用钥匙也可以回。她问什么意思?我说你没看微信上我给你发的图片?她说,我在外面从不上网,耗钱。我便把她家被人砸了的情况简单跟她说了。她倒沉得住气,只呵呵一声冷笑便没下文了。我说,你不急?她说,砸都砸了,急有什么用?我说,他要你腾房子,说下次来就不砸死的,要砸活的了。她鼻子里哼出一口气来,说,不用太担心,毕竟是我舅舅,有血缘关系,他难道还真能拿锤子往我头上砸?看来她内心深处对亲情还是充满了信任。我想告诉她,在热钱涌动、资本为上的时代里,亲情已经失去了本来的味道。但我什么也没说。知道她就在附近,我便开车去接她。她出门在外的行李也简单,就一个帆布袋子。

路过那排休闲屋时,她指着一家名叫"小桃子"的门脸,说,你扭头悄悄看,那个坐在躺椅上的女的,就是何志平当年的情人。我扭头瞥了一眼,那个女的、白、胖,穿着一件水红色的毛线裙,黄头发、红嘴巴,腕子上有一只金镯子,倒谈不上什么姿色,就是一个很普通很普通的中年妇女,没有一点风尘味,就像隔壁大妈。我不解,这种女人,有生意吗?她说,她现在做妈咪,手里有四个姑娘跟着她。我从后视镜看了一眼伍彩虹,她谈起当年的情敌,一脸的平静,没有丝毫恨意。甚至在经过她店的时候,我看见那个女的还对伍彩虹轻轻笑了笑,而伍彩虹居然也对她笑了笑。这太诧异了。我说,你们倒交上朋友了?她说,她现在是我客户,经常找我买产品,她店里四个姑娘也找我买,一买就是千多块。我说,你不恨她?当年你老公跟她是一整个,你半边都占不到。她回我说,我从来都不恨她,恨她干吗?我不爱何志平,便不恨她,我恨的是何志平,恨他也不是因为他不忠,恨的是他要霸占我的房子,还威胁我和我家人的性命。

我说,何志平出事后,她跟他应该就没来往了吧。

她下巴一昂,说,还来往个屁,躲都躲不赢。过了半晌,她又说,不过这女的虽说是婊子,倒也不算无情无义。出事后的第二年,这女的找到我家来了,说是想看看何志平，可见他们好时，背着我来过我家里。我当时有一瞬间的暴怒，但很快就变宽容了，他这样的下场，我便没有什么不能原谅的了，我很热情地带她来到何志平的房里，看到他只有半截，她在他床前吓得倒退了三步，什么话都没有说，就走了。我很满意她对他的态度。我以为他们的故事就此残忍地结束了，没想到，过了一个星期，她在我家楼下等到我，硬塞给我一个纸袋子，也没说其他话，就走了。我回到家，打开纸袋子，竟是一沓钞票，两万块。我想这一次，应该就是真的了断了。但后来我销售产品，当时没人买我的东西，我也是鼓了半天的勇气去找她推销，她什么话也没多问，一下子就买了我两千多块钱的东西，而且后来经常找我买，她什么也不问，但我会主动告诉她何志平的情况，她听后也就只淡淡一笑。每次这女的找我买了东西后，我回家都要在何志平的床边坐一会儿，我就这么看着他，说实话，我很眼红他，这个砍脑壳的男人真是好福气，药渣一般地倒在了床上，从前有过一腿的女人居然还能念念不忘。我有时候就想，如果换作是我倒在了床上，是不会有人对我牵肠挂肚的。

她突然长叹一声，唉，妹子，我这一生，一无所获啊。

我听她絮絮叨叨，心里也随着她起起伏伏。她那一声叹息，令我心尖一颤，心中涌起一阵伤感。

想着伍彩虹回到家后定是焦头烂额，面对一屋子的破碎山河，即便她的骨头是钢筋做的，一时也会支撑不住。我决定中饭就在她家做，这个时候，她家里需要个能搭把手的人。

伍彩虹刚进楼洞，就被一老妇人给捉住了，那老妇人高声叫嚷，喂，大家快出来，顶楼的那个女的回来啦。我在花坛边锁车，扭头看了一眼，伍彩虹想挣脱，不断地厉声说道，放开我。对方虽然年纪大，但两膀有力，伍彩虹没有挣脱开。等我进到楼洞里时，楼梯间已经围满了人，一阶梯一阶梯，高矮胖瘦，把伍彩虹压在最低层。他们都向她抱怨，这大半年来没过过安生日子，地铁施工日夜轰隆隆的噪声已经让他们心烦意乱，如何禁得住她这里隔三岔五地来闹腾一下，楼道里成天有黑社会的混混进进出出的，他们的人身安全如何保障，每天过得提心吊胆的，他们对她的忍耐在这两天已经达到了极限。有个瘦瘦的老头激动地说，上个月那个油漆味冲得我多年未犯的咽炎又复发了。这不是要人命吗？喉咙还没好利索呢，又来一堆死老鼠，要是传染了鼠疫怎么办？这楼道里不光有老的，还有小的呢，真要出了事，你担得起吗？

在住户们你一句我一句的声讨中，伍彩虹渐渐意识到了这件事情的严重性，她从先前的理直气壮变得心虚气短，面对他们的责备，她不敢回一句嘴，不敢为自己辩驳一二。她犯了众怒，楼栋里十几户居民结成同盟，对她猛烈开火，她孤立无援，只能坐以待毙。那个扯着她手臂的老妇人一个劲地刨根问底，问她究竟是干什么的，到底得罪了谁，是不是在外面借了高利贷，是不是吸毒犯。在追问下，伍彩虹终于有了向邻人解释的机会，她粗略地讲述了她与她舅舅和这个房子的关系，以及目前她与她舅舅和这个房子的现状。在她的讲述中，楼洞的气氛有了些转变，人们不住地啧嘴唏嘘，谴责舅舅的为富不仁，在亲外甥女面下做得太过。他们开始同情怜悯她，之前冲天的怒火渐渐冷却了，都纷纷给她出主意，叫她去找找物业、街道，找找妇联，找找政府。他们说，这样的事，以你一己之力是很难为自己讨公道的。他们还说，你应该强硬起来，泼辣一点，光脚的还怕穿鞋的，既然舅舅不念亲情在先，那外甥女又有什么可顾忌的，反正撕破脸了，就不要再讲客套了。也有一些人依然凶神恶煞，点着伍彩虹的鼻子吼叫，找街道找政府找什么都没有用，赶快搬走，不要住在这里，上上下下的邻居都不安生，你赶紧在这楼洞里消失。

  无论是邻人的善意还是恶语，伍彩虹都诚恳地说着谢谢，谢谢。然后噔噔噔跑上楼，我也跟在她身后一个劲地向邻人说谢谢，说对不住。伍彩虹一气儿跑到了家门口，我跟她后面赶得气喘吁吁。她一进屋就慌着关门，却关不住，她有点恼，低头发现是门背后一根晾衣竿卡住了，便用蛮力抽出衣竿，铁门"嘭"的一声锁上了。她像是再也绷不住的样子，手臂支在墙上嘤嘤哭了起来，肩膀剧烈地耸动。这是从她的房子发生纠葛以来，我第一次看她这么伤心地痛哭。那么就让她好好哭一哭吧。

  我径直去了厨房，花了半天工夫将案板收拾了出来，待我切菜时，伍彩虹的哭声还未止住。里屋里她老公叫嚷了起来，就只知道哭，哭有什么用。这房子我当初就追了你，要你找你舅去把证办了，如果办了证，过了户，真凭实据地捏在自己手里，就屁事没有，你总拖着，到你舅那里走一趟，像要你去过奈何桥一样，总不去，拖拖拉拉，拖成这个鬼逼样子，现在好了，大水冲了来，手里连根稻草都没有，上风的道理也变成下风的了。从没见过你这种猪脑袋女人，别人的铳都放到家门口了，你还有心思出远门，一出去就把个手机一关，你娘的，老子都这样了，你即使出去寻几十个野老公，老子也管不着你。

  伍彩虹顿时抹去眼泪，边拾掇屋里乱七八糟的东西边说，你挺你的尸就好了，放这些屁做什么？这房子就算他要走了，也跟你扯不上一毛钱的关系。我当年嫁给你，你给我置办什么家当了？连出嫁的衣服都是我自己掏钱买的，这么些年了，你除了给我气受，你还给我什么了？你有什么脸来跟我谈这个房子。这房子有一块砖一片瓦是跟你姓的？当初我要跟你离婚，你居然不要脸地跟我要这房子，不仅要霸占这房子，你还要我倒给你五万六万，你也不撒泡尿照照你自己个儿，你讲那话是裤裆里有东西的人讲的话吗？怪不得现在啥啥都没有了，这都是活该的。报应，这就是报应。伍彩虹眼泪滂沱、鼻涕横流，巴掌不断拍打着桌子，染黄过的短发像一蓬稻草，一副歇斯底里的样子。我瞧见她穿的一条灰色裤子裆下隐隐有了湿意。

跟她交往这么多年来，我从未见识过她发脾气的样子，从未见过她言语有如此刻薄辛辣的时候。她瘦瘦弱弱的，又一身隐疾，稍一用力，便会漏尿，一般也并不高声讲话，总是温温柔柔、慢条斯理的样子。没想到她恼怒起来，说话如打铁，句句都能蹦出火星子来。而且专朝人的短处、致命的地方捅。

何志平显然也被激出了火，两手不停捶着床板，恨恨道，我不要脸，我不要脸，我这一生就毁在我这不要脸上了。说着又兀自笑了两声，说，要不是看在孩子的分上，我拿刀把你绞得下去，一想着，我们这么活着都是为了孩子，我都忍了。但是姓伍的，你不要太嚣张，我不是遭此横祸，瘫在床上，我怎么容许你骑在我头上这么多年。我从前还想着死，如今我比谁都想着活，你知道为什么吗？因为我就想看看你会有什么好下场。顿了顿，何志平说道，你别以为你当年做的事我不知道，你伙同楼下修车厂的老王在我车上做手脚，想置我于死地。呵呵，我要不说，你一定永远也不知道，那天我出了小区门，他就告诉我了，而且人家根本就没听你的盘算，只是做了做样子，根本就没动那辆车，人家老司机，懂得轻重。他提醒我防备你。你万万没想到，你整个被人吃了，人连骨头都没吐出来。你在我面前还能耐什么？原打算第二天交车回来，就跟你打离婚的，我喊打喊杀在明处，你却一声不吭在背地里下手。你这种阴毒的女人，定不会有好下场的。

伍彩虹半天没有说话，她像遭雷打了一般，怔怔地站在桌旁。我从厨房里看去，感觉她就像站在垃圾堆里的一个塑料人。我不知道何志平知道不知道我此刻就在厨房，他们的家丑彻底暴露在一个外人面前，这样赤裸裸地揭开，仿佛看到一个人的私处，我拿着锅铲的手都在为这个家庭的秘密瑟瑟发抖。再回头一看，伍彩虹咚的一声倒在了纸箱堆里。

好在她只是一时愦癔，掐掐人中和太冲，就苏醒了。醒来后的伍彩虹两眼直瞪瞪的，奓拉的三角眼里，目光如刀刃，让人周身发寒发冷。我叫她，伍姐。她把眼珠子转向我，算是回应，旋即下了床，趿了双拖鞋就冲进了隔壁的房间里。情况不妙，我赶紧跟在她身后，急切地叫她，伍姐伍姐。

她站在她老公的床前，黑风罩脸，牙骨咬得紧紧的，一副想要置他于死地的样子。何志平起先是惊慌，但旋即就闭上了眼扭过头去，一副要杀要剐悉听尊便的姿态。看伍彩虹咬牙切齿的样儿，我心里突突的，我担心她会用枕头去捂她老公，后来，看她拿起床边凳上的水杯,应该是准备朝他脸上泼的,可又恨恨地放下了杯子。她似在极力克制着内心的怒火,然后很颓丧地走出了何志平的房间。

她在绊手绊脚的杂物堆中缓慢走着,走在餐桌边的时候,像是不堪重负似的,一屁股跌坐在一只纸箱子上。她从桌上拿过帆布包,取出手机,打了个电话。趁着空儿,我去厨房照看了一会儿。米饭已经好了,蒸锅里蒸的鲈鱼也上了气。

雷体仁,你干脆把我弄死好了。你来弄死我吧。她对着手机怒吼。

撇开我是你的外甥女不讲,我当了你近十年的保姆,给你做牛做马,倒尿罐子屎盆子,带大你的女儿,给你的丈母娘养老送终,到了,你过河拆桥,你真是做得出来,为了一处房子,泼油漆,放死老鼠,如今还打进门来了,你真是太有本事了,你有本事。你有本事,你就该从树木孔里炸出来,又何必从人门里屙出来呢?你有本事,你就该喝风喝雨喝尿喝屎长大,又何必吃奶吃饭吃粮食呢?我真替你羞得慌,我告诉你,像你这狗逼样的,在我们老家有句俗话,叫读书读进牛屁眼里去了。我第一次看见伍彩虹的爆发力,第一次听她如此快速度讲话,一句连一句,像打闹锣鼓一样。电话那头应是她的舅舅,舅舅叫雷体仁。她说,雷体仁,我告诉你,你既然这般无情,也就别怪我无义了。是,现在房子我是没有两证,什么证据都没有,你握着当初的购房合同,把我讲的事实强说成狡辩,打官司,我打不过你,只怪我当初太相信你,我哪里能料到自己的亲舅舅会来算计我呢?但是我告诉你,只要我的房子再有别人这样闯进来,拼着我这命不要,老娘必定要找你寻仇,与你白刀子进红刀子出。你给我听好了。她一字一句,像铁锤钉钉子。直讲得热尿滚滚,一条裤子已湿透了。

喂喂喂喂,操你妈的。伍彩虹一阵气极,将手机重重掷在桌上。我猜电话那头的雷体仁可能早就挂了电话,而她没有察觉,那番严重的警告与怒火撒到了空气里。她恼羞成怒。

清蒸鲈鱼的香味在屋里蓬勃起来,热油浇过,香气愈发高亢。我将鱼和青菜端到桌上。伍彩虹从房里换了条干净裤子出来了。我招呼她吃饭,她摇了摇头,将掷坏了屏的手机捡进帆布袋子里,又从桌上拿了把水果刀,用纸卷了也放进袋子里,像是要着急出门。我问,你要去哪儿?她咬咬牙说,我要去找那个王八蛋,跟他拼了。我说,既是要去拼命,那也得要吃饱饭攒足力气才行啊。她没搭理我,径直到玄关处,踢开一些瓶瓶罐罐,寻了双矮跟的皮鞋换了。脸垮着,眼斜着,嘴绷着,像小学课本上刘胡兰英勇就义的样子。

她满身火气出门,不能周全,一则路上危险,二则找到了她舅舅怕她不理智,她包里卷着刀呢。我赶紧把那饭菜端到何志平的床边,好言安慰了何志平几句,何志平说，妹妹，你是好人，就拜托你了，我今生报答不了，来世做牛做马报答你。他说得很心焦，尾音带着哭腔。我匆匆忙忙地说，别这样说，大哥，我们这辈子还长着呢，好好活着，天无绝人之路，会有办法的。何志平点点头，伤心地闭上了眼睛，眼角有泪溢出。看着伍彩虹已经出门下楼了，我顿了顿，便追着她去了。

小区大门口趴着一辆空的出租车，她大步上前去开门，可司机却向她摆手，车是有人电招了。伍彩虹说，我多出一百块，立刻走。这是我头一次看见伍彩虹花冤枉钱。她的心中烧着旺旺一盆仇恨之火，看她那气呼呼的样子，不把雷体仁的脑袋拧下来当球踢，是不会罢休的。

车子一路走走停停，地铁施工，道路维修，几乎每条路都有打围的，硬邦邦的蓝色板子把宽宽的马路割成了羊肠小道，各种车堵成一锅粥，喇叭怨声载道。灯箱和打围板上被中国梦广告和房产广告承包了。这边贴着"中国梦我的梦"，那边贴着"多数人的梦想，少数人的地盘"。这边贴着"勤为本，俭养德"，那边贴着"从现在起，享受又有什么不可以"。车内的收音机里两名主持人正狂热地为几处楼盘打广告，上品好宅，绝版地段，起价一万八千八，认筹有好礼。那出租车司机兀自冷笑两声，说，乱坟岗子都卖到一万八千八了，呵呵，真敢卖啊。

车子已经开到了南望山附近了，在一条林荫路上，伍彩虹就叫停了。看门口的招牌，这是一所中专学校，并不是什么大学，而且通过大门两旁挂的几个牌子来看，这个中专也曾折腾过很多回了。

虽说是周末，但学校有种严重的破败感。操场旁边栽种的一排水杉，枝枯叶黄，地上厚厚一层落叶，落光了叶子的爬山虎像一团铁丝缠绕在墙上，几个高高在上的硕大鸟窝，更显得秋意萧索，天宇寥落。没有多少人气儿，一点都不像校园应有的景象。

我跟着她顺着操场旁的水泥路一直走，在看似一栋教学大楼的旁边转了个弯，穿过一座水池假山和一个迷你竹园，眼前又是一道院墙，月洞门，院墙内一栋栋矮楼，层高五层，红砖青瓦，似有些年头，墙角下生着厚厚绿苔。垃圾遍地，像是从来无人收拾，家家朝外伸出的阳台只有四五家晾着衣服，生活的痕迹很淡，有遥远和隔世的感觉。

正看着，从小竹园那头走来三个老头，其中一个稍显年轻些，约莫六十，戴着一副黑框眼镜，穿着白衬衫黑裤子，高高大大的，手里端着一个茶杯。一个很文质彬彬的老头。伍彩虹顿时激动起来，大叫道，雷体仁，你这个没良心的王八蛋，你让我不好过，我也不会让你好过。她正要冲上前去发作，被我死死拖住了。那个文质彬彬的老头想必就是雷体仁了，他面红耳赤，气得浑身发抖。手指不住地朝伍彩虹点着，你你你，你个白眼狼，你个狼心狗肺的东西，你趁早给我滚远点儿。

伍彩虹一个劲地往前凶，我着力按住。从她舅舅脚上穿的那双布鞋和手里捧着的罐头瓶杯子，我觉得她的舅舅是个很朴实的人，想必坏也坏不到哪儿去。

在那个残垣断壁的院子里，舅舅与外甥女各自高声大骂。舅舅说，我与你没什么好说的，你有话跟我的律师去谈，我们法庭上见。伍彩虹大肆叫嚣，别说是法庭，就是去天庭又怎样，人间的官司我输了，咱们去阴间继续打。我告诉你，除非你有本事把我弄死，否则你别想从我手里得到那房子，那原本就是我的。她拍打着胸部，是我的。

她舅舅显然厌恶与她纠缠，欲走，可是伍彩虹却挣脱了我，冲上去一把拽住了她舅舅的衣领。两个老头赶紧扶住了她舅舅，并斥责伍彩虹，说，小伍，你现在怎么变成这样了，蛮横不讲道理，你舅舅有高血压，你这样做，太过分了，他跟你讲明白了，你有委屈受了冤枉你去找法院，在这里撒什么野？

伍彩虹眉眼一竖，说，我不讲道理？我撒野？你怎么不问问他，他在我面下做了些什么，我给他做了近十年的保姆，没拿过他一分钱，临了买个房子赠我，如今房价噌噌涨了，他竟然说那房子是他的，逼我搬走，泼油漆、堆死老鼠，昨天还跑我房里又打又砸，这究竟是谁在撒野？我当牛做马了十年，到了他翻脸不认账，这也太恶毒了吧。我现在手里无凭无据，我怎么打官司？那些律师和法官只看得见证据，看不见良心。

一个白发老头说，小伍，你也要体谅一下你舅舅的难处。我们这个学校，你也看到了，冷冷清清，远不是当初你在这生活时的样子了，现在这里也要征收，我们教职工的宿舍学校也没给个让人心服的说法，一分钱都不赔，说这本来就是学校的财产，不属于教职工的个人财产，叫我们有困难自己去克服，自己去解决住房问题。学校、政府和开发商一再责令我们搬离，我们家门口也经常堆死老鼠，我们的家也多次有不明身份的人来打砸，派出所也不处理。可是我们没地方搬啊。所以，你舅舅也是万不得已。

伍彩虹冷冷一笑，说，他有什么难处，他左一个老婆右一个老婆，左一套房子右一套房子，离一次婚就要把房子给老婆，他宁可便宜别的女人，却在外甥女面下输不起一颗芝麻。何况我这房子又不是他白送我的，那是我十年青春换来的，是我劳动所得，是我该着的。他凭什么说要回就要回啊？他现在没地方住了，他可以找他的老婆们去要啊，凭什么就单朝我要呢？当我好欺负。

老头说，小伍，你不能不讲道理啊。你舅舅把房子给你前舅妈，那是法律判给的，我们生活在法治社会，一切都要讲法。

伍彩虹再一次冷笑，道，法治时代，要讲法是不是？讲法，您就该快点搬离这宿舍啊，怎么还赖着不走呢？这免费的宿舍是学校的公产，又不是你个人的私产，要你搬，你怎么又对法那么不满呢？

老头一呛，说，你你你，你不可理喻。

伍彩虹的舅舅在一旁虽然半天没说话，但早已气得板牙都快咬碎了，太阳穴的青筋跟板根似的一条条鼓了出来。终于，他开口了，他说，伍彩虹，你总说你给我当了十年保姆，我没有给你结算工资，是的，我没有像别的人家请保姆一样，每个月到日子了就把钱奉上，我没有如此做，是因为我一直把你当家人看，没把你看成保姆。我虽然没有把钱给在明处，可是暗里我给了不少。你来我家第四年，你们家起房子，我给了你妈两万块钱。第七年，你爸胃癌动手术，我给了你妈两万。第八年你爸去世，我又给了你妈一万。后来你妈子宫里长东西，要做手术，我又给了一万五。后你老公又出车祸，你妈又一次来找我，说你可怜，要我帮帮你，我还能怎么帮，我东挪西凑又给了你妈两万。在你老公出事后的第四年，你妈旧病复发终于走了。我真是阿弥陀佛，舅舅双手合起十来。

伍彩虹轻蔑地"喊"了一声。她舅舅也有点咬牙切齿了，说，你不要做这种各色样子，你妈，我姐虽然资助了我求学，是我这世上唯一的亲人，她对我是有恩，可是这恩，这么些年我也还够了。你知道我为什么左一道右一道离婚吗，因为我的每一个妻子都无法忍受你母亲无休止地压榨我，无法忍受我在你妈面前的窝囊，这么些年，我不过就是你们家过难的跳板，你妈没有把我当成她的亲弟弟，你妈把我当成了她的摇钱树。你又何曾把我当成了你的亲舅舅，你不过是延续了你妈待我的姿态。你们仗着当年对我的恩情，处处凌驾我之上，我只要是没有满足你们的要求，你们便给我扣上忘恩负义的帽子。这些年我受够了。伍彩虹我告诉你，我忘恩负义很多年了，这一次我忘恩负义到底，这房子是我出的钱，让你免费住了二十多年，我没跟你算租金呢，你倒想蹬鼻子上脸，想霸占我的房产，究竟是谁不要脸，究竟又是谁不讲恩情？这房子，我是一定要要回来的。

你，你，你真狠。伍彩虹的声调已经掉下去了，之前攒出的霸道劲已是强弩之末，只剩下个嚣张跋扈的空壳子在那抖擞着。

舅舅的两个老友想息事宁人，便将其扯进了月洞门里。我也把伍彩虹一步一步拉走了。可舅舅余怒未消，在院子里传出话来，伍彩虹，我警告你，限你两天时间，你赶紧给我搬走，要不然我申请法院强制执行。你眼里没我这个舅舅，我便没你这个外甥女。

伍彩虹像受了严重刺激，突然孔武有力，胳膊一甩，我倒退了七八步。她掀开包，取出那把水果刀，扯下报纸就冲进了院子里。我"啊"一声叫，赶紧冲了进去，拖住她。她舅也是个硬犟的主儿，本来都已经上了楼梯了，看见外甥女冲过来，也甩开了老友的搀扶，走了下来，径直走到伍彩虹的刀尖前。喉结一鼓一鼓的，说，真的是一碗米养个恩人，一担米养个仇人。说着还把脖子又往前凑了一寸，直抵到了刀刃，说，来来来，好外甥女，你来把我这个舅舅杀了，你舅舅对不住你，该死，来来来，往这儿捅。

伍彩虹胆怯了，一边抵着一边往后退，她舅舅却眉眼倒竖着往前进。强硬的对峙令伍彩虹心慌起来，她握刀的手抖个不停。一个老人说，小伍，你这样就是大逆不道了，你以前在我们这个院里多讨人喜欢啊，又勤快又干净，你看你现在跟个夜叉似的，还学人拿刀子。你舅舅真的不容易，离了两次婚，这个舅妈因为学校拆迁，宿舍要充公，没个补偿，正跟你舅闹离婚呢。你看你还……老人叹了一口气。伍彩虹的刀最终掉在了地上。我替伍彩虹向她的舅舅诚恳地道了歉，说了许多对不起，然后扶着软弱无力的伍彩虹走了。走到竹园边上，她舅舅说，看在舅甥一场的情分上，再宽限你一个月。

出了学校大门，伍彩虹忽然嘤嘤哭了起来。而我除了拥住她，不知道该用什么话来安慰她，索性就让她哭吧。

回来的车上，我们彼此依然没有说一句话，她瘫坐在后面座位上，虚脱与绝望，像是死了半截没埋的样子。下了的士她直冲冲往前走，我问她去哪儿？她说回家。我说你走反了，她才又折了回来。她这个样子，我自然是不放心，只得跟着她回家。

此时天欲黑，华灯未亮，窗外的高楼色调灰暗、干枯，像是一具具巨形僵尸，了无生气。暮色笼罩下，空间和时间像裹着很多阴谋似的，总让人有惶恐不安之感。伍彩虹按了开关，客厅的日光灯闪了几闪猛地就亮了，惨白的光照着一屋子的破碎，生活遍地狼藉，我都替伍彩虹生出想去死的冲动。

她坐在桌边的凳子上，木木呆呆的。我试着收拾屋子，将烂了的碎了的纸箱子、罐头瓶子之类的捡进一个大大的纸箱子里。我朝何志平的房里瞥了一眼，之前那些高耸的被豆腐都塌下去了，有点奇怪。我叫了一声何志平，他没理我。我想他一定是在睡觉。

半响，伍彩虹"嚯"地从凳子上起身，冲进何志平的房间里，大有出口恶气的劲头。我担心她一时头脑发热，做出什么无法挽回的错事，便紧跟了上去。房间有股蒸鱼豉油的香味儿，我走前搁在凳子上的那条鲈鱼被吃了，只剩下头尾。床下扔了三条被子，还有两床被子盖在他身上，连头也埋进了被子里。伍彩虹很气恼。她揪住被角用力一掀，然后，她就定住了，而我则倒退了四五步，全身汗毛都炸开了。我跌跌撞撞地跑到客厅，在灯光下哆嗦。

何，何，何志平死了。他竟然死了。他将他床边装锅的箱子打开，用装锅子的加厚塑料袋套住头部，在颈部打成死结，怕憋不死似的，还将锅子盖在脸上，像是还有不甘，把所有被子都盖在自己身上。他是决心要死的，是一定要让自己死的。他是活得有多么不情愿了，又想死想得太坚决了，才走上这样残酷的绝路。那地上的被子定是他窒息时，胡拉乱扯弄掉下去的，他是在极度痛苦的挣扎中一点一点憋死的。

"啊！""啊！""啊！"伍彩虹大叫了三声，一声比一声尖厉，恐惧无助、哀怨悲伤、山崩地裂、手足无措、心神坍塌。

好半天，我才从剧烈的感情撕扯中冷静下来。我重新走进房里，而此时的伍彩虹倒镇定了许多，她已经将那只塑料袋从何志平的头上解了下来，把那两只睁得圆鼓鼓的眼睛给抹上了，两手垂下，倒有了些正常的遗容。他静静躺在那里，乱哄哄的世界仿佛一下子就清静了。

怎么办？我问她。

她从包里取出手机，打了两个电话，告知了何志平的死讯。然后，我们便在客厅里坐着。约莫过了半个小时，虚掩的大门被推开了，一个粗腰大脸的女人走了进来，看上去面熟，很快就想起来，这是武泰闸的那个女人。她手里提着一个布袋子。我们站了起来，一同进到房间。在何志平的床前，那个女人打开布袋子，取了一支蜡点在了地上，又点了三炷香，插在床头椅子缝里，然后便是厚厚一沓黄表纸。她向伍彩虹要烧纸的废铁盆，伍彩虹便把床上那只皇后锅拿下，递给那女人。那女人看看锅，又看了看伍彩虹，便蹲下将几张黄表纸在烛上点燃，投进了锅中，锅子里一片金色火光。

我们都一齐蹲下来给他烧落气钱纸。熊熊火光在床上的白色纸箱上跳动，我瞅见那纸箱上面似乎有几行字。我将那纸箱拿了下来，在灯光下一看，果然是字，是圆珠笔写的，歪歪扭扭。

我死了，我真的不想活了。但活了这么久，又不想白死，现在我终于决定要死了，就死在这房子里。如此，这房子就成了凶宅，就不值钱了，他就不会再要了。我从来也没有为孩子做过什么，就拼着我这条命为他挣个房子吧。我听收音机里说，以后贫富悬殊会越来越大，有钱的人会越来越有钱，没钱的人会越来越没钱。如果这套房子守不住，以后靠你来给孩子置个房子，是万不可能的了。我不想让我们的孩子将来连个遮风挡雨的地儿都没有。我反正是无用之人，命如草籽，如果能用这条命为孩子挣点实际的好处，便也值得了。儿子，爸爸爱你。伍彩虹，祝你好运。

这应是何志平的遗书了。看完这些字，伍彩虹的情绪终于山洪暴发起来，她号啕大哭，哭到呕吐，吐出血来。我的脑子一片空白，可身体却像是被什么缠住了似的，难受得要命。

过了一会儿，何志平的表姐来了，联系了一辆运尸车将何志平连夜拖回了老家。

此后，我与伍彩虹的联系就中断了。打她的手机总是关机，然后是空号，她的微信也黑了，从来没有在线过。我几次跑到她家里去，敲半天门也没反应。我还专程去武泰闸找过那个女人，那个女人也说联系不上她。过了三四个月我又去她家敲了一次门，这次门倒开了，却是一个青年男子开的，我问他伍彩虹在不在，他一头雾水。我瞥见那房子的客厅贴了条纹壁纸，铺了红木色的复合地板，从前放饭桌的地方做了一堵半高的墙，用来挂电视，还钉了几排木架，放了各式摆设。墙角放着绿萝，有一个小小的三人沙发，碎花的。新装修的味道很浓，墙上还贴着"囍"字，想是婚房。这房子已经易主翻篇，物是人非了。

慢慢，我也淡忘了她，有时想起，都觉得犹如梦里。直到有一次在街上闲逛，看见有个中年男子推着个车子叫卖"皇后猪蹄"，觉得奇怪回头看了一眼，一口白钢锅里焖着几只酱色漂亮的猪蹄。我问他，为啥叫皇后猪蹄。他说，这是用皇后锅焖出来的，当然叫皇后猪蹄了。

皇后锅？我顿时就想起了伍彩虹。这昂贵的锅子还是有人出钱买的，不知道伍彩虹还有没有在销售她的皇后锅，也不知道她销售得如何，有没有做到银章，有没有做到钻石。

伍彩虹，祝你好运。

【作者简介】宋小词，女，出生于20世纪80年代，中国作家协会会员。著有长篇小说《声声慢》，中篇小说《血盆经》《开屏》《太阳照在镜子上》《直立行走》等，小说多次被《小说选刊》《小说月报》《中篇小说选刊》选载，获第八届《小说选刊》年度大奖，获《当代》杂志2016年度全国中篇小说总冠军。现供职于南昌市文学艺术院。

选自《作家》2018年第3期

对镜成三人

文清丽

1

我冲进门，脱掉冬常服上衣扔到正坐在沙发上的妈身上，趴在床上痛哭起来。妈细瞧着我的军衣后背说，怎么，领导骂你了，嫌我针线活儿不齐整？我只哭不言，三个月的儿子这时在床上哇哇大哭。妈边揭儿子的被子边说，怎么了？拉了，好，姥姥给你换尿垫。我娃不哭，没拉，那就是肚肚饥了，妈妈快来给娃喂奶，你看娃肚子都饿扁了。妈说着，抱起儿子，双手递我，我不接，她无奈地看一眼儿子，看一下我，手足无措地说，我给你惹祸了，对不？我仍伏在床上，抹眼泪。妈又说，是不是军装不能随便放？可不放后背接缝，你穿不进去嘛。坐了月子，你发胖了。

妈，我被人顶了！妈要是识字，我就会跟她说起《人生》，讲我跟高加林一样，被人顶了的命运，可她一字不识，只爱看电视上的秦腔戏，边看边抹泪，还会跟你讲一番戏上的大道理。爱人在外地，帮不上忙，我只好又哭。天底下，只有没有地位的农民子弟才受人欺负，教书优秀的高加林被人顶了，我能写会说，也一样被人顶了。我恨不能把顶我者杀了。我想象她走在校园的湖边，我趁她不备，一把把她推进水里。或者月黑风高，让人把她装进麻袋里，扔进不远处的护城河。虽然我现在还不认识她，只知道她叫高红。对，从今后，叫高红的人，就是我不共戴天的敌人。高红，你等着，你别欺负头顶草屑的孩子。此后，我对她怨怼不已。

你当不成干部了？

妈，你说什么呢，我今天去上班，领导说我调到别处去了。

你没问领导为啥你干得好好的要调你工作？你没给他说你不愿去？

妈，你以为部队是生产队，想不上工就不去了？事实是我一进政委办公室，还没来得及问政委寒假过得好不好，政委就开门让我见到可恶的山了，那山一下子压得我忘记了所有的言辞。本来我坐月子期间，关于学员队政治工作，是想了很多点子的，毕竟我是新闻系毕业的，现在孩子这个大包袱终于去掉了，春天了，也到了新的学年，我有精力也有想法，想大干一场的。从山沟野战部队调到省城这个花园般的校园，整天跟大学生在一起，我一个农村孩子，已知足了，当然就得好好干了，可是姚政委根本就没给我说话的机会，我锦囊里的妙计只好死在肚内。

调哪儿了？你走了我跟娃咋办？娃还三个月不到呀。

没出院子。

那有什么。妈长长地吁了口气，又跟小孩说起话来，嗯，娃不哭，妈妈快起来，给娃喂奶。你看小样子哭得多可怜呀。

儿子不停地哭，我不耐烦地抱过，朝着屁股就是一巴掌。天爷呀，这么小的娃娃你怎么下得了狠手。儿子哭得更厉害了，我掀起胸衣，给儿子喂起奶来，抹着眼泪说，要知道，就不急着放衣服了，干休所那个破单位，肯定都不穿军装。你看后背放宽一指，怎么也熨不展。

你不急着要上班吗？人家生娃都休息半年多，就你急。院里服务社又没开门。对了，你到新单位给人家弄啥呢，能拿得起不？

伺候老干部，你说我跟那些老家伙有什么说的。真是气死我了。我话一出口，马上后悔了，妈也是老人呀。妈没有生气，说，跟老年人在一起你能学到很多东西哩，老年人，经的事多。

我说算了算了，跟你也说不清，想得美，让我下午就去报到，我不急，去那个破地方着啥急，八抬大轿请都没人去的地方。我这么年轻，去那儿不出一年，武功全废了。我一说不上班了，妈呆呆地站在床边，手不停地揪着衣角，一脸的焦急。我说了也白说，干脆闭嘴了。

午休起来，妈也不像往常那样爱说话了，好像做错了事似的，看看睡着的儿子，又看看我，又蹲着给孩子洗起尿布来。屋子里充斥着一股尿臊味。我打开窗子，妈说，你别开窗，小心把娃冻感冒。

哼，就冻冻他，要不是生他，我能坐月子？才三个月，我的位子就被人抢了。从野战部队调来，我只上了俩月的班，就生孩子，多少宏伟的设想都没来得及实现呢。说实话，那时挺着七八个月的大肚子，我还是蛮认真的。报到时，因为天冷，穿得多，上到四楼，学员队姚政委看了看我，皱着眉头说，身体不好，上个楼就这么气喘？学员队当干事，跟队长差不多，每天要跟班呢。

我擦擦头上的汗水，笑了笑，没敢解释。调新单位，我跟谁都没敢说怀孕的事，要说了，哪个单位都不会要的，这就是女同志的悲哀。

一直到第二天跑操，我才说了实情，当时姚政委看看我的肚子，说真有七个月了？

我说是，他黑着脸，自己带着学员队跑向了操场。

也许他一直就不满意我，所以高红走了他的关系，也未可知。但天地良心，这两个月我虽然没有主动干活儿，但分内工作还是蛮尽心的。我主要带二队，因为队长去学习了，我带着学员去上解剖课，看着学生拿着刀子一层层地剔遗体的脂肪，我胆汁都吐出来了。挺着大肚子跟四个学员挤一间集体宿舍，吃食堂，结果我们这个宿舍的人大部分人都豆角中毒。我吃得少些，没太大反应，半夜起来上卫生间发现中毒的学员躺在地上口吐白沫，挺着大肚子跑到一楼，报告了大队，把好几个中毒的学员都送到了医院检查。当学员们送到检查室时，妈说，你也检查一下吧，我这时才想起了自己。虽然我没中毒，可是跑得急，都流了红，妈以为我流产了，吓得哭个不停。学员队为此表扬了我。两个月，我在校报还发了三篇稿件，半月一期，也就是说几乎每期都有我采写的稿子，反映的都是我们学员四大队的先进事迹呀，这在八个学员队，都没有过。结果落了这么一个下场。我生孩子时，学员队发生了什么事？高红用什么手段挤掉我的？通过学校领导，还是走了学员队姚政委的门子？我百思不得其解。

妈看看我，放下手中的衣服，把窗子开小了点，让风吹向她，说，我看到有人上班了。你听，门响了，咱间壁吴助理也起来了。

妈，你能不能别管我，我要睡觉。

那也得上班呀，你是军官，不去上班，人家让你复员了怎么办？

行了行了，你怎么这么啰唆。我起来强打精神穿上军装，妈在我军上衣的后面拿手抚摸了半天，说，是穿着不好看呀，放宽的地方怎么这么皱巴巴的。晚上回来，妈拆了，重新让人家裁缝给你做。你穿着军装，妈瞧着喜欢。

我系上扣子，戴帽子时，在组合柜前的大衣镜前，上下打量了一遍，一想起马上要从中尉肩章换成没有星星的文职肩章，泪水又一次涌了出来，又把高红骂了一通。

别哭了，好好干，伺候老干部也是公家人，三四千块的工资呢，坐在办公室，风吹不上，雨淋不着，这是神仙过的日子。你看咱庄稼人，一年四季起早贪黑地干，老天爷好了，还有收成，要是他老人家恼了，给你下冰雹、干旱，你哭都没眼泪。听妈的话，好好干，哪都缺能人，对不对？

我出门碰见吴助理。我们这套团职房，住了三家。跟我对门的是教体育的刘老师，她是个老姑娘，平素吃食堂，回来就是睡个觉，平时很少见她。即便见到她，我们也不主动打招呼，好像陌生人似的。吴助理住的房子最大，也有阳台，他的女儿两岁了，他妻子不上班照顾着孩子。他朝我笑笑，说，上班？我说是，你也早。说着，朝对门看了一眼，门还关着。我开大门，让吴助理先走，自己再锁大门。吴助理说，怎么了，好像你情绪不高？我说没睡好。

吴助理在机关财务处上班，一下楼，人不停地跟他打招呼。我在学员队时，跟我打招呼的人就少，现在我要去干休所，更不会有人跟我打招呼了。我暗想。吴助理朝前走了，前面有机关漂亮的大楼，有门前开满梅花的学员队，而干休所朝后走，就在后门，离院墙只有几米。衡量一个人工作的重要性当然是单位了。而单位的重要性，当然是所居的位置了。气派的飞机形机关楼，当然直对着神气的大门，楼前还站着戴钢盔的哨兵。学员队，虽远离机关，在院子中腰，但因为有充满朝气的年轻人，也蛮快乐的。干休所，你听听位置，在后门跟前。人家走后门是好事，我走后门，背霉运。想到这，我又想哭，看着来来往往的人，又赶紧把眼泪挤了回去。

在幼儿园门口，碰到校报的王主编，他说，怎么不去上班，这是去哪儿？王主编对我很好，我就说了实话。王主编从自行车上跳下来，把头发往后用手指划了划说，别难过，是英雄，总有用武时。唉，我一直缺得力的人，那个小于你知道，学音乐的，到编辑部，根本不能挑大梁。

人比人，气死人。我鼻子一酸，眼泪又掉出来了，拿手背抹了一把。王主编说，别哭了，我肯定你不会在干休所待多长时间的，这几年咱学校调来的干部中，你是唯一一个新闻系毕业的，别灰心，好好干。说着，骑上了自行车，朝我摆摆手，说，继续给我写稿子啊，在哪儿都别放弃写作。

老头儿老太太，快进坟墓了，有什么新闻？我嘀咕着，走过银行、邮局，走过服务社，朝后门走去。后门，除了三排家属楼，没有像办公楼的，更没牌子。我打量半天，问路边服务社的一个年轻小伙子，他说，干休所就在我们这栋楼里，往后走，一单元。

一个单位在家属楼里？还能是正经单位？我再次骂高红，你是我的敌人，我与你誓不两立，哪天见到你，我要朝你脸上狠狠啐一口！不，我要把曾属于我的中尉肩章从她身上扒下来，扔到她脸上！

2

一单元黑乎乎的，我踩了两脚，还是黑的，只听见不知谁家的电视机在响，细听，里面放着电视连续剧《甄嬛传》的插曲：小山重叠金明灭，鬓云欲度香腮雪。懒起画蛾眉，弄妆梳洗迟。照花前后镜，花面交相映。新帖绣罗襦，双双金鹧鸪……我左右瞧了一眼，左边门楣上对联横批是：神州春晓。上联：春风送福千家暖。下联：时雨润花万树春。右边一家，没对联，只倒挂一张福字，福字右半边没了，电视机声音就是从这家传出来的。门口堆的鞋差点把我绊倒。

还没到二楼,已传出打牌声。我看了看,传出打牌声的左边门上写着干休所办,右边写着所部。所办门开着,里面是间小厅,有卫生间,有厨房,但不像做饭的样子。两间办公室都锁着门。我走进左边所办,打牌声是从上面写着财务室的门里传出来的。我走进去,三男一女在打牌,女的下巴上贴着长长的纸条。她面向着我,看到我,头也不抬地说,找谁?

我来报到的。

新来的学员?

我没听说学员还给授衔。

我这一说,三个男人扭头打量我,一个胖子说,对面人都不在,去太平间了。

一听"太平间",我踟蹰了一下,不知他是何用意,勉强笑笑,站着看牌。

胖子点了个炮,兴致颇高,说,对了,你是顶高红的班?

我说是。

哈哈,那你来对了,马上就有事让你干了。他们说着,大声笑起来。笑完,胖子说,对了,你怎么进来的?

门没锁。

你们谁开的门?万一老林知道了,又该给咱们上教育课了。快去锁好。我看屋里的四个人都没有动,只好去关。

我没再进去,在客厅看了一会儿报纸。再进去时,他们已经把牌收起来了,四个人有两个坐在桌上,说,你这么年轻跑到干休所来养老了吧。干休所没啥好的,不,有好处,就是每年转业名额多。说着,大家又哈哈笑起来。胖子端着水杯说,我姓年,是车管助理,瘦高个儿是管军需的杨助理,张敏和李明是财务的,你们政治办的俩干事是所长政委的红人,转业也不会轮到你们,你们是管这事的嘛。

咱们有空房子吗?

当然有了,只不过看老林给不给你了,顺便告诉你,他喜欢抽红塔山。正说着,外面有人敲门,他们立即坐回办公桌前,在电脑上假装看起来。胖子朝我努努嘴,说快去,老林回来了。

所部跟所办格局一样,政委老林和所长老田是一个办公室。林政委听到了我的来意后,说,干部处已经给我打电话了,你来了,正好现在是忙时,你明天就到机关查档案,给刚去世的老干部写生平。对了,对面就是你跟赵干事的办公室,赵干事高龄怀孕,在家保胎呢。现在组干宣保就你一人挑,用点心。说完,看我还没走,说,你还有什么事?

写生平?难道有老干部没了?

当然人去世了,才能盖棺定论。你是新闻系毕业的,这都不懂?

我这才回想起胖子说太平间不是开玩笑的。

明天下午陪着家人去买骨灰盒。后天,是张政委的告别仪式。你现在去试下哀乐,不要到时放不出去,就出洋相了。对了,我给高红打电话,让她来跟你交接一下。

我坐到办公室,一一拉开抽斗,全装得满满的。桌前还放着一个女人穿着便装的照片,想必她就是高红了。如果她没顶我,我认为她长得还不算难看,可一看到她那样子,我忽然就恶心起来,狠狠地把相框反扣着扔在窗台。窗台上土真厚,在相框落上时,腾起一股灰尘。

我没找到录音机。墨绿色的两组保险柜上面,堆放着锦旗、报纸,还有鞋子,土黄色的布沙发黑得在阳光下泛着油色。两张桌子上都堆着文件、报纸,还有高红的体检表、请假条,还有一张纸上,写满了字,全是一个个的"飞"字。看来她不但把飞落在了纸上,也落到了行动上,可是她是怎么从干休所飞到学员队的呢?我很想展开联想的翅膀好好琢磨下,可手头的事不容我细想。

我坐到桌前,脑子里全是太平间、生平、骨灰盒、哀乐,平生第一次被这些让人产生恐惧的词吓住了。一直到下班,高红也没有来。下班时,财务的刘助理把钥匙递给我说,高红说太忙,让我把钥匙交给你。我一看,到下班时间了,可是哀乐还没有试,万一明天一上班政委问呢?再看看桌上堆的,抽斗里装的,甚至脚跟前都放着三四个塑料袋和纸袋,上面落满了尘土。我打开保险柜,里面文件哗地全掉出来了。磁带扔得到处都是,根本不可能一下子找到里面有哀乐的。我锁上柜子,准备回家吃饭,晚上再来加班。

回家时,我已经不生高红的气了,这样没有条理的人,根本就不是我的对手,我连想看她一眼的心都没了。

吃完饭,母亲问第一天就去加班呀?

事多。

那你把事干完就回家。我知道这是我第一次晚上加班,而且是有了孩子后的第一次,母亲不知是不放心我,还是怕一个人带着孩子不放心,神态很不安,一手抱着孩子,一只手不停地搓着大腿。

我说妈没事儿,吴助理一会儿就回来了,她爱人也在家,有啥事,让他们给我办公室打电话。我说着,把办公室电话写到一张纸上,压到了冰箱贴下。

我出去时,吴助理爱人正在洗碗。小小的厨房,我们两家杂物堆得到处都是,但我们相处还可以。我说要去加班,吴助理爱人说你去吧,家里有事,有我呢,放心。

保险柜实在太乱。我先把磁带归好类,放到大信封里。总算找出了写着"哀乐"

的磁带，我手拿时，哆嗦了一下，好像里面真有鬼。我把它插进录音机里，刚一放进去，阴森森的哀乐立即响起来。我怕楼上楼下听见骂我，立即关小，边听边收拾东西。

所有带密级的文件，放进文件盒，准备明天交回保密室。一般的通知、学习文件放进蓝色文件盒，急办的都归入红色文件盒，每个盒上都注明标签"已办""待办"，或"急办"。

保险柜照理完后，我从楼下小卖部要了三个箱子，把高红的东西全放进去，桌子全收拾干净，然后看了一遍，想，我是热爱工作的，在哪儿都要干好。

看时间还早，我把抽斗里关于老干部拔河、唱京剧、开运动会的照片全挑出来，拿大袋子装好，想着有空去买个大影集，插进去，就一目了然了。

收拾完，环顾四周，忽然喜欢上这个宁静的办公室来，比我在学员队，三个人的办公室，强多了。

刚收拾完，要关门，大门响了，我出去一看，政委进来了，他愣了一下，说，你在办公室？我心一喜，又感遗憾，他要是看到我刚才收拾东西多好呀。唉，说穿了，还是没有好运气。这么一想，我说，刚试完录音机和带子，都好着呢，然后把东西收拾了一下，高干事的东西我放纸箱了。明天我就去档案室，先把积存的保密文件上交，然后查老干部档案，然后下午去跟家属买骨灰盒。

我说得语速缓慢，咬字清晰。政委点点头，在我出门时，又说，明天上午先写派车单，给司机班要好车，再去机关。

我不知道派车单在哪儿，交给谁，但没问，我知道问谁，都不能问领导。我说好的，政委，你也早些休息。说完，我留了客厅的灯。

回到家，吴助理在洗衣服，母亲抱着孩子在屋子里转，一看到我，说，忙完了？我说是。吴助理说，你调干休所也是好事。我说是。他说真的挺好的，那儿清闲，趁此把孩子养大，再调机关。我嗯了一声。他又说，对了，干休所，那一栋楼都是他们的，房子多，你跟领导要房子吧。

我说刚去，等以后再说。

十点多了，我们都躺下了。妈说，累吧？我说还行。妈说，你好好干，只要好好干，就不会吃亏的。

我说，妈，你别操心了。

你别跟领导要房子，刚去就要好好干，那个吴助理，人心眼儿多，想占咱房，却不明说，让你去得罪领导，咱不干那事儿。

知道了，睡吧。

3

生平我没写过,到保险柜找了半天干休所历年来的通知、年终总结、经验材料等,没一份生平,难道过去就没去世过老干部,我一来就摊上事儿了?略一思索,决定一切从零开始。我想,生平,是对人一生的总结,当然写人家好的,基本上都是写经历,再加两三件感人的细节。一上午搞定,交到政委那儿。悄悄问大胖子年助理派车的事,还有骨灰盒大约多少钱。他说派车的事,找政委签字后,交给他就行了。骨灰盒多少钱,让我问财务。然后叮嘱说,有些家属难缠,你要坚守原则,否则一件事搞砸了,你在老林手下就是鲤鱼,也没法翻身了。

我说以后少不了年助理多费心。我说司机知道哪儿买骨灰盒,还有他知道张政委家吧?我可是两眼一抹黑,一切都得从头来。

年助理笑着说,这都是咱们的家常便饭,行政跟着所长走,政治跟着政委走,至于对付老干部,就两条:一,不笑不开口;二,他们无论反映什么,你都说,好的好的,首长,我会尽快向领导汇报。无论怎么难缠的老干部,你只要掌握了这两条,就八九不离十。

如何跟咱们的同事处好关系呢?

咱所总共十一个干部,外加汽车班十二个战士,对干部,你只要虚心请教,没有人好意思不给你说。对战士,你可不要怠慢,他们手里握着方向盘,大小二十多辆车呢,有急事,打个招呼,啥事都给你解决了。原则上说派车得经政委和所长还有我这个车管助理,可你想想,有急事,是来不及走程序的。你比如办公事时,可以捎带办下个人的私事:换煤气,买袋粮,接个站,不就多踩一脚的事?可是如果你瞧不起他们,你办事时,他会给你出难题,说车坏了、没油了什么的,这里面学问大着呢。

我感觉年助理是我打开干休所的万能钥匙,心里不禁对他高看几分。瞬间就把他当成了导师,对他总是笑脸相加。你看,我马上就用上了。

买骨灰盒时,跟我去的是老干部的女婿。人都说,一个女婿半个儿,此话差矣。挑骨灰盒时,我真是开了眼界,没想到一个普通的小盒子,有些要上万块,据说是楠木的。在老家,给老人做棺木,最好的我只听说是松木的,最差的是柳木。没想到城里人,也一样讲究。老干部的女婿在骨灰盒上倒没太挑,选了一个价格适中的,却没有要拿的意思。我想他是害怕,比我大十几岁,还男人,让我瞧不起。我不想在他面前露怯,勉强抱着。刚穿过一条长着槐树的巷子,有一个年轻小伙从大杂院冲出来,拿着铁锹就来打我。我急着找那女婿,他躲到一棵槐树后,好像要急于跟我撇清关系。我问怎么回事？我好端端走着路，你凭空就出来打人，是何道理？搞了半天，才知道人家怕我手里抱的东西给自己家带来霉运，忙再三解释，我是新手，办公事，请大哥谅解。我想下次就有经验了，得把这不祥的盒子拿布包着。一场惊吓，搞得我浑身是汗。

坐到车上，那女婿倒解释个不停，说什么今年是他的本命年，不能碰不吉利的东西，流年不利。我一句话都懒得接。想着这么一个男人，怕在单位也没什么担当，越想越瞧不起他。他还在一边训训地解释着，他没经过这事，一下子被吓蒙了。可他没经过这事，好像我就经过这事似的，真是的。

晚上政委让我跟他到太平间去，我嘴上说好，腿直打战。

太平间在附属一院一栋偏僻的平房里，天已经黑透，外面车水马龙，这儿甚是静寂。我跟政委并排走着，他高大，稍胖，背有些驼，走路晃着双肩。一栋平房里，只有一间亮着灯，一位清瘦的老人给我们开的门。政委说，这是家属让人换的衣服，你辛苦了。一切都准备好了吧？

老人接过政委给他的烟酒，笑着说，放心，人比平常还帅气。

我一听想笑，马上知道场合不对，赶紧闭了嘴。

你们还看人不？

我紧张地看着政委，希望他说不用了，可是政委说，看一下吧，明天校领导都要来，一点马虎不得。

老人拿着一串钥匙走在前，政委跟在后，我既怕走在后面，又怕在前面，可也紧紧跟着政委。进门时，手一把抓住了政委的后襟。

你害怕，就别进去了。

谢谢政委。

当我一个人站在外面，又后悔了，里面至少有灯光，还有两个人在身边。现在倒好，我一个人站在黑乎乎的地方，说不定这周围全是遗体呀。我忽然想起不知从哪看的，说一个女人从黑夜的太平间跑出来，遇到的第一个人，不管那人是谁，她都会扑到对方的怀里。忽然一阵声音响起，我赶紧往太平间走，眼前一片片白床单像雪花朝我扑来，政委跟老头儿都不在，我返身往门外走，撞上了一团黑影，我吓得大叫，政委，林政委，你在哪儿？

原来黑影就是政委，鬼知道他们怎么从门外进来了，吓得我嘴唇颤动不已。回去时政委说，这事以后会越来越多，第一次紧张，后面就习惯了。

我嘴上说是是是，心里还是怕得要命。当我们走到校园主干道上，看到路灯闪亮，我的心才放松了，与政委保持了一定的距离。再回头望那平房，不远处有间婚纱影楼，再不远,还有一家川菜馆,在灯光下,跟那平房也就二三百米的距离。不知那饭馆和影楼的生意好不。

  第二天,我们干休所全体干部、战士提前布置了告别室,挂在室正中的老干部一身戎装的照片跟躺在鲜花丛里的他判若云泥。真实的人瘦得只剩骨架了。儿女们不时跟来人说着话,脸上没有伤感;我们工作人员更是,虽然胸前别着小白花,但不时也有笑声;告别的亲友和其他老干部,脸色倒是凝重,但也让人感觉好像就是来走个过场。

  所长话不多,站在一边。不时跟来来往往的老干部示意,校领导来了,他一步不离左右。

  我没想到我写的生平政委一字没改,他念时,在座的好几个,包括老干部的亲属都哭了,连我的鼻子都酸酸的。不过,进太平间抬遗体时,我不敢进去,借口去检查录音机,站在一边。可是我又怎么能躲得开呢,我站的不远处就是灵车。当所长、政委、年助理和财务助理抬着老干部的遗体往灵车里放时,我远远地站着,心里紧张得要命。这时,政委看我,我忙跑过去,握着担架一边,眼睛朝远处望着,感觉手里硬硬的,一看,原来老干部的脚露出了白布单,真是吓死我了。

  火化时,我双腿直哆嗦。不知谁说,快,快看,人坐起来了。我赶紧闭上了眼。年助理真好,他是替我进去的。不过在火化单上,仍须我写上自己的名字,我手哆嗦了半天,那字写得跟小学生差不多。

  城里火化遗体真不人性,我老家,给去世的人穿上寿衣,装进棺材,打墓时,墓道挖得深深的,里面还有暗室,棺材是放进暗室的,还点着灯。里面铺着地板。墓头,也要挂三晚上的灯,使去世的人夜间好回家。城里人去世了还要用火烧,真是残忍。

  日有所思,晚间就做梦,梦见去世的老干部活过来了,说,我把他的腿抓痛了。我一下子惊醒了,妈说,怎么了,怎么了?我说了给老干部处理后事的事,母亲说,娃,人没了不要怕,你干的这是积德行善的事,他还感激你呢,怎么会吓你?母亲的话,让我心里一下子豁然,再处理此事,心里也不害怕了。养牛就得对牛有感情,种地就要对地有感情,跟老干部在一起,就要对他们有感情,就当他们是自己的爹妈。你爹当队长,你以为全村人服他就因为他是队长?不是的,是他比队上谁都了解咱那儿,了解咱队上的人。摸不透,你队长就是个空架子,没人会服你。谁的心不大,谁不想指挥人?不要怪命不好,咱老戏上唱得好:姜子牙钓鱼渭河上,孔夫子在陈绝过粮。韩信讨食拜了相,百里奚给人放过羊。莫把穷人太小量,多少贫贱做栋梁……你好不容易考上军校,当了干部,这是咱祖宗修的业好,娃呀,要珍惜。睡了一夜,细思量，母亲的话虽啰唆，理却对。

妈非让我第二天晚上到十字路口给老干部烧纸钱，说这样，我晚上就不做梦了。我不干。妈瞒着我去烧了。不知是时间久了，还是妈烧纸管用了，反正，我以后再也没梦见老干部。

寄存骨灰盒，跑民政局，领抚恤金，终于忙完，我到干休所已经一个月了。

这时，我更不恨高红了，我如果像她那样在干休所待了四年，我也要想尽一切办法调离。四年呀，送走了多少老干部，跑了多少火葬场，为老干部供应了多少次鸡蛋，听了多少桩老干部家里鸡零狗碎的烦心事呀？

政委说，你最近表现不错，老干部家都表扬你呢。对了，你现在住在哪儿？政委一听说我妈帮我带孩子，提了牛奶和鸡蛋就要去我家。

只有一间房子，政委只好坐在沙发上。政委看了我们的房子和三家合用的厨房，一句话也没说。下班时，政委说，你孩子小，住到那边不方便，搬到办公楼五层吧，有一套房子，但你级别太低，所里锁了一间。小厅吃饭，厨房卫生间都是单独的，内室不小，阳台也很大。

妈一看房子高兴地说，你才二十四岁，吴助理都三十岁了，你比他厉害，好好干。

政委找了汽车班的六个小伙子帮我搬了家。

年助理把另一间的钥匙悄悄给了我，说，让大妈晚上住进去，白天你把行军床收起来就行了。

妈说咱不干那事，房子已经够住了。

我搬家那天，年助理正指挥着战士们搬东西，忽然说，你见过她吧？说着，眼睛示意我去瞧一个女中尉。

我一眼就断定她是高红。高红推着车子过来了，她跟年助理打招呼。我借故走开。她比照片漂亮。她看上去并没我想象的那么脸色好，姚政委我知道，毛病多着呢，就凭她那个马马虎虎的工作水平，我相信挑剔的姚政委对她不会满意的。

年助理说，高干事高升了，详细给我们分享下你的幸福？

就是忙，跟着学员出操、上课，家根本顾不上，说要小孩，也得等等了。

我就说嘛，要调到机关，学员队也是基层单位，那些学生，一个比一个事多，你肯定累多了，你看，脸色多不好。年助理说着，朝我挤了下眼。在余光中，我发现高红看了我一眼，她一定也知道我是谁，但是我们谁也没有主动开口。年助理刚要介绍，我扭过头对战士说，咱们走吧。

年助理在路上说高红瘦了，又说你看你比来时滋润多了。

我说哪儿呀！话虽如此，我心里还是高兴的。哼，等着瞧，看谁笑到最后，我就不相信我没有咸鱼翻生那一天。

至少目前,我就比你高红幸运,我有了房子,听说她本来在干休所有间宿舍,调走后,干休所让她搬出,现在和别人混住。想到这里,我心里平衡多了。

4

一晃,到干部晋职、调级、评定职称的时候了,政委说,你把咱们所干部情况全部搞清楚,千万不能漏一个。去年漏了刘助理,他差点把我吃了,后来虽补了,但是搞得我很狼狈,都怪高红,工作不仔细。

干部工作我没搞过,但是干部晋升政策我是知道的,比如说文职干部九级以下,都是三年一调,到八级须满四年,还有,晋升高级职称,对每个业务干部都很重要,如果有了副高职称,八级调七级就顺调,否则即便调了七级,也不能享受副师的待遇,戴副师的胸牌。干休所卫生所有六个医生,今年有三个人竞争副高。

高红真不是个好干事,我在野战部队时,看见过干部花名册,干部姓名、职务、任现职时间等,一目了然。随着干部职务升迁,花名册要经常更新。可是我翻遍所有柜子,都没找到这样的本子,我问政委,政委说都在高红那儿。一听就是一笔糊涂账。

我查看了所存的干部调级晋职命令时间,查到有限的几个,然后重制了新的名册,怕漏掉,又跟本人进行了一一确认。

三个晋高级职称的,我办得更是仔细,将他们的述职报告、发表论文、英语、计算机成绩,还有立功受奖情况、工作业绩等,一一准备好,按综合实力排好顺序,先给所领导做了口头汇报,然后所有资料交给每位常委,供常委们开会时研究。

我把新的干部花名册和老干部花名册给所长、政委各打印了一份,把压的命令全部交卫生所、军需办、财务办,该增加钱的、该提高待遇、发放相应军阶的,都给相关部门一一做了交代,忙了好几天,总算厘清了头绪。

有天卫生所一位医生找到所长说,他已调六级了,结果昨天到医院看病,医生说没有接到命令,他还是八级。师职就是高干了,看病不用排队。

政委黑着脸,只说对不起。虽然不是我经手的事,我办妥后,又查出往年压的许多遗留问题,进行了一并处理。

调级关系到每个干部的大事,怎么能掉以轻心呢?

组工宣保一担挑时,因为身上的责任,我得看大量的文件,得懂干部政策,得熟悉干休所工作人员和老干部实际情况。我得带着老干部跳舞,得陪着他们去春游秋游,供应东西。在做这些时,我才第一次感觉自己真正走进了生活,才真正能挑大梁了。到地方跟民政部门、菜市场小贩打交道，也锻炼了我跟各类人交往的能力，这恰恰是我的弱项。

见了老干部，也不再低头走过，跟他们热情地说话，学着认公鸡母鸡，学着分鸡蛋，熟悉各类菜蔬的价格，跟着小贩们讨价还价，跟着老干部学听戏、钓鱼、下棋……我感觉所有的工作，并不是我想象的那么枯燥，相反，只要投入进去，也蛮快乐的。

老干部参加全校文艺演出，我站在主席台上给他们打拍子。第一次站在了全校的舞台上，我心里充满了自豪。我不知道高红在不在，是不是注意我，但是我是想见她的，我想，我比你干得好，至少在学员四大队大合唱的指挥台上，没有你。还有学校的校报上，我们干休所经我撰写的报道每期都有，干休所第一次不再被人遗忘了。

老干部支部学习，老干部春游，老革命给青年学生讲传统，电视、报纸上，干休所老干部活动比年轻的学生还活跃。

当我做完这些时，我感觉自己办事沉稳了，脾气也不急躁了。有时，我不无阴暗地想，如果高红还像她在干休所那样干，在学员队肯定不会有好结果的。

5

到干休所待久了，就体会到了它的诸多好处。比如有很多时间可以看书。看得多了，就想写东西。每次写完，我先给校报一份，再投到军报，没想到《走在人生的边上》，发在了《解放军报》。刚好总部要搞演讲比赛，学校拟选拔参加的苗子，趁此准备搞一台青年演讲比赛晚会，庆祝五四青年节。在全校范围内，抽了三人，协助校组织处青年办把关演讲稿。三人有宣传处校报编辑部的编辑于然，学员四大队的干事高红，还有干休所的我。我们的任务是从一百多篇稿子里选上十篇，先由本人演讲，选十篇登到校报上，再选五篇报到总部，由他们荐给军内外报刊。

赵干事已经上班，干休所领导同意我去机关帮忙。

组织处没有多余的办公室，我们临时在校报编辑部办公。王主编一个屋，于编辑和一个已经退休又返聘回来的林编辑一个屋。我跟高红共用一张办公桌，她去得早，理所当然坐到桌前了，我只好坐到桌子反面。因为腿没地方搁，我每次都斜坐着。王主编让于编辑把一个放满稿件的空桌子腾给我，于编辑说好，但半个月了也没动。六个学员队加三个附属医院、直属单位和机关，共一百一十篇稿子，我跟高红各看一半。

这是我第一次正式见高红。客观地说，她长得还算漂亮，也会讨领导喜欢，上上下下都蛮喜欢她的，唯一不足就是坐不住，文字就更别提了。她会不会写东西我不清楚。因为我们是来临时办公的，我除带了水杯和书外，其余东西都没带，带了也没地方放。我的半边桌子上，多一半还放了高红的东西。高红桌子上，放着小镜子、相框，还有巧克力、糖块什么的，每天一来，她就分给大家。林编辑是返聘的，她不穿军装，性格比较孤僻，听说是一位首长夫人，懂医，主要管二、三版，于编辑管一、四版。高红给林编辑送零食时，林编辑总蹙着眉摇摇头，低头继续干活儿。于编辑最爱吃，边吃边说好吃。里屋排版的小陈，也会得到高红的好吃的。给我，我也不要。高红有时会哼着小曲儿，林编辑看她一眼，她就停了。不一会儿又哼，林编辑就很不高兴，但也不说什么。

我以为在干休所工作了一年，我已经原谅了高红，但当她坐到我面前时，我感觉那股恨又像潮水般涌来。我想把一杯热水泼在她脸上，给她茶水里啐一口痰，甚至想找人揍她一顿，或者说话时，话里话外捎带着讥消，可是我啥都没干。不但啥都没干，还跟她说话心平气和，因为我知道工作事大，一切恩怨在工作面前，都得让位。

她却不这样想，有时还故意挑衅我。比如有天，她忽然说，你给老干部处理后事还能睡得着不？

我反问道，你呢？

她睁着一双大眼睛说，我当然害怕了，所以我要调走。给你说，在干休所待四年，我人老了不说，都对生活没激情了。

我不再说话。

高红又说，那个破地方，就不是人待的。

林编辑咳了一声，高红止了口。

于编辑叫于然，大眼睛，一头直发遮住了大半张脸，话不多，但声音动听。不知为什么，她对我一直有种敌意。比如，我跟她要信封，她头都不抬地说，没有了。林编辑对我谈不上好，但也不热情。在我要信封得不到时，她一句话没说，直接拉开她的抽斗把一沓信封递给我。

我选中的稿件里面没有高红那个大队的，也就是我曾经战斗的地方。

四大队共交了七篇稿子，只有两篇还算成形，但全是大话套话，言之无物。在最后交组织处时，我还是动了脑子。不报，怕高红说我公报私仇；报了，处长说我水平太差。因为我听说组织处这次要调人，有可能在我跟高红中间选。所以我思索再三，在呈报处长前，还是把那两篇稿子撤了下来。我选了七篇稿子，其中有我的一篇，名字叫《为霞满天我骄傲》，写的就是我在干休所一年来的真实体会。

高红报了多少，我没问。

组织处长拿到我们的稿子后,说你们再把对方选的稿子互相看一下,淘汰一些,总数不要超过十篇,然后再送校报王主编统一审定。

说实话,我希望高红的稿子漏洞百出,这样,就可体现出我的水平了。可是遗憾的是,高红选的稿子还真不错,跟我的不相上下,不但内容好,而且每篇几乎找不出一个错别字来。说是十份稿子,莫如说是十发核弹头,打得我晕头转向。我怔了半天,最后又重读了三遍,决定拿掉两篇弱的。

因为下班前就要交稿,高红看得不认真,她一会儿翻这一篇,一会儿翻那一篇,好像都举棋不定。到下班前,我说,我换下了你交的两篇,你看看,是你送给王主编呢,还是我给王主编?她把撤下的稿子,看了半天,说,我送给他吧。

我说好。我说着,拿包准备下班。她却说你能不能把我们大队的稿子加一篇,撤下你的一篇,我们那么出名的大队,没一篇稿子,你怎么给政委交代?

我挑出四大队的七篇学员稿,说,你看看,这些稿子语句都不通,怎么上报?在她看稿子时,我扭身下了楼。

林编辑在旁边叫住了我,她提着毛料军服问我,干洗房今天开门不?

我说周三开。她唉了一声,没再说话。下楼,我看她提着衣服一会儿换到左手,一会儿倒到右手,便说我来提吧。她说不用,我说给我吧,我骑自行车了。军服都是冬装,至少有四五套,当然沉了。到车棚了,她说我拿着,你去推自行车。

我笑笑,说,自行车没气了。其实我没骑自行车。

林编辑要提,被我挡住了,她非要提,我们俩就共同提着袋子,穿过初春的校园广场。花园里开满了花,海棠、榆叶梅,一树比一树漂亮。春天真好。我说。没有花草,春天就没啥可看了。林编辑接口道。没花草,还有水、鸟,还有天空、云彩呢,对了,还有地上的虫子呢。我说着仰起脸说,林老师,你看,那片云多美,像彩练。林编辑停下脚步,看了我一眼,说,我喜欢你乐观的性格,听说你跟爱人两地生活,一个人带孩子,真不容易。

我妈帮我带着,还可以。日子总是越过越好的。林编辑家在一区,她拿过衣服,我说,我明天帮你送到干洗店不就完了?放心吧,我家离干洗店不远。林编辑不好意思地说,这怎么行?我说顺手的事,再见。林编辑还要说什么,我已经走远了。

第二天我刚进卫生间,林编辑也来了,她好像是无意中说,帮咱们校对的老李给高红看的稿。高红文字不行,投的不少稿,都是我给改的,她来了,对我却不冷不热的,她知道我只是个返聘人员,对她没用,所以瞧不起我。

我看了她一眼,她拍拍我的手,说,事干好,心好,啥事都能办成。林编辑的一席话,在我脑子里转了大半天。

对了，这天还有一件事需提一下，我有了办公桌，是林编辑帮我腾出来的。事情是这样的。王主编进来看报纸大样时，发现我还坐在桌背面，说，于然，你怎么没有把桌子腾出来？于然笑嘻嘻地说，这几天忙，等这期报纸出来了，再腾。

林编辑这时忽然站起来，说，我来腾吧。这些稿子都是去年的，我先收进纸箱里，明天放库房。

王主编一走，林编辑果真立即收拾起来，我也跟着干起来。我俩不时地抬眼看一下对方，感觉好像心中有了共同的秘密。

下午刚上班，四大队的姚政委打电话让我到他办公室。我一听就猜出他啥意思，本不想去，但一想，他毕竟是我过去的领导，便说，现在手头忙，下班前过去。出了机关楼，我才想起应让稿子说话，又回去向高红要稿子。高红大概知道我要去哪儿，脸上掩饰不住笑容。

自从离开学员队，我再也没有回去过。四大队挨着网球场，学员们在里面打球，路边的月季红、黄、粉，参差不齐地开着，远远飘来一股芳香。我朝楼两边的宣传栏看了看，黑板报上全是密密麻麻的字，歪扭不说，还一点美感也没有。这要是学员队比赛，肯定倒数第一。想当年，我办的板报哪次不是第一？新闻系的高才生连个黑板报都办不好，那不就蠢蛋一枚？我可不想把墙报办成老掉牙的报纸新闻摘抄。我的新闻摘要，更多的是我们本大队的新闻，每周必换，有大队重要新闻，还有优秀学员感言。学员队没有报纸，黑板报就是门面呀。

现在这样的门面，姚政委心里是啥滋味呢？我暗自思忖着，挺胸昂头迈进了学员四大队。正是下课时间，学员们三三两两出出进进，一见我，都不停地跟我打着招呼。曾跟我一起住过的空医系的孙萌，跑过来说，李干事，你来了，到我们宿舍去吧，我们可想你了。

我摆摆手，忍着眼泪，朝一楼政委办公室走去。

姚政委个儿矮，偏瘦，戴副白框眼镜，人看着斯文，嗓门儿却不小，每次站到队列里，我老怀疑这声音不是从他嘴里发出来的。他此时正低头在写什么，我整了整军装，微笑着说政委好。

我想了一路他兴师问罪的样子，一定会狠狠骂我一顿，比如说我公报私仇之类的。想当初我休完产假上班，毕竟我还在他手下干了两个月，即便我马上要调走，至少面子上应客气一下，谁知他那开门见山，让我心如死灰。现在，他会如何骂我呢？

结果，大大超出了我的想象。

我说政委好后，他马上站了起来，要跟我握手，我一时没防备，怔了一下，还是接过了他胖乎乎的手。他个儿矮，手却很大。过去他手就这么大吗？我怎么没留意过。

快坐。宋助理,来,给李干事沏茶,这可是我从老家带的,绝对新鲜,安吉白茶,听说过吧。

政委,我来跟你谈谈咱们学员的稿子。我不想让他跟我套近乎,直奔主题。

急什么呀,来,先喝茶。听说你在干休所干得很好,还分了房子,出去都有车坐,不像咱们学员队,穷得只有学生了,我这个正团职的政委,都没车坐。

我笑笑,说,谢谢政委关心。学员的稿子真的有问题,语句都不通,或者想到哪写到哪。政委你是秘书出身,你看这样的稿子,换你,能通过吗?我说着,把稿子放到他跟前,接着说,当然,学医的学员不擅长写文学作品,所以就要咱们大队把关。其他学员队、各系把关都很严,护理系的干事几乎是一字一句给改的。政委,你可不能认为我是公报私仇,再说咱们没有仇,友谊长青着呢,我调到咱们学员队,还是政委您亲自从干部处接的我,我是知恩图报的人。

哈哈哈,怎么会,怎么会。姚政委笑着,把茶杯递到我手里,说,今天请你来,一来叙旧,再则请你亲自操斧,给咱们改出几篇像样的稿子来。咱学员四大队是一个英雄辈出的大队,在省上、全军都是挂上号的,这不只是个学校演出任务,还是全军的政治任务,四大队不发出声音,怎么说得过去?怎么给校领导、总部首长交代?你给咱润色润色,你看,文学,我不懂,那个高干事,也不行。刚才,我从窗里看见你看我们的板报了,哎呀呀,一言难尽,咱不说了。改稿,你说怎么改,咱就怎么改。我给你找地方住,你就在这加班改,好不好?

机关那边还有事,我孩子还小。这样,政委,我对四大队是有感情的,我毕竟是从这出去的,你让空医系的孙萌找我,我知道她文笔好,上中学时,文章就上过《少年文艺》呢,再说她说普通话也标准,让她写,参加演讲,应该没问题。还有,张鹏、李扬都很不错呀,为什么不让他们写?

孙萌?高干事说她通知了各队好多次,你说的这些人都没交稿呀。

她当干事快一年了,谁能干什么她都不知道,当得也太不合格了吧。亲爱的读者,写到这里,我不得不说,我不是神,也不高尚,这时,我的确是公报私仇了,原谅我,我真的很爱我的学员队,虽然我只在学员队待了两个月,可我能叫出全大队学员的名字,能知道他们每个人的爱好,还跟他们中的好几个都成了能说私话的好朋友呢。是谁让我离开了他们?我能不恨她?

果然,孙萌写的稿子不错,参加了校演讲比赛。

最终,我们推荐的五篇稿子,有两篇发在了《解放军报》,还有三篇发在了《解放军生活》上,校政委狠狠地把组织处表扬了一番,处长当然也表扬了我们。这些稿子里没有我的那篇，最后是我决定拿下了自己的，加了孙萌的稿。孙萌的稿刊在了《解放军报》，还到北京参加了全军青年演讲比赛，夺得了二等奖。我建议姚政委给孙萌报请三等功。姚政委说，没问题，你不是在组织处帮忙吗？给他们打个招呼，我们这边抓紧报。

孙萌是八个学员队第一个立功的，她高兴得抱着我儿子直转圈，吓得我妈说，姑娘，轻些，轻些，别吓着娃娃。我儿子非但没吓着，还咯咯地笑。

6

演讲结束了，文章也登出来了，按说没我们事了，高红也回去了，因为手头有王主编交我处理的一篇稿，我打算忙完再回所。

王主编交代的稿，是学校王政委的一篇理论文章，是宣传处几个笔杆子攒出来的。宣传处处长刚从国防大学博士毕业，一直搞干部工作，心里没底，就把此任务交给了王主编，王主编把我叫到办公室，让我看稿质如何。

我接受任务后，没敢轻易表态，两个攒稿子的，一个是少校，一个是中校，都是老江湖了，一旦意见不对，那肯定得罪人。我吃过晚饭，安排好孩子，到了校报编辑部，上网查了全军有名的学报和理论刊物，通过跟上面的文章比较，感觉这篇理论文章本身没问题，就是写的问题没特点，也就是说没有跟我们学员实际挂钩。如果从学校人才培养，特别是从政委一直强调的名校名系战略方面入手，会更好。

王主编同意我的看法，问我能否写。我说写没问题，只是情况不熟。王主编说，我请示了政委，这样，你先不要急着回干休所，扎扎实实集中到各学员队去调查研究，然后写出一篇有理有据的理论文章来。我说好。

接到任务，我才知道自己口夸大了，我除了写些新闻通讯稿和散文、小说还有毕业论文外，理论文章，一个字都没写过。

愁得我吃睡不香，妈看着我，心疼半天说，要不，还是回干休所吧，干休所挺好的，有房子，出去还有车坐，冬天发白菜，夏天发西瓜，每月还供应鸡蛋、肉之类的，又不忙，这是神仙过的日子。爱人跟妈一个意思。他休假了，正站在宽大的阳台上，比画着要把厨房和卧室相通的阳台包起来，说，可以种花种草。我说别，咱不会长期住这的，我调到机关，会分到经济适用房的，即便分不到，也会住更大的公寓房。

爱人望着楼下的汽车班，说，也是，楼下整天晚上车声不断，怪吵的。兴许你调到机关，认识领导多了，就有可能把我从外地调回来呢。

我说你想得美。

妈说当然要想得美了，想到了才能去做，你们总不能一直就这么分着呀。

一想起爱人的工作调动，我就头痛，说，行了，我去加班了。我去的是学员队，晚上学员队事少，我可以跟学员队干部聊天，有在的学生，也插空跟他们聊。

当然我还是先找的我的四大队。姚政委看我还没回干休所，对我更热情了，再三对我说，学校虽然有不少单位，但毕竟是教学为主，我深扎学员队思路是对的。然后问我要干什么，我说跟学员聊聊，他就不问了。

我一方面跟学员聊天，一方面又跟分到了三个附属医院的已经工作了的年轻医生聊天，问他们学到的知识和实际的应用情况，这么一来二去，一个月不觉间就过去了。我不听有领导在场的座谈会，不听别人介绍，全是一手资料，感觉这次收获满满，也对我以后创作积累了丰富的素材。

调研完，我用了十天时间，拉出了初稿。

王主编看完，说，不错，很不错。我听到这话，心想肯定没写好，感觉辜负了他的信任，我说我明天就回去了，感谢王主编的信任。

王主编说，就是写得挺好嘛，当然问题是有的，观点提炼得还不够，但是材料翔实，论据充分，是一篇好稿的坯子。标题要新，标题新，才能给材料内容增色，增强内容的感染力、说服力。你看，文中的一级标题，要语句对称、均衡、和谐，符合人们传统审美习惯。二级的可以参差不齐、错落有致，运用得好，同样能够给人以美感。对了，你对校报的编辑工作，有什么想法？放开来，讲一讲。

这一说，我来劲了，我说我这次到学员队和几个附属医院调研，好多学员都说咱们这次连续发演讲稿很好，每期有延续，大家就不得不看，而且咱们的主题又紧扣强军建校。下一步，咱们把学员队工作放在重点，这是咱们学校的重点工作嘛，比如，每期开个栏目，就叫"我们的学员队"，讲故事，讲见闻，讲感想，什么都可以。

好，那你先不用回去，负责这个栏目的约稿、编辑，好不好？

当然好了，这个事我轻车熟路。结果，老司机偏走了麦城，现在一想起，后背还会骤然发凉。

7

政委的稿子，王主编修改后，我又细细看了一遍，改得真好，特别是大小标题，对偶、工整又严谨。我看了三遍，感觉没问题，打印好后，交给了王主编。

我们校报一版决定全文刊登。一般每期报纸王主编看后，再由主管我们的宣传处处长把关，然后发排复印。

可这次稿子署的是政委的名字，所以处长看了，政治部副主任和主任又细细审了，层层领导都签了字，让我对文字，特别是发在头版的字敬畏得不行，所以下厂前，我又从头到尾反复看了好几遍，才交给排版的小陈。对了，我原来就说过，于然编辑头版和四版。

于然说这一期稿子都是你看的，我这个责任编辑好轻松呀。

我说，你再看看，你是责任编辑嘛。

报纸核红都是你核的，我就不看了，经了那么多人的手。于然说。

结果，还是出了问题。还不是当时发现的。我们每期报纸要给总部、省军区协作办、各大友邻单位寄，还要给各下属单位发，谁料报纸出来的当天晚上，王主编半夜敲我家的门，说，出事了。

"出事了"三个字，立马让我的腿软得直不起来了。

到了办公室，于然和林编辑都在，处长、政治部主任随后也来了，我们刚坐下，政委黑着脸进来了，原来报纸把国家一个领导人的名字打错了。

报纸给总部寄了没？

寄了。

军区呢？友邻单位呢？

都寄了。

统统给我追回来销毁，一份报纸都不能外流。还有你们宣传处、政治部，要查清此事，对有关人员要严肃处理。

外寄的我不知道怎样要回的，反正发下去的，统统收回来销毁了。谢天谢地，学员队和附属医院还没有发，我骑着自行车，在直属单位挨个收回了。

肯定是于然坏的事，她把我当成了自己的眼中钉。可是当时稿子从头到尾都是我改的，我虽有三稿已改过的稿子为证，可我在电脑上看过版样的。王主编说有可能是手碰错了键，替我求情，但都无济于事。排版的小陈哭着说，我不让李干事上机，可是她非要再看一遍，她又不懂排版。我狠狠地看她一眼，却没法证明我的无辜。

虽然没处分我，但调组织处的事就此泡汤，只好回了干休所。

分管组织处的吴副主任是个极为严格的人，订材料你针订得稍偏了，或者文件有个水滴，他都会大发雷霆。现在发生了如此大的政治事故，他坚决不同意我调到组织处，说工作如此不严谨，没法在组织处这么重要的岗位工作。王主编跟吴副主任是同年兵，虽然再三解释，仍没通融的余地。王主编最后叹息道，事情这么简单，连个小孩都知道，为什么领导就不相信呢？你出现其他错，我都相信，可是这种错误，是绝对不可能的，本身你打的就是词组，再说，我反复看了，打出的三份清样上都没有错，你看看，这哪有错？这种低级的问题只能是有人使坏。我去找了政委，政委说，年轻人，下去锻炼下有好处。宣传处处长看王主编气得咳个不停，笑着说，莫生气，莫生气。

王主编对我说，你放心，存心不良的人，看起来阴谋得逞了，没人管了，这不是什么好事，只能助长她身上恶的成分。不定哪天，要犯大事呢，我把这话放在这，你看着。我知道她害怕你顶了她。人有危机感，正常，只要你努力，就能化解危机，否则总有一天会结成恶果，不信，等着瞧！

我回到干休所，所长、政委和大家对我都挺好，政委说机关没啥可干的，整天加班也没啥意思，还是在干休所好，对不对？我们每次发东西都没有少你的。回来好，好好写写咱们老干部工作的新成绩。老干部工作虽然烦琐，但不会出大问题，特别是政治问题。说得我难过得低下了头。年助理倒笑着说，咱们干休所挺养人的，你看，你家小孩多可爱，我们大家都喜欢他。还有，马上要春游了，你又要忙起来了。

赵干事回来后，她管了宣保，领导让我管组干，但是写稿还是我的。因为工作轻车熟路，倒也过得清闲。

两个月后，王主编说，政委的那篇稿子发到了《全军政治工作研究》上，还上了内参，总部首长还写了按语呢，政委表扬了我，让我不要灰心，他心里是有数的。

我当这是安慰话。这时我已同意爱人的想法，包了阳台，准备种花种菜，再说孩子上了幼儿园，还得每天来回接送，我觉得机关工作并不适合我。

其间倒是碰到了高红，我在服务社买菜时，看到了她。我装作不认识，她却主动走到我跟前，跟我说了半天闲话，最后说，干休所挺好的，你好好干吧。话好像挺好，但那胖脸上写满了幸灾乐祸的表情，我也懒得跟她说话，转身离开。

我还不时地给校报写稿，当然还写小说，不时地往军内外文学报刊投稿。

让我奇怪的是，王主编见了我，却不再像过去那么热情了。我一次去拿我们所的报纸，到他办公室坐了一会儿。他半天才说，唉，于然老在领导跟前说你这不好那不好，还说得有鼻子有眼的，一会儿说你跟你们干休所一个姓年的男同志关系不正常，一会儿又说你跟某个老干部走得很近，逼着人家给你想办法调动呢。我前阵跟处长说调你，处长就跟我说了这事。看着于然也怪可怜的，家在农村，快四十了，还没对象。不像你，适应能力强，你理解下吧。没想到这几天于然好像脑子有了病，见人都说你不好，工作呢，也常常出错，丢三落四的，搞得我头痛得很。王主编说到这儿，看着我。我不知道该如何接口，说我理解组织的难处，那表示我已经把自己到机关的路堵死了，可如果我再求他，是不是会让他感觉我愚笨，不能理解当领导的难处，不适合在机关干？思前想后，我只能默默地看着他，轻轻地叹了一口气，站了起来。王主编也站了起来，说，你也别灰心，组织决定让于然转业，你调到校报又有希望了，我昨天找了政委，他初步同意了。

我的眼泪唰地就流了出来，想说感谢的话，却觉得所有的话都轻飘飘的。情急之中，一把抓起王主编桌上的杯子，想给他倒水，却发现杯子是满的。王主编笑了，我很不自然地也跟着笑了。

下楼时，碰到了排版的小陈，她告诉我，是于然让她偷改了我编的那篇稿子的，说我六亲不认，到校报工作了，就没她好日子过。还说我说过，不是东风压倒西风，就是西风压倒东风，人与人之间，就是要斗争的。我想兴许她已然知道于然已经成了明日黄花，才跟我说这话，我点了下头，自顾下楼。

关于于然的小道消息越来越多，听说有天她忽然冲到王主编办公室，端着一杯水，说，王主编给她杯子下毒了。大家才知她病得越来越重了，只好把她送到了医院。

听说我的调令也快下了。

此时，我已在干休所待了两年，孩子也上幼儿园了。我拿出没有舍得上交的中尉肩章跟妈说，我又要重新戴上它了。妈抹着眼泪说，我就说嘛，咱农民种地，只要扑下身子，总有好收成的。我笑笑，抬望眼，阳光真好，芒种到了。当然我会把工作都整理好移交下一任的。妈说了，人过留名，雁过留声，一辈子，长得很哟！

有天，于然的妈妈提着一大袋水果到我家里，说，于然病得很重，让我去看看她，假装说我不去校报了，兴许她病就好了。老人的哭让妈心软了，妈说，什么工作不是人干的？她不去就不去了，娃病要紧。我翻了妈一眼，冷冷地说，我又不是医生，去了也无用。

我硬着心没有去，妈却背着我去了，还提着牛奶、麦乳精之类的。妈回来后才告诉我的。妈说，娃呀，人心不好，干啥都不长，你要记着这话。我说你不知道她害得我多惨。妈望着天，说，天下冰雹，把地里的果子都打得落地上了，咱庄稼人就咒天吗？我说这是两码事，她于然是天吗？她是我的地狱，她得病，是报应。我话还没说完，妈一把捂住我的嘴，说，吐一口，就把这话收回去了。娃，这话说不得。快给老天爷说，你说错了。我挣开她的手，我有什么错？行了，我去接孩子了。

但我并没有调到校报，最后到校报去接替于然的是一个刚从经济学院毕业的女孩。有人说，小姑娘来头不小。也有人说，校领导怕我去，更加重于然的病情，只好调了别人。妈说，都怪我说了那话，老天爷惩罚我哩。我说，高红把我挤到了干休所，她做了恶事，老天爷怎么没惩罚她？那个刚毕业的学员，我跟她无冤无仇，她又挤了我，老天爷怎么也没惩罚她？妈半天才说，不要那么想，娃，不要那么想。人在做，天在看，老天爷眼睛可亮了。你心里不能有恶的想法，一有，老天爷就知道了，就要惩罚哩。我看过一个秦腔戏，说一个男的本来能考上状元的，就因为他想考上了就把头发稀少的老婆休了，结果这个念头让老天爷知道了，就让人把他从头名状元的榜单上抹掉了。我哼了一下,说老封建。妈拿起床上的扫把,就朝我身上砸了过来。

一年后,我调到了北京的一家军队大报,十年间,从助理编辑,一直干到栏目主编,晋升少校军衔。我调走时,高红还在学员队。走时,在妈再三说服下,我去医院看望了于然。她穿着病号服,拿着一张发黄的校报,对我说,你看李小音又把领导名字写错了。

我就是李小音。她已不认识我了。

【作者简介】文清丽,女,1986年入伍,陕西长武人,毕业于解放军艺术学院文学系和鲁迅文学院第三届中青年作家高级研讨班及"鲁二十八"深造班,曾在《中国作家》《青年文学》《北京文学》《小说界》等全国文学刊物发表作品四百余万字,多篇作品被《小说选刊》《中华文学选刊》等转载,现供职于《解放军文艺》。

选自《江南》2018年第3期

多普勒效应

王威廉

1

他不知道什么样的人会住在这样的地方。他有些后悔。虽然现在走还来得及，但他仿佛受雇于那个执念，一定要探寻下去。他放下行李，愣在原地，床铺还算干净，但这种地方一定不会勤洗勤换，只要视觉上没有脏污的感觉，用到朽烂都不出奇。除了两张床，什么也没有，显得空荡和寂寥。这两张不洁的床都属于他，真是滑稽。这里的商品不是"房间"，而是"床"，你要独占一个房间，就得为房间里所有的床买单。幸好这间房只有两张床，而不是三张四张，甚或五张。

"生意好吗？"刚才，他戴着墨镜问。

"越来越差了。"小孙的鱼泡眼愈加鼓胀了，右脸多了一道疤痕。

"以后怎么办？有什么打算吗？"他没有掩饰自己的嗓音，有些忐忑，怕被认出来。

"还能怎么办，靠你们这些老板多来帮衬呀。"小孙笑了起来，慈眉善目的，仿佛在这个位置上守了一辈子了。

他也笑了笑，感到一阵悲哀，不免有些恍惚了，自己真的认识小孙吗？

火车来了，老远就发出吃力的呻吟声，随后，窗台上的茶杯盖震颤起来了，像是寒冬的牙床，可现在，早已是春天了。因此，他感到火车带来的震颤，更像是发春后的战栗。火车的声响达到一个最高峰后，一下子低沉远去。

多普勒效应。

他准确找到了那个尘封的物理学名词。

高三的时候，他曾给小孙补习物理，小孙一下子就理解了多普勒效应，而且运气不赖，高考正巧就有这道题。在考后的聊天中，小孙对他高兴地提到了"开普勒效应"……一字之差，天上人间。从此，他和小孙相别天涯。他去北京读梦想中的大学，而小孙死守原地，那是个没有手机，网络也不发达的年代，两个人便失去了联系。

他大学毕业后，回到了本省的省城，考公务员进入了市政府工作。而就在那一年的八月，在小城政府部门工作的父母也调到了省城。父亲用将军般的口吻对他说：

"好儿子，这是双喜临门呀，咱们在省城会师啦！"

他倒是没有太大的成功感，许多同学都留在首都工作了，再不济，也都去了上海、广州、深圳等大都市，他回到西北内陆的一个省城，算得了什么呢？他没有把这种想法告诉父母，那对他们将会是不小的打击。他们有着西北内陆人的老实本分，觉得能端一个铁饭碗，还是省城的铁饭碗，已经很知足了。他们现在觉得他的人生大事已经完成一半了，剩下的就是结婚生孩子。他在大学期间处过一个女朋友，是湖南株洲的，白白净净的皮肤，身上肉乎乎的，带着自然的喜气。大三暑假的时候他还带她回来旅游了一番，其实是应父母的要求，带回来给他们看看的。父母倒是挺喜欢那个女孩。女孩吃煮鸡蛋的时候，把蛋壳里残留的蛋白也小心翼翼地用手指挑了出来，放进了小嘴里。母亲因此觉得那是个会过日子的好姑娘。父亲尊崇左宗棠、曾国藩和毛泽东，因此也很满意，说湖南人好，能成大事。他想调侃下父亲，能成什么大事？婚姻大事罢了。他终究什么话也没说，觉得父母满意就好，他当时也是满意的。但是，事情很快就起了变化，女朋友考上了研究生，还要在北京继续深造三年，她说这三年她是不考虑结婚的事情的。他一方面表示理解，一方面觉得那话怎么听都像是某种借口，他于是干脆利落地分了手，回了省城。他本以为父母会接受不了，但实际情况是，他们一家人"会师"的喜悦，远远冲淡了那个湖南女孩的身影。父母都是一个腔调，不愁，不愁，就在咱这儿找，好女孩多的是。

他是真不愁，不是对自己有什么优越感，而是对这件事完全不放在心上。自他有过一次失败的初恋之后，他对感情的态度变得有些漠然。曾经的幻影总是在潜意识里持续折磨着他，他在很长一段时间里有些惧怕女人。湖南女孩的出现，让他好不容易从那种负面的情绪里走出来，但随着这段恋情的结束，女孩的身影越来越模糊，变幻成了一团梦中的白雾。但正是那团白雾不再消散，让他变得困惑和迷惘。他记得那一年的冬天格外冷，积雪最深处达一米，城市的交通完全瘫痪了，这也算是新闻吧，新闻联播提了一下，然后他收到了湖南女孩发来的慰问短信，还和他开玩笑说，当年不该听他的夏天去，应该冬天去，她已经深深爱上雪天了。他说，北京一样有雪。她说，不一样，没有你。他不知道该怎么回复，他使劲分析，她只是一时感慨，还是怀有某种和解的试探？他没有回复，想等一等。就在那天深夜，他躺在床上还在思谋着那句暧昧的话，父亲接了一个电话，大吼了一声：

"天啊，发生矿难了！"

"哪里？爸你说清楚。"他跳下了床，跑到父母卧室门口，他看到父亲的脸都青了。

母亲哭了起来,父亲愣怔在那里,不住地叹气。他长这么大,还没见过这样的场景,也被吓蒙了。待父亲缓过劲来,才声音颤抖着说:"就是小城的露天煤矿发生了滑坡坍塌,九个人被埋,其中有一位是我的同事老黄。以前都是我去那里监测的,要不是我调走了,被埋的人就是我。"许久没喝酒的父亲,一个人喝起了闷酒。

他第二天才从同学QQ群(他和小孙都在QQ群里,但两个人彼此都没有添加,两个人也几乎从不在群里发言)得知,被埋的人里还有小孙的父亲。小孙很小的时候,母亲就改嫁到新疆去了,他是被当矿工的父亲给拉扯大的,这下小孙便成了孤儿。他很想给小孙打个电话,安慰一下,但除了过去那些放不下的复杂情愫之外,还有一种说不清的歉疚。比如他父亲是幸存下来了,但父亲曾经所在的部门,要不要对这起事故负责呢?进一步深想,小孙会不会连他也恨上了呢?各种思绪,有的没的,都在他脑海里翻滚,导致他一夜未眠。他大清早昏沉沉去单位的路上,忽然很想和湖南女孩通个电话,聊聊那句话的含意。

电话通了,两个人太久没说话了,气氛非常客气,后来,她小声对他说:"我和我男朋友在一块儿呢,现在不方便说话,你有事的话我等会再打给你?"他说:"不必了,我只是突然想问候下你,希望你一切都好。"典型的电视剧的陈词滥调。她说:"放心,我都好,你也好好的。"他挂了,突然下定了另外一个决心:绝不能给小孙打电话,决不能打。打了就好像是他做贼心虚似的。因为,你永远也无法确定别人的想法,你极有可能只是一厢情愿,让自己掉进尴尬的夹缝里。

听同学说,小孙在父亲死后,把家变成了旅馆。在那之前小孙是做什么的,同学也都说不清。按理说,小孙没上大学,应该很早就出来工作了,但小孙的过去似乎变成了谜团,那个人也就变成了一个愈加陌生的人。

他没有把同学的父亲也在罹难者里边这件事告诉父亲,他不想增加父亲的心理压力。父亲的高血压犯了,头昏脑涨,躺在床上,脸红彤彤的,看上去倒是一副喜庆的样子,显得诡异极了。他只得扭过头去,不看父亲。他坐在书房里,用电脑搜索着那个矿难的后续信息。但信息少得可怜,那个天高皇帝远的地方,很快就被世界遗忘了。那座高原小城,因为煤矿的开发而鼎盛,也因为煤矿的无序开发而凋敝。那次惨烈的矿难发生之后,国家便关闭了当地全部的小煤窑,查禁了黑煤窑,怀揣资本与苦力的各色人等一哄而散,只剩下了一家国有企业。小孙在这样的时机开旅馆,能维持得下去吗?他觉得这不是个明智之举……

多少年过去了,小孙居然维持了下来,他觉得不可思议。也许是小城的生存成本很低的原因吧,他只好这样去揣测了。现在,他心中叨念的却是一件微不足道的事:当年小孙能迅速弄懂多普勒效应,原来只是因为住在火车站附近,每天必须接受一次又一次的多普勒效应。这个想法像一只鱼钩，将他的记忆迅速地拽入纵深，仿佛直抵另一个人的少年。那个每天都置身多普勒效应中的少年。那个少年，在他的记忆中只剩下了一个模糊的场景：矮个子的少年小孙戴着老式的黑色瓜皮帽，脖子上挂着有那种厚厚的不分指头的大手套（左右手套之间是用一根布条绑在一起的，那根布条挂在脖子上）；少年小孙脸蛋红红的，围着他问各个科目的作业题，他尽力解答着。作为回报，少年小孙在余下的时间里会给他乱讲一通天南海北的趣事，他被逗得哈哈直笑。看来那个时候的小孙还是很会讨好人的。笑话的内容自然不可能记起，但他还记得有一次小孙送了他一个打火机，上面粘着一幅画，是一个穿白裙子的女人，当打着火之后，随着温度的升高，那女人的白裙子居然逐渐消失了，露出了裸体。他惊呆了，小孙站在一边嬉笑着。那时，他还没有看过女人的裸体，便一遍遍点着打火机，直到用尽了里边的燃气。

2

他刚刚一出现，我就认出他来了。这人不是夏阳吗？当然，我的确先怀疑了一下，因为太久没见了，但他跟我一说话，我就确定是他百分百没错了。一个人再怎么乔装打扮，他的音色和他的指纹一样，是不会改变的。夏阳居然连这么简单的道理都不懂，他还是高才生呢，真是为他感到好笑。话说他为什么要这样干呢？他肯定是有目的而来的，看他紧绷的脸部后边隐藏不住的嘲笑，就知道他是认识我的，就知道他是专门为我而来的。为什么偏偏选的是我？我有什么值得他探究的？没错，有一段时间，准确地说，应该是考试前，尤其是高考前，我经常凑到他身边，问他各种题。我也想上大学啊，最普通的大学都行，这点理想觉悟我还是有的。说起来，他是个有耐心的人，会给我一一解答。但我们算朋友吗？我不能确定，他这个人表面随和，但内里的心高气傲是掩饰不住的。我那会儿就知道，我和他以后不会是同一个世界的人，因此，当他如愿考上北京的大学而我名落孙山之后，我就主动不再联系他了。曾听人说他想找我，但我依然不为所动，我不想联系他，我不想再和他有任何的关系。不，我并不讨厌他，我遇到事情的时候还想起过他，我只是不想反衬出自己的卑微。我不喜欢那种感觉。

夏阳的这副打扮真是太滑稽了，像个特务。我看着他的背影差点没笑出声来。鬼鬼祟祟的样子，还以为自己神不知鬼不觉。他应该是来看我的笑话的吧？看看我今天混得有多惨，才能让他更加体会到一个成功人士的幸福。他妈的，他一定不知道，这么多年来，现在是我最幸福的日子。想起高考失败的那年，那才真叫苦。我想补习一年的，毕竟我离分数线不算远，再努力一把，也许就有机会了。但是，我的父亲，那个黑着脸的老矿工不愿意，他说我知道你小子跟你爹一个德行，不是读书的料，死了那条心吧。我说："爹，你让我再试一年，就一年，万一我考上了，我以后就能当个干部啥的，让您老过上好日子。"我爹吐了一口痰在地上，这他妈的可是在家里，又不是在矿上，他就那么吐在了家里的水泥地上。他说："小子，你补习一年，再读四年大学，加一起五年，你爹的身体快扛不住了，你来接爹的班吧。"我爹的嗓门很大，震得我头皮发麻，像是不容怀疑的圣旨。我一百个不愿意，但我知道他的身子已经垮了，他吐的痰都是黑的，跟沥青似的。我没再说什么，过了几天就跟他去矿上上班了。

  据说阴间有地狱，但我认为地狱也比不过矿洞。那个露天煤矿，经过长期的开采，表面的煤已经挖得差不多了，需要下到深坑里继续挖，巨大的打钻声让你的太阳穴突突直跳，黑色的煤尘让你吸了第一口就感到胸口发闷，胆汁上涌。我浑身发着抖，像个马上就要挨枪子的死刑犯，就差没尿裤裆里。我一点一点往矿洞里挪，里面开始变得湿漉漉的，污泥越来越烂，每走一步，我的胶鞋都要被粘在地面上，我要耗很大的劲儿才能把脚拔出。班长知道我是我爹孙大炮的儿子，对我还算仁慈，他指着一块地儿，让我抱紧了钻头往前使劲。"这就是战场，你是拿着钢枪的战士，一定要把枪拿稳喽！"他大声在我耳边喊道，像是一把钢针捅进了我的耳朵眼儿。我这才总算明白我爹为什么像个奇怪的聋子一样：我和他小声说话他完全听不到，他要把电视的声音开到最大，在叽里呱啦的噪声作为背景的情况下，他反而可以听清我说的每一个字。我知道自己完了，自己的耳朵早晚也要变成那样，要靠着噪声当扶手才能去分辨别人说的话。我开动了电钻，我感到自己随时都有可能被喷出来的这些碎块给埋了。没错，我去那里干活的第一天，我就知道这里早晚要出事。这不需要多么艰难的专业知识，这是秃子头顶的虱子，明摆着的事情，只不过没人在乎罢了。那些政府派来检查的办事员，谁会来到这么深的洞底？都是下到一半随便看看就上去了。而周围的老矿工们，已经习惯了这种恶劣的环境，谁去嚷嚷这个、嚷嚷那个，反而会被别人觉得娇气和多事。这就像是在比赛运气，谁摊上倒霉的事情谁就认命。

  可我从没想到摊上倒霉事的是我爹。我第一天从矿上下班，整个人差不多快垮了，我对我爹说，我不去，真的不去了，那不是正常人干的事。我爹发火了，朝我吼，声音太大，我反而听不清楚，我发现我的耳朵木了，听什么声音都多了嗡嗡的底音，好像忘关矿钻了。我瘫坐在沙发上，我爹坐到我身边，安静了一会儿，说："我还有四年就能提前退休了，就四年，到时咱们都不干了，咱爷俩到时投资做点小生意去。这两年咬咬牙，坚持下，多赚点本钱。"听我爹这么说，我哭了，似乎我不听他的，生活就要结束了。我爹说："四年后，你才二十二，日他娘的，到时你就和他们大学生一样的岁数。可那个时候他们大学生有啥？啥也没有。可你呢？到时你已经有了钱。有钱了你就去创业。爹看好你，支持你。"这话听得我很舒服。四年后，眼看还剩一个月我爹就退休了，可是他头顶的那截矿洞塌了，他被埋在里面了。等他被扒拉出来的时候，他的鼻孔和嘴巴里塞满了黑煤，五官走了样，看上去像是烧焦的泥人。我敢打赌，如果给他做尸体解剖，他的五脏六腑一定也是黑色的。我没有哭，我忽然想到，我爹应该早就料到了这一天，因为他的肺早就纤维化了，像两条用来洗碗的干丝瓜瓤。他不想死在家里，更不想死在医院里，只有死在矿上，才是死得其所，才能榨干这具身体的最后一点儿价值，我也才能获得一笔像样的抚恤金。

  这笔抚恤金加上这几年我和爹的积蓄，有二十几万。对煤老板来说，这简直不是钱，但对我来说，是一笔让人心跳的巨款。不过我真的不知道自己接下来可以做点儿什么。我爹让我创业，我脑海里空洞洞的，一无所长，我能创什么业呢？能活下去就不错了。这个时候，我居然想到了夏阳。我已经好多年没想起过这个人了，可这个时候，我想起他来了。他在城里，听说是在政府里担任什么要职，我想找他问问，我应该怎样投资，怎样创业，他平台大、见识多，一定有办法。大不了到时给他分点儿钱。分多少好呢？五千。估计不够，舍不得孩子套不到狼，那就一万吧。我到时拿着一万块钱人民币贿赂他，最好叫他能把我弄到什么部门去，挂个闲职。我挂着闲职，领着一份保底的工资，再去投资。那样的话，就算是投资失败了，我也不怕流落街头当乞丐了。

  说干就干，我很快就要到了他的电话号码。我拿起手机，忽然感到嗓子眼儿像着火了一样。我咳嗽了几下，喝了一杯水。这也是我当矿工留下的后遗症，一紧张，咽喉就发痒疼痛。医生说是器质性病变咽喉炎，我说能不能治好，他说没问题，就是需要的时间较长，可以先给我开一些药调养。我一听就算了，肯定是想着花样骗钱的，我的病我自己知道，都是煤尘惹的祸，我现在永远告别了煤矿，一切都会慢慢好起来的。可我拿着手机，像老人那样咳嗽着，就是说不出话，我不知道为什么自己这么紧张。成就成，不成就瞎鸡巴拉倒，有啥好怕的？夏阳这狗日的，上了大学我们就再没联系了，变成咋样的人了？要是翻脸不认人咋办？我越想越犹豫，干脆上街溜达溜达，散散心，想清楚。可没想到，这一上街，阴差阳错的，就走上了另外一条道。

3

  这次他回这儿是因为一次公差，事情并不多，开完一天的会基本上就没什么事了。那些考察活动，他申请不参加了，因为他对这儿实在是太熟悉了。同事建议他再走走看看，"这个地方变化很大呢，恐怕早已不是你当年认识的老样子了"。话说得很对，但这样其实更没意义了。如果这儿变得连他都不认识了，那他更没必要去参观。一个和自己丧失了关系的熟悉地方，还不如一个纯粹的陌生之地。他宁愿在心底保持着过去的美好。

同事们去考察了，他甚至都没问他们去哪儿了，他对自己的漠然都有些暗自吃惊。他不怀疑自己的这种冷漠，这是装不出来的，更是骗不了自己的。常年的政府公务工作，似乎耗尽了他的好奇及耐心。他躺倒在床上，打算好好睡上一觉。他很快就睡着了。他并不是一个拥有良好睡眠的人，这种状态属于意外。等他睡醒后，他也为自己的快速睡眠感到惊喜。他看看表，发现他实际上只睡了十分钟，但就深度而言，感觉上至少有一个小时。他又闭上眼睛，还想再睡，但睡意像泄气的轮胎一样迅速瘪了下去，他只好一动不动，享受着那种睡眠的余韵带来的平静。

睡意彻底失去了，意识得到滋养后，开始活跃起来。过分的健康可不是什么好事，他这么想着，不得不睁开了眼睛。在这一瞬间，他忽然觉得自己看到了二十年前的过去。这么说也许不确切，与其说那是一种视觉，不如说那是一种感觉。他并没有看到什么触动记忆的媒介，比如房间里根本不存在过去的老照片——就像有些宾馆喜欢弄的那样。这个宾馆是全新的，据说是这里最好的，因此也和任何城市的标准房毫无二致。

那是一种什么样的感觉呢？他觉得那就像是时间的涡流倒转，在那一瞬间，他被带回到了过去，然后，他看到了过去的时间。是的，视觉上看上去什么都没有变化，但是时间恰恰是看不见的。

他坐起身来，望向灰蒙蒙的窗外，在那些新建高楼的缝隙里（正是那些新建的高楼混乱了他的记忆），残存的低矮平房，脏污的小路，人们那种说话走路的神态，慵懒的花斑土狗，还有更远处的那座形似骆驼的小山，它们开始在他的脑海里自动拼接起来，生成了另外一个世界的画面。虽然模模糊糊，但"过去"呼之欲出。他忽然意识到，时间并非是持续向前的东西，时间分明是静止不动的东西，是外物在时间的涟漪中增多或是减少，只要有一点点事物从涟漪中传递过来，与之相关的时间便可以从中抽取出来。即便事物消亡了，消亡的也只是事物与时间之间的联系，那有着关联的时间本身依然完好如初，带着对事物的记忆，只是无法再破译。这么说来，时间也有类似的多普勒效应，你迎上去，过去的一整个世界包围了你，你逃开了，过去也遽然而去，仿佛从不存在。

这些想法，让他感到有些烦乱，他走到窗前，打开窗，那种淡淡的烧焦的气息（采煤场的设备更新换代多少茬了，奇怪的是，这种气息还是没什么变化），冲进他的鼻腔，启动他的嗅觉细胞，他甚至战栗了一下。他感到恐慌，过去并不是记忆中残破的样子，过去完好地封存在时间当中。而他，此时孤独一人，过去那个世界正在蠢蠢欲动，准备将他彻底吞噬。

他被这种奇异的感受驱动，走出宾馆，来到户外，发现车站就矗立在这条街道的尽头，这是他来的时候没有留意到的。车站早已重建了，似乎想设计成贝壳的形状，可那些拼接起来的一块块玻璃幕墙，跟龟壳一样，远远望去，车站就像趴着的一只大龟。这就是他害怕故地重游的原因，过去的一切在记忆中都被美化了，而现实的一切，多半会成为荒腔走板的滑稽戏。就像这座车站。记忆中的车站是一幢中规中矩的红砖大楼，楼前的小广场上竖着一座飞天女神的石雕，尽管女神的胸部被无聊的男人们摸得锃亮，无端地有了色情的意味，但现在他强烈地怀念起了那位女神，觉得那女神的优雅神态不逊于他亲眼见到的美国自由女神像。

就是在这个时候，他想起了荔蜜，他的初恋，他曾被她的那双眼睛深深迷惑，他想不通她的眼睛为什么那么漂亮，那么清澈，还会放射电流，尤其是她微微一笑的时候，那双眼睛便弯成了月牙，让人顿时感到无比的可爱和亲近。他不知道这只是自己的审美，还是符合每个男同学的审美，他和任何人都没有交流过，成了一个秘密。他在多年以前乘火车离开这里去北京上学的黄昏，独自一人在候车室里望见的，就是那座飞天女神的石雕。他当时望着望着，恍然间，那石雕分明就是荔蜜，他的泪水朦胧了视线……二十年过去了，他听说荔蜜嫁给了小孙，他的第一个感觉是，荔蜜已经沦落到了这样的地步。也好，她和小孙在一起才是合适的吧。

他沿着街道继续向前走去，离车站越来越近了，车站的陌生感也越来越巨大，他这才意识到他似乎是在寻找着什么。看来，他之前的麻木心境也是出于对这种寻找的逃避。他站了下来，茫然四顾，高原上的天空格外苍茫，和他的心境一样。也许，他想寻找的，便是类似荔蜜的眼睛那样的存在，他只是想再看一眼，一眼便足够。他记得微信群里曾有人说过，小孙开的旅馆在车站附近，这里的旅馆屈指可数，他一定可以找到的。他从来不在那个同学群里说一句话，但他们的话，他都会逐一浏览。某些信息，他会过目不忘。现在看来，那都是为了有一天——比如今天这样的情况而做的准备吧。

进站的火车发出巨大的轰鸣声，等他走到车站前，十几个在这儿下车的人已经拖着行李走了出来。人太少了，豪华的车站显得大而无当。他混迹在这股小小的人流中走了一段，看到了那家小旅馆，没有任何特征，甚至连名字都没有。他能确定那旅馆，完全是因为坐在门口柜台处的小孙，他记得那张脸，尽管那张脸的上方已经完全没有了头发，反射出了一小片油滑的铮亮。衰老的变化尽管令人害怕，但同时，还有那种久违的亲切感。他发现人对于自己过去交往过的人有一种"逆想象"的成分，时间越久，这种想象成分越大，大到似乎什么也没有改变，时间被搁置了。就像他看出那是小孙以后，他从那张脸上看到的分明是中学时代的那个少年。

　　他想接近那个人。怎么接近？就这么扮作大大方方的样子走上前去，用那种久别重逢的笑容向对方介绍自己吗？他觉得自己似乎无法做到。倒不是他已经丢失了真诚，而是正好相反，他觉得那种方式太过夸张，需要扮演的成分过多，反而失去了真诚，失去了心底真正渴盼的东西。

　　于是，他想到了伪装。

4

　　夏阳现在干什么呢？我很有兴趣知道，而且，我也有能力知道。我用左手托起手机，先暂停热播的反腐电视剧，然后从手机界面中找到监控的APP，手指轻轻触碰，我就看到他了。他坐在床沿上，百无聊赖的样子，过了一会儿，他站了起来，望着窗外，像个雕塑一样，一动不动。他一定是怀着什么不可告人的目的而来的，别的房客住下之后，都是打开电视，然后舒舒服服地躺在床上看电视，很多人鞋也不脱就那么躺在床上，让人非常讨厌，但我又不能指责他们，毕竟，我不能说我是亲眼所见的。等他们出门以后，我拉开他们的行李箱，把脚踩进去，我心里就舒坦多了。可夏阳，这个省城里来的干部，总是若有所思的样子，肯定会搞什么幺蛾子的，我得小心为上。

　　一开始的时候，我哪里会想到我后来会干这样的事情。我拿着手机，想找夏阳，却怎么也开不了口。我出去散心，跑到离家不远的火车站广场上溜达。我特别喜欢在这里听火车由远及近开进站的声音，那汽笛声越近变得越尖细，我都会想到多普勒效应。我自以为对这个物理学概念的理解是烂熟于心的，但是高考的时候，我照样答错了。我写成了开普勒效应。那是宇宙天体的规律，一字之差，天上人间。从此，每当我听到火车的汽笛声，我都会感到忧伤，为我不济的命运忧伤。这个时候，我觉得自己脆弱得像个早恋失败的中学生，而不是个挖煤的矿工。

　　那天，我在广场上溜达，不知藏在哪儿的喇叭放着《今天是个好日子》这首歌，我耳朵里钻满了喜气洋洋的女高音，就像是有人硬挠你的胳肢窝让你笑，那种难受劲比待在矿里还别扭。我站在飞天女神的雕塑下面，与面前这座小火车站对望着。我甚至有一种冲动，冲进去坐上车随便去什么地方好了，去他娘的夏阳，老子在哪不能活。我怀疑自己身上有着老娘的那种疯狂基因，就是瞎子一样地逃跑，不管跑去哪里，离开这里就好了。说起我老娘我还是会难过的，但我不准备联系我老娘，告诉她我爹死了，没有必要，在她心里，我爹早就死了。我爹也真是该死，他以前对我娘动手也忒狠了些。我娘不跑，估计也被我爹给打死了。我想帮我娘，我爹给我一巴掌我就倒在沙发上爬不起来了。我想杀了他。可我娘就那样突然跑了，连我也不要了，我只得跟着我爹过日子。所以我恨她，恨她的自私，我希望她也早点死了吧。唉，我要不要找到我老娘，分点钱给她？我不确定。就在这时，我看到有个年轻的女人从站里走了出来，她穿着黄色的连衣裙，拖着一个粉红色的行李箱，看上去像省城的女孩儿。我盯着她看了一会儿，忽然觉得那张脸好像在哪儿见过。我朝她慢慢走了过去，我东张西望，装作不经意的样子。那女的心事重重，走得很慢，我很快就走到了她身边，然后我超过她，回头望了一眼，发现的确有点像以前的同学荔蜜。那女的见我看她，忽然站住了，说了句："我们……我们是认识的吧？"听她这么说，我直接问你是荔蜜？她点点头，有点儿无助地看着我。我自我介绍了下，她想起来了，哈哈笑着说："你变化好大，我差点儿认不出你来了。"变化能不大嘛，他妈的过了四年老鼠打洞的日子，能活着站在这里已经很不错了。可我什么也没说，只是呵呵笑着，问起她的近况。

我以为她在省城工作了，这次只不过回来探亲，但她说不是的，她是去省城参加了一个美容培训班，回来打算自己创业，开个美容院。我对创业太感兴趣了，我就多问了几句。荔蜜看我这么感兴趣，有些意外，有些飘飘然，也开始说起了自己的宏图。她手舞足蹈起来，说别小瞧了小城的女人，无论哪儿的女人，女人的爱美之心都是一样强烈，一样不可抗拒的。小城的审美观太老土了，女人们素面朝天，连化妆都不会，她有信心在小城掀起一股时尚的潮流。我当场就快被她说服了，倒不是她的话多有道理，她的话一板一眼的，明显是刚刚从培训班学到的。她能说服我的不是嘴巴，而是眼睛。她的眼睛太漂亮了，我记忆中的荔蜜已经模糊掉了，我不记得她原来有这么漂亮，只记得她是个玩世不恭的小太妹，被社会上的混混搞大了肚子。现在我发现她竟然是这么漂亮，这么漂亮的女人不做美容，还能做什么？我觉得她一定行。我差点就直接说出我正在寻找创业的机会，我咳嗽了下，问她有没有投资的本金，她说她有办法，她会说服家人支持她的。

"你呢？现在做什么呢？"终于轮到荔蜜问我了。我不想说我刚刚做了几年矿工，让她看不起，我便说准备去省城闯闯。她的神情明显愣了下，我说的话超出了她的预期，但她仍然用不在意的口吻说："省城车多人多，烦死了，我有许多机会能留的，我都不想留。你去省城具体做什么呢？"我犹豫了下，还是说了我的计划。我说我打算去找夏阳，让他帮我拿拿主意。

"找他干什么？他混得很好吗？"荔蜜的眉头皱起来了。我这才想起来，传说夏阳追过荔蜜的，可荔蜜把他写的信撕成碎片，丢他脸上了。我当时也没好意思问夏阳这事儿，我当时还想，假如那是真的，那我真替夏阳不值。那个瞎混的小太妹，没有哪个正经人会喜欢那样的货色。

"你不知道吗?！"我故意用夸张的语调喊道，我想看看她的反应，"人家夏阳现在可是省政府的干部，你在省城没见到他吗？"

荔蜜抬手把眼前的几缕刘海儿向耳后捋去，鼻翼微微翕动了一下，声音有些沙哑地说："我找他干吗，他跟我们不一样，从一开始就不是一个世界的人。"

我听荔蜜这样说，我就知道夏阳追过她的事儿是铁板钉钉的，我对他们之间的细节没什么兴趣，更何况，我觉得荔蜜的话说得很有道理。我之所以不敢给夏阳打电话，还是因为自己和他是两个世界的人，我去打这个电话，哪怕他并没有帮到我一丝一毫，我也会感到憋闷，感到不自在，感到没面子。哈，虽然我是个没什么面子的小人物，但我对自己拥有的那点点小面子格外珍惜。我的这点小面子就是用来对抗那些成功人士的大面子的。也正因为如此，荔蜜这样说一下子就拉近了我和她的心理距离。她居然说"我们"，也就是把我和她看成一类人，尽管这是她下意识随便一说，但一定更加真实。我抢过了荔蜜的手提箱，帮她拉着，我咬咬牙，说：

"你说得对，我们和他是两个世界的人。那我们合伙一起干吧。"

"你？"

"我这几年四处打工攒了点钱。"

"你有多少？"

"不多，"我扭头看着她好看的眼睛说，"也就几十万吧。"

荔蜜的眼睛释放出了柔和的光芒，眼角也有了弧线，像一对漂亮的月牙。"太棒了！"她喊道，"没想到我刚回来就拉到投资了！"她笑了，大张着嘴巴笑了，红润的嘴唇肉乎乎的，里边整整齐齐的牙齿像白色的玉石。我在黑暗的矿洞里待了四年，从没见过这么美丽的事物。我的世界里从来都没有女人，我的渴望几乎跟死了一般。现在，欲望被瞬间唤醒，我两腿间的那玩意儿忽然硬得像根铁棍。我是个男人。我是个男人。我快步往前走，走到她的前面，我相信她肯定没有发现这个尴尬的情况。

5

窗外不远处就是铁路，每当火车驶过，他都情不自禁地走到窗前，一动不动地望过去。火车因为刚刚启动，开得并不快，他可以看清每一节列车上挂的牌子，上边用红色的字体写着是从哪里开到哪里的。后来，竟然有一列运煤的火车驶过，他赶忙打开窗户，盯着看了好久，他觉得也许这正是自己等待的。在他的印象中，似乎客车和货车行进在不同的轨道上，现在看来，这个印象是错误的，它们只是时刻不同，但行驶在同一条铁轨上。

当运煤的火车驶过之后，他忽然感到了茫然。他小小的冒险似乎获得了暂时的满足，他住进了小孙简陋的宾馆里，体验着另一种生活。似乎几十年的光阴，经过自己的这个举动，得到了很大程度上的弥合，他也获得了某种想象中的满足。接下来，他开始越来越强烈地渴望见到那个人了，那个和小孙生活在一起的女人。她应该变成灰头土脸的本地妇女的样子了吧？那双迷人的眼睛也失去了大部分的魅力吧？他回想着刚才在街道上碰见的女人，她是不是也和那些女人的装扮差不多？

就在这时，他忽然听到了楼道似乎有什么动静，他侧耳倾听，发现有人来到了他的门前，他悚然心惊，该不是小孙认出他来了吧？他迅速寻找着一个能为自己行为辩解的理由，大脑却是一片空白，只能随机应变、胡言乱语了。门缝下边有什么东西塞了进来，然后他听到脚步声快速离开了。那是什么？小孙写给自己的纸条吗？他疑惑地走上前去，发现的确是一张纸条，是对折着的。他拿起，打开，上面是一串电话号码，后面写着：小姐。原来如此。小孙的小旅馆能经营到今天，原来靠的是这个。他完全没有想到。他不是不知道许多旅馆搞的这一套，只是他无法把这种事和小孙，尤其是记忆中的那个少年形象关联到一起。刚才，塞纸条进来的人是小孙，还是跟小孙合作的皮条客呢？小孙的可能性还是更大，皮条客似乎没有必要连这点小事都要亲力亲为。他脑中浮现出小孙蹑手蹑脚来到他门前，蹲下身，塞纸条的样子。如果恰是那个时候他打开门，就能和小孙四目相对，不过他是俯视的，可以看见小孙光滑的秃顶。在那种情况下，小孙仰起脑袋，认出他来，会是怎么样的表现？

他不敢继续想。有种说不清的残酷在其中。他坐在宾馆的床边，有些焦虑，将那纸条捏成了一团。

荔蜜曾把他写给她的情书，揉成了一团，然后微笑着递给他。她的笑容看上去还是那么天真无邪，好像是在说，别再犯这种小错误了，我原谅你了。他的心感到疼痛，但是在荔蜜那美丽笑容的照耀下，他不知道该怎么表达自己的疼痛。他已经被明确拒绝了，却还依然担心自己的表现够不够格，会不会被扣分。最终，他只得对她也微笑了一下，这就是所谓的风度吧。她说，这件事就算过去了。说完她就走开了。她后脑的马尾高高扎起，一甩一甩的，像是涌动的海浪。前一天晚上，她也是以这样的姿态离开他的。当时，他和荔蜜还有好几个同学，听说小城的溜冰场开业了，也来凑热闹。他以为这是他走近荔蜜的一次好机会，想象着他能牵着她的手一起滑旱冰，他激动得手心湿漉漉的。他对她预谋已久了。在教室里，荔蜜的位置正好在他的前边，他只要一有时机就和她搭话，时间久了，他们自然而然地熟悉了起来。荔蜜的成绩并不好，经常完不成作业，他想帮助她，耐心给她讲解，可她没什么耐心，抓过他的作业本就是一通抄。他对这样的女孩儿本是不该产生感情的，但他难以抑制，甚至她越是表现出这样的特质——和他完全不同的两类人的特质，他越是情难自禁。他认定她的心灵是自由的，乃至狂野的、蔑视世俗的，而不再是老师和家长眼中一个管不住自己的坏女孩。就这样，他经历着自己的初恋。她让他第一次体会到为另一个人魂牵梦萦是什么感受。

旱冰场那种地方他只在电视上见过，眼下这个实实在在的地方与想象中的出入很大。拥挤的人群，大多数人面色冷漠，流露出蔑视一切的样子。男人留着长头发，女人留着寸头，肩膀和手臂上的各种图案的文身随处可见。巨大的音响放着震耳欲聋的音乐，那种音乐节奏强烈，呼喊的声音支离破碎，充满了暧昧、挑逗、邪恶，但是能让你感到亢奋和刺激，所谓的"潮流""时髦"就蕴含在这种玩意儿里面。但"潮流"究竟是什么呢？他直到几十年后也未曾把握到，只觉得那是商业营造出来的一场幻觉罢了，太多人却被那个虚无缥缈的空壳子所笼罩。他当时就对这样的东西感到了抵触，但为了荔蜜，他穿上了散发着别人脚臭的溜冰鞋，像个蹒跚学步的胆小孩子，双手紧紧抓住场子里的围栏。荔蜜的状态比他好不了多少，但她高兴极了，她甚至大笑了几声，他从未见她那么开心过。她那天穿着一件黄色的连衣裙，在彩色射灯释放出的那些令人不安的光斑的昏暗空间中，像是一团璀璨的焰火。他距离焰火的距离只有一米远，他试图挪到她的身边，保护她。就在这时，一个留着精致胡子的家伙出现了，他看上去很强壮，身上的文身比其他人的都大，似乎是那一伙人的头，当他溜的时候，其他人都退后给他腾出位置。诚实地说，他溜得确实棒极了，先是快速地转了几圈，然后又背着身子转了几圈，接下来，更是花样百出，很多人呼喊，吹起了口哨，然后，他溜到了荔蜜的身边，像是很熟悉的老朋友一样，牵起了她的手。荔蜜先是惊讶了一下，然后就欢笑起来，将另一只手也搭在了他的肩上，他带着她，滑动了起来，不时传来荔蜜的尖叫声和大笑声。他望着他们，心中满是酸楚，为自己的笨拙感到气恼。散场的时候，荔蜜的脸蛋红扑扑的，额头上全是汗，他叫她回家，可她说你们先回去吧，我和奎哥还有点儿事。没等他说话，她就扭头跟胡子男走了。她后脑的马尾高高扎起，一甩一甩的，像是涌动的海浪。

情书便是他的主动出击。他知道，他的机会不大了，但这已经是他的最后机会了。他想象了各种情况，但就是没想到荔蜜会当着他的面，把那两页情书揉成一团。他想到这里，似乎感到了心脏被揉捏的疼痛。那是记忆中的疼痛，早已遗忘又被唤醒的错觉。

他站起身来，再次来到窗前，此时外面没有火车，只有一片灰褐色的旷野，还有远处朦胧的山峦。他曾经那么痛恨这片旷野、这些荒凉的山峦，他发誓要离开这个地方。他第一次萌生如此强烈的念头，是在那天上午的课间操上。那是溜冰事件过后的三个多月，已经是冬季了，初雪已经下过，很多地方的积雪还未消融。那是耻辱的一天。那几天荔蜜一直请了病假没来，他还感到担心，然而那天他才知道她怀孕了。她的闺密在帮她筹集打胎的钱，说荔蜜不敢告诉家里，是住在她那儿。还说，那个男人玩完就不管了，荔蜜可怜得很。学生们也没什么钱，这个五元，那个十元……他掏出身上全部的钱，也才十八元，全部给了出去。他听到有人说，叫荔蜜这种名字，一听就是不正经的，是勾引男人采蜜的。可他知道，这个名字是荔蜜的父亲起的，源自那篇"以小见大"的课文《荔枝蜜》。他还记得荔蜜眉飞色舞地对他说："我爸爸说，虽然没见过荔枝，但知道那是很好吃的东西，是杨贵妃爱吃的东西，更何况是荔枝的蜜呢？"他感到眼睛模糊了。他赶紧起身，一个人来到操场上，寒风钻进领口，他反而感到受虐的舒服。他望着远处的旷野和山峦，流下了蓄积已久的泪水：耻辱的泪水。他为她感到耻辱，也为自己感到耻辱。他不想知道这种耻辱的内涵，他只想早点逃离这种耻辱。

这时，手机响了起来，他一看，是同事打来的。同事急切地问他去哪儿了，怎么连行李也不见了？他淡定地说："唉，没办法，还是被当地的朋友给发现了，非要拉走，去他家里住，这是这边的风俗，不住的话会被认为是看不起老朋友了。"同事听了，只是笑着说："男朋友还是女朋友啊？"他说："当然是男的，我倒是希望有个女朋友在这儿候着我。"同事嬉笑了起来。他让同事不要管他，有什么事情再联系好了。两个人又贫了几句，便挂断了。

暂时没什么后顾之忧了，他是不是该放手做点儿什么了？做什么呢？他想找到荔蜜，看看她现在的样子，看看她的衰老，看看她的憔悴，看看她那双明眸变得怎样的黯淡。她是不会有孩子的了，那次的打胎，是在一家没有资质的私人小诊所做的，她的子宫受到了永久的伤害，再也不能生育了。她没有再来学校，她的父母终究知道了这件事情。据说她的父母试图让她转学，但她死活也不愿意，还想跟那个狗屁不通的奎哥一起做生意（天知道什么鬼生意）。这样的结果便是，把她当荔枝蜜一样呵护的父亲重重打了她，然后把她像囚犯似的锁在家里。从此，关于她的消息，几乎就绝迹了。他最后一次见她是在街上的偶遇。那天下午放学他一个人慢慢在街上走着，忽然发现荔蜜和她妈妈迎面走了过来。他感到紧张，有些手足无措，甚至想一躲了之。但他看到她已经看到他了，她低下了头，过了一会儿又抬了起来，他看得很清楚，她在对着他微笑。他几乎要哭了，不自觉地停住了脚步。荔蜜望着他微笑着，那笑容很单纯，没有任何鄙夷、刻意或是自卑。她一直走到他身边，略微低下了头，没有再看他，但依然保持着笑意。他什么话也说不出来，她也没有说话的意愿，他们就那样擦肩而过。他记不清那天她穿了什么颜色的衣服，是什么样的发型，甚至胖了还是瘦了。他能记清的，只有那个微笑，那个眼神。直到他离开这座小城的时候，那个微笑，那个眼神，还在陪伴着他。

他戴上墨镜，向外走去，他不能在这里浪费时间，也许小孙等会儿去吃饭，荔蜜就会来换班呢？他打算找个可以持续观察的地点。他打开门，刚刚来到楼道，转身回来，打开行李箱，拿出一顶棒球帽戴上，他绝对不能让小孙认出来，绝对不能。他走出旅馆门口的时候，故意装作要打电话的样子，他看到小孙看了他一下，便继续低头看手机了。小孙应该在看电视剧，那手机发出很嘈杂的声音。

尽管快六点了，外边的阳光还很耀眼，高原就是这样，让你顿时明白黑夜不过是浓重的阴影罢了。在这么明亮的地方，找个隐蔽的点还真是比较困难的。他只得装作散步的样子，向车站广场的方向走去。这个陌生而又熟悉的地方，更加卖力索取着他的回忆，过去和今天的对比变得强烈，让他愈加伤感。他竟然能离开自己长大的地方足足二十年也不回来看看，如今想来自己也不免太狠心了。这是自己的根，就算这个根再贫瘠、再丑陋、再麻木，也还是自己的根，这是无法改变的。自己便是从这样的根中开出的花，能好到哪里去呢？可他与这里完全失去了关系，成了这个子宫的陌生人。他应该摒弃心中混乱复杂的情感思绪，去和小孙开诚布公地聊聊天吗？还有荔蜜，事情过去那么久了，还有什么放不下的呢，说说当时为什么要那么残酷地拒绝他，应该是让大家哈哈大笑的有趣往事了吧？可能吗？是什么阻碍了他们？时间？地域？社会身份？还是别的什么东西？

他曾经发誓要逃离这里，他成功了，但他现在怀念起了那时候的日子。都说怀旧是人之常情，可他感到他对这个地方的怀念与众不同，这里似乎打开了心底一块尘封已久的老世界。那个老世界与他如今置身的那个灯红酒绿的世界有着完全不同的逻辑，但是依然真实存在，像山脉一样有力存在，让他觉出了自己的渺小，以及虚妄，奇怪的是，同时也令他感到心安。一个被他摒弃的地方让他感到心安，没什么比这更荒诞的了。他站在一棵白杨树的后面，盯着小孙的宾馆，时间一分一秒流逝，阳光开始变得有气无力，然而那宾馆没有任何人进出，黑洞洞的门口像个肮脏的嘴巴不肯闭上。

6

不知道夏阳这小子在床上表现怎么样，看他那青年干部志得意满的样子，没准还能像条发情的公狗一样勇猛。权力是最好的春药，我知道这句名言。我看了太多人上床的样子，快要对那事失去兴趣了。但是，我对夏阳还是很有兴趣的，而且，我要有了他的视频，以后找他办事就不用思前想后，而是大模大样了。虽然我也不知道要找他办什么事，但他是当官的，总有事情要找他办的。我从抽屉里掏出一沓纸，轻轻揭起第一张，放在桌面正中央。我拿起笔，郑重其事地在上面写下了电话号码。我脑海里想着的是小青，小青真年轻，奶子跟屁股都跟排球似的，咬一口能出水，夏阳一定过不了她那关。领导干部见多识广，我一定要拿出这儿的头牌。我拿着纸条上楼，走到一半忽然有些犹豫，万一我塞的时候他打开门，那我该怎么办？那肯定是很没面子的时刻。但一定不会的，我从没遇过那种情况，人们对这种事情心知肚明。

我塞进纸条便迅速离开了。我打开手机屏幕，看到他惊慌失措的样子，差点儿笑出声来。看来他高档酒店住惯了，对这种本土方式一无所知。他小心翼翼捡起纸条，那表情像是捡到了什么宝贝，他打开纸条，愣在了那里，过了一会儿他坐在床沿上，把那纸条揉成了一团。他妈的，这个没艳福的夏阳，怎么就那么干脆利落地揉了呢，来这里的单身客从没有这样的，他们都是看了又看，看了又看，仿佛通过反复的观看，女人就会自动到来似的。有些人会手指哆嗦着打电话，有些人会掏出手机犹豫来犹豫去，当然，还有那种傻逼，他们依然看了又看，直到最后，他们还是看了又看。

夏阳这个狗杂种肯定怀有不可告人的目的，他一定是为了荔蜜来的。我一开始就怀疑这点，但我一直在猜测，不敢确定，现在他竟然这样草率地就揉掉了纸条，我可以百分百确定了。只有心里有了特定的女人，才会这样无视别的女人，这是真理。就像我明明知道荔蜜不会生孩子，还要和她结婚，不也是因为他妈的爱情吗？只是我不好意思说自己的感情是爱情，好像我不配有爱情似的。动物都有爱情，我凭什么不能有？我为什么这么自卑？我为什么这么自卑？因为荔蜜没有把同样的感情回报给我，她只是在利用我，我像个傻子一样给她利用。

荔蜜从省城培训回来之后，我还没来得及打电话给她，她就先打给我了，还没说话，就听见她号啕大哭。我问她怎么回事，她哽咽得说不出话来，我以为出什么大事了，赶紧问她在哪儿。她说她过来找我，我说好，赶紧告诉她我的地址。没一会儿，她来了，她说："我从此是个没家的人了。"原来，她和她家人闹翻了，她说她爸不准她开美容院，说那是婊子才开的。她就和他吵了起来，然后他打了她，这是他第二次打她。我不用问就知道她第一次挨打是为了什么。这个女人真不让人省心。她说能不能暂时住在我这儿，正好可以一起研究下美容院的事情。我说你都跟你家闹翻了，还是算了。她不肯，她说怎么能算了呢，她更要开，还要开出个名堂，证明自己。她说这话的表情，忽然让我觉得自己爱上她是一个无比正确的决定。于是，我让她睡在我爹那屋。突然多个人和我一起待在房子里，我睡不着。我翻来覆去，下边硬得像根铁棍，我犹豫了好多次，要不要过去把她给干了，像她这样已经堕过胎的女人，应该不会拒绝我。但我终于忍住了，倒不是我良心发现，而是我想起奎亮，有些恶心，有些惧怕，心中的那团火逐渐地熄灭了。我有些懊恼，给自己平白无故地找了个麻烦。早知如此，还不如当初鼓起勇气，给夏阳打出那个电话。

第二天，荔蜜早早起来做了早餐，放在茶几上等我起床。我有些受宠若惊，她说这是奖励我的。我轻描淡写地说："你说住在这儿的事？不必那么客气，谁还没有落难的时候。""不是，"她说，"昨晚你是个君子。"我一听，脸红了。她说："我昨晚是穿着衣服睡的，你要是进来，我就跟你拼了。"我一听这话，庆幸我自己没有轻举妄动。我对荔蜜的好感更多了，我没想到她不是那种随随便便的女人。之前应该是我看错她了。我们吃完早餐，开始认真研究美容院的事情，然后便是选址、购买设备，我们还签了一份合同，我是董事长，她是总经理，我拥有股份的百分之七十，她拥有股份的百分之三十，我每个月还得发给她三千元的薪水，我觉得可以接受。刚刚开业的时候，门可罗雀，我们不得不自己制作传单，去大街上发。晚上的时候，荔蜜的父亲追到我家来，冲着荔蜜喊道："你不要再给我丢人现眼了！"荔蜜吓得躲进里屋，向我求救。如果让她爹抓回去就会把她锁起来，连个囚犯都不如。我挺身而出，荔蜜她爹根本不把我放在眼里，说你是哪根葱，我今天要打断你的腿。我二话没说，一拳打在了他的脸上。他以为我很好欺负，可我毕竟是在矿上干过的，有一股子蛮力。他被我打惨了，直到荔蜜出来求情我才停手。我猜要不是她阻拦我，我可能就把她爹给打死了。我打到后来已经忘记了自己为什么要打这个人了，我只有一个念头就是要打他，打死他。想起来我都感到后怕。从此，荔蜜的父亲和荔蜜脱离了父女关系，并在八年后的一个深夜死于酗酒引起的心肌梗死。无论如何，我和荔蜜的美容院生意算是做成了。那些传单起了作用，有些中学生跑来做美容，我真想赶走这些正在上学的孩子们，但我为了钱忍住了。荔蜜很认真地对待她们，给她们护肤，给她们化妆，教她们穿衣打扮，生意一下子好了起来。

有一天几个小混混进来，说是要收保护费，没想到这世上真有靠这个吃饭的人，以前只在香港黑帮片里见过。我对这种人一万个瞧不起。荔蜜问你们老大是谁？他们说关你屁事。就在这时，奎亮进来了，不用荔蜜介绍，我就知道那是奎亮，他留着小胡子，胳膊上全是蓝色的花纹。"奎哥。"荔蜜叫了声，语气平和，仿佛早在预料之中。奎亮也不说话，大大咧咧坐在一张美容椅上。他抽了一根烟，半响指着我问："那是谁？"荔蜜说："我的老板。""狗屁老板。"奎亮收回了目光，不看我。我捏紧了拳头。"荔蜜，我最近手头有点紧，借我点。""这儿也刚开业，哪有钱！"荔蜜不看他，抬头甩了甩头发。"不借是吗？"奎亮笑了起来，仰头吐了口烟圈。"你要多少？"

荔蜜用眼角扫了一眼奎亮。"说得你多有钱似的，一千，有吗？"奎亮一笑，露出里边的黄牙，牙床都是黑黄色的。"没有，只有三百。"荔蜜掏出钱，递了过去。奎亮接过钱，打了个响指（指头是焦黄色的，肯定是个烟鬼），说："乖，改天一起溜冰去。"荔蜜的表情有些复杂，奎亮伸手把她的头发弄乱，带着那两个小混混走了。

我发火了，他们走了我才发火，我很鄙视我自己。因而我的火气更大了，为了刚才的羞辱，也为了现在的自己。我不明白荔蜜为什么要借钱给他，先不说荔蜜有没有钱，我觉得荔蜜就算是把那三百块钱丢给乞丐都不该丢给那个畜生，他对荔蜜做了禽兽的事情，居然还可以如此理直气壮，我也见识到了人性的丑恶。荔蜜为什么要屈服于这样的人？难道她喜欢这样的人吗？我直接问了她。她捂住脸，只是哭，逼得急了，才说了句："我也是鬼迷心窍了。""你还喜欢他吗？""不，不，我不再是过去那个傻乎乎的中学生了，我长大了，知道是非了。"她这样说，我的心又软了。但是，第二天，荔蜜却真的去旱冰场找奎亮了，我偷偷跟踪她，看到奎亮去搂她的腰，她挣扎了一下就屈服了。我对荔蜜彻底绝望了。这是个婊子。我在心里狠狠骂她，我没法制止她，因为我不是她的什么人。我们只是合伙人关系。只要她能给我赚钱，她哪怕去卖×我也管不着。

但那天晚上荔蜜主动来找我聊天，说她去找奎亮了，没别的意思，就是想和过去告个别，跟他好好聊聊，让他以后不要再来烦她了。

"我看见他搂你了。"

"我懒得理他，不然他只会更过分。"

"你怎么会和他有过一腿？"说完，我觉得自己的话有些难听。

"唉，你都不知道他溜冰的时候有多帅，我就是因为那个才鬼迷心窍的。"她没有生气，只是这样解释道。

"帅个屁，这个县城最烂的人就是他了。"我借机一吐心底的怨怒。

"是的，烂人。大烂人！人渣！行了吧？！"

听荔蜜这样说，我的心情又好了些。但奎亮阴魂不散，并没有像荔蜜说的那样，从此井水不犯河水，他依旧厚着脸皮隔三岔五变着花样来要钱。有一次我实在忍不住了，抓起一把剪子就往他脸上扎去，荔蜜扑过来抱住我的胳膊，奎亮才逃过一劫。荔蜜事后解释说为了那样的人害自己去坐牢，不值得。我觉得她说的自然在理，但第二天，我还是偷偷买了一把猎枪和一盒子弹，我决心总有一天我要让他死在我手上。就在这个想法产生的一周后，却传来了奎亮被捕的消息。他在溜冰场打架，拿刀把对方捅成重伤了。我心里一阵后怕，我觉得那个伤者原本会是我。后来，法院判了奎亮有期徒刑十年，我大大地松了一口气。我和荔蜜之间终于摆脱了那块臭石头了。

旱冰场也被查封了，小城里再也没有给混混们装腔作势、自以为是的表演提供方便的地方了。

奎亮入狱的第二年，小城的大妈们终于决定赶时髦了，美容院的生意更上一层楼。我趁机向荔蜜求婚，我说我们好好过日子吧，她几乎不假思索地答应了。而后，她第一次非常认真地看着我的眼睛，说："可惜我不能给你生个一儿半女的，你能接受吗？"我有些想哭，我说："我们的爹妈不负责任，才让我们活得这么鳖孙，我可不想再干同样的蠢事了。"荔蜜抱着我，哭了。那晚，我在荔蜜的身子上折腾到了天亮，她隐忍着，没有一丝半点的拒绝。我对她说我爱她，愿意为她去死。她说我不要你死，我们好好活着。

漫长的日子开始了。小城里出现了第二家美容院，然后是第三家、第四家……小城的人都是一根筋，觉得什么生意好便一拥而上，完全不管什么市场饱和不饱和的。几年下来，我们的收入刚刚能维持成本。我们为了挣钱甚至把两个房间隔离出来，变成一个小旅馆，我和荔蜜就挤在我爹的那间小卧室里。我爹的痕迹已经随着时间流逝只剩下一点儿蛛丝马迹了。我们挤在小房间里，像一对住在窝棚里的牲口，荔蜜开始愁眉不展，一点小事便对我找碴儿发火。我对她也觉得不再新鲜，尤其我看到别人带着可爱的小朋友，我会感到强烈的难过。后来，我在荔蜜面前也不再掩饰这种难过。

7

太阳落山后，黑暗像蚯蚓一样从四周爬过，天边形成不规则的光影，只有头顶正上方能看到太阳的余晖，但很快，那点余晖也消失了，就像墨汁洇满了整张白色的宣纸。他靠着树，快要变成树的一部分了。街道两侧的路灯没有亮起，与他生活的省城完全不同，这里的黑暗似乎有种更加坚硬的质地，不像省城的黑暗似乎轻飘飘的，可以轻轻松松就被灯光给赶得远远的。他被这种变硬的黑暗给压迫着，有些慌乱，旅店的门口黑得像一块打开的黑布。小孙怎么不知道开灯呢？就那么黑灯瞎火地坐在原地不动吗？难道是为了省电？世上有这样开旅馆的吗？他有点儿心浮气躁了，骂人的冲动频频涌出。

终于，旅店门前的灯亮了，像是揭开了黑色的门帘，他可以清楚看到内部的情形。坐在那里的人影似乎变成一个女人了，那浓密的头发在灯光的照耀下像是闪着光泽的煤，如果是小孙，脑袋一定会像瓷器一样闪着亮光。那个女人是荔蜜吗？他的心猛然跃动，像是被缠着脖套的狼狗忘记了锁链而用力跳跃，然后脖颈被拽得生疼，差点儿窒息。他之前幻想的思绪忽然面对着真实的世界，他感到虚弱，仿佛幻想变成了现实，而自己变成了幻想。他蹲了下来，两条腿因为久站而麻木，他焦虑地揉捏着小腿，希望能快速恢复体力，还有智力。他必须有个决断了，要不要联系荔蜜，还是就像对待小孙一样，扮成陌生人好好看上一眼就足够了？

忽然，电话响起，他一看原来是小璐，他的妻子。他在这一瞬间产生了极为复杂的心情，他在这天的冒险行程当中竟然可以完全忘记了自己是个已经结婚的人，他对此深感疑惑。他甚至在此刻开始怀疑自己到底有没有结婚，到底有没有一个刚刚上幼儿园的儿子，如果有的话，为什么他可以忘记他们这么长时间。他接通了电话，妻子小璐问他在干什么，他说没干什么在外边散步呢。小璐说："儿子说想参加乐高班，你觉得呢？"他不知道那是什么东西，小璐解释说那是一种积木玩具，可以跟其他孩子一起搭积木玩。他有些生气，不大理解搭积木还要参加兴趣班。

"多少钱？"他捺着性子问。

"不贵，一堂课八十。"

"这还不贵？"

"你知道一套乐高游戏多少钱吗？四千元！"

"他不可以自己玩普通的积木吗？"

"那不一样，乐高玩具可以从小培养孩子的科学能力。"

他把电话举在半空，小璐的声音变得很细碎，像是电路板故障的杂音。小璐在教育局工作，他们是相亲认识的，当他得知小璐是湖南人的时候，对她的好感一下子多了起来。对曾经的那位湖南女孩的记忆已经稀释得没有什么滋味了，但是她给他形成了一种情感惯性。他对此有着清醒的意识，可他不为这点感到焦虑，反而当作一种补偿，一种岁月产生的循环往复的补偿。但这种补偿事后看来是得不偿失的，他们在性格上有着极为鲜明的不同，都会因为很小的事情大吵起来，每一次吵架，都让他积累着分手的勇气，但到了他快要下定决心的时候，她怀孕了。他只能继续忍受，能让他忍受的不是她变成了一个笨拙的需要怜悯的孕妇，而是源于他对她腹中孩子的好奇。他想见到自己的孩子，他被想当父亲的情绪所羁绊。一晃，这么多年过去了，这些年来他可曾想到过荔蜜？那是很少很少的，做梦倒是梦见过几次，梦见的都是不开心的瞬间，荔蜜冷冷地看着他，把他的情书揉成了一团，仿佛那其中有一种仇恨。荔蜜恨他吗？如果恨，为什么恨？他们曾经那么要好，那么聊得来，难道那些欢乐都是虚假的吗？他摇摇脑袋，这些问题就变成碎片消失了，潮水一样的生活重新拍打过来，他像一条灵活的鱼，游向了快乐多彩的地方，他觉得很多时候自己是真真切切乐在其中的。

"喂，你在听吗？"

"在听。"他把手机放回耳边，"那你先带儿子去上一节课体验下，其他的等我回去再说吧。"

"如果我觉得不错,就报了啊,现在报一学期有折扣。"

他最讨厌小璐的就是这点,他已经让步了,可她对他的话却置若罔闻,继续自行其是,他觉得自己婚姻不幸福的根源都来源于她的这种性格。他无法进一步爱上她,他觉得她的本质庸俗不堪,缺乏情趣。他唯有把自己的心思全都花在仕途上,他原本并不喜欢那样的东西,但是他尝到了权力的滋味就欲罢不能。最近距离的体验来自小璐的父亲,居然正好在他下属的一家事业单位上班,他年纪轻轻的却成了自己岳父的上级。岳父作为老一代人对权力更是顶礼膜拜,因而对他这个女婿的态度也是赞赏有加,如果他和小璐的争吵闹到了岳父那里,挨训的总是小璐。娇生惯养的小璐很不习惯这样的转变,为此哭过好多次。慢慢地,他们吵起架来他越来越占据上风,看到小璐可怜的样子,他又心软了,他开始学着克制。他不想把自己惯坏了,变成一个蛮横无理的人,变成一个自己讨厌的人。但他还是无法原谅小璐,她把生活完全变成了漫长沉重的煎熬。但是,荔蜜不同,因为荔蜜的性格是模糊不清的,也是不用在意的。荔蜜只是荔蜜,她是一个远方的女人,一个记忆中的女人,一个带给自己深深痛苦的女人,一个漂亮到了抽象的女人,一个可以召唤回过去时光的虚构的女人。他现在就要去寻找这个女人,他现在就要不顾一切地召唤回一个已经逝去的永远不可能回来的过去。他觉得如果自己再不任性一回,跟一个稻草人有什么区别。

"你随便吧。"他挂了电话,还不解气,直接关了机,觉得这个世界终于回归了宁静。他终于摆脱掉了那些看不见的重负,只身来到了此时此刻,一个陌生却奇妙的时刻。他觉得自己是活着的,觉得生命的感觉充满了自己的每一个细胞,这样的感觉似乎有些久违了。

他戴上墨镜和帽子,向旅馆走去,他还没有想好以怎样的方式来接触荔蜜。小城入夜之后,街上几乎没什么人影和车辆,像是一座废弃的遗址,他盯着那旅馆传来的昏黄灯光,觉得亲切起来。但他越往前走,越是觉得那光似乎是有弹性的,每走一步都要费好大劲去推开那光的压力,才能挤进那光里边去。等他走到旅馆门口,整个人都气喘吁吁,大汗淋漓了。

他一眼就认出那个女人,正是荔蜜。这么多年过去了,小孙的头发已经脱光了,但是,荔蜜还像个少女似的,保持着少女的体态,尤其是她的肩膀,还是那么瘦弱,令人怜惜。她穿着粉红色的短袖,淡蓝色的牛仔裤,白色的旅游鞋,再普通不过的装扮。就是这种普通,凝滞了时光,似乎什么也不曾改变。她的脸居于光线的中央位置,过于明亮而看不清五官的细节,但她的轮廓真的没有丝毫变化,她没有随着时间而变得臃肿,她仿佛就是过去的那个她,只是时空错位,她出现在了这里。他被震撼了,他完全没有想到会是这样的情况，他以为他要面对的是一个小城的怨妇，他要透过那层衰老的镀层才能看到过去的那个人。他几乎一步也走不动了,他站在旅馆的门口,像是一个一无所有、精疲力竭的乞丐。荔蜜抬起头来，望着他。这时，他看清了她的五官，尤其是她的眼睛。最让他念念不忘的那双眼睛完好无损（他心中念叨的就是这四个字）地望着他，他感到的是锥心的绝望。仿佛这奋斗了二十年的光阴忽然在这双美丽眼睛的注视下失去了重量，变得像是天边飘过的几缕云彩。这其中也包括仕途上的各种春风得意，那些权力的快乐似乎短暂得不值一提，甚至在这双眼睛的注视下变得虚弱无力，犹如一头巨兽被掏空了全部的内脏，四肢只能颤抖着轰然倒地。他没有想到事情会变成这样，他准备好面对各种情况，唯独没有想到的就是眼前这种状况。他感到了慌乱和懊悔。

他摘下墨镜，叫了声："荔蜜。"

荔蜜认真看着他，持续了足足有二十秒，然后略显平静地说："夏阳，你来了。"

"你还好吗？"

"就这样，你都看到了。"

"你几乎没什么变化，还是那么年轻。"

"你很老吗？"荔蜜微微笑了下。笑的时候眼睛成为一对月牙，和记忆中的一模一样。

"不敢说老，但也不敢说年轻了。"他斟酌着说。

"你是住我们这儿？"荔蜜不加掩饰地笑了起来，类似知晓了什么秘密的那种笑。

"哈，是的，住你们这儿，为了找你。"他觉得不需要再找什么借口了，便直率地说道。

"找我做什么？"她说完嘴角微微向下撇了下。尽管荔蜜的样子变化不大，但是她的声音还是有了点儿沧桑，语调也多了从社会摸爬滚打后的调侃。

"还能做什么，聊聊天呗，那么久没见了。"他干脆也用一种轻松的语气去应对。

"听说你在省城混得挺好的。"

"哈，谁说的，就那样，马马虎虎。"他笑了笑，身体往前倾斜了点儿，右手撑在了桌子角上。荔蜜这样说，让他的心情稍微平复了一下，那过去二十年的重量能恢复点儿了。

"小孙呢？去哪儿了？"他警觉地问道。

"他？回家了吧，我们是轮流值班的。对了，你今天不可能没见到他啊！"

"嗯，"他含混地应了一声，说，"没想到你和他结婚了，做梦都想不到啊。"他感慨道，直截了当。

"谁能想到呢,我自己也想不到。"荔蜜看着他,眼睛里流露出了真诚。那双眼睛让他的二十年重新失去了重量。在这一瞬间,他甚至觉得是自己对不起她的,但他转眼就记起来了,当初是荔蜜残酷地拒绝了自己,她现在所承受的这一切和自己毫无关系。他是自作多情地想拯救她吗?这样的意愿来自快被遗忘的初恋,还是别的什么情愫?他无法厘清。

"想不想散散步,聊聊天?今晚有风,还很爽快。"他觉得他站在她面前,她坐在那张可笑的桌子后边,是没办法进一步聊下去的,他们被自己的姿势和位置给束缚住了,他觉得散步是最舒服的运动,是最自由的方式,可以让他们从那些束缚中解脱出来。他们走累了,还可以找到一间咖啡店——如果小城晚上没有类似的地方那就去烧烤摊都行,喝上两杯啤酒,什么都会变好的。

"夏阳,"荔蜜看着他,"回去吧,这不是你该来的地方。回去吧,现在就回去,不要让大家难堪,不要把这一切弄得可笑起来。你现在上去收拾行李,我可以送你去车站。回去吧,回省城去。"

他没想到她会说出这样的话来,这样的场景和当年揉皱情书的残酷如出一辙,她为什么总是要这样对他,他想大喊大叫,他想把面前这张丑陋的桌子掀翻在地,他想把她拉过来抱在怀里盯着她的眼睛在她的耳边质问她这一切究竟是为什么。然而,他只是站在原地,当年他都可以镇定应对,更何况是二十年后的今天。二十年的岁月钻进了他的身体,渗透到了他的骨骼和灵魂,终于发挥了作用。他觉得自己竟然还微笑了一下,不知道她有没有看到,这个微笑从遥远的记忆里浮起,绽放在此时此刻他的脸上,在一秒钟后归于无限的沉寂,永远也不会再回来了。

"也好,那我先上去。"他点点头,走上楼。当他背对着她的时候,他感到那光的压力又出现了,只是这一次是从背后推他,他都感觉不到自己的腿在使劲就已经登上了二楼。他掏出钥匙,打开房门,赶紧钻了进去,把那光挡在门外,整个人才松弛下来。有什么好收拾的呢?只有一个提包孤零零地躺在那里,像一条被遗弃的黑狗。这时,又一列运煤的火车驶过,窗户产生了共振,开始了诡异的颤抖。鸣叫的汽笛音在变得尖细后降落下去,像是从空中往下跳伞,一直向下降落,一直向下降落,不知道会降落到哪里,不知道要降落到哪里,心里实在揪得难受。地面在哪里?人不能和地面失去联系。

8

你看着夏阳觉得这个人变化很大,他曾经是个腼腆的人而你不喜欢腼腆,他的腼腆已经变成了一种深不可测的城府。你曾经特别想激怒他,想看看他生气发火的样子，但你没能成功。你也不知道为什么你对他会有这样的心理，你对其他任何人都不会有这样的心理，你有些害怕他，你似乎想逃离他，尽管你和他待在一起曾经有说有笑也挺开心，你也知道他有多么喜欢你，但你还是想逃离他。那么多人喜欢你可你对别人可没那样的想法，这也是奇怪的事情。他是个优秀的人，在人群中显得与众不同，他的成功是不用怀疑的，他以后还会有更大的成功，你向往那样的成功吗？也许是的，但你似乎更怕那样的成功，那样的成功让你感到不踏实，仿佛是站在云朵上，一不小心就会掉下来给摔得粉碎。你活在离地面近的地方觉得踏实，只是你在这个世界上太孤独。你当然知道你是个看上去傻乎乎地毁了自己生活的女人，但没有人知道你是被那个畜生给强奸了，你没法去跟任何人去说这样的话。说这样的话就是被无数的人再强奸一遍，你只能装作心甘情愿的样子，别人也就不好说什么了，如果再勉强自己往那畜生身上投射一些幻想出来的情感，那样强奸也就不再是强奸了。其实你的人生无所谓毁不毁，你最讨厌的是你的这张脸，你知道这张脸有多么漂亮，这让你在这小城里太过突出，而你并不是个愿意突出的人，你愿意像尘土那样很低很低地活着。直到今天你重新看到夏阳，才想到如果你站在夏阳身边，那你的这张脸应该就显得没那么突出了，你之前怎么没想到呢？如果当年接受了夏阳的感情，自己真的可以做他这个太阳身边的尘土吗？你之所以没有答应，难道是因为自己并不真的愿意做尘土，即便做尘土也要做尘土里闪闪发亮的沙金？你有什么资格做沙金？你唯一的亮点不就是你的这张脸吗？可这张脸是来自于遗传，从本质上跟现在的你关系并不是很大，尤其是你跟给予这些基因的人已经没有什么关系了。因此你是不看重自己外表的人，尽管你从事美容行业，天天在自己脸上捯饬，让自己的脸变得更加突出了，可你没有丝毫的成就感。是的是的，你显然失败了，那些曾经的开心现在想起来都觉得让人害臊，因此你也很少去想了，你也没有任何希望了，不抱希望也就没什么失望，也许这才是最好的选择。曾以为十年比一生还长，但发现十年就像是十天。奎亮为什么又被释放出来了，为什么不直接枪毙了他呢？如果没有奎亮，你一定会生活得比现在更好。如果没有奎亮，你一定会生活得比现在更好吗？你怎么敢有这样的勇气说话？你未必会比现在生活得更好，因为没有他那样的肮脏和丑恶，你就不会彻底窒息，你就依然还会向往夏阳那样的光明，而那是注定要失败的，是要承受更大的不幸的。如果向往光明而无法得到光明或是被光明丢弃，那就像是从深渊坠落，一直坠落，没有尽头。那比强奸更残忍。不如就直接生活在谷底，哪怕变成丑陋的苔藓也是踏实的。人，不能和地面失去联系。什么也无法改变了，你希望你死在这座小城，夏阳不该来这儿，他来这儿太可笑了，他竟然是为你来的，你被他搅扰得心神不宁，你完全想不到他这样做的理由，你几乎没有想起过他,他不属于你这个世界,他应该赶快回去,回到他的世界里去。至于你自己,宁愿就这样死在这座小城里。人还能有什么更高的指望吗?奶奶笃信佛教,每天念经向往西天极乐世界,但你念不进经文,也信仰不了菩萨和上帝,你只能像昆虫那样活着,然后像昆虫那样死去。你只有俯首认命,心甘情愿,有没有来世都无所谓了。

9

我早就料到夏阳这狗东西会有所图谋的,没想到他这么快就行动起来了。他又戴上了棒球帽和墨镜,一副神不知鬼不觉的傻样。他走过我身边的时候,我看了他一眼,他脸后边掩藏的笑意没有了,是一种害怕和慌乱。他太明显了,他不是一个好演员。按道理,他是在官场上混的,不该这么逊,喜怒不能形于色这个简单的道理他妈的连我都知道。除非,除非这家伙要干的事情太猛了,已经超出了他能忍受的范围。他究竟要干什么呢?这个问题让我焦虑,我盯着手机屏幕,电视剧里的人吵来吵去,我一个字都没听进去。我不断地抬眼望他,他装作散步的样子,走得很慢,但我一眨眼,再看,他还是不见了,不知道去了哪里。我没有勇气去寻他,我怕他只是躲藏在哪儿偷看,那样的话我匆匆忙忙去寻他就会被他立刻识破,那么他肯定会另作打算。我是有点儿害怕他要干的事情,但是我更好奇他会干些什么,二十年了,这样的一个人重新出现,你无法不产生好奇,即便你知道这种好奇很有可能是会要命的。

荔蜜等会儿就要来换班了,然后我去吃饭和休息一两个小时,一般情况下我都不会让她坐在那里抛头露面太久,她的那张脸总是让那些猥琐男的目光扫来扫去没完没了,甚至还有男人以为她也是做那个的,电话打到前台找她去房间,这种尴尬倒是没什么大问题,我所担心的是万一她哪天真的上去了呢?哈,这种想法是有多么卑鄙、无耻我是永远也不会让她知道的。可我没办法,我对她有一种根深蒂固的怀疑,她可以跟奎亮那种烂人鬼混在一起,还有什么事情做不出来呢?尽管我现在做的事情也上不了台面,在客人眼里我也许是个不折不扣的皮条客,但我还是有基本的尊严和底线,那就是自己的老婆可不能陷进这个泥塘里边变成一只鸡,那样的话我觉得自己这辈子就彻底毁掉了,这比现在赚不到什么钱要可怕得多,这是我心底的噩梦。

我看到荔蜜从美容院的方向走过来了。自从本地高中部搬去了邻市,那里的顾客越来越少了,来的都是上了年纪不会打扮自己的乡下人,她们跟着挖煤的男人来到这座小城,也想努力变成个城里人。可是她们兜里没几个钱,也知道自己的男人挣的是血汗钱，想从她们身上抠出一点儿钱来可真不容易。有些美容院招了年轻小伙子给大妈做暧昧按摩，有些美容院引进了高级仪器给有钱人做各种调养，我们还是原封不动的样子，用的是荔蜜十几年前从省城学来的那套玩意儿。我们尽管会因为生意的不景气吵架，但我心底并不真的气愤，吵架就类似一种酒鬼的发泄，吵完就好了，就舒服了。

奎亮出狱后，剃了个光头，从一个小混混变成了地道的犯罪分子形象。他又来找荔蜜，不过他这次表面上客气了好多，他建议我们把美容院改造成一家休闲会所。

"什么休闲会所？妓院吧？！"

荔蜜大声喊道，我从没见荔蜜那样生气过，她的脸扭曲得吓人，她几乎像个失控的洗衣机那样浑身上下震颤个不停。喊过之后，她对奎亮说的话我一个字都听不清楚，她嗓子里沙哑得跟临死的鸭子似的。奎亮那孙子欺软怕硬，真被荔蜜给镇住了，脸上露出猥琐的笑容，像是在死命掩饰自己是一个草包的事实。我拿定主意，我总有一天会一枪崩了这个狗日的东西，像这样的东西，难道还有资格存活在世上吗？从那天开始，我见到奎亮一点也不怕他了。我之前的确是个懦夫，是荔蜜给了我勇气，所以我打心眼里感谢这个女人。这个女人就算有很多问题，但那都过去了，她身上有我敬重的地方，但我一时半会儿还想不清楚那究竟是什么，那不单单是对奎亮发火这么简单，我觉得她比我对活着本身更有想法，我和她过日子，还是会觉得比和其他任何人待在一起要踏实得多。如果下次奎亮还敢那么在荔蜜面前嚣张，那么我绝不会让荔蜜冲在前面，我一定要做一回男人，我可是在煤矿里玩过命的人，像奎亮这种疲包怎么能和我比呢？他对生活到底有什么了解？我越想越觉得他令人可笑和恶心。

会有送他上路的那一天的，还没到时候，还没到时候……唉，但鬼知道怎么回事，我不仅没有杀他还和他开始了"共事"。所谓鬼迷心窍就是这样的吧。奎亮在荔蜜那里碰了一鼻子灰，没想到他把主意打到我这儿来了。说实话，我和荔蜜那会儿已经入不敷出了，眼看着我们就要走到绝境了，我甚至想我是不是又得回到矿上去挖煤了，但荔蜜对我说："我们还是应该把旅馆做好，咱们这儿靠近火车站，地段没得说，就是太小了。我和隔壁邻居们聊天，没谁喜欢住在这里，太吵了。咱们不如借点钱，全部买下来吧，实在不行租都行，做成一个醒目的大旅馆，也许才有救。"我想了想觉得这个主意不错，我说："主意很好，但去哪儿找钱呢？"荔蜜说："你别管，我来凑。"我便不再多问，几天后，她真凑来了钱。就这样，我们一点点将整栋小楼都租了下来，入住的客人是比以往多了起来，但能住这里的都不是有钱的人，谁能指望靠一张床铺一晚上几十块钱发财呢？我们只是做到了不会被立马饿死，但离攒点儿钱做一点儿自己喜欢做的事情这么简单的目标都还很有距离。奎亮有一天趁着荔蜜不在来找我，我看见他感到巨大的恶心，尤其是那泛着黯淡蓝光的文身，像是市场上出售的猪排，我真想用刀子把那块东西给割下来。

奎亮神神秘秘地说介绍一个小妹给我认识，然后果然有一个年轻丰满的小妹从他身后跳了出来，好像变戏法似的。"友情价，很便宜！放心，这是男人的事情，我会保密的。"他笑眯眯地看着我，努力做出友好的表情。那个小妹穿得极为暴露，白花花的肉像一大片强光照得我几乎失明了。我除了荔蜜从没碰过别的女人，因此我当即被欲望烧昏了脑袋，像发情的公狗那样什么都不管不顾了，我甚至都没看清那个小妹的五官，抱着她沉甸甸的胸部就和她滚到了床上。完事之后，我清醒过来，才感到了后悔。我赶紧掏出钱递给奎亮，希望奎亮可以遵守诺言，替我保密。可他居然不收，还和我称兄道弟，推心置腹，提出了想和我合作的计划，那就是在旅馆里增加一项服务项目。他说："这就是第三产业，很常见的，你肯定没去外边住过旅馆，现在哪个旅馆没有这项服务呢？"我的确没出门住过旅馆，我曾经差点去找夏阳，如果那次成功的话我肯定就住了旅馆，就能够判断奎亮有没有骗我，可现在我没办法判断，我只能相信他，我觉得这应该算不得什么大事。他掏出手机，用计算器跟我算了一笔账，吓我一跳，这样好的收入要不了几年我就不用和荔蜜像牲口一般挤在一起了，我就能做我想做的事情了。虽然到底是什么样的事情我还没想好，但我朦朦胧胧地感觉到，我应该离开这个鬼地方一段时间，去其他地方走走看看。不用说，在这个计划里，一定少不了荔蜜。

那件事只能放手让奎亮去做，因为那件事做起来毕竟还是脏兮兮的。人有人道，鼠有鼠道，需要老鼠做的事情只有老鼠才能做好。可意想不到的是，奎亮变本加厉，没经我同意就在每个房间安装了针孔摄像头，他说他不是变态而是为了生意，这些视频可以卖到国外的色情网站去赚钱，到时会给我提成。我搞不懂这个，只能由他去了，反正我觉得这事也挺好玩的，不然我的生活也太没意思了。谁没有偷看别人的欲望呢？只要不伤害别人，只是那么安安静静地看看，我想应该是没什么问题的。这些事我一直不敢告诉荔蜜，寻思着以什么方式让她容易接受，但我还没准备好，就被她发现了。她说："你在鬼鬼祟祟地搞什么呢？"我赶紧一五一十地告诉她，做好了她会暴跳如雷的准备，谁知道她只是冷笑了一下，说："真变成婊子窝了。"然后任我再说什么，她都一言不发坐在那里，以这种沉默的态度接受了事情的发生。我无法真正理解她，我猜测她之所以能接受的根本原因不仅仅是因为婊子可以赚钱，而是因为她并不爱我，因此我的所作所为她不想去搭理吧。她这样的态度像烧红的煤炭灼伤了我的心，如果她能大喊大叫起来，也许我会立马跪在她的面前，恳求她的原谅。但她如此冷漠，和当初奎亮想改造她的美容店时的反应落差太大，于是，作为报复，我和这里的每一个婊子都上过床。不过这种报复并不奏效，因为在此之前我和荔蜜过上一段时间还是会做爱的，但在此之后，她拒绝我碰她，好像她已经知道了我的丑事。我只能继续找那些小婊子们满足自己，这样干的后果是反而让我发现自己越来越爱荔蜜，因为我感到我的心越来越难受。

  荔蜜正在走过来，我生活中唯一有价值的东西都在她身上，我每次看到她走向我都会感到非常的幸福。她向我走来，而不是向别的什么人走去，这比嘴巴上说出的爱更加直接。我坐在这里像条看门的狗一样百无聊赖，每天的最大希望似乎就是在等待着这一刻的到来：她向我走来。虽然她看我一眼之后就不再看我，不知道她在看着什么、想着什么，但她依然向我走来，像是走在我的心上，我的心被她的脚步一下一下踩着，我觉得特别踏实。如果时间可以像电脑视频那样操作，那我就把这段时间设置成循环播放，然后不吃不喝死在这段时间里边也心甘情愿。

  今天荔蜜穿了一件粉红色的短袖，下面是淡蓝色的牛仔裤，白色的旅游鞋，再普通不过的装扮。幸亏不是裙子，她有一件吊带的花裙子，穿上之后我的眼光就像被胶水给粘住了一般，无法从她的身上挪开。她幸好没穿那件。如果穿了那件，我一定会找个借口让她离开，我不会让夏阳那个小子见到她的漂亮的，我当然知道"风韵犹存"会让男人重新疯狂起来。今天她这么普普通通的样子在夏阳这个省城的国家干部眼里一定算不得什么，夏阳看到曾经喜欢过的人变老了、变丑了、变得毫无光彩了，也就不再惦记着了，这对大家来说都是一种解脱。

  荔蜜站在我面前，看着我，那眼神命令我赶紧离开，要在以往我马上就离开了，我打骨子里希望顺从这个女人。但今天不同，今天夏阳这个龟孙子不知道怀揣了什么鬼主意在周围转悠着呢，我的嘴巴在荔蜜的注视下张开，动了动，说出了无声的话语。我很想告诉荔蜜，夏阳来了，但我不知道这样做的后果，我是个保守的人，我不想自己在里面起到什么作用。也许我什么也不说，当荔蜜突然看到夏阳的时候一定会感到惊讶和害怕，从而会非常讨厌夏阳，要是我说了，反而让她有了心理铺垫，或许还有了别的什么心思。这么一想，我打定了主意，赶紧闭上嘴巴，缓了口气，像往常一样，望着她笑笑，问她今天好不好，晚饭吃的是什么？她用几句话打发我，语气平淡，但也谈不上厌恶。我看她坐在那里，双手托着下巴，一副出神的样子，便悄悄走开了。

  我当然没有去吃饭，这可不是吃饭的时候。我绕到了不远处的铁路大厦，我认识那儿的门卫，我跟他打了个招呼，说想上楼顶透透风，抽支烟。"把烟头带下来。"他瞪着眼睛说。像这么认真负责的门卫如今真是太少了。我乘电梯来到楼顶，这楼并不算高，只有九层，但站在这里望着我的小旅馆还是非常清楚的。我看见夏阳从一棵树后面突然出现，我就知道这个该死的家伙一直藏在那里打着坏主意，幸亏我当时没有跟出来，不然被他一早发现了。我看到他像一只老龟缓慢朝荔蜜走去，他没有戴帽子也没有戴墨镜，他已经卸下了伪装，准备去和荔蜜见面了，我的猜测真是一点儿也没错。他来到门口，站下来，看上去不是一个人，而是一道不规则的阴影，要消失在这夜晚里边了。我看不见荔蜜，就算能看见，我也看不清她脸上的表情，我还没那么好的视力。我应该准备一架望远镜带上来，可我完全没有时间去准备这个了。过了一会儿，啊，不知道是不是过了一会儿，因为我的心里乱得已经没有时间概念了，也许他们聊了很久，无论如何，夏阳忽然上楼去了，荔蜜一直站在那里，像是在等待着什么。果然，没过多久，夏阳带着行李下来了，荔蜜跟他一起走出了旅馆。他们并排走在一起，夏阳外侧的那只手提着行李箱，他内侧的那只手看不到，但能感觉到他们挨得很近，也许手牵着手。他们向火车站的方向走去，看上去就像是一对去远方旅游的情侣。那正是我心里盘算着想做却还没做成的事。

他们绕过那棵树，走进了火车站广场，走出了我的视线。我的眼前只剩下黑暗和荒凉，我的心里也是一样。我开始后悔刚才竟然给他们创造了见面的机会，但是，如果他们是提前约好的呢？看他们自然顺溜的样子，如果说他们已经为此精心准备了很久，那是一点儿也不奇怪的。那样的话我还有什么后悔不后悔的。我此前经常会担心奎亮会把荔蜜从我身边抢走，可我发现荔蜜其实并不爱奎亮，她和奎亮有过那档子事完全是她年少无知造成的，有些女孩子纯真无邪，可就是会突然间喜欢上一个烂人，以为那样放荡不羁的世界很精彩，最后才发现那个世界充满了可笑的愚蠢，可这个时候时间已经不能倒流了，那种可笑的愚蠢就会跟鬼魂似的待在她们记忆里，让她们开始没完没了地嫌弃自己。我想荔蜜就是这样的。我是多么理解她，可我无能为力，我所能做的都已经为她做了。夏阳还可以为她做更多的事情吧？那是确定无疑的。但我自己该怎么办，荔蜜离开后，我的眼里和心里都是黑暗和荒凉。

我吸了一支烟，想到了我为奎亮的最终结局所准备的那支猎枪，那就像是黑暗中的一个把手，虽然不知道会通向哪儿，但好歹是一个把手，握着它会感到有所心安。我没有把烟头带下去，而是直接从楼顶丢了下去，结果是一样的吧。我转身下楼，向家也就是旅馆走去。我脑袋里满是对荔蜜和夏阳在一起的各种想象，我以为我的脑袋早就跟混凝土一样迟钝无感了，可现在这种丰富多彩的想象让我的脑细胞变得异常活跃，那些戈壁滩样的麻木开始松动起来，我在被这种想象压垮的同时也变得像个真正的人那样深邃起来，仿佛一下子悟到了人活着的最本质的那些道理。我竟然还想起了中学时语文老师在课堂上讲的几句话：当星星在高处闪耀时，蚯蚓却在底层悄然泯灭；可星星的光芒，也曾照耀过一条微不足道的蚯蚓。我不能肯定自己的记忆是否准确，尤其是第二句，充满了失败者的自我慰藉，很可能是我自己的潜意识杜撰的，但管不了那么多了，我百分百确定自己就是一条匍匐在地的蚯蚓。我想钻进地下去。我第一次意识到曾经采矿的黑暗地下原来才是最宁静的。

只要，你不再心存幻想。

10

那就这样走吧，在这刚刚结束的黄昏，在这肆意铺展的夜晚。他站在窗前，看到运煤车呼啸远去，黑色的车身完全融入了夜色之中。他打开窗户，向远处尽力望，想看见远处的山峦，但是除了一团团的黑暗，什么也没看到。过了一会儿，几点移动的灯光出现在黑暗中，那是汽车还是火车他无法分辨，他只是觉得那黑暗仿佛很黏稠，因而阻力很大，灯火移动得相当慢，和他此刻的心情一样。就这样走了吗？空气中怎么充满了黏稠的滞重，让他连一个转身都变得如此困难？他深深呼吸了一口充满着煤灰气息的空气，仿佛把这里残留的记忆通通吸进身体里打包带走，然后，自己与这里便再无关系。

他提起行李，向外走去，好像把自己硬挤进什么看不见的陌生东西里去。他来到楼下，看到荔蜜站在那里，而不是坐着。她一直站在那里等着他，想到这点，他的心觉出了一些温暖。她看到他下楼来了，甚至还冲他微笑了一下，仿佛他们是约好一起去什么地方旅游。这样的想法让他非常乐意离开这个破旧却充满了象征的小旅馆。他们一起来到街上，两个人什么话也没有说，便向火车站广场走去。他不知道该说些什么，也不愿说些什么，努力保持着那种一起去度假的幻觉。他故意和她挨得很近，胳膊都触碰到了一起，但她并没有躲开，任他们的身体紧挨在一起，他想牵住她的手，却一直犹豫着没有行动。

"去省城的车很多的，这里有百分之九十的车都会路过省城。"荔蜜像个导游一样向他说道。

"是的，我知道。"他这样说完有些后悔，他应该让她继续说。

"我曾经在省城上过美容培训班，还想找过你的。"荔蜜不看他，看着候车室的方向。

"我完全不知道，"他抱歉地看着她，"要是知道的话我肯定去找你了。"

"你找我干什么？"荔蜜依然没有看他。他们并排站在候车厅门口的一侧，有了送别的氛围。

"找你……都是老同学，为什么不能去找你？"他有些尴尬。

"我那样伤害过你，你为什么还要找我？"荔蜜回过头来看着他，他看到她的眼睛里似乎蓄满了泪水，亮晶晶的，但周围光线比较昏暗，他不敢确定。

"那都过去了……是的，是有些伤害的，但是，我总会想到你，觉得你那样做也许有别的什么原因吧。"他想找个台阶，让大家都下去。

"没有什么别的原因，我自己都不知道什么原因，也许……也许我觉得你太好了吧。"

他觉得眼泪就要掉下来了，他觉得自己心底隐隐的一种感受终于得到了证实，那就是荔蜜并不讨厌他，甚至还认为他太好了。他有些喜出望外，就像是含冤监禁多年的囚犯终于看到了平反的希望。他一时不知道说什么，只是上前一步，想要轻轻抱住她。

但她推开了他，说："不过，你的好跟我没什么关系。"

他愣了下，沉冤昭雪的希望瞬间面临破灭。他无法甘心，感动与愤怒夹杂在一起终于使得眼泪掉了下来。这让他看上去有些伤心欲绝。

"这么多年过去了，我还想着你呢。"他用力盯着她的眼睛，如果那双漂亮的眼睛里真的有泪水，那么他觉得自己的目光就会像电流一样进入她的心底。

"说真的，我倒是没怎么想起过你，"荔蜜扭头不看他，她看着大厅里边，"我有我的生活，你也都看到了，虽然就这么回事，但毕竟是我的生活，我得度过里边的每一天。"

"那你过得开心吗？我觉得你并不开心。"他听出了她的软弱，就像登山找到了突起的石台，他要踩着它乘虚而入，让她不得不更多地敞开自己。

"让你看到我这样，你应该会高兴的，当初我那样对待你，现在是这样的下场，你这次回来就是寻思报复的吧？我觉得你的目的达到了，看到我可悲地还活在这个鸟不拉屎的小地方，你满意了吗？"荔蜜再次盯着他看，眼睛里的泪光没有了，因为流了出来，脸颊上湿漉漉的一片，她也并不擦拭，似乎对哭泣毫无感觉。

他右手紧攥着提包，全身都绷得紧紧的，像一把直立的弓要把自己弹射出去。他已经判断出荔蜜的这些话只不过是一些自怨自艾，这样的情绪她肯定已经压抑了太多年了，他的到来为她提供了一个发泄的舞台，每个人都需要这么一个舞台，这个舞台将会成为一种记忆的节点，在未来的岁月中聚集各种各样的细节与想象，从而构成了一个人记忆的结构，也就构成了一个人的本质。因此眼下这个时刻对于荔蜜来说太重要了，他看着她无比美丽的眼睛，简直要为她悲悯得大声哭泣了。

"对不起，我绝对没有这样的意思，如果你说的可悲生活是贫穷的话，那么我的确不算太可悲，但生活不仅仅是富有和贫穷，还有更多更重要的东西，比如说，比如说我的生活中就缺少了你的这双眼睛，这是任何财富和地位也不能弥补的。"他觉得自己的话太文学了，像是夸张的台词，但这反而是他最真实的想法，是他今天第一次见到荔蜜时便升起、盘旋的念头。既然这个时刻会成为最后的告别，那么他为什么不把心底的话说出来呢？他早发现人最在意的并不是日常的吃喝拉撒，人最在意的其实是自己的想象。为了想象的实现，人愿意付出在别人看来完全不值得的甚至荒诞的巨大付出。他不就是这样的吗？他清楚地意识到这一点，并为此感到了一种恐慌。

"我知道，我的这双眼睛是很漂亮，但总有老的一天。"荔蜜一直盯着他的眼睛，不再回避，她的软弱也就不再是软弱，而是一种看破红尘的洞彻。

"二十年了，它都没有变。"

"再过二十年，它一定会变。"

"不会的，"他又加入自己的想象，"当然它会衰老，但它最本质的东西不会变，那就是你看着这个世界的眼神。"

他以为荔蜜会笑话他的酸腐，但她没有，看来女人面对甜言蜜语总是会失去理智。但谁又能指责他说的不对呢？他是真心实意地那样说的，就像他已经看到了那双眼睛的衰老，那些鱼尾纹，那些细微的斑点，但他在意的依然只是那双眼睛的美丽，那种美丽肯定不是一种机械的组合，那其中的的确确有着说不清的生命奥秘，那种奥秘随着年岁的增长其实更加丰富了，似乎在鼓励着他去慢慢接近和探索。

"不说这些了，还有什么意义呢？你回去吧，我去看看车次。"荔蜜转身走进候车厅，里边零零散散坐着不多的人，她跟检票口的工作人员打了声招呼，看来他们是老熟人了。那个工作人员蓄着大胡子，有些凶神恶煞，显然注意到了他，朝他投来了一束含意不明的目光。他尽量表现得平静，让对方的目光如一粒石子掉进湖水中。荔蜜跟大胡子说了几句话，大胡子点点头，又看了他一眼。荔蜜走过来对他说："十分钟后就有一趟车去省城，我帮你打好招呼了，你等会直接上车，在车上再补票。"

他除了说声谢谢还能说些什么呢？他觉得自己很无力，顺着荔蜜的意志被安排却无法做出丝毫的反抗。他应该反抗吗？怎么反抗呢？告诉她他现在还不能走，同事还在等着他？告诉她他并不是一开始就存心来找她的而是缘于一种怀旧的思绪？告诉她他也不知道事情弄到这一步该如何收场，这是他毫无计划的结果？他们一前一后走到离检票口不远的一排椅子前，并排坐下，大胡子站在不远处，用眼角的余光扫视着他们。荔蜜坐得端端正正的，目视前方，反而格外充满了送别的凝重。他们之间这种古怪的氛围是一定会引起旁人侧目的，他觉得他们更像是一对生活多年终于离异的夫妇。

"都会过去的，"荔蜜把双手放在膝盖上，像是忽然间感到了抱歉，她扭头微笑着望着他，"你想啊，距离我们上次说话，都过去二十年了。"

"二十年发生了多少事情，数都数不清，但现在好像那些事情都没发生似的。"

"我也有这样的感觉。"

"时间像是停在某个地方,并没走,"他也回望她,笑了笑,"下次你来省城,记得找我吧,我请你吃饭。只是吃饭,老同学之间的请客,不用担心。"

"好的。"她点点头。

任何人在这样的环境下都会这样说的,仿佛那是一场牢牢约定的盛宴,而不是一种想象中的客套说辞。

"奎亮呢?在做什么?"他的嘴巴仿佛忽然失去了控制,居然问出了这么一句犯忌的话。也许因为他看到荔蜜移开的脸上惶然的表情知道未来的那场饭局只是语言的泡影了,他的难受劲又浮了上来让他做出最后的挑衅。他迅疾感到后悔,因为他看到荔蜜听到这句话之后浑身颤抖了一下,就像睡熟的人在大冬天突然被揭开了被子,她的双手更紧地握住了自己的膝盖,仿佛只要保护好那里,那么身体其他的地方就不会着凉就不会受伤。

"你问他干什么?他死了。"荔蜜说完这句话,站了起来。

"啊?!"他一愣,瞬间明白这是一句极度愤怒的气话,赶紧站起身来拉住了她的袖子。她抬起胳膊想要挣扎,但他顺势握住了她的手。他紧紧握着她的手,她反而冷静下来了。这时火车进站了,候车厅看上去不多的人聚集在检票口的时候竟然还显得有些拥挤,他顺势拉着她的手排在了队伍里边。大胡子显然注意到了这一幕,但是人群像洪水那样冲断了他目光的栅栏,他不得不频频低头验票。荔蜜想挣扎着甩开他的手,他伏在她耳边说:"就再送送我吧,不知道什么时候再见了。"荔蜜便由着他往前拖拽,路过大胡子的时候,他用提包挡在外侧隔断大胡子探询的眼神,荔蜜朝大胡子喊了一句:"我送送他。"大胡子点点头。他们顺着人流很快就走到了车厢门口,荔蜜说:"好了,夏阳,放开我,你回去吧。""你先送我上来,我有东西给你。"荔蜜迟疑地望着他。"很快的!马上!"他几乎吼叫了起来。她被他的气势给震慑了,愣怔了一下,在这瞬间,他用力一拉就把她也拉上了车。他们一起站在车厢的连接处,荔蜜焦急地说:"什么东西?你怎么刚才不给,眼看车就要开了啊!""等等!"他把包丢在地上,然后张开双臂像头大棕熊一般将她紧紧抱住了。"放开我!你这个混蛋!"她这是真的发急了,他并不意外,这是搁谁身上都得发疯的事情。他把头埋在荔蜜的肩膀后边,任她如何打骂就是不放手,他听到荔蜜哭了起来,哭得很大声。他有些慌乱,很怕有人上来干涉,告他拐卖人口,但就在这时,他和荔蜜一起感受到了一阵巨大的晃动,然后脚下的地面移动了,并开始了有节奏的震动。他抬起头来,看见车站正在窗外缓慢退去,站台上的灯光像是有人按着开关似的,一下一下把光打进来。大胡子追着车跑了一会儿,然后大张着嘴巴像雕塑一样凝固在站台上。荔蜜的哭泣声已经不知不觉停止了，她泪眼朦胧地也扭头望向窗外，眼睛里充满了茫然无助的情绪。他感觉到荔蜜的身体松软了下来，几乎完全沉入自己的怀里了，他们看上去完全是一对紧紧拥抱在一起的情侣。很快，他看到了小孙旅馆的那扇窗口，他曾长时间站在那里看火车，而此刻他却站在火车上望着那扇窗户，他知道在夜晚从那扇窗可以清清楚楚地看到车厢内的一切，因此，最残酷的事情发生了，他看到那扇窗户的后边站着一个人影，那个人影一定是小孙无疑。小孙手里端起了一根沉甸甸的条形物体，似乎是一把枪，荔蜜显然也看见了，她的手像动物的爪子样紧紧抓住他的背，嘴巴张得大大的，嗓子眼里却发不出一丝声音。这时，火车拉响了刺耳的汽笛，开始加速，那扇窗户从视野的一侧很快滑到了另一侧，随后他们看见了绚烂的火花，紧接着听见了受潮的鞭炮般沉闷低沉的爆炸声，那声爆炸被火车甩在了身后，回声变得越来越低沉，像是向下渗到了泥土深处。——他的脑海里居然又想到了那个物理学名词：多普勒效应。

"多普勒效应。"他脱口而出。

"你说什么？"荔蜜惊魂未定地望着他。

"刚才……真是特别典型的多普勒效应。"他嗫嚅着说，并不觉得自己说这话有些前言不搭后语的荒唐。

这时火车已经离开了小城，本就不多的灯火遽然远去，窗外沉入了荒凉的黑暗。车内的灯光也无法穿透那无边的黑暗，只能反射回来，这样便形成了镜面效果。他看到黑色的镜中他和荔蜜搂抱在一起，荔蜜有些迷惑地看着他，这样反而让她显得更加楚楚动人。接下来该怎么办，他一点儿想法也没有，他的思维甚至都不敢触碰他闯下的这场大祸。但他此刻认真望着镜中的倒影，忽然觉得心满意足，仿佛这是他预谋已久的计划终于成功了。他在那黑色的镜中看到了自己的另一重人生，尽管只是这么惊鸿一瞥，他也觉得巨大的满足。那正是他认为的作为人的本质的那种想象力的满足。他扭过头来，发现荔蜜还是一脸迷惑地望着自己，他不再犹豫，俯身吻到了那半开的嘴唇上。令他没有想到的是，那嘴唇并没有拒绝他，反而热烈地迎接着他的到来。

现在，火车钻进了山洞，像是钻进了时间的某个隐秘的拐角，他们得赶快利用这世上难得的差错做出正确的行动。

【作者简介】王威廉，1982年生。文学博士，中国作家协会会员。作品散见于《收获》《十月》《作家》《花城》等刊。出版有长篇小说《获救者》，小说集《内脸》《非法入住》《听盐生长的声音》等。曾获十月文学奖、花城文学奖。现居广州。

选自《解放军文艺》2018年第6期

司令还乡

徐贵祥

1

韦子玉这次回干街，是陪乔司令。

乔司令算不算干街人，不太好说。乔司令出生在县城，但他祖辈都在干街，乔司令自己说，他十六岁以前的暑假都是在干街过的，十二岁那年就当司令了，带领干街北头小孩攻打南头小孩，抢小人书。

乔司令问韦子玉，这件事你还记得不？

韦子玉说，记不得了。

乔司令十二岁的时候，他两岁。

乔司令说，十八岁那年，他参军了，到干街跟爷爷辞行，当晚干街红卫剧团演《红灯记》，查林改的剧本，主要是把剧本里的地名改成干街。扮演鸠山的许杰把台词忘了，急中生智，掐住李玉和的脖颈嚷嚷，李玉和，你今黑要是不把密电码交出来，老子就跟你拼了。

乔司令问韦子玉，这事你还记得不？

韦子玉说，这事我记得。乔司令十八岁的时候，他八岁。

那是干街最后一次演样板戏。

乔司令说，那个演李玉和的朱江，是我过去到干街的主要玩伴，乒乓球对手，我回来了，他也不来见见我？

韦子玉说，老朱在流波，小儿子考大学两年没考上，陪读呢。不过已经通知他了，晚上回来陪司令吃饭。

乔司令说，陪读是什么意思？

韦子玉暗想，看来乔司令真的有些不食人间烟火了，连陪读是什么意思都不知道。韦子玉说，陪读就是陪孩子读书，既当课外监督，也管烧锅做饭。

乔司令更奇怪了,老朱不是副镇长吗,怎么就去给孩子烧锅做饭了,这不是不务正业吗?

韦子玉说,老朱前两年就到二线了,刚刚宣布退休。

乔司令哦了一声,点点头说,哦,是了,我们这一茬人,都到退休年龄了,都要退出历史舞台了。

乔司令当兵在云南,离边界线很近,因为乔司令从小就喜欢打仗,当兵当得扎实,很快就当了班长,然后是排长,第五年刚刚当上连长,边境就打仗了。乔司令这次真的带领一个连从北头打到南头,给连队打出了一个一等功,给他自己打出了一个二等功,过了几年就当了营长。当营长的时候又打仗了,乔司令又带着一个营从南头打到北头,这次全营立了个三等功,他自己又立了个二等功,然后没有仗打了,乔司令就不再立功了,吃着老本从团长当到师长。

乔司令当了六年团长七年师长,就在即将过线那年,有个机会提副军长,可是被他自己搞砸了。那次他从师部到昆明开会,回来的路上遇到一辆奔驰轿车超他的车,超车还不说,还在他前面画S,差点把他的车别到沟里。乔司令火了,掏出手枪,叭叭两声,只见奔驰的屁股往下一沉,惨叫两声,拖着伤腿逃到另一条路上去了。

乔司令的枪法好,据说他在当团长的时候,每个星期都要到山里练枪,打树叶子,每次一打就是半挎包子弹。当师长的时候,不打仗了,上面规定手枪统一交给军械部门保管,可是乔司令偏偏不交,终于就出事了。

这件事说大不大,说小不小。奔驰车的主人是副省长的儿子,尽管那个副省长后来因为行贿受贿被执行死刑,可是乔司令还是受到处理。因为私自携带枪支,擅自开枪,是违反军纪的。副军长是当不成了,师长也当不成了,当军分区司令,算是平级。乔司令觉得还是降了,因为他当野战军的师长,手下有万把条枪,当了军分区司令,兵马少了大半。好在他那个军分区在边境,有一个边防团,乔司令多半时间住在团里,经常给干部讲,老子当年从这里打到那里,从那里打到这里。带干部巡查边境的时候,他还经常背着一支冲锋枪,老想朝哪里打一梭子。他的政委管不住他,提心吊胆地陪着他度过了任期,好,年龄到线了,一纸命令下来,退休。

乔司令退休正好在冬天,第一件事就是回老家陪老娘过年。在省城过完年,正月十几莅临皋唐县,要到干街看看。乔司令虽然官不大,但是脾气大,而且他还立过战功,怎么说也是新一代的老革命,所以县里高度重视,县委书记弓珲亲自陪同,还让副县长韦子玉打前站,把相关工作做到位。可是偏偏做不到位。

弓书记一干人等陪着乔司令到了干街,先在镇政府坐了一会儿,镇长郑弋阳很正式地向首长汇报,干街已经不是过去的干街,这些年日新月异,招商引资成绩突出,城市化建设效果明显……郑弋阳一边汇报一边观察乔司令的表情。

乔司令没有表情。

然后就去参观，几个龙头企业，轧钢厂、轧花厂、纸板厂、电子厂……乔司令这回有表情了，很高兴的样子，对弓书记和韦子玉说，我小时候有个梦想，想当干街的公社书记，把土岗子都推平，搞集体农庄，办养鸡场、榨油厂、食品加工厂，那还是农民意识。你们比我先进，工业化了，好，好，时代在进步……

大家听乔司令这么一说，表情就放松了许多，不料乔司令腮帮子一鼓，又提了一个问题，不过，你们工业化了，把工人的饭碗抢了，那工人怎么办？

这个问题没有人想过，弓书记没有回答，韦子玉也有点蒙，觉得乔司令行伍出身，不太了解改革开放的形势，不太了解地方的情况，跟他说不清楚。韦子玉说，我们这些都是乡镇企业，小打小闹，大工厂的饭碗我们抢不来的。

乔司令哦了一声，不再问了，气氛就有些别扭。

参观完龙头企业，就去看干街的街容街貌。

新街建在卧龙岗上，国道穿街而过，五花八门的汽车吞云吐雾。这一天正好又是元宵庙会，街面上开水锅一般。走了一段，恰好有个宾馆开业，门口花篮摆了一溜儿，都快挤到公路中间了，乔司令路过的时候，还用脚踢了踢花篮，说这东西怎么能这么摆。

再往前走，又遇到一家超市开业，有人放鞭炮，崩到乔司令的皮帽子上，把韦子玉吓得不轻，赶紧问乔司令帽子烧着了没有。

乔司令反手摘下帽子，看了看，没有破绽，又扣在头上，问韦子玉，是谁把新街建在公路两边的？

韦子玉说，老百姓自发的，改革开放之后，因为卧龙岗交通方便，物资流通快，商机多，所以老百姓都在公路两边盖房子，渐渐地就形成一条街了。

乔司令说，政府没有好好规划一下？

韦子玉看看弓书记，弓书记看看郑弋阳，都不好回答，因为干街的形成不是一天两天的事情，他们并不了解情况，这个问题还是由韦子玉回答。韦子玉说，当时根本没有意识到在公路两边形成街道，等意识到已经晚了，只好顺其自然了。

乔司令不走了，站在街中央，环顾两边说，被群众牵着鼻子走，那怎么行？我这次回来，一路上看到几个集镇，都是把街道建在公路两边，讨厌得很。这些破房子，长得一个屌样，不土不洋，难看得很。

韦子玉说，是很讨厌，是很难看，不过，比起过去的土房子，还是进步多了。

乔司令说，我看不一定，电灯电话，楼上楼下了，可是不等于就是城里人了。

韦子玉说，首长说得对，物质文明上去了，精神文明没有上去。

乔司令说，你这话还是不对，我看物质文明也没有上去。这么多人都挤在公路两边卖东西，谁去劳动呢？再说，大家都做生意，赚谁的钱呢？

乔司令提的都是一些莫名其妙的问题，过去谁也没有去想。韦子玉挠挠头皮说，这个问题，很复杂，它涉及政治经济学，涉及资本再生学……

乔司令大手一挥说，这个我不懂，我就觉得街道不能建在公路两边，不仅不好看，老人小孩过马路怎么办？应该建在远离公路的地方，山清水秀的地方，鸟语花香的地方。街道建在公路两边，是近几年出现的怪胎，你说是不是？

韦子玉说，是是是，街道应该建在远离公路的地方。小集镇不比大城市，确实乱糟糟的。首长要是不喜欢，咱们就别看了，确实一个尿样，没啥看头。

乔司令没有马上回答，而是反手摘下皮帽，仰起脑袋，对天打了几个喷嚏，揉揉鼻子说，我回来要看干街，你们就给我看这个破玩意儿？算了，不看了。

韦子玉试探着问，首长，要不咱们就回县城？

乔司令说，回县城？我还没看干街呢，我要看我的干街，老街，那是我的干街，也是你的干街，你说是不是？

韦子玉有些为难，看看弓书记，弓书记点点头说，首长思乡心切，怀念故旧，那我们就陪首长看老街。

这才调整思路，收拢人员，上车到老街。

路上，乔司令跟弓书记和韦子玉讲他小时候在干街的故事，他的父母都是干街人，每年暑假，就把他放到干街爷爷奶奶家里，他在干街有很多朋友，像查林、朱江和许杰，他十岁以前暑假到干街，带来一堆连环画，跟他们换着看。

乔司令有点动情地说，那时候的干街啊，既是我的游乐园，又是我的少年军校。每到月亮升起来，我们就玩战争游戏。主要是杨子荣智斗坐山雕，阿庆嫂智斗刁德一。

韦子玉说，后来干街成立红卫剧社，这几个人都是骨干，以后都考上县里的师范，先后从政了。只有当年卤鹅饭店的许杰，接他爹的班，还在开饭店。

乔司令说，那个许杰，记性特别差，演戏还最积极。还有一次，他记不得哪年了，红卫剧社演《沙家浜》，许杰演胡传魁，也是把台词忘了，前面说了一句"阿庆呢"，阿庆嫂回答"到常熟去了"，下面的词许杰忘了，眼珠子一转，说了一句，"既然阿庆不在家，今晚就跟我玩吧"，扮演阿庆嫂的吴兰，当时就把茶壶砸到许杰的脑袋上，幸亏许杰躲得快。

讲起往事，乔司令显得非常快乐。

韦子玉说，首长好记性，今天晚上就安排在"老味道"吃饭，那是许杰和吴兰两口子的饭店。

乔司令击掌叫道,这件事做得好。吃许杰的饭,不给他钱。小时候我到干街度暑假,不知道给他带过多少玩具,皮球、手枪、望远镜。有一次我还给他一件海魂衫。

韦子玉说,那不得了,那时候,这些东西,对于干街孩子来说,都是奢侈品。

乔司令说,不瞒你说,我小时候在干街,可有威信了,比你大一茬的人,都爱跟我玩,为啥呢?我仗义疏财啊。还记得毕得宝吗?有一回跟他表弟鲁中打架,说他表弟偷了他两毛钱,打得不可开交。我给了他一块钱,弟兄俩一人五毛。有福同享嘛,老弟你说是不是?

韦子玉赶紧说,是是是,毕得宝现在不叫毕得宝了,叫毕伽索。

乔司令惊讶地说,毕……家锁,怎么听着这么耳熟啊?

弓书记说,我也听着耳熟。

韦子玉说,是世界级大画家毕加索的谐音。不过毕得宝给中间那个字加了一个单人旁,意思是多点人味。

乔司令说,嘿,这个毕得宝,他那个名字挺好,像彼得堡,也挺洋气的。他现在在哪里?

韦子玉说,毕得宝现在是大老板了,全干街出去的,数他事业做得最大,办教育,手下有三十多所民营学校,年收入几个亿。

乔司令说,啊,这么厉害,不过这也不是偶然的,这个人从小就有大志向,我父亲就说过,毕得宝这孩子坚韧不拔。

韦子玉说,啊,连老书记都知道毕得宝,太神奇了。

乔司令说,我也是之后才知道,他父亲和我父亲一起参加新四军,一起打过日本鬼子。有一年,他因为什么事到市里找我父亲,可是门卫不让他进去,他在市政府家属楼等了半夜,拦住我父亲的车子,我父亲很感动,就让他到我家,我父亲后来给他写了一个证明,不知道他父亲的事情解决了没有?

韦子玉说,这件事情我知道一点,他父亲在富金山战役中脱离了主力部队,后来被定性为畏战逃跑,老书记那个证明我不知道,他父亲的问题好像还没有解决。前年毕总回来说起这个事,还是耿耿于怀。他说要不是他父亲的问题,他也不至于连大学都上不了。

乔司令说,嘿,都是历史问题了,他现在不是很好嘛。

韦子玉说,可是他心里总有别扭,前些年还说要把那个历史搞清楚。

乔司令说,哦,可能这件事情对他伤害确实很大。我倒是觉得,也许就是这个事,激励他发愤图强,坏事变好事啊。你再见到他,代我问个好。

韦子玉说，首长说得对，塞翁失马焉知非福。我要是再见到毕总，一定转告首长的问候。

2

老街在新街东北五公里多一点，路不远，但是路况差，越来越差，走到南头，基本上没有公路了，过去的土公路已经被蒿草蚕食得只剩下两步宽，只好下车徒步。

走了两步，乔司令不走了，回头问韦子玉，你知道干街给我留下最深印象的是什么吗？

韦子玉说，原先不知道，现在知道了，锅底馍夹咸菜，青石板。

乔司令说，很好，看来你是做了功课的。青石板，你知道过去干街的青石板是什么样子吗？两丈多宽的街面，中间铺着青石板，明光锃亮，暑假都是夏天，经常下雨，天晴之后，光脚走在青石板上面，滑溜溜的，那叫舒服啊，比舒服还舒服。等雨全停了，太阳从云彩里面露出半张脸，房檐上哗哗地向下流水，水珠子像葡萄一样，那个好看啊，比好看还好看。

韦子玉有些心虚，眼下再也看不到青石板，乔司令恐怕有点失落。再往前走，二尺宽的路面也变得断断续续，两边没了房屋，杂草没过脚背，不远处还有很多蓬蒿藤蔓，人走在中间，感觉好像蒲松龄笔下的荒郊野外，鬼怪狐仙就在树丛里探头探脑。

乔司令又站住了，他妈的，这家好像是洪家老屋，原先有十几间，两进两出的院子。房子呢？

韦子玉说，我记事的时候，洪家只剩下五间房子了，后来，后来，就只有半截墙头了。首长你看，那些半截砖头就是洪家老屋。

乔司令说，这哪里是洪家老屋啊，街破草木深啊，这里面半夜会闹鬼的。

韦子玉说，确实荒凉了。

再往前走，乔司令停下了步子，向东北方向的远处眺望，神情有些凝重。

弓书记向后看了一眼，大家悄无声息地顺着乔司令的方向看过去，东北方有一片丘陵，最高处比老街高出几十米，上面林木葳蕤。乔司令回头说，大豹，到前面来。

一个高大俊朗的年轻人便老老实实地到前面去了，他是乔司令的儿子乔大豹。

乔司令说，往那里，看见什么了？

乔大豹说，看见一片树林。

乔司令说，还有呢？

乔大豹说，还有……还有树林。

乔司令回过头来对众人说，非常奇怪，我小时候一直认为干街是个古城，你们看那里，我做梦常常看见那里是一排古色古香的建筑，阔大巍峨，有点像希腊城堡。我初中二年级的时候，正是罢课造反的岁月，就把我送回来了，有一次我问爷爷，我们家什么出身，爷爷问我希望是什么出身，我说我希望我们家是贫农，根正苗红。我上学的时候填写的成分是"富农"，我那时候恨死了这两个字，也想不通，我们家怎么就成富农了呢？爷爷就带我到那里走了一圈，告诉我说，那里原先就是一座庄园，是方圆百里赫赫有名的大财主的，就是从那个庄园里走出来一个人物，闹革命倾家荡产。那时候他给我讲了一句大道理，出身不由己，道路可选择。

韦子玉说，我也听说过，那是韦氏庄园，韦梦为的故居。听说乔司令的爷爷也是跟韦梦为出去闹革命的，后来韦梦为兵败鲜花岭，干街的老红军死的死跑的跑，没剩几个了。

乔司令点点头说，我参军那年回干街，问爷爷为什么不让我父亲把他当过红军的事情甄别过来，爷爷问我，为什么要甄别过来？我说我希望我们家是革命家庭，世世代代。爷爷又把我带到那里，找到了几块砖头，上面还有"韦"字，爷爷问我，你知道这个庄园的砖瓦都到哪里去了吗？我猜是被红卫兵抄走了，爷爷摇摇头说，不，比这还早，那个庄园被国民党烧过，也被日本鬼子烧过，后来只剩下断壁残垣，中华人民共和国成立后，那些砖瓦陆续被运到街上修了供销社和粮站，爷爷说，干街老街有一半的砖瓦都是韦家的。青石板也是韦家出钱铺的。

乔司令说着，往前走了两步，踩着一片瓦砾，弯腰看了看。大家都感觉到乔司令情绪有点激动。

乔司令说，就是那次，爷爷给我念了一首诗：千里来书只为墙，让他三尺又何妨。万里长城今犹在，不见当年秦始皇。那是我童少年时期印象最深的一次文学课，也是让我受益终生的思想启蒙课。

弓书记说，其实革命者的思想并不是生而有之的，而是中华传统美德的传承。我老家离桐城不远，我小时候也听说过"六尺巷"的故事。

乔司令说，如今，还有六尺巷吗？

乔司令说完，突然站直了身体，整理一下衣冠，向着东北方那片茂密的树林，弯下腰，深深地鞠了一躬。

大家搞不清楚乔司令这个动作的含义，是对革命者的缅怀，还是凭吊过去的岁月，抑或是追思早已作古的爷爷，也许兼而有之吧。

乔司令转过身来，看大家一脸肃穆，笑笑说，老了，真是老了。人老了有个明显的标志，就是怀旧。

弓书记说，乔司令还不算老吧，五十多岁，正当年啊。

乔司令说，可是我还能干什么呢？只能怀旧了，发发感慨而已，而已。咱们走吧。

韦子玉赶紧上前一步，把乔司令从瓦砾堆上搀扶下来，接着往老街深处走。

老街确实不是街了，青石板路已经不再，远处稀稀落落的十几幢房子，也不是过去规整的街道，而是各自为战，散落在不同的方位。

终于在路边看到一处完整的房子，乔司令说，这是苗老师家。苗老师他还健在吗？

韦子玉说，健在，可是耳朵聋了，听说不愿意到新街，还住在老宅里面。

乔司令说，进去看看苗老师。过去我到干街度暑假，苗老师给我补过代数。大豹，准备好礼物。

大豹胳肢窝里夹了一个硕大的皮包，在后面应声道，准备好了。

走到苗老师的门口，大槐树下卧着一条黄狗，看样子有一把年纪了，远远地看见陌生人来，警惕地打量了几眼，突然冲着来人叫了起来，试探着进攻。

弓书记马上走到乔司令的前面，被乔司令拉回去了。乔司令腰杆一挺，把衣领往上提了提，抬手把皮帽向上抓起来，微微弓腰示意，然后就微笑地看着黄狗。

黄狗没有受过这样的礼遇，有点不知所措，稍微停顿了一下，调整了声音，高一声低一声还在叫。

韦子玉走到乔司令的前面，突然对狗大喊一声，叫什么叫！乔司令来了还叫，好大的胆！

那狗果然吃了一惊，狂吠变成惨叫，连连后退，躲到远处观察动静。

乔司令哈哈大笑，他妈的，连老子都不认识了，四十年前，它待的那个地方，是老子的根据地。

韦子玉说，首长，不跟它一般见识，这狗老了，有眼不识泰山。

乔司令说，老什么老，有我老吗？老子的资格比它老多了。

说话间，草房里走出来一个老太太，是苗老师的老伴，看门口这么多人，揉着老眼打招呼，进屋坐吧。

乔司令说，苗老师不在家？

老太太说，今天是庙会，几个老头子到新街去看热闹，中午搞不好要喝一杯。

乔司令来了兴趣，啊，苗老师总有八十岁了吧，还能喝一杯？

老太太说，不多，二两。

乔司令和颜悦色地问，都是哪些老人去新街了啊？

老太太说，多了，总有七八个，都是七老八十的。这些老头子，穷快活，不过身子骨都还壮实，走路去的。

乔司令说，哈哈，这就对了，弓书记，韦县长，你们注意了没，干街还有一个了不起的地方，长寿，我爷爷奶奶都是九十多岁去世的。

韦子玉这下想起来了，好像确实是这么回事，他的爷爷奶奶也是九十多岁去世的。那么，是什么让干街的人长寿呢，只能解释是水。过去的干街，有两口井一条河，水质都很好。

乔司令说，老人家，您不认识我，我认识您，小时候我到干街过暑假，苗老师给我补过代数。

老太太迷茫地看着乔司令，突然说，啊，你是乔大桥啊，乔书记的公子乔司令呀。

乔司令说，什么司令、公子，都不是了，现在我就是平头百姓，退休干部乔大桥。

老太太说，咋啦，不当司令了？也好，回来吧孩子，你也快五十了吧？

乔司令说，老人家，我都五十五岁了，不然我能退休吗？

老太太说，好，退休好，退休了就自由了，你还年轻，正是干事的时候。苗老师常说，退休了才能干事。

乔司令惊讶地说，啊，苗老师还有这个观点？倒是新鲜。

老太太说，是啊，苗老师为啥不愿意住到新街，就是因为他要干事。

乔司令好奇地说，苗老师还想干事，干什么事啊？

老太太说，苗老师要搞一个《干街志》呢，一有工夫就去跟人家聊天。

乔司令说，哦，这可是个大事。干街是该有个《干街志》了，一街的大人物，韦梦为，我在当师长当司令的时候就给我的部队讲韦梦为，比瞿秋白还瞿秋白。还有于诚志，抗日英雄，比黄继光还黄继光。

3

那天乔司令在苗老师家待了十多分钟，告辞出门，沿碎石路往十字街走，乔司令说，苗老师搞这个《干街志》意义重大。物质文明上去了，精神文明不能丢，干街的红色资源丰富，可以做一篇大文章。

郑镇长说，镇里已有考虑，下一步要在整理红色文献方面有所作为。

乔司令点点头说，这是好事，前事不忘，后事之师。

正说着话，西边走过来一个老人，身穿府绸衬衫，脚上一双布鞋，摇着大蒲扇，鼻梁上撑着一副杯底一般厚厚的镜片，活脱一个前朝遗老。老人从镜框上面往这边看，目光扯着脚步，一步一停地往十字街移动。乔司令看着眼熟，却想不起来是谁。

老人在乔司令面前站定，仰起脑袋端详着乔司令，这不是大桥吗，不认识我吧？我是谁啊，啊，我是谁啊？

乔司令心虚地说，大爷，恕大桥无礼，看着眼熟，就是想不起来了。

老人哈哈一笑说，啊，我是谁啊，我是洪雨声啊，老不死的洪雨声。小时候我教你拉胡琴，给你买烧饼吃。

乔司令顿时心中一热，拉住老人的手说，原来是洪爷，乔大桥真的失礼了，对不起，洪爷。洪爷，到您老家里坐坐，方便吗？

洪雨声说，啥方便不方便，洪爷我一人吃饱全家不饿，咋不方便？

离开十字街，韦子玉在乔司令耳边低语，这个洪雨声，原先是商店的职工，公私合营时期的股东，后来商店被供销社取代，以后又改制，在供销社干了几年，退休后回到老街，守着老娘，老娘去世二十年了，至今一个人过活。

乔司令这才想起来，小时候就听说洪爷早年因为恋爱受了刺激，再也没有娶亲，每到晚上就听到他拉二胡，琴声委婉凄凉。有一次他半夜起来撒尿，正撒着，隐隐听到一个声音时高时低，吓得他回身就往屋里跑，尿撒了一腿。

这就到了洪雨声的家。两间小房子，屋顶半面是瓦，半面是草，进门一口棺材放在右首，占了小半个房间。左首门后，砌着一口柴锅，锅台上放着三只碗，分别装着半个鸡蛋、两块地瓜和半碗稀饭。县里来的工作人员找到一只矮腿木椅和一只小板凳，安顿洪雨声和乔司令坐好，韦子玉把锅台下面的木墩搬过来，让弓珲坐在乔司令的身边，自己则站在一边。

洪雨声说，大桥啊，咋得闲回来了，听说你在当大官啊！

乔司令说，啥大官，军分区司令员，最小的员，现在退休了，回来看看干街。洪爷，大桥一直没有搞明白，干街为啥叫干街？

洪雨声说，干街啊，这个你问我问对了，像个"干"字呗，过去干街几大户，都在东北，那时候叫东富西贫，北贵南贱。三十年河东三十年河西，到了清末民初，风向轮流转，东边败了，韦氏庄园一垮，洪家戈家也都陆续垮了，"干"字少了上面的一横，先是成了"卞"，等东头韦梦为的学校被拆掉之后，就成了"下"，再到"文革"，把教堂也拆了，就成"丁"了，现在只剩下一个名了。

乔司令说，哦，这么说干街过去很大啊！

洪雨声说，那是自然，乾隆年间设州治，皋唐县那时候归干街管。

乔司令惊讶地说，啊，还真是个大码头啊，过去只听说干街有来头，没想到这么有来头。

韦子玉说，我也是第一次听说干街曾经设州治。

洪雨声说，那算啥稀奇，人类文明五千年，有人的地方都是城，知道这是谁说的吗？

乔大桥说，这个我知道，韦梦为说的。还有一句话，人类文明五千年，谁家都出过七品官。

洪雨声说，是这个话，干街人能记得这话的人不多了。

这边正说着话，门外忽然热闹起来了，听说乔司令回来了，老街几个老人议论纷纷，说要开发老街了，颠颠地都跑过来看热闹。

一个七十多岁的老太太站在门口，看见乔司令，径直走到他面前，还把布满皱纹的老手伸到乔司令的脸上，摸他的鼻子，夸张地说，这不是大桥吗，小时候你到我家去，一个石榴给了你大半，惹得小妞好哭一鼻子。我的乖乖，当大官了！

乔司令吃了一惊，他记得这是杨家二婶，小时候过暑假确实到她家吃过石榴，至于哪个小妞哭了一鼻子，他记不得了。乔司令讪讪地说，二婶，对不起，大桥来少了。

杨二婶说，是不是要开发老街啊？老街只剩下俺们一堆老头老太了，没人问了。政府要不管，老街就成了乱葬岗了。

乔司令又是一惊，咋就成乱葬岗了呢？

郑镇长这才接话说，年轻人都出去打工了，没打工的也到新街做生意去了，留在老街的，一部分是不愿意走的，留恋老街。一部分是跟子女过不到一起，只能留守老街。还有一些孩子，父母外出打工，就跟爷爷奶奶在干街过，上学是个问题。

乔司令不说话了，这个情况对他来说是个新情况。

弓书记问，镇里在这方面有没有考虑？

郑弋阳说，有规划，想在老街办个村级卫生所和一个跨级留守学校，对这里的老人和孩子多少可以帮助一些。后来有一些困难……还没有实现。

这时候洪雨声插话了，嘿，现在的人，干啥都奔钱去了，谁管我们这些人啊，黄土埋到下巴颏了，谁管啊，知道啥叫乱葬岗了吧？

洪雨声说着，回身拍拍背后的棺材说，天阴下雨，刮风打雷，洪爷我就住在这里面，万一没气了，干街的老人弄不动我，不用弄。等房子一倒，这就是一座坟。嘿嘿，洪爷这个主意不错吧，这叫人不帮，天帮。

乔司令怔怔地看着洪雨声，说了句，洪爷……下面的话还没有说出口，就觉得嗓子发烫，赶紧扭过脸去，站起来看洪雨声的棺材。

更让乔司令无语的是，棺材的盖子没盖，里面放着一套黑色的寿衣，寿衣的领口处还放着一部电话机。乔司令不禁倒吸一口冷气，冲口道，洪爷，你干吗把电话机放棺材里啊？

洪爷咧嘴笑了，不懂吧？问我啊，我是谁啊，我告诉你，我把电话机放在棺材里，可以跟韦梦为讲电话啊！

乔司令傻眼了，怔怔地说，洪爷，你是说，韦梦为？

洪爷得意地说，是啊，上个月韦梦为说，他要派一个鹿子姑娘，来给俺们剪脚指甲，果然就来了。你看，这脚，多清爽啊！

洪雨声说着，脱下一只鞋让乔司令看，又脱下另一只鞋，把双脚伸到面前，孩子一般表演着。老人沟沟坎坎的脚趾上，果然留下被修整过的痕迹，看样子技术还相当熟练。

乔司令云里雾里，感觉后背有点发凉，正不知道该说什么好，杨二婶接上话说，就是啊，韦梦为派来了鹿子姑娘，给干街七十岁以上的老人都把脚指甲给剪了。大桥你不知道啊，俺们都快半年没剪脚指甲了，那趾甲啊，比狗爪子还要硬。

乔司令问杨二婶，二婶，你真看见鹿子姑娘了？

杨二婶说，当然，个子高高的，眼睛亮亮的，长得像天仙一样，可不就是天仙嘛，韦梦为派来的天仙啊！

乔司令又问洪雨声，洪爷，你真的跟韦梦为通电话了？

洪雨声说，那还有假，嘿，我是谁啊，我是洪雨声啊，老不死的洪雨声，我黄土埋到下巴颏了，我的两条腿就是通向天国的电话线啊！

乔司令看看弓书记，弓书记看看郑弋阳，郑弋阳突然眼睛一亮说，我想起来了，这件事情可能同那件事有关，首长，等回到镇里我慢慢地汇报。

乔司令这才起身向干街老人告辞，洪雨声拉着乔司令的手说，大桥，你给鹿子姑娘带个话，大家都很忙，不用常来，一年来一次就行了，老人趾甲长得慢。

乔司令不知道该如何回答，只能说好，可是鹿子姑娘在哪里，她是谁，他却一头雾水。

那天乔司令在洪雨声家里待了很久，临走的时候让大豹拿出礼物，大豹就恭恭敬敬地拿出一堆信封，给乡亲们发红包，老人二百，孩子一百。多数老人接受了，孩子更是欢天喜地。发到一半，乔大豹向乔司令报告，没有钱了，没想到会有这么多人。乔司令说，刷卡啊，让干街的父老乡亲高兴一下。乔大桥说，问了，这地方不能刷卡。乔司令问怎么回事，韦子玉说，老街现在还不通电，更没有ATM机。

乔司令愣了一下，冲口而出，老街没电，洪爷怎么跟韦梦为通电话？

韦子玉附在乔司令耳边说，司令，洪爷他说的，那是幻觉。

乔司令若有所思地点点头，又说，我记得老街过去是有电的，不过电力差点，灯泡子红红的。怎么现在连电都没有了？

韦子玉说，司令，过去在干街，用的是火力发电，粮站里面有个发电机，烧稻壳子。

现在粮站搬走了，再说烧稻壳子的电也不能用。

乔司令的脸色黯淡下来，哦了一声，没再说什么。

韦子玉说，现在确实出现了很多新情况，新街发展了，老街就滞后了。像干街这样的地方，不是一家两家。

乔司令看看弓书记，又看看韦子玉，好像在琢磨什么话，到底还是说出来了，这个问题恐怕要重视，经济发展了，首先要解决老人和孩子的问题，如果老人和孩子都没人管了，发展有个鸟用啊！

弓书记说，司令批评得对，这些年以经济建设为中心，确实忽略了很多本质的东西，我们要反思，确实值得反思，否则就是本末倒置。

乔司令的脸色这才稍微好看一点，对弓书记说，我一个退休干部，不当家不知道柴米贵，也就是说说而已，弓书记也不必当真。

然后又拍拍衣兜说，我想找找衣锦还乡的感觉，可是人穷志短啊！各位能不能借点钱给我啊。

弓书记二话不说，就掏口袋，招呼从县里过来的干部说，大家有钱帮个钱场，把钱借出来。

县镇两级随行人员纷纷行动起来。可是这两年都是刷卡刷惯了的，身上都没有带多少钱，分来分去还是不够分，最后只好把在场的每人二百降到每人一百，勉强皆大欢喜。可是离开洪雨声家，十字街对面又颠颠地跑过来一个人，韦子玉定睛一看，原来是小铁匠鲁中，这哥们儿跟韦子玉差不多年纪，小时候得肺炎吃错了药，脑子不太灵光，说话颠三倒四的。

乔司令也看见鲁中了，站住。鲁中一看见乔司令就鞠躬，口中念念有词，谁也听不明白。乔司令让乔大豹再找找，看兜儿里有没有钱了，乔大豹把皮包翻了个底儿朝天，只找出一个硬币。乔司令想了想，招呼鲁中走到跟前，抬手把头上的皮帽摘了下来，扣在鲁中的脑袋上。乔司令说，兄弟，对不起，只有这个了。

4

中午回到镇里吃饭，乔司令坚持四菜一汤，不喝酒，说晚上到许杰的"老味道"餐馆再喝，资本家的酒不喝白不喝。

弓书记见乔司令平头剃得很短，担心首长年纪大了，伤风感冒，饭前让一个副镇长带二百块钱去找鲁中赎帽子。正吃着饭，副镇长回来说，他回到老街，鲁中已经把皮帽子戴在头上，正在到处吹牛，说乔司令给他一顶司令帽，以后他就是司令了。鲁司令听说要把帽子赎回去，刺溜一下就跑了，一边跑还一边向副镇长宣布，别说二百块钱，就是三百块钱他也不换。

乔司令在一边听到了，摆摆手说，算了，就一顶帽子。看来这兄弟也不是全傻啊。毕得宝把事业做得那么大，为什么不给他这个娘亲表弟安排个差事啊？

韦子玉说，好像安排了，可是鲁中不去，他要照顾他的老娘。这伙计，脑子虽然缺根弦，却是很尽孝道。

乔司令点点头说，难得，难得，现在最缺的就是精神，大家都奔着钱去了，有的连爹娘都不管了。

又说，鲁中有这么个大老板表哥，经济上应该是不成问题的。

韦子玉说，差不多吧，听说毕得宝毕总每个月拨给他舅妈一千元生活费。

乔司令怔了怔说，哦，也算仁至义尽了。

中午饭后，镇里安排乔司令午休，弓书记交代韦子玉全程服务，然后就回城关了。

乔司令中午睡了一觉，下午由韦子玉陪同到马岩湖边散步，路上乔司令对韦子玉说，我现在有个感觉，人们比过去有钱了，可是不见得比过去幸福了，好像越来越焦虑，忧心忡忡的。这是什么原因？

韦子玉说，这个问题很复杂……恐怕主要还是社会保障问题，缺乏安全感。

乔司令说，为什么缺乏安全感，过去比现在困难得多，可是没有现在这样焦虑。这同教育也有关系……你说毕得宝，哦，毕伽索，他现在在办学校？

韦子玉说，是的，规模很大。

乔司令哦了一声，似乎想到了什么，没再说话，沿着湖堤缓缓向前，一路若有所思。

马岩湖在新街西边，离老街又远了里把路，有一千多亩水面。乔司令小时候到干街，活动范围基本上局限于老街，所以不曾来过此地。不过，那时候的马岩湖还不叫马岩湖，只是一圈小山包里的十几个水洼子，直到改革开放之初，当时的县委书记乔如风亲自担任农田基本建设总指挥，大兴水利，这才把水洼子连成一片，疏浚上游灌渠，从流波水库引水进来，形成了一个小型水库，丰水季节可以蓄洪，枯水季节可以灌溉，解燃眉之急，这是乔如风在县委书记任上指挥的最后一个大工程，三十多年来，马岩湖给干街百姓带来的实惠有口皆碑。就是在那次农田基本建设工程中，干街出了一个省级劳动模范，当时的干街区区长、工程副总指挥戈云国，他是累死在工地上的。

二十世纪末，新街渐成规模后，已经退休的乔如风回到皋唐县，特意来看马岩湖，感慨地说，北京中南海那么小的地方，还叫海，马岩塘这么大的地方，叫塘，干街人民太低调了。当时的镇党委书记揣摩老书记的话，就把马岩塘改成了马岩湖，以后带着马岩湖的菱角到市里看望老领导。乔如风听说塘变湖了，哈哈一笑说，不是改个名就黄袍加身了，湖要有湖的样子。以后乡村建设要走向城镇化，一个城镇，应该有一个像样的公园，公园里没有水不行。那位书记揣摩老书记的话，回来就组织清淤修堤、筑防浪墙，又在周边盖了一些凉亭，马岩湖才开始变得好看起来。只是，马岩湖离新街也还有一段路程，新街的居民做生意忙得四脚朝天，很少有闲情逸致光顾马岩湖。一届政府一个思路，到了近年，开发了一些养殖基地，城里的人来钓鱼，经济有了增长点，却把湖水搞得乱糟糟的。

韦子玉琢磨，乔司令这次到干街，主动提出要看马岩湖，心里恐怕也有对父辈业绩的缅怀，看看人家爷俩，当真有点虎父无犬子的感觉。

也就是在那次陪同乔司令看马岩湖的路上，韦子玉突然来了一个灵感，县里正在搞招商引资，如果把马岩湖作为开发重点，打造一个集镇公园雏形，不仅造福干街，也可以充分发挥马岩湖的潜能，回报老书记乔如风和戈云国。韦子玉试探着把这个想法对乔司令说了，乔司令果然很有兴趣，说，这是好事，前人栽树后人乘凉，但是，后人也要栽树，不能只乘凉不栽树。

韦子玉说，那是那是，老书记给干街留下一个马岩湖，我们就把马岩湖这颗明珠擦得更亮。

乔司令说，但是有一条，不能以赚钱为目的，不能以破坏环境为代价，不能以破坏资源为代价，要让马岩湖风景秀丽起来，陶冶情操，提高精神文明。

韦子玉觉得乔司令这些话有点老套，但又确实有道理，在心里嘀咕，可是，不赚钱的事，鬼来投资啊。

乔司令说，现在拜金主义横行，干什么事首先想到的是钱，连办学校都要赚钱，以赚钱为目的怎么能办好学校呢？教育是根本，关系到国家的长久根基，把学校交给资本家来办，不可控，这是非常危险的。

韦子玉心里一怔，知道乔司令盯上了毕伽索，说，这个国家有政策约束，民营学校同公立学校实行同样的标准。有些民营学校甚至比公立学校办得要好。

乔司令说，有这个可能，可是为什么民营学校比公立学校办得好？这个值得我们深思，资本主义在和我们争夺教育阵地哩，你说危险不危险？毕得宝一年能挣几个亿，这说明什么？说明教育产业化、商业化、利益化。教育被钱牵着鼻子走，太可怕了。

韦子玉不知道该说什么好，隐隐觉得，乔司令太跟不上形势了，开明程度还不如他爹。或许是当兵久了，思想僵化吧。

5

晚饭在许杰的"老味道"，韦子玉早就安排几个陪客，他的哥哥韦二毛，县药材公司经理唐斌，干街中学老师张文宇，干街原副镇长朱江。加上许杰两口子，都是乔司令的老朋友。韦子玉和唐斌年轻几岁,其他几个都已年过半百,张文宇和韦二毛的长相基本上跟年龄匹配,只有朱江特别显老,头发稀稀落落的,满脸憔悴,门牙还掉了一颗,再加上一身陈旧的衣裤,看起来已在六十往上了。

跟别人打招呼的时候,无非是寒暄,都很正常,唯独跟朱江握手的时候,乔司令多握了几秒,问朱江,我记得你比我小一岁,怎么现在老成这个样子,好像你是我大哥似的?

朱江尴尬地笑笑,一声长叹,唉,一言难尽,我哪能跟你比啊,这些年,我过的日子那叫日子吗?

乔司令就问,你一个退休干部,能有多大个难啊?手头紧了,跟我说一声,也可以帮你一把啊。

朱江说,不是钱的事,不说了,不说了。

乔司令见朱江表情黯淡,也就不再多问了。上洗手间的路上,韦子玉才对乔司令讲了朱江的近况。朱江老来得子,把儿子惯坏了,上高中的时候迷上了"救关公"的电脑游戏,应届没有考上大学,为了陪读和请家庭教师,把家里的房子都卖了,老伴吃药都停了,可是儿子偏偏不争气,连续两年复读,仍然没有考上大学,儿子都快疯了。今年是第三年了,如果再考不上大学,这一家真不知道该怎么过。

乔司令一边撒尿一边说,人各有志,干吗非要一条道走到黑啊?

韦子玉说,可是,大家都是望子成龙,朱大哥又特别爱面子。当然,也不全是面子的问题,现在的孩子,不上大学就没有出路啊。

乔司令撒完尿,抖着家伙问,上了大学就有出路了吗?不是说,毕业即失业吗?这个老朱,我得说说他,没必要把孩子往死里逼,也没必要把自己搞得像叫花子似的。

韦子玉吓了一跳,赶紧说,司令大哥,你就不要跟朱大哥再提这件事了,他心里有坎啊。

乔司令怔了一下,若有所思,点点头说,也是,好,我就不说了。

韦子玉这才把心放到肚子里。

回到包间,又来了一老一少两个美女。

乔司令一见到老美女就嚷了起来,这不是干街一号吗,我的天,这么多年了,你还不见老啊!

老美女微微一笑说,乔司令,你还记得我啊?

乔司令大手一挥说,咳,我怎么记不得你啊,干街红卫剧社的台柱子,杨……杨……唉,就在嘴边,看来真是老了。杨……

老美女赶紧接上说,杨桂英。乔司令能记得我姓杨,已经天高地厚了。

乔司令说，对，杨桂英。我参军那年回干街，正好赶上区里安排送新兵，演了一场《杜鹃山》，你演柯湘啊，驳壳枪背在屁股后面，那个扮相，英姿飒爽，一嗓子出去，字正腔圆。我到部队，还经常哼哼那几句，家住安源……乔大桥说着说着就哼了起来。

杨桂英说，难得乔司令还记得这些陈谷子烂芝麻的事……现在老了。司令还记得我，我给你带来了我们文化公司的台柱子。小林，来见过乔司令，司令大爷。

那个叫小林的女孩子笑盈盈地向乔司令鞠了一躬，首长好。

乔司令高兴了，说，好好好，一会儿给大家唱一曲《家住安源》。

小林说，唱京戏我不在行，我给首长唱黄梅戏吧。

乔司令说，好好，也好。

韦子玉对乔司令说，司令认识的人，除了在外面打工和带孙子的，能来的都来了。

乔司令腮帮子鼓了一下说，不对啊，该来的还没有来啊！

杨桂英打趣说，啊，那是说我们不该来的来了？

乔司令哈哈一笑说，不是这个意思，我来干街，就是想见见老乡亲、老朋友，可是，大家各忙各的，能见到在座的，已经很给我面子了。好，开始吧。

韦子玉赶紧招呼大家入座，就绪之后请乔司令讲话。

乔司令说，我最后一次离开干街，差不多四十年了。这些年，我没有忘记干街。东边二天门上的月亮，西边卧龙岗上的晚霞，都给我留下了美好的印象。那时候的干街多美啊，青石板路，夏天下过雨后，走在上面，感觉那就是丝绸之路，诗情画意，让我难忘啊！这些年东奔西跑，到老了，别人都有自己的家园，我的家园在哪里呢？其实就是干街。

张文宇说，朱自清讲过，一个人的童年在哪里，哪里就是他的故乡。

乔司令说，张文宇有学问，我过去到干街，他还给我讲鲁迅的《故乡》，讲鲁迅笔下的月亮，我们一起在东头看韦家老宅的月亮，那月亮可真大啊。仿佛看到过去的那个大宅子，有很多幻想。

大家七嘴八舌，说乔司令重情重义，不忘乡情。

乔司令说，什么不忘乡情，老了呗，怀旧呗，眼前的事情记不住，过去的事情忘不了。

杨桂英说，台湾那个老不正经的作家说，什么是人到中年？小便之后忘记拉裤链，什么是老年？小便之前忘拉裤链。

乔司令哈哈大笑说，好，按这个标准，本司令既不是中年，也不是老年，本司令小便前后都不会忘记拉裤链。可是，还是老了，我的标准是，看不惯的东西越来越多，就是老了。

又对韦子玉说，老弟啊，我这次回来，指手画脚，你们可别在意啊，一个退休老干部，发发牢骚而已，而已。

韦子玉说，首长老大哥说得对啊，有些问题确实值得我们地方干部重视，发展必须均衡发展，再穷不能穷老人。

乔司令高兴了，说得对，老弟，你比我总结得好。还有孩子，再苦不能苦孩子，再乱不能乱教育。不然的话，韦梦为会从棺材里跳出来骂我们的。

大家都说是，韦梦为当年搞革命，就是为了让大家都过上好日子。

乔司令说，好吧，不说这个了，喝酒吧，家乡的水啊，干街的水啊，本司令惦记了四十年啊！

然后气氛就活跃了，先是共同干杯，然后敬酒。乔司令好酒量，来者不拒。不仅喝酒豪放，吃菜也不含糊，兴起时索性下手，扯过一只红烧鸡腿，左啃一口，右啃一口，上咬一口，下咬一口，牙齿和手配合得巧夺天工，转眼之间，一只丰硕的鸡腿只剩下一根主干和两根细小的称骨，上面的鸡肉已经被剔得干干净净。乔司令啃完鸡腿，把骨头往桌下一扔，只听桌下传来一阵咔咔嚓嚓的嚼骨头声音，清脆嘹亮。

乔司令突然把桌子一拍说，好，好狗，不忘本色。

大家吃了一惊，都往桌子下面看。一条黑狗不负使命，已经把乔司令扔下的骨头嚼成一盘散沙，正得意地环顾四周。

乔司令问，是谁把这条狗叫来的？

老板娘吴兰说，我啊，我把它叫来吃司令的骨头啊，它碍着司令的事了？

乔司令说，好，吴兰，你太会办事了，你比许杰会办事，比韦县长会办事，你简直就是我的参谋长啊！

吴兰蒙了，看着乔司令说，乔司令，你是不是嫌我菜做得不好，挖苦我啊？

乔司令说，哪里的话，咱俩谁跟谁啊，我不搞吃辣子放屁那一套，我有话明说。我都好多年没见到狗啃骨头了，他妈的，现在狗都不啃骨头了，要吃宠物粮食，还要罐装的，比人吃的粮食都贵，这不是怪胎吗？这条狗好啊，保持劳动人民的本色，它还知道啃骨头。

吴兰说，乔司令你说的那是宠物狗，跟咱这狗不是一个阶级的。

乔司令说，啊，连狗都有阶级了，这不是怪胎吗？狗还分高低贵贱吗？可是我就喜欢这条黑狗。大豹，回去时把这条狗给我带上。桌边几个老友，桌上一壶老酒，桌下一条老狗，哈哈，这就是我梦想的退休生活啊！

乔司令虽然讲话还连贯，但是大家还是觉得他喝得有点多。韦子玉说，司令，咱们悠着点,让小林给咱们唱个黄梅戏怎么样?

乔司令说,好啊,知道人生几大乐事吗?谁文化高,给咱说说。

大家都看韦子玉,韦子玉清清嗓子说,洞房花烛夜,金榜题名时,久旱逢甘霖,他乡遇故知。

乔司令说,其他三件还凑合,我最讨厌金榜题名时。那不是读书做官吗?我乔大桥没有正经上过大学,我不照样当司令吗?我说的几大乐事是,见家乡人,吃家乡菜,喝家乡水,听家乡音。

韦子玉说,首长的乡情,无时不在啊!小林,开始吧。

这就开唱。小林离开座位,拉了个架势,云手碎步兰花指。这么一比画,乔司令就安静了,把椅子往后一拖在椅背上架起胳膊听小林唱——架上累累悬瓜果,风吹稻海荡金波,夜静犹闻人笑语,到底人间欢乐多……

比起老美女杨桂英,小林不知道要进步多少倍,无论长相和唱腔。韦子玉庆幸小林选了这么个曲子,看看乔司令,乔司令有点陶醉的样子,还不知不觉地摇头晃脑。韦子玉的心这才放下来。

小林唱完,做了个万福。乔司令说,好,孩子,到底人间欢乐多,你说得一点也不错。本司令敬酒。

说完,乔司令就走到小林面前,当真给她敬了一杯酒。

小林谦虚地说,唱得不好,请首长多多包涵。

乔司令端起杯子,一饮而尽,摇晃了一下,站稳了,腮帮子鼓了一下,突然说,朱江,你听这姑娘唱什么了吗?到底人间欢乐多,你把孩子都快逼疯了,非要他上大学,他快乐吗?不上大学就没饭吃吗?

韦子玉暗叫一声不好,想阻止已经来不及了。

一直低调的朱江突然被乔司令揪出来了,一时不知该说什么好,赔笑说,司令说得对,不上大学也行,可是,不上大学他以后怎么找工作呢?

乔司令说,当兵啊,跟老子去守边防啊……

朱江站起来,端起酒杯到乔司令的面前说,可是,他总不能老是守边防啊,他总得有个工作吧,他又当不上司令。

乔司令说,当不上司令就回家种地啊,老街荒了那么多地,大片大片的。

朱江说,人家都是望子成龙,乔司令你让我的儿子种地,这……这……

乔司令火了,这什么这,难道上大学都是为了出人头地,都是为了不劳动?大豹!

坐在工作人员席上的乔大豹应声而起,笑容可掬地端着饮料杯子走到乔司令的身边。

乔司令说，大豹，这次不要回上海了，给我留在干街种地，给他们看看乔司令的儿子种地，带个好头。

乔大豹还是微笑，看着对面的朱江，又看看韦子玉等人，弯腰附在乔大桥的耳边说，爸爸，你喝多了。

乔司令一怔，啊，我喝多了吗，我怎么就喝多了呢？

韦子玉赶紧站起来说，听曲好好的，怎么扯到种地的事情上了。小林，再唱一曲。

乔司令鼓着眼珠子，茫然地看了一圈，好像意识到什么，对乔大豹挥挥手说，回到你自己的位置上！

乔大豹对韦子玉说，叔叔，你得管着我爸爸，不能让他喝多了。

韦子玉说，放心吧，小子。

小林一直拿不定主意要不要再唱，看着乔司令，乔司令说，孩子，你也回到位置上，让你师傅唱一个《家住安源》。

杨桂英说，我都一把年纪了，漏风跑气的，乔司令想看我笑话啊？

乔司令说，我四十年回来一次，你不给我唱一个《家住安源》，那我不是白回来了吗？

杨桂英还想推让，韦子玉给她递了个眼色说，杨大姐，乔司令要听乡音，你不唱哪行啊，你就唱吧。

杨桂英顿了顿说，恭敬不如从命，难得乔司令这么看得起我，我就献丑了……起身离开座位，拉开架势，运足丹田之气，一嗓子亮了出去——家住安源萍水头，三代挖煤做马牛，汗水流尽难糊口，地狱里度岁月不知春秋……

在座的都听出来了，杨桂英果真力不从心了。韦子玉偷眼看看乔司令，乔司令微闭双眼，两手一上一下地打着拍子，那副怡然自得的样子，用乔司令的话说，岂止陶醉，简直比陶醉还要陶醉。

杨桂英唱到半截，自己也感觉不能唱下去了，正要偃旗息鼓，看见韦子玉向她做手势，又看看乔司令的模样，只好硬着头皮把曲子唱完。

乔司令睁开眼睛说，这就完了？好像还有吧？

杨桂英气喘吁吁地说，乔司令啊，你可真会哄人，我这个老太婆，都快二十年没唱了，赶鸭子上架啊！

乔司令这才站了起来，举起酒杯说，朋友还是老的好啊，这个曲子啊，让我想起了很多，干街一号又回来了。谢谢你啊，杨桂英，本司令今天一醉方休。

说完，又是一饮而尽，还举手把酒杯反转过来，果然滴酒不剩。杨桂英激动得眼圈都红了，握着乔司令的手说，乔司令，乔大桥，你真的是一颗红心不忘本啊！

杨桂英也醉了。

这顿饭吃得一波三折，韦子玉感觉功德圆满了，赶紧招呼上主食。主食上来了，乔司令大喜，伸手抓过一个，上来就大咬一口，含混不清地说，好哇，锅底馍夹咸菜，这才是家乡的味道。

正说着，突然闭嘴，怔怔地看着手中的馍馍，眼珠子一瞪，把目光转向许杰和吴兰，我四十年回来一次，你们就用这个来糊弄我？什么老味道，没味道。

许杰和吴兰面面相觑，紧张地看着乔司令，许杰突然想起了什么，一拍脑门，惨叫一声，坏啦！

韦子玉的脸色也变了，看着许杰，怎么啦？

许杰哭丧着脸说，他妈的厨师也搞改革，说是要符合现代人的胃口，给面粉加了点奶粉，我忘了这个茬了。咋办？

韦子玉说，咋办？赶快调整啊，用没有加奶粉的面粉再蒸啊，反正时间有的是！

许杰看看乔司令，乔司令说，我四十年回来一次，就想吃个锅底馍夹咸菜，不过分吧？许杰，你得把老味道找回来，不然我就不走。

许杰起身就往厨房跑，边跑边说，司令，你等着，我这就去，亲自给你蒸一锅。

6

半个小时后，乔司令终于吃到了许杰亲手做的锅底馍，这次吃得很细，一小口一小口地品味。许杰忐忑地看着乔司令，生怕他再挑出什么毛病。乔司令这回似乎满意了，吃了三分之一，咂咂嘴说，馍馍倒是那个馍馍，可总觉得还是欠点什么，不过，就这样吧。

许杰不甘心，愁眉苦脸地说，怎么会，我是严格按照家传的工艺，从选料到配方到火候，只能比过去好，不能比过去差啊！

乔司令说，过去我吃的锅底馍，那个锅底，金黄焦脆，一口咬下去，满嘴喷香，那个馍馍，柔韧筋道。现在确实吃不出那个味道了。

韦子玉巴掌一合说，我明白了。乔司令，您过去吃的是许杰他爹吉康大叔做的，再说，那时候的面粉是干街乡下的麦子打的，舍不得狠磨，面粉里多少还有点麦麸子，那面发起来酵力大。如今这面粉，精了又精，反而失去了本味。

杨桂英突然睁开眼睛说，我也明白了。乔司令你走南闯北，山珍海味吃多了，你嘴巴刁了。

吴兰也一抖围裙说，我也明白了。过去哪有那么多好吃的啊，锅底馍就是干街孩子最好的吃食，现在好东西多了，哪里还轮上锅底馍呢。

大家七嘴八舌这么一说,乔司令也觉得有理,把半截馍又使劲地吃了下去,然后拍拍手说,你们说得都有道理,不过子玉老弟说得最到点子,就是面的问题。老话说,粗茶淡饭,延年益寿。许杰,我建议你,以后就用当地当年的麦子磨面,至少要磨三道,多少带点麦麸子,再做出锅底馍你试试。

吴兰说,那敢情好,降低成本,还提高质量。我们以后就把锅底馍取个名,叫乔司令馍。

众人一起叫好,说这个主意太好了,一顿饭吃出个品牌来,许杰吴兰你们管这顿饭不亏啊。

吃了饭,乔大豹提醒乔司令,淮上州还有朋友等他去喝茶,时间不早了。乔司令说,让他再等一会儿,我好不容易回干街一趟,这么多老朋友,总不能吃了就走吧。

然后就聊天,韦子玉请首长就干街的发展做指示。乔司令说,哪敢指示啊,我一个退休干部,也就说说而已。不过,这次出来我还真的有点感觉,现在的经济发展,有些怪胎。一路上,不管是坐汽车还是坐火车,两岸都是大吊车,哪里都是工地,到处都是盖房子,好像发展经济就是盖房子。可是新房子盖起来了,老房子的问题没有解决好,新与旧的关系没有处理好。大家可能知道了,三年前我开枪打了一辆车,连发两枪把他后面两个轮子都打瘪了,为什么要开枪呢?就是要它把速度降下来,跑那么快干什么,找死啊!可是为什么同时打两个轮子呢,就是要他均衡发展,不然,一个轮子是好的,一个是瘪的,速度又快,就会原地打圈,弄得不好就翻车。子玉你说是不是?

韦子玉说,首长这个比喻形象生动,这其中蕴含着深刻的道理。

乔司令说,别的事情我不管,但是老街我要管。新街富了,可是老街还有那么多老人,他们既然不愿意到新街住,就有他们的道理,政府就要管。还有留守儿童,也是没有办法的事情,他们的父母一定有难言之隐,不然谁也不会把孩子放养。这个政府也要管。我来带个头,先解决老街的用电问题。我已经让大豹打听了,据说主要是变压器的问题,解决三十户人家的生活用电需要的变压器,十七八万元,这个钱我出。电线的问题,要么当地政府出,要么你们招商引资。干街出去那么多发大财的人,还让老街人用不上电,这合适吗?

杨桂英说,乔司令啊,您想得太简单了啊,现在的人,能对自己的父母尽孝,那就天高地厚了,凭什么去管别人家的老人啊,更何况孤寡老人了。他们肯拿钱吗?

乔司令说,做工作啊。一个人、一家人的幸福是不道德的幸福,也是不长久的幸福,只有全体百姓共同幸福才可能是道德的、长久的幸福。干街人应该知道这是谁说的。

杨桂英说,我还真的不知道,是韦梦为吧?韦梦为的名言多了去了,我只记得我爷爷给我说的一个故事。韦梦为办学堂的时候,遇上大旱,韦梦为让人在学校门口放几口大缸,派人从王井运水拔凉,免费随便喝。那墙上还贴着一个广告,吃水不忘挖井人,挖井人是干街人,干街人喝干街水,为啥要分三六等。

朱江问,这是韦梦为写的吗?

乔司令说,不一定是韦梦为写的,但它是韦梦为的思想。

韦子玉说,关于老街用电问题,我回去向县委县政府汇报,您就不必捐款了。

乔司令说,不,君子一言,驷马难追。为了促使这件事早日落实,我先出一半钱,剩下的你们看着办。

说完这句话,乔司令就起身告辞了。跟韦子玉握手的时候说,老弟,干街的红色资源丰富,可以做一篇大文章。

韦子玉说,我记住了,回去向县委汇报。

乔司令又说,干街还有那么多老人和儿童,基本的生活要保障。

韦子玉说,这个我们会尽快解决。司令还有什么指示?

乔司令说,指示不敢当,我一个退休干部说说而已。以后搞集镇建设,要有规划,再也不能把街道建在公路两边了。

众人送到门外,乔司令站在汽车旁边,先往西边看看,那是新街,虽然没有万家灯火,倒也灯火通明。乔司令再回首看老街。正是正月十五,一轮圆月悬在高空,泛出含蓄的冷光。月光下的老街,淹没在黑色的天幕下,依稀看出旧时的轮廓——那是在心里看见的。

依依惜别,互道珍重,乔司令钻进汽车,频频挥手。杨桂英泪眼婆娑,对着车屁股喊,乔司令,还回来啊,下次来给你唱《看见你们格外亲》。

夜风送过来乔司令的声音——一言为定。

韦子玉站在新街路口,眼看乔司令的汽车屁股消失在夜幕中,这才长长地出了一口气。这一天,他委实不轻松。

7

当天晚上,韦子玉一干人等就住在许杰饭店的客房里,几个人回想刚才的一幕,恍然如梦,意犹未尽,又聚在包房里面聊天。

韦二毛说,我的个天啦,这个乔司令,人是老了,样子一点也没改,小时候玩《智取威虎山》,他就要当少剑波,给杨子荣都不换,一身的霸气啊!

张文宇说,龙生龙凤生凤,那是人家老爹厉害,有遗传基因。

朱江慢吞吞地说,什么遗传基因,鬼话,他运气好。到底文化差一点,当了四十年兵，好像有点与世隔绝，跟不上形势啊！

杨桂英说，我倒是觉得，乔司令还是一颗朴实的心，刚才唱歌的时候，我就想唱"小河的水呀清悠悠"，真像老八路回来了。

唐斌说，过去乔大桥到干街来，杨姐你们有没有青梅竹马啊？

杨桂英说，竹马个鬼啊，那时候他主要跟男孩子玩，人家是城里孩子。再说，我还比他大好几岁。不过，我看这个人，他确实平易近人，一点也不摆架子。

张文宇感叹地说，是啊，见过大世面的，反而返璞归真。干街搞战斗队那年，我和查林还到县里把老书记揪回来批斗。二十世纪八十年代初，我到他家向老书记道歉，老书记说，我根本记不得这件事了，那时候批斗过我的人成千上万，我哪能记住啊。小张你也放下包袱，轻装上阵。就那一句话，决定了我一辈子。

大家于是感慨，说老书记真是大将风度，干街风水好，出了那么多名人，可惜老街就这么荒废了。

大家聊天的时候，韦子玉拿起半截锅底馍，靠在沙发上慢慢地吃。这一天过得一波三折，把他累得够呛。弓书记中午离开的时候交代他，无论如何要让乔司令高兴，乔司令在干街的言论，尽量记下来，退休干部的话，往往更接地气。韦子玉琢磨弓书记的话，这次接待乔司令，还不仅仅是个接待的问题，弓书记可能会借助乔司令干街之行，做什么文章。

当然，这是好事。开春县里就要召开招商引资协调会，关于干街，前两年已经有几个意向，譬如兴建干街红色广场，马岩湖景区开发，都在酝酿之中。但是在老街能够做什么，韦子玉一时还没有想到好的项目。

许杰让后厨热了剩菜，又加了几个新菜，招呼韦子玉再喝一杯。韦子玉说，还没够啊？

唐斌说，够什么够啊，刚才都在伺候乔司令，他一个人喝了大半斤，可是老哥几个还没喝出意思。

杨桂英说，我也差点意思，县长老弟，过来跟大姐喝一杯。

朱江满脸嘲讽地说，你那是"看见你们格外亲"，见到乔司令，兴奋过度。

杨桂英倒是不在乎，大大咧咧地说，啊，朱江，你这话酸溜溜的啊。我太高兴了，我都老成这样了，朱江还为我吃醋。来，朱江，乔司令走了，咱们放开喝吧。

说着，就拎个酒瓶过来了。

朱江赶紧求饶，连连躲闪，杨桂英一把扯住不松，朱江只好跟她碰了一杯。

放下杯子，朱江突然嚷了一声，岂有此理！

韦子玉吓了一跳，朱大哥你怎么啦？

朱江说，乔司令，乔大桥，他站着说话不腰疼，他让我的儿子不考大学，回来种地，他为什么不种地？

杨桂英说，乔大桥不是说，他的理想就是种地吗？

朱江说，鬼扯，他那是种地吗？他那是学陶渊明，采菊东篱下，悠然见南山。他一个退休干部，他回来种地算什么本事，他有本事让他儿子回来种地，那才是真正的劳动人民本色。

杨桂英说，你这话不对，他的儿子，听说是物理博士，美国留学回来的，种地不是大材小用吗？

朱江说，哦，那我的儿子就是种地的命？那将来我的儿子不就成他家的长工了吗？

杨桂英说，你这话还是不对，什么叫长工啊，现在是什么时代？三百六十行，行行出状元，分工不同嘛！

朱江突然一拍桌子说，鬼话，你的儿子不上大学，分工他种田你干吗？

杨桂英一愣，啪的一声也拍了桌子，你朱江拍什么拍，你有本事让你的儿子考上清华北大，你爱干什么干什么，你在这里耍什么威风，你还以为你是镇长啊！

韦子玉一看不好，赶紧和稀泥，哎哎，各位老大，咱们这些年也很难得聚在一起，要么高高兴兴地喝酒，要么各回房间休息，吵起来就没意思了。

杨桂英说，谁吵了，好好说话，他拍桌子，他是见人家乔司令发达了，心里气不过。

朱江呼啦一下站了起来，怒视杨桂英，杨桂英也呼啦一下站了起来，举起酒瓶说，老朱你想干什么？四十年前演戏他就挑我的毛病，现在还这么大脾气！

朱江瞪着杨桂英，呼呼直喘粗气，大家纷纷劝说，都是酒闹的，算了算了，老大哥老大姐，都息息怒。

朱江终于没再发作，一屁股跌在椅子里，突然号啕大哭，哭得声震林木。

杨桂英顿时傻眼了，怔怔地看着朱江，突然把酒瓶一扔，走到朱江面前说，朱江，老朱，对不起，我也是酒喝多了，说话混账，你何必当真呢？

说着，还动手拍拍朱江的肩膀，朱江，我给你道歉了，你别哭了好吗？你这么高一声低一声的，怪瘆人的。

朱江好不容易才止住号啕，抬起头来，拍着杨桂英的手背说，对不起，老朱失态了，我这心里，我这心里憋屈啊！

韦子玉说，朱大哥要不你先回房歇歇，我跟几位老哥老姐再聊一会儿。

朱江迟疑了一下说，没事，我好了，老弟你们接着聊，我听着。

这就转移了话题，围绕这一天乔司令在干街的活动，大家胡言乱语。

韦子玉说，乔司令说了一大堆话，我琢磨有些是他不了解情况，有些确实值得深思。弓书记很重视乔司令这次活动，它会不会对干街的发展有所促动呢？

大家就来了兴趣，张文宇说，我看乔司令对老街特别有感情，会不会有开发老街的意思啊？

唐斌说，老街已经变成那样了，咋开发啊，死赔不赚，招商引资？鬼来啊！乔司令他是怀旧，未必有人会因为他怀旧就把钱扔到水里。

张文宇说，老街怎么就不能开发？老街是一座古城，开发好了照样旧貌变新颜啊！

唐斌说，张大哥你也是在学校待长了，民间的事情不了解，发展经济不是写诗，不能感情用事。

张文宇也火了，唐经理你这话什么意思，我怎么就不了解了，我了解得很。苗老师在考证干街的历史，那过去的繁荣也是有道理的。

唐斌说，张大哥，你不要发火嘛。从前，韦梦为说，凡是有人的地方都是城，难道都要开发出来？

张文宇一拍桌子说，岂有此理，我说过都要开发了吗？我只是说，干街历史特殊，干街有韦梦为，其他地方有吗？

韦子玉一看形势又危急了，赶紧说，张大哥，老唐，你们都不要吵了。张大哥说得对，干街有韦梦为，其他地方没有韦梦为。我觉得要在老街做文章的话，还是要抱着韦梦为这棵大树。

然后就说韦梦为，说到韦氏庄园，说到韦梦为的淮上根据地，说到韦梦为的现实意义。大家七嘴八舌，各抒己见，东拉西扯，好在不吵了。

这天夜晚，韦子玉就住在许杰饭店的客房里，上半夜睡得很香，到了后半夜，隔壁不知谁打呼噜，把他吵醒了，横竖睡不着，便披衣下床。

许杰饭店在老街西北，新街正北，一幢坐北朝南的四层小楼，当晚韦子玉住的房间是东边顶头一个大房间，面向新街和老街都有窗户。韦子玉先面向南看了一阵子新街夜景，基本上没有景了，只有零零星星的几点灯火。然后他再转到东边的窗前看老街，老街更是黑灯瞎火的，在月亮下面，隐隐约约地起伏着。韦子玉久久地看着这传说中的古城，朦朦胧胧的，当真缓缓地升起了一座黑压压的城郭，就像远天云低处缓缓驶来的巨轮。他怀疑看错了，揉揉眼睛再看，似乎更清晰了，海市蜃楼一般出现了高大巍峨的建筑，有点像希腊建筑，暗红色的墙壁上依稀可见造型各异的浮雕，前面是凸凹有致的圆柱。

韦子玉心中惊疑不已，侧耳听听，隔壁呼噜声依旧，高一声低一声，说明他不是在梦中，正要出门喊人来看，还没有来得及开门，就看见城郭的上方裂开一道亮光，一个人从亮光处冉冉升起。韦子玉像被施了定身魔法，两腿再也挪不开步子，只能怔怔地看着渐行渐近的来人。终于就看清了，来人穿着蓝灰色的军装，头戴八角帽，腿扎绑腿，右臂同身体呈四十五度向右前方伸出，小臂再呈九十度直直地举在军帽上方，一句话似乎从很远很远的地方飘过来，孩子别怕，我是你的叔爷韦梦为。

  韦子玉这一刻并不惊惧，反而非常渴望叔爷走近一点，再走近一点。他希望能够拉住叔爷的手，请叔爷给他们讲讲干街的历史，讲讲韦家的过去。

  叔爷的影像一直存在了很久，直到翌日清晨，韦子玉仍然坚信不疑，他看到的叔爷是真的，尽管他是皋唐县人民政府副县长，是个无神论者，这件事说出来恐怕没有人相信，但是他相信。那么叔爷在这个时候、以这样的方式出现，意味着什么呢？或许，干街真要做一篇大文章了。

【作者简介】徐贵祥，安徽省霍邱县人，大校军衔，中国作协副主席、中国作家协会军事文学委员会主任、国防大学军事文化学院文艺创演系主任，全国政协第十二届委员，享受国务院政府特殊津贴。获第七、九、十届中国人民解放军文艺奖，获全国精神文明第八、十、十一届五个一工程奖，获第六届茅盾文学奖。

选自《人民文学》2018年第6期

黑 木 头

赵丽宏

黑暗中的眼睛

天一黑，大地就开始闪闪发光。

随着夜幕降临，城市的每个角落，都亮起了灯光。白天看上去威严冷漠的大楼，每扇窗户都变得晶莹闪烁，就像一座座透明闪亮的水晶山，仿佛远远地就能看清这些山中正在发生的一切故事。而在白天，这些楼房都是陌生的。街道上空的路灯在同一个瞬间亮起来，这些街灯，比天上的星星月亮亮得多，它们俯瞰着在夜幕下曲折蜿蜒的路面，把路上的人和车都照亮了。街道上的车灯，是流动的光芒，黄色的灯，白色的灯，红色的灯，在路面上曳出一串串珍珠宝石一样的光影……

在童童的眼里，所有的灯都像是一只只眼睛。他能发现很多大人无法发现的秘密。街上来往的汽车，每辆车的眼睛都是不一样的，有的汽车是圆的眼睛，有的汽车是方的眼睛，还有椭圆的、长方形的、三角形、菱形的。汽车从很远的地方开过来，童童只要看到灯光，就能知道这是什么汽车。童童跟着妈妈在路上急匆匆地走，今天是妈妈去看外婆的日子。外婆住得不算远，走路过去要半个小时，妈妈一个星期去看外婆一次，每个星期六的晚上，这是老规矩。妈妈牵着小狗米尼走在前面。米尼是一条棕红色的泰迪小狗，长着一身卷毛，东张西望，蹦蹦跳跳，没有一刻安分。但是只要妈妈轻轻吆喝一声，米尼，听话！小狗就乖乖地回到它该走的路上，跟在妈妈身后，放慢了脚步。

去外婆家的路上有一所小学，名叫岚山小学。童童不明白，明明没有山，为什么要叫岚山小学。白天小学里有很多人，学生老师进进出出，操场上能看到小学生奔跑欢跳的身影，还能听到喧闹的声音。童童今年六岁，还没到上学的年龄。他向往上学，每次经过岚山小学，都忍不住要停下脚步，站在那扇镂空的黑色铁门前往里张望一下。不过那是在白天，到晚上，岚山小学就没有什么看头了，透过锁着的大铁门,只见校园一片幽暗,什么也看不清。白天喧闹的世界,天一黑,就变成了一个陌生的地方,静悄悄,黑黢黢,有点神秘。晚上经过那里时,童童总是头也不回地往前走。可是,这天晚上经过岚山小学时,童童不得不停住脚步,因为,米尼站在黑铁门前不动了。它站在铁门前,眼睛呆呆地盯着铁门里那条通向校园的水泥路,尾巴摇个不停。

米尼在铁门里发现了什么?童童顺着米尼的目光望去,在路边那一堆堆暗乎乎的灌木丛阴影中,他看见了两个小小的金黄色亮点,就像两朵小火苗,在夜风中一闪一闪,那么微弱,仿佛随时会熄灭。

米尼突然对着铁门里面大声叫起来,叫声中有一种惊奇,也有一点紧张。

幽暗中那两朵小火苗仍在那里一闪一闪。

"米尼!乱叫什么!快过来!"

前面,传来妈妈的厉声吆喝。

米尼退后了一步,没有理会妈妈,继续直着嗓子对铁门里面大声叫。

那两朵小火苗突然消失了。这时,童童看到,在灌木丛前面的水泥道上,出现了一团黑影,是一条小狗的背影!它离开灌木丛,往学校里面走去。幽暗中,只看到它两个竖起的耳朵,一条拖在身后的短尾巴。在路灯的微光中,依稀可以辨出它的黑褐色的皮毛。

"米尼,快过来!你们磨蹭什么!"妈妈站在前面,有点不耐烦了。在她的叫声中,米尼犹豫了一下,转身往前走去。可童童仍站在那里不动。他想把那条小狗看得更清楚一点,想看到它会走到哪里去。

妈妈看到童童还在那里发呆,又喊了一声:"童童,你发什么呆啊?"

童童回头嘟哝了一声:"里面有一条小狗。"

一听到有条小狗,妈妈转身走了回来,也站到了铁门口。米尼也跟着回来了。可是,铁门里已经没有了小狗的影子。

"我看见它的眼睛了,是一条小黑狗。"

人重要,还是狗重要

外婆病了,发烧好几天不退。老人家七十七岁了,一个人独居,性格好强,什么事情都要自己做,买菜、做饭、洗衣服、打扫房间,都是独自忙碌。童童妈妈要请个保姆照顾她,她不要。她说,我身体好,没有必要让别人来照顾,除非哪一天我躺倒了。现在她躺倒了。

一看到童童进了门,外婆从床上坐起身,眉开眼笑。

妈妈问外婆:"妈,你好点了吗?"外婆把童童拉到身边,随口答道:"好啦好啦,这就起来了。"说着,就手扶着童童下了床。

蹲在床边的米尼大概感觉被冷落了,噌地一下跳到床上,冲着俯身穿鞋的外婆汪汪汪地大叫起来。

"叫啥呀,狗东西!床不是你待的地方!快下来!"外婆转身厉声呵斥,可米尼不买账,仍然站在床上,摇着尾巴,对着外婆叫得更响了。

"狗东西!这么不听话!"外婆生气了,放开搂着童童的手,想抓米尼,米尼敏捷地躲开了。

"外婆,它叫米尼,不叫狗东西。"童童觉得外婆喊狗东西很难听,想纠正外婆。

"不听话,就是狗东西!"外婆回头对妈妈说,"这大概都是被你们宠出来的,没规没矩。床是人睡的,狗怎么能上来!"

妈妈板着脸一言不发,她走到床边,把米尼从床上抱下来,放到门边的角落里,让它蹲下,然后手指着米尼的鼻子,低声却严厉地命令道:"蹲着,别动!"

米尼仰望着妈妈严肃的面孔,乖乖地蹲着,一动也不动。妈妈走开了,它仍然安静地蹲在那里,再也不发出声音。

"唉,带着狗来,狗就成了中心,大家都围着它转。"外婆摇着头说,"狗重要,还是人重要?"

外婆好像是自说自话,但她的目光盯着妈妈看。

"好了,我知道了,以后我一个人来,不带米尼就是了。"妈妈一面扫地,一面回答。

"童童要一起来的!"外婆急了,以为妈妈以后真的一个人来。

"外婆,我要来的。妈妈不带我来,我一个人来,我认识路的。"童童拉着外婆的手安慰她,"但是,我想让米尼陪我一起来。"

一直蹲着不动的米尼以为童童在叫它,站起来摇着尾巴走到童童身边。童童摸摸米尼的头,先看着米尼咧嘴一笑,又看看外婆抿着嘴笑。

外婆不说话,挥了挥手,把头扭过去,看着别的地方。

妈妈也不说话,但掩着嘴偷偷笑了。

妈妈给外婆量了体温,外婆的烧已经退了。外婆自己看了看体温计,大声对妈妈说:"走吧走吧,早点回去,我没事了。"

看外婆精神十足的样子,确实没什么事了。妈妈检查了冰箱,取出一些不新鲜的食物,放入新买的蔬菜和水果。

"你不要为我浪费钱,我一个老人,胃口小,吃不了多少东西。"外婆看着妈妈在冰箱前忙碌,嘴里嘟嘟哝哝地数落着,"你们现在家里花销多,要养孩子,还要养狗。"

用在狗身上的钱，比得上养一个小孩的花销了吧。"

回家的路上，又经过岚山小学。童童在校门口停住脚步往里看，他拉着妈妈的手，轻声说："看看那只小狗还在不在。"米尼也一动不动站在铁门边，小绒球似的尾巴摇个不停。

学校里静悄悄的，那条布满阴影的道路上，没有一点动静。但是童童和妈妈差不多同时看到，在黑黢黢的树影里，有两朵金黄色的小火苗忽闪忽闪地亮着。米尼也发现了，对着大门里激动地叫了两声。

这次，那只小黑狗没有转身走开，它默默地站在阴影中，和铁门外的观察者对峙着。

"喂，小狗狗，你出来吧，跟我们回家！"童童对着大门里大声喊。米尼也跟着叫。阴影里的亮眼睛忽闪了几下，还是不动。

"别乱叫！"妈妈蹲下身子，从包里拿出一个纸包，她打开纸包，把手伸进镂空的铁门，在地面上摊开纸包，纸包里是刚才从外婆家冰箱里拿的几块酱鸭肉。

"它一定饿了，放在这里，等我们走开后，它会过来吃的。"妈妈轻声说着，站起身，拉着童童，抱起米尼，离开了铁门。过了一会儿，只见那只小黑狗从阴影里走了出来，慢慢地走向铁门。它走了几步，停下来，看看门外没人过来，又往前走几步。看清地上的纸包后，它快步走过来，先闻了一下，又抬头警惕地瞅了瞅四周，然后低头飞快地吃完了纸包里的酱鸭块。吃完后，急匆匆地离开铁门，消失在校园浓密的树影里。

"它饿了。"童童轻轻地说。

"对，在学校里，它大概找不到食物。"

"以后我们来给它送饭，好吗？"童童抬头看妈妈，妈妈看着马路对面的黑铁大门，点了点头。

"这好像是一条小鹿犬。"

回家的路上，童童对妈妈说。爸爸送给童童一本介绍狗的画册，里面有各种各样不同品种的狗，童童喜欢小狗，把这本画册看了一遍又一遍，他认识画册的大多数狗，在路上看到有人牵着狗经过，他一眼就能认出这是什么品种的狗。

它的名字叫黑木头

躲在岚山小学里的这只小黑狗，成为童童家里的一个牵挂，也是一个说不完的话题。童童有提不完的问题问妈妈：

"它从哪里来？它的主人为什么遗弃了它？它怎么会躲在学校里？它为什么那么

害怕有人走近它？"

童童对妈妈说，这小黑狗，一定有个名字，如果叫它的名字，它大概就不会逃走了。

妈妈没有办法回答童童的问题，因为她和童童一样，什么也不知道。躲在岚山小学铁门里面的小黑狗，是一个谜，是一个揭不开的秘密。

米尼的口粮比原先多了一倍，其中一半，是留给小黑狗的。每一回，童童跟妈妈去看外婆，妈妈包里总是带着狗粮，还带着一瓶水。狗粮太干，要让小狗喝点水。原来妈妈两三天去一次外婆家，现在每天晚上都去了。外婆不喜欢米尼，去看外婆时，只能把米尼关在家里。

一天晚上去看外婆，走过岚山小学时，童童发现小狗躲在铁门里面的灌木丛中。妈妈把包里的食物拿出来，准备放到铁门里面去。这时，走过来一对中年夫妻，他们也在校门口停住脚步，往铁门里窥探着。

"今天它还在里面吗？"那女的问。

"听说天天晚上都会等在这里。"那男的回答。

"你说它是黑木头？"女的又问。

"肯定是它，我在这里看到好几次了，是黑木头。"

黑木头？这是这条小狗的名字？童童和妈妈都听到了这两人的对话。

妈妈忍不住问："你们认识这条小狗？"

童童也跟着问了一句："它在这里好久了，为什么不回家呢？"

中年夫妻打量了妈妈一眼，见她手里还拿着准备给黑木头吃的食物，反问道："你们天天来喂它吗？"

"我和妈妈天天来看它，它会走出来的。"童童抢着回答。

正说着，树影里出现了小狗的身影，它蹲在远处默默地注视着大门口。也许看到门口比平时多出几个人，它犹豫了片刻，转身走了，消失在树影深处。

"这只小狗，我们认识，以前就住在我们那条弄堂里。"中年夫妻站在校门口，讲了关于这条小狗的往事。

小黑狗的主人是一个孤独的老太太，和小狗相伴多年，这只小狗从来不叫，而且动作慢，不爱动，所以被起了一个奇怪的名字：黑木头。有一天夜里，老太太突然发病离世，黑木头守在她身边不声不响蹲着，两天后，才被人发现。有一个开麻将馆的邻居收留了黑木头，却不好好待它。因为黑木头不会看门，总是躲在床底下，麻将馆老板不喜欢它，经常训斥它，给它的食物也是有一顿没一顿的，黑木头经常处在饥饿状态。有一天，黑木头躲在桌子底下睡觉，尾巴碰到了一个来打麻将的女人的脚，那个女人哇哇乱叫，说黑木头咬了她。麻将馆老板把黑木头关进一个铁笼子，用竹竿打它戳它,还用热水烫它。老板边打边骂:"你这条倒霉狗!送走一个死人,到我这里还要害人!黑木头黑木头,我看你就是瘟神扫帚星,给我带来霉运!我要打死你,饿死你!"黑木头开始在笼子里惨叫着瑟瑟发抖,三天时间,不吃不喝,终于躺在笼子里没有了声息。麻将馆老板以为黑木头死了,准备把它扔了,就在笼门被打开的刹那,黑木头一跃而起,窜出铁笼,飞一般从老板的胯下钻过去,飞奔出门,逃得无影无踪。谁也不知道它去了哪里。很多天后,人们才在岚山小学的树丛里发现它,它只在晚上出现,躲在树丛的阴影中,远远地看着从校门口走过的人。从逃走那一天起,它一直躲避所有的人,再也不让任何人接近。它成了一只孤独神秘的野狗,在黑暗中出没,从来没有听到它发出叫声,它就像一个小小的沉默的黑色幽灵。

这天晚上,童童和妈妈陪着那对中年夫妻,一起在校门口等了很久。小黑狗一直没有出现。准备回家的时候,童童对着铁门里面大喊了两声:"黑木头!黑木头!"

远处的树影里,黑木头小小的身影闪了一下,又不见了。

米尼和黑木头

童童和妈妈晚上出门时,是米尼最不开心的时候。它知道不会带它去,就无精打采地躲到一把椅子底下,独自生闷气。童童喊它,它也不露头。

一天晚上,童童准备跟妈妈出门,米尼像平常一样,耷拉着小脑袋,远远地蹲在墙角,闷声不响地注视着童童和妈妈准备着要带出门的东西,带给外婆的香蕉和枇杷,还有准备喂黑木头的狗粮。它知道,这些都和它无关。

童童看着米尼,觉得它很可怜,就求妈妈说:"妈妈,今天带米尼一起去好吗?"

"外婆不喜欢看见狗,还是让米尼在家待着吧。"

"带去试试嘛!"童童仍然坚持着。

"试什么?外婆不喜欢小狗,你不是不知道!"妈妈有点不耐烦,"别啰唆了,快走吧!"

米尼好像听懂了童童和妈妈的对话,站了起来,走到门口,嘴里发出呜呜的叫声。

"妈妈,我说试试,不是要让米尼去看外婆!"童童好像振振有词。

"那去试什么呢?"妈妈有点诧异,不知童童的葫芦里要卖什么药。

"我觉得黑木头是不想让人接近它。但是,它会让小狗接近它啊。"童童不是说着玩,这个念头,在他的脑子里转了好几天呢,"我们带米尼一起去,让米尼走到铁门里去,黑木头看到米尼,大概不会逃走的。它们如果成为好朋友,黑木头说不定会跟着米尼回家来呢!我们带米尼去吧!"

蹲在门口的米尼好像听懂了童童的意思,突然激动得踮起两条前腿站了起来,在童童面前蹦跳了几下,又站到妈妈面前,像个小孩似的抬头望着妈妈,好像在恳求:"带我去吧!带我去吧!带我去吧!"

妈妈仔细听了童童的建议,觉得有点道理。她拍拍米尼的脑袋,笑着说:"好,带你去,试试看吧。"

米尼欢叫了一声,围着童童和妈妈蹦跳了一阵,又在客厅里来回奔了两圈,然后紧跟在童童后面出了门。

岚山小学门口,像往常一样安静。铁门里,一条白晃晃的路上,只有树影晃动。童童对着里面放开喉咙喊了一声:"黑木头,快出来!"

铁门里面毫无动静。

突然,米尼对着铁门里面叫起来,叫声又兴奋又紧张。

幽暗的树影中,出现了那两朵金黄色的小火苗。黑木头在树影中停留了一会儿,也许是米尼的叫声鼓励了它,它脚步迟缓地朝前走了几步,又停下来。

童童解开米尼脖子上的皮圈,轻声命令:"米尼!进去,把黑木头带出来!"

米尼从铁门的空隙中钻了进去,箭一般向黑木头飞奔过去。很快,米尼的身影消失在道路尽头的树影中。

站在铁门外看不清校园里发生了什么,但可以听见米尼的叫声从很远的地方传出来。

过了一会儿,听不见米尼的叫声了。校园里一片静寂。

"米尼!黑木头!快出来!"童童在铁门外大声喊起来。

又过了一会儿,道路尽头出现了一条小狗的身影,只见它往大门口飞奔而来。走近时,童童和妈妈都看清了,跑回来的是米尼。米尼从铁门里钻出来,站在童童和妈妈中间,气喘吁吁地摇着尾巴。

"米尼,黑木头呢?黑木头怎么不跟你出来?"童童问米尼。

米尼朝铁门里叫了几声。静悄悄的校园里,回荡着米尼的叫声。这叫声,是无奈的呼唤。

看来,黑木头不愿意和米尼交朋友。

外婆想变成一条小狗

离开岚山小学,妈妈和童童带着米尼去了外婆家。米尼进门后,乖乖地蹲在墙角,一动也不动。

外婆看见米尼,皱了皱眉头说:"怎么今天带小狗来了?"

童童说:"刚才去岚山小学,想让米尼叫黑木头出来呢?"

"什么黑木头？"外婆觉得莫名其妙。

"黑木头是一条小黑狗，躲在岚山小学里，没人管它，天天饿着肚子，很可怜。我和妈妈每天晚上送饭给它吃。"

外婆很有兴趣地听着童童的话，还提出了问题："那么，你们打算怎么办呢？以后还天天去送饭给它吃？"

妈妈见外婆有兴趣，便插话道："这条小狗，个性很倔，孤僻得很，不让人靠近它。我们想带它回家，但它每次吃完东西就走，一点办法也没有。"

"家里有了一条狗，再来一条，你受得了？"外婆摇摇头，叹了口气，"狗啊，狗啊，你们家里，还有什么比狗更要紧的呢？"

妈妈一下子哑口无言了。

"说起狗，中国人的词典中没有多少好话。"外婆年轻时当过小学语文老师，说话常常喜欢引经据典。她把童童拉到身边，笑着说："童童，今天外婆来考考你。"

"考什么呢？"童童来劲了，他就喜欢别人来考他。

"你说说，我们中国人的词典中，有多少和狗有关的词汇？"

"哦，那可多啦！"童童几乎是不假思索，一口气报出一长串狗的种类，"贵宾犬、博美犬、牧羊犬、猎兔犬、猎鹿犬、猎狐犬、秋田犬、哈士奇、杜宾犬、柴犬、吉娃娃、卡斯罗、斗牛犬、西施犬、巴哥犬、腊肠犬、大白熊犬、萨摩耶犬、金毛犬、雪纳瑞、沙皮狗、藏獒、中华田园犬……"

童童绕口令似的报着他所知道的狗名，把外婆听得一愣一愣。这些名字，外婆以前连听都没听说过，小外孙能说出这么多狗的品种，实在让她惊讶。

童童看到外婆惊奇的样子，更来劲了。他知道的狗，有一百多种呢。报这些狗名时，他的眼前出现了一张张长相完全不同的狗面孔。

"我是说，我们中国人的词典中，有些什么和狗有关的词汇，你知道吗？"外婆又重复了她的问题。

"狗是人类最忠实的朋友！"童童回答。

妈妈在旁边听着，童童回答的时候，她一直忍不住掩嘴而笑。

"这算什么词汇！"外婆摆了一下手，笑着自问自答，"关于狗的词汇，有些啥呢？你听听吧：狗腿子、狗奴才、狗崽子、狗血喷头、狗仗人势、狗尾续貂、狗急跳墙、狗屁不通、狼心狗肺、狐朋狗友、贼头狗脑、鸡鸣狗盗、偷鸡摸狗、狗嘴里吐不出象牙、狗拿耗子多管闲事……"

外婆的词典里，和狗有关的词汇还真不少呢，可这些词汇，都不是什么好话。

"怎么都是骂人的话呢？"童童嘟哝了一句，"还有狗东西吧。"他想起外婆曾经骂米尼狗东西。

"是呀，你想一想，为什么中国人的词典中，说到狗时都要骂人？"外婆问童童。

童童几乎不假思索地回答："编词典的人讨厌狗，所以瞎编。"

"这不是瞎编，这些都是老百姓生活中的话，很早就有的。"外婆说，"我们小时候，很少有人养狗，只有那些有钱有势的人，家里才养狗。那时，狗这个词，就是被用来骂坏人的。"

童童张着嘴，不知道说什么话才好。

妈妈听外婆这样数落狗，忍不住插了一句："这对狗也太不公平吧。在生活中，狗确实是人的忠实朋友，它们怎么也不会背叛主人。"

"主人如果是个恶人，养的狗也会帮着做坏事吧。说狗仗人势，就是这么回事。"外婆还是气呼呼的。

"你这话算说对了。"妈妈说，"其实，以前很多人对狗的厌恶，其实是对恶人的厌恶。"

"恶狗，也是有的！"外婆说着，撩起裤腿，指着小腿上一块紫红色的疤，"瞧瞧，这就是给一条恶狗咬的！"

童童摸了摸外婆小腿上的伤疤，惊讶地问："狗狗怎么会咬你呢？"

外婆放下裤腿："那是年轻的时候，一天走在路上，从路边的砖瓦堆里突然蹿出一条野狗，在我小腿上咬了一口，转身就逃走了。"

"外婆，米尼不会咬人。"童童把蹲在一边的米尼拉过来，把手指塞到它嘴里，"你看啊，我把手指塞到它嘴里，它也不咬我呢！"

米尼舔了舔童童的手指，又回到墙角里蹲下来。

"那时，哪里也不准养狗，到处捉狗打狗，狗看见人也害怕吧。"妈妈说。

"是啊，现在，狗是宠物了，狗比人还金贵了。"外婆接着妈妈的话，一脸的不高兴。

妈妈摇了摇头，闷头做事，不再说话。

"外婆，小狗不是坏人啊，你别恨它们吧！"童童发现妈妈和外婆好像是在吵架了，心里着急。

"有什么恨不恨呢？以前的事，早就忘记了。"外婆轻轻地说，好像是自言自语，"有时想想，真希望变成一条狗。变成小狗，就天天有人陪我，有人疼我，天天有人和我说话。哪怕我听不懂。"

童童以为外婆在说笑话，接着外婆的话说："外婆，你又不是孙悟空，怎么会变狗呢？"

"外婆当然不会变狗，是羡慕小狗。"外婆长长地叹了口气，"在你妈妈的心里，米尼第一重要,你排在第二,接下来呢,才轮到外婆。"

妈妈默默地听着外婆和童童的对话,别过脸去,用手背抹了一下眼睛。童童发现,妈妈在流眼泪呢。

"妈妈,你怎么啦?"童童拉着妈妈的手,大声问。

"没什么。"妈妈擦干了眼角的泪水,平静地对外婆说,"妈,你就住到我们家里,和我们一起过吧。"

"好啊外婆,你住到我们家来吧!"童童高兴地喊道。

"你们家里有狗,我不习惯。"外婆冷冷地回答。

妈妈愣了一会儿,有点不情愿地说:"那么,我们就把米尼寄养到别人家里去吧。"

外婆:"不要说这种违心的话,我知道,你才舍不得米尼。一条狗你都嫌少,还要把野狗带回家呢!"

米尼仿佛知道这些对话和它有关系,有点紧张,它从墙角移步到床边,钻到了床底下。一直到妈妈喊它回家,它才从床底下露出了脑袋。

先 救 谁?

那天夜里,童童做了一个奇怪的梦,在梦里,他带着米尼去看外婆,外婆不在家。童童喊着外婆,到处找也找不到。忽然,前面出现一条河,河里急流汹涌。童童看到外婆了,她站在一座摇摇晃晃的木桥上,翻滚的波浪冲撞着木桥,飞溅起漫天的水花。外婆身边,还有一条黑色的小狗,好像是黑木头。只见外婆的身体随木桥摇晃着,神情紧张地向童童招手,嘴里还喊着童童的名字。米尼挣脱了童童手里的绳子,飞快地向外婆奔去。米尼奔到桥上,在外婆身边站起身,咬住外婆的衣服下摆,想把外婆拽离木桥。这时,一个巨浪突然扑过来,木桥被巨浪打断了。外婆和黑木头一起掉进河里。只见外婆花白的头发和黑木头的小脑袋在波浪和漩涡中起伏,一会儿被浪花淹没,一会儿又露出来……童童急得大声哭喊,却发不出声音,只感觉面颊上痒痒的。睁开眼睛一看,只见一张很大很大的脸俯瞰着他,正咧开嘴巴对他微笑呢。

啊呀,是爸爸回来了!

爸爸伸开双臂,一把抱起童童,拥着他在屋里转了两圈,还用长着胡子的脸亲他。童童没想到,噩梦醒来,会是这样开心的结果。

童童的爸爸是远洋船上的海员,还是水手长呢。他出海一次,轮船要穿越太平洋,去好几个国家,出门两三个月才回家。每次回来,爸爸都会从国外带回几辆玩具小汽车,还有玩具小狗。童童床下的一个藤编筐子里,已经有了大半筐汽车和小狗。童童更喜欢的,是听爸爸讲从国外带来的好玩故事。

吃早饭时,童童又想起了那个噩梦。他向妈妈和爸爸提了一个问题:"假如外婆和黑木头同时掉进河里,你们先救谁?"

妈妈愣了一下,答道:"当然先救外婆。黑木头应该会游泳,它自己会游上岸的。"

"黑木头?黑木头是谁?"爸爸有点摸不着头脑。

童童讲了黑木头的故事,爸爸很有兴趣地听童童讲,还不时发问。

爸爸说:"今天晚上我们一起去看看它吧。"

童童讲了他凌晨做的那个梦。妈妈听了,久久没有作声。

"外婆觉得我们养了狗,不再关心她,对不对?"爸爸问。

"她有点多心了,我们怎么会不关心她!"妈妈摇摇头嘟哝着。

"外婆想变成一条小狗呢。外婆说,变成小狗,就天天有人陪她,有人疼她,天天有人和她说话。"

妈妈放下手里的碗筷,叹了一口气:"我妈的脾气,我最了解了,她独立,要强,不想麻烦别人。让她来和我们一起住,她也不同意。怎么办呢?"妈妈眼睛看着窗外,又叹了口气。

"老人最怕孤独。我们多关心她吧。"爸爸一直认真地听着,他拍了拍妈妈的肩膀,微笑着说,"还好我们住得不远,可以经常去看望她。童童,我给你一个任务,好吗?"

"什么任务?"童童好奇地问。

"每天晚上睡觉前,给外婆打一个电话,好吗?"

"这算什么任务?"童童有点不明白,外婆有时打电话来,总是喜欢和他说话,在电话里问长问短,问得他有点不耐烦。

"外婆接到你的电话,会很开心。你的电话很重要呢!"

童童点了点头。打个电话多容易,他能做到。

傍晚,爸爸妈妈带着童童去看望外婆。爸爸从国外回来,总是马上去看外婆,还带着从国外捎来的礼物。这次,爸爸给外婆买了一条羊毛围巾,还有一盒外婆喜欢吃的奶酥曲奇饼。

走到岚山小学门口,童童对着铁门里面放开嗓门喊了一声:"黑木头!黑木头!快出来!爸爸也来看你啦!"

"你安静点!"妈妈把一只放着肉末拌饭的塑料盒放到铁门里面,"你这样大喊大叫,会吓着它的。"

爸爸摸着童童的头,一声不响地盯着铁门里面。

远处树影里，出现了两颗小小的金黄色星星。

"它出来了！"童童轻声告诉爸爸。

小星星在朦胧的幽暗中闪着，却仿佛被钉在了远处，一动不动。

妈妈拉起童童的手，轻声说："我们到马路对面去吧。"

童童一手拉着妈妈，一手拉着爸爸，穿过马路，隐藏在幽暗的梧桐树影里，静静地等着。

像很多次曾经出现过的情形一样，黑木头从树影深处慢慢走出来，走到校门口，用很快的速度吃完了塑料盒里的肉末拌饭，随即匆匆离开，又消失在学校深处的幽暗中。

"爸爸，你的本事大，你一定有办法把黑木头带回家！"童童觉得爸爸是无所不能的，爸爸回来了，黑木头也能带回家了。

爸爸沉吟了一下，说："我们一起来想想办法吧。"

从外婆家回来，已经很晚了。童童困了，急着上床睡觉。爸爸站在童童的小房间门口，笑着问："你还记得自己的任务吗？"

哦，给外婆打电话！童童从床上跳起来，走到客厅里，拨通了外婆家的电话。

外婆家电话铃响了一次，外婆就接电话了。童童来电，外婆很惊奇，她说，刚刚见到，你怎么打电话来？童童说："以后我每天晚上给你打电话。"外婆在电话那头笑起来："好啊好啊，打来吧，我喜欢和外孙通电话！"

有机关的笼子

爸爸回家的这些日子，每天晚上都跟着妈妈和童童到岚山小学去看黑木头。走到大铁门边上，总能看到黑木头远远地在树影里站着。童童放开嗓门喊黑木头，黑木头听到喊声会走开，过一会儿又出现。照例是妈妈把装食物的小盒子放到铁门里面，再走到马路对面，等着黑木头走出来，把食物吃完。

童童发现，黑木头还是慢慢地有了一点变化。它站着等待的地方，离铁门近了点。食物放到门口后，它观察的时间也短了一点，走出来时，不再那么犹疑不决。它吃完食物，童童在马路对面大声喊它的名字时，它不是马上逃走，而是抬头张望一下，然后再不慌不忙地走开。黑木头走到树影深处快消失时，童童穿过马路奔到铁门口喊："黑木头，回来！回来！"黑木头停住脚步，回头看看，两朵小火苗在幽暗中忽闪了两下，最后还是转身走了。

爸爸说："对黑木头，要有足够的耐心，不能心急。要想想办法，把它带回家。"

一天傍晚，妈妈下班刚回家，爸爸也从外面回来了，手里拎着一个黑色的铁丝笼子。

"这笼子是干吗的?"童童问爸爸,"是给米尼住吗?"

爸爸诡异地笑了笑,说:"这是个秘密。"

"什么秘密啊?"童童来了兴趣,围着笼子仔细看。

笼子方方正正,放在地上,像一间镂空的小房子。笼子一头有一扇门,可以往上拉,像一道闸门。

"你发现秘密了吗?"爸爸笑着问童童。

童童看了半天,实在看不出什么名堂。

"这笼子,进得去,出不来。"

爸爸告诉童童,这个笼子,是一个朋友用一只养狗的铁笼子改装的,笼子里有一个机关,可以把黑木头关进去。

米尼看见了这个铁笼子,觉得新鲜,围着笼子兜了几圈。童童把笼子的闸门拉起来,对米尼说:"你进去试试吧。"

米尼在笼子门口停留了一下,走开了。它才不会自动进去被关在里面呢。

童童问爸爸,笼子的机关在什么地方?妈妈也走过来了,她和童童一样有兴趣。爸爸拿出一个两头都有钩子的钢丝,一头钩在笼子中间一根活动的小铁桩上,另一头连接了闸门上的一个扣子。然后把一块牛肉片钩在笼子中间的小铁桩上,牛肉片是米尼最喜欢吃的。

"这就是机关吗?"童童问爸爸。

爸爸笑着点点头,回头招呼米尼:"来,吃牛肉。"

米尼已经闻到了牛肉的香味。它围着笼子兜了几圈,在门口犹豫了一下,终于禁不住牛肉的诱惑,小心翼翼地走进笼子,一口叼住了牛肉片。就在它把牛肉片往嘴里送的时候,那根连接着钢丝的小铁桩带动了闸门上的扣子,只听咔嚓一声,闸门落了下来。米尼听到闸门落下的声音,反身想逃出笼子,已经来不及了。它惊惶地叫着,用前肢扑打着闸门,但闸门纹丝不动。

看起来,这个有机关的笼子很厉害。可是,时刻保持着警惕的黑木头会进去吗?

"我们今天晚上就把笼子放到岚山小学里去吧!"童童急着建议。

"今天不要去,让黑木头饿一天,明天白天,把笼子放到校门里面,晚上它出来找吃食时,闻到牛肉香味,大概会走进去吧。"

第二天下午,爸爸把一大块红烧牛肉插到笼子中间的小铁桩上,然后安装好机关。笼子,要送到岚山小学里去。一家人一起出了门,童童和妈妈走在前面,爸爸手里拎着那个笼子,小心翼翼地走在后面。

学校放学了，学生已经回家。一个穿黑色制服的中年保安，个子矮矮的，正忙着在把两扇大铁门关上。

"叔叔，慢点关门！"童童跑到铁门前大喊。

矮个子保安表情严肃地拦在门口："这里是学校，你们想干什么？"保安看着爸爸手里的笼子，觉得很奇怪。

"叔叔，我们是来找黑木头的！"童童抢着回答。

"什么黑木头？"矮个子保安觉得莫名其妙，他挥了挥手，有点不耐烦地说，"你们快走吧，别把笼子端到学校里来！"

"黑木头是躲在你们学校里的一条小黑狗，请问你是否看见过？"妈妈和颜悦色地问了一句。

"哦，那条小黑狗，看见过。"保安回头往校园里看了一眼，问道，"它和你们有什么关系？是你家逃走的狗吗？"

"不是我们家的狗，是一条没有主人的流浪狗。"妈妈回答。

"叔叔,这条小狗叫黑木头,我们天天晚上给它来送吃的。你知道它躲在哪里吗？"

"谁知道呢！难得看见它，总是露一下头就不见了。"保安拦在校门前，脸上的神色和缓了一些，"有人看见过，它会抓老鼠。"

"黑木头会抓老鼠？"童童诧异地问，"那不成了猫吗？"

"小鹿犬是会抓老鼠的，饿的时候，老鼠也是它的食物。"爸爸说。

"叔叔,你帮帮我们吧！我爸爸做了这个笼子，有机关的,黑木头只要进去吃牛肉,门会自动关上，我们就可以带它回家了。"童童哀求道，"叔叔，你就帮帮我们吧！"

保安耸了耸肩膀，摇着头说："你们管这样的闲事，就不怕麻烦？"

爸爸把笼子放到地上，走近铁门，很恳切地对保安说："我们确实是在管闲事，希望你能理解。这条小狗曾经受过虐待，特别害怕人接近它。它已经流浪了很久，我们想收养它。请你帮帮忙，好吗？"

"我怎么帮忙呢？"保安问。

"请让我们把笼子放在大门里面，到晚上，小狗会出来寻找食物，希望它会走到笼子里吃牛肉……"

"只要它走进去，笼子会自动关上！"还没等爸爸说完，童童又抢着插话。

"请你帮一下忙吧，谢谢啦！"妈妈也忍不住插话了。

矮个子保安大概有点感动了，这一家三口，为一条流浪狗，竟然这样费心思。他打开铁门，爸爸走进去，把笼子放在门边的灌木丛旁边。这是黑木头晚上出来的必经之地。

黑木头

"晚上，我如果有空，再过来看看吧。"保安一边关门，一边自言自语。

童童看着放在灌木丛旁的笼子，心里在轻轻地说："黑木头，黑木头，你进去吧。"

笼子不会说话，但它张开了嘴巴，默默地等在树影里。

天黑后，爸爸妈妈带着童童，一起出门去岚山小学。三个人在铁门前等了很久，铁门里面毫无动静。

整整等了一个半小时，没有看到黑木头的影子。

妈妈说："我们回去吧。"

"再等等吧，说不定它马上就要出来了。"

童童的话音刚落，铁门里面就有了动静。黑木头的小小的身影，出现在道路尽头。

妈妈拉着爸爸和童童，往铁门一边退了几步，虽然远了一点，但还是能看见灌木丛旁的那个笼子。

黑木头慢慢地走出来，一步一步走近铁门。走到灌木丛边上时，它发现了笼子。黑木头绕着笼子走了几圈，仔细观察着笼子里面的境况。它一定闻到了牛肉的香味，鼻子贴着靠近牛肉的地方，停留了一会儿，又开始围着笼子转。它发现笼子的一头开着门，可以走进去，就站定在笼子门口，迟疑了一会儿，大概抵挡不住牛肉的诱惑，慢慢把脑袋伸到笼子里面，马上又退了出来。

童童一只手紧攥着妈妈的手，一只手抓着爸爸的胳膊，心里紧张地喊着："进去吧！进去吧！快进去吧……"

黑木头的脑袋往笼子里伸了几次，每次都很快退出来。最后一次，它的两条前腿迈进了笼子，它的嘴凑近了小铁桩，伸出舌头就可以舔到牛肉，可停留了片刻，最后还是退了出来。这样犹犹豫豫试了几次之后，黑木头索性在笼子门口蹲了下来，一动不动地和开着的笼门对峙着，不进去，也不走开，似乎是在期待着笼子里的牛肉会自动飞出来。

这时，铁门另一边的人行道上，一个人骑着自行车过来，到铁门边下了车，嘴里大声喊着："怎么啦，小狗进笼子了吗？"

门口的声响惊动了黑木头，它站起身，回头看了一眼，毫不犹豫地疾步走开了，小小的黑色身影，很快消失在道路尽头。

来人是岚山小学的矮个子保安。他打开铁门，进去察看了灌木丛旁的笼子，发现笼门仍开着，牛肉还在里面。

"这小东西精怪得很呢，不上这个当。怎么办呢？"矮个子保安转身问道，"你们是把笼子拿回家，还是再放一阵看看？"

"那就再放一阵吧。"爸爸说，"还要麻烦你，谢谢啊！"

矮个子保安把笼子放到灌木丛里面,这样,明天来上学的孩子们就看不见这个笼子。

唉,黑木头不喜欢笼子,它不会进去的。童童心想。

这个笼子,在灌木丛中放了两天,笼门一直开着。黑木头很多次从笼子边上走过,再也没有对笼子发生兴趣。第三天上午,矮个子保安发现笼子门关上了,笼子里,关进了一只黑色的野猫。野猫喵呜喵呜叫着,在笼子里又跳又撞。矮个子保安打开笼门,放走了野猫。

爸爸又要出海了,他离家的前一天,把笼子搬回了家。

黑木头,它躲在哪里呢?

白医生也束手无策

一天,妈妈和童童一起去宠物店给米尼剪毛,遇到宠物店的医生。这是一个穿白大褂的姑娘,个子瘦瘦小小,长着一张圆圆的娃娃脸,看上去很年轻,像个大学生,顾客都叫她白医生。听说她是一个很有本事的兽医,小狗小猫有什么不舒服,她都能准确地诊断,对症下药,药到病除。她还会给宠物动手术,在她手中没有治不好的病。米尼被送进去剪毛了,童童在通向店堂内间的门口探头探脑往里看,白医生走过来问:"你家的狗狗叫什么?"

"米尼。"童童回头问,"你认识米尼吗?"

"认识啊,你妈妈带它来过的。"白医生笑着回答,"只要见过的小狗,我都认识。"

见过就认识?童童的心里突然冒出一个问题:"那么,你认识黑木头吗?"

"黑木头?"白医生瞪大了眼睛,两根细细的眉毛跳了一跳,反问道,"你认识黑木头?"

"是啊,我认识黑木头,天天看见它呢!"

"怎么可能啊!"白医生惊叹了一句。

妈妈听见了童童和白医生的对话,走过来问:"你知道黑木头?"

"哦,那条叫黑木头的小狗,我认识!"白医生回答。

"你怎么会认识黑木头呢?"童童问。

"黑木头是一位老太太养的一条小狗,曾经来我们这里好多次。那是几年前的事了。老太太去世后,就再没有见过黑木头。"

白医生说,黑木头的主人是一个和善的老太太,自己省吃俭用,对黑木头却很大方。黑木头是一条黏人的狗,不吵不闹,也不乱跑,总是跟着老太太寸步不离。

"黑木头是小鹿犬吗?"童童问。

"黑木头不是纯种小鹿犬。是一条混血犬。"白医生回答。

"混血犬是什么犬呢？"

"黑木头的妈妈是小鹿犬，它的爸爸，是一条中华田园犬。"

"它现在躲在岚山小学呢，我们每天见到它！"童童告诉白医生。

"哦，真是黑木头？"白医生很惊奇地问。

妈妈把发现黑木头的过程告诉了白医生，白医生皱着眉头思忖了片刻，问道："你们真想把黑木头带回家？"

"对啊对啊！我们要带它回家！"童童听宠物店主这么说，迫不及待地抢在妈妈前面回答了，"黑木头很孤单，很可怜。前几天晚上下大雨，它站在路上，淋成了'落汤狗'。"

"我们是有这个念头。可是，想了很多办法，都无法接近它。"妈妈看着兽医，问道，"你有什么好办法吗？"

"办法当然有，捉一条小狗不是什么很难的事情。明天晚上，我和你们一起到岚山小学门口看一下再说吧。"

第二天晚上，一个月圆之夜。

妈妈带着童童去岚山小学等白医生。

夜晚的岚山小学，没有一盏灯亮着，此刻，月光正悄悄地抚摸着静谧的校园。高高矮矮的楼房，大大小小的树木，都被月光勾勒出银色的轮廓。大铁门里的那条道路，洒满了晶莹的月光，就像一条银波漾动的小河。被月光笼罩的岚山小学，变成了一个神秘的银色世界。

走到岚山小学的大铁门前，童童一眼就看到了远处树影中那两颗金黄色的小星星。黑木头正等在那里呢。

妈妈轻声对童童说："今天别急着给它送吃的，要等白医生来！"

白医生会有什么妙招呢？她说，捉一条小狗不是很难的事情，说得好轻巧。不过童童相信白医生，她既然这么说，一定会有办法。

妈妈话音刚落，白医生就出现了。只见她急匆匆从马路对面过来，手里拿着一根亮晶晶的金属管子，好像是老师用的教鞭。

白医生也看见了蹲在幽暗中的黑木头。她轻声问妈妈："有办法让它走到铁门边上来吗？"

妈妈点点头不说话，从拎包里拿出一个塑料盒，打开盒盖，放到铁门里面。塑料盒里，是黑木头喜欢吃的牛肉。

"我们避一下，它会走过来。"妈妈放好塑料盒，拉着童童退后了几步。白医生也跟着退到大门的另一侧,只见她从一个小包里拿出一个针筒,从针筒里抽出一根带着红色尾穗的针头,小心翼翼地把针头插进那根金属管子。这金属管,原来是一杆麻醉枪呢!

黑木头慢慢地走过来。走近铁门,又停了一会儿。它大概也看见了白医生,有陌生人出现,引起了它的警惕。

白医生又退后了两步,躲到大门一侧,蹲在地上,把金属管子含在嘴里,对准了黑木头。

黑木头在离铁门不远的阴影中站了一会儿,又慢慢地往前走了两步,走到塑料盒前面,却不忙着吃。它站在那里,默默地看着铁门外面,好像在问:"你们今天想干吗?"

黑木头终于禁不住塑料盒里那香喷喷的牛肉的诱惑,低下头,开始慢慢地吃。

这时,白医生悄悄地往前移了一步,她将嘴里的金属管对准黑木头,鼓起嘴使劲一吹,只听噗的一声,那根带着红色尾穗的针头从金属管里飞出来,准确地射向低头吃牛肉的黑木头。只见黑木头一跃而起,嘴里呜哇叫了一声,转身就往里面跑。那一缕红色的穗子,隐约在它的背上一飘一飘。

被麻醉针射中的黑木头,瞬间就消失在路边的灌木丛中。

"射中了!射中了!"童童拉着妈妈走到铁门外面往里看。白医生站起来,手里的金属管在路灯的微光里闪烁发亮。她也把脸贴在铁门上盯着里面张望。

"它应该就倒在树丛里,不可能走出二十米之外。"白医生看着铁门里面,寻找黑木头倒地的身影,"麻药的药效只有十几分钟,它很快会醒过来。"

可是,被夜色笼罩的校园里,什么也看不见,只有晃动的树影,还有映照在路面的斑斑驳驳的月光。

"要想办法在它醒来之前找到它,把它抱出来。"白医生用手握着铁门的黑色栅栏,用力摇了几下,铁门纹丝不动。

"怎么办呢?"妈妈急得直跺脚。黑木头被麻药针射中,这是多么好的机会,今天可以带它回家!可是,铁门关着,走不进去。怎么办?

"我爬进去!"童童没等妈妈和白医生答应,手脚并用,飞快地攀着铁门的栅栏和花纹爬了上去。妈妈想伸手阻拦,童童已经攀爬到铁门的顶端了。

"小心啊!"妈妈大声喊。

童童在校园里找了很久,没有发现黑木头的影子。难道,黑木头有特异功能,麻醉针也打不倒它?

童童很沮丧,慢慢地从那条月光斑驳的路上往铁门的方向走回来。快走近铁门时,他发现路边有一团红色的东西，捡起来一看，竟是那根系着红穗子的麻醉针。童童回到铁门边，隔着铁门把麻醉针递给白医生，然后又攀上铁门爬了出来。

白医生拿着麻醉针，仔细看了一下，说："麻醉针没有射进它的皮肤，只是扎在它的背脊的毛中，没走几步就掉了下来。"

原来如此！黑木头没有被麻醉，它很清醒，它逃走了。

"唉，怪我技术不到家，没有成功。"白医生叹了口气说，"对这样机敏的小狗，这次经历会使它更加警惕的。"

"那怎么办呢？"童童问。

白医生摇了摇头说："也没有更好的办法了。过一阵再来试试吧。不过，很难。"

分手时，妈妈再三向白医生道谢，白医生说："谢什么呢，又没有成功。"准备离开时，白医生突然停住脚步，慢慢转过身来。她站在斑驳的树影里，又说了一番话："你们其实可以放弃这个念头。你们想一想，如果把黑木头带回家，对它来说是快乐呢还是痛苦？也许，黑木头更喜欢现在这样自由的状态呢？"

"你说，白医生说得对不对？"回家的路上，妈妈问童童。

童童没吱声。他心想，白医生的话，还是有点道理呢。

雪地里的雕像

夏天过去，秋天来了。早晨起来，只见满地的落叶，树叶的颜色丰富多彩，金黄、暗绿、浅褐、深红，人行道上，就像铺了一条彩色的大地毯。

童童喜欢地上的落叶。他在铺满落叶的人行道上轻盈地走着，就像跳芭蕾，用脚尖点地，每次都能踩到一片形状不同的落叶。梧桐树叶像摊开的手掌，银杏树叶像金黄的书签，香樟树叶像暗红的花瓣……

一辆机动扫地车从童童身后开过去。童童突然发现，有一条黑色的小狗，紧跟在扫地车后面，脚步匆匆地往前走。小狗的样子有点像黑木头，它就在离童童几步远的路上，抬头看着前面，目不斜视地走着。

妈妈也看到了，她停住脚步，和童童一起注视着这条突然出现的小黑狗。

"是黑木头！"童童悄悄地对妈妈说。

"好像是它。"妈妈回答。

"黑木头！"童童大叫一声。

小黑狗停了下来，回头看着童童。没错，它就是黑木头！

童童还是第一次在白天看到黑木头呢，以前都是在幽暗的夜色中，黑木头像是一道神秘的黑影。此刻看得很清楚，黑木头其实不是纯黑的，它的脑袋、耳朵和背脊是黑色的，腹部是棕黄色的，是一条漂亮的小狗。

黑木头站在落叶中，和童童对峙了五六秒钟。童童向黑木头挥了挥手，黑木头毫不犹豫地转过身，踩着落叶，脚步匆匆地继续往前走去，很快消失了踪影。

黑木头会走到哪里去呢？童童觉得很奇怪，黑木头走在马路上，旁若无人，好像对环境很熟悉。童童只是在晚上看见黑木头，它白天在哪里，它在干什么，童童无法想象。看到它这样在马路上独自溜达，一点没有惊慌失措的样子，真有点让人意外。这条马路，离开岚山小学不算近，黑木头怎么会走过来？

童童问妈妈："黑木头会不会有一个家，每天都去那里？"

妈妈说："怎么可能！它就是一条流浪狗，它是在街头溜达。"

那天晚上，童童和外婆通电话时，外婆又问起了黑木头。童童告诉外婆，在马路上看到黑木头在散步。外婆在电话里问："它和谁散步呢？"童童说，它自己和自己散步，它喜欢过自由的生活。

"喜欢过自由的生活？你怎么知道？黑木头告诉你了？"外婆问童童。

"我不知道。可是，它不愿意跟我们回家呀！"童童回答。

"唉，如果它知道你们会对它有多好，大概就会跟你们回家了。"外婆的声音在电话里听起来一点不像个老太太，"人心不是木头，黑木头也不是木头，对吧。"

外婆好像很关心黑木头呢，童童觉得有点奇怪，但他喜欢和外婆说这个话题。

冬天来了，寒风中，落光了叶子的梧桐树枝，就像一条条裸露的手臂，在寒风中颤抖着。

大自然的四季到处都有奇妙的变化，树叶的颜色，花开花落，天上的候鸟飞来飞去。人间也有很多变化，童童感觉最明显的变化，就是孩子们穿的衣服。

而黑木头，以它不变的姿态面对着大自然的千变万化。

早晨，妈妈送童童上幼儿园，经过岚山小学时，只见很多学生背着书包走进校门。那个矮矮胖胖的门卫站在门口，鼻子被冻得红通通的，脸上含着微笑，注视着每一个走进来的孩子。孩子们都换上了冬装，有的穿着彩色的羽绒滑雪衫，有的穿着呢大衣，女孩子的脖子里都围着毛茸茸的围巾。

童童想到了黑木头，此刻，它在哪里呢，它身上那些稀疏的短毛，能抵御呼啸的寒风吗？

下雪了，雪花在空中飘着，像是天上飞翔着无数白色的蝴蝶，也像是满天旋舞的透明花瓣。孩子们就像遇到了节日，到处是欢声笑语。童童也参加了孩子们的雪中游戏，他们欢叫着，把雪花揉成团团，扔来扔去打雪仗，还在人行道边上堆起一个矮矮胖胖的雪人。

黑木头

玩雪的孩子们散开后,童童一个人在雪人边上忙着,他把周围的积雪拢成一堆,他想用雪堆一条小狗。但是没那么容易,堆来堆去,就是堆不像。妈妈出门叫童童回家,发现童童正忙着用小铲子堆雪,就问:"你在干吗呢?"

童童告诉妈妈,他想堆一条小狗,他想用雪堆出一个黑木头。

妈妈笑着说:"雪是白的,黑木头是黑的,你堆不出来。我们晚上去岚山小学看它吧。"

童童拿着铲子跟妈妈回家,他的小靴子踩在院子的积雪中,咔嚓咔嚓地响。童童想到了黑木头,在雪地里,它脚上没有靴子,它怎么办,会冻僵吗?

天黑了,风雪没有停歇。妈妈要去看外婆,让童童待在家里。童童不愿意,要求一起去。童童问妈妈,是不是还去岚山小学给黑木头送食物?妈妈说,雪下得这么大,黑木头不会来吧。嘴上这么说着,她还是在包里准备了一个盛着肉汤拌饭的塑料盒。

妈妈撑着一把大黑伞,童童撑着一把小花伞,并肩走在马路上。持续了一天的大雪,已经把城市变成了一片白色的世界。走到铁门边,童童和妈妈同时发现,在那条白色的道路尽头,有一个黑色的影子,两朵金黄色的小火苗,在黑影中闪动……

黑木头正在风雪中等着呢!就像一尊黑色的雕像,一动不动地伫立在皑皑白雪之中。大概是因为身上落满了雪花,黑木头看上去不是漆黑一团,黑色中有斑斑白点,小小的脑袋上好像戴了一顶白帽子。

妈妈从包里拿出塑料盒,放到铁门里面的雪地上。童童对着铁门里面大喊:"黑木头!黑木头!快出来!"

黑木头慢慢地从里面走出来。路上的积雪很厚,它一跳一跳慢慢地走着,像一个小小的黑球在雪地上滚动。

黑木头走到铁门边,抬头看看离它两步远的童童,又看看妈妈,它抖了一下身体,抖落了头上的雪花,然后低头看着还在冒热气的塑料盒,却不急着吃。

"黑木头,快吃吧,饭还是热的呢?"童童对黑木头说。

黑木头低下头,开始吃,起先是小口小口慢慢地吃,很快就大口大口吃起来,从它的吃相看,一定是非常饿了。

童童慢慢地往前走了两步,贴近铁门,俯下身子,向正在低头吃饭的黑木头伸出右手,他想摸摸黑木头的脑袋。

黑木头并没有放松警觉,还没等童童的手碰到它,它就往后跳开了。童童赶紧缩回手,又退回到妈妈身边。黑木头站着犹豫了一会儿,还是走了上来,三口两口吃完了塑料盒里的剩饭。

童童上前两步，轻轻叫了一声："黑木头，你出来吧！"

黑木头抬头看了一眼，还是转过身去，沿着来路慢慢走回去，很快，就消失在黑白相间的茫茫雪夜之中。白色的路面上，留下两行小小的黑色脚印。

离开岚山小学，童童担心地问妈妈："天这么冷，黑木头不穿棉袄，身上也没有生出长绒毛，它会冻死吗？"

妈妈说："黑木头生命力很顽强，它一定能挨过这个冬天。"

童童抬头看着灰蒙蒙的天空，只见漫天雪花在黑暗中飞舞，无穷无尽地扑面而来……

黑木头的隐身术

夏天来了。童童第一次发现黑木头是在去年夏天，整整一年过去了。

童童要做小学生了。童童要上的学校，就是岚山小学。上学是童童盼望的事，他早就想着做一个小学生，每天背着书包走进学校，走进课堂，走进操场，和很多孩子在一起玩。可童童走进岚山小学时，他的心里还有一个心愿，这个心愿的迫切，超过了他想当小学生的念头。

童童想找到黑木头！

在上学之前，童童只是每天晚上站在学校的铁门外面看童童一眼。现在，童童走进了岚山小学，他可以在学校里四处找一找，也许能找到黑木头栖息的窝呢。

童童找到了自己的教室，坐在座位上，却心神不定。他看着窗外，窗外就是那条校门走进来的路，路边是浓密的灌木丛，晚上，黑木头就是从这灌木丛中走出来，站在路边，等在那里。它躲在哪里呢？

一年级的班主任马老师是一个中年女老师，戴着眼镜，脸上的表情有点严肃。第一节课，马老师上语文课，教拼音字母。这些字母，童童都认识，他没有跟着大家一起念，眼睛忍不住往窗外看。马老师发现童童走神，大声喊他的名字，让他站起来。

"你为什么不跟着大家一起念？"马老师厉声问。

"我……我在想……"童童支支吾吾。

"上课要专心，要听老师讲。你在想什么呢？"

"我在想……"童童的脸也憋得红了。

"在想什么，说给大家听听！"

"我在想黑木头。"童童回答之后，自己也不敢相信自己这样说了。

"黑木头？什么黑木头？"马老师诧异地问。

"哈哈,黑的木头!"同学们都笑起来,大家都觉得童童是在开玩笑。

"黑木头不是木头!"童童站起来大声说道,"黑木头是一条小狗!"

"你说什么?一条小狗?"马老师问。

教室里安静下来。同学们都看着站在座位上的童童。

"是的,就是一条小狗,它的名字叫黑木头。它躲在我们学校里!"

"你怎么知道的呢?"马老师又问。

"我和妈妈认识它一年了,我们每天晚上都来给它送吃的。它会在学校门口等我们。"

"你们认识它,为什么不带它回家呢?"坐在童童旁边的一个女孩问。女孩长着一张圆圆的脸,总是笑嘻嘻地看人。她的名字很有趣,叫葛笑笑。

"黑木头不让人走近它,它被人虐待过,所以特别害怕人。"

"哦,是在学校里见过一条小黑狗。"马老师想了一下说,"大概是一条流浪狗,它只是路过这里吧。"

"它一定躲在学校里!"

"怎么可能?难道它有隐身术?"马老师摇了摇头。

马老师让童童坐下来,然后大声说:"大家不要再议论这件事,安心上课吧。"

童童却仍然站着。

马老师问:"你还想说什么?"

童童说:"老师,等会儿下课后,我想在校园里找黑木头,可以吗?"

马老师点点头说:"可以,你和同学们一起去找一下吧。"

下课后,童童第一个奔出教室,五六个同学跟在他身后,来到校园里。葛笑笑也跟着来了。童童走到路边的灌木丛里,一棵一棵地找过去,什么也没有发现。他们又走到教学楼旁边的那一排平房边上,那里有很多小房间,黑木头会不会躲在那些房间里呢?

这些房间,童童曾经在夜晚一个人来过,那是为了寻找被麻醉针打中的黑木头。晚上这些房间关着门,什么也看不见,现在能看到了。这些房间,有的是仓库,堆放着书本杂物,有的是办公室,里面有老师坐着,还有阅览室。黑木头不会躲在这里。

童童还想到操场上去找,上课铃响了,只能赶紧跑回教室去。葛笑笑看到童童失望的样子,说:"放学后,我们再一起去找找看吧。"

放学了,一年级的新同学都急着回家,今天是开学第一天,很多家长在校门口等着呢。童童却往背着校门的方向走。童童正走着,身后传来清脆的声音:"你去找黑木头吗?我和你一起去。"葛笑笑也背着书包跟了过来。

童童和葛笑笑绕到教学大楼后面，慢慢往里面走。穿过操场，再往后面方向走。童童正在东张西望，走在他身后的葛笑笑突然喊起来："看，黑木头，它在那儿！"

童童顺着葛笑笑手指的方向看去，那是学校的后门口的一片空地，长满了狗尾巴草。只见一只小黑狗蹲在草丛中。

是黑木头！

童童大喊一声："黑木头！"

葛笑笑也跟着喊："黑木头！黑木头！"

黑木头站起身，看着童童，一动也不动！

"黑木头，你别走，别走好吗！"童童一边大声喊，一边向后门走过去。葛笑笑跟在童童后面，也一起向后门靠近。

黑木头没等童童走近，拔腿就跑，它在草丛中跳跃飞奔，那敏捷的动作，童童还是头一次看到，和蹲在幽暗中的那条小狗，完全是两种不同的形象。黑木头跑到后门前的狗尾巴草丛中，黑色的身影跳动了几下，瞬间就不见了。

童童奔到后门口，只见一片狗尾巴草在风中摇动。黑木头就是跑进了这片草丛，它怎么不见了？总不会钻进了地洞？

葛笑笑也在草丛里寻找着，她走到草丛后面的一扇铁门边，低头看了一眼，大喊道："你来看，这里能出去！"

童童上前两步，走到葛笑笑身边，只见狗尾巴草丛后面那扇锁着的铁门下面，有很大的缝隙，黑木头也许是从这缝隙里钻出去，跑到学校外面去了。童童和葛笑笑沿着后门边的围墙又仔细找了一下，杂草丛生的围墙下面，还有几个小洞洞，也是能让黑木头进出的。原来，岚山小学对黑木头不是一个封闭的环境，它可以很自由地从门的缝隙和墙洞中钻进钻出，随时都能从学校里跑到外面去，也可以从外面进来。对学校的老师和学生，岚山小学只有一扇大门可以进出，而对黑木头，学校的门和墙是四通八达的。

黑木头没有隐身术，但是它有逃生术。谁有本事抓住黑木头呢？

童童和葛笑笑到校门口时，等在门外的家长已经没有几个了。妈妈等在门口，葛笑笑的爷爷也等在门口。分手时，葛笑笑对童童说："明天来上学，我们继续去找黑木头吧。"

每天开放的鲜花

自从爸爸给了童童"任务"后，每天晚上睡觉前，童童都不忘记和外婆通电话。

外婆告诉妈妈，外孙真懂事，知道关心外婆，让外婆高兴。每天晚上和外孙通电话，成了外婆最快乐的时光。

童童打电话时，妈妈常常站在他身边听着，她从来不打断童童，只是看着童童微笑，点头。米尼也总是站在他脚边，仰起脑袋看着他，好像也对童童的电话感兴趣。

有时，童童陪妈妈去看了外婆，回到家里，睡觉前还是要打个电话。妈妈说，今天看过外婆了，就不要打电话了吧。童童不答应，他知道外婆在等他的电话呢。童童很想在电话里和外婆说说黑木头的事，但妈妈不让他说。

"外婆不喜欢狗，你就别在电话里和她多说黑木头。"

可童童还是常常忍不住把黑木头的事告诉外婆。

一个星期天的下午，童童和妈妈一起去看外婆。妈妈对童童说："我们送一束花给外婆吧。"妈妈带着童童，到花店里买了一束粉红色的百合花。

外婆开门时，童童捧着一大束百合花站在门口，外婆吃了一惊："啊呀，这么好看的花！送给谁啊！"

"送给外婆啊！"童童把百合花放到外婆手里，"是妈妈买的，我和妈妈一起挑的。"

"别给我买花，老太婆，不需要花啦。"外婆笑着说，她的笑一点也不勉强，是发自内心的开心的笑。外婆把百合花插到一个空着的花瓶里，然后退后一步，欣赏那束正在盛开的红百合花。

"外婆，这是百合花，好看吗？"童童问。

"好看。"外婆看着童童，笑盈盈地说，"童童，你每天都给我送来最好看的花，你知道吗？"

童童有点摸不着头脑，自己怎么天天给外婆送花了？

"童童，你打来的电话，就是每天为外婆开放的鲜花！"外婆指着桌上那台白色的电话机，笑着说，"你和外婆说话的声音，比什么花都美呢！"

外婆转过身，对妈妈说："你们把童童教育得很好，懂得关心老人，让我打心底里高兴。"

外婆打开窗，窗外能看到远处楼房的灿烂灯光。平时，外婆总是把窗户关得紧紧的，妈妈为她开窗透气，她很不乐意，怪妈妈多事儿。她说，我不要开窗，听到外面的声音心烦。现在，她却站在窗口，笑着看窗外的夜色。

"刚才来的路上，你们去看黑木头了吗？"外婆问童童。

"还没有呢，白天看不到它，它要到晚上才出来。"

"你们晚上会去看它吗？"外婆又问了一句。

"会去啊，妈妈给它准备了晚饭呢，要送去给它吃的。"

"今天晚上,能带我一起去看看它吗?"外婆看着童童,又回头看看妈妈,微笑的表情中,没有一点开玩笑的意思。

"外婆也要去看黑木头?好啊好啊!"童童拍着手喊起来。

妈妈惊奇地看着外婆,不知说什么好。

外婆叹了口气,微笑着说:"以前我太固执,觉得自己孤单。你们这么关心我,我不能再这样。我想过了,女儿关心的,外孙喜欢的,我为什么不能也关心喜欢呢?吃了晚饭,我们一起岚山小学看看吧。"

妈妈点着头,眼圈又红了,两滴亮晶晶的泪珠,挂在了脸颊上。

"这条小狗,你们关心它已经一年多了吧,也不容易。这样的事,以前也没听说过。小狗如果真通人性,应该会感觉到的。"外婆递了一张餐巾纸给妈妈,"黑木头,好奇怪的名字,这条脾气倔强的小狗,想起来很让人可怜。"

它好像认识外婆

天黑后,外婆跟着母子俩一起出门了。

童童一手拉着妈妈,一手牵着外婆,走在林荫路上。外婆以前讨厌狗,现在竟然要一起来看黑木头,这可是个天大的变化呢。

岚山小学门口静悄悄的,没有一点动静。铁门里,路尽头的阴影里,没看到那两颗金黄色的小火苗。

妈妈把装着食物的塑料盒放在铁门下面。三个人静静地等着。童童忍不住了,对着铁门里面大声喊:"黑木头!黑木头!"

黑木头很快就出现了。它从校园深处慢慢走出来,走到树影里,默默地在那里蹲了一会儿。

"黑木头,外婆来看你了!"童童又大声喊道。

黑木头慢慢走到铁门边,抬头看了一下,低下头,不慌不忙地吃着塑料盒里的肉汁拌饭。一小盒饭,很快吃完了。它又抬起头看了看,也许发现比平时多了个人,情况有点异样,转身就往里走。

"黑木头,外婆来看你了,回来!"童童大声喊道。

黑木头停了一下,没有回头,很快又继续往里走。

"黑木头!回来!"外婆轻轻喊了一声。正在往里走的黑木头听到外婆的呼喊,居然停住脚步,回转身,往外面看了一会儿,迟疑了片刻,又慢慢走回来,回到树影里,在老地方蹲了下来。

"外婆,黑木头认识你呢!"童童惊喜地对外婆说。

外婆哦了一声,站在那里默默地看着铁门里面,不说一句话。铁门里,在那一片树影中,两朵金黄色的小火苗,重新闪烁在幽暗之中。

"黑木头,过来呀,过来!"外婆又轻轻地喊了一声。

黑木头迟疑了一会儿,站起身,往前走了两步。

"过来,黑木头,过来。"外婆的声音轻得几乎听不见。

黑木头抬头看着外婆,又往前走了两步,它的脑袋已经贴近铁门。

外婆弯下身子,把手伸到铁门里面,向黑木头的脑袋伸过去。黑木头竟然一动不动,没有退缩,也没有躲避。

外婆的手摸到了黑木头的脑袋,黑木头浑身颤动了一下,还是没有躲开。

眼前的景象,让童童惊奇,他几乎不相信自己的眼睛。妈妈也瞪大了眼睛,看着外婆的动作。

这一年多来,童童和妈妈见到黑木头的次数已经数不清,黑木头还是第一次让人触碰到它呢!

"外婆,黑木头真的认识你呢!"童童惊喜地喊起来。

黑木头被童童的喊声惊扰了,它往里退了两步,转过身,毫不迟疑地往里面跑去,很快消失在校园深处的阴影中。

外婆、妈妈和童童一起,在校门口默默地站了一会儿,刚才的景象,实在让人感到意外。

"外婆,你是不是一个人来看过黑木头啊?"童童抬头看着外婆。

"我怎么会一个人来!我是第一次看到它。"外婆的脸上,是一个平静的微笑。

妈妈说:"从来没有这样过,这真是奇迹!"

离死神只有半步

黑木头遇到外婆之后,一连几天没有出现。童童和妈妈每天晚上在校门口等很久,总是不见它的身影。放在铁门下的食物,第二天一早还原封不动地在那里。童童上学时,矮个子门卫好几次拦住他说,以后不要再放食物在门口,小狗不会再来吃了。童童回家和妈妈说了,妈妈也觉得奇怪,黑木头难道就这样消失了?它去哪里了呢?童童晚上给外婆打电话时,告诉她黑木头失踪的事,外婆在电话里连声说:"这怎么可能?这怎么可能?"

黑木头不可能失踪!童童这么想,妈妈和外婆也这么看。再难的日子,下雨刮风,冰雪霜冻,黑木头都挺过来了,它是那么顽强,那么坚忍,它怎么会失踪呢!

晚上去看外婆时,妈妈还是带着给黑木头的食物,还是把食物放在校门口。可是,七天过去了，黑木头依然没有出现。

那天学校放学时，童童和葛笑笑一前一后走到校门口，只见铁门边的灌木丛旁围着不少人，所有人都在朝人圈中间的地上看。童童听见有人在说："一条小狗，一条流浪狗……"

童童挤进人圈里，只看到地上躺着一条小狗。

是黑木头！

童童还是第一次这么近、这么清晰地看黑木头。黑木头侧卧在水泥地上，眼睛半睁半合，它的瞳仁是黑褐色的，那一对曾经在黑暗中火苗一样闪动的眼睛，此刻暗淡无光。黑木头看上去真可怜，它骨瘦如柴，身上的毛又稀又脏，肚皮是瘪的，肚皮边的肋骨一根根凸出来。可它还活着，童童看到它的眼睛眨了两下，它的肚皮在微微起伏……

"黑木头！黑木头！"童童只觉得眼睛发热，眼泪忍不住往下流。

童童蹲下身子，一边轻声喊着，一边伸出手去摸黑木头的身体。黑木头一动不动地被童童摸着，它的身体是温热的。

"我看它是奄奄一息，活不了了。"矮个子门卫看着黑木头，不住地摇头。

围观的人七嘴八舌地议论着：

"哪里来的野狗，怎么在学校里呢？"

"可怜，看样子马上就要死了，大概是饿死的吧。"

"这么脏兮兮的狗，扔到垃圾桶里算了。"围观者中有个年轻人说。

"你这个人才脏兮兮呢！"说话的是葛笑笑，她挤进人群，白了那个年轻人一眼，大声说，"你才该被扔到垃圾箱里去呢！"她走到童童的身边，也蹲下来看着黑木头。

"啊呀，黑木头怎么啦！"

人群中传来妈妈的惊叫，她是来接童童的。只见她走到黑木头身边，蹲下来，凝视着躺在地上的黑木头。多少次，妈妈远远地看黑木头，这也是她第一次这么近看到它。

"妈妈，我们救救黑木头吧！"童童看着妈妈，满眼都是哀求。

妈妈轻轻地把黑木头抱起来。黑木头毫无反应，只是眨了眨眼睛，它柔软的身体好像没有了骨头，听凭妈妈把它抱在臂弯里。这是一只濒死的狗，距离死神只有半步之遥了。

"走，我们送它去医院！"妈妈抱着黑木头。

矮个子保安走在前面，拨开围观的人，给妈妈和童童让出一条道。葛笑笑在一边跟着。

"我跟你们一起去好吗?"

"你回家吧,你爸爸妈妈要等你的。"妈妈劝葛笑笑。

"没关系,我和爷爷说一下就是啦。"葛笑笑说。

葛笑笑的爷爷正在校门口等着。这是一个头发雪白、腰板挺直的老人。葛笑笑奔到爷爷身边,说了几句,老人点点头,挥了挥手。葛笑笑又转身过来,跟着童童和妈妈往宠物店跑。

宠物店里的争论

宠物店离岚山小学不太远,但妈妈抱着黑木头,还是跑得气喘吁吁。

"啊哟!怎么啦?你家狗狗怎么啦?"一个胖胖的女人牵着一条沙皮狗站在店堂门口,看到妈妈手中抱着一条失去知觉的狗,夸张地喊起来。可是,当她发现妈妈手中的黑木头又脏又难看,两根画得又黑又浓的眉毛中间便打了结,语气也变了:"哦哟,这是谁的狗啊,是条流浪的野狗吧?"那条沙皮狗大概发现主人的声调发生变化,也抬起头,对着昏迷的黑木头汪汪汪大叫起来。

"它是黑木头!"童童大声说。

"黑木头?一块木头?我看它快死了吧。"胖女人说着,退后了两步,大概怕黑木头身上的污秽弄脏了她。沙皮狗却不往后退,还上前一步跳起来,似乎想袭击黑木头。

这时,在里屋的白医生闻声走了出来。她看着抱在妈妈手里的黑木头,惊叫了一声:"哦,真是黑木头!怎么找到它的?"一边说着,一边引妈妈走到一张装着轮子的小桌子边,让妈妈把黑木头放到桌子上。

童童和葛笑笑站在桌子边上,凑近了黑木头仔细看它。黑木头安静地躺在桌子上,一动不动。那两只曾经在黑暗中闪闪发光的金黄色眼睛,紧紧地闭着,它的眼眶上,居然还有一圈黑色的睫毛。童童发现,黑木头的眼睫毛不时会颤动一下。童童轻声喊它,它却毫无反应。它瘦骨嶙峋的腹部微微起伏着,可以清晰地看到一根根肋骨的形状。

白医生表情严肃,不说一句话。她摸了摸黑木头的脑袋,扒开它的嘴看了一下,又仔细摸了摸它的腹部,还用听诊器听了一会儿。

"白医生,你救救黑木头吧!"童童忍不住发出了哀求。

"救救这狗狗吧,医生,我们好不容易才找到了它!"葛笑笑也帮着童童求情。

妈妈也看着白医生,目光里全是恳求和期待。

白医生摇摇头,又叹了口气说:"很难,它病得太重,也送来得太晚,体能已经衰竭了。"

"白医生，都说你是神医，你就想办法救救它吧！黑木头太可怜，我们等了它一年多，希望它能好好地跟我们回家。"妈妈低声说着，语气中的哀矜和急切，让人听着都觉得心疼。

白医生不说话，伸出手又开始摸黑木头的腹部。

这时，宠物店的老板娘从外面回来了。这是个四十多岁的妇人，和颜悦色，穿着也很随便，一身白色的针织运动衫裤，脚上穿着一双橙色的运动鞋，好像是健身跑步归来。她走到躺着黑木头的桌子前，俯身仔细观察着。也许是黑木头身上发出的气息使她无法忍受，她一直捂着鼻子。

"这是条流浪狗吧？"老板娘抬头看着妈妈，摇着头说，"病得这么重，只剩一口气了，不值得救了。"

"为什么不值得救？"童童喊起来，"黑木头还活着！"

"它得的是什么病？"妈妈问。

"它的腹部有不少硬块，也许是肠套叠。很久没有饮食，又患了感冒，导致衰竭。"白医生说。

"那不至于是绝症吧，可以想办法抢救治疗吗？"妈妈又问。

白医生说："需要手术，但是没有把握。"

"我们这里不可能收留病得这么重的流浪狗！"老板娘很冷静地说。

"啊哟，那大概要花很多钱吧？"牵着沙皮狗的胖女人插进来问了一句。

"是啊，那需要昂贵的医疗费。"老板娘看着躺在桌上的黑木头，又说，"那也不是钱不钱的问题！如果留下这样病重的狗，花很多功夫，也不能救活它，劳民伤财，也砸了招牌。"

"见死不救，不是更要砸招牌吗？"妈妈听老板娘这么说，有点生气了，说话声音也响起来。

"你们要是心疼这条狗，应该让它少受一点痛苦。我们可以免费注射，让它安乐死。"老板娘轻轻拍了一下桌子，似乎是在对黑木头说。

"为什么要它死？要它活！要它活！"童童一边用手背抹着脸上的泪水，一边大声喊，"你们救救黑木头吧！"

"你们看，它的眼睛睁开了！"葛笑笑突然惊叫了一声。

一动不动躺在桌上的黑木头，真的睁开了眼睛，而且睁得很大。两只深褐色的眼睛转动着，闪烁着柔和的光芒。它的身体也动了一下，一只前肢举起来撑着桌面，好像要挣扎着站起身，最后还是无力地躺下来。

童童看着黑木头的眼睛，黑木头也看着童童，那么忧伤，那么平静。黑木头似乎听到了这场争论。它好像也知道，它的生命是否能延续，就取决于这场争论的结果。

"我们想想办法，尽量治疗吧！"沉默了一阵的白医生，终于发出了声音。

老板娘对白医生的表态明显不满意，只听她嘴里轻轻哼了一声，转身往里屋走去。

白医生转身追上老板娘，两个人站在里屋门口说话，脸上的表情都有点激动，她们虽然是低声说话，但两个人的对话还是传到了外面。

"这条小狗，并非无可救药，可以抢救一下的！"

"那你得冒风险，而且天天晚上要加班！为这样一条濒死的流浪狗，值得吗？"

"那也是一条生命！这对母子，一年多来天天送食物喂它，想收养它，这样的诚心，老天爷也感动了。我们应该帮帮他们吧。"

"收这样严重的病犬，没有先例。医疗费怎么算？"老板娘的声音响起来。

"医疗费我来承担，加班也算我义务劳动，可以吧！"白医生态度很坚决，一点也没有退让的意思。

"你想救它，是你的个人行为，和我们店家没关系啊！"

"好，如果有什么后果，我来负责。"

"那你就看着办吧！"老板娘说罢，从里屋走出来，气呼呼地穿过店堂，走出去了。

白医生随即走了出来，她走到黑木头身边，用一块白被单盖在黑木头身上。

"白医生，谢谢你！"妈妈轻声说。

"一定要救活黑木头啊，白医生！"童童大声说。

"这只流浪狗算是有福气了，这么多人帮着它。"胖女人走过来，一改原来那种咄咄逼人的表情，她看看躺在桌上的黑木头，对白医生说："治疗花费很厉害吧，我捐一点钱好吗？"

"谢谢你的好心，不需要的，我们有能力。"妈妈微笑着说。

"没关系啊，我是真心想帮点忙。"胖女人说着，从手提袋中拿出一个鼓鼓囊囊的钱包，急着扯开拉链，想从里面掏钱。

白医生伸手制止了她掏钱的动作："我知道你是真心的，谢谢你！但是不需要的，我能解决。"

"唉，好人会有好报的。"胖女人把钱包放进了手提袋，又说，"这只小狗命大福大，有好人相帮，一定能活过来。"那只胖乎乎的沙皮狗，这时也乖乖地蹲在主人脚边，再不发出一点声音。

"需要多少治疗费，我来付。"妈妈说着，也想掏钱。

"这你就别管了！"白医生一边说，一边推着小桌子往里屋走，走到门口，她回头说，

"这几天你们别过来,请等一下,我会尽力而为。治疗的进展情况,我打电话告诉你们吧。"

童童和葛笑笑跟着妈妈走出宠物店,感觉心里空空落落,他很想跟着白医生走进里屋,看白医生怎么抢救黑木头。三个人默默地走着,谁也不说话。

"阿姨,明天我们一起来看看黑木头吧。"还是葛笑笑先开了口。

"听白医生的吧,相信她的话,等她打电话来。"妈妈说。

童童不说话。他心里生出一个念头,但忍着不说。

妈妈要送葛笑笑回家,葛笑笑说她认识回家的路。在一个十字路口,她挥挥手道了别,自己回家了。

童童也向葛笑笑挥了挥手,还对着她的背影大声说了一句话:"明天我有个秘密告诉你!"

妈妈问童童什么秘密,童童摇摇头说:"没啥秘密,我和她开玩笑呢。"

晚上,童童和妈妈一起去看外婆。外婆听说了黑木头进医院的事,又高兴又着急。高兴的是终于找到了黑木头,着急的是黑木头生死未卜,不知白医生能否救活它。外婆的问题还不少,她问妈妈,治疗黑木头要多少钱,她想为黑木头出医疗费。她还问童童,能不能去宠物店看看黑木头。童童摇摇头不作声。妈妈回答说:"白医生希望我们不要去,担心会干扰黑木头的治疗。我们尊重她吧。治疗的进展她会来电话告诉我们。"

"不能去医院看望病人,好像不合情理吧。"外婆嘟囔着,不住地摇头。

童童站在外婆身后,拍着她的肩胛说:"外婆,你别着急,会等来好消息的。"

不谋而合的聚会

第二天上学,童童刚走进教室,葛笑笑就迎了上来。

"你昨天说有个秘密要告诉我,什么秘密呀?"

"是个秘密,等放学时告诉你。"童童还在卖关子。

"你别这样嘛,挠得人心里痒兮兮的。快告诉我,什么秘密?"

"今天放学,你不要大人接你,我们一起去个地方。"童童还是神秘兮兮的样子。

"哦,我知道了!"葛笑笑大声说道。

"你知道什么?"

"到宠物店去,去看黑木头,对不对?"

童童点点头,用食指竖在嘴唇上,轻轻"嘘"了一下。

"好,放学后一起去!"葛笑笑拍了一下手,坐到自己的座位上去了。

放学的铃声一响,童童和葛笑笑背起书包,一前一后离开了教室。两个人在校门口碰头后，脚步匆匆地往宠物店走去。路上，葛笑笑告诉童童，从今天起，放学后爷爷不再来接她了，家里离学校不远，她不需大人来接。她爷爷也是个开通的人，葛笑笑一提出来，他就答应了。

童童听葛笑笑这么说，笑起来，说："真是不谋而合呢，我今天也没让妈妈送我。我对她说，我长大了，不要大人天天接送，妈妈同意了。所以她今天也不来接我。"

想不到，还有不谋而合的事情在后面等着呢！

童童走到宠物店门口，正要往里走，突然有人喊童童的名字。是妈妈的声音！

妈妈就像变魔术一样，从宠物店门口的一棵大树后面突然走出来，站在童童和葛笑笑面前。

"你们怎么来了？"妈妈一本正经地问。

"你怎么来了？"童童也一本正经地问。

妈妈笑了。童童和葛笑笑也笑了。

三个人正要往宠物店里走，突然又有人在马路对面喊童童的名字。

那是外婆的声音！外婆站在马路对面，正在招手呢。

童童奔到马路对面，拉着外婆的手问："外婆，你怎么也来了？"外婆说："唉，心里惦记着黑木头，不知它究竟怎么样了，所以一个人走过来看看。"

"外婆，我们这是不谋而合呢！"

"说得对，心里想到一起了，是不谋而合。"

童童扶着外婆穿过马路。四个人站在宠物店门口，还没往里走，白医生出来了。

"啊呀，不是说过让你们别过来，怎么都来了！"白医生话是这么说，脸上却满是笑意，没有一点责怪的表情。

"哦，你就是神医白医生啊，黑木头怎么样啦？"外婆问。

妈妈告诉白医生，这是童童的外婆。今天没有事先约好，不谋而合，大家分别从不同的地方来到宠物店，也是少有的巧事。

"这条小狗，牵动了你们一家三代人的心呢！"白医生笑着说，"我本来正想打电话给你们。"

"你准备在电话里告诉我们什么？"妈妈紧张地问。

"是好消息。黑木头没有生命危险了。"白医生也抑制不住喜悦的心情。

"你给它动手术了吗？"童童问。

"我给它注射了针药，本来只是想控制一下病情，等它恢复过来再动手术。想不到针打下去，它竟然很快就脱离了危险，肠结核也开始消解。"白医生兴奋地说着，"这真是个奇迹，这条小狗，生命力太强了！"

"黑木头已经好了吗？我们可以带它回家啦！"童童高兴得几乎要跳起来。

"能带它回家吗？"妈妈也急切地问。

"它的身体还很虚弱，在给它输液。要在这里调养几天。"

"那能不能让我们看看它？"外婆一边问，一边往宠物店里张望。

"最好不要打扰它。它现在的样子，你们看到会不太舒服。"白医生摇着头，好像不准备让大家看黑木头。

"白医生，让我们看一眼吧！"葛笑笑一直站在边上静静地听着，这时也开口了。

"好，让你们看一下。不过有要求的，远远地看一眼，不要走近它，不要发出声音。它认识你们，情绪很容易受影响。"

大家跟着白医生走进里屋，里屋里还有里屋，那是个小小的房间，门开着，这就是黑木头的住院病房。只见黑木头躺在那张带轮子的桌子上，桌上已铺上白色的被单，下面垫着一条淡绿色的棉毯。黑木头俯卧着，摊开的四肢被四根皮带分别固定着，看上去像是被绑在床上。它的前腿上插着一个注射针头，针头后面接出一根细细的橡皮管，通到挂在床头的一个小玻璃瓶中。

"在给它输液，补充营养，也输入治疗药物。"白医生轻声说着，"它很快就能恢复过来的，你们可以放心。"

"黑木头！"童童忍不住叫了一声。

黑木头听到了童童的声音，浑身颤动了一下，挣扎着想站起来，但四肢被束缚着，动弹不得。

白医生迅速地掩上门，轻声说："你们还是离开吧，看到你们，它会非常激动，不利于它的恢复。"

在宠物店门口道别时，外婆问白医生："治疗黑木头需要多少费用？"

白医生淡淡一笑，说："你们不用管了。"

"那怎么行！费用我来付吧。"外婆坚持着。

"妈，当然是我来付，怎么能让你出钱！这事我和白医生商量，你不要……"

没等妈妈说完，白医生摆着手打断了妈妈："你们别争，这件事我已经决定了，免费为黑木头治疗，一切我来承担。"

"为什么这样呢，我们过意不去！"妈妈说。

"我也是弥补心里的一份歉疚吧。"

"你歉疚什么呢，我们谢你都来不及！"妈妈说。

白医生看着童童，微笑着问："你猜猜看，我为什么歉疚？"

童童摇摇头，眼里一片茫然。

"大半年前，我答应要帮助你们把黑木头带回家，还夸口能做到，结果却失败了。这件事，一直让我耿耿于怀，觉得对不起你们。"

童童想起了白医生用麻醉枪打黑木头的那个夜晚。黑木头没有被打中，逃走了。可这也不能怪白医生呀。

"其实也花费不了多少，你们别放在心上。药物治疗对黑木头很有效，这样就省得做手术，简单多了。"白医生说完，转身回店里去了，走到门里面，又回头关照道，"等黑木头恢复得差不多了，我会打电话。请再耐心等两天。"

回家路上，外婆对妈妈说："黑木头恢复后，我来养它吧。"

"你从来没有养过狗，而且一直讨厌狗。还是我们来养吧。"妈妈没有答应外婆。

"等它回来再说吧。"外婆皱了皱眉头，不再说话。

童童没吭声，他心里矛盾得很，他想让黑木头到家里来，也想让黑木头去陪陪外婆，所以不知该怎么说。

"外婆，有条小狗陪你多好！"葛笑笑见外婆不高兴，拉拉外婆的手，笑着说，"我爷爷老是说，老人最怕孤独。黑木头能天天陪你，你就不孤独啦！"

外婆看着葛笑笑，脸上漾起由衷的笑意："这个小姑娘，说得真好，我就是这么想的啊。"

童童拉起外婆的手说："外婆，不管黑木头养在哪里，我们都会带它来陪你的。"

这时，已经是黄昏了。路尽头的天空中，悬着一轮又大又红的夕阳，温暖的光芒在天地间弥漫。

新的生活开始了

三天后的下午，白医生来电话，说黑木头已经恢复健康，可以带回家了。那是星期天，妈妈不上班，童童也没上学。一接到电话，妈妈就带着童童往宠物店跑。

走进宠物店，先遇见了老板娘。老板娘看上去心情很好，笑着迎上来打招呼："你们来接小狗回家啦，很开心吧。"

"是的，很开心。谢谢你！"妈妈说。

"不用谢我，谢白医生吧，是她妙手回春。"老板娘带着妈妈和童童往里走，边走边说话，"这只小狗命大，真是死里逃生，要是换别的狗，大概早没命了。"

白医生已经等在里屋，黑木头蹲在她脚边，一动也不动。

"这两天我一直在调教它，让它不要再这么紧张。"白医生伸手摸黑木头的脑袋，黑木头低下头，让白医生的手停留在自己的头顶上。

黑木头样子好看多了，身上的毛有了光泽，腹部也丰满了，不再是皮包骨头。

"黑木头，你好！"童童轻声和它打招呼。

黑木头抬起头来看看童童，又看看妈妈，它的眼睛睁得圆圆的，像两颗金黄色的小杏子。发现童童和妈妈都在观察它，它低下脑袋，很害羞的样子。

"黑木头，我们回家吧！"童童一面说着，一面伸出手去摸黑木头的脑袋。

黑木头后退了两步，怯怯地站着，不让童童碰到它。

"别着急，它还不习惯新的生活，慢慢来吧。"白医生拿出一根皮项圈。妈妈拦住白医生，从包里拿出一根从家里带来的项圈，嘴里低声说："还是让我来吧。"

妈妈俯下身子，抱住黑木头，给它套上了项圈。这条项圈，是平时带米尼出门时用的。黑木头没有反抗，顺从地让妈妈给它套上了项圈。妈妈把系在项圈上的绳子交给了童童。

童童和妈妈在宠物店门口和白医生道别，老板娘也出来送他们。

白医生摸摸黑木头的脑袋，有点舍不得。她对妈妈说："有什么问题，随时和我联系吧。"

"这条死里逃生的小狗，就是我们的贵宾了。"老板娘笑着说，"本店以后免费为它洗澡美容，欢迎常来啊！"

童童牵着黑木头，走出了宠物店。牵着黑木头走在马路上，感觉是多么美好！童童想起那些苦苦追寻黑木头的往事，现在这样的情景，简直就像做梦。他回头看跟在身后的黑木头，只见它安安静静地走着，但目光显得游移不定，不时看着马路周围出现的人和车。

妈妈走在童童的旁边，她叮嘱了一句："把绳子攥紧了，千万别松手啊！"

童童明白妈妈的意思，意识到自己的责任重大。他把圈绳紧紧地捏在手里，担心自己一不小心失手丢了绳子，黑木头要是带着项圈逃跑，就再也追不回来了。想到黑木头可能逃跑，童童的心突然收紧了，他觉得手中的圈绳没有握牢，应该在手腕上绕两圈才保险。

童童停下脚步，准备把圈绳绕到手腕上，可就在他松开手中的圈绳时，黑木头往前一冲，圈绳从童童手中突然脱落，掉在了地上。妈妈啊呀惊叫了一声，童童只觉得脑子里嗡的一声轰响：糟了！黑木头要逃走了！

可随即出现的情景，完全出乎童童的意料。脱开了圈绳的黑木头停下脚步，看看掉在地上的圈绳，又看看童童，站着不动。这甩脱在地的圈绳，对黑木头意味着重新出现的自由。如果它想逃跑，童童和妈妈绝无能力阻止它。

可是黑木头还是站在那里，它没有看地上的圈绳，只是抬头凝视着童童，一动也不动。

童童一个箭步上前,从地上捡起圈绳,在手腕上绕了两圈。

童童和妈妈都长长地吁了一口气:好险!

可是黑木头仍然淡定地站在那里,仿佛什么事情也没有发生。它正在用自己的行动表明:我的流浪生涯,已经到此结束,新的生活开始了。

黑木头的家居时光

黑木头走进家门,可把米尼乐坏了。

米尼看见黑木头,说不出的兴奋,又蹦又跳。可黑木头一点不兴奋。米尼扑上来和它亲热,它却往后躲,躲到凳子底下,米尼过来了,它又躲进卫生间,米尼跟进卫生间,它马上逃出来,躲到了童童的床底下。可是,没地方可躲,黑木头去的任何地方,米尼都可以尾随而至。最后,黑木头终于找到了一个可以躲避米尼的地方,那地方,就是曾经用来捕捉它的那个铁笼子。这笼子,曾经出现在岚山小学的铁门旁,让它狐疑,让它害怕。可在这里,黑木头大概不再认为这是个危险所在。笼子放在客厅的角落里,那扇可以起落的门开着,黑木头在被米尼追得没路逃时,躲进了这个笼子。米尼可不愿意跟着走进去,它不喜欢被关着的感觉。

黑木头躲进了铁笼子,很安静地趴在里面,看着外面的动静。米尼还是不甘心,它进不了笼子,就围着笼子转,嘴里还不时衔着东西,一会儿一根玩具骨头,一会儿一个带尾巴的网球,一会儿一只拖鞋。它衔着东西来到笼子边,摇头晃脑地向黑木头炫耀,可黑木头视若无睹,索性躺在笼子里闭目养神。其实,黑木头并不是心静如水,它也暗中观察着米尼的每个动作,只是不动声色。它可是一只随机应变的机灵的小鹿犬啊。

有一次,米尼找到童童的一只袜子,又走到笼子边,对着黑木头甩脑袋,那只白色的袜子被它甩来甩去,拍打在笼子上,发出扑啦扑啦的响声。也许是黑木头被米尼闹得不胜其烦,也许是它对童童那双袜子的气味发生了兴趣,就在米尼放下袜子休息的时候,黑木头突然从笼子里蹿出来,从地上衔起袜子,随即又跳进笼子,老样子趴了下来,那双袜子,被它藏到了身体下面。米尼又叫又跳,绕着笼子来回跑了几圈,却毫无办法。黑木头趴在笼子里,不动声色看着米尼。童童发现,黑木头的尾巴很难得地甩动起来,甩得很有节奏。这是小狗得意的表示。黑木头正在嘲笑米尼,你闹啥呢?袜子在我这里,你没办法拿回去了吧!

童童看着黑木头和米尼之间的游戏,觉得很有趣。妈妈说,总不能让黑木头老是待在笼子里,要鼓励它出来活动活动。

喂两条小狗吃饭时,黑木头从笼子里出来了。妈妈随手关上了笼门。米尼和黑木头的食物放在两个不同的盘子里，米尼红盘子，黑木头白盘子。黑木头在自己的盘子安静地吃着，吃得很慢，一点不急。米尼却狼吞虎咽，吃得飞快。吃完了自己盘子里的食物，米尼就过来抢黑木头的食物。黑木头显得很有风度，它不和米尼争，退后一步，看着米尼在自己的白盘子里急吼吼地舔食。

妈妈无法容忍米尼的嚣张，看到米尼抢吃黑木头的食物，便厉声呵斥它，罚它站壁角。黑木头也不急着再吃自己的食物，它走到被罚站在壁角的米尼身边，用一种奇怪的表情看着它，那条短短的尾巴又开始有节奏地转动起来。

"妈妈，你看，黑木头在笑呢！"童童看着黑木头，大声叫起来。

"瞎说啥，狗不会笑！"妈妈忙着做事，不理会童童。妈妈对童童说过，狗和人的区别之一，就是狗没有笑的表情。据说这是科学家研究出来的结果。

可童童还在喊："真的，你快看，它真的在笑！"

妈妈转身看时，黑木头已经离开米尼，回到自己的盘子边上，低头慢慢地吃起来。妈妈没有看到黑木头笑，也不相信童童的话。小狗再聪明，也没有笑的本事。它们摇尾巴时，就是在笑了。

黑木头仍然不怎么愿意让人接近它，和米尼也保持距离。妈妈打开了笼子的门，黑木头还是喜欢进去独自趴在笼子里。

如果有人敲门，黑木头和米尼的反应完全不同。米尼会奔到门口，对着门大叫，还会站起身子扑到门上，它会对所有的来客都表示热情。而黑木头听见开门声，会躲在桌子底下，或者躲进笼子，怎么喊它也不肯出来。

有人敲门了。米尼兴奋地叫着冲到门口，黑木头躲到了桌子底下。妈妈打开门，站在门外的是葛笑笑。

"黑木头回家啦，我来看看它。"葛笑笑手里捧着一个彩色的纸包，"我送饼干来给它吃。"

葛笑笑带来的饼干，是她和爷爷一起到宠物店买来的，是专门给狗狗吃的饼干。葛笑笑走进门，大声招呼黑木头，可黑木头躲在桌子下面不肯出来。葛笑笑拿出一块饼干，笑着说："黑木头，快出来，给你吃饼干！"

黑木头没有来，米尼却扑了过来。葛笑笑把饼干给了米尼，米尼摇着脑袋，把嘴里的饼干咬得咔吧咔吧响。

葛笑笑又拿出一块饼干，喊道："黑木头，来啊，来吃饼干！"

黑木头从桌子下面慢慢走出来，一步一步挨近葛笑笑。在离葛笑笑还有一步远的地方，它站住了。葛笑笑伸出手，一块咖啡色的饼干，在她的掌心里躺着。黑木头看着葛笑笑的手，站在那里犹疑不决。这时，米尼突然从后面跑过来，一跃而起，叼走了葛笑笑掌心里的饼干。妈妈走过来，拎着米尼的耳朵，把它拉到门口，嘴里厉声喊："站在这里，不准动！"

米尼老实地蹲在门口，不敢再动，可嘴里的饼干还是咬得咔吧咔吧响。

葛笑笑又从纸袋里拿出一块白色的饼干，放到地上，对着黑木头招招手："黑木头，别客气啊，快来吃！"

黑木头回头看了看蹲在门口的米尼，尾巴摇了起来。

童童对葛笑笑说："你看好了，黑木头会笑呢。"

"什么？黑木头会笑？你别瞎说！"葛笑笑不相信，觉得童童是在开玩笑。

就在两个人说话时，黑木头突然走上来，从地上叼起饼干，转身走进了笼子。它趴下来，摇着头咀嚼嘴里的饼干，却不发出声音。

"瞧，黑木头吃有吃相，挺有教养呢。"妈妈站在笼子边，称赞了一句。

童童和葛笑笑也走到笼子边上，看着黑木头。

黑木头吃完了嘴里的饼干，站起身，默默地看着葛笑笑，两只黄色的眼睛里闪烁着柔和的光芒。

葛笑笑又从纸袋里拿出一块绿色的饼干，笑着说："黑木头，出来吧，别躲在笼子里。"

黑木头默默地站在笼子里，像一尊雕塑。

"黑木头，你现在有了家，该高兴啊。"葛笑笑把饼干放到笼子里，黑木头低头看了一眼，仍然站着不动。

一直到葛笑笑离开回家，黑木头都待在笼子里再没有出来。葛笑笑走的时候，对童童说："你说黑木头会笑，我看它不快乐呢。"

晚上，童童照例给外婆打电话。外婆听说黑木头已经回家，高兴得连声说好。她说："什么时候，你们带黑木头来看看我，好吗？"

"好啊，外婆，我们明天就带它来看你！"童童大声回答外婆。

"不是明天，是今天！今天晚上就去！"妈妈在一边说。

晚上，妈妈和童童准备带着黑木头去看外婆。出门前，两只小狗的表现完全不同，米尼蹦蹦跳跳，欢天喜地，它以为自己能一起去。黑木头却躲在桌子底下，生怕有人来抓它。

"黑木头，带你去看外婆，好吗？"妈妈拿出项圈，低头招呼躲在桌子下面的黑木头。黑木头似乎听懂了妈妈的话，从桌子下面走出来，站在妈妈脚边。

妈妈一面为黑木头系项圈，一面对在一边撒欢的米尼说："米尼，今天我们带黑木头去看外婆！你好好待在家里！"

听妈妈这么说，米尼就像泄了气的皮球，夹起尾巴走开了，它躲到桌子底下，蹲在黑木头刚才待的地方，嘴里呼噜呼噜地嘟哝着，好像是在发泄心里的失望和不满。

它真的笑了

去外婆家的路上，黑木头有点兴奋。

还是童童牵着它，它好像嫌童童走得太慢，一直走在童童前面，童童要收紧圈绳，才能让它放慢脚步。

经过岚山小学时，童童停下脚步，黑木头也停了下来。

"黑木头，还记得这里吗？"童童问。

黑木头在铁门口站了一会儿，呆呆地看着，铁门里面静悄悄的，漾动着一片黑黢黢的树影。那里，曾经是它每天来等候的地方，春夏秋冬，多少个孤单寂寞的夜晚……

童童和妈妈陪着黑木头站了一会儿，黑木头突然转过身，牵动了童童手中的圈绳。它离开了校门，头也不回地继续往前走去。

到外婆家时，外婆已经在门外等了一会儿了。黑木头见到外婆时的表现，让人惊奇。它竟然挣脱了童童手中的圈绳，向外婆奔过去。跑到外婆脚边，它用鼻子闻闻外婆的鞋子，又用脑袋蹭蹭外婆的小腿，然后抬起前肢站起来搭在外婆的身上，嘴里呜呜地叫着，像是在哭，又像是在倾诉。

外婆一时被黑木头亲热的举动弄得手足无措。她一边用手抚摸着黑木头的脑袋，一边往后退。妈妈连忙上前从后面扶住外婆。

"啊呀,这条小狗,怎么这样亲热！"外婆又吃惊又感动，一只手摸着黑木头的脑袋，另一只手抚摸着它的脖子。黑木头和外婆亲热了一会儿，突然安静下来，蹲在外婆的脚边，抬头看着外婆。

"瞧！它在笑呢！"只听外婆后退一步，嘴里发出一声惊叫。

外婆,妈妈,还有童童,都看到了,黑木头确实是在笑,它的嘴角上翘,眼睛眯缝着，而且持久保持着这个表情。是一个灿烂的笑容！黑木头咧开的嘴巴里,舌头正颤抖着，那是无法按捺的激动。

黑木头跟着外婆走进屋子，仿佛是进入一个熟悉的家，和走进童童家里时完全不一样。这里好像是它来过很多次的地方，是一个不会引起它紧张不安的天地。它不再东躲西藏，外婆走到哪里，它就跟到哪里。外婆停下来，它就安安静静地蹲在外婆身边。童童觉得惊讶，妈妈也觉得不可思议。那天夜晚外婆到岚山小学门口去看黑木头，它就表现出对外婆的亲昵，但还是犹豫羞涩的。可现在，它完全把外婆当成了一个亲近熟悉的主人。

"这黑木头,好像和我有缘分呢!"外婆抑制不住内心的欣喜,她在两个房间之间走来走去,很享受黑木头紧跟着它的感觉。

到了要走的时候,妈妈准备为黑木头套上项圈。可是妈妈刚刚拿出项圈,黑木头就躲到了外婆身后,无论妈妈怎么叫它,它就是躲在外婆身后不过来。妈妈走过去,它马上又躲到桌子底下。

外婆笑了:"看起来,黑木头不愿意离开这里。就让它留下来陪我吧,我会照顾好它的!"

外婆话音刚落,黑木头就从桌子底下跑出来,用脑袋蹭了蹭外婆的腿,在她身边蹲了下来。

"外婆,黑木头如果留下来,晚上它睡在哪里呢?"童童问了一句。

"黑木头喜欢睡在笼子里。今天一点准备也没有,黑木头要用的东西,都没有带过来。还是过两天再送它过来吧。"妈妈手里拿着项圈,蹲下来招呼黑木头。

外婆走进卧室,黑木头紧跟着外婆。外婆打开大衣柜,从里面捧出一条橘黄色的毛毯,折叠了几下,摊在自己床边,边摊边说:"黑木头,你就睡在这里,好吗?"

黑木头跳到毛毯上,用鼻子嗅了嗅,用脚扒拉了几下,围着毛毯转了几圈,然后趴了下来,很惬意的样子。

"你们看,它喜欢睡在这里。不要什么笼子了。"外婆在床沿上坐下来,看着黑木头,满脸是笑。

看眼前的景象,要想把黑木头带回家,似乎很难了。

童童对妈妈说:"黑木头喜欢和外婆待在一起,就让它留下来吧。"

"好吧,我们明天再来,把黑木头的狗粮带过来。"

"不用带什么狗粮。我吃啥,就让黑木头吃啥。"外婆笑着说,"它在外面流浪了那么长时间,见什么吃什么,不挑食吧。"

从外婆家里出来时,只有妈妈和童童两个人。黑木头留在了外婆家。回家的路上,妈妈说,黑木头大概是找到了归宿。童童问:"什么叫归宿?"妈妈答道:"归宿就是黑木头喜欢的家,真正属于它的家。"

回到家里,童童给外婆打电话。外婆第一句话就说:"你们不放心黑木头,对吗?它乖得很,现在就我的床边躺着呢!"

如果狗会说人话

黑木头真是在外婆那里找到了归宿。

它变成了一条温顺快乐的狗,原来那种紧张不安,似乎已经离它而去。它像个贴身侍卫,寸步不离地跟着外婆。外婆做饭,它在灶台前蹲着;外婆扫地,它跟着扫帚的节奏跳舞；外婆吃饭，它也吃饭，吃完了盘子里的食物，就跳到外婆对面的椅子上，安静地看着外婆吃；外婆看电视，它跳到沙发上，趴在外婆身边，和外婆一起看着屏幕上闪动的画面；外婆睡觉，它也睡觉，它的床，就是外婆铺在床边的那块橘黄色毛毯，早晨，外婆醒来时，就会看到黑木头的脑袋搁在床沿上，两只黄色的眼睛正深情地凝视着她……

外婆也变了个人。有黑木头在身边陪着，她的脸上总是挂着笑。不管黑木头是不是能听懂，外婆总是不停地和它说话。

外婆说："黑木头，肚子饿不饿啊，我们去做饭吧。"

黑木头马上就往厨房里跑。

外婆问："黑木头，今天外面下雨呢，听见雨声了吗？"

黑木头马上就往窗外看。

外婆说："黑木头，门外好像有人来，去看看。"

黑木头马上就走到门口，竖起耳朵听一会儿，没有动静，便回到外婆身边。如有人敲门，它就会轻轻叫两声，通知外婆。

外婆喊："黑木头，过来。"

黑木头不管在哪里，马上会奔到外婆脚边。

"黑木头，在家里待着很闷吧？我们出去走走，好吗？"

外婆这样问时，黑木头开始以为外婆真会带它出去，兴奋得绕着外婆兜圈子。后来发现外婆只是逗它，不会带它出门，外婆再问，它就像没听见一样，蹲着不动。

外婆在电话里对童童说："黑木头真聪明，它什么都能听懂，还会笑，就差会说话了。"

童童和外婆开玩笑说："如果黑木头开口叫你外婆，你喜欢吗？"

"别吓我啊！"外婆笑起来，"狗说了人话，那世界就乱了套啦。"

"外婆，我能教黑木头说话的，你等着。"童童继续和外婆开玩笑，"我们学校里来了一个科学家，给我们做报告，说发明了一种仪器，装在动物身上，就能让动物说人话。"

"什么仪器？送给我也不要！"外婆竟把童童的玩笑话当真了，连声说，"千万别教它说话，它想表达的意思，我都知道。要听说话，我只想和我外孙打电话！"

"和谁打电话？"童童问。

"我外孙，就是你啊！"外婆笑着回答。

"我以为你要让我变成狗狗和你说话呢！"童童还是想着和外婆开玩笑。

妈妈在一边听到童童的话，笑起来："你瞎说啥，有人讲过，最可怕的事情，是狗说人话。狗会说人话，就变成妖怪了。"

童童放下电话，问妈妈："如果狗会说人话，你想听它说些啥？"

"别再瞎胡扯啦，狗永远不会说人话！"

"如果嘛！如果黑木头会说话，你想听它说什么？如果米尼会说话，你想听它说什么？"童童继续着他的问题。

"我没想过。还是我来问问你吧。"妈妈笑着问，"如果黑木头会说话，你想让它说什么？"

童童想了想，说："我想让它告诉我，它为什么对外婆那么好。"

妈妈哦了一声，又问："你倒说说看，它为什么会对外婆那么好呢？"

"我不知道，所以想听它说啊！"童童坐在那里，自言自语，"这有点不公平，我们对它那么好，它却不喜欢住在我们家。"

妈妈看着童童发愣的样子，伸出手戳了戳他的额头，笑着说："怎么啦，黑木头喜欢外婆，你还有意见？"

"我怎么有意见？我是觉得奇怪嘛！"

"黑木头对外婆好，总有它的道理。"妈妈说，"也许，外婆使它想起了原来的主人，也许，外婆身上有它喜欢的气息。"

"如果它会说话，它会回答我的问题吗？"童童问妈妈。

"我想它不一定会告诉你。"妈妈想了一会儿，又说，"每个人都有自己的秘密，小狗也一样吧，黑木头的秘密，大概只有它自己知道。"

童童和妈妈说话时，米尼在一边蹲着，它似乎是在听着这场对话。童童看着米尼专注的样子，大声问道："米尼，你有什么秘密吗？"

米尼摇了摇尾巴，突然撒开腿绕着房间跑起来，跑了一圈，停下来看看童童，马上又沿着刚才的路线，又飞快地跑了两圈。那滑稽的样子，惹得童童大笑，妈妈也笑了。

它大概前世是我的亲人

爸爸回家了。他已经知道黑木头历尽艰险的曲折遭遇。在国外时，他和妈妈通过很多次电话，每次都在电话里询问黑木头的事。这次回家，他的行李中有不少带给黑木头的礼物。回到家里，爸爸最关心的事，就是黑木头在外婆家里的情况。

那天吃过晚饭，爸爸妈妈带着童童一起去外婆家。

外婆开门时，黑木头在外婆身后稳稳地站着，一点也没有紧张的样子。看到爸爸，它还主动上来，用脑袋蹭了蹭爸爸的腿。

"哦，黑木头，你还知道和我打招呼！"爸爸高兴得叫起来。在他的印象中，黑木头羞怯多疑，不可能让陌生人接近自己。他还记得黑木头在岚山小学门口面对着笼子的样子。爸爸从手提袋里拿出一个白色的长绒小兔子,递给黑木头。黑木头很文雅地嗅了嗅,用嘴衔起长绒白兔,转身走进外婆的卧室,把白兔放到床边的毛毯上,又走出来靠在外婆脚边。

"瞧,它把礼物藏到自己床上去了。"外婆摸摸黑木头的脑袋,笑着说。

一家人坐下来,话题几乎都围着黑木头转。外婆今晚特别高兴,话也比平时多。她对爸爸说:"有黑木头陪着,我不再寂寞了。看着它的样子,总是忍不住发笑。"

黑木头趴在她身边,不发出一点声音。外婆边说话,边捋着黑木头背脊上的毛。黑木头顺从地被外婆抚摸着,还不时抬头看看外婆。

爸爸笑着问:"你以前不是很讨厌狗吗?"

童童也逗外婆:"你的词典里,小狗是坏东西,还有那么多骂狗的词呢。"

"我以前确实讨厌狗,小时候被狗咬过,觉得天下的狗都会咬人,不可接近。其实,以前看到米尼,我就觉得蛮可爱,只是不愿意承认。"

听外婆这么说,妈妈插了一句:"早知这样,以前来看你时,应该每次都带米尼来,可以逗你开心呢。"

外婆挥挥手说:"以前的事别提了!那时心里烦闷的时候多,看什么都不顺眼。现在不一样了。"外婆说着,低头看黑木头,黑木头也正抬头看她呢,外婆摸着黑木头的脑袋说,"看到黑木头,不知怎么,心里软得说不出来。"

爸爸很有兴趣地看着外婆和黑木头亲密无间的样子,在外婆的感叹声中,他问了一句:"你是不是知道,黑木头为什么对你这么亲近?"

外婆摇摇头说:"我不知道,这也许就是缘分吧。这只小狗,大概前世就是我的亲人呢。"

童童笑着对爸爸说:"这是黑木头和外婆的秘密,他们保守秘密,不会告诉你的。"

"小鬼头,瞎说什么!"外婆忍住笑,顺手把黑木头推下沙发,黑木头以为外婆生气,站在地上紧张地看着外婆。

"没有骂你,紧张什么!快来!"外婆笑着对黑木头招了招手。黑木头又跳上沙发,重新趴到了外婆身边。外婆站起身,想为爸爸倒茶,身体突然摇晃了一下。坐在一边的爸爸赶紧伸手去扶她,外婆推开爸爸的手,说:"没事,今天你们来,我有点兴奋了,头也晕了。"

爸爸站起来,招呼妈妈说:"时间不早了,我们回家吧,让妈休息,明天再来。"

童童和爸爸妈妈告别外婆时,黑木头不声不响跟着外婆送到门口。爸爸对外婆说:"你很有办法啊,把黑木头训练成一条很懂礼貌的狗了。"

"我没有训练过它,是它自己变成这样的。它本来就是一条很有教养的狗,在我这里……"外婆突然抬手捂住额头,停止了说话。

"妈,你怎么啦?"妈妈问。

"哦,没什么,今天大概有点累了。你们回家后,我就上床休息。"

外婆在门口挥了挥手,黑木头默默地站在外婆身边。

生死之夜

晚上回家后,童童准备上床睡觉。像往常一样,还是要给外婆打个电话。

爸爸看到童童在拨电话,问道:"你打给谁?"

"打给外婆啊!"童童认真地回答爸爸,"你给我的任务,我一直记在心里呢。"

妈妈告诉爸爸,这一年多来,童童天天晚上都给外婆打电话,给外婆带去很多快乐。"外婆说,我打电话给她,就是天天送给她鲜花呢!"

"哦,外婆这么比喻,像个诗人了。"爸爸忍不住笑起来。

童童继续拨着外婆家里的电话,可是,老是忙音,怎么也拨不通。

童童想,外婆大概睡觉了吧。可是,平常这时候,外婆不会睡觉,而且,她一定要等童童的电话。

奇怪,今天怎么回事呢?爸爸也拨了几次电话,还是忙音。

"今天怎么啦?会不会电话坏了?"童童有点着急。

"也许电话没挂好吧,所以打不通。"外婆家的电话没挂好的事,以前也发生过,妈妈说,"别着急,等会儿再打打看吧。"

可看看墙上的挂钟,已经过十点了。

这时,门外突然传来一阵狗叫,那声音,凄厉而急切,由远而近,一直叫到门口。门的下面发出扑通扑通的声音,是狗在撞门呢!

童童跳起来,嘴里大喊一声:"妈妈,那是黑木头呢!"

爸爸一个箭步冲到门口,童童紧跟在后面。门打开,黑木头猛地冲了进来。

"黑木头,你怎么自己跑来了?外婆呢?"童童问黑木头。

童童走出门去看,门外没有人。

黑木头站在门边,抬起头不停地叫着,叫声伴随着剧烈的喘息,惨烈而哀伤,像是在哭泣。

"黑木头,你怎么啦,外婆在哪里?"妈妈从里面奔出来大声问。

黑木头冲到妈妈身边,伸出两条前腿扑到妈妈膝盖上,用嘴咬住妈妈的衣襟下摆,把她外门外拽。

"外婆呢?外婆怎么啦?"童童大声问。

黑木头突然停止了吠叫,扑倒在妈妈的脚边。它的嘴边,流着带血的泡沫。

"黑木头,你快起来啊!"妈妈喊了一声。

黑木头挣扎着站起来,用脑袋顶妈妈的脚,把她往门口推,走到门口,又倒在地上。血,不停地从它嘴里流出来。

"它一定是来给我们报信的!"爸爸说,"大概是外婆出事了,我们赶紧过去!"

黑木头好像听懂了爸爸的话,硬撑着抬起头,轻轻叫了一声,又无力地躺了下来。

"童童,你看着黑木头,我们去外婆家!"妈妈交代了童童一句,和爸爸一起奔出门去。

黑木头躺在地上,嘴里发出呼噜呼噜的喘息声,嘴巴里还在流血。童童看着黑木头痛苦的样子,不知怎么办才好。他用一块湿毛巾擦去了黑木头嘴边的血沫,用手轻轻地摸它的头,撸它的背脊,黑木头睁大了眼睛,定定地看着童童,它的眼睛里噙着泪水。

"黑木头,你是怎么啦?"童童伸手撸着黑木头的背脊,轻声问着,"你哪里受了伤?疼不疼啊?"

黑木头挣扎了一下,想站起来,但是无法动弹,它好像一点力气也没有了。

米尼围着黑木头焦急地转了几圈,停下来用嘴轻轻触碰黑木头的身体。见黑木头没有什么反应,米尼在它身边趴了下来。

黑木头姿态不变地躺在地上,一动也不动。童童发现,它的眼睛闭上了。躺在它身边的米尼眼睛也闭着。童童想:它们都睡着了。

可童童一点也不困,他焦急地等着爸爸妈妈的消息,他担心着外婆。童童又拨了外婆家的电话,电话接通了,但没人接。

时间一点一点过去,童童坐在地上,一手搭着黑木头的背脊,一手摸着米尼的脑袋,感觉眼睛有点迷糊。突然,搭着黑木头的手被掀动了,童童低头一看,黑木头醒了,正抬起头,咧开嘴,对着他笑呢。

"你笑什么,黑木头?"童童问。

"我笑外婆呢!"黑木头说,它的声音清清脆脆,很好听。

童童吓了一跳,黑木头怎么会说话!

"你为什么笑外婆啊?外婆在哪里?"童童惊奇地问。

"我笑外婆走路像跳舞。"黑木头继续说话,"外婆走出去,又走回来,就像跳舞一样。"

童童觉得黑木头说话怪怪的,它不陪着外婆,还说这些不着边际的怪话,就责备它说:"你怎么不陪着外婆呢?你应该陪着她的!"

"外婆回来了,你瞧啊!"黑木头的两只眼睛像两盏金黄色的灯,亮了一下。只听见后面传来开门的声音……

童童抬起头来,只见妈妈站在他面前。原来刚才是在做梦,是妈妈开门的声音把他惊醒了。

"黑木头说,外婆回来了。"童童睡眼惺忪地说。

"黑木头怎么了?"妈妈俯身摸了摸黑木头的脖颈,嘴里发出一声惊叫,"啊呀!"

童童也伸手摸黑木头,它原本温暖的身体,已经变得冰凉。

黑木头死了!

妈妈的眼睛里全是泪水,她把黑木头从地上抱起来,声音颤抖地说:"它是用自己的命救了外婆!"

"外婆呢?外婆在哪里?"童童问。

"外婆在医院里,爸爸陪着她,没事了。"

妈妈用一条被单包裹了黑木头,对童童讲了这一夜发生的事情。

妈妈和爸爸赶到外婆家时,外婆在卧室的地上躺着,已经昏迷,她身上穿着睡衣,一双拖鞋甩在很远的地方。外婆的两个衣袖被撕成一条条的碎片,这是黑木头的牙齿拖咬留下的痕迹。外婆昏迷后,黑木头跳上床,拼命用牙齿拽外婆的衣袖,外婆毫无反应。所以黑木头才出门奔到童童家里来求救。黑木头怎么出的门,是从窗户里跳出来,还是从房门里走出来,是个难解之谜。黑木头从外婆家一路奔跑着过来,这条路,它认识。穿过一条马路时,黑木头被一辆轿车撞了一下,飞出去几米远,倒在地上起不来了。轿车司机下车走过来看它,黑木头从地上一跃而起,跟跟跄跄地又跑开了。黑木头被汽车撞到的情景,被好几个路人看到,但是谁也拦不住受伤的黑木头。它是用生命的最后一点力气,硬撑着跑到童童家里来报信,通知他们快去救外婆。

黑木头做到了它想做的事。妈妈打电话叫来了救护车,把外婆送到医院。经过抢救,外婆脱离了危险。外婆是突发脑出血,医生说,如果再晚一点送医院,外婆可能就醒不过来了。

是黑木头救了外婆!

尾声:接外婆回家

天黑了,大地又开始闪闪发光。

这是黑木头离开五天之后了。童童和爸爸妈妈一起,到医院去接外婆回家。

外婆知道黑木头为了救她而死,伤心得说不出话,流了几天眼泪。她无法忍受回家后没有黑木头陪伴的生活。在病床前,童童拉着外婆的手说:"外婆,你以后到我们家里来住吧,我陪你,妈妈爸爸陪你,还有米尼。"外婆含着眼泪答应了。

很多年来,外婆一直一个人住,她从来不愿意住到别人家里,也不喜欢别人来她家住。是黑木头改变了外婆。今天,童童要把外婆接回家。

夜空中,悬着一轮满月。人间有残缺和遗憾,天上的月亮,却每个月都会由缺变圆。

还是在那条林荫路上,月光射穿树影,斑斑驳驳地洒落下来,路面闪动着银色的光点。爸爸在左边,妈妈在右边,童童拉着爸爸妈妈的手,走在中间。经过岚山小学,他们在那两扇大铁门前停下脚步,情不自禁地往里面看。熟悉的路,熟悉的树影,还有那些被月光照亮的房子。幽暗的树影里,曾经闪动着一双金黄色的眼睛……

后记:另一个结尾

黑木头死了。黑木头用它的生命,挽救了外婆。

写完这个结尾,我的心里有点伤感。我本想让黑木头在我的小说中活下去,故事结束的时候,黑木头还活着,还每天陪着外婆,和童童在街上散步……我相信读者也会这样希望。但是世上的事常常不完美,而不完美的结局中,却也会孕育新的希望。黑木头的死,是一个悲剧,它的离去,使曾经关心过它的这一家人更加亲密无间。这样的结尾,是我思考再三后的构思。

但在我的心里,黑木头却活着,这部小说叙述的故事,仍在我的想象中继续着,也仍在我得到创作灵感的现实生活中继续着。

有读者问我,你为什么会写这部小说?现实生活中是不是真有这样一条小狗?

我要告诉读者,在现实生活中,我确实遇到了和黑木头命运相似的一条小狗,这条小狗感动了我,给了我创作这部小说的灵感和动力。

大概是在三年前,在离我居所不远的一个中学里,人们发现了一条流浪狗,它每天晚上在校门里面出现,远远地注视着从校门口经过的人。人们给它送食物,大声招呼它,但它始终和人保持着距离,不让任何人靠近它。我也是关注它的人之一。这条小狗,孤独、沉默,不愿意接近人。我很好奇,想接近这条小狗,想了解它的过去,也想探知它如何在孤单中生活。但是我只能远远地观察它,每次走近它,它就跑得无影无踪。而且,和它的相遇,都是在天黑以后。

还有几个过路人,和我一样关注这条小狗,好几个人每天晚上到学校门口来给它送食物。有一位中年女士,执着地设法想收养它,带它回家。小说中笼子和麻醉枪的故事,就是那位女士的作为,我亲眼看见,甚至亲身参与其过程。这只小狗,以它的智慧和倔强,和关心着它的人周旋,没有一个人能接近它。这条小狗和人的对峙,延续了整整两年。春夏秋冬,风雨霜雪,它总是以相同的姿态,等候在校门口。

它默默地在黑暗中出现,然后幽灵一般消失。

我设法了解这条小狗的过去,想知道它为何如此孤僻多疑,如此不信任人类。得到的信息隐约而不完整,但是很确定的是,它曾经被人虐待,所以它拒绝有人接近它。我曾经很多次在街心花园和马路上和它单独相遇,我大声喊它,想和它交流,它只是回头看我一眼,每次都毫不犹豫地离开。这条小狗,是一个既让人惊奇又让人心疼的谜。

一年前,这条小狗突然消失,不知去向。我每天晚上经过这个中学门口,都会停下脚步,希望看到它,但它再也没有出现。我想,也许,它已经在一个不为人知的角落中孤独地结束了自己的生命。我的小说,也在这个时候开始构思。在小说中,我给这条小狗取名"黑木头",并以这个名字作为小说的题目。我在小说中写一条流浪狗的命运,也写人间的亲情和动物之间发生的冲突和契合,这是生灵和爱的故事,这样的故事,可以让现代人思索生命的意义。

小说写到一半的时候,有一天在街上遇到了那位曾经设法收养这条流浪狗的中年女士,她告诉我,这条小狗,已经被她收养。这个意外的消息,令我惊喜。她告诉我,为捉住这条小狗,一天晚上,几十位年轻的志愿者随她一起出动,在校园里围追堵截,小狗终于无路可逃,最后被一条大毯子罩住,女士把它带回了家。我更关心的,是小狗到她家后的状况,她告诉我,它还住在笼子里,但已经慢慢习惯她的照顾,不再那么固执。我希望看看这条小狗,女士说,等它完全习惯了,她会带它上街散步。分手时,她笑着说:"也许你还能看到它。随缘吧。"

数月前的一天深夜,我路过那所中学,又遇到了那位女士,她的身后,跟着一条小狗。女士步履匆匆地走着,小狗疾步跟在她身后。小狗的身影,是我熟悉的,这正是那条曾经在这里和人对峙了无数个夜晚的流浪狗!女士停下脚步,抱起小狗,我在路灯黄色的光芒中看清了这条小狗的真实面目,黑褐色的皮毛,星星一样闪亮的眼睛,它羞怯地看着我,目光中似乎已没有了惊恐。我伸出手,轻轻地摸了摸它的脑袋,它低下头,温顺地让我抚摸它……

这是真实的情景。这条小狗,不是小说中的黑木头,但它是黑木头的原型。所以,读者可以想象小说的另外一种结尾:黑木头还活着,它的生命还在延续。

【作者简介】赵丽宏,1952年生于上海。现为中国作家协会全国委员会委员、中国散文学会副会长、上海作家协会副主席、《上海文学》杂志社社长。著有散文集、诗集、小说和报告文学集等各种专著共八十余部。散文集《诗魂》获新时期全国优秀散文集奖,《日暮之影》获首届冰心散文奖。2013年获塞尔维亚"斯梅德雷沃金钥匙"国际诗歌大奖,2014年获上海市文学艺术杰出贡献奖。

选自《山花》2018年第9期

一粒微尘

王祥夫

人不过只是一粒微尘。

1

已是半夜时分，李书琴和王重生翻来翻去还是怎么也睡不着。

王重生对李书琴说："要不就再吃一颗？"

李书琴说："总吃睡觉药不是个事，离吧，你带孩子回重庆。"

王重生虽是胆小，但脾气很倔："你别这么说，婚我反正是不离。"

王重生又说了一句："也许……"

李书琴说："也许什么？你不看都贴在了门上了。"

李书琴的声音有点不对头了，鼻子像是有些堵："我绝对不能拖累你，更不能拖累孩子，只有离婚才是最好的出路。"

王重生说："先睡，我说不离就是不离，天又塌不下来。"

王重生不看他的那本小字典了，这天晚上他已经认了几个生字，差不多记住了，他把字典放在枕头边，把灯关了，屋子里即刻暗下来，窗子那边却亮出一大块。李书琴和王重生他们住学校里分的小平房，是一间半，里边这间大一些，外边那间小一些，外边那间平时做厨房，但还是放了一张床在北窗下，床的旁边还放着李书琴的蜜蜂牌缝纫机。李书琴不仅会做小孩的衣服，她自己的衣服和王重生的衣服也都是她自己来做，她还会裁旗袍和西式裤。床和灶台之间又拉了一幅淡绿的碎花布帘子，四川老家的亲戚们来了就挤在这里。王重生和李书琴带着两个孩子在里边，老大今年六岁了，老二才三岁，都是男孩儿。四个人睡在一张很大的床上，有时候两口子在床上做事，动作稍大一些床板就会"吱呀"乱响。

李书琴会说："轻点，轻点，同同睡觉轻，小心被他听到。"

王重生说："他就是看到也不会知道咱们是在做什么？他还那么小。"

王重生话不多，胆子又小，但做起那事猛得很，每次都是大汗淋漓。

王重生对李书琴说："我现在也只有这一点点乐趣了，到外边唯恐说错话，那天学校让我带头喊口号，吓死我了，差点赶上你们学校的白老师。"

李书琴静着，老半天没说话，就那个白老师，现在还不知在什么地方受罪。过了好一会儿，王重生以为李书琴睡着了，却听她一声长叹。

"你怎么还没睡？"王重生说。

"当时悔不该听我姨，这时候倒连累你说红不红说黑不黑。"李书琴说。

"别说连累，什么连累不连累。"王重生说，"我这个人就是不怕连累。"停停又说，"我们是一家人，告诉你，就是死，我也不会跟你离婚。"

"我恨他们。"李书琴说。

"恨也无法子，天底下谁也没本事给自己挑选父母。"王重生说父母总归是父母，只有孝敬他们的份儿，没有说他们不是的份儿。

"那我也想不明白。"李书琴说。

"睡吧，睡着就什么都不用想了。"王重生说。

两人不再说话，有什么"吧嗒"一声掉在地下，是王重生的那本小字典。又过了好一阵子，墙上的挂钟连敲了三下，王重生和李书琴仍在被窝里大睁着眼睡不着，天花板上有什么在跑，是老鼠，又静下来，"嗦嗦嗦嗦"在啃什么。外面的风一阵一阵，把房檐下边的什么东西吹得"嗦啦嗦啦"响。

不知过了多长时间，王重生迷糊着了，为了让自己睡着，他在默背字典上的字，第几页，第几行，什么字，怎么写，发几声。王重生背字典已经有好长时间了，他几乎天天都要从字典上找几个生字来背，并且把它记下来，他发誓要做市里最好的语文教员，发誓要和别的教员不一样，那就是要把字典上的字全都背下来，所以他天天没事就要看字典，背字典。而背字典的另一个好处就是还可以催眠，背着背着，人就迷糊了。这一次也不例外，他背着字典，都快要睡着了，忽然又被拉门声弄醒，伸手摸摸，李书琴又不在了，王重生也马上翻身下了地。

外屋有些冷，李书琴披着件毛衣在灯下翻看什么。

王重生过去，站在李书琴身后。

李书琴在看一张合影照，这张照片背后写着："左起，二姨、二姨父、大姨、大姨父、姥姥、姥爷；右起，妈妈、爸爸、大姑父、姑姑、神父。"

"不早了，快睡吧。"王重生说，他怕李书琴冷，从后边把李书琴搂住。

"这些照片都不能留了，烧了了事。"李书琴把那沓子照片拿在手中，回头对王重生说。

李书琴的母亲去世很早，留下的也就这些照片。照片上的人都穿得很阔气，有一张照片，是李书琴母亲和李书琴姨姨的合影，两个人拉手的样子还真是不好学，四条胳膊交叉着，很好看，每看到这张照片，王重生就忍不住哈哈哈哈笑，说这是怎么拉的，说完还和李书琴对着镜子比试一下。那时候他们刚刚结婚，镜子里的人和镜子外的人一样年轻。

　　"这些照片都得烧掉，一张也不能留。"李书琴把照片收在一起，不看了。

　　两个人就又站在了里屋的火炉子旁，炉子里的火被灰埋着，到明天早上一捅就会着起来，所以上边的那把壶里的水就总是热的，刷牙洗脸正好用。北方的冬天，再冷，也要比南方好，起码还有个火炉子。

　　"留下吧，烧了就没了。"王重生伸手拦了一下，但照片已经被李书琴投到了炉子里。外面风又大了起来，两个人又上了床，才躺下，李书琴突然又下了地。她很快从外边屋子里把什么又拿了过来，是那包东西，日本西阵织的包袱皮，这包袱皮很讲究，也是李书琴母亲留下来的。她想好了，即使是再值钱再珍贵的东西她也不能留了，现在到处都在抄家，一旦被抄出来，全家到时候就会更倒霉。

　　"这些东西留下来都是罪。"

　　李书琴把那包东西打开，里边全是李书琴母亲的遗物，玻璃丝手套和袜子，蕾丝手帕，玉蝴蝶的胸针，一对玉镯子，又两个镶红蓝宝石的金戒指，绣花的护手，还有别的一些零碎东西，还有一个日本漆盒，上面绘着芦苇草。

　　"不要了，不要了，都不能要了。"李书琴打开炉盖要把那包东西塞到炉子里。

　　王重生忙把那两个镶红蓝宝石的金戒指一把抢过来："怎么这东西也烧？"

　　"谁现在还戴这种东西，卖又卖不了几个钱，戴出去还找麻烦。"李书琴说。

　　王重生不听她的，去床下边摸了个罐头瓶，出去了，过一会儿回来，小声对李书琴说："我把它埋在院里那棵树下了，没人会知道，再说金子也烧不掉。"

　　李书琴已经把那包东西一股脑塞到了火炉里。"早知道，那件旗袍也烧了就好了。"李书琴说。那包东西塞到炉子里，火炉子即刻"轰"的一声旺起来，水壶也紧跟着"吱吱吱吱"叫。

　　"咱们还是分开的好。"李书琴又说。

　　王重生这次没有答话，用了力，拉她上床，又重新躺下。

　　"为了孩子，就当我求你。"李书琴侧过身，看着王重生。

　　王重生在暗里突然抓紧了李书琴的手。

　　"听说旗袍要拿去搞展览。"李书琴又说。

　　王重生不说话，只是紧紧抓着李书琴的手。

李书琴只好长叹一口气，不再说话。

为了能让自己赶快睡着，王重生又开始背他的字典，他已经背到了字典的第109页："簖，duàn，插在水里捕鱼用的竹栅栏。"

"duàn, duàn, duàn。"王重生在心里不停地默念。

李书琴还是睡不着，翻过来，翻过去。

老鼠在顶棚上跑着，跑过来，跑过去。

2

工宣队王党生的说话声从旁边的教室里传了过来，虽带些当地口音，每句话的后边几乎都带着一个儿字，但不难听，声音也洪亮，因为洪亮，所以就显得底气足，听起来让人感觉是一勃一勃的。

别的学校早就有工宣队进驻了，李书琴她们学校却迟迟不见上边往下派，而军宣队却早就进来了，一共二十多个人，每个班级都会派到一个。都穿着一色的绿军装，其中那个姓郑的是连长，快四十岁了。他们除了讲政治，还要负责学生的军训，让学生们在操场上跑步或匍匐前进。工宣队因为迟迟没派下来，校长梅有文那天还专门去市革委会请示了一下，随后，工宣队才被派了下来，也是二十多个人。校长梅有文对教员们说咱们学校也不能落后，如果可以的话，咱们还要派人去北京。至于去北京做什么，梅校长自己也说不清楚。

欢迎工宣队进驻学校的时候，李书琴也去了，让教员们想不到的是工宣队队长王党生会这么年轻，皮肤虽有点黑，看上去却是那么精神，洗得有点淡的工作服穿在他身上散发出一种说不出来的味道，总之一下子像是连那种短短的粗布工装都变得十分好看了。

"一二、一二、一二、一二，大家听好了，我要讲话了。"

王党生讲话之前总喜欢一边拍巴掌一边说两句，算是开场白。他经常喜欢说的一句话是："现在一切都跟以前不一样了，一切都是崭新的，所以我们也要做崭新的人。"

此刻王党生在讲形势课，王党生的声音在教室里回荡，一直回荡到老师们的办公室里来，一直回荡到李书琴的耳朵里来，然后再从耳朵里回荡到心里。

李书琴抬起头来，眼神有些恍惚，或者可以说是迷离，一颗心在怦怦直跳，她望着窗外，天很蓝，对面屋顶红瓦片上的初雪已经化没有了，远处的六盘街老教堂，怪怪的，秃秃的，是因为上边的十字架没了，前不久被拆了，那几个老修女也不知现在在做什么。天气阴着，也许会马上再来一场雪，飞飞扬扬的雪，或者就是雨。校园里喜鹊的叫声很刺耳，它们总是从这棵树上跳到那棵树上，再从那棵树上跳到这棵树上。树上有黑乎乎的喜鹊窝。但过不了多久,那个门房老黄总会把喜鹊窝捅下来抱去生火,"都是好柴火,还不用劈。"老黄说。有时候喜鹊的巢里还会有喜鹊蛋,老黄会把它们拿回去炒炒下酒,喜鹊窝里能有几颗蛋?人们都说老黄这是馋疯了,再馋就轮到他自己下面那两颗了。

"现在我们国家总之是形势一片大好。"

王党生还在继续讲他的形势,他的声音一直往李书琴的耳朵里钻,钻,钻,让她一次次想起王党生和军宣队郑连长到自己家里做家访的情景。虽说是家访,但那天她和王党生没接几句话,他们也没在她家待多久,也没喝一口水,与其说是家访,不如说更像是检查,因为那次家访实际上是在做普查,对那些出身不好的家庭做一次普查。所以让人感到心惊胆跳。

"我讲的同学们听懂听不懂?形势大好就说明地富反坏右已经被我们打倒在地再踏上一万只脚了。"

工宣队王党生还在说。就这个王党生,据说他的媳妇就是纺织厂里的女工任桂花,是市里出了名的学毛著积极分子,口才真好,各单位都争抢着请她去演讲,她又很会结合自己的情况,把演讲搞得特别活特别生动。因为进驻学校,学校给军宣队和工宣队都安排了办公室,郑连长和王党生是单间,其他人是几个人一间。他们的办公室也就是他们的宿舍,白天办公晚上睡觉,王党生的办公室在教学楼一层的东边,紧靠走廊门,军宣队的郑连长也在一层,却靠西,出了那个门,可以看到院子里的花丛,过了花丛就是操场,离得最近的是单杠,有时候人们可以看见王党生带几个学生在那里玩单杠,把身子甩得很圆,直甩得浑身热气腾腾。

旁边的教室里又响起了口号声,这是事先安排的。一般是由班主任带头喊,但自从出了白老师喊错口号的严重事件后,带头喊口号的事都由学生们代替了。那个白老师现在已经不知道被带到了什么地方,因为实在是出人意料,他本该带头喊"打倒×××",却一张口喊成了打倒另一个人,会场当下就炸了窝。根本就不用他再说什么,马上就有人把这个白老师头朝下按在了那里,人第二天就被带走了,后来又被带回来批斗过。那天,李书琴心惊胆跳地隔着几排座位看着站在那里的白老师,头上戴着一顶很尖很高的白纸帽子,上边赫然写着很大的黑字,"现行反革命分子白崇礼",那天白老师的脸色特别地不好看,神色特别地紧张,身子一直在颤抖,是屁股抖,因为弯着腰。但据说他的出身很好,但他怎么会喊出那样的口号?许多同事们在下边悄悄议论说也许是他神经太紧张了,这话被梅校长听到后马上把各科室的教员都召集到一起谈了话。从那天之后,喊口号的事都由学生来带头喊,而且梅校长还特意交代了一下,让老师们查一下学生们的出身,要靠得住的学生来带头喊口号。

梅校长希望学校不要再出这种事。那天李书琴也被叫到了梅校长的办公室，梅校长对大家说："主要是出身，要把学生们的出身都查一下，出身不好的千万不要让他们带头喊口号。"

在那一刹那，李书琴觉得所有的眼睛都在盯着自己看，其实根本就没有人注意她，人们正七嘴八舌地说白老师平时的表现，同事们都想不出白老师有什么不对头的地方。有一个教员说："出身好的人尚且如此，真是难以看出他们的内心，出身不好的那些人就更加可想而知了。"也不知有意是无意，说话的那个老师姓丁，还朝李书琴这边看了一眼。丁老师是教数学的，湖南人，个子很高，方额大脸，走路总爱背抄着手，年年都要自己动手做一些腊肉，现在的肉都是凭供应号供应，但不知道他从什么地方可以搞到肉，总是要做那么几大块放在那里慢慢吃，有时候还会送同事们一两块。丁老师平时很爱和李书琴开玩笑，但这一次分明不是玩笑。

李书琴忽然把头低下来，看自己的手，李书琴的手很小，手指很细，她看自己的手，好像她这一辈子就没看过自己的手，一直到看不清，是因为她的脸离手太近了，差不多快要挨在了一起。她忽然觉得自己连气都要喘不过来了，隔了不知多长时间，她鼓足了勇气把身子直了起来，才发现梅校长办公室里早已经空了，不知道什么时候，会已经散了，人们都走了，就连梅校长也不知道什么时候出去了，也许是学校里又出了什么事？校长的办公室里就剩下她自己。

"怎么回事？"

李书琴问自己，忙站起来。因为站得急，差点把梅校长的竹皮暖水瓶碰倒。

李书琴跌跌撞撞从梅校长的办公室出来，旁边是历史教研室，因为停课，里边静悄悄的。教研室对面的那一排榆树墙虽说入冬以后修了一下，但显得乱七八糟，锅炉房的烟囱冒着烟，很浓的黑烟，在天上，像是一个巨大的问号。那天，教日语的张老师就是从锅炉房烟囱上边跳下来的，张老师年轻时曾留学日本，课讲得很好，人们谁也没看到他是怎么就爬到了烟囱上边，那几天，学校让他交代在日本都干了些什么，好像还要他交代跟那边的特务组织有什么联系，想不到一星期后就出了这事。当时李书琴还不知道那边出了什么事，她正好从学校礼堂经过，也挤过去看了一下，但让她想不到的是一个人从那么高的烟囱上跳下来竟然没出一点血，趴在那里已经死去的张老师穿着一身黑衣服，人是脸朝下趴在那里，说黄不黄说白不白的那种化学框子眼镜被甩在一边，一只鞋子也不知去向。李书琴忽然有点想吐，她赶紧踉踉跄跄走开。

"活下去，活下去，再怎么也要活下去。"

李书琴听见一个声音在自己心里说，是她自己在对自己说，还有另一个声音也在她心里说:"要活下去就要有靠山,要有靠山。"说这话的却是李书琴的姥姥,李书琴的姥姥去世已经多年了,但直到现在骨灰也没有埋回青岛。

李书琴抱着教案从西往东走,东边就是学校的操场,忽然有人大声在她后边说:"有什么好看,这样的人死一个少一个地球还干净,他是苍蝇碰壁,自绝于人民,畏罪自杀!有什么好看。"说话的是几个学生,他们一边走一边说,快步超过李书琴,只这一句话,让李书琴浑身一软,一屁股坐在了冰凉的水泥花池上。大烟囱那边围的人更多了,公安的人在拍照。

李书琴忙把脸掉过去,她不能让自己再朝那边看。

操场的另一边,学生们正在搞军训,军宣队的郑连长正在做示范,胳膊甩得很高,一条腿笔直地抬起来悬在半空一动不动,他可以把这个动作保持很久,学校里的体育教员曾经和他比试过,直直抬起一条腿站在那里看谁站的时间长,但谁都比不过他。这真是让人佩服,李书琴看着郑连长的背影,因为系着腰带,这个郑连长肩宽,腰细,挺拔,根本就不像快四十岁的人。

下午李书琴还有一堂课。她没有回办公室,而是直接去了教室。

教室外的门两边,贴着长条标语,上边写着"学工学农""备战备荒""深挖洞,广积粮,不称霸"这样的口号。李书琴最近上课总是走神,接下来的这堂课终于出事了,虽然讲的内容都是曾经讲过多次的,但李书琴忽然不知道自己讲到了哪里,只好问下边的同学,下边有几个同学因此忽然"嘘"了起来,这让她自己都感觉到简直是无地自容。她以羞愧的口吻对下边的学生说:"对不起,对不起,老师实在是对不起同学们。"说这话的时候她忽然又把刚才要讲的内容想了起来,按说可以正常地讲下去,她转过身子刚刚往黑板上写了"满江红"这三个字,班里的一个叫黄小卫的学生突然站了起来,大声说:

"你怎么讲课!你这个资本家的臭小姐!"

黄小卫的话让李书琴觉得自己像是被刀骨猛地捅了一下,这一下捅得她忍无可忍。

"出身不由自己,路是可以选择的!"

李书琴把身子一下子转了过来,胸口那地方好一阵波澜起伏,然后,她就再也说不出话来。那根粉笔,在她的手里已经被折成数节,她死死握着它,恨不能把它攥成粉末,她一直攥着,浑身在抖,粉末从她的手指间簌簌落下,她猛地把手一甩,跌跌撞撞走出教室。脚下的石子路也好像突然跟她过不去,绊了她一下。而她忽然转过身又马上回到了教室,因为这堂课还没有讲完,还没到下课的时间。

"满江红,是古代诗词的词牌。"李书琴又开始讲,声音有些颤抖。

3

　　学校里要组织学生们去参观的事很快就被定下来了，每个年级每个班都必须去，都要去接受教育，这个展览是"资产阶级腐朽生活罪行展"，一条大展标横挂在那里，是白布黑字，很是醒目，很是让人胆战心惊。展厅就在一进学校大门正对着的大礼堂。这个礼堂是当年苏联专家设计的，每个门头上都有镰刀斧头和麦穗，因为刚刚被油漆过，红红黄黄十分显眼。礼堂的正门在北边，但现在正门一般不开，人们进出礼堂都从东边这个门，到了冬天，这个门避风。门的北边墙上有一根生了锈的铁管子，是输送暖气的排气管，到了冬天总是滴滴答答地往外喷气流水，说来也奇怪，也可能是朝着东边，北风吹不到，水管周围的草到了冬天居然都是绿的，有时候居然还会开出黄色的小花。学校员工有时候来这里洗拖把，住校的学生洗衣服也会来这里。关于这个展览，学校里有安排，就是学校里的每个人都必须去，李书琴当然不能不去。据说这个展览搞完之后还要展出毛主席送给工人们的杧果，在北方的这个小城，人们根本就没有见过杧果，据说梅校长已经到上边请示过好几回了，强烈要求展出杧果，要求把杧果接到学校里来，展几天，再送回去，到时候要敲锣打鼓列队欢迎。

　　"什么是杧果？"有人问。

　　"总之和苹果差不多吧。"有人答。

　　"一定很大吧。"有人问。

　　"毛主席送工人同志的，肯定小不了。"有人答。

　　"什么颜色？"有人问。

　　"肯定是鲜红的，毛主席送的水果肯定是红彤彤的。"有人答。

　　人们都等着杧果的到来，但杧果还没到，这个展览却开始了。

　　看展览的时候，李书琴差点要喘不过气来，礼堂里拉的几条绳子上大大小小挂满了东西。已经是下午，太阳从西边的窗子射到礼堂里来，照在礼堂里人们的脸上，人们都显得十分兴奋，那兴奋毫无来由，所以也就来得无比高涨，他们所能看到的东西也不外是些日用品，比如外国牌子的金笔，还有金表、衣服和帽子。

　　李书琴从外面进来，她一眼就认出了前几天跳烟囱自杀的张老师的那双日本太阳牌的滑冰鞋，那双鞋子是棕黄色的，据说是张老师从日本带回来的，每年冬天，张老师都要和教历史的杨老师一起去滑冰，人们都知道他们两个人的关系很要好，夏天他们还会在一起游泳。张老师在冰上会把身子猛地一拧就旋转起来，先是把两只手扬过头顶，然后会慢慢慢慢放下来，旋转也就跟着停了下来，真是漂亮。但杨老师就不会旋转，虽然学过许多次，但转着转着总是会摔一个跟头。李书琴不敢离近了看那双鞋,她想起前几天张老师脸朝下趴在地上的模样。人就那么说完就完了,学校那么多人,怎么就没人看到他是怎么爬到了烟囱上边?但人们都知道就是和他关系最好的杨老师检举了他家里藏有一部电台,那部电台其实就是一台收音机,那收音机现在就放在礼堂里,想不到居然是一台可以向敌人发报的电台。

展览上还有一些物品是教员们自动拿出来的,但更多的是上边指名道姓要谁谁谁必须交上来的,李书琴的旗袍就是被点了名特别要交上去的。关于这一点,学校的教员们几乎都知道了。因为李书琴是学校里很扎眼的人物,她的扎眼是因为她漂亮,因为她长得很像电影演员王丹凤。好像是,她穿什么都漂亮,她站到什么地方都会引人注目,其实这很不好,虽然学校里边穿旗袍的老师不止李书琴一个,但旗袍穿在李书琴身上就显得比别人好看,是特别好看。李书琴的这件旗袍是母亲叫裁缝到家里来给做的,李书琴当然不会忘记那个小裁缝,二十多岁,黑皮肤,油光的分头,中等个子,嘴很甜,人长得真是让人喜欢。他先是拿过几种布样让李书琴的母亲看,然后才过来量尺寸。那时候家里做衣服一做就是好几身,母亲的、李书琴的、李书琴姨姨的,还有李书琴妹妹的,那个裁缝会把尺寸一一量好记下,过些天再把搭好片的衣服拿过来请她们试一回,再这里拉拉,那里拢拢,做好记号,用竹夹别一下,用大头针定一下型,李书琴这才知道做一件衣服居然要用那么多大头针。所以当李书琴走到自己的那件旗袍前的时候,忽然就想起了当年那个小裁缝来家做旗袍的事,后来姨姨还对李书琴说,说那个小裁缝现在已经从上海去了北京,那个裁缝店的牌子上照例加了四个字:上海迁京。因为是上海迁京,所以买卖好得不得了。北京人特别迷信上海迁京这种店。连照相片都要去上海迁京的照相馆。

时间已经过去多少年了,但李书琴还是不止一次地想起那个小裁缝,想起那个晚上他把自己带到靠近教堂的地方,先是给自己吃薄荷糖,当然他自己也吃了一颗。"吃过这种糖的嘴巴会特别好闻。"小裁缝还对李书琴这么说,说着说着就把嘴巴凑了过来。然后一下子把李书琴推到墙上,他的身子紧接着也贴到她的身上来,有一个地方还特别尖锐,像枚大钉子,他用他的身子把她往墙上按,就好像要把她按到墙里边去。其实那时候除了疼痛的感觉李书琴真觉得自己已经被小裁缝按到了墙里,到了后来,她是那么渴望被小裁缝往墙上按。那堵墙就在教堂的背后,旁边是修女们的墓地,熟铁的十字架都锈了,上面有鸟屎,白白的一片一片。

那个小裁缝,把李书琴往墙上按了一次又一次,然后就彻底消失了。

李书琴站住了,有点恍惚,她看到自己的旗袍了,银灰色竖道子的杭州绸,挺括顺滑,李书琴的头忽然有些晕,她感觉到那些人都在盯着自己看,那些目光像钉子,一根一根虽然无形却穿透肌肤一直扎到她的心上。想了一夜了,李书琴明白自己的处境，她想好了，要让自己以行动表一下态，这个表态对她来说是特别重要，要表明自己和家庭划清界限，这一划很重要，划好了，自己也许就可以站在这一边，划不好自己就永远只能灰头灰脑地站在家庭那边。但此刻她忽然又犹豫了起来，李书琴定了定神，看看左右，终于还是没有把那把小剪子从衣服口袋里掏出来，是没勇气，鼓足的勇气不知道怎么一下子就没了。她想快走两步过去，却又好像怎么也迈不开步子。但好在人们忽然又都拥到张老师的那部电台那边去了，因为杨老师正在讲关于那部电台的事。

"看上去是普通收音机，但实际上它可以向敌特发报。"

但无论杨老师怎么说，人们都只觉得那不过是一台很普通的收音机。讲来讲去，杨老师的头上都出了汗。就这个杨老师，才四十多岁，但已是满头白发。

李书琴快走几步，她不想引起别人的注意，但她走错了，忘了北边的门早已封死，她拉了一下门，"哗啦"一声，又拉，又"哗啦"一声，门就是不开。

"李老师，走东边，这门封了。"

不知是谁在李书琴的身后轻声说了一句。

李书琴回过头，是盛慧，人长得很白净。很奇怪的是，每次看到这个名叫盛慧的女学生，李书琴就会想到自己白白净净的外婆，外婆的皮肤真是好，和这个名叫盛慧的女同学的皮肤一样好。外婆去世多年了。她们兴高采烈地做衣服的时候外婆还对她说："趁着年轻身材好就好好穿旗袍吧，我现在也只能穿袍子了。"在那一刹那，李书琴还又记起搬家的事，梳着大分头的父亲和烫着大翻花头发的母亲匆匆提着皮箱出去，车在外面候着，司机在车里抽烟，那天下着雨，"唰啦唰啦"的雨把窗玻璃下得一片迷蒙。外婆却在屋里自己动手捆扎行李，但她哪里做过这种事。外婆一辈子几乎都没有进过厨房，她看见外婆一边扎行李一边流眼泪，刚捆扎好的行李忽然又夯开了，外婆一屁股坐下来，喘着气说："这怎么去得了香港？这怎么去得了香港？这怎么去得了香港？"到后来，外婆真的没有去成香港，但她还是学会了自己做饭，也学会了择菜。外婆对李书琴说：

"怎么也要活下去，再难也要活下去，活着总比死了好。"

外婆出生在很富有的家庭，在青岛有小洋楼，一解放，那么多东西她都放弃了，金银都不在她的眼里，但她却把一大包珍珠粉悄悄留了下来。李书琴总记着外婆慢慢慢慢用水化一点点珍珠粉，用小银勺搅啊搅啊，然后再慢慢慢慢喝下去。外婆对李书琴说珍珠粉是好东西，也许外婆的皮肤那么好真是与珍珠粉分不开？有时候外婆喝珍珠粉也会给李书琴喝一点，珍珠粉什么味道都没有，说咸不咸，说甜不甜，那气味，让人想到新刷的房子，就是那种气味。

李书琴低着头慢慢慢慢从礼堂东边的门走了出去。

虽然是冬天，阳光还是十分刺眼，白晃晃的。

因为学校里搞这样的展览，外面社会上的人也都来了，不少人正在从校门口那边往礼堂这边走，叽叽喳喳，显得都特别兴奋，像过节，又像是过年，或者还可以说是像是在梦里。人们只有在梦里才可以这样毫没来由地兴奋和高兴，一切都像是很不真实，但一切又都不容人质疑地真实。从外边照到礼堂里的阳光中，灰尘在飞扬。学校的大礼堂和图书馆里没别的，就是灰尘多。

李书琴站在礼堂门口，一只手放在胸前，那地方"怦怦怦怦"乱跳。"要活下去就不能落在别人的后面，一定不能落在后面。"她听见自己在心里对自己说，但这又好像是王重生的声音，是王重生在对她说，这声音一旦在心里响起，她的身上忽然像是又有了力量，勇气也来了。

李书琴把身子又转了过去，昨晚她已经想好了，她要做给人们看，一定要做给人们看，为了孩子，为了家庭。

再次进到礼堂里去的时候，李书琴的心里平静了许多，那个杨老师还在那里讲，额头上都是汗，喋喋不休。只不过是听他讲的人又换了一拨。学校也没请杨老师来给人们讲解，他不知怎么就自己当起讲解员来了，讲那个收音机的事，讲收音机里暗藏了一个电台的事，其实他什么也说不清，他甚至连什么是收音机里的二极管三极管都不知道。

李书琴往那边走，往那边走，一只手始终放在衣服口袋里，此刻她心里已经不那么慌了，镇定了。不但不慌，此刻的李书琴甚至急于想把人们的注意力都吸引到自己身上来，她走到了自己的旗袍前，但忽然又有些站不稳，但还是站稳了。

有几个学校的老师和同学正站在那里议论，也不知道他们正在议论什么？看见李书琴再次走过来，他们忽然都停止了说话，都看着她，李书琴的脸色，说白不白说黄不黄，很不好看。

李书琴站住，一只手垂着，另一只手在衣服口袋里揣着，让那几个老师和同学感到吃惊的是她一下子从口袋里掏出一把小剪刀来，那是把英国牌子的手术剪子，也不知用了多少年，还那么锋利，就这把剪子，李书琴的爸爸用它剪过那种结实得不能再结实的钓鱼线，李书琴的哥哥用它剪过薄铁片，不知怎么回事，家里的那么多值钱的东西都不见了，偏偏这把剪子还在。

李书琴站在自己的那件旗袍下边了，在那一刹那，李书琴的心跳得很快，像是要从胸口跳出来了，就要跳出来了，她伸出一只手，手有点抖，但她还是拉起了旗袍的下摆，绷紧它，用力，再绷紧，再绷紧，另一只手里的剪子猛地朝绷紧的旗袍上一戳，"噗"的一声，又用力朝上一挑，"吱"的一声，那旗袍的前襟已经被她一剪子划作两半。

"我要和以前告别！"李书琴开口说话了，但声音很小，而且颤抖。

李书琴忽然觉得自己这么说有些不够坚决。

"我要和以前决裂！"李书琴又大声说了一句。

但李书琴周围的人没有一点点反应，她们像是根本就没有听到李书琴在说什么，她们都吃惊地看着李书琴，像是在看什么怪物。

"坚决和以前决裂！"

这次是李书琴喊了起来，像是在带头喊口号，声音尖厉却又十分无力，就好像有人把一件什么东西一下子抛起来，抛得很高，但落下来的时候却什么声音也没有，什么也没有，大礼堂静下来，人们都朝这边看。

这时旁边有人说话了，是校外来的人，皮肤很黑，眼睛很亮，这个人冷冷地说："你们这个展览不算好，机车工厂那边搞得才好，那边有活人展览，二中的那个美术老师，那个资本家臭小姐站在桌子上让人们随便参观，一站就是半天，脖子上还挂着个大黑牌子，那才好看，那才是革命！革命不是请客吃饭！人家工厂可以去学校借一个资本家臭小姐去展览，让她挂个牌子站在那里一站半天，人家那才叫革命！革命不是请客吃饭！要搞活人展览！"这个人鄙视地看了一眼李书琴，转身走开了。

李书琴站在那里，努力不让自己出声，眼泪却绝对止不住，她看看旁边不远处的那张桌子，再看看旁边的人，她的心里，在不寒而栗，她很怕有人一下子冲上来把她推到那张桌子上，让她弯下腰，把她当作展览品。拿活人展览的事她已经听人们说过了，现在社会上十分流行，她自己在心里想，如果那样，自己宁肯去死，死！一头从桌子上撞下来，去死。

4

接下来的日子里，李书琴的心情忽然又像是平静了许多，因为出了旗袍的事，她现在穿衣服要多朴素就有多朴素，在心里，她要争取和工农兵一个样。现在的李书琴，下面穿了一条布裤子，是那种到处可见的蓝布裤子，但她在裤子下边稍稍往里收了一下，裤脚也往上提了一点，所以穿出来的效果还是与众不同，这就有悖她的初衷，她用来配这条蓝布裤子的是一件灰色的上衣，这是用一件旧衣服改的，衣服原来的颜色是淡米黄色，染这件上衣的时候连她自己都拿不定主意，但她还是不敢把上衣染成军绿色。这件上衣领子稍稍比一般的领子大了一点，是个大三角，往下垂，再往下垂，这样一来，穿在身上脖子就显得像是比一般人的长，人就显得很挺拔，倒像是搞舞蹈的。这样的衣服穿在李书琴的身上，不但没把她的漂亮打了折扣，反而更突出了她的与众不同。但可以肯定的一点是这样的衣服不会引来什么非议，不会给李书琴带来什么麻烦。而且，李书琴在那次展览上的举动也得到了肯定。军宣队的郑连长在一次讲话中对学校搞的这次展览作了肯定，认为很好很及时，而且还特别提了一句，说"出身不好的教员也当场受到了深刻的教育，敢于和过去决裂，一剪子划到了灵魂深处，希望他们能够继续加强加快对自己的人生观改造，树立新的人生观和世界观，从精神上和肉体上彻底和过去划清界限。用革命的剪刀彻底剪断自己和过去的联系。把存在的问题向组织交代清楚，要看清形势，不要等着别人把问题揭发出来，那就被动，没罪也是有罪了"。郑连长很会讲话，既有肯定又有训诫，一分为二。

郑连长讲话的时候工宣队的王党生连连咳嗽了几声，一只手在掀动茶杯盖子，把它打开，盖上，再打开，再盖上，像是特别的不耐烦，又像是有什么话急着要说，但还是没有说出来。轮到王党生讲话的时候，王党生的一句话又让李书琴浑身发冷，就像是一下子掉到了冰窖里。

"我们不会只看表面，表面文章谁都会做，我们要看谁敢于触及灵魂，在灵魂深处爆发革命。"

王党生这几句话说得特别铿锵有力，这句话就好像是专门针对李书琴说的。

李书琴坐在下边，手攥得越来越紧，指甲都要抠到手里去了。

"再进一步，要触及灵魂。"李书琴在心里对自己说。这时旁边的人突然轻轻推了她一下，是音乐老师贺北芳。

"干什么？你掐疼我了。"贺北芳小声说。

李书琴这才知道自己是抓着贺老师的手。

"我也要向组织交代。"李书琴对贺北芳小声说。

"有问题就交代吧，早交代比晚交代好。"贺北芳说。

"我要交代。"李书琴又说。

"小点声。"贺北芳说。

"我一定要交代。"李书琴又说了一句。

在学校里，李书琴和贺北芳的关系最要好，因为李书琴喜欢音乐，贺老师又是教音乐的，因为教音乐，贺老师的嗓子就总是沙哑的，又因为她是教音乐的，所以学校里的宣传队排节目就总离不开她。贺老师的丈夫在北京工作，她和她丈夫长年过着分居两地的生活。但贺老师的性格特别开朗，学校领导和同学们也都特别欣赏她，有时候学校排节目她会上一个节目，就是自拉自唱，她唱歌的时候也穿着一件旗袍，紫丝绒的，胸前用金黄色的亮片盘着一朵菊花，虽然她也穿旗袍，但就是没人说她穿旗袍的事，李书琴明白，自己是受了出身的连累，自己要是出身好，穿什么都不会有人说三道四。

"有问题就交代，有包袱就甩掉。"贺北芳小声对李书琴说。

"我肯定要向组织交代。"李书琴说这一次已经想好了，也下定了决心，要把藏在心里很久的那件事向组织交代出来。

"大贺。"李书琴小声喊了一声贺北芳。

"什么？"贺北芳说。

李书琴的手又伸过来，抓紧了贺北芳的手。

贺老师掉过脸，李书琴的脸通红通红，贺北芳不知道李书琴要向组织交代什么问题。但没问。她知道这种事最好是不要问。军宣队的郑连长还在上边继续讲话，但他再讲什么，李书琴都听不进去了，李书琴觉得自己甚至都有一种冲动，浑身在颤抖，她怕自己会控制不住一下子冲到台上去，把自己的事情当着大家的面讲出来。她的那件事，如果不讲，谁也不会知道，连王重生也不会知道，但李书琴决定了，要讲出来，一定要讲出来。她要找时间去找郑连长把自己的事情交代出来，只有把那件事讲出来，才可以表明一个人对组织是一片真心。

"是时候了。"李书琴对自己说，她再一次抓住了贺老师的手。

"你的手在抖。"贺老师小声说。

"是时候了。"李书琴再一次在心里对自己说，手抖得更厉害了。

"你到底怎么啦？"贺老师说，推推她。

李书琴的浑身都在抖，好在，会这时候散了，人们纷纷站起来，一阵椅子响，不知是谁的茶缸盖子掉在了地上，叮叮当当。

"大贺，"往外走的时候，李书琴忽然又一把拉住了贺北芳。这时候人们差不多快走光了。李书琴对贺北芳说，"我刚才真想一下子冲到台上去，真想，我差点控制不住自己。"

"出身不好的人学校里又不是你一个，出身是出身，表现是表现。"贺北芳小声说，"你刚才手抖得真厉害。"

"我交代出来就好了，我差点控制不住。"李书琴又说。

贺北芳看着李书琴，她有点被李书琴的神情吓着了，不知道她到底要交代什么。贺北芳想象不出李书琴会有什么事，她总不会是美蒋特务吧？还能有什么事呢？

"你除了出身不好还能有什么事？"贺北芳说。

李书琴看了一下贺北芳，眼神忽然亮得有些怕人。

"我还是先向军代表交代吧。"李书琴说。

"也好。"贺北芳说,一转身走开了,把李书琴一个人留在那里。

贺北芳还有事,要去给学生们排节目。最近很流行的一个舞蹈,是西藏舞《北京的金山上》,这个舞蹈,在每一段结束的地方节奏都格外的铿锵有力,加上演员们的甩胳膊跺脚,让人感觉连空气都在一勃一勃。由于大礼堂太冷,宣传队只好在教室里排练,是八男八女,都穿着藏服,亮闪闪的很好看,八个人一起跳,男的一排,女的一排,或者穿插,或者绕圈,把长袖子整齐划一地甩得很高,每跳到一段快结束的时候,都会传出很亮很整齐的"嗵嗵"声,紧接着是一声:"巴扎嘿!"

李书琴站着没动,很快,偌大的礼堂就剩下了她一个人。她站了好一会儿,才慢慢坐下来。她想一个人静静地坐坐。外面是学生们的喧闹声,礼堂里倒很静,但就是冷。天慢慢一点一点黑下来。暗中,李书琴抬起双手捂住了自己的脸。不知过了多长时间,有人来关礼堂的门,发现里边有人,"喂"了一声,又大喊了一声,李书琴这才慌慌张张站了起来,跌跌撞撞从礼堂里走出去。

"是李老师吗?我还以为是哪个学生。"

是门房老黄,因为出身不好,也已经被批斗过了几回。

"请李老师原谅我大呼小叫。"门房老黄又说,但老黄马上又说了一句话,这句话真是顶顶苛毒,让李书琴感觉心里像是被刀猛地扎了一下。

"你的出身比我还坏,我为什么要你原谅!他妈的!"门房老黄说。

李书琴愣在那里,一时说不出话,门房老黄怎么会这样对自己说话?

"他妈的,你比我还要臭!"门房老黄又说。

5

李书琴这天回晚了,街道上的落叶"哗啦哗啦"响。

李书琴的脸色很难看,像是得了什么病。王重生已经给两个孩子吃过了饭,但他自己还没吃,他坐在那里背字典,他等着李书琴回来一起吃。孩子们吃的是白面面条,放一颗鸡蛋在里边,王重生和李书琴吃的是用玉米面和白面蒸的卷子,一层白一层黄,菜是炒山药丝,里边放了不少红红的辣子,还有一个黄黄的腌萝卜条,是秋天的时候李书琴自己腌的,把萝卜用盐揉了再晒,晒了再揉,然后放在拌了盐的糠里捂着,这种萝卜条又脆又好吃。萝卜条里边也是红红的辣子,这两个菜李书琴平时很喜欢吃,但她此刻没有一点胃口,嘴里是苦的,她喝了杯水,水好像也是苦的。

王重生对李书琴说:"你脸色不太对。"

李书琴没说话，伸出筷子，才吃两口，她就不吃了，她站起来，走到缝纫机旁边，慢慢坐下来，她很难过，她很想哭，连门房老黄都敢那样对自己说话，以后的日子想必会更加难过。但她知道自己不能哭，那样一来王重生会更担心。她已经想好了，自从那件旗袍被拿去展览之后，她决定要把所有的衣服都改一下，也算是与过去决裂，时代变了，一切也都要跟着变。她把要改的衣服都取了出来，其中有一件是灰颜色的半大衣，她想把它改成女军人穿的那种翻领，然后再染一下，不妨就染成军绿的颜色，这件衣服是母亲留给她的，反正也穿不出去了。

　　因为刚刚吃完饭，两个孩子在屋里跑来跑去。

　　李书琴开始做她的事，缝纫机"哗啦哗啦"响。

　　王重生端来一杯水，轻轻放在缝纫机上。王重生端水过来的时候李书琴心里猛地动了一下，她觉得时候是不是到了，她看了一眼王重生，心不由得"怦怦"乱跳起来，她想应该把那件事先对他说一下，那件事，迟早要说的，反正自己就要向军宣队去说了，这件事压在她的心上让她喘不过气来。这件事不是一天两天，都快十年了，李书琴从来都没有想过它，但最近她忽然想起它了，这件事让她心里是那么慌，又是那么兴奋。社会上和学校里边，不知道有多少人在纷纷向党交心，把埋在心里最不可告人的事都像倒垃圾一样讲了出来，那是对党的忠诚，也是改造世界观的表现。

　　李书琴看着王重生，觉得时候到了，她想对王重生把这件事讲出来。她停下手里的活儿，把身子稍微转了一下，看定了王重生。

　　"我爸爸可能是癌。"王重生却已经挨着她坐下来，突然小声说。

　　李书琴吓了一跳，要说的话已经到了嘴边，却不得不改口。

　　"什么时候？"李书琴问。

　　"今天来信了。"王重生说。

　　"还是这地方？"李书琴指了指自己的喉咙。

　　"是，可能是食道癌。"王重生说。

　　李书琴张张嘴，想了好久要说的话不得不又咽了回去，王重生的父亲病好久了，一开始总是说嗓子疼，到了后来咽不下东西，最近又厉害了。

　　"怎么会是癌？"李书琴对王重生说，声音很低，又像是自言自语。

　　王重生说他已经打听到了一个偏方，是用核桃枝煮鸡蛋，据说可以治癌症，已经托人去找核桃枝了，因为他们这个地方没有核桃树，王重生对李书琴说他带的那个班上一个学生的家长说过几天会从南边把核桃枝送过来。

　　"过两天我可能要回去一下，我不在的时候有什么事你不要着急，要沉住气。"王重生说。

李书琴把身子挺了一下，长出一口气，用手把脸用力捂了一下，又长出了一口气，整整一下午，她已经想好了，也鼓足了勇气，但此刻她忽然一下子就没了勇气，她端起那杯水大口大口喝了起来。

"慢点喝。"王重生说。

"噎死算了。"李书琴说。

"看你说的。"王重生说。

李书琴想把门房老黄刚才对自己那样说话的事跟王重生说说，但想想还是没说。

"明天我还得去买个温度计。"王重生又说。

李书琴知道，家里的那个温度计早就坏了，是应该买一个了。两个人不再说话，外边远远的有锣鼓声，屋里只是静，这时候灶台那边的水盆里忽然"哗啦"的一声，把李书琴吓了一跳，忙朝那边看了一眼。

"下午侯捍东来了。"王重生说，说侯捍东下午刚从水库那边宣讲回来，这两条鱼是他送的。侯捍东是王重生的大学同学，原来的名字是叫侯福寿，去年刚把名字改了过来，他对几乎是所有的熟人和朋友说原来那个名字是四旧，难听死了，从今往后谁也不许再叫那个名字，谁叫就和谁翻脸，只能叫他侯捍东，但"侯"字和"捍东"两个字加在一起很绕口，所以人们都叫他捍东，新入学的学生弄不清是怎么回事，还又叫他"捍老师"。"百家姓里边有姓捍的吗？妈的。"侯捍东那天对王重生说，说《百家姓》不能算是四旧吧？倒是应该让学生们学学《百家姓》。侯捍东大学毕业后直接被分配到学校里去教书，正好和李书琴在一个学校。

王重生叹了口气，说鱼再大一点就好了，可惜太小，只好熬鱼汤给两个孩子吃。王重生又说了一遍，"鱼太小了，要是大鱼就好了。"

王重生想说什么，李书琴好像已经明白了。

"得了那个病，吃什么恐怕都不香了。"王重生又说。

李书琴一时不知道说什么好，心里更乱了，她一下一下把线头从衣服上揪下去，每一下都很用力，那些线头像是和她有仇，就这样，她改衣服直到深夜，不说话，身子伏在那里，头上的十五瓦灯泡说亮不亮，说不亮又亮。

李书琴有心事，不想多说话，王重生也不再说，他一直坐在李书琴旁边看他那本小字典，专门查生僻字，查一个记一个，也直到深夜，实际上他是记一个马上就忘掉一个，什么也没有看进去，眼睛红红的。再到后来，他不看了，打了盆洗脚水，自己先洗，再打一盆让李书琴洗，然后出去解了个小手，因为天气冷，他把小便撒在门外的一个桶里，桶里的水已经结了冰，声音很响。有什么飞起来又落下，是纷纷的落叶。天上的星星很亮，闪闪烁烁，北斗星的柄子已经快移到东边了。

王重生仰着脸看了一会儿星星，找到了猎户星座。他认识猎户星座还是父亲教的，父亲认识不少星座，父亲说过他年轻的时候很想当一个天文学家，但小门小户人家怎么可能，连一般的小望远镜都买不起。

　　"家里就剩下三十多块钱了。"从外边回来，王重生忧心忡忡地对李书琴说。

　　"你先都拿去，马上要开工资了。"李书琴说。

　　"工厂那边据说会派人陪我爸爸去北京再看一次。"停了一会儿，王重生又叹了口气，说，"怎么也得凑个五十吧，三十元也太少了。"

　　李书琴仰起脸，看着王重生："不行我明天先从大贺那边借二十。"

　　这时外边屋里"哗啦"一声，是盆里的一条鱼跳了出来。

　　李书琴站起身去了外屋，地上的那条鱼在拼命地蹦，嘴一张一张。李书琴蹲下来，看着那条可怜的鱼，觉得王重生的父亲可能现在就是这个样子了，李书琴心里很难受，癌症就是死刑，人与人的生死分离真是简单，说分就分。王重生的父母对李书琴很好，就像对自己的女儿一个样，他们几乎每年都要过来住几天，总是要带两大瓶他们自己腌的剁椒。剁椒里边的那种小鱼其实最好吃，李书琴总是挑这种小鱼吃，到了后来，王重生几乎不动那小鱼，只吃剁椒，小鱼都留给李书琴。李书琴几乎想不出王重生的父亲穿过别的什么衣服，他总是穿着工作服，那种灰蓝色的布，很粗，但又比帆布薄一些，这种布料洗的时候会变得很硬，几乎都没法子揉搓，有一次王重生的母亲看到李书琴在洗那件工作服，就说他们厂里的工人洗这种衣服都得去厂子外边的河里去，要把衣服用一块大石头压在水里泡老半天，人先去游泳，游完再回来洗衣服，不是洗，是用脚踩，在河边找块大石头，把衣服放在上边不停地踩，只有这样，这种帆布工作服才能洗干净。

　　"女人是洗不动这种衣服的。"王重生的母亲对李书琴说。

　　李书琴想好了，明天也许会向大贺多借几十块，一定要给王重生的父亲做件好一点的衣服。她已经想好了，就买那种灰色的的卡布，现在人们都喜欢穿那种卡料子的衣服，又朴素，又挺括，还有有机玻璃的扣子。李书琴把那条鱼重新放回到盆里，找了个盖子把盆子盖好，洗了手，然后躺到床上去。

　　"多在家里陪你爸几天吧。"李书琴把身子侧了过来。

　　王重生一动不动地躺着，从侧面看，他的鼻梁很高。

　　"工作调动的事好像那边已经同意了。"王重生说。

　　李书琴愣了一下，在暗里"嗯"了一声，这事已经有好几年了，王重生的父亲在那边一直忙，东找人西找人，把人几乎都找遍了，他的理由是自己和老伴儿的岁数越来越大，三个儿子都不在身边。"怎么也得有一个在身边啊。"王重生的父亲见人就这么说。其实他心里真正想要做的就是两个孙子怎么也得回到重庆来,儿子回来不回来倒在其次,人老了,心都在孙子身上。李书琴有李书琴的打算,她也已经想好,王重生回家的时候她就去找郑连长,把自己的那件事和盘托出,彻底向组织交代。现在的形势就这样,出身不好的人连猪狗都不如,一出门就被叫作狗崽子,现在不交代,如果这事被那边交代出来再追查到这边麻烦就大了,那边,那边那个人现在在什么地方?这连李书琴自己都不知道,但这块心病让李书琴受不了,只有把它交代出去,自己才可以解脱,她在暗里把手伸过去,将王重生紧紧抱住。

"要来吗?"王重生小声说。

"不。"李书琴把王重生抱得更紧。

"那就睡吧。"王重生说。

"睡吧。"李书琴说。

不一会儿,王重生响起了鼾声,睡着之前,他又背了几个字典上的生僻字,而李书琴还大睁着眼睛,却怎么也睡不着。

6

天一天比一天冷,若按照常规学校也快要放寒假了,但现在学校里讨论的一件事是今年到底要不要放假,许多地方的学校都传出了风,要停课不离校,继续革命不松劲,把大好形势推进到一个更好的阶段。虽然有这样的说法,但放不放假还没有定,其实学校的梅校长已经和军宣队、工宣队探讨过这个问题了,但郑连长拿不出什么合适的意见,说等等看,看看别处是怎么搞。梅校长又去和工宣队商量,工宣队王党生对梅校长有什么事总是先去找军宣队很有看法,他坐在那里,不看梅校长,只顾翻报纸,老半天才说你既然找过军宣队,就请他们定好了。停了好一会儿才又说了一句话,这句话就重了,有了分量。

王党生对梅校长说:"但请你不要忘了'工农兵'这三个字是怎么排的,工人阶级永远是排在第一位,然后才是贫下中农,最后才是他们当兵的。"

王党生这么一说梅校长就有些下不了台,满脸都是尴尬。

王党生也不愿把事情搞僵,两只手把报纸翻得"哗啦哗啦"响,其实这张报纸他连一个字也没有看进去,好一阵子,才又开了口,说离放假还有一段时间,先等等看吧,反正现在要把破四旧放在具体行动上,年是不能再过了,因为过年过节是最大的四旧,一定要破掉。又说,上边已经决定了,过年一是不能像过去那样贴对联,二是不能放鞭炮,但学生们排练的节目还是要演,而且要搞几次巡回演出,先去工厂,再去农村,去慰问演出,有时间的话还要去一下部队。

"当兵的也很苦，我们也要去慰问一下他们。"王党生说，是领导的口气，是居高临下，这也是王党生的不成熟，要是郑连长，就不会这样说话。

因为工宣队和军宣队都是这个意见，所以这几天贺北芳特别忙，那个杨老师居然会打洋琴，也主动加入排练中来。贺北芳听人们说杨老师家里还有一架外国钢琴，在以前，杨老师是天天都要弹一个小时的，肖邦和斯特劳斯，但现在他不再弹。贺北芳还听人们说过就这个，杨老师为这件事还特别请示了军宣队和工宣队，问用不用把那架钢琴拉到学校来也展览一下，因为那架钢琴确确实实是封资修的东西，是一架瑞士大钢琴，坐船从海那边运过来的，四条腿上的卡锁都是镀金的，18K，原来是教堂的财产，后来不知怎么就流落到了旧货市场，再后来又到了杨老师的家。这架钢琴的琴键上都镶着七彩螺钿，真是漂亮，音色也好。杨老师请示怎么处理这架钢琴，是不是也要拉到学校里来，但此事后来也只好作罢，因为要想把那架钢琴运到学校的礼堂必须要有一辆车。

郑连长挥挥手说："那种洋玩意儿肯定属于封资修，不过只要你不弹它就行，到需要它的时候再说。"

杨老师也做了一个动作，把手举到半空，嘴半张着："要不我就砸了它？"

郑连长想想，把手摆摆，说："那又何必，古为今用，洋为中用。"

这时候，站在一边的工宣队王党生突然说了话，他看了一眼郑连长，说："封资修的东西就是封资修的东西，还是彻底砸烂的好，我们中国有我们自己的钢琴，我们要用我们自己的乐器演奏我们时代的最强音。"

王党生这么一说，郑连长就笑笑，但没接这个话茬，郑连长的修养就在这里，从来不急，做什么都要想好了再说、再做。而杨老师就不知所措了，看看郑连长，再看看王党生，一时不知该怎么好了，说实在的，他在心里根本就不想把那架钢琴砸坏，但既然是王党生这么说，不砸不好，砸了又让人心疼。但这时候郑连长又说了话，说我们中国有我们自己的造船厂，但我们该向外国买船还是买，我们用外国的船运我们自己的货。郑连长这么一说，王党生就对答不上来了，忽然不知该说什么了，多少有些尴尬。

"先放着，到时候再说，钢琴是乐器，你可以用它弹《东方红》。"郑连长接着又说。到时候？到什么时候？郑连长没说，但这也算是一锤定音，那架钢琴不用砸了。郑连长说话办事总是能把主动权紧紧抓在自己的手里。

郑连长说这话的时候李书琴正站在旁边，她在心里是特别地佩服这个郑连长，有魄力，果断，看人、说话、摆手的样子都很气派。最近，李书琴在心里总是拿郑连长和王重生比，有一个声音在她心里说，要是郑连长是王重生就好了，要是郑连长是王重生就好了。李书琴忽然又在心里觉得有些对不起王重生。

7

郑连长名叫郑铭雄，是河南开封那边的人，一般人都看不出他是快四十岁的人，他看上去要比他本来的岁数老得多。他原来的性格可不是这样，从小特别爱动，他父亲虽然是乡下人，却读过不少书，但也只不过是《三国演义》《水浒》《三侠五义》这样的书，但这就足够了，这样的书给了他很多想法和智慧。郑连长的父亲对郑连长说："你看看哪个成大事的人会整天蹦蹦跳跳像个孩子？你要稳重再稳重，你看古来多少人的官运不出在'稳重'二字上？"

郑连长记住了父亲的话，到了后来，他甚至连走路都永远是不快不慢，虽然走得有精神，胳膊甩得开，步子迈得十分坚定，但节奏是永远不慌不忙。说话也是这样，从来都不急，能静静地听别人把话讲完，他有这个本事，会等你一直讲一直讲，把要讲的话都讲完他还不开口，他不开口别人就心慌，就会接着再讲，讲到什么话都没有的时候心里就更没底，有时候会有得也讲没得也讲。也就是在这种时候郑连长才会突然袭击，抓住对方的要害。所以郑连长在部队是出了名的会做思想工作的人。说来也奇怪，人们也愿意跟他交心，因为他总是在那里听，一般不轻易表态，一旦表了态，事情就会按着他的主意办了。因为他肯听，自然让人觉得他是一个可以亲近的人，而实际上不是这样，他的肯听只是在静静地分析对方的弱点和可以一举击破的地方。

郑连长的媳妇刘秋香是乡下人，也是好角色，是村里出了名的摘花能手，摘花就是摘棉花，别人一天摘十斤，那她肯定会摘出十二斤或十三斤，这就怪了，人们看她表演，她那两只手真是让人眼花缭乱。郑连长的父亲就是看中了这一点，一定要把她弄成自家的媳妇，郑连长的父亲虽是乡下人，但做事特别不一样，他是自己去对人家说，赶了一头刚出栏的小花猪，那时候村里还允许人们养猪。郑连长的父亲其实不认识那家人，但他想办法打听到了，这个也好打听，只要一说摘花能手刘秋香，周围村子没人会不认识。

郑连长的父亲去登门了，他也不拐弯抹角，他还带着郑连长的照片，郑连长的模样可以说长得很好，只要你仔细看，是有棱有角，方额高鼻梁。村里人哪里见过这样的事情，从来都没有家长亲自登门说这个事的，这可见男方的诚意，结果是那头小猪被留了下来，婚事也说成了。郑连长是先结婚后入伍，这种事在那时候不稀奇。

结婚入洞房的那天晚上，郑连长并没有急吼吼地先把那事做了，而是把媳妇的两只手一点一点仔细看过。媳妇的手并不好看，几乎都变了形，摘花摘的，尤其是两个食指，都像一个钩，朝里边弯着。看完手指，然后，郑连长才和媳妇做事。一开始，是郑连长先亲了这两个手指，然后才慢慢深入。他是无师自通，从手指到胸脯再一路下来，然后是，先来了一次，马上就不行了，但几乎是没有停下来，马上又接着来了第二次，这次很成功。紧接着他又来了第三次第四次，那时候他才十七周岁，一直到天亮。

天快亮的时候，郑连长听见父亲在窗外狠狠清了一下嗓子，说："铭雄你也够了，吃多了小心消化不了。"

郑连长是个听话的孩子，他对媳妇小声笑着说："我今天可算是吃饱了。"

到了后来，每逢做那事，他媳妇总是跟他开玩笑，说："你吃饱没吃饱？"

郑连长到了部队后，每次探亲回家，他会别的什么也不做，一进门就先吃，他媳妇自然给他吃，院门关了，屋门关了，窗上却没有窗帘，农村都这样，但谁会来看呢？谁也不会，郑连长也真是饿坏了，有时候连衣服都来不及脱就开始吃。

"吃一下，吃一下，快给我吃一下，我可饿坏了。"他这么对媳妇说。

"来，给你吃。"媳妇也是这样说，说你总是说吃吃吃，吃东西要靠嘴，别人的嘴是那个样，你的嘴倒是这个样，到底是你吃我还是我吃你？

郑连长一想，觉得还是自己媳妇说得对，到后来就改了口，说："来，摘花能手，你来吃我吧。"

"我当然要吃你，我摘花摘累了，饿了。"郑连长的媳妇说。

"你看看你，你一口就把我全吃进去了。"郑连长说。

"你也刚够我一口。"郑连长的媳妇笑着说。

这话都是郑连长媳妇到部队探亲的时候人们听房听到的，后来战友们总是嘻嘻哈哈跟他们的郑连长开玩笑，说："嫂子可真能吃，一口就把你吃掉了。"

郑连长很少跟战友们开这种玩笑，脸马上就红了，但他认为这样子可太不庄重，他就很严肃地说："瞎说什么，你嫂子那天是赶路饿了，是吃炸馃子。"

部队里战友之间哪有不开玩笑的，大家伙去洗澡，战友们会对郑连长说："好家伙，连长的炸馃子可真不小，一顿吃不了，两顿差不多。"

郑连长假装没听懂，说："澡堂里哪有什么炸馃子。"

郑连长很认真地这么一说人们就都觉得没趣了，后来人们就很少跟郑连长开这种玩笑了。一般来说，头一次看到郑连长的人都觉得他看上去要比实际岁数大得多，但他那张脸只要细看，看进去，才会让人觉得这个郑连长实际上很有看头，不单单是肩宽，腰细，挺拔，是既有肉又有骨架。

8

李书琴站到了郑连长的办公室门口，心在"怦怦"乱跳。

李书琴把手放在胸前，其实这又有什么用，没一点用，胸是胸，手是手，谁也不会听谁的，胸口还是"怦怦怦怦"乱跳。她的脚步很轻很轻，但她不敢贸然就进去。李书琴想好了，白天人多眼多自己不好来，所以她晚上来了。郑连长的屋里亮着灯，这说明他在，为了证实郑连长是不是一个人在办公室，李书琴先去了一下郑连长办公室对面的那个水泥花池，站在冰凉的花池上可以看到郑连长一个人背着身子在门那边做什么，好像是在洗什么东西。"洗手？还是洗什么？"李书琴在心里想，要是自己能替他洗东西就好了，这个想法说是想法也许不对，也许应该说是一种冲动。

　　王重生已经带着两个孩子回了重庆，每年过年他们都要回重庆去过，只不过今年早一些，他背着好大一捆核桃枝，简直像个樵夫，那些核桃枝都给折成一样长短的一截一截，李书琴已经把王重生父亲的衣服做好了，让王重生也带了回去。王重生不在，学校晚上人又不多，可以说几乎是没人，李书琴认为这是个机会，这个机会说难得也难得，说不难得也不难得，这个机会，不是时候问题，而是自己的心情问题。李书琴觉得时候到了，自己一旦把那件事交代出来，就等于自己把自己从长期以来的禁闭中解放了出来。李书琴也想过，如果自己不交代，而那个人把事在那边交代了出来，事情便会是另一种性质。

　　"首先要彻底解放自己才可以跟过去划清界限。"李书琴一次次地在心里对自己说，要自己坚定，要自己不怕。她感觉到自己现在已经变成了两个人，一个在井里，快掉下去了，一个在井外，要把快掉到井里的那个自己拉上来。

　　走廊里很暗，李书琴脚步很轻，是一步一步挨到了郑连长的办公室门前。因为是晚上，走廊另一头还有两间屋的灯亮着，李书琴站在了郑连长的办公室门外，心"怦怦怦怦"像是要从怀里一下子蹦出来，而且，李书琴忽然又觉得口渴，像是从来都没这么渴过，舌头都好像要粘在口腔上了。她吞咽着，其实她的嘴里什么也没有，她的一只手放在自己的胸口上，手上的一个手指缠着纱布，那天给王重生的父亲做衣服她不小心伤着了手，用剪子挑线，却一下子挑在手上。

　　走廊那边，忽然有了动静，不知什么人从外面走了进来，说笑着。李书琴吓了一大跳，紧走几步从郑连长的门口走开了，因为郑连长的办公室紧靠着走廊门，她一下就从走廊门走了出去。她在外面待了一小会儿，再次走回来的时候李书琴觉得自己是豁出去了，李书琴让自己不豁出去也得豁出去。李书琴不再犹豫，她走过去，走过去，站在郑连长的门口了。

　　李书琴抬起手来，她让自己不要慌，要果断，她在郑连长的门上重重敲了两下，一下两下，"啪啪"，很响亮。这是她自己给了自己勇气，如果再一犹豫，也许她都不敢再走近这个门。

郑连长办公室的门打开了，光线一下子从屋里扑了出来，白亮亮的一大块。李书琴就站在这白亮亮的一大块里，但她的脸比那一大块还要白。

"是你。"郑连长朝外看了看，以为李老师的后面还会有别人。

"郑连长。"李书琴叫了一声，声音在颤。

"进来吧。"郑连长说，他也习惯了，因为总是有人来找他，不是白天就是晚上。那个前些日子从烟囱跳下来的张老师，在跳烟囱的前一天也找过他。张老师神情十分紧张地对郑连长说自己不是日本特务，自己怎么会是日本特务呢？收音机就是收音机怎么会是发报机呢？那天郑连长没有让张老师进办公室，他很简短地对张老师说，是不是特务你自己清楚，组织也要慢慢调查掌握情况。郑连长不好多说什么，然后就把门当着张老师的面关上了，把张老师一下子给关在门外，在那一瞬间，郑连长看到张老师的那一张惊慌的脸。郑连长只好这么做。想不到第二天就出了跳烟囱的事。

"郑连长。"一进郑连长的办公室，李书琴突然又慌了，她这个慌是心情慌乱，不知道怎么开始说话，不知道从何说起。刚才郑连长是在洗袜子，这被李书琴一下就看在眼里，洗脸盆架子就在门背后，里边是袜子还有别的什么，郑连长正在洗这些东西。

"你坐吧。"郑连长把手擦了一下。

"我是有罪的人。"李书琴找到话了，也激动起来，眼里也有了泪。

"你怎么有罪？"郑连长看着李书琴。

说实在的，李书琴无论从个头到长相都十分出众，虽然三十多了，但还是非常吸引人，人漂亮，气质也好。人们都说李书琴长得像王丹凤，其实王丹凤也未必能比得过她。

"坐吧坐吧。"郑连长又说了一句，因为他自己已经坐了下来，如果李书琴不坐他倒觉得别扭了。

"我真是有罪的人。"李书琴又说，往前靠了一下。

"你只不过是出身不好，出身没办法选择，但走什么路还是可以选择的。"郑连长又指示了一下，"你坐。"

李书琴退了几步，在靠门这边的椅子上坐了下来，心里也不那么慌了，说话也顺了，李书琴说她这是第三次来。

"一连三次了。"

"你说什么一连三次？"郑连长用手摸了一下烟盒，里边还有两三支烟。

李书琴说她一连来了三天，都只是在门外走来走去不敢进来。

"那怕什么，我又不吃人。"郑连长开了句玩笑。

"我想好久了……"李书琴说自己这也是落后了，学校里其实许多人都已经向组织交心了，说这话时，李书琴的心又"怦怦怦怦"跳了起来，她在心里对自己说："快说出来快说出来，说出来就没事了，快说。"

李书琴看着郑连长，希望郑连长能把自己的话接下来，希望他问。

郑连长也看着李书琴，却不再说话，像往常一样不说一个字。他严肃起来，看着李书琴，等着她把要说的话或什么事说出来。以他的经验，这些人找组织交心也不过谈些家庭出身的问题，当然还要表态，比如要和家庭决裂，比如要和父母划清界限。这种事，好像已经变成了一种程序。连郑连长都有点听腻了，但郑连长的功夫就在于听腻了也会静静地听。他看着李书琴，以他的习惯，李书琴只要不把话说完说透他是不会开口的。

郑连长的不动声色让李书琴有些慌张，但她一开口，该慌张的就不是她而是郑连长了。李书琴开口讲话的时候郑连长在心里忽然想起一个电影演员，而且他一下子就把这个电影演员的名字也给想起来了，王丹凤，是的，李书琴长得很像王丹凤。

"郑连长，这件事我放在心里有很多年了。"

李书琴觉得自己好像是要哭了，她想让郑连长把话接过去，这样一来话就好往下说了。郑连长的秘密武器就是不开口，这样一来对方多多少少就会不安、会慌，会在慌乱和不安中把话都老老实实讲出来。

"郑连长,我那时候才十九岁。"李书琴看着郑连长，又说，再次希望他把话接下去，但郑连长看着她，还是没有说出一个字，嘴抿得很严。郑连长的嘴唇可以说得上是性感，也好看，线条很分明，这真是一个猛看会被忽略而越看越有味道的男人。

"郑连长。"李书琴又叫了一声，看着郑连长，这是她第一次挨这么近看着王重生之外的另一个男人，当然还有那个小裁缝。郑连长还是不说话，但他忽然觉得这次谈话也许会有新的内容，这也只是一种直觉，但他这种直觉对了，接下来，李书琴又重复了一下刚才的话，说她那时候才十九岁啊。

"那时候我才十九岁。"李书琴忽然又口渴得很，她舔了一下嘴唇。郑连长动了一下，他把烟灰磕了一下。郑连长此刻在心里已经确定这是一次不同于一般的谈话了，这个向组织交心有意思了。因为已经有两道眼泪顺着李书琴的眼睛流了下来，但是，郑连长还是不吭一声，直到李书琴哽咽出声，泪流满面。

"我那时候不懂事，在作风上出了问题，跟一个男人生过一个私孩子。"李书琴觉得自己就要喘不过气来了，就要晕倒了，但她终于还是把要说的话说了出来。此话一出口，奇怪的是，嘴一下子也不干了也不渴了也喘过气来了。

话既说了出来，李书琴看着郑连长。

郑连长大吃了一惊，眼睛大了，嘴也张开了，手也悬在半空，他原来是想伸出手拿那个杯子，他根本就不会想到李书琴会把这种私事谈出来。这种事情，一般不会有人自己把它抖出来，这简直是让人防不住，而且，坐在对面的李书琴的泪水流得更厉害了。接下来，按照常规，应该是郑连长开口的时候了，哪怕是劝李书琴一下，让她不要哭。郑连长还是不说话，他不是不说话，他是不知道该怎么说了，他的语言系统也出问题了。

"我在作风上出了这种问题，对不起人民。"李书琴说。

"这事和人民有什么关系？"郑连长在心里说，但他嘴上还是不说话，他站起身，往门那边走过去，把门打开了一条缝，这样如果有人从外边进来就不会往别处去想。

"我千不该万不该。"李书琴继续说她的话，"千不该万不该和那个人生了个私孩子。"

李书琴这么一说，郑连长就更想不起自己该说什么了，这是什么性质，是敌我矛盾，不是，是作风问题？也可以说是，但这是李书琴十多岁时候的事，显然与现在没什么关系，郑连长头一次脑袋有些发蒙。郑连长想到外边抽支烟，想把问题厘清再说，李书琴交代的事情实在是太特殊了。

郑连长站了起来，点了一支烟，举着，神情很庄重，又很不知所措，这在郑连长是很少有的事。他出去了，他要在外边抽支烟，他不能让自己当着李书琴的面说不出话来，不开口是有底线的，当别人把问题都讲清讲完的时候就必须要说话了。

郑连长从自己的办公室走了出去，当他抽完一支烟回来的时候大吃了一惊。李书琴正站在门后给他洗盆里的东西，一边流泪一边洗，盆子里是两双袜子和一条内裤。李书琴也没想到盆子里边还会有一条军绿色的内裤。

"可不能。"郑连长马上说。

李书琴并没有停下手来。

"这可不能。"郑连长又说，用脚朝后一钩把门带上了。他脸红了，而且几乎是有些失态，男人的内裤能让除自己女人以外的女人接触吗？郑连长真是蒙了。他连说了几个不能，李书琴还在那里洗，闷着头洗。

"放下放下。"郑连长站在李书琴身边说。

李书琴搓完那两双袜子了，正在搓那条军绿色的内裤。

"哎，我命令你放下。"郑连长貌似很严厉地说，但声音很小，像是一下子没了底气，那声音，完全像是对自己家人说话的腔调了。

"我也不愿意让自己出生在那样的家庭，我也不想跟那个人生孩子。"

让郑连长大吃一惊的是李书琴这时突然回过身来，一下子拦腰把他抱住了，李书琴的两只手上都是水。接下来，跟一切传说、一切小说和一切电影都不一样，两个人忽然都不动了，门已经在他们身后关上了。郑连长已经感觉出来了，自己身体的某一个部位在反抗自己，但他的脑子还清楚，郑连长用双手把李书琴死死抱住自己的双手用劲掰开。郑连长这回说话的声音更低，甚至有些抖，郑连长说：

"你放开，你只要放开，你要是不放开我就不答应了。"

李书琴能感到郑连长的身子在一紧一紧，她又往紧了抱了抱。

"放开放开。"郑连长用更小的声音说。接下来，出乎郑连长的意料之外，李书琴把手放开了。

郑连长马上转过身去，再次把门打开一条缝，心里好一阵"怦怦"乱跳。

李书琴突然哭了起来，她说了一句话，让郑连长一时不知道说什么好。"我当年要是能嫁你这样一个人就好了。"李书琴说。

郑连长朝外边看看，做了一个手势，意思是不让李书琴接着把话说下去，但他还是没说话，也没接着细问李书琴的事，也没再让李书琴把她的故事讲下去。他要李书琴不要哭，他让李书琴马上先回去。他走到椅子边坐下来，坐下来之后就一直没有站起来，此刻他根本就站不起来了。除了自己的女人，他没接近过第二个女人，这对他的刺激实在是太大了。

郑连长对李书琴说："你这样做很好，是对组织的信任，你先回去。""是我不对。"李书琴其实是找不到话了。

"你先回去。"郑连长说。

"是我不对。"李书琴又说，头脑已经一片空白。

"你先回去。"郑连长又说。

郑连长既然再三这么说，李书琴当然不便再继续待下去，她只觉自己两手发麻，浑身发软，她转了一下身子，好不容易才把身子转了过去，然后，迈开了步子，这个步子迈得很不容易，是好不容易才把步子迈开。李书琴从郑连长的办公室往外走，她觉得自己是在飘，身体不知道去了什么地方，好像只有头还在，就是这种感觉，但她心里确实是一下子轻松多了。李书琴出门之后却忽然又反身进来了一下，这又把郑连长给吓了一跳。李书琴这次进来是给郑连长鞠了一个躬，说了一句话："我也会把一切献给党的。"李书琴的话在这种场合说还比较合适，她和她那个时代的人一样也都看过那本书，那本书不算厚，书名就叫《把一切献给党》。

郑连长没站起来，人是木在那里，一直到李书琴从走廊里走了出去，声音远去了，他才从椅子上迅速站起来把门关了，还上了插销，而且顺手把灯也给关了。办公室里的灯一关，他就可以看清外面，但外面不再能看到他，他走到窗前，看见李书琴已经慢慢走过了南边的那个花池。

花池里的花早枯了，但还没有清理，是东倒西歪一片憔悴。

这天夜里，郑连长没再开灯，他让自己躺到床上去，但他根本睡不着，是睡意全无。郑连长从来都没有遇到过这种事，他觉得自己实在是太对得起摘花模范刘秋香了。后来，郑连长的床响了起来，"吱呀，吱呀，吱呀，吱呀"。再后来，他从床上起来去了门那边，用毛巾把自己擦了擦。

"刘秋香，我对得起你。"郑连长听见自己在说。

郑连长的兴奋是一波一波的，他忽然又从床上跳下地，把被李书琴洗过晾在那里的内裤拿在手里看来看去，甚至还闻了一下。

"如果下次有机会，如果下次有机会，如果下次有机会。"郑连长在心里说。

"下次有机会也不行！"有一个声音忽然在郑连长心里响起，而且很响，他想起刘秋香那两个食指来了，弯弯的食指。

"刘、秋、香。"郑连长把这三个字念了出来。

"我他妈对得起你。"

9

李书琴回重庆去过年，临走之前山西这边又下了一场雪，路上结了很厚的冰，树上都是透明的冰挂，但这是暂时的，已经五九了，再冷也冷不到哪里了。

市里的各个学校也都接到了通知，要照常放假。开过散学典礼，学校里就安静了下来。门房老黄被地上的冰滑了一跤，摔坏了胳膊，但他还要用另一条胳膊做事，继续扫院，接收邮件，关门开门。贺北芳和那个杨老师没放假，他们比平时更忙，他们准备在节假期间到工厂和农村去慰问演出，在抓紧排练，他们把排练场所移到大礼堂来了。

学校的大礼堂真冷，台上临时点了两个大火炉子，这样一来好了些。

李书琴买了一月三十一号的火车票回重庆，这一年的春节在二月十三号，临离开学校的时候，李书琴忽然又看到了新贴出的几张大字报，上边都有自己的名字，而且名字上都被用毛笔打着红叉，名字上被打上红叉还是最近几天的事。

李书琴匆匆从大字报下边走过，心"怦怦"乱跳，像是要从怀里跳出来。李书琴在心里再一次想到了郑连长。她觉得自己那天是不是错了，那天或者应该让事情发展下去，要是发展下去，一切一切也许就都不一样了，正是因为自己没有把握好机会没有让事情接着发展下去，也许郑连长才没给自己办什么事？可以肯定的一点是，郑连长也没给自己说话？要是军代表那边说了话，她的名字也许就不会再出现在这样的大字报上,也许不会给打上红叉。看着那些大字报,李书琴觉得自己在浑身止不住地打战,好像一个人置身于惊涛骇浪的船上,船一会儿上去,一会儿下去,不知道什么时候就要沉掉,这就更加强了她要和王重生离婚的念头。"不能这样下去,不能这样下去,不能这样下去。"李书琴在心里对自己说。

李书琴觉得自己还应该再去找一下郑连长,没事的时候她还给郑连长用白线钩了两副衬领,还用那种白色的细毛线打了一双袜子,她要把这些送给郑连长。这些东西,她都放在一个很大的牛皮纸信袋里。她甚至还等着郑连长主动来找自己,或者让谁来通知自己去一下他的办公室,但郑连长那边连一点点动静都没有,是石沉大海,是泥牛入海。这让李书琴很痛苦。

年前这几天,人们都忙着满街买年货,但实际上也没什么可买,猪肉、带鱼、海带、粉条、白菜、萝卜、土豆、芋头,再好一点的菜就是韭黄和芹菜,人们包饺子离不开。南方人可以拿着户口本每人多买到三斤大米,爱喝一口的人想喝一点好酒就只能再向朋友们借一个号,好一点的汾酒都是两个供应号一瓶,几乎是所有年货都是凭票供应,甚至是白菜和粉条,都要供应号。

"我找过郑连长了。"临走的前一天,李书琴实在是忍不住了,她把这件事悄悄告诉了贺北芳。贺北芳看着李书琴,发现她最近瘦了许多。

李书琴又张张嘴,想说,但还是没有把对郑连长说过的那件事告诉自己这个最好的朋友。贺北芳也没有问,她知道这种事最好不要问。"我怎么也不能让孩子受到连累。"李书琴又对贺北芳说,说自己最近想好了,出身不好再加上海外关系,还会有什么前途?只能给家人带来麻烦,离婚算了,不能让两个孩子受一点点连累。

贺北芳吃了一惊,说吃惊也许不对,这种事最近她听多了也见多了,现在社会上这种事太多了。她从侧面看李书琴,一时无语,停了好长一会儿,贺北芳才说:"先过年吧,有什么事过了年再说。"贺北芳说她过年也要回北京。

"就像是做噩梦,不知道要到什么时候才会醒。"李书琴说。

"可不能这么说,怎么能说是噩梦?"贺北芳吓了一跳,忙看看左右,说你这么说是要犯错误的,要端正思想,连这种话你也敢说。李书琴也忙看看左右,又对贺北芳说自己现在是几乎天天失眠。

"老这么下去也不行。"贺北芳说。

"出身不好,所能碰到的都是坏事,干脆离婚!"李书琴说。

"一个人的出身真是很重要。"贺北芳说,把摘下的手套又戴上,戴上又摘下,学校的礼堂里边很冷,她真是太需要一双这样戴着可以拉手风琴的手套,这双手套正合适,在十个手指尖的地方恰好把手指头露出来。

"你手真巧，我怎么谢你。"贺北芳有意把话题转开。

"你不嫌弃我就行。"李书琴说。

前不久，李书琴把母亲留下的那条开司米大披肩拆了，给王重生打了一双袜子，给同同和重重也各打了一双，剩下的就是给贺老师打了这双手套。

"出身真是不能选择。"贺北芳忽然叹了口气，说。

"我离定了，我不能连累孩子。"李书琴忽然把贺北芳的一只手拉住，按在自己心口那地方，用力压着，贺北芳能感觉到李书琴那地方"怦怦"在跳，像要跳出来，或者从此不再跳。

"你看我的心，跳得有多厉害。"李书琴说。

"要是跳着跳着不再跳该有多好。"李书琴又说。

"尽瞎说，别瞎说。"贺北芳说。

10

李书琴回到重庆了，重庆的空气很潮，屋里比屋外都冷，是又湿又冷。这种湿冷的空气让人感觉是很厚，是一块一块的，但重庆的气候还是要比李书琴和王重生待的那个北方城市好得多。王重生父亲的病是一天比一天重。

李书琴在重庆站下了火车，火车站真是乱，人挤人，声音又嘈杂，但李书琴还是在出站口一眼就看到了等在那里的王重生。王重生的个子很高，很瘦，无论站在什么地方都会显出他来。王重生也看到她了，朝她招了招手。李书琴好不容易才挤了过去。王重生骑的还是那辆加重的永久牌自行车，他帮李书琴把带回来的东西挂在车把上，其中有两只鸡，是李书琴在院子里自己养的，临回重庆的时候杀了做熟了悄悄带了回来。身边带着两只鸡坐火车，如果被发现也许会被当作投机倒把来处理。李书琴只好把鸡一剖为二地放在一个很大的袋子里，外面再用衣服包住，所以这个袋子很大。

王重生骑着车子，带着李书琴往家里骑，因为车把上挂着东西，车子就不好骑，左摆一下，右摆一下。李书琴干脆跳下车不再坐，她要王重生推着车子走，好一边走一边说话。

李书琴走在王重生的旁边，她侧着脸看王重生，想想，觉得这正是个说话的好机会，她再侧过脸看看王重生，觉得王重生又瘦了许多。李书琴忽然觉得自己有点张不开口，张张嘴，话又给咽回去。

"重生。"李书琴说。

"什么？"王重生说。

李书琴的话又给咽了回去。

"重生。"过不一会儿，李书琴又说。

"什么？"王重生又说。

李书琴还是开不了口。

"我爸爸好像也没多少日子了，你也少说离婚的事，中国大了，又不是咱们一家。"王重生"唉"了一声，把话一下子挑明，他知道李书琴想说什么。

"我就是不要你离婚，我们一家，谁也不离开谁。"王重生又说了一句。

李书琴没话了，心里是既温暖又苍凉。

"再说我爸也活不长了。"王重生又说。

"也许会好的。"李书琴说。这句话，连她自己都明白是一句连一点点可能都没有的安慰话。李书琴心里的计划被打乱了，她原来都想好了，在回重庆的时候要把话对王重生讲清，把要和王重生离婚的事办好。这种事办得越快越好，只有这样，也只能这样，同同明年就要上一年级了。

"算了，走的时候再说吧。"李书琴在心里对自己说。

"社会上怎么看我不管，出身，谁能管得了自己的出身！"王重生又小声对李书琴说。

"我拖累你们了。"李书琴说。

"别说这个。"王重生说。

"同同和重重怎么样？"李书琴只好跟着转话题。

"跟着奶奶，要星子不给月亮。"王重生说。

"核桃枝煮鸡蛋见效不见效？"李书琴又侧过脸问王重生。

"也只是给我爸一丝希望吧。"王重生说。

"你哥你弟弟都回来了？"李书琴说往年他们可总是忙得回不来。王重生的哥哥在新疆那边的兵团工作，开收割机；王重生的弟弟在云南，那地方很艰苦，林场最难过的日子是雨季。王重生说我爸真够苦的，三个儿子都不在身边，只有个妹妹在身边还是个小儿麻痹，不会走路，还得别人照顾。关于王重生的这个妹妹，直到后来他们才知道她得的不是小儿麻痹而是乙型脑炎后遗症，从小到大她也不知吃了多少药，后来证明那些药她都吃错了，白扔了不少钱人也受了不少罪。小妹真苦，她那样子，也找不到婆家，看样子也只好一辈子老死在家里。王重生的这个妹妹，平时很少说话，手里总是不停地扯服装厂那边接过来的绒布布头，把绒布布头扯成纱，扯一斤挣五毛钱，扯了一袋子又一袋子，为那一点点的可怜钱，一块两块，五块十块，要吃多少苦。

王重生和李书琴走走说说很快就到了家了，巷子里是又湿又滑，左一摊水，右一摊水，走到巷子的最高处，能听得到长江水的"嚯嚯嚯嚯"声，还有船上的汽笛声。还能看到江面上停着的黑乎乎的船只。到了家，王重生提起自行车过门槛，"哐啷哐啷"一阵响。李书琴提着东西跟在后面，一步跨进家门，她忽然有点怕，不知道王重生的父亲现在是什么样。但让李书琴吃惊的是王重生的父亲并没有像她想象的那样躺在床上，虽然人瘦了许多，颧骨都出来了，却坐在屋里喝酒。酒瓶旁边放着腌泡椒的大玻璃瓶，红红绿绿。

"回来了。"王重生的父亲说，声音很弱。

"爸爸。"李书琴叫了一声。

"他高兴喝就让他喝吧。"婆婆跟在李书琴后边小声说。

"也对。"李书琴还能说什么。

"我第一次穿那样好的衣服，恐怕也是最后一次了。"王重生的父亲又在屋里大声对李书琴说，说你是我们家手最巧的儿媳妇，那件中山装做得真是好。

"最难做的就是那四个衣服口袋盖子。"李书琴心里很乱，她在厨房里探一下头，对屋里的公公说，"也不知道合适不合适？"

"还有什么不合适，快死的人。"王重生的父亲从来都是口无遮拦。

"中山装穿在您身上还是蛮精神，您别这样说话。"王重生在一旁说，把东西取出来，"您别口无遮拦，工人阶级要有工人阶级的样儿。"

"你爸过年就穿，过年就穿。"李书琴的婆婆把李书琴带回来的鸡接过来，挂到竹竿上去，说邻居家的那只猫居然会走竹竿。

王重生的父亲就在屋里笑了起来，声音弱弱地说自己长这么大还没见过会走竹竿的猫："比得上那个杂技团夏菊花。"

王重生的婆婆也是没话找话，想让李书琴高兴，又说起那件中山装："你爸那天试了一下，高兴得合不拢嘴。"

"那件衣服我还是没裁好。"李书琴说主要是没样片比着，虽然做衣服的时候她还专门问了一下服装厂的朋友，服装厂做中山装都是有样片的，兜盖是兜盖，衣领是衣领，都有样片，是靠样片在布料上打上线然后再裁，一裁就是几十片，是成批成批生产。现在社会上的人们都穿中山装，需求量大得怕人，听说连美国人都穿中山装，也不知是什么鬼样子。

"我不穿喽，以后留给同同穿。"王重生的父亲说。

婆婆告诉李书琴说同同和重重给他三叔带上去洗澡了，马上就会回来。"平时在家里随便洗洗可以，过年一定要去澡堂去去晦气。"婆婆说。李书琴的婆婆把鸡蛋剥好了，黑乌乌的。李书琴给王重生的父亲把剥了皮的黑乌乌的鸡蛋端了过来。

"倒是没有一点点的核桃味。"王重生的父亲还是爱说爱笑。

李书琴想不到王重生的父亲会瘦成这样，心里十分难过，刚刚从厨房里出来此刻又一头进了厨房，她只想待在厨房。说是厨房，也就是在家门外边搭的那个棚。李书琴和王重生谈恋爱的时候就经常钻这个棚，搂抱，接吻，还有那天夜里他们的第一次，外面下着雨，"稀里哗啦"的，她两条腿悬空坐在台子上，王重生就站在台子下，没几下就草草收兵了。

李书琴又进了厨房，婆婆正在厨房里忙，一口锅里，泡着两块腊肉，另一口锅里，黑乎乎不知煮着什么，味道也怪怪的，好一会儿李书琴才明白锅里是自己刚刚端给王重生父亲的核桃树枝煮鸡蛋。

"病成这样还天天吼着要辣子吃。"婆婆小声对李书琴说，说医生说过像他这种食道上的毛病就不能吃辣东西。婆婆又突然讲起公公最近的一件事，"连我都不知道他小时候因为家里养不起他还被送到一个庙里去。"这也是最近王重生的父亲告诉给家里人的事，因为那个庙里的九十多岁的老和尚忽然上吊死了，人们要他还俗他不还，他不还俗人们就要他吃肉，后来他干脆就把自己吊死。听说庙里的老和尚死了，王重生的父亲还专门去看了一回，说自己也快要死了还怕什么。当年师父自己挨饿把饭留给他，这怎么能让人不去看看。

"你爸爸说那老和尚是他的师父。"婆婆对李书琴说。

"这种事别人不知道吧？"李书琴吓了一跳，看着婆婆。

婆婆也看着李书琴，说连自己也都是才知道这件事。

"这种事可不能让外边的人知道，对同同和重重不利。"李书琴说。

"这种事我哪会对外人说。"婆婆用手指戳戳自己额头，她总是头痛，额头上是紫红紫红的几个火罐印。婆婆又小声对李书琴说就那个老和尚，可不是一般人，当年是国民党部队的一个师长，"师长哪，了不得，不死也会被拉出去枪毙。"

李书琴就更害怕了，老半天没话。

这时王重生的三弟带着同同和重重洗澡回来了，脸都红扑扑的。

"洗完就睡着了，两个小家伙是睡在竹筐里。"王重生的三弟对李书琴笑着说，说同同和重重一洗澡就犯困，澡堂里洗澡的人多得像是下饺子。

"我这两个侄子硬是像天子，不管三七二十一，一人一个竹筐就睡起来，多亏我的老同学在那里，由他们睡，我们正好喝茶摆龙门阵。"三弟又说。

李书琴知道那种大竹筐，澡堂里人多的时候没有座位就让人们把衣服脱在竹筐里。

"有钱没钱，洗澡过年。"王重生说。

李书琴已经被婆婆刚才说的事吓坏了,坐在那里看着两手发呆。

11

虽然因为社会上到处在破四旧,报纸上也在说不能再像过去一样过春节,但王重生一家还是吃了一次从来没有过的团圆饭。王重生母亲做的糯米肉丸子特别好吃,李书琴带回来的鸡有点味儿了,但浇了点麻辣料也说得过去。吃饭的时候王重生父亲还喝了一点酒,李书琴的心情虽说不好,但她让自己不要把坏心情流露出来。她给公公敬了一杯酒,三个儿媳妇里边,唯有李书琴能喝酒,这跟她小时候天天早上一睁开眼就要吃一碗酒酿鸡蛋分不开。她明白,这也许是最后一次敬酒。

"合家欢乐,天长地久。"李书琴说。

"要那么久也没用。"王重生的父亲说。

"看你说啥子话,我们一家人都天长地久。"李书琴的婆婆马上说。

王重生也喝了点酒,他一喝酒就脸红,是大红,话也更少。

"你多喝点水。"李书琴给王重生的妹妹剥橘子,对王重生说。

"我去睡了。"王重生说,突然莫名其妙地说了一句,"锄禾日当午。"

李书琴想笑,不知道王重生是什么意思。

王重生是醉了,一躺到床上,又说:"汗滴禾下土。"

李书琴给王重生倒了一杯茶水,很浓,要他喝。

"谁知盘中餐。"王重生又脸红红地说。

李书琴说:"你才喝了多一点点。"

"粒粒都是苦。"王重生又说。

"你念错了,是皆辛苦。"李书琴说。

"苦嘛,哪里有一点点甜。"王重生说,"我从小就命苦,小小岁数这里就比别人少一件。"王重生摸摸自己的腹部,小时候,王重生不知道什么东西吃坏了,动手术把脾脏取了,所以李书琴总是要王重生吃"养生归脾丸"。"我连脾都没了,还归什么脾。"王重生总是这样说。从结婚那天开始,几乎是每个除夕夜李书琴总是要和王重生做那事,但这个除夕王重生心情不好,就早早睡了。李书琴心里满满也都是心事,她靠在王重生身边,手在他的身上放着,奇怪的是,居然很快也睡着了,而且睡得很香,也可能是因为喝了两杯酒,但睡到后半夜的时候李书琴被一种奇怪的声音给弄醒了,好像是有谁在用什么东西在掘墙,仔细听听,是在掘墙,一下,一下,又一下,李书琴吓坏了。她猛地坐起来,推了推还在沉睡的王重生。王重生也马上坐了起来,声音是从父亲那间屋里发出来的,他马上下地去了父亲和母亲住的那间屋,李书琴也穿好了衣服跟在他后边。到了父亲和母亲那间屋，王重生和李书琴被眼前的情形吓坏了。王重生的父亲穿着衣服面对墙坐着，正一下一下用头在撞墙。

"实在是忍受不了啦，实在是忍受不了啦。"父亲说。

癌症的恶化带来的疼痛不是一般人所能忍受的，这不是劝慰或吃止疼药所能缓解的。已经是后半夜了，从来都不肯麻烦别人的父亲对王重生他们兄弟三个提出要出去散散步。

"散散步也许头疼会好一些。"王重生的父亲说。

李书琴看看墙上的飞马牌挂钟，已是后半夜三点。但既然父亲坚持要去，做儿子的还能说什么？毕竟是除夕夜。王重生的哥哥和弟弟三个人都马上穿好了衣服，王重生的弟弟睡意未消，他以为父亲不行了，要出什么事了，或者是要去医院急救，急得流出眼泪，小声问了一声是不是父亲不行了？但他马上清醒了，才知道父亲要出去走走，他吃惊地看着父亲，弟兄三个，再加上李书琴，都跟着父亲走出了院子，外边是一片潮湿冷清。虽然是在重庆，这时候还是很冷，因为是后半夜，外边看不到几个人，虽然远远近近有鞭炮的声音，但大多数的人们都还在睡梦中。

"是船上在放炮。"王重生的父亲说，"水手们最能闹。"

"船上过年想必很冷，水上寒重。"王重生说。

"再看一眼星星吧。"父亲突然抬起头来，说。

天上的星星雾蒙蒙的，但还是有几颗显得特别亮。跟在后边的李书琴抹了一下眼睛，觉得自己的鼻子很酸。

"我死了不要紧，祝毛主席他老人家万寿无疆。"王重生的父亲突然又说。王重生的父亲是下江人，口音一直没有变过来。王重生的父亲说起毛主席前不久游长江的事。

王重生的父亲说："有人说毛主席就是在重庆这边的长江游的水。"王重生的哥哥说："哪会有这种事嘛，是在武汉嘛，报纸上都这么说。"

王重生的父亲说："我要是再能游游水就好喽。"

王重生的弟弟说："会的，会的。"

王重生的父亲说："我这一辈子的骄傲事就是一个一个都教会了你们游泳，看你们谁的福气大有机会去跟着毛主席去游。"

听父亲这么一说，王重生弟兄三个突然都不说话了，也许都想起当年父亲教他们游泳的事来，这是很让人伤感的，那时候父亲有多年轻，人是多么英俊，两条腿的腿肚子鼓鼓的就像是鲫鱼的肚子。接下来，他们都劝父亲回去，说是夜深了，外面冷，小心着凉，还是回去吧。但父亲还是不愿意回去，执意再走走，不觉已经走到了小学校那边，前面就是那座三孔老石桥，桥下边流着水，水上有亮光。

"你们小的时候，我是一个一个从这座桥上送你们去上学。"王重生的父亲说，他有许多感慨，人生真是短暂。一句话让三兄弟忽然都激动起来，话也多了起来，你一句我一句说着当年的事。

"你们一家是多么好啊。"走在后边的李书琴这时突然来了这么一句。

李书琴的这句话让大家都一愣，王重生的小弟向来心直口快，这一点真是像他的父亲："嫂子，你这是什么话，你难道不是这家里的人吗？"

也不管石桥的石板有多么冷，李书琴身子一软，忽然一屁股在石桥上坐了下来，再也说不出话来。石桥上，现在是白花花地贴满了大字报，猛地看去都不像是一座桥了，但桥下的流水还是像往常那样流着，发出熟悉的"哗哗"声，桥下的水，都流进了长江。远处的长江，发出"轰轰隆隆"的闷响，浑厚得很。倒不像是水在流，而像是推磨，巨大的磨。

"什么事都会过去的。"王重生把李书琴拉了起来。

再回去的时候，王重生和李书琴重新睡下，王重生却想起了做事。在王重生进入的那一刹那，李书琴忽然哽住，她在暗中把嘴用一只手紧紧捂住，另一只手，紧紧从后边把王重生抱住，像是要把他的整个人按进自己的身体里。

过了春节，王重生带着李书琴去了一下叔叔家。王重生的叔叔在教育局工作，人精瘦精瘦，个子矮到一米六都不到，但人很精明。王重生的调动已经说好了，他可以调回到重庆二中来工作，按照政策也允许，王重生他们弟兄三个可以有一个调回来照顾父母。王重生的哥哥和弟弟的孩子都是姑娘，所以，他们都同意重生调回来，这样一来，重生的两个儿子就都是重庆人了，因为他们是王家的香火。

"但是书琴的调动暂时还不能办。"王重生的叔叔小声对王重生说。

这时李书琴去了厨房，去开剥一个大柚子，先用刀在柚子上划个十字，然后再慢慢剥，剥下来的柚子皮可以做一盘好菜。她虽在剥着柚子，耳朵却在屋里，她的手忽然用起力来，把柚子皮一下一下扯得个乱七八糟。

屋里，叔叔小声对王重生说："因为她的出身，也只好先这样。"

王重生没吭声，喉结动一下，再动一下，他用手摸了一下茶杯。

"唉，我也不多说了。"叔叔看着王重生，最终还是没有把话说出来。

李书琴早已经站在厨房门口，脸色煞白，两只手在抖，她用一只手狠狠掐自己另一只手的手背，但手还是抖个不停。叔叔家里的那只猫从屋里走了出来，像是受了什么惊吓，一蹿，已不见踪影，传来叫声的时候，那猫已在门口的树上。

12

斑鸠的叫声一天比一天清亮，校园里的柳树又绿了，但背阴的地方雪还没有完全消化光，白白的，很硬。李书琴他们学校有不少红嘴红爪的斑鸠，斑鸠和鸽子长得差不多，只不过是飞起来的时候尾巴上有一圈儿白。人们都不知道它们都住在学校的什么地方，也不知道它们在冬天都吃些什么东西，只不过有时候会看到它们在学校食堂周围啄来啄去。

寒假已经过去了，李书琴又从重庆回到了家中。王重生因为父亲的病情日渐严重再加上要办调动的事就先留在重庆，两个儿子自然也跟着他。因为回重庆一个多月没在家，家里很冷，李书琴不但会裁衣做衣，其他家务事也照样干得来，她把炉筒子拆下来又打了打，这样生起炉子来火会旺一些。放在外屋的那棵白菜钻出了一根花挺，李书琴把它剥了，剥出个菜心用水种在一个大碗里。过几天，白菜的挺子就会开出黄黄的花来。

春天就要来了。

从重庆回来，李书琴的心情一直很不好，原来想好要办的事没有办了。临离开重庆的那天，李书琴把话对王重生挑明了，要离婚，说自己主意已定，一定要离婚。但王重生还是那句话："不离，除非死！我们一家人是不分开的！"说这话时王重生的眼里居然有了泪水。看着王重生的那张脸，李书琴没辙了。她想来想去，觉得自己只有把婚前生孩子的事告诉给王重生，也许，王重生会一气之下答应离婚，但李书琴想这种事还是通过电话说的好，当面说，李书琴怕王重生会受不了，自己好像也说不出口，那就打电话对他说吧。李书琴忽然又想起那个教会医院，白色的床单，白色的窗帘，白色的手术台，太阳从窗帘照过来也是白茫茫的，但很冷。分娩的时候，李书琴从来都没那么疼过，她觉得自己就像是要死了，下边的半个身子像是要跟上边的半个身子分开了，就要分开了，后来果真是分开了，疼痛稍微轻了一点，有什么一滑，她当时可真是吓坏了，真以为下边的半个身子已经不属于自己了，就在这时候她听到了哭声，婴儿的哭声。那时候她才十九岁。

"孩子在哪儿？"她小声问嬷嬷。

"你睡吧，你睡吧。"那个尖下巴嬷嬷说。

"我看一眼，我只看一眼。"李书琴说。

"已经被好人家抱走了。"尖下巴的嬷嬷告诉她。

李书琴让自己不要哭出来，用手使劲抓着被子。

她和嬷嬷说话的时候，母亲和姥姥都在产房的外面，这时天上有飞机飞过，发出好大的声音，有人在外面说了一声："快看，美国飞机，美国飞机来救咱们来了。"

李书琴还记着这些，当时，其实她也没怎么难过，后来看电影也看到过类似这样的镜头，女主人公总是哭得死去活来，她还想，自己当时到底哭了没有，好像没哭，多少年过去了，她都快把这件事忘掉了，但现在忽然又都想了起来，她明白自己不是在想那个孩子，而是想把这件事情说出去争取得到党和人民的信任。除了这件事，李书琴好像实在找不出别的什么事可以向组织坦白。

李书琴去了邮电局，她想好了，但还是不知道怎么开口，这种事，要是不多想，也许一张口就会说出来，但要是想多了，反而不知道怎么张口，或者是更不好张口了。李书琴还想，也许，喝点酒就好说了，所以，去邮电局之前她还喝了好几口酒。那种当地产的老白干，很烈，六十多度。

对着家中那面镜子喝酒的时候，李书琴给自己鼓气："说吧，这没什么，这没什么，这没什么，这没什么。"

李书琴来到了邮电局，刚过完了春节，打长途电话的人很多，都要排队等候，站在邮电局里边，可以看到对面的那个照相馆，也排了很长的一个大队，都是些刚入伍的新兵在排队照相，他们都急着拍张照片给家里寄回去。李书琴看着那边，心里想，同同和重重长大了也一定要去当兵，现在最最光荣的人就是工农兵，一定让他们当兵，当了兵就可以扬眉吐气了。

李书琴先去拿了号，然后去排队，排队排了好一阵，终于有人叫到了她的号。是该轮到她了，她进了五号。邮电局打长途电话的格子间一间一间都很小，有几分像岗亭，或者更可以说像是一个一个的大箱子，而且还漆着绿油漆。人进去打电话把门关住，外边的人就听不到里边的人在说什么。打长途电话的格子间里的木板墙上写满了人们随手记下的电话号码或者是什么话。还有骂人的脏话，还有人名。

李书琴能闻到自己嘴里的酒气，她觉得自己也许不会有事，会很好地把自己的事讲给王重生听，但没想到这么一想就糟了，拿起电话，李书琴忽然一下子又哽住，一肚子话不知该如何说起。

"重生。"李书琴说。

"你没事吧？"王重生在电话另一头说，声音沙沙的。

"重生。"李书琴又说。

"没事吧？"王重生在电话另一头说，声音还是沙沙的。

"重生。"李书琴又说一句。

"你是不是还是想说那事，那你就别说。"王重生在电话里忽然说。

王重生在电话那头说话的时候，李书琴又把那个小酒瓶从口袋里摸索了出来，小酒瓶里还有酒,李书琴仰起脖子把瓶里的酒都喝了。她以为这样一来自己就会有勇气了,想不到忽然更说不出话来了,一句也说不出来,胸口那地方满满的像要胀破了,就要胀破了。

"重生。"李书琴说,声音已经不对了。

"没什么事吧?"王重生在那边有点急了。

李书琴明白自己要是再往下说也许就要哭了,也许会哭得一塌糊涂。她也想不到自己怎么会这样,怎么会这么伤心,隔着电话还这么难说,怎么回事?她又喊了一声"重生",但还是说不出话来。那件事,真是让她不知道怎么张口,要是在结婚的时候对王重生说了也就说了,但那时没说,转眼就是十年,她真不知道该怎么说。那天在重庆家的厨房里,她和王重生的第一次,当时她心里真是害怕,怕让王重生知道自己已经不是处女,那是欺骗,但那天下着雨,她和王重生都紧张,事情就那么过去了,要是那时说了就好了。到了这时,她真是说不出口,没法把自己在婚前生过孩子的事告诉给王重生。

李书琴慢慢放下了电话,"砰"的一声,电话却没有放好,没有放在电话座子上,而是掉在了地上,她弯腰把电话捡起来,眼泪已经流了满脸。想不到,越是和自己最亲近的人说这种事越是无法开口。

李书琴从长途电话的小格子间里出来,浑身是软的,等在电话间外边的人很是高兴,想不到这个女人会这么快就打完了电话,要知道这几天等着打长途电话的人很多。那边又叫号了,很快有人挤进了小格子间。

"打电话不行写信吧,在信上把那件事讲清。"李书琴对自己说。

从邮电局出来,阳光有些晃眼,邮电局旁边剧院门前的那棵老槐树,不知什么时候已经死了一半,另一半已经有了绿意,再过不了多久,白色的槐花又该开了。李书琴想好了,就写信,把要说的话都写在纸上,这样自己会好受些。这时有两辆车从东边开了过来,车上满满是人,喊着口号。

李书琴愣了一下,人像是一下子清醒了,站在那里,看着这两辆车慢慢开过,车上押着人,都低着头,脖子上挂着牌子,是在游街。

李书琴又朝对面望望,对面当兵的还在排长队,照相馆这几天最忙。

这天晚上,李书琴又是睡不着,翻来覆去没有睡意。她忽然听到了虫子叫,天气虽然已经不那么冷了,但哪来的虫子叫?她下了地,那虫子又不叫了,她站在那里一动不动,虫子又"叽叽叽叽"起来,声音就在床下。她想看看这只虫子,朝床下用手电照了照,但哪里能看到,她再次上了床,睡意已经全消,这时那只虫子又在灶台那边叫了起来,她知道这是那种叫"灶马"的虫子,其实就是蟋蟀。小的时候,李书琴的哥哥李书君总是喜欢养这种小虫子,用十多个放药片的"船王牌"英国小玻璃盒子,每个盒子里边只养一只,每次给它们几个小饭粒,有时候还会给它喂一点碧绿的菜叶,或用针尖挑一点生猪肝。

李书琴和哥哥好多年都没有通过信了,香港那边的信也断了好多年了。李书琴现在倒是很害怕哪天学校的传达室会忽然出现一封从香港寄来的家信,这种担心是既甩不开又摆不脱,所以每次走过学校传达室的时候都脚步特别轻,特别的提心吊胆,说来也奇怪,李书琴在心里好像对香港那边的亲戚一点都不想念。而这个小虫子的叫声却突然让她想起哥哥来。

因为睡不着,李书琴又下了地,去把那封写给王重生的信又看了一遍。从邮电局回来,她已经把那封信写好了,时间,地点,还有那个教堂医院,她都写得详详细细,这封信是要王重生知道她要离婚的真正原因。她是写了好几遍才写完的。取信的时候,她的手又碰到了那个大牛皮纸袋,里边放着她给郑连长用线钩的衬领和那双细毛线袜子。她这会儿主意好像是又改变了,不敢贸然去找郑连长了,她已经察觉出郑连长在各种场合都有意回避她,李书琴现在遗憾郑连长那天没有听她讲完要讲的事,比如那个人是谁?后来那个生下来的小孩儿又去了什么地方?李书琴觉得自己有机会还是要再去和郑连长交代一下。

"无论什么事,都要有头有尾。"李书琴对自己说。

有几次,李书琴都走到郑连长的办公室门口了,但还是不敢进去。

还有几次,她站在郑连长对面花池上朝这边望,可以看到郑连长办公室里,还有别的人,在说话,有人进来,又出去。

那天,李书琴已经写好了一个纸条,想从郑连长的办公室门缝塞进去,后来还是撕掉,李书琴现在觉得自己想见郑连长已经不单单是要把自己的事都讲出来。好像还有别的什么,这让李书琴的心里很乱。

"不想了不想了,看信。"李书琴对自己说,又把写给王重生的信看了一遍。

窗外斑鸠在叫,天又快亮了,李书琴又是几乎一晚上没有睡。

13

学校开学的第一天,李书琴碰到了工宣队的王党生。

李书琴是在一个很特殊的场合碰到的王党生。为了尽量少和学校的人打照面,李书琴现在去办公室喜欢抄教研室北边的那条小路,教研室背后有一道榆树墙,榆树墙和房子之间是一条很窄的小道,尽管别处的雪早已化掉,但因为这地方是太阳永远照不到的地方，这条小道上的积雪还在，所以路不是很好走，再说，平时走这条小道的人也不多，但如果要去操场，从这条小道可以直接就插下去。如果要去学校操场边的大厕所，走这条道也最近。李书琴那天要去厕所，她现在走路习惯低着头，她只顾低头走路，差点就撞在一个人的身上，这个人就是工宣队的王党生。王党生在教研室北边做什么？他正在后窗悄悄看教研室里边的人们在做什么。他站在侧面，所以他能看到里边，里边的人却看不到他。

李书琴"啊"了一声。

"你走你的。"王党生把身子侧了一下。

走出两步，李书琴猛地回过头来，却发现王党生正在看自己。

"你走你的。"王党生又小声说。

李书琴愣了一下，想说什么，却想不出话来，其实李书琴已经想过了，她迟早要找机会也去和王党生把自己的事情交代一次，她已经想了好久了，向组织交心却不向工宣队把心里的事说出来就是不彻底。李书琴觉得现在正是好时候，她想掉过身去，问一声队长什么时候有时间，她要向组织坦白一下，把那件事从头到尾说清楚。那件事，现在已经是李书琴的一块心病，她不知道那个孩子现在在什么地方，后来她隐隐约约听说有人把他抱到了香港，已经十岁多了，李书琴甚至想再去一下那个教堂。

李书琴再次掉过身子来的时候，工宣队的王党生早已经不见踪影。王党生才三十刚出头，好像都不知道天气冷不冷，总是穿得很少，在最冷的时候也只不过在身上加一件小大衣，那种蓝布的，褐色的栽绒领子，胸前是一个鲜红的小红点，是毛主席像章。李书琴记得清清楚楚，王党生那次和军宣队一起来家访的时候就穿着这身衣服。

因为学校刚刚开学，李书琴还不知道学校里发生的事，她找郑连长坦白的事其实早已在学校里传开了，不但传开，而且是传得沸沸扬扬，人们几乎都知道了这件事，人们都很吃惊，但人们只知道李书琴婚前曾经生过一个小孩儿，其他细节人们就一概不知，人们现在只是在背后议论，因为没有任何细节，所以人们就对此更感兴趣，但毫无疑问的是，这件事是从郑连长那里传出来的。这是大事，在学校里，好像是没有比这更大的事了，结婚之前生孩子，跟谁生的，怎么回事，人们在背后议论纷纷。这又像是一个雪球，是越滚越大。许多的眼，现在都盯着李书琴，只不过这事只有李书琴自己还不知道，因为没人跟她说，这种事，毕竟不好说。

这一天，向来心直口快的贺北芳老师和李书琴一起去学校里的图书馆，学校里的纷纷议论让贺北芳对李书琴的看法突然有了改变，她本来不想和李书琴一起走，想快走几步超过她，或者走开去别处，但她还是想问一下，确定一下到底是怎么回事。

所以，她又放慢脚步跟李书琴慢慢朝图书馆那边走。虽然图书馆里的图书现在已经全部封存起来停止对外借阅，但图书馆的那个空间绝对不能浪费，教员们和学生们写大字报就都在那里，那里有纸有墨，还有很大的拼在一起的阅读桌，现在的阅读桌上都是墨迹，擦都擦不干净，到了后来也没人再擦它们。

快走到图书馆的时候贺北芳忽然停了一下，她侧过脸，问李书琴：

"你说，你是不是以前还结过一次婚？"

一句话把李书琴给问愣了，脑子里突然一片混乱。

"你说什么？"李书琴问贺北芳。

"是真的吧？"贺北芳被李书琴的脸色吓了一跳。

"你什么意思？"李书琴的脸色在那一霎间突然变得煞白，她马上明白自己的事已经被郑连长说了出来，要不是这样，贺北芳怎么会这么问？

"你到底还有多少事情藏在心里？"贺北芳说。

"什么意思？你听说什么了？"李书琴又说。

"人们的眼睛现在都是雪亮的。"贺北芳这句话够狠，她想不到李书琴会有这种传闻，若事情属实，烂货、破鞋这些词放在她身上好像是很合适了。

"我没有什么事情。"李书琴开始结巴，李书琴一急就结巴，为了这个问题，她刚参加工作的时候都担心自己上不了讲台，但后来好了，现在突然又结巴开了。

"你的事情你自己知道。"贺北芳说她还要去排练节目，径自走开。

"大贺。"李书琴喊了一声。

贺北芳就像是没有听到，步子迈得更快。

"大贺！"李书琴又喊了一声。

在那一霎间，李书琴觉得自己真像是一个溺水的人，就要沉下去了，就要沉下去了，水面漂来了一段木头，但她一伸手，这木头不见了。

"大贺。"这一次，李书琴是在心里喊。

贺北芳走得很快，像是要急于摆脱什么。

李书琴紧追几步，又猛地站住，扶了下旁边的那棵树。

贺北芳忽然又走了回来，气喘吁吁，来到了李书琴的身边。

"真不知道你到底还有什么事。"

贺北芳把什么重重扔到了李书琴的手里，是那双手套，米黄色的，开司米毛线。

两只手套，一只被扔在李书琴的手里，一只掉在地上。

李书琴本想蹲下来把那两只手套捡起来，却一屁股坐在了地上。

14

李书琴决定去找工宣队的王党生。

整个下午,李书琴的身子一直在颤抖,像冷又不是冷,她想自己也许真是病了。李书琴去工宣队见王党生之前迫不及待地做了一件事,那就是她回到自己的屋子里把写给王重生的那封信又重新抄了一遍,屋子里很冷,为了节省煤,她这几天没有生炉子。

李书琴在外边屋子的桌边坐下来,只觉得两只手冰凉冰凉的,她给自己倒了杯热水,把两只手放在杯子上,好一会儿,手还是冰凉冰凉的。为了表达自己的决心,这一回,她是用从自己手指上挤出的血抄的那封信,因为不是用笔,所以每个字都很大,只有这样,才会让王重生知道她决心已定。她忍着疼,一边用针扎手指头一边挤血一边抄那封信,这封信原来用了两张信纸,其实话也不很多,她又把信删减了一下,很简短地把自己在婚前生过孩子的事讲了一下,也没讲是跟谁,她觉得这件事不用细讲,话说得越简单越好,目的是离婚,不是分析什么。抄这封信的时候她又在后边加了一句,这句话分量很重:

"重生,我对不起你,也不能拖累孩子!"

就在前天,李书琴接到了王重生的长途电话,说他父亲已经昏迷了两天了。

李书琴趴在桌子上写信,脑子里反反复复响着那句话:"我们不能拖累孩子,我们不能拖累孩子,我们不能拖累孩子。"李书琴觉得自己的头脑现在已经变得像是空洞,只有这个声音在回响,声音既缥缈又真切在耳。她在桌上趴了好一会儿,然后才坐起来继续写,好容易才把信写完。

写完这封血书的家信,李书琴去了一趟邮电局,她下定了决心,要马上把这封信寄出去,不能再犹豫。下午邮电局里人不多,很是冷清,太阳从外边照进来,灰灰的,玻璃好久没擦了,北方的春天风大,到处是灰尘。她寄的是挂号信,她一鼓作气做完这件事,生怕自己稍一犹豫就会改变主意。

"你居然写了血书。"李书琴一边用糨糊封信封一边对自己说。

"你居然给王重生写了血书。"李书琴一边贴邮票一边对自己说。

李书琴看看自己那个手指,虽然用纱布包了一下,但还在隐隐作痛,其实这痛不在手指上而是在心里。从去年五六月开始,不少学生和年轻人流行把手指刺破用血写一些对组织表达忠心的书信,想不到,自己也用这种方法给王重生写了一封信。

"了断了断了断!"

把那封信投到邮箱里的那一瞬间,李书琴甚至想到了死。

"也许从烟囱上跳下来并不那么难受。"李书琴走出邮电局的门,抬起头来。学校那根大烟囱,冒着烟,烟摇上去,然后慢慢再漫下来。一群鸽子从天上飞过去了,不一会儿又飞了回来。

李书琴从邮电局出来,没有按往常那样朝西边一拐回到家。她的心里很乱,她很想大哭一场,她虽没有大哭,眼泪却不停地从她的眼里流出来。她就这么走着,走得很快,忽儿又很慢,她从东边往北去,再往南,就这样绕了一个很大的圈子。她就那么魂不守舍地走,走啊走啊,不觉到了学校,不觉已经站在了学校的大烟囱下边,这让她自己吓了一跳,怎么就会走到了这里,走到了大烟囱的下边?

大烟囱下边,可以爬上烟囱的地方,已经被铁丝网围了起来,学校怕有人再想不开爬到上边去,有只喜鹊在烟囱上叫着,另一只喜鹊飞过来,衔着柴,它们想在烟囱的扶手上搭个窝,它们的叫声很清脆。李书琴在烟囱下站了好久,食堂那边,有人出现了,在远远地看她。李书琴这才走开,但没过多一会儿,她又走了回来,她在烟囱下边又站了很久。

李书琴下定了决心,去找工宣队的王党生。

此刻的李书琴,怎么说呢,有点像是什么也看不见的盲人,眼前是一片黑暗,哪怕是一点点朦胧的光亮都会让她像飞蛾扑火一样地扑过去。

15

天黑之后,李书琴连着两次去工宣队王党生的办公室都没敲开门,屋里灯亮着,里边却好像没有人,因为还没进入三月,天黑得还比较早,李书琴第三次去敲门的时候看了一下自己戴的那块小梅花手表,才八点多一点。

屋里这次有了动静,椅子"吱"地一响。

有人走到了门前。"谁?"里边问。

"我。"李书琴答应了一声,其实这一声答应跟没答应一样。

屋门一下子打开,王党生从里边探出头,嘴里竟插着一把牙刷,他正在刷牙。他愣了一下,把牙刷从嘴里拔了出来。

"你终于来了。"王党生说。

王党生的这句话倒让李书琴不敢贸然进去了,这句话是话里有话。

"进来。"王党生说。

王党生走在前边,已经把牙刷"砰"的一声扔在了牙缸里,他不是把牙刷轻轻搁进去,而是一扔,这一扔扔得很准。

进门的时候,李书琴有些跌跌撞撞,没有重心,她现在已经找不到重心,也可以说,在这个世界上已经没了她的重心。

王党生的办公室里灯光不那么亮,但也不暗,天花板上的灯被拉到了办公桌上方,这样一来,办公桌那一块就很亮而别的地方就很暗。和郑连长的办公室里不一样的是王党生的办公室里贴着两张地图,一张中国地图,另一张还是中国地图,不同的是一张地图上用红蓝铅笔画了许多圈,而另一张上干干净净什么也没有。李书琴望着那张画了不少圈圈点点的地图,不知道是什么意思。

"你坐。"王党生对李书琴说。

李书琴没坐,虽然椅子就在那里。

王党生站起来反身又拉了一下灯绳,原来这屋里还有另一盏灯,屋里突然亮了,比刚才亮许多。

"我知道你会来找我。"王党生坐下来,因为办公桌上方的这盏灯拉得很低,灯光只照到他半张脸,是上半张脸在灯光外下半张脸在灯光里。李书琴这才注意到王党生的牙真是白,因为离灯近,白得像是要放出光来。

"坐。"王党生又说,把桌上很粗的一支红蓝铅笔拿了起来。

李书琴这才发现自己还站着,往后退一步,又退一步,挨近了那把椅子。

"坐吧。"王党生手里的红蓝铅笔掉一个过儿,两头都削过,尖尖的。

不知怎么,已经有眼泪从李书琴的眼里流了出来。

王党生看着李书琴,看着李书琴的眼泪从她的眼里慢慢慢慢流下来,别人说得真对,李书琴怎么看都像是那个电影演员王丹凤,离近了看更是如此。漂亮有时候是会让人感到紧张的,如果说,李书琴去找郑连长对郑连长是一个意外的话,那么李书琴的出现或者是她的存在对王党生却实实在在是一个煎熬,而这煎熬也不是一天两天了。

"有什么就说,别哭。"王党生说,其实他已经知道面前这个女人要说什么了。因为李书琴的漂亮,他一来学校就记住了她的名字。李书琴婚前生过一个孩子的事让他兴奋,说不出的兴奋,这兴奋好像有些不对头,但即使是不对头也无法管住自己的兴奋。这兴奋到底有多么复杂只有王党生自己知道,一想到李书琴已经找过军宣队的郑连长,一想到郑连长在会上为李书琴说的话,王党生还是觉得煎熬。王党生不清楚李书琴找郑连长的时候都做了些什么,但他又像是知道他们做了些什么,这就让他更煎熬更难受,像是有一股火,在王党生的身体里左奔右突。这也已经不是一天两天的事了,但王党生让自己先忍住,他明白李书琴迟早会找上门来。现在,她真来了,就在自己的眼前。

"有什么事你说。"王党生说,其实这是句废话,李书琴的事他全都知道。

还是上个学期临放假的时候，军宣队和工宣队开通报会，分析学校里的事，这种会，工宣队和军宣队双方都会把最近学校里边的情况讲一下，眼下的工作重点既然是斗私批修，工作要点就要放在那些出身不好和思想有问题的教员身上，在斗私批修这个问题上，是要求一个一个过关的。郑连长也不是嘴不牢，而是他必须说，只有这样，也必须这样，这是纪律。郑连长把李书琴找过他并对他说的事讲了出来。"就这样，她在婚前生过一个私孩子，这种事她要是不说别人永远也别想知道，我认为她的态度基本还是端正的。"

郑连长把李书琴的事情讲了出来，并补充了一句。

"还有这事？"有人说，会议室里马上一片哗然。

有人马上跟着说："这种事她不讲别人还真不会知道——这种事。"

"我看差不多能过了吧，是不是该下一个了？"郑连长说。

"即使这样也暂时不能过，问题是她把工宣队放在什么位置？她找过没找过工宣队？"王党生忽然在一旁开了口，并且轻轻拍了一下桌子，这一拍，他既不能拍重了又不能拍轻了，是要让在场的人知道他说话的分量，是代表工宣队在表态，他这么一说，别人当然不会有什么意见。像李书琴这样出身不好的教员，又有海外关系，海外关系是一件谁也说不清的事，可大，也可小，她这样的人，谁会给她说话，像她这样的人，是既可教育又可以一下子被打倒的那种，这就取决于她的态度。工宣队王党生既然提出了这个问题，别人就不好再说什么，你看看我，我看看你，都不开口说话。这种事，也压根儿没人会为她说什么。但她生孩子的事随后很快就在学校传了开来，这虽是十多年前的事，现在被说出来却是最新的新闻，是天大的新闻，也许比天还要大。

"问题是她把工宣队放在什么位置。"王党生又重复了一下。

郑连长忽然有些不自在，但他沉得住气，看一眼王党生，也不再说话，在这上面，郑连长最能沉得住气，他又看了一眼王党生，甚至还笑了笑。他这一笑很有意思，按说他不该笑，因为是开这样的会。郑连长的笑里边有很多内容，只不过一般人看不出，就是和郑连长熟的人也不会看得出。

大家就把李书琴的事暂时放下了，开始研究下一个。

再研究别的事情的时候王党生分明有些走神，后来他去了一下厕所，从厕所出来，他站在那里看了好一会儿大字报，专门找李书琴的看。关于李书琴，其实说来说去也没有什么，只是说她的出身问题和她的海外关系。王党生想，如果把她生私孩子的事在大字报上说出来，那会是什么效果？

"也许，也许。"王党生在心里说，这让他有些烦躁。

王党生从大字报栏这边转到了另一边，大字报栏很高，是让人们专门用来贴大字报的，两面都贴。站在另一边，王党生忽然笑了一下。"漂亮的女人事就是多。"王党生在心里说，就这个李书琴，让他想到了他上小学时的那个姓陆的女校长。工作后，他有时间还是要去看一看陆校长。他很喜欢看陆校长穿着深蓝色旗袍手里拿着个小包的样子。陆校长穿旗袍的样子那么好看，甚至有一次王党生问自己的母亲说："妈你怎么不穿旗袍？"王党生的母亲笑着说："你妈可不是穿旗袍的，穿不来，穿了旗袍蹲不下来怎么做活儿？"

陆校长虽说是校长，但那时她还带着一门手工课。她教学生们做笔筒，用很厚的马粪纸，先卷筒，然后再在圆筒外面糊一层白纸，然后再在上边画花草山水。陆校长还教学生们做手工花，学校里会给学生们发几张花花绿绿的皱纹纸，当然事先会让学生们从家里带一根筷子来，把皱纹纸在筷子上卷起来，然后用手从两面一推，然后把纸再慢慢展开，便是一片很好的花瓣了。这个陆校长是教会学校毕业的，会做各种手工，会弹脚踏风琴，好像是什么都会。上班以后，王党生像是总也忘不了这个陆校长。前不久听说就是这个陆校长，被批斗得受不住自杀了，是上吊自杀，这让他在心里有说不出的难受。人们把细节告诉了他，那个陆校长，洗过澡，把头发梳清爽了，换了那件她经常穿的旗袍，连鞋子也换了。死之前她还抽了许多支香烟，人们都知道陆校长是抽香烟的，牡丹牌的和凤凰牌的香烟。人们在学校东边的那道渠里发现了她，她把自己吊在一棵很矮的紫穗槐树上。人坐着，很安详的样子，就像是一个人在那里打瞌睡，她周围都是烟头。

王党生想起了在陆校长家里的事，陆校长给他看她年轻时的相片，那相片里的人真是漂亮，他忍不住对陆校长说，陆校长您年轻的时候真漂亮。陆校长笑着说你一个孩子家懂得什么是漂亮。王党生脸红了一下，在心里说，比这更厉害的我也懂。那时候，王党生和几个要好的男同学热衷于手淫，几乎是每天都要来一次，在屋后，或在学校东边的那道护城河里，或是在紫穗槐下，他们还互相比，当然，他手淫的时候就总是想着这个他可以叫妈妈的陆校长。

陆校长因为没有孩子，所以就很喜欢同学们去她家。

有一次，在陆校长家里，王党生突然对陆校长说："我长大了娶媳妇就要娶一个像您这样的漂亮女人。"

陆校长好像是一下子不会说话了，张开嘴，不知该怎么说了，一直看着他看着他，说你才十五岁啊。

陆校长死后不久王党生还悄悄去渠那边看了一下，他知道是哪棵紫穗槐，他站在那里还能看见地上的烟头。后来他把那些烟头一个一个都捡了起来放在一个罐头瓶子里。他听见自己在心里说,陆校长你哪怕是活下去在学校里扫大院也好,你为什么要去死?从小到大,王党生心里的美人只有一个,那就是陆校长,他喜欢的人也只有一个,那就是陆校长,这是他心里的秘密,谁也不知道的秘密。想不到,眼前这个李书琴比陆校长还漂亮,人们说李书琴长得像王丹凤一点都不假,上次家访去李书琴的家,他就吃惊于李书琴的漂亮,此刻,这个漂亮女人就站在眼前,她坐下来了,离自己是那么近。

"你喝水。"王党生说,但他马上觉得自己说错了话。

"不喝不喝。"李书琴忙说。王党生的神情让她感觉到不自在,她身子有些发抖。

但更不自在的其实是王党生,他觉得自己此刻身上很紧,紧得到处发僵,两只手也麻起来,他把两只手互相搓了搓,还是不行,便又用左手捏右手,右手捏左手,两只手的骨节发出"咯吧咯吧"的声音。人可以管住自己的嘴,但一个人往往有时候就管不住自己的情感。那种感觉来了,那是种致命的感觉,在那一刹间王党生想到了陆校长,只要一想到陆校长,王党生的反应便是全身性质的,是无法抗拒的,眼泪也会从他的眼里往外涌。

王党生的眼里有了眼泪,这真是让人吃惊,起码是让李书琴。

坐在王党生对面的李书琴愣在了那里,这个工宣队队长,这个王党生,怎么会,怎么会眼睛里突然充满了泪水?这太出乎李书琴的想象了,李书琴甚至都想是不是房顶上的灰尘迷了他的眼,她抬起头朝上边看了一下。

"你别动。"王党生说着已经站起来,去了门那边,他背对着李书琴,把头仰起来,长出气,长出气,再长出气。这么一来,他觉得好一点了,但其实是更无法控制自己,他就那么站了好长时间,再反身回来的时候,李书琴忽然觉得自己被从后边抱住了。一下子死死抱住。但也只抱了一下,王党生马上又松开了她。

"你让我想起一个人。"王党生说。

李书琴已经站起来,却站不稳,怎么也站不稳。

"我这里谈话很不方便,找个地方谈。"王党生突然说。

李书琴朝窗子那边望去,因为工宣队和军宣队都是住在学校的办公室里,窗子上根本就没有窗帘,一开始,有人往窗玻璃上糊了白报纸,但后来又都撕掉了,因为军宣队和工宣队都认为这是一项纪律,一切都要光明正大地摆在那里。还有一条纪律就是如果有异性来谈话门一定要开着,不能关门。

"找个地方谈。"王党生又说,口气是命令式的,不可抗拒的,但又充满了不可言说的魔力。李书琴很听话,心里是一半明白一半不明白,但她已经转过身,她此刻好像是被施了什么魔法,跟着王党生转过身了,往门那边走了。出了门以后,她不知道自己是应该走在王党生的前边还是后边,也不知道自己应该去什么地方,她以为王党生会把她领到一个什么地方去,比如学校的什么地方,比如她不知道的一个去处,但她明白将要发生什么,她一点点都不害怕,甚至是有些渴望。王党生停下来,让她先走,他跟在她后面。王党生让她从西边那条路出校门,他自己,从东边。就这样,他们各走各的,她走过了花池,王党生走过试验室,从那边的偏门出去,出了校门,从树行子再往外走,王党生紧走几步才赶上她,小声说:

"你们家的王老师听说不在,去你家。"

学校里传来排练节目的声音,手风琴,还有鼓声。

王党生的声音虽然很低,但是不可抗拒,他刚才那从后边的一抱对李书琴来说是摧毁性的。一切都没有过渡,一切都来得那么突然,这既让李书琴感到害怕,又让李书琴有绝处逢生的那种感觉。而在王党生那里,一切都已经想了许久许久了。他想了好久了,也观察了好久了,王党生对李书琴是如饥似渴。他觉得最好让自己的如饥似渴变作一种惩罚,对这种人,对这种出身很坏的人的一种惩罚,王党生也明白这不过是自己在给自己找理由。一个人在这种事上总是要找理由的,虽然不着边际毫无道理,但可以让他觉得自己可以这样,应该这样,必须这样,而且,这样做好像还比较贴近革命行为,说得过去。

"走!"王党生的声音忽然有些生硬,他咳嗽了一声。

"就去你家,咱们好好谈。"王党生又说。

说这话时,王党生忽然又是工宣队的人了。但那从后边的一抱,已经确定了他们的关系更接近是朋友,是距离拉得近得不能再近的人。此刻的李书琴有点晕头转向,身子也不知道去了哪里,她知道将要发生什么,好像又不知道。王党生是工宣队的队长,她觉得接下来也许可以得到自己最想要的东西,她想要的东西其实简单得要命,可以有人保护自己就行,除此,她不敢有别的任何奢望。

"去我家?"李书琴结结巴巴,不知所措。

"不要说话,快走。"王党生示意。

王党生再次让李书琴先走,保持着距离,这注定了以后他们一定要保持着距离,他们之间的距离与生死线几乎等同。李书琴的家离学校不远,和学校只隔着一道墙,但要绕一段路。但还是很快就到了,院子门口黑乎乎的,是两堆污雪,说化了还没化,说没化,却已在化,汤汤水水,遍地泥泞,像是李书琴此刻的心情,不干不净。

"你那件旗袍我看到了,可惜现在不能穿了。"

进李书琴家的时候王党生忽然又小声说了这样一句话,说下一句话的时候他已经把手从前边一下子伸进了李书琴的衣服里,放在了她的乳房上:

"你不穿旗袍也很好看。"

让王党生和李书琴都想不到的是，他们一出校门的时候就有个人影跟上了他们。他们走得快，那个人影也走得快。他们慢下来，那个人影也跟着慢下来。你快我也快，你慢我也慢，是若即若离，如影随形。

这个人在李书琴家门口站了很长时间。

地上的月光，像泼了一地的水。

16

这天晚上，王党生临离开的时候一边穿衣服一边对李书琴说了一句话："我和你的事千万不能对任何人说。"其实这话真是多余，换个人也不会说。

王党生又说："我倒很想看你穿旗袍的样子。"

李书琴打了一个寒战，看着王党生。

"很想看。"王党生说。

"旗袍？"李书琴说。

"就是旗袍。"王党生说。

"你让我穿旗袍给你看？"李书琴说。

"下次来你穿给我看。"王党生说。

"下次？"李书琴倒不知说什么好了。

"你那件事本可以不说的，生孩子的事，没人会自己往外说的，这种事，一不是敌我矛盾，二又不是政治问题，你不说也不会有人知道，但传出去比这两种性质影响都坏。"王党生一边穿鞋一边又说。

"我……"李书琴想说什么却没说出来。

"你真是没有头脑。"王党生又说，这句话明明是责备，却让人感到亲切。

李书琴的身子突然靠住门框，人已经愣在那里。

"你知道不知道这种事情能把一个人彻底搞臭。"王党生又小声说。

"我……"李书琴又说，接下来还是没话。

"要是政治问题和敌我矛盾也就算了。"王党生说。

"我是想向党交心，想向党交心。"李书琴讷讷地说。

"不说这了，你穿上旗袍还是蛮好看的。"王党生说，已经穿好了鞋。

"现在谁还敢穿旗袍？"李书琴说。

"你在家里穿，只穿给我看。"王党生说。

"好。"李书琴开口，只说了一个字。

王党生突然又抱住了李书琴，说他这会儿忽然又想了，但时间不早了。

"我那件旗袍还得补补。"李书琴说。

刚开学的第一天，学校已经通知李书琴把她的旗袍取了回来，因为学校要会演，要把大礼堂收拾出来。那些被拿去展览的东西原则上是谁的谁就可以自己拿回去处理。东西都放在礼堂舞台旁边的那一间小屋里，那间屋子里的两面墙上都是镜子，墙上左一道右一道都是化妆油彩，还有鼓，还有卷起来的旗子，卷起来的标语，还有三条腿的乐谱架子，东一个西一个地都堆在那里。

"咱们的事，不要对别人说。"王党生临出门时又说。

李书琴没说话，她不知说什么好了。

王党生走后，李书琴把门关好，整个人已经呆头呆脑，她一屁股坐了下来，想着刚才发生的事，想着王党生说的话，想着这个王党生在自己身上激烈地一起一伏的运动。王党生会这样，这她完全想不到，但事情发生了，她倒觉得自己的心里平静了不少。她用双手抱着自己，她觉得很冷，她打着寒战，一个寒战接着一个寒战，她觉得自己会不会是感冒了。她给自己倒了一杯水，水不热，几乎是凉的，她给自己找了一片感冒药，她觉得自己好像还应该干件别的什么事，她弄不明白自己应该干件什么事。她站起来，在地上转了几个圈子，她突然明白了，自己应该给王重生马上写封信，她脑子里亮了一下，但这也只是瞎亮。

"对，马上写。"

李书琴对自己说，也只能对自己说。写信的这个想法一下子就明确了，而且是迫不及待，是太重要了。她把信纸找了出来，信纸没几张了，蓝墨水还有半瓶。

李书琴坐下来，把台灯打开，把信纸铺好，她在第一张纸上写了一行字：

"重生，也许我们可以不用离婚了。"

李书琴看看自己写在信纸上的字，觉得这么说不妥，又写第二张，但第二张的信纸上还是这句话："重生，我们也许不用离婚了。"她不满意，不知道该怎样写这封信，便又写了第三张："重生，我们这下也许不用离婚了。"这一封，显然还是不行，李书琴不知道该怎样写这封信了。她一直在桌边坐着，床上很凌乱，地下是刚才丢弃的一团一团的卫生纸，那上边是既有她的也有王党生的。

李书琴就那么坐着，一直在写，直到把信纸写完，纸上还只是那一句话：

"重生，也许我们这次不用离婚了。"

李书琴明白这只能是写给自己看，只能是写给自己。

后来，她不再写，她走到挂在墙上的镜子前，长方形的水银镜子，镜面上有大朵艳丽的牡丹花，是她和王重生结婚时别人送的。李书琴看着镜子里的自己，镜子里的李书琴眼睛特别亮，亮得有些怕人，但又特别的空洞无物，眼睛里什么也没有，又是空的。李书琴忽然靠近了镜子，冲着镜子吐了口唾沫，停停，又吐了一口。就这样，她对着镜子站了很久，直到两腿发麻。

夜慢慢深下来，李书琴有了动静，她把那件银灰色竖道子的杭州绸旗袍找了出来。旗袍的前面已经被她用剪子划开。李书琴准备用线把它从里边钩一下，既然王党生想看，就穿上让他看。此时的李书琴忽然像是又看到了希望，只要有王党生在，也许，那些大字报就不会再出现。

李书琴把旗袍在床上铺开，住上边喷了一点水，这样钩好后就不会起皱，但即使用线钩好，看上去也许还是像一个大疤痕，她看着铺在床上的旗袍，忽然又不想做了，也不想动，后来，她仰身躺在铺在床上的旗袍上。外面，天已微亮，鸟在叫，声声清脆。她感觉到王党生还在自己身上起伏，再起伏，喘息，小声喘息，大声喘息，把一口很长很长的气猛地吐出去，方才停止。

"生孩子那种事，既不是敌我矛盾又不是政治问题，但它可以把一个人搞臭，所以你要沉得住气。"李书琴的耳边还响着王党生说的这句话。李书琴又从床上下了地，她又站在了那面镜子前，镜子里的那个人看着她，她看着镜子里的那个人。镜子里的那个人把手放在了胸前，那只手慢慢慢慢往下滑，滑到了肚子那里，停住，张开，然后猛地一抓，一抓，又一抓。

李书琴听到自己一连串的尖叫。

"重生！重生！重生！"

17

天暖和了起来，柳絮如雪，槐花已开。

学校里关于李书琴生孩子的大字报突然多了起来，简直是铺天盖地。这在当时被叫作"阶级斗争新动向"，只要一有什么新动向，大字报马上就会铺天盖地跟着来。这样一来，不认识李书琴的人也认识了李书琴，不知道李书琴婚前生过一个私孩子的人也都知道了李书琴生私孩子的事。现在无论李书琴走到哪里，都能看到有人在对她指指戳戳。上课的时候，她总是走神，不是忘了这一段就是忘了那一段，她很怕面对学生们的那种目光，她想回避，但又无法回避。这件事，李书琴是始料不及的，鉴于这种情况，学校决定暂时把李书琴的课停了，因为她确实无法站在讲台上把一堂课有始有终地讲完，生私孩子的事让她抬不起头来。贺北芳现在是见了她就绕道走开，如果面对面碰在一起也不再和她说话。

"大贺。"有一次，李书琴在路上碰到了贺北芳，低声喊了一声。

大贺把脸掉向一边，很坚决，像是没听到她在说话。

学校安排李书琴去大礼堂扫地打扫卫生，她暂时也只能做这些。

门房老黄的工作是扫院，烧开水，分发报纸，但也是发发一般的报纸，比如说《参考消息》这样的报纸就是办公室主任专人来分发管理。学校里边有资格看这份报纸的也只是那么几个人，每个月几张，看完还要认真收回。还有另外两个接受监督改造的老师分别打扫厕所和操场。

李书琴现在能去的地方好像只有大礼堂，让她想不到的是她居然好像是喜欢上了那个地方，平时那里很安静，只有下午学校的宣传队会来这里排节目，天气毕竟不那么冷了，大礼堂里可以排练了，也不用再生那两个火炉子。因为全市要组织会演，校宣传队这几天排练得很紧张，他们在台上排，一遍遍地重复一个动作或是从头到尾连排，乐队是一遍一遍地起，一遍一遍地停。李书琴在下边呆呆坐着看，她可以看到贺北芳在台上拉手风琴，拉着拉着，贺北芳的嘴有时候会跟着动。

贺北芳现在根本就不跟李书琴说话，她也能看到呆呆坐在下边的李书琴，但她只是从眼角感觉李书琴的存在，从不正眼去看一下。李书琴总是坐在后边偏左的地方，她怕让自己坐在阳光里，坐在明亮的地方。她没地方去，她现在每天的工作就是等台上一排练完就去收拾一下。要是碰到开大会她就苦多了，她要把大礼堂扫一遍，从前边扫到后边，还要洒水。

贺北芳现在对李书琴是这种态度，不再说话，当面碰到会一下子把脸掉开。而那个杨老师，却总是直直看着李书琴，或把头慢慢慢慢转着看李书琴，然后猛地笑一下，他的笑里边好像有什么东西，又好像没什么东西。

这一天，李书琴在生大礼堂的炉子。

"坐壶水，待会儿我们要喝。"杨老师在她一旁说。

李书琴一时还没反应过来，不知道杨老师在对谁说话。

杨老师突然就火了起来，说："李书琴，有你的好日子过！"

李书琴被吓着了，忙站起来，看着这个杨老师。

"告诉你，以后有你的好日子过。"杨老师突然冲过来，用手指点着李书琴的鼻子又说，"有本事你也跑到国外去，去投敌，去叛国。"

李书琴给吓傻了，站在那里，呆若木鸡。

这一天，李书琴接到了通知，其实也没人通知她要做什么，只是有人告诉她要她在教研室里待着，什么地方也不要去。李书琴就在教研室里待着，一直待到天黑，才有人把她从教研室里带到了学校的大礼堂，带她的人是高二的一个学生，李书琴教过他。

"有什么事。"李书琴想问问要把自己带到什么地方。

"不许说话。"那个学生马上说,"革命又不是请客吃饭!"

"天快黑了。"李书琴又说,天其实已经黑了。

"你以为天黑你就可以逃跑吗?"那个学生说。

李书琴不敢再问,跟在这个学生后边,穿过操场,前面就是学校的大礼堂。

一进大礼堂,李书琴就吃了一惊,空荡荡的大礼堂舞台上站着不少人,李书琴并不认识那些人,但她在这些人里边看到了门房老黄,这就让她明白站在上边的都是些什么人。那些人,没有神情不紧张的,而且都灰溜溜的,他们都是从什么地方来,要到什么地方去,李书琴并不知道。

舞台上的灯亮着,有几分刺眼,在这样的灯光下,舞台上的那些人的脸色一律都黄白难看。那些人,谁都不知道接下来会发生什么事,他们也不知道戴红袖章的学生把他们带到这里要做什么。这是一次市里的统一行动,至于怎么行动,谁也不知道。

李书琴也被带到了舞台上,她一上台子就马上往边上站。她往边上站的想法很简单,就想和那些人分开,她不愿和他们混在一起。她靠近了礼堂东边的那个小化妆间,好像这样一来她就可以安全了。过了许久,有人被带了出去,也有新的人被带了进来。到了晚上十点多的时候,学生们对李书琴做了一件事,那就是给她剪头发。也没去别的地方,就在台上。

"干什么?"李书琴吓坏了,小声问。

"干革命!"那个手里拿着理发推子的学生说。

"你们要干什么?"李书琴又问了一句。

"我们要干革命!"这个学生又说。

李书琴被重重一按,人已经坐在了一把椅子上。

李书琴能感觉到有一只手压在了她的头上,接着有什么粗暴地插到了她的头发里,她不难猜想那是把梳子,紧接着李书琴看到自己的头发落在了自己的脚下。

"别给我推光头。"李书琴听见自己在说。

"给你推光头倒便宜了你。"那个学生说。

李书琴不敢再说话,但她也不知道这个学生要给自己把头推成什么样子。

被剪头发的还有另外一个女人,那个女人是一声不吭,也许是那个女人的一声不吭影响了李书琴,李书琴也不敢再吭一声。李书琴被吓坏了,若在平时,她想她一定会反抗,但事到临头,她吓坏了,一动不敢动。学生们要把她的头发剪掉一半。

只剪一半,是时下女流氓和坏分子们流行的阴阳头。凡是被剃了这种头的人几乎没一个好人,不是破鞋就是流氓,政治上有问题的人还不会被推这种阴阳头。

　　李书琴被按在那里,但此刻就是没人按她也许都不敢动。她感觉自己是中了电,电流从两只脚那里传上来,嘴却是麻的,她原来只知道两条腿和两条胳膊会抖,她从来都不知道嘴唇也会抖,只有在那一刻她才知道嘴唇原来也会抖,"嗦嗦嗦嗦,嗦嗦嗦嗦"地抖,接着是下巴也开始抖。被剪掉的头发从她的头上纷纷落到她的脚下,她的头发不长,但落下来却感觉都是长发,纷纷的长发,而且还有重量,一下子就落到她的脚下。只有在那一刻她才知道一切想反抗的想法都无法存在,都会消失殆尽。她一动不动,话也说不出来,她感觉到有一个看不见的自己已经从自己的身体里一下子飞了出去,站在一边看另一个真实的自己。她看到坐在那里的自己抬起了手,摸了一下被剃了一半的头发,紧接着,她看到坐在那里的自己又把另一只手抬了起来,又摸了一下自己,然后是,坐在那里的自己用双手抱住了自己的脑袋,发出了尖叫,尖叫声拖得很长,人忽然就朝一边倒了下去,软绵绵地倒了下去,连一点点动静都没有。

　　李书琴是晕倒了,但这并不妨碍她第二天被拉到车上去游街。这次游街是市里的一次大行动,二十多辆解放车,每辆车上两个人,被四个戴红袖章的人扭着。李书琴的阴阳头给人的印象是她的半个脑袋忽然不见了。她被两个戴红袖章的学生扭着站在车头后面,人们在下边恍恍惚惚看到一个只有半个头的女人,这个人就是李书琴。李书琴能感觉到自己身体里的另一个李书琴已经从自己的身体里飞了出去,飞到了那些看热闹的人群里。她在人群里看着被扭在车上的自己,半个头有头发,半个头没头发,胸前的那个大黑牌子上写着白字,白字上又用红笔打着叉,一个叉,两个叉,三个叉,李书琴这三个字每个字上都打了红叉。这次游街,从西门外广场开始,开会,喊口号,有人不断地上台上去念稿子,然后游街才开始。这二十多辆解放车,每一辆都开得很慢,往南去,再往东去,再往北,然后再往西,也就是几乎在城里绕了一个大圈子。李书琴的那辆车最后还是开回了学校。天已经黑了,因为站在车上,李书琴可以看得很远。她朝那边看,她不知道东南西北,她也不知道那边是哪边,是她的心让她一下子看到了教堂,教堂那边更黑,是一个黑黑的轮廓。小时候她被姥姥带到教堂去,当然那个教堂不是这个教堂,她还记着教堂里好看的花玻璃,那些窗子一律都是狭长的。教堂里还有管风琴,那声音是很好听的。

　　"下来下来,回学校了。"有人对李书琴说。

　　李书琴站在车上不会动了,一动不动。

　　"下来下来。"又有人对她说。

李书琴还是没动,那两个人走开了。

李书琴还那么站着,一直站着,直到有一个人跳上车,把她从车上轻轻拉下来,并且扶了她一把,这个人是门房老黄。

"你赶快回去吧。"

门房老黄小声对她说,把什么东西朝李书琴手里塞了一下,但那东西又马上从李书琴手里掉了下来,是一个食堂的二面馒头,烤过了,硬硬的。这整整的一天,李书琴什么都没吃,也没喝过一口水。后来人们才知道,市里的这次统一行动是为了迎接毛主席送给工人们的杧果的到来,人们不知道杧果是什么,但迎接杧果的动静搞得是够大。没过几天,从北京接来的杧果开始在市里各单位展出,人们排了很长很长的队伍去瞻仰杧果,才知道这不过只是一种个头并不大的黄色热带水果,被放在一个玻璃罩子里,而且只有一个,还是蜡制的复制品。这个小城里的人们排着队去看杧果,但看了之后,谁都说不出什么。出身不好的那些人,还没有资格去看这种果子。

18

这天,王重生忽然从重庆急匆匆赶回来了,回来之前,他根本就没有和李书琴打招呼,回来之后他也没有告诉李书琴,这边的事他都知道了。这次回来对他来说是太重要了,他的同学,和李书琴在一个学校工作的侯捍东把李书琴的事情一五一十都告诉了他,王重生万万想不到李书琴在和自己结婚之前会生过孩子,还会被游街。听到这消息后,他跑到江边去坐了老半天,后来他坐在那里背字典,让自己不要太激动,但字典上的字忽然在他的眼里乱成一片,到后来他连一个字也看不进去。

王重生再也坐不住了,买了张火车票就赶了回来。绿壳子火车开得很慢,像虫子爬,而车上播放的那首人人都会唱的歌曲却是节奏飞快,这首歌的节奏是一顶一顶的那种感觉,让人想动,让人想跳,最后的那一句是"雨露滋润禾苗壮,干革命靠的是毛泽东思想"。王重生在这首翻来覆去的歌曲声中睡了醒醒了睡,其实他一直都是迷迷糊糊,说不上是睡还是醒,两眼通红充满了血丝,他在心里想,再这么下去自己也许会瞎掉,他一次次跑火车上的厕所用凉水洗眼睛。接下去,他想去卫生间已经不行了,卫生间里也挤满了人。人们只好解开裤子从车窗朝外撒尿,火车带起的风好大,又把人们撒出去的尿吹回来,像雨点,或密集,或三点两点。

王重生先去了李书琴的学校,他要看一下,证实一下。他从校门口进去,对面就是学校的大礼堂,大礼堂的前面便是很高的大字报墙。大字报墙猛看上去就是纸的墙,而且是很厚的纸墙,人们天天都在往上边贴大字报,旧的一层,新的一层,今天一层，到了明天又是一层，人们只是往上不停地贴，却没人敢往下撕，所以有的地方的大字报墙难负其重，竟然有倒了的。学校里的大字报墙在礼堂的前边，也是为了方便让人们观看，王重生进了校门，往西走，然后往北拐，他一眼就看到了那六个字，每个字几乎都有小课桌那么大："大流氓李书琴"。李书琴这三个字被狠狠打上了很大的红叉，每打一个红叉恐怕都得用掉一瓶红墨水。他站住，眼睁得老大，再往那边看，又是，再走几步再看，还是，到处是李书琴这三个字，到处是红叉。忽然间，王重生身上软得像是没了一点点力气，他让自己接着往下看，就又看了几张，之后，他站都站不稳了，好像身子已经不存在，消失了，不知去了什么地方，只有头部还在，在空中飘浮。不少大字报上都直指李书琴生孩子的事，最要命的评语是"资本家黑五类糜烂腐朽的人生"。

王重生站在那里，忽然有一种感觉，就是连自己都一下子被人剥光了，剥得一丝不挂。他快走几步，从大字报墙下边快步走过去，再过去，就是学校的教室，一排，又一排，三排四排，五排六排。树已经泛绿，那种新绿真是好看，看上去像是有，仔细看又像是没有。王重生也不知道自己是怎么进的几何数学教研室，他的同学，也就是把李书琴最近的事告诉他的侯捍东就在这个教研室里。这时候学校里正是上课时间，教研室里只有侯捍东一个人，在等他，为了等他临时换了课。王重生走进这个教研室的时候，侯捍东正好在收拾什么，他忙招呼王重生坐，顺手拉了一把椅子给王重生。王重生却没坐好，不知怎么就一屁股坐在了地上。办公桌上的粉笔盒被带到了地上，稀里哗啦一阵响。

"没关系没关系。"侯捍东说。

侯捍东蹲在那里，把粉笔一根一根都捡回到粉笔盒子里。

"大字报你也看到了吧？"侯捍东小声对王重生说。

王重生点点头，他本来话就不多，此刻竟连一个字也说不出来了。

教研室的门口，堆了许多树苗，春天到了，又要种树了，学校年年都要种树，但没有多少树能够活下来，迎春的树苗有些性子急，还没种，居然一朵两朵地开出黄黄的花来，虽然根子还都在外边裸露着。

王重生忽然蹲在那里哭了起来，哭了两声，马上停住，然后站起来说他要走了，要回重庆去。

"你今天刚回来。"侯捍东说。

王重生对侯捍东说，他和李书琴的事结束了，他用了"结束"两个字。

"我和她结束了。"王重生说。

"这种女人，出身加上海外关系，还有这种事，结束了也好。"侯捍东说。

"是结束了好。"王重生说。

侯捍东给王重生倒了一杯水,要他不要激动,把话又重复了一遍,说:"大字报你也都看到了,这种女人真要不得,不但出身不好,而且……"

侯捍东没有把话说下去,王重生眼里又有了泪水。

"什么都别说了。"王重生对侯捍东说。

"中午一起吃个饭。"侯捍东说他除了饭票还有些粮票,可以去外边吃。

王重生却想起了什么,和侯捍东要了纸笔。

"你做什么?"侯捍东把纸和笔递到王重生手里的时候问了一句。

"这个城市,我不想再来了。"王重生说。

王重生是在侯捍东的办公室把离婚起诉书写完的,一共四份,自己一份,李书琴学校这边一份,市革委领导小组那边还要有一份,还有一份是要交给军宣队。他把一份交给了侯捍东,让侯捍东转交给组织,那时候,离婚手续真是很简单,只要对方出身不好或有别的什么问题,只需向组织说明就可以解除婚约。

这一次回来,王重生甚至没有回家,晚上就买到了回重庆的票。晚上,他在车站旁边的"东方红饭店"里吃了一碗面,两毛钱三两粮票,就着这碗面,他喝了半斤白酒,那种六十度的白酒。开往重庆的车是后半夜的,王重生在候车室里睡了一下,其实他根本就没有睡着,只是一直在流眼泪。他的一只手放在自己的腹部,那地方好像是很冷,那地方毕竟缺一件,只要有什么不舒服的事王重生都会觉得那地方空空荡荡,而且用手摸上去又像是没有一点点知觉。他后来坐起来,把那本随身带着的小字典取了出来,他想让自己背几个字,让自己平静下来。那本小字典,他总是随身带着,他坐在那里看了几个陌生的字,看看背背,背背看看,但接下来,他突然一阵狂吐,把吃下去的面条和喝下去的酒都吐了出来,这样一来他像是清醒了。

王重生是个头脑清醒的男人,他把字典收了起来,他突然觉得自己有必要和李书琴见一面,是好离好散明明白白,便马上又去退了票,然后步行回家,背着他那个黄色背包,背包上有一颗红五星,五星旁边有三个红色的横道,表示是光芒。红五星上边又是五个字:为人民服务。现在市面上又有了新的背包,依然是用黄色布做的,但上边的图案是用更黄的油漆印刷的枕果,枕果上边也有五个字,是鲜红的:毛主席万岁。

王重生一路上想好了,他只要李书琴回答他一句话,除此,他什么也不要。回到家的时候,已经都半夜十二点多了,王重生虽然有家里的钥匙,但他没用钥匙去开门,而是敲门,门马上开了。

李书琴吃了一惊,想不到王重生会这么晚突然回来。出了什么事?是重庆那边有事还是这边？更加吃惊的是王重生，他盯着李书琴，差点叫出声来，王重生从来都没见过李书琴是这个样子，李书琴自己把那半个头的头发也剪掉了，她只好这样，这样一来，李书琴现在就像是一个男人，一个说不出岁数是大还是小的那么一个古怪的男人，头上的短发一如乱草，因为是用剪刀匆匆剪的，是十分的零乱而且难看。王重生想不到李书琴会是这样，当下心里难过起来，是十分的难过，但这难过下边又是恨，恨与难过就像是水泥与水与沙，合在了一起，变成了好硬好大的一块。

李书琴的声音很小，而且很弱，她连问了几句，王重生一个字也没有回答。但他还是喝了水，喝了一大缸子冷水，他渴极了，伤心极了，伤心之上还有失望和愤怒。后来，王重生要李书琴坐下来，他只要她回答他一个问题，那个人是谁？那个孩子的父亲是谁？

"请您告诉我。"王重生说，王重生用了一个"您"字，这样一来，他和李书琴之间的距离便一下子拉开，拉得要多远有多远。

李书琴的脸色登时变得煞白煞白，说不出话来。

"我只要你一句话。"王重生说。

但是无论王重生怎么问李书琴都不说。

"你说。"王重生说。

李书琴不说话，脸上没有任何表情，她知道自己只要一开口就会哭出来。

这天晚上，王重生一直坐在外边屋的小床上，他没合眼，一夜没合眼，后来，他取出那本字典，他已经背到了第227页，但字典上的字忽然间都活了，他的眼睛捕捉不到它们，它们跳来跳去。

李书琴在里边屋的床边坐着，也一夜没合眼，奇怪的是她没有眼泪，这让她自己都觉着奇怪，她手里拿着一条手巾，绞来绞去。

后来，王重生在外屋又说："我只要你告诉我一句话，他是谁？"

李书琴在里屋一声不吭，像是不会说话了，也不会动。

"我只要你一句话。"王重生又说。

李书琴还是不吭声，一声不响。

李书琴明白她和王重生的路已经走到了尽头，她知道王重生的性格，她知道王重生此刻是怎样的难受，李书琴伤心极了也难过极了，虽然伤心，虽然想放声大哭，但李书琴还是一声不吭，她甚至觉得这样更好，把事情了结了。李书琴的脸上几乎没有任何表情，但她能听到自己内心在崩裂，她能感觉到自己五内俱摧，能感觉到自己在纷纷瓦解，已经瓦解成了一堆没人要的碎片。

李书琴突然开口说了话，三个字："这样好。"

"他是谁?"王重生在外屋马上接着问,也是三个字,王重生执拗得很。

李书琴说出"这样好"这三个字之后不再说话,她坐着,她倒愿王重生突然从外屋冲进来揪住自己就打。时间分分秒秒过去,说它慢,它其实很快,说它快,它又很慢。天快亮的时候,她听见王重生站起身,弄出些小响动,是背他的背包,穿鞋,动了一下水杯,漱了一下口,然后,拉开门,是轻轻一拉,这是他的家,然后,关上门,是轻轻一关,这是他的家。

李书琴在屋子里站了起来,轻轻站起来。

门轻轻响了一下,王重生走了,走之前,王重生又在小院里站了一会儿,然后,王重生才出了院子。在王重生关院门的那一刹那,李书琴把那条毛巾,手里的那条毛巾,一下子,狠狠塞进自己嘴里,这样一来就谁都听不到她的哭声了。

王重生走了好一会儿,李书琴才从里边的屋里出来。

王重生忘了拿那本小字典,在床上放着,小字典的四个边角已经翘了起来,虽说为了保护书,王重生在小字典的四个边角上都打了一层蜡,但四个角还是翘了起来。李书琴把那本小字典拿起来,有眼泪掉在上边,一滴两滴,一滴接着一滴。她听见自己在心里叫着两个字:

"重生——"

"重生——"

"重生——"

19

王党生这天晚上又来了,他现在是时不时隔几天就要来一次,悄悄地,趁着黑来,趁着黑去。这次来,他带来了一把理发推子,他要帮着李书琴把头发理理,理齐了,以后长长了会好看些。他进来,把门关上,再插好,再把窗帘拉拉,其实窗帘早已经拉上,他只不过是不放心又检查了一下。然后他和李书琴到了里屋,他要李书琴坐下来,他拉了一下那把没扶手的椅子,把它拉到灯的下边,头上的那盏灯,照例是十五瓦,说亮不亮,说暗不暗。然后又去拉李书琴,李书琴现在轻得像是没有一点点分量,像个纸人,很薄,仿佛吹口气就能把她吹跑。李书琴一句话也不说,木头人一样,王党生也不说话,但他不是木头人,虽然他在给李书琴理发的时候从始至终也没说什么,但他身体里有某种东西在东奔西突。王党生会理发并不稀奇,他在厂子里经常给车间的工人们理发,工人们之间经常是互相理,洗完澡坐在那里理发仿佛是一大享受,车间里还为此买了几把推头推子,后来是一个小组一把。但王党生从来都没给女人理过发,这就让他有些紧张。他理得很慢,但还是没理好,他站在李书琴身边转，这里理理，那里理理，人就转了一个圈，这里理理，那里理理，就又转了一圈儿，一圈儿又一圈儿地下来，李书琴的头发就更短了。"很快就会长起来长长的。"这是王党生开口说的第一句话，他用梳子敲敲理发推子。他又说："这种事你都经过了，以后就不会再有比这更'那个'的事了。"王党生用了个"那个"，他喜欢用的词是"这个""那个"，这两个词在王党生这里被使用的频率极大。他会对李书琴说"咱们'那个'吧"，或者说"我'这个'起来了"，或者是"你'那个'来了没？你来呀，你来呀，我都快来了你还不来"？

王党生放下了理发推子，他不能再理了，再理李书琴的头发就更短了，从他一进门开始，李书琴就几乎没说话。但王党生每次来，李书琴的心里就会亮一点，感觉是有一个什么东西在心里亮起来，但那亮并不能给她带来一点点温暖，是没温度的，有几分像是鬼火。即使是王党生，也能看出李书琴最近更瘦了。漂亮的女人有时候就像是一个灯笼，有光芒从里边照出来，整个人通体是透亮的，而李书琴这个灯笼现在是几乎没有了亮光，要说有亮光，也很微弱，这微弱的光可能只有王党生能看到，但在别人看来，李书琴这个灯笼已经彻底熄灭了，没一点点光亮，从里到外已经黑成一片。

王党生要李书琴把旗袍穿上，他示意她，他要开始了。

"我'那个'已经不行了。"王党生说。他要李书琴快把旗袍穿上，只要李书琴一穿上旗袍，王党生就会更加兴奋，这简直是莫名其妙，不知从什么时候开始养成的习惯。

他对李书琴说："穿上，快穿上。"

李书琴现在整个人都木了，她在王党生的注视下把自己全部脱光了，那件旗袍她还没有来得及把它缝起来。前边是分开的两片，但一旦穿在身上，旗袍一搭在李书琴的身上，那前边被李书琴用剪刀划开的大缝就看不到了，只要她不走动，站在那里。但王党生还是对李书琴说："你抽空把它缝上嘛，这旗袍多好。"

李书琴把旗袍穿好了，她把每个扣子都扣好。王党生已经兴奋了起来，他也已经把自己很快全部脱光了，是一丝不挂，他身体上的肌肉很好。穿上旗袍的李书琴和不穿旗袍的李书琴起码在王党生的眼里是大不一样的，像是更让人刺激，再加上现在的李书琴简直就是一个光头，虽然还有短短的头发，但看上去光光的，王党生一下就兴奋了起来，不可遏止了。他的身上已经出现了一枚很大很大的钉子，他要用这枚钉子把李书琴钉得死去活来。

"就在这里。"王党生指指桌子。

李书琴看着王党生，马上明白了，她没再往床那边走，用双手扶住了桌子。

王党生从后边进入了，他把他的那枚大钉子纳入李书琴的身体，一开始慢慢动了两下，顺畅了，便快了起来。

　　李书琴被推动着，身体一前一后地跟着动。她不用不停地往上撩垂下来的长发了。

　　"你转过来。"王党生的兴致一点一点高涨起来，他要李书琴换一个姿势，要李书琴转过身面对着自己，这样一来呢，王党生感觉到更兴奋了。自己面前站着的是穿旗袍的李书琴，或者说她就是王丹凤。他先抱了一下李书琴，然后把身子矮了下去。虽然李书琴穿着旗袍，但旗袍前边被划开的缝隙给了他意想不到的方便。王党生把身子矮下来，然后又顺利进入了，先一矮，然后一挺，然后王党生觉得自己简直就是一个火车头，加足了马力，轰轰轰轰地车轮飞转起来。

　　王党生忽然低声叫了起来："王丹凤，王丹凤！"

　　王党生小声叫着，而且，他要李书琴答应。

　　但李书琴没有回应，她不习惯，开不了口。

　　王党生动着，忽然又改了口。

　　"陆校长——"

　　"陆校长——"

　　"陆校长——"

　　王党生越动越快，简直要抽搐了，他一声一声地叫着，他希望李书琴回应，但李书琴还是无法回应。她无法，她闭紧了嘴，她不清楚在最关紧要的时刻王党生为什么要喊出"陆校长"这三个字来，"陆校长"这三个字怎么能从他的嘴里喊出，谁又是陆校长？李书琴对此一无所知，只是觉得奇怪，但她也没问。但因为她和王党生是面对面，便用手，从后面，一下子抓住了王党生的头发，抓住，抓住，抓住。她用了力，不知是爱还是恨，她用了力，在那一刻她想到了王重生，她手上的力量就更大了。她越用力王党生就越兴奋，但他还是不敢大声叫出来，声音像是一只被困在笼子里的野兽，只不过这只野兽被困在王党生的喉咙里。他要让这声音回去，那声音却非要出来，这简直是让人难受极了，是难受，是欲仙欲死。

　　王党生忽然说，小声说："快快快，你叫，你叫我。"

　　王党生的这话有什么意思？像是一点点意思都没有，但他快不行了，只要李书琴一叫他也许就会结束了。而李书琴却真的叫了出来，叫的却是重生，"重生，重生，重生。"李书琴不但叫，她还要王党生答应，王党生不假思索，他也没时间思索，他果真答应了，这又有何难？

　　李书琴叫一声"重生"，王党生就答应一声，李书琴叫一声"重生"，王党生就再答应一声。也就在这时候，出事了。

没有任何响动,也没有任何前奏,外屋的门突然被什么猛地一下子撞开了,根本就没有第一声撞击或第二声撞击,也许有,但王党生和李书琴都没有听到,他们实在是太专注了,是一下子,门被从外面"哐"地一下子撞开,不是撞开,而是整个门一下子被推倒,门的金属合页从门上脱落了,门和门框一下子脱离了,可见外面的人用了多么大的力气。

"都抓起来!"是军宣队郑连长的声音。

从外面闯进来的人其实要比王党生和李书琴都慌,因为他们从来都没看到过这种场面。屋里十五瓦的灯光之下,李书琴穿着那件旗袍,头发并不像通常说的那样凌乱,因为她已经没有头发可凌乱,而王党生却全身赤裸着,王党生赤裸的身体在那一刹那竟然好像还有那么一点晃眼,晃得人们都睁不开眼。在那一刹那,人们都有些蒙,不知道屋里的这两个人到底是怎么回事。李书琴怎么还穿着旗袍?他们在搞什么?这只是一闪而过的疑问。

"都抓起来。"郑连长又大喝一声。

这天晚上,除了军宣队的人,郑连长还特意叫上了工宣队的人,这就是郑连长的心机,也是有经验,而且是有全局观念。工宣队的人此刻没有任何话好说,王党生更是没话,他一丝不挂,只这一丝不挂就让他知道从此再说什么也是多余。他赤裸的身上沾了不少从李书琴头上剪下来的短头发,屁股上、肩上、脸上,他出了太多的汗,这一晚是他出汗最多的时候,是出大力流大汗,是汗把李书琴的头发沾在了王党生的身上。他背过身去,面朝里,把屁股对着从外面闯进来的人,虽然别人看不见他什么,他还是用两只手捂着自己私处。

李书琴浑身在颤抖,而且是越抖越厉害,此刻她真像是中了电,电流一刻不停地击打着她,她站不稳,慢慢慢慢蹲下来,她想用自己的两条胳膊捂住自己。她不蹲下来还好,她一蹲下来,被她用剪子划开的旗袍前襟便像是一下子被打开的幕布,里边的内容就全部被暴露了出来。

"站起来!"郑连长忽然有些失态,几乎是愤怒。

"你给我站起来!"郑连长又大声说。

李书琴此刻没有站起来的可能,她的脑子在那一刹间失灵了,可以说连东南西北都不知道了,她现在会的就只有浑身颤抖。这就更让郑连长生气了。郑连长往前迈了一步,也就是只朝李书琴迈了一步,多少年的训练让郑连长对尺寸有十分精准的把握。他一下子抬起腿来,就像在操场上搞训练,他可以一下子把腿抬起来,绷住,半尺或一尺,说抬多高的尺寸就抬多高的尺寸,然后会一下子绷住不动,几乎是丝毫不差,他对这个尺寸把握的精准度令人吃惊。他一下子把腿朝李书琴抬起来,直直地抬起来,不是踢,要是踢,就不是郑连长的水平了。他是把腿笔直地一抬,抬起来,却在暗里使了劲,用脚又一挑,这一挑,正好挑在了李书琴的那地方,虽然不是踢,但力道比踢还厉害。

李书琴发出一声惨叫,声音有几分沙哑,比贺北芳老师的嗓子还沙哑。

"你给我站起来吧你!"这是郑连长的声音。

李书琴被郑连长的脚一下子挑了起来,身子朝后一弹,整个人撞在了墙上,然后又顺着墙滑了下去,然后再一扑,整个人朝前趴在了地上,这一回,人们什么也看不到了。接下来,郑连长要旁边的人把王党生的上衣扔给王党生,但没把裤子给他,自始至终,郑连长连看都没看一眼王党生,他对王党生说了两句话:"遮一下,别给你们工人阶级丢脸!"

"你不要忘了,工农兵,你们工人是排在第一位的!"

20

王党生消失了,是,一下子就消失得无影无踪。出事后,工厂的革委会把他马上就调了回去,这个人到了后来也只能是一个传说,一下子就没了。学校里没了他的声音,就像失去了点什么,王党生讲话虽带些当地口音,每句话的后边几乎都带着一个儿字,但不难听,甚至还比较好听,声音也洪亮,因为洪亮,所以就显得底气足,听起来让人感觉是一勃一勃的。人们都说王党生之所以很会讲话,是得了他媳妇任桂花的真传,讲话要怎么开始,讲到一定时间要怎么提高声音,下一段怎么接上一段,中间要停多长时间,她都会一点一点教给王党生。王党生的媳妇真是一个奇才,是无师自通,或者是像有些人说的那样是在睡梦中得到了仙人的指点,按说她也没上过几天学,怎么就会讲得那么好?人们都觉得奇怪,但谁都解不开这个谜。人们都说王党生的口才全是他媳妇教出来的,关于这一点,也没人不相信,他媳妇真的和他认真交流过,是有空就教,是日日在教,夜夜在教,是口传心授,但那不是交流,而只能是教,像教学生一样地教。人们都说,王党生的媳妇,纺织厂的任桂花可真是个人物,她的政治生涯并没有受到王党生的影响,在接下来的漫长日子里,还到处在讲。有一次,还居然讲到了李书琴他们的学校,人们在下边忽然认出了她,一时交头接耳起来,说,这就是王党生的媳妇,这就是王党生的媳妇,这就是王党生的媳妇。坐在下边听报告的郑连长也很快知道了在上边作报告的居然就是王党生的媳妇,不免在心里感叹起来,感叹这个女人的定力,明明知道王党生就是在这个学校里翻的船,但她居然坐在上边作报告能够一点也不乱。"刘秋香,刘秋香,在这一点上你就不如人家了。"郑连长在心里说,一时有无限的感慨。

人们可以忘掉王党生，却无法忘掉李书琴，因为她就是这个学校里的人，对于她的处分人们好像一下子都没了想法。连军宣队也拿不出什么想法来，出了那件事之后，学校里接连贴出了铺天盖地的大字报，大字报上的说法比较一致，口径都统一到是李书琴这个资本家的孽种拉工宣队下水这一点上来，这个说法显然又不那么好听，有损工人阶级的形象，所以马上被制止了。紧接着学校里把李书琴批斗了几次，这时候，李书琴的头发还没有长出来，所以也没办法再给她推一次阴阳头，但人们发现批斗李书琴的时候念批斗稿是个大问题，问题是，一旦要批斗她就要提到王党生，这是个十分敏感的问题，军宣队的郑连长适时地表了态，说"为了不产生更加不好的影响……"郑连长也只说了半截话，话到这里突然断了，没了下文。

"为了不产生更不好的影响，啊……"

话到此，郑连长不再往下讲，是半句，不再多说，下边的话他不再说。这就是郑连长，不会给人留话把，不会明确地把自己推到一个十分复杂的问题上让自己下不来台，也不会给别人制造问题，这就是郑连长。郑连长在那次会议上还点名表扬了杨老师，说多亏了杨老师警惕性高，政治觉悟好，才发现了问题，才不至于出现更大的问题……说到此，郑连长又停了下来，不再说了。关于杨老师，人们到了后来才知道他是怎么尾随在王党生和李书琴的后面，天是那么冷，他原来也是很辛苦的。但表扬归表扬，杨老师的事到后来也没了下文。杨老师还在学校的宣传队里打洋琴，有时候会对正在排练的节目提出一些自己的意见，他对人还是那么热情，甚至于自己谱曲自己写词，他编写了一个很好的节目，是且跳且唱的那种，节奏一勃一勃很硬朗很感染人的那种，叫作"革命红花校园开"。排练的时候他亲自上场做示范导演，这让在一边拉手风琴的贺北芳大吃了一惊，这个杨老师可真是多面手，居然还会跳，但他的风格无论怎么来都是新疆风，这么一转，一只手在身后，一只手要举过头，身子矮下来，再那么一来，当然身子和舞步都要猛地一拧转回来，又是一只手在身后，另一只手举过头，身子又矮下来，有点滑稽，但很好看。人们都看得出这是"库尔班大叔去北京"这个舞蹈的版本，但还是按照他的方法来了，因为服装变了，演员们都穿着接近军装的那种演出服，黄绿黄绿的一片，时代感就更强了。而且，这个舞蹈的好就好在每唱一段都要跺脚，这就让舞台上很有生气，这个舞蹈是男六女六，两排交叉，唱、转圈子、跺脚，都很让人兴奋。在正式演出前，市革委会文艺领导小组前来观摩过一回，很鼓了一气掌，还提了些意见，都觉得这个节目好，要学校宣传队好好打磨准备参加省里的调演。后来又有人提出意见，说两排各六个人加起来就是十二个人，每个人手里拿个语录本不如六个人手里拿镰刀，六个人手里拿斧头交叉着好看。宣传队为此还请示了校革委会，居然一下子就通过了，因为有了新的道具，舞蹈的气势果然跟以前大不一样。调演的时间已经定下了，马上就要到了，这几天学校里的排练已经到了白热化阶段，主要是排练这一个节目，精排，往细了抠，其他的节目好像都不那么重要了。

因为要抓紧排练，学校里还让食堂专门送来了饭菜，一个汤，两个菜，馒头都放在一个很大的笸箩里，还有肉，红烧肉，每人可分到大半碗。贺北芳和杨老师还有宣传队的学生们都在舞台上吃。他们都吃得很香，他们都累了，出了太多的汗，使了太大的劲。偌大一个礼堂空空荡荡，是"嗦嗦嗦嗦"的吃饭声，还有"咕嘟咕嘟"的喝汤声。在这样的大礼堂，一旦静下来，哪怕有一点点别的什么声音都会被放大。突然，正在舞台上吃饭的人们忽然听到了另一种声音，声音是从下边传上来的，人们都抬起头来。下边，李书琴不知道是什么时候进来的，她现在已经不负责打扫大礼堂了，她现在什么也不能再做，人是又黑又瘦，身上穿着她那件杭州绸的旗袍，现在谁还敢穿着旗袍到处走？这就说明李书琴的脑子已经出了大问题，她真是出了大问题，人们现在所能看到的李书琴是整天在到处乱走，嘴里是不停地说，但人们根本就听不清她在说什么，她手里拿着一本连皮子都不见了的语录本，一边走一边说话，说什么，没人知道，是不停地说。

舞台上的人都停止了吃饭，都瞪大了眼睛朝下边看。

李书琴在跳舞，她的身上是那件旗袍，舞姿滑稽得很，两条胳膊这边甩一下，再朝那边甩一下，然后再往前迈步子，然后再往左，紧跟一步，再往右，再紧跟一步，然后把两只手同时举起来，顿着脚，一下，一下，又一下，手一下一下往高举，然后再把身子转过来，两条胳膊再举高，再那样。李书琴是那么瘦，那么黑，那么憔悴，她跳得气喘吁吁，但她不肯停，继续跳，继续旋转，手又扬了起来，身子又在转了。

"又来了。"台上的一个学生小声地说。

"滚出去！"这一声，是杨老师在大声怒喝了，他站在台口，大声怒喝，声音很是洪亮，仿佛他的声音就是一枚炸弹，在空荡荡的礼堂里一下子就爆炸了。这一声真是很有作用，李书琴马上消失了，马上不见了。礼堂的门也关上了，那一道从外边照射进来的白光，太阳的白光，一下子收了起来，不见了。

从此，几乎是一年四季，人们所能看到的李书琴就是在街上整日不停行走的李书琴，穿着她那件一天比一天变得更脏更旧的杭州绸旗袍，手里拿着她那本连皮子都没有的语录本。她的手上，还戴着两个黄黄的戒指，左手一个，右手一个，一个上边镶着一块红石头，一个上边镶着一块蓝石头，人们说那肯定是石头的。天冷的时候，李书琴还依然穿着那件旗袍，只不过她在里边穿了毛裤和毛衣。这么一来呢，旗袍就不那么好看了，有些臃肿，有些鼓鼓囊囊，有些不顺眼，有些难看，但顶顶特殊，是因为现在没有人敢穿旗袍，这种服装几乎已经从人们的视线里彻底消失了，而唯一穿它的人，在这个小城里也就只有李书琴。即使在冬天，李书琴也是不停地在街上走，手里拿着那本连皮子也没有的语录本。但后来，有人发现她手里拿着的居然不是语录本，而是一本很破烂的小字典。那天她睡着了，靠着教堂门口的那根柱子，那是半截柱子，柱子上原先有一个长翅膀的小天使，现在不见了，教堂现在是工厂，生产五分钱一根的冰棍、两毛钱一瓶的汽水和两毛五一瓶的糨糊。李书琴靠在那里睡着了，手松开了，那本没有皮子的语录本就从她的手里滑落下去。有人轻轻过去，把那个语录本拿起来看了一下，才发现原来那是一本小字典，上边已经掉了许多页，又被仔细一一粘好。

走近她的人还发现李书琴的旗袍上破了许多小洞，但已经补好了。

走近李书琴的那个人是这个教堂的修女，只不过她现在的身份是工人，做冰棍、汽水和糨糊。她没有推醒李书琴，她把那本小字典又轻轻放在了她的手边。这个过去的修女现在穿着一件很像是护士穿的那种工作服，白色的，很长，她从衣服里边悄悄取出了什么放在了李书琴的手边，是一瓶汽水。

李书琴不知道睡了有多长时间，她醒来了，又开始走，一边走一边说话，她在说什么，没人知道，也没人听，可能，也许连她自己也不知道自己在说什么，也许。

【作者简介】王祥夫，辽宁抚顺人，现居山西大同，山西省作家协会副主席。1984年开始发表作品，曾荣获第三届鲁迅文学奖、赵树理文学奖、《上海文学》小说奖、《小说月报》百花奖等。著有长篇小说、中短篇小说集、散文集三十余部。